Dafengge

李硕儒
张伟佳
——著

重庆出版集团 重庆出版社

图书在版编目(CIP)数据

大风歌/李硕儒,张伟佳著. 一重庆:重庆出版社,
2009.6
ISBN 978-7-229-00800-0

Ⅰ.大… Ⅱ.①李…②张… Ⅲ.历史小说—中国—当代
Ⅳ.I247.5

中国版本图书馆 CIP 数据核字(2009)第 094948 号

大风歌
DAFENGGE
李硕儒 张伟佳 著

出 版 人:罗小卫
责任编辑:陶志宏 何 晶
责任校对:谭荷芳
装帧设计:重庆出版集团艺术设计有限公司·王芳甜

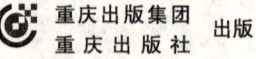
重庆出版集团
重庆出版社 出版

重庆长江二路 205 号 邮政编码:400016 http://www.cqph.com
重庆出版集团艺术设计有限公司制版
重庆华林天美印务有限公司印刷
重庆出版集团图书发行有限公司发行
E-MAIL:fxchu@cqph.com 邮购电话:023-68809452
全国新华书店经销

开本:720mm×1000mm 1/16 印张:33.5 字数:656 千
2009 年 6 月第 1 版 2009 年 6 月第 1 次印刷
ISBN 978-7-229-00800-0
定价:45.00 元

如有印装质量问题,请向本集团图书发行有限公司调换:023-68706683

版权所有 侵权必究

大风起兮云飞扬

威加海内兮归故乡

安得猛士兮守四方

篇首语

大风歌,汉高祖刘邦的激情之作。它演绎出汉初五十年的风云浩荡和民族之光。在它的催生下,国族汉族,与众多兄弟民族组成的国家中国,连同它酿造出的东方文明,从此渊远流长,与日月同光。

第一章

　　一片死寂。这久久的沉寂终于孕育出大风搅动云天的声音,这声音由轻至重、由滞重到强烈。随着骤起的大风,远处空无的地平线升起一片烟尘,烟尘直接浓云,黄褐的、淡蓝的、瓦灰的、玫红的……从虚渺到浓重到气势压顶,挥洒着,挤压着,排拒着,撕扯着……

　　像是一片发自地心、起自天际的天籁声、脚步声、马蹄声,自远而近,由弱至强,直至震人耳鼓、慑人心魄,地在震动,云在飞旋……

　　在地动云飞、步伐震人的巨响中,一面溅满鲜血的"汉"字大旗和破碎的旗阵、闪亮的枪戟扑面压来。透过旌旗枪戟,走入视线的将士虽是满身战尘、累累伤痕,可那一双双眼睛却洋溢出胜利者的刚毅和自豪……

　　这是公元前201年一个秋日的下午。五十五岁的刘邦在打败项羽、建立西汉王朝之后,征尘未洗,又开始了诛灭异姓王之战。此刻,他在平定了燕王臧荼的反叛后,正率领着胜利之师凯旋而归。

　　大军继续前行。透过侍卫军闪亮的枪戟旗幡,终于闪出纵马前行的刘邦。他的铁盔、战袍,两道上翘的嘴角描出得天下者的骄纵和霸气。然而,他的心底波澜,并不像脸上写的那么清楚。他是打败项羽统一了天下,坐上了皇位,可当初为了谋取霸业,出于笼络英才、啸聚实力的目的,在战乱中不得不封就的齐王韩信、淮南王英布、梁王彭越、燕王臧荼等异姓王们,在得天下后各自居功自恃,而今又各自在封国中拥兵自重,稍有不慎,就会起兵反叛。就说这燕王臧荼,虽说叛乱不足两月就已生俘,叛乱平复,可想想各封国的情形,这让已经坐在长安龙榻上的他似乎日日都在刀剑丛中。他不由得摘下头上铁盔,秋风吹来,那上耸偏右的椎髻竟随风散乱下一缕。他捋着那把乱发,突然发现原是黑亮得极富弹性的头发不知何时竟已变得如此焦枯稀少,稀少的头发中却又掺进过多的白发……他不由发出一声叹息:真是打江山难,坐江山更难!看来,异姓人都不可靠,只有靠刘氏子孙,可儿子们除长子刘肥已经成人、派上了用场外,其他几个都还太小……

　　就在刘邦想着他子女的同时,他的七个儿子也正聚在长乐宫操练场上练武。

那是个宽阔的宫内广场，一面是高耸的宫墙，一面是水光潋滟的湖泊，广场周围那一株株榆树、柳树，在那棵千年古槐千梦树四周，如忠诚的校尉，更像听话的子孙。千梦树下那个横卧的巨大木架上，摆放着刀、枪、剑、戟、锤、矛、盾、弓弩、铁钩镶……等诸般武器，在秋阳照射下，这些武器寒光四射，连操练场都渗出一股杀气。

太子刘盈、三皇子刘如意和四皇子刘恒等一个比一个年岁小的众皇子们个个顶盔戴甲、手持武器，正在变换着招数，对舞拼杀。刘如意边挥长戟边大喊道：杀得再狠点，父皇说他回宫的第一件事就是看我们比武！这话声犹如助战的号角，顿时，七位皇子就辗转腾挪，刀起剑落，将个空旷严整的操练场杀得尘土飞扬，震得千梦树也摇落了一地落叶……

在刘邦率领大军平定臧荼的时候，他又派遣左丞相樊哙和南军统领吕释之率兵追剿项羽残部。说起项羽残部，最让刘邦忧心的就是钟离眛，这位楚霸王帐下的五虎上将，神勇智慧、最善用兵，在几次阵前交锋中都曾重创刘邦。可自楚军郯下溃败后，钟离眛就隐于民间，毫无踪迹，这怎能不令刘邦焦虑！衔命追拿的樊哙、吕释之更是心焦如焚，他们寻踪追迹、到处访察，终于发现了钟离眛的行踪，一路追杀到了楚国国都下邳。

此时，天已是黄昏时分，九月的秋风吹来一片萧瑟。透过薄暮的幽光，只见衣衫褴褛的钟离眛正快步如飞，提剑奔跑。身着大将军服的樊哙、吕释之率部紧追。

飞跑中的樊哙抡起长戟，大喝道：快！抓住他，前面跑掉的就是项羽大将钟离眛。

吕释之不停地挥动着双手：你们这边，你们那边，追了上千里了，再也不能让他跑掉！

犬吠马嘶，人声鼎沸，惊飞了一群栖息的乌鸦，它们呱噪着飞向楚国王宫宫墙里的一棵大树。紧随着乌鸦的呱噪声，一只黑影也跃过宫墙城墙。紧追不舍的樊哙他们在楚王韩信的王宫宫门外不见了钟离眛的行踪。

钟离眛已经无路可走，求生的愿望让他最终不得不逃往楚王韩信处。他跑近韩信的寝宫前，轻轻敲着门：韩信兄，楚王，快救我！

韩信一跃而起，迅速推开寝宫大门，未及细看，就将钟离眛拉进门来：钟离兄，快进来！说罢，韩信挥手示意，命卫士们即刻离去。楚王宫门外。楚国军士严守宫门，不准任何人入内。

在知道刘邦对钟离眛展开拉网式搜捕后，韩信就一直为他昔日的好友担忧着，韩信和钟离眛曾经同在项羽麾下共事，是无话不谈的好友。韩信知道被追杀的钟离眛最终只有选择他这里为避难之处，除此，钟离眛别无选择。所以当钟离眛扣响他楚宫大门后，他毫不犹豫地接纳了这个刘邦最为痛恨的人。

此时，樊哙已率追兵赶来，他厉声命令楚军侍卫说：快报楚王，钟离眛逃至宫下，突然不见了踪影！吕释之道：我们进去搜，他跑不了！王都尉上前打揖：下官有礼了，楚王近日染上风寒，正在静卧，任何人不得进宫惊扰！王都尉话音未落，身穿便袍的韩信推开楚宫大门，从容地打个手势：哦，左丞相、禁卫军统领，两位迢迢千里来访，快请，快请！樊哙倒尴尬起来，他拱拱手，憨憨地笑了笑：咳，还是叫大将军吧，什么左丞相，听不惯。韩信道：对对，大将军，武人嘛！

吕释之的嚣张气也在神态自若的韩信面前顿然消失了。他尴尬地笑着说：楚王，别见怪，我们是奉旨行事！

吕释之边说边欲进宫搜查。不知是出于对韩信一贯忠直信赖，是出于对他勇武、智谋的敬畏，还是慑于他不怒而威的气势，樊哙制止了吕释之的脚步。

樊哙双手抱拳：我们追赶逃犯至此，才冒犯了楚王。想楚王是明大义的人，绝不会辜负陛下，去包庇项羽死党！我会如实禀报陛下。

韩信的眼睛掠过一丝慌乱，他深知来者的分量。樊哙这位原在丰沛集镇上以屠狗为生的大汉力大忠直，从刘邦斩蛇起义时起就与刘邦生死相随、不离左右。鸿门宴上，为了表示汉军的勇力和坦荡，他竟生吞一条猪腿，震得项羽都瞠目结舌，放走了刘邦，后来他娶吕媭为妻，成了刘邦的连襟，他这左丞相的权力地位是来之不虚的；吕释之是吕皇后的二哥，官居南军统领，即守卫京师的最高统帅，这两员大将率军捉拿钟离昧至他楚国的城下，他韩信怎能等闲对待！韩信稳稳心神，继而睥睨而视。

樊哙悻悻打揖：楚王，咳，我们重任在身，告辞了！说罢，樊哙与吕释之转身离去。

韩信立在门口，一直看着两人骑马消失。此时天已经完全黑了下来。

樊哙、吕释之率兵纵马驶向月下的原野。吕释之抱怨道：当年封他为王就知道会有今天。樊哙道：知道也得封，陛下，当年的汉王不封他为齐王，他能跟汉王一心打天下？吕释之又抱怨道：跑了这么远的路，怎么也该进去把钟离昧搜出来！樊哙哂笑：我的大统领啊！他既然藏起钟离昧，能让咱们搜出来？吕释之也反唇回击：我的左丞相妹夫，您的谋略见长啊！樊哙猛抽一鞭：别跟我这闲磨牙了。快禀报陛下去吧。

刘邦大军进入一片平川。收割不久的谷茬齐刷刷、密麻麻，亮着少有的生机劲道，刘邦不禁仰天喟叹：上苍助我，看来今年真是个战乱中少有的好年景啊……他盱目远看，只见从南面跑来一彪人马，倏忽间，樊哙、吕释之率军赶来。至刘邦坐骑前，他们翻身下马，跪地而拜：拜见陛下。

刘邦整整铁盔，重又恢复了惯常的威严：不是让你们搜捕项羽余部吗，这些日子有何斩获？

樊哙道：我们直追钟离昧到楚王宫前，可夜越来越黑，他就突然不见了。

吕释之接道：明明是被韩信藏起来了嘛。

刘邦闻听钟离昧的踪迹,半晌不语,可他的神经却立即兴奋起来,眼前不由地闪现出楚汉争战时,自己不止一次被他打得丢盔弃甲的情形,他突然高声叫道:你们为何不进宫抓捕?

在盛怒的刘邦面前,樊哙和吕释之你看看我,我看看你。

刘邦敛起怒容:也是,你们进得去吗?就算是进去了,他韩信能让你们搜到吗?钟离昧是谁?他可是韩信旧日好友,他们可是生死弟兄啊!他突然剑眉倒竖,刷地拔出腰间佩剑:周勃、陈平、灌婴!

周勃、陈平、灌婴应声拍马近前:臣在。

刘邦说:朕一再下诏捉拿项羽余孽,如今钟离昧藏匿楚国,韩信竟不剿不报!自大汉建立,改齐王为楚王的韩信像变了一个人,声息不闻、行迹不露,不知打的什么主意……是啊,那素称膏壤千里的齐国地盘何其大、人口何其多,土地何其肥沃!光那片封国的子民就占大汉人口的三分之一,他当然舍不得!就因为此,他自齐国到楚国后,就妄称身体有疾,不来朝贺,也不派使臣……刘邦越说越气,越说越疑窦丛生:万一韩信与钟离昧联手,其后果更是不堪设想……他顺手按了一下腰间佩剑,从牙齿里蹦出几个字说:韩信岂不是生了反心!与其他反,不如朕讨!颁旨:大军即刻转道,挥师楚国!

周勃、灌婴立即跨前一步,拱手称诺:遵旨。

陈平却揖礼拜道:启奏陛下,臣……

刘邦道:噢?曲逆侯,听到陈平有话要说,刘邦不能不按住已经蹿到喉咙口的怒火。他太知晓并且欣赏这位美男子的智慧和谋略了。正因为如此,哪管他从服侍魏王豹到投奔项羽到终归跟从自己,哪管对他的行为操守有种种闲言碎语,刘邦从未计较。他宁愿用一个不掩瑕疵的人才,也不愿用一个完美的奴才,故此,在刘邦心目中,陈平是仅次于张良的奇谋之士,他任命他为监护所有将领的护军中尉。他的建言刘邦从来都慎听慎纳。看着陈平这位虽已年过半百但仍然高大魁伟的谋士,刘邦点了点头说:有什么话就说。

陈平道:陛下,陛下以为韩信知不知道陛下在生他的气?刘邦道:他应该知道。陈平道:那么,依陛下看,是韩信兵强还是朝廷兵强?刘邦迟疑:这个……陈平道:陛下以为,韩信用兵,智谋如何?刘邦道:这还用问,韩信神机妙算、用兵如神,天下谁人不知!陈平道:臣以为,既如此,强讨就不如智取,何况直到今天,韩信并未谋反,陛下刚刚平定臧荼,如今再讨韩信,恐怕天下人会……

听着陈平的分析,刘邦连连点头,不禁问道:那么……陈平已是成竹在胸:陛下不如移兵陈县……听到这里,刘邦眼睛微眯,凑近陈平。陈平也跨近几步,对着刘邦耳语起来……刘邦不住点头,他眼睛突然一亮说:……嗯,去云梦泽打猎,打个大猎物!他竟得意地仰天大笑,之后,他又忽然收住笑声,喊道:灌婴!灌婴答:臣在。刘邦嘱道:你速去细柳营,带一万精兵随朕前往楚国。灌婴道:臣遵旨。说罢,打马飞去。刘邦又叫:夏侯婴。夏侯婴道:臣在。刘邦吩咐:着你速返长安,将

004

朕的辇车、皇冠、皇袍一并送来。夏侯婴道：遵旨。说罢，调转马头，正欲纵马跑去，刘邦又追了一句，别忘了，还有朕打猎用的弓箭袋。刘邦又唤：周勃。周勃道：臣在。刘邦道：你率大军返回长安，休整待命！周勃道：遵旨。他正欲纵马转身。刘邦又叫住他说：等等！说罢，刘邦命周勃附耳过来。刘邦对周勃一阵耳语。周勃一脸神圣地连连点头。

夜幕四合，韩信寝宫内一片岑寂。钟离昧咕嘟嘟喝了一大碗水，之后擦擦嘴角说：……信兄，不到绝路，弟是不愿逃到兄的地界的，可从吴国到齐国，到处贴的都是悬赏弟头颅的告示，实在走投无路了，弟才……韩信一笑：钟离兄是信不过我韩信？你早就该……钟离昧打断韩信的话说：不，信兄，刘邦深知你我的兄弟之情，弟跑到你处，肯定要给你带来麻烦，你要是怕，就割下弟这颗头颅，将它献给刘邦！

钟离昧的话勾起韩信久远的回忆：当初在项羽军中，我韩信不过是个持戟侍卫，钟离昧已是项羽麾下的大将军，可他不分尊卑，从没瞧不起我，常以兄弟之情邀我饮酒，之后，虽是各为其主，各自为自己的君王效命，可兄弟之谊谁也没忘。沙场厮杀时，自然只讲敌我双方，你死我活——这是军旅中人唯一的标准；可朋友落难，来到屋檐下，我岂有不救之理！何止要救，稍有迟疑都枉为君子！想到这里，韩信激动地抬起头说：韩信是那种人吗？放心，最危险处就是最安全的地方，你就踏踏实实住在我这里。

三皇子刘如意突然扔掉花剑、躺在地下：不练了，不练了，天天说父皇回来，可直到今天，练得脚后跟都酸了，父皇也没回来！

五皇子刘长也扔掉手中长戟，就势拿起一个倒立，三哥说得对！有劲儿还等着给父皇看呢！我是不想再站着练了……

唯有四皇子刘恒手攥一坚硬石块，满脸通红，全神贯注地练着右手的握力。

刘长大声调侃道：看四哥那傻样儿！

"谁不练就打谁的屁股！"随着这炸雷般的喊声，一身烟尘的周勃大步走来。

众皇子闻声慌忙站起，一个个惊恐不解地看着眼前的周勃，和站在他身后的七个战袍零乱、遍体血痕的武士。刘盈呆望了半天，终于问道：周勃叔叔，你，你们怎么成这样了？不是打了个大胜仗吗？刘如意也问：父皇呢？父皇也成这样了？周勃盯了一眼刘如意：你们的父皇不能看你们比武了，他还要去打一场大仗。众皇子惊讶地说：还打仗啊？刘盈道：刚平了臧荼，这下一个……刘如意道：下一个，反正下一个也不会姓刘……

周勃一挥手，七武士步伐铿锵地跨向前方，他们刷地抽出武器。

众皇子见状，下意识地连连后退，刘盈一脸煞白。八皇子小刘建甚至捂住了眼睛，刘恒攥紧手中的石块，那被手汗拌合的石屑从指缝间一缕缕流到地上，那对

清亮多思的大眼睛含满了疑问、惊惧与敬佩……

周勃道：皇子们，别怕，他们各个都立了大功，每人都斩杀过叛军二十多个头颅，他们就是咱们大汉的英雄！刘恒喃喃着：这就是英雄，大汉的英雄！周勃继续着：他们，就是你们父皇钦定的你们的侍练！刘如意道：侍练？都伤成这样了，还不一碰就……周勃笑道：你试试。刘如意不服：试就试。说罢他一个箭步就舞剑出击。未待剑锋闪亮，已被那武士掼倒在地。

刘长早已按捺不住，他运足臂力，挺戟向前，口中大喊：三哥，看我的——可他的长戟尚未挺直，早被另一武士踢入半空。那戟在空中绕了一圈后戛然落地。

刘盈道：不打了，我不是对手……

周勃看了他一眼：你们父皇说了，谁不跟英雄过招，谁就是孬种，今天就不准吃饭。

刘盈知道，这位忠厚得近似木讷、威严得几乎不近人情的周叔叔是父皇最信赖的大将，谁也不敢不听他的话。他抢起一把大刀也朝一位武士奔去……

刘恒已经两眼血红，他扫视了一下面对的英雄，挺起长枪，与一位最为英武雄壮、身上血迹最少者对刺，那英雄也拉开架势与之对打，直到两个回合之后才将刘恒掼倒在地。

七位皇子终于一轰而起朝七位英雄扑去，七英雄变换着战法与之格斗，皇子们也终于战尘满身，黏满了英雄们的血迹和汗水。

通光殿既没有皇后椒房殿中用花椒籽合泥刷成的尊贵的珠红墙壁，也没有刘邦宠姬戚夫人永昌殿那温馨的地板、绚丽的壁画和满处琳琅的摆设，这个殿里到处呈现的是淡绿色，淡绿的墙壁、淡绿的地板，主人薄姬也是着一件淡绿洒花宽袖长裙，头插一枚淡绿的玉簪，与案上散落摊开的几本帛书、竹简和刚刚织就的织锦相映，更衬出主人的娴雅、清寂。已是掌灯时分，一桌冒着热气的饭菜已经丰盛地摆放在前厅长案上。

听到儿子"踏踏"的脚步声，薄夫人从织机旁站起，看着满身汗水、铠甲上粘满血迹的刘恒雄赳赳走进的样子，薄夫人吓得忙从织机旁跑向刘恒：恒儿，你这是怎么了？她忧心地端详着刘恒，从头到脚，直到见他全身无损才问：见到你父皇了？

刘恒兴犹未尽：这才是英雄，这才是打仗！

薄夫人看着他仍然神游云天的神态，忧心又起：……这孩子中什么魔了？快说恒儿，见到你父皇了？

刘恒道：没有！他仍然像英雄样地跨着大步：父皇又打仗去了。他让凯旋的英雄陪我们操练，真过瘾！

薄夫人长舒了一口气，转惊为笑，不由地伸手抚抚刘恒铠甲上的血迹。

刘恒握住母亲的手：母亲，你的手跟英雄的手一样粗，硬硬的。

刘恒似又想起那些英雄的伤口:不过打仗太吓人了,要死好多人!今天我才知道,英雄全是不怕死、不怕流血的人。

薄夫人望着稚气未脱、庄重得痴迷的刘恒问道:不怕死就是英雄啊?那些打架斗殴的市井无赖也不怕死,不怕流血,他们是英雄吗?

刘恒被问住了,那对清亮的大眼睛呆呆地盯着薄夫人……

薄夫人道:好了,快洗洗吃饭吧,我的小大人。

刘恒走到餐桌旁,当他看见色泽浓重的大块炖肉时,眼前突然出现了那些血肉模糊的伤口,他不禁干呕起来。

薄夫人喊道:来人,快把那些肉撤下去。

刘恒上前搂住薄夫人,母亲真是太知恒儿的心了,那红红的肉,恒儿不想吃。

已近黄昏,淡漠秋阳中,一阵旋风卷着飘飘洒洒的落叶,飘到围墙残破的县衙前,县衙乌黑的大门像是蒙着多年的厚土,灰蒙蒙中通地慢慢推开,几个衙役边敲类似钵的带耳的警器刁斗边吆喝着:朝廷宣旨了,朝廷宣旨了!

县衙门前聚集的人越来越多,人们衣衫不整、面黄肌瘦,间有老弱病残者。县令吴遑拄着拐杖,随着一只独腿一步一蹭地移到众人面前,他声音嘶哑地高声喊道:朝廷驿使宣旨,当今陛下去云梦泽打猎,路过本县,今日就到——百姓兴奋地望着县令,低声说:皇帝能有闲心去打猎,看起来我们这些草民也就可以安生过日子了。众人也议论纷纷:天下太平,不打仗了!好,好哇!这一天我们盼得眼都直了……吴遑道:安静!大家回去洗把脸,换身整齐点儿的衣服,然后,都来接驾!鼻子上罩了片黑布的陈三瓮声瓮气地说:我们要不要带贡礼呀?吴遑挥了挥手说:不要!朝廷已经有令,陛下南巡,沿途百官不得惊扰百姓。

众人边离去,边议论着:这汉皇还真行,不像秦皇,虎狼一般,动不动就要这要那,征兵役、加赋税。看样子,真是变天了……他们说说笑笑,各自朝自己灰憔憔的家屋走去。

陈三进了家门,直朝墙角奔去,在土坯垒成的鸡埘旁,他弯着腰急切地搜寻着什么,每一用劲,那开裆裤裙摆缝隙间露出的那片臀肉都颤动一下。少顷,传出闷闷的声音:鸡娘娘们,快点儿把贡品屙出来吧!

抱着孩子的陈妻拍拍他的屁股:蛋都让你给憋回去了!皇帝老子不是说了,人家不稀罕你这几个蛋!

陈三说:心意总得表表吧!夫妻俩边说话边走进屋里。陈三脱掉黑褐色的裙袍,露出两瓣屁股蛋:把那条新做的递给我。陈三妻扔过一条又是黑褐布缝的裙袍,陈三边往开裆裤上套,边:你说那大汉皇帝是不是也穿开裆裤?

陈妻怪异地望着他说:你今天是怎么了?这还用问?人家皇帝是骑马乘辇的,能像你这赶牛的?还都穿开裆裤?

陈三嘿嘿地笑了起来,还是我婆娘聪明。之后又正色说:你说这大汉皇帝也

怪,刚坐江山,不在宫里好好享享清福,大老远地跑来打什么猎?听说从昨天起,就在咱县南滩地上建帛布房子,叫什么……临时行宫!

陈妻哼道:这是你管得了的吗?你这张嘴就爱议论朝廷的事,鼻子给割了不够,还要把嘴也搭上!

陈三直起腰来正正鼻子上的黑布,呵呵笑着:咱这张嘴不就是爱说嘛!咳,不说了,不说了。

一阵"咯咯哒"的鸡叫伴着远处传来的马蹄声响起,二人不约而同地朝外望去,只见不远处腾起一片黄尘。陈三抓起鸡蛋,一家人急忙朝县衙跑去。

县衙前的人们你推我挤地朝城门处望着。只见城门外滚滚黄尘中锦旗飘动,嘶鸣的军马和着辚辚的车轮声朝城门处压来。

汉高祖刘邦在刀戟闪亮的侍卫军簇拥下自远而近,他此刻没戴十二串玉旒的皇冠,也没穿华贵的龙袍,而是换成一身打猎的行服——头顶杯形的鹿皮冠,身着五色彩龙的青缎短衫,高头大马上的他,那两道上翘的嘴角显现着至高无上的尊贵和威仪。

刘邦的坐骑刚刚站定,县令吴遑就急跪上前:陈县县令吴遑恭迎陛下,陛下万岁!万万岁!

众人手举面饼、鸡蛋、红薯等也纷纷下跪,高呼万岁。

刘邦满面春风地捋捋胡须说:朕的子民们,快快平身!他眼神一转,忽对吴遑说:不是说不许……

陈三抢前一步:陛下,是我们自愿的。嘿嘿,一点心意,只要陛下不怪罪,我们就——

刘邦哈哈大笑,他跨下坐骑:礼轻义重啊!之后,走到吴遑跟前:你堂堂县令,那条腿呢?

吴遑一脸悲酸地答道:回陛下,那条腿是打仗时受了伤,给锯掉了……

刘邦又来到陈三面前,揭起他脸上的黑布问:你……他这才看清陈三已经没了鼻子,只有两只黑洞在一片疤痕处张弛着……他不禁问道:你的鼻子呢?

陈三竟一时说不出话,半晌才语不成句地答道:被亡秦的官割掉了……

刘邦敛容叹息道:连年战乱,让乡亲们受苦了,所以朕才要打秦二世,打项羽!现在虽然我们得了天下,建了大汉,可朕出来打猎,都找不到六匹纯一色的马!朕知道你们就更穷了,可你们还是把家里最金贵的东西献给朕,可见人心向汉啊,朕带来一些优质稻种,分给你们,希望你们勤劳耕种,早些过上好日子!

众人山呼万岁。

刘邦转向吴遑:陈县现在有多少户人家?吴遑回道:秦朝时,登记在册的户籍为一万二千户。连年战乱,除去打仗、流亡、疾病和饿死的人,现在在册的也就不到四千户了。刘邦像自语又像对吴遑说:要爱民如子,我大汉最缺的是人哪!陈三插话说:只要不打仗,这地里的庄稼年年长,娃娃年年添,要不了几年,我们陈县就会大人喊娃娃叫,满处都是人！刘邦捻须点头。随行的曲逆侯陈平趋前耳语:陛下,临时行宫已经搭建好了。刘邦向众人招招手后,转而登上车辇,随着他的手势,侍卫高叫:起驾——刘邦边走边问:韩信来了吗？他离这儿是最近的。陈平嘿嘿哂笑:不挨到最后,他大概是不会来的。

虽说好友钟离昧在被到处追杀时,韩信为他的安危担忧着,可钟离昧一旦来到楚国宫中寻求他的保护,韩信却又陷入另一种担忧中,那就是刘邦对他会怎样？尽管他在钟离昧面前显得非常义道,可城门失火殃及池鱼的道理他是再清楚不过了。这天他接到刘邦将来云梦泽狩猎的消息后,他敏感地意识到,刘邦终于开始行动了,刘邦是冲他韩信藏匿钟离昧而来！淡淡的日影突然被大块黑云吞没,钟离昧没察觉韩信此刻的复杂心理,他把韩信拉到院子里的沙盘前,拔出三只沙标朝向距离一丈外的靶心,嗖嗖嗖,连投三次,标标中的。

钟离昧兴奋地说:信兄,该你了。韩信淡漠地说道:你投,你投。钟离昧诧异地说:昨天不是说好,今天我们两人比赛投掷沙标吗,怎么能光我一人投标呢,你今天是怎么了？韩信叹了口气:刘邦来云梦泽狩猎了。钟离昧道:他狩猎怎么了？韩信道:你以为,他是真为狩猎？他是冲你而来呀……钟离昧终于明白了什么,他兴味索然地扔下沙标,两人久久不语。钟离昧走近韩信说:他是冲我而来,更是冲你而来呀！

韩信一怔:冲我？我……钟离昧道:你以为刘邦就真的对你那么放心？还在你胁迫他封你为王的时候,你已经为自己种下了被他除掉的祸根……韩信点头:这我知道,知道,那你说……钟离昧走到案前,端起陶杯,喝了口水说:这几天我一直在想,我逃到你这里是害了你,或许,又是救了你。韩信愣怔地看着他:此话怎讲？钟离昧弹着陶杯,作为项羽麾下干将,我被刘邦举国捉拿已是当今大事,你出于义气,冒死保全了我这条命,可用不了几天,你保不了我,自己也将被戴上窝藏逃犯逆匪的罪名。按大汉律令,你与我同罪,必遭杀戮,岂不是害了你！韩信道:那么又何谈救我？

钟离昧侃侃而谈:得天下者最忌讳的是功高盖主,论谋略、论用兵、论战绩你都在刘邦之上,偏偏天下人还越传越广,曰"汉得天下皆韩信之功"。不用说刘邦,换了你,你能不疑惧提防,必欲除之而后快吗？这就是刘邦以你不谙齐语为名,撤你齐王而徙楚的真正原因。自齐至楚,虽说同样为王,可实质上你的财权人权兵权都已被释除了大半。

韩信将沙盘中的标拔出,深深点头。此时,天已薄暮,暗影笼罩的楚王宫中早已看不清韩信脸上表情的变化了。

钟离昧的声音如石磙般传来:这只是刘邦的第一步,那么,第二步、第三步呢？

韩信点头:钟离兄以为怎么办好？

钟离昧道:既如此,与其苟且,不如举义灭刘。以你现有的兵力,我俩联手伐

刘,不愁拿不下长安,改变天下。这就是我说的救你,也是你君临天下的好时机。

韩信道:有钟离兄此心足矣。当年你我在项羽军中情同手足,甘苦与共,不管我背上什么罪名,我都会与兄同在。

钟离昧起身深深一拜。

韩信道:可汉皇也是重才重义的人。当年楚霸王项羽对我从不正眼相看,汉王刘邦却金坛拜将,让我由一个无名小卒成为天下扬名、统帅千军万马的大将军,此恩此义,韩信是不能背弃的。我想,即使我救你之事败露,我若赤胆相求,陛下也不会不网开一面。

钟离昧道:可信兄也别忘了他的另一面,这就是狡诈狐疑、视权如命。你刚离开齐国,他就封了他外妇的儿子刘肥为齐王。今又借云梦泽游猎之名到了陈县,这难道不是为你而来?你不去朝拜他不行,若是去了……韩信道:怎么样?钟离昧回答:他肯定将你擒拿定罪,昭告天下!韩信沉吟良久,终归不能不承认钟离的论断,这么说……钟离昧决绝道:与其如此,不如我们即刻起兵杀至陈县……韩信也似乎成竹在胸,万万不可!我若兵围陈县,韩信就千秋万代洗不清背信弃义的罪名;汉皇若置我于死地,他也难脱江山初定杀戮功臣的后世诟骂,我不会这么做,他也不会。钟离昧冷笑道:信兄,话已说尽,不要再自欺欺人了。其实我说的这些,你早想在前面了。韩信"哒哒哒"地敲着暗影中的沙盘,再不作声。

钟离昧终于按捺不住了,他几乎是从齿缝间一字一字地爆出说:你不厚道而且虚假,看来,只有让我厚道到底了。韩信定睛望着钟离昧,你,这是什么意思?钟离昧冷静一下自己,如果你不忍背叛刘邦,又不忍下手杀我,那就只有一条路可走。韩信急切地问:什么路?钟离昧道:由我自裁,你拿我的头去见刘邦。

韩信急忙阻拦,不可,万万不可!钟离昧冷然一笑,我们可以最后赌上一把,你献我头颅之际,也就是你的头颅落地之时。哈哈,哈哈,哈……钟离昧笑声未了,突然抽出韩信之剑朝自己脖颈抹去!韩信急忙阻拦,伸出的手尚未够到钟离昧,钟离昧的热血已经滚烫地喷射了他满身满脸……韩信抱着他温热未褪的身躯,看着他仍然盯着自己的血红眼睛,一阵大哭,伏倒在地。

王都尉倏然冲进宫来,三刀两下割下钟离昧头颅。韩信见状大怒,还在颤抖的手指着王都尉说:你?!王都尉冷静得不容置疑:楚王,当年你受胯下之辱时都未曾这样犹豫不决,如今事已至此,只能这样了,这也是钟离昧将军之愿哪。

王都尉是韩信帐下最贴心的将领,他忠勇果敢,极富智慧,凡在韩信危难关头,总有出人意外之举,使之化险为夷。韩信听着他的话,不禁仰天长啸,哭笑难辨,钟离昧将军之愿,钟离昧将军之愿,哈……

王都尉拎起钟离昧之头颅递与韩信,楚王,不管是福是祸,你都得快去陈县!否则也对不起钟离将军一片苦心!

临时行宫里戒备森严,手持刀戟的几层护卫暗含着慑人的威严。

刘邦仍是一身随意的行服,端坐行宫中央,樊哙、陈平、灌婴等站立两旁。

韩信一脸迷茫地先献上钟离昧头颅,之后跪于地上:恕韩信来迟,叩见陛下!

刘邦面带微笑说:楚王平身。之后,他弓起身子看了看问:所献何物啊?

韩信低声说:钟离昧……

刘邦故作惊讶道:韩信哪韩信,你这一向以忠义传扬天下的韩大将军,怎么能下手杀掉你的昔日好友呢?

韩信道:陛下不是专程来捉钟离昧的吗?

刘邦故作懵懂地看看左右,朕捉钟离昧?你不是从来都说他不在楚国吗?朕怎么能不信与朕生死争战的韩大将军,怎么会来到你的楚国捉他?朕是来云梦泽狩猎的嘛。

韩信讷讷道:樊丞相、吕卫尉前几天不是已经追到我那里……

刘邦脸色突变:你不是信誓旦旦地说,钟离昧不在你那里吗!

韩信嗫嚅:臣……

刘邦厉声道:大胆韩信!朝廷下令追捕项羽余部已近三月,朕相信你会亲自将钟离昧拿获递送朝廷,可你却非但不拿,反而将他窝藏宫中,以致樊哙、吕释之追到你的宫门口你都矢口否认……要不是朕借云梦泽游猎来到此地,你会献上这头颅吗?可以断定,这钟离昧的头颅也是他自己割下让你拿来邀赏的!这就是你的忠心?这就是你的义气?

韩信欲辩:陛下……

刘邦以不容辩驳的口气宣判道:你与项羽死党的交情真是惊天地、泣鬼神啊!你眼里还有没有朕,有没有大汉,有没有国法?!来人,拿下,拉出去斩了!

韩信这才回过神来,他几乎是抽动全身神经,纵声大笑:哈……果不出钟离昧所言,天下已定,你刘邦可以诛杀功臣了。真是狡兔死,良狗烹;高鸟尽,良弓藏;敌国破,谋臣亡啊!

众文武你看看我、我看看你,两禁卫军欲上前架韩信。

刘邦两眼一转,举起的右手又放回案上:慢!楚王的话还没说完,把他押入囚车,带回长安,我们慢慢说。

第二天早晨,秋风又起。韩信被五花大绑,推入秋风吹打的囚车中。车过一片树林,几片飘飞的落叶打在他脸上,他似毫无感觉,仍是闭目颠簸。只见他纷乱的长发和长发上飘落的枯叶一起在秋风中挣扎。

刘邦则全然不同,不费一刀一枪,既拿到了钟离昧的首级,又押回了心头大患韩信,他怎能不龙颜大悦,他命辇车马上加鞭,他要快些赶回长安,安然地坐坐还未坐热的龙榻,筹谋要做的大事。

侍卫军簇拥的辇车刚跑了十几里路,刘邦想起了什么,他要看看囚车中韩信如今的模样。辇车停在大路正中心,"咯吱"乱响的囚车从后面赶来。未得圣命,

它不敢停留，只从皇辇停留的路边擦身而过。皇辇中的刘邦透过辇窗盱目外望，那一刻，只见囚车中的韩信发如蓬蒿、面如焦炭，那往日如两把利剑的大眼紧闭着，身上那袭长及脚面的黑袍已被秋风撕烂了前襟，随着吱吱呀呀作响的车轮声甩打着……刘邦闭上眼睛，他做了个手势，命辇车赶往前面疾行。

车队军马疾行，从云梦泽出发，他们穿荥阳、过成皋，到洛阳……每过一地都勾起刘邦无尽的回忆，刻骨的联想：那一年，项羽率部追击汉军，刘邦退至一条巨流前，楚军团团围住，汉军东奔西突，互相践踏，岸上水中，死伤一片，以至淹死的军士、马匹塞满河床、河水滞涩，刘邦正惊恐间，狂风骤起，飞沙走石中韩信率军奔来，一阵厮杀后携刘邦冲出重围……

那一夜，魏王豹正在魏国国都安邑搂着宠妃薄姬安睡，韩信率大军星夜袭击，大军撞破城门、拿下城楼，生擒魏王豹和薄姬，占领魏国。

又一夜，项羽率军围困成皋已数日，城中弹尽粮绝。刘邦为脱险，不得不用计逃脱：他一面命城中百姓乘夜色逃出城外；一面命一武士假扮刘邦，并在众汉军簇拥下乘车逃出城门，且逃且喊：城里一粒粮食都没有了，汉王投降，求霸王免死——项羽正迟疑间，刘邦在周勃、陈平、樊哙护卫下从另一城门逃出。刚刚脱险的刘邦正沮丧中，却传来韩信大军占领齐国的捷报；不几日，韩信又攻取赵国，致使汉军军心大振。

垓下，韩信大军将项羽团团围住，项羽骑乌骓马突围，韩信、灌婴率军猛追，项羽退至乌江边，三面追兵威猛，前面乌江水急，项羽无奈，拔剑自刎……

回忆如一条奔涌而来的大河，涌来那么多韩信的功劳和战绩，洗软了刘邦多年沙场厮杀铁硬了的心……他想，原本就是刘、项、韩三分天下，是韩信助我，才逼死项羽，全了大汉，我如此时杀了韩信，背信弃义，遭后人唾骂不说，英布、彭越等异姓王又将做何感想、有何举动？罢了，先养起他吧，先让他这林中虎变成笼中雀……他突然大喊一声：传朕口谕，将韩信松绑，赐以淮阴侯。火速传谕萧丞相，为淮阴侯特备一处府邸。

韩信被扶出囚车上马，他睁目四望，莫知所以，此时，这支车辇人马已到洛阳。

夜。长乐宫大殿内华光四射。汉高祖刘邦身着便服端坐龙榻。左侧，他的宠妃戚姬曳长袖束细腰长裙，美丽妩媚，给这庄严的殿堂也平添几分春意。丞相萧何坐于右侧。众文武大臣分文东武西席而坐。一个个厚重宽大的几案上已杯盏狼藉。宫女们随袅袅汉乐翩翩曼舞。

刘邦得意之色溢于言表，不禁举樽祝酒说：我大汉自定陶建业几度迁都，今终于定都长安。定都就是定国，定国就是定业。大伙看看，这长安城凭靠的是广袤的汉中平原，一个吃不尽掏不光的大粮仓啊！我们大汉就要在这里千秋万代永固江山了！众大臣起座欢呼：吾皇万岁，万万岁！刘邦满面笑容，示意大家落座，众爱卿随朕戎马征战多年，终于可以与朕共享天下了。今天，我们不分君臣，不拘礼仪,只为喝酒,只为尽欢。这酒可是秦始皇喝的椒伯酒啊!

众人一阵狂欢。

樊哙的打扮分外抢眼,他身穿朝服,头蒙一块不巾不冠之物,他扔掉一只啃光的鹿腿,又抱起眼前的大碗一饮而尽。之后擦擦嘴说:今天爷爷也能坐在皇宫饮仙汤了,痛快!刘邦见樊哙状貌,大笑,左丞相,你怎么穿朝服却不戴朝冠?还以为你是赴项羽的鸿门宴给朕驾车的车夫吗?连士冠民巾的礼仪都不懂,真是屠狗的出身,难改草民习性!

樊哙不服气地愣了一会儿说:揭什么老底呀!要揭,咱就揭一下试试,他逐个指指在坐的重臣说:这周勃,吹鼓手,专往死人堆里钻;灌婴,沿途叫卖的丝绸贩子;曹参,县衙小吏,就是三哥、姐夫你当年……萧何忙打断他,首举反秦义旗的陈涉、吴广不是说过:王侯将相宁有种乎?樊哙及众人一齐接着喊道:是啊,是啊,王侯将相宁有种乎?刘邦对樊哙假嗔道:这是朝廷,日后只许叫陛下!樊哙嬉皮笑脸说:你不是说现在不分君臣嘛!刘邦道:君臣不分也不能胡闹!你已经是朝廷的左丞相了,总得有个样子吧?樊哙答道:是,姐……不,陛下。可左丞相的事我得说明了,我大字不识几个,文官怕是当不好……还不如当大将军痛快!刘邦板起脸,这是由你说了算的吗?谁当什么,是按军功排的。

樊哙扮个鬼脸,忍不住又说:还别说,就咱自己琢磨的这个。他用手指指头上那块以灰褐色麻布扎成的巾帽说,还被改成了朝冠呢!姐夫陛下制定礼仪时不是把它命名为樊哙冠吗?刘邦道:那是朝廷守宫门的侍卫冠,你愿意戴吗?樊哙道:那怎么行!我不要左丞相,也是舞阳侯吧!刘邦说:着哇,你应该戴王侯冠!樊哙道:我知道!这不是戴着舒服嘛!他一不小心,朝服袖子被烛火烫了个洞,他又掸又扑,火星才灭。之后急忙起身道:哎呀!这明天上朝如何是好!我得想个办法去。于是离席而去,引来一片哄笑。

众人乘兴而闹而欢。

刘邦看看这些将要辅佐他基业的大臣们——这些昔日的屠夫贩夫一个个陶醉在升天后亢奋中的样子,他这位乡野出身的布衣皇帝也忍不住满心喜悦,他走到萧何面前,举起斟满美酒的方形青铜酒樽,丞相,今晚可要多喝点儿啊。朕知道,为建这长乐宫,你是日夜操劳啊。话毕,他忽有所感,要是子房在该多好!过去南北征战左右不离,迁都长安还是他的主意呢!如今得了天下,他却不进长安……

萧何为挽回他的遗憾,悄悄说:陛下,张良已经来到长安。刘邦讶道:那他怎么不进宫赴宴?萧何道:他迷上了气功引导术,正在临时寓所修炼,已经三日不进食了。刘邦捋须感慨:张子房,是一奇人哪……

曹参意兴正浓,看看刘邦说:不饮椒伯酒,青年变皓首。有陛下的美酒盛宴还在那儿练功禁食,这不是跟自己过不去吗?我可不能这么活!说罢,顺手拍拍一宫女的屁股,那宫女猝不及防,不禁惊叫起来。曹参看着她的样子,哈哈大笑。

周勃也来凑趣:平阳侯,我看你还是难改当年做狱吏时的毛病,一要纵酒,二要女人。可说来也怪,只要喝足了酒,有女人陪伴,你就能率军冲杀,披靡天下……但身子可是自己的,你一身七十多处伤疤,还是少近酒色为好,我看,你才该跟着张良去练练引导术呢!

曹参又饮一樽:你不用劝我。周勃道:劝又怎么样?曹参回道:劝也白劝!不知何时,陈平举樽凑到近前,酒醉之中求享乐,平阳侯方为智者!曹参又斟满一樽,着啊,不算张良,曲逆侯陈平就是当今朝廷第一谋臣,有他的夸奖,我曹参还求什么!话毕,又举樽与陈平用力碰了一下说:喝!众人调笑着:你们就互相拍吧!说罢举樽狂饮。

刘邦忽有所感,四处寻找,韩信呢?他的病还没好吗?之后转向萧何,唉,大汉能有今天,你萧何、张良、韩信是功不可没啊。萧何道:陛下过奖了!刘邦感慨良多:不是夸奖,这是实话,要说运筹帷幄,决胜千里,朕不如子房;论治理社稷、安抚百姓,朕不如丞相你;若论指挥百万大军,战必胜,攻必取,朕不如韩信,你们能为朕所用,乃大汉建立、夺取天下的关键哪。可如今有人说朕……唉!他们哪里知道,子房是自己要求退隐山林,求仙修行;韩信是称病辞朝,在长安终日足不出户,现在,朕身边就剩丞相你一人了,你可得保重啊!萧何由衷地说:陛下真是一代仁君哪!刘邦似并未听到萧何的阿谀称颂,他越发不安地说:朕得抽空去淮阴侯府上看看……萧何欲言又止。

长乐宫已灯火阑珊。

第二章

刘恒拖着两行清鼻涕,不停地咳嗽。他手捧一个帛剪的小人面对地下明火正红的炭盆,正在想着什么。此时,樊哙脚步匆匆,来到通光殿门首。侍女见左丞相到访,正欲通报,却被樊哙以手势拦住。樊哙即便是个武夫,他也知道,贪夜闯入后宫,总不免过于唐突,弄不好,或许还找来祸害。可刘邦毕竟是他生死弟兄,如今又是连襟,他虽做了皇帝,与自己也知人知心。何况事情紧急,此事又非求薄姬不可,这才冒冒失失来到通光殿外,他正犹豫间,殿内传出刘恒的声音,都怪我,就想当英雄!刮大风,下大雪,不穿厚丝絮袍往外乱跑,发高热、说胡话,三天三夜了。说着,又"吭吭咳咳"地传出几声咳嗽声:母亲说把你这个不听上天爷爷话的小病孩儿烧了,我的病就会好!说着,他将手中小帛人掷入炭火盆中。那小帛人先还伸胳膊伸腿,一会儿就化成一堆死灰……他接着说:母亲说,烧了你,我病好了,就能去读书,去骑马了!

背对门首的薄夫人正收拾一堆刚做好的香囊,看着儿子听话的样子一脸欣慰。

樊哙也才大步走进门来,哈哈哈哈……四皇子小小年纪就知道敬重上天,将来到封地为王,准是个顺天意、察民情的好君王呀!

薄夫人闻声急忙转身,迎上前道:不知左丞相驾临,未能远迎,请……

樊哙忙拱拱手说:岂敢岂敢,薄娘娘,是樊哙给你添乱来了。他边说边递上朝服,这是我的朝服,刚才被烧了个洞,要是明天上朝被陛下看见,非打我板子不可!我家夫人吕嬃说,要补得天衣无缝,非求娘娘这双巧手不可,织室那些人是做不好的,我这才斗胆……"

刘恒毕竟稚气未脱,孩子气十足:母亲守了我好几天,又赶做了那么多香囊,已经好几夜没好好睡觉了!

薄夫人急忙制止,恒儿,不得无礼!左丞相,承蒙你看得上,放下就是,明早天一亮,我就让侍女送到府上!

樊哙递上烧坏了的朝服,谢薄娘娘!说罢,施礼辞谢,上得肩舆,笑呵呵离去。

薄姬把一堆香囊放在几案上,香囊五彩斑斓,小巧玲珑,造型新颖。

薄夫人道：恒儿，给母亲记个数，别弄错了。

刘恒说：好，我数数……吕后娘娘的、戚娘娘的、二哥的、三哥的……哎，二哥的怎么有条小龙？我们的怎么都是小老虎啊？

薄夫人笑望着刘恒说：二哥是太子，日后就是皇帝，当然要绣条龙了。

刘恒一脸天真，他老不愿意背《诗》《书》，上次，教算学的张苍太傅问他九九是多少，他想半天还不敢回答。马也骑不好，剑也使不好！

薄夫人脱口而出：他是小时候被踹下车，吓得胆子小了！

刘恒一脸好奇：是谁把二哥踹下车了？

薄夫人突感失口，脸色骤变，忙捂刘恒嘴说：是母亲一时失口，瞎说的，记住！在宫里瞎说话是要闯祸的。

刘恒似懂非懂地点了点头。

晨光初露，一只乌鸦振翅飞过，遮得淮阴侯府的屋檐也有几分颤抖。

韩信正在院内练剑。仆人高喊：陛下驾到！韩信慌忙藏剑，整衣出迎。施大礼。刘邦满面春风，趋前扶起韩信，哎呀，施什么大礼呀，你身体又不好！他端详着韩信的脸说：瘦了、瘦了，是否请太医看过？服的什么药？韩信真的无力起来，看也看过，似乎一时也说不清是什么病。刘邦道：是啊！病藏在人的身子里，怎么能切切脉就看准呢！我还是相信调养、进补，来人！

宫人闻声急急躬身走入院中。刘邦道：把南越王进贡的龟酒、匈奴单于进贡的貂皮抬进来。韩信伸出两手遮拦，陛下，韩信岂敢享用贡品！刘邦道：此言差矣！想当年，我们攻秦伐赵、破齐灭楚，从来都是君臣不二、生死与共，有衣同穿、有饭同吃，这才无往不胜，有了我大汉，怎么今天就生分了？韩信闻言，不禁感动地两眼潮润起来，韩信由一个受胯下之辱的市井小民，成为统帅百万人马的大将军，陛下与萧何丞相的知遇之恩，臣是永不敢忘的！今日陛下屈驾探视，臣，韩信更要永远铭刻在心！刘邦倒尴尬起来，这……接着转而大笑，不说这些了，不管怎么说，你是建立大汉江山的头号功臣。对于你，朕心里有本账，对于朕，你心里也有本账……说着，他拿起沙标朝一丈远的标桶掷去，淮阴侯，比试比试如何？三投两胜！韩信道：陛下先请。

刘邦抄起沙标先中一标，后两标却连连失的；韩信信手掷去，标标中的！刘邦掩饰着不快说：病中的韩信也是厉害的啊。韩信却轻乎地挥挥手说：陛下言重了，这不过是游戏。看着韩信的瞬间举止，刘邦已经心生不快，韩大将军，你说朕带兵打仗，能统帅多少人马？韩信想了想，真就说了实话：我看陛下带十万人马足矣！刘邦问：那你呢？韩信未加思索脱口而出：韩信带兵嘛，多多益善。刘邦更加不快，噢，这么说，朕与你是不堪一比喽？韩信这才意识到刘邦此时的心情，他于是坦然而笑，我是说陛下是统将之帅，信不过是统兵之人，自然不能以数量观。不管韩信如何表现，还是难以释去刘邦的疑窦，但他却转而大笑，哈……这话说得好！

出长安城东行，一脉青山绵延逶迤。其势虽并未高可及天，其威却荡荡皇皇，这就是长安城外的骊山。沿山而上，松柏深处那座高大的庙堂就是人神共仰的五帝庙。晨钟刚落，大殿内缭绕的香烟在四尊泥塑前飘绕不绝。

刘邦携萧何、陈平、张苍等在五帝庙前行祭天祭祖大礼。祭祀仪式完毕后，刘邦走进庙门，环顾左右——

刘邦忽有所感：古代有三皇五帝之说，所以人们称这里为五帝庙，可朕找来找去，为何只见黄帝、青帝、赤帝、白帝祠？那第五个帝呢？张苍，你做过秦朝御史，熟知天文地理和历代典籍，给朕说说，这是怎么回事？

张苍清了清嗓子说：当年秦始皇泰山封禅前，到此祭拜时也提过此事，臣曾遍查典籍，终于未果，臣将再作考查。

陈平谐谑而笑：张大人就别再引经据典了，古人和上天是特意空个位子，留给咱们陛下的。

继而，陈平迅疾收尽笑容，从内到外都涌出一种神圣感，他扑地跪于地下，双手合十，眼望刘邦，陛下，何不遵上天和古人旨意，再补修一祠，为五帝之首呢？

众人闻言，伏地而拜，吾皇万岁，万万岁！

刘邦见状，快意地看看陈平，捋捋长须，众卿请起，请起。

不知何处，飘来一缕清雅之声：行天道者，方可称天之骄子也！这声音似歌唱，似吟诵，环山缭绕……

刘邦遍寻群山，除一片片松柏摇出的松涛声外，并不见人，他猛一回头：是何人发此高论？

只见一头戴儒冠、身穿淡青色长袍的颀长身影自祠内飘然而出，长揖跪地，口称：留县张良叩见陛下！

刘邦十分惊喜地忙搀扶起张良说：子房！萧丞相说你来到长安已有几日，为何不来见朕？

张良笑笑说：良知陛下迁都长安，必来此地祭天祭祖，在此叩见陛下，岂不更加合宜？

刘邦笑道：哈哈哈哈……合宜合宜！

刘邦、张良沿山路而上。

刘邦深情道：子房啊，这么多日子你不在朕身边，朕是真想你啊。虽说大汉朝政已稳，各种律历都已制定，自秦以来连年战乱，仗，是打完了，可国人也就剩下秦时的二三成了，尤其是青壮男人太少。北疆的匈奴单于趁我楚汉相争无暇外顾之机，侵占我大片肥沃牧地；南越的赵佗时起反心，加上为打败项羽不得不遵诺封就的那几个异姓王屡生二心，真是内忧外患、百废待举呀……子房，此时此刻，我能不想你吗？

张良也同样深情道：陛下，良虽身在山野，心却时时牵挂着大汉社稷。

刘邦感动地点头，可心在还是不如人在啊……

张良拱手而笑,陛下还记得不记得我们的约定?

刘邦讪笑道:嘿嘿!朕的厩将啊,你还真把此话当真啊!

张良一脸真诚道:自然,君子重诺嘛!所以当年投靠陛下时才敢约定只帮陛下打江山而不坐江山。此时大汉江山已定,良再返朝为官岂不遭人耻笑?况且良天生体弱多病,也是心有余力不足啊。陛下若惜良性命,还是让我放浪江湖山水之间的好。至于如何安民除患,朝廷有萧丞相辅佐,各诸侯国,良以为,他们的丞相和掌管军权的都尉都应由朝廷委派,对匈奴、南越不如……

刘邦不断点头,二人沿山路而行……

张良寓所大厅的墙上挂满引导术中各种姿势的帛图,他正按图索骥,随着帛图的导引,一招一式摹仿练功。

萧何悄然而至,子房兄,好雅兴啊!张良忙收功说:噢,丞相来了?欢迎欢迎!朝廷那么多大事,丞相怎么有暇……萧何道:是陛下怕你过得太清苦,让我给你送些钱物来,话音未落,随着他的手势,宫人们早已抬上珠宝、金银、帛布等放于厅内。张良一脸淡然,良本一世外之人,这些身外之物是用不着的。萧何感佩道:子房兄清廉啊!记得那年陛下封赏功臣,将齐国的三万户做你的食邑,你坚不承受,硬将与陛下相会的赤贫留县做为封地,舍富求贫、高风亮节啊!张良道:萧丞相才是真正的清廉!看长安城里哪个诸侯王的府邸不比你住的气派,连街头百姓都知道丞相府偏僻简陋。萧何摇首道:什么府邸公馆,不过是处住人的房子,一家人有处房子住、有份俸禄可以一家吃饭也就心满意足了。不说这些了,倒是你老兄,说句心里话,到现在我还不知你想以何为安?张良吟道:生不求荣华富贵,死不求后人垂挂,只要自由自在、寄情山水,随身带一幅丞相的字,平生足矣。萧何朗声大笑,哈哈哈哈……你的一番话真说得我像喝了三壶老酒啊。张良道:怎么?萧何说:晕晕乎乎,脊背生汗啊……张良也大笑。萧何收住笑声说:你还真像我肚子里的一条虫。张良:怎么我又成虫了?萧何笑望望他:萧何此来还真带来一幅拙书,教正于兄。张良惊喜,字在哪里?萧何探袖取字,展开,一个巨大的"逸"字赫然在目。张良贪婪欣赏,点头领悟,逸、逸……这字不光意足,且神形兼备,不愧是自成一体的大家手笔!我看可称"萧籀"啊!萧何谦虚地摆手。

张良陶醉字中,边欣赏边议论:看这一点,真如以石击卵、力透千钧;看这一走之儿,真是马到临崖,不足则力道不够难达巅峰,太过则马坠深渊、粉身碎骨……

萧何道:可有人就是不懂,他纵马驰骋如千军席卷,可待到该勒马时,总还余威尽露,不懂戛然而止……

张良从字中脱出,望向萧何,丞相是说……

萧何道:是啊是啊,萧何心忧啊!

张良点头:是让人心忧!他自被陛下突释兵权,由齐至楚再到今日的淮阴侯,其声威权势,与当年的汉王拜将、兵逼项羽已经是天壤之别了,要是懂得马到临崖的道理,缰绳放得松一些,马蹄迈得缓一些,该止步时且止步,对人对事豁达谦恭些,也就不至……萧何道:韩信吃亏就吃在这秉性上。张良道:你对他有知遇之恩,又有今日一人之下、万人之上的相位,你该劝劝他呀!萧何轻叹一声:正是这样,我才有诸多不便啊……现在能说话的,只有一人。张良道:此为何人?萧何手指张良。张良点头:明白了。良自当尽力。可韩信长于攻城略地,拙于攻心谋要,有小"术"而无大"术",改也难啊……

长安城外,渭水之滨,晚秋的阳光虽早已褪去盛夏的炽热,一经渭水洗濯,却更亮出它的温热亮丽。它照出了渭水涌流的旖旎,照出了岸边秋草的绒柔。在稍远处一片枯叶落尽的柳林下,韩信和樊哙各自一身戎装,从不同方向走来。

韩信对樊哙深深一揖,调侃着:啊,相爷。樊哙立即单腿一跪,不好意思地:什么相爷,你才是真正的豪杰。韩信道:相爷,你还嫌我折煞得不够?樊哙道:哪里,哪里,淮阴侯,请。两人朝柳荫走去。

这大汉江山本是共同打下来的,如今江山定了,每个人的处境、心境和地位却大不相同,特别是当今的左丞相樊哙,总觉心里惴惴的不是滋味:论军功,论战绩,论统兵打仗的能力,韩信都在他们之上,何止之上?简直不堪一比,正因为此,在他与吕释之率兵追拿钟离昧到楚王宫前时,他宁愿承受刘邦的责难,也不进宫搜查;当下,他不是不知道刘邦对韩信的怀疑与不满,但既然他还是淮阴侯,也并没什么罪名,我们武人们为什么不可以比比武,暖化一下这彼此结了冰的关系,于是,他自做主张,邀约周勃、灌婴和韩信来郊外散心比武。就在他陪同韩信朝柳林走去的时候,周勃、灌婴已来到林下等候了。

同是沙场战将,又因为近日气氛的诡谲多变,他们不便多谈,也不知从何谈起,相见未久,这几员大将就在柳林中比起射箭,韩信一箭发出,就掷弓坐于地下。樊哙道:淮阴侯,害怕了?韩信道:怕?我韩信从来不怕明枪,怕的只是暗箭,你看看那些鬼影。随着话音,他指指不停涌动着的树丛。周勃回头,隐约瞥见吕释之等几个人影,他愤而问道:是谁?韩信道:还用问,监视我的呗!说罢拔腿欲走。樊哙大咧咧地:不就那几个人吗?与咱何干!淮阴侯,接着来。韩信一语双关:渭水河畔、垂柳树下,却飘来几个不敢见天日的鬼影,杀风景。樊哙道:什么杀不杀的,看剑!韩信倏然回手:见招!或许是要一泄心头之愤,或许他已经怀疑起周围所有的人,韩信一剑刺中樊哙肩膀。灌婴惊呼:哎呀,出血了!周勃道:这如何是好,怎么动真格的了!韩信道:动真格的?我本不想动,可有人偏偏要动,他指指周围的人:你们可以一起上!他话音未落,樊、周、灌三人就对韩信混战起来,韩信被杀得翻滚腾挪,一片烟尘。

远处,陈豨策马朝烟尘奔来。急奔的战马来到柳林下,陈豨翻身下马,那场比武也正到了尾声,众人收起刀枪朝走近的陈豨望去。陈豨对众人拱拱手。樊哙边包扎剑伤边问道:阳夏侯,陛下不是要你去代国当丞相吗?怎么还有心来这里呀?

陈豨道：陈豨听说诸位大人在这里比武，是特来辞行的。陈豨避开众人走向韩信，语重心长地：淮阴侯，你的昔日麾下陈豨明天就登程了，此去迢迢长路，淮阴侯可要多保重啊……韩信望着昔日的老部将，眼中注满郁闷和感动：多谢，多谢了……韩信抽剑砍倒一株柳树，之后纵马沿渭水狂奔。

韩信奔至渡口，见一老妇正在渡口捣衣，他内心触动，甩掉缰绳，行至老妇前，跪伏即拜：老人家，收我做儿子吧！老妇见状大惊：大人，你这是……说着，老妇扶起韩信。

韩信顿时从老妇的手上感到一股母性的温存，他泪流满面说：在下当年曾乞食街头，多日讨不到饭时，是靠一漂母省出口中食充饥，才免于一死。后来我转运了，想把老人家接来日日相伴，可她却难舍故土，我只好赠予千金让她在家乡颐养天年。如今我不死不活流落在这长安城里，真想再有一位漂母，听听我心里的苦哇……说罢大哭。老妇越听越听不明白，趁韩信擦泪的间歇，急忙离去。

韩信望着她急惶惶远去的背影，突然想起自己的坐骑。他四处观望，不见马的踪影。他焦急地大声叫道：我的马，我的马呢？惶惑间，一声慨叹：韩信啊韩信，如今，连你的战马都不愿跟你了……他正茫然四顾，不远处的树林中传出马的嘶鸣声，随之张良手牵枣红马朝韩信走来。韩信急忙跑过去：子房兄，子房兄！几时来的长安？怎么我的马……他一边急忙拉马，一边望向张良。未待张良答话，韩信就径直说道：唉，当年我率千军万马，从没有一匹跑过，如今连这唯一的马都不想跟我了！说罢，不由一阵苦笑。

张良上下打量着他，稍事沉吟后说：信兄，自古英雄在乎的都是一世，而不是一时。淮阴侯就是为此落泪？两人走出小树林，并肩沿渭水走着。韩信忙拭眼角：唉，让子房兄见笑……张良道：不好说就不说吧。他望望微波轻荡的河水后说：看这渭河水，平静柔弱，却能方能圆，无坚不摧……韩信道：以水喻人，子房兄是说我……张良意味深长地看看韩信：对，信兄是智者，不须良多言。良只愿信兄时时记着这渭水。韩信长揖到地：谢子房兄指点，可事到如今，我只想跟你去云游四方了……张良道：唉！你、我有别呀，恐怕真让你浪迹天涯，你也不会去，何况事到如今，你也难以成行了。信兄，珍重吧，珍重……韩信十分落寞地：子房兄，你也要珍重啊！韩信转身牵马蹬去。张良摇头慨叹。

韩信朝夕阳走去，身影越拖越长。身影移动，移至陈豨门前。陈豨正要出门，开门见是韩信，他又惊又喜，忙拉韩信进府：噢，楚王？快请进，请进。韩信：不进去了。陈豨：楚王到访，怎能过门不入呢？韩信：此时不宜呀，就是现在，我的背后也不知有多少双眼睛盯着呢……陈豨忽有所感：那……楚王就甘心了？如果有用得到臣下之处，末将此去代国正是时机！陈豨的这几句话又为韩信廓清了另一种思路：我只想告诉你，你去了代国，我会相机行事！陈豨深揖一揖：楚王，你永远是我的楚王！说罢，韩信骑马朝远处驰去。远处终南山的翠绿已见萎黄。

吕后披头散发,脸上挂满泪痕,晨光中更显出一脸凄苦的苍白。渐粗的腰身透露着她已过中年的无奈,但那双熠熠发亮的大眼睛仍在述说着她当年的美丽动人。她面对铜镜看了会儿自己,之后吩咐贴身婢女玉儿说:去叫辟阳侯审食其来。玉儿急忙起身:皇后娘娘,奴婢这就去。

吕雉梳头整装未毕,审食其匆匆走进:大清早的,皇后传臣有何吩咐?吕后看着玉儿和左右奴婢等退出后,一头扎进审食其怀里,她先是嘤嘤地哭了一阵,之后说:我受够了、受够了……审食其温柔地抚抚她的肩、背,之后轻轻推开,为她拭去眼泪说:这可是皇后娘娘的寝宫啊,别这样!吕后恨恨地:皇后,皇后,整天见不到皇帝的皇后,还不如当年跟你避居村野,做一对恩恩爱爱的贫贱夫妻呢……审食其禁不住拥住吕雉:又说傻话,你舍得这个大位吗?吕后又不禁流出泪说:还说什么大位?那天晚上,在长乐宫君臣大宴中,他不叫我这个皇后,却把那个妖姬放在他身边去搔首弄姿,我还有什么大位呀?审食其说:你不是一直说心口疼,他才不请你嘛!再说,那是个吃吃喝喝的场面,那戚姬又能歌能舞,不过是凑凑热闹,快别多想了……吕后幽幽地:哎,你们男人哪,什么都可以做,做什么都有一千个理由。就说你吧,遇到这种事还为他们说话,还不也是舍不得封位,舍不得京城的荣华富贵?审食其叫屈说:你真的这么看我吗?吕后也破涕为笑:罢了,我还不知道你?审食其由衷地:我早想好了,这辈子你在哪儿,我就在哪儿!

吕后禁不住扎入审的怀抱。有顷,她喃喃说:不见他也就罢了,我们还可以在一起多待会儿,可我担心的是盈儿的太子位坐不稳!你是知道的,那年汉军被项羽追杀,兵败彭城,他个没良心的,为了轻车快跑,竟几次把盈儿和他姐姐鲁元推到车下,只顾自己逃命。要不是夏侯婴舍命下车救他姐弟俩,这两个孩子怕是早就死在荒野里了。

审食其道:是啊,直到今天,太子还老躲着他那皇帝父亲。

吕后气急地:这就给那个贱妇戚姬和她生的刘如意腾出了机会,那贱妇凭着一身的狐媚气,整日整夜缠着他,那刘如意的行为举止又越来越像他,久了,万一盈儿被废……

审食其道:这倒没那么简单。

吕后道:原来他每次出征,宫里大事都交给我,可现在,连个人影都见不到!说着,她又擦起眼泪:昨天夜里我就又梦到了这些……

审食其思索片刻:你不能老是坐等。

吕后道:那你说该怎么办?

审食其道:当年,你的坚毅刚强我是亲眼见到的,且不说我们一起陪太上皇做项羽人质时吃的那些苦,就说楚汉两军鸿沟对峙时,你与太上皇面对被项羽烹煮的危险,那种凛然大义,满朝文武谁不赞赏,谁不说你是个帼国英雄,开国元勋!

吕后道:那又怎样?这个没良心的还不是照样每天往那狐狸精那儿跑,还不是对那小崽子比对盈儿还亲?我是担心这太子位的事……

审食其道:这是两回事,陛下往戚姬那儿跑是为男女之事,立太子位事关江山社稷,盈儿有太上皇撑腰,有满朝文武的拥戴,还有你这样一个母亲做后盾,她戚姬凭的什么?不过是美貌歌舞和一身娇媚,她就是十个绑到一起,也形不成对你的威胁!自然,也不能光靠这些,还要有新的作为,以便更牢固地把稳盈儿的太子位。

听着审食其的分析,吕后露出女人的柔弱:所以我才不放心,才找你说这些。你说,我不找你出主意,找谁去!

审食其感动地:这我明白,明白……

于是,这对从青年时期就倾心相爱的情人商量起稳住刘盈太子位的大事。

晨光幽微。或许是因了朱红地面的反射,使得永昌殿中那张宽大卧榻的周围都氤氲起一抹清淡的嫣红。

刘邦尚与戚姬大被同卧,三皇子刘如意穿着睡服就推门而入,他嬉笑着,边跑边蹿就拱进锦被,挤在两人中间。刘如意又娇又赖,父皇让点地儿给儿臣,儿臣想跟父皇躺在被窝里玩儿。刘邦抱起如意,好儿子,来,坐朕肚子上。戚姬趌起身子说:如意,轻些,你父皇胸口有箭伤。刘如意说道:是上月去打臧荼挨的箭吗?好得真快!刘邦道:这是当年隔着鸿沟被项羽用一根枪箭射中的。刘如意惊奇地:射那么远,那弓得多大呀?刘邦道:西楚霸王力可拔山,他用的弓箭世上无人可比。刘如意自豪地:我父皇的劲比他还大!刘邦道:父皇可不如他劲大。刘如意天真地:那为什么他被父皇打败了?刘邦道:因为帮助父皇的能人多。刘如意道:哪些能人,就是要谋反的那些?他们为什么变来变去的?刘邦感慨地:因为他们不姓刘,跟咱们汉室不一心。刘如意道:他们为什么……戚姬道:为什么、为什么,你还有完没完?刘邦开怀大笑:如意像朕、像朕啊,什么事都爱刨根问底!戚姬道:那是!龙生龙嘛!将来如意……

刘邦惊异地望了一眼戚姬,戚姬忙埋下了头。刘邦突然瞥见如意脖子上的香囊,抓在手里欣赏着:这香囊真好看,还绣着只小老虎,谁给的?刘如意道:是薄娘娘。刘邦深有所感:哦!薄姬倒是心灵手巧。戚姬闻言,不禁又试探又挑逗地说:长得也漂亮啊!难怪陛下宠幸她一次就封她为夫人了呢!刘邦感叹地:朕宠幸过的女子成百上千,唯薄姬资质最高!她跟朕说的话虽是随口所言,可细想想,每句都用心不浅。戚姬娇嗔又略带妒意地:那陛下就多宠幸她呀!刘邦拍了拍她赤裸的玉臂:你吃醋了?戚姬即刻正色道:奴婢不敢。刘邦搂过戚姬:说正经的,她过于沉静了,老是忘不掉那个已成刀下鬼的魏王豹……话毕,遂扒在她耳根说:哪有你那股劲儿,抓得朕心里老是痒痒……

此时,门外传来一黄门的声音:启禀陛下,吕皇后求见。刘邦不快地:她求见也不分个时候?不见!戚姬撒了撒身说:陛下,不见不好吧?刘邦不答,继续与刘如意嬉戏。戚姬笑着起身更衣。少顷,黄门又来到门外禀报:陛下,皇后说,是太上皇有事要皇后娘娘转告。刘邦这才不情愿地爬起来,刘如意也撅着嘴跳下床来。

这就忙坏了戚姬,她先伺候刘邦穿戴,之后又面对铜镜整理好自己的头饰衣裙。刘邦看着差不多了,才对门外喊了一声:让她进来吧。黄门答了一声"喏"后,遂转身向外喊道:着皇后晋见。吕后大度温文,进门即拜:臣妾叩见陛下。刘邦顺手接过戚姬递过的陶杯,饮了一口水说:起来吧。太上皇有什么事啊,这么急?吕后冷笑了笑:陛下不记得了,今天是母亲的忌日,太上皇让臣妾请陛下前去商量祭奠之事。见刘邦点头,转而插上酸酸的一句:母亲可是最疼陛下这个三儿子的呀!刘邦愧悔而怒:这还用你说!说罢急忙下床:走!刘如意骄纵地:父皇别去,儿臣还没跟你玩够呢!之后转向吕后说:就你总捣乱,讨厌!戚姬惶恐地:如意!不许对皇后娘娘无礼!之后她忙对吕后施大礼:我替如意向皇后娘娘谢罪了。吕后假意慈笑地:戚娘娘不必多礼,童言无忌嘛!说罢悻悻而去。

长乐宫宣德殿是皇子们读书的课堂。这天上午和往常一样,太子刘盈和三皇子刘如意、四皇子刘恒、五皇子刘恢、六皇子刘友、七皇子刘长及八皇子刘建,正端坐席上,摇头晃脑地诵读《诗经》:螽斯羽,薨薨兮。宜尔子孙,绳绳兮——

在众皇子的齐声吟诵声中,刘恒的声音最为洪亮悦耳。

此刻,刘邦从刘太公殿内走出,路过此地,听到儿子们的读书声,内心被深深触动。他不由地停下脚步,伫足窗下倾听。是啊,自己生逢战乱,没读多少书,之后又连年沙场厮杀,也无暇想到儿子们的读书事。如今江山已定,听到孩子们的朗朗书声,他怎能不心生快慰!

此时传出课堂里的声音,刘邦静静倾听,一字都不肯漏过:

太傅张苍提出要求:请太子解出诗的意思!刘盈讷讷说:太傅,我除了背诵《诗》、《书》,还要学《算学》什么的,太多了,记不住……刘如意调皮地说:你就记得窈窕淑女,君子好逑!众皇子哄的笑成一片。

张苍用教鞭拍拍书案:请安静,哪位皇子能解?刘恒严肃地站起来说:这诗是说蝗虫展开翅膀,嗡嗡飞得忙,多子又多孙,永远在一堂。张苍赞赏地点点头:四皇子不光声音洪亮好听,诗文背得熟且能传情达意,好!好!刘长不屑地:哼!他就是声音好,会读书,一上马就摔下来!刘如意刷地托起刘恒的右腿:你们看,他现在的膝盖还肿着呢!众皇子一阵轰笑。

刘盈道:别闹了,这里是读书的宣德殿,不是操练场!四弟,你是说咱们跟太上皇爷爷、跟父皇永远在一起,不分开吧?张苍道:对!就像你们众皇子这样亲密无间。刘恒道:那大哥刘肥当了齐王就去了封地,我们八兄弟只剩下七个了,我们长大以后也得去封地,不就都分开了吗?众皇子七嘴八舌:父皇整天为朝廷的事忙,四处打仗、平叛,那天说打仗回来要看我们操练,结果来了七个血赤呼啦的什么英雄跟我们打了一场,到现在也没见到父皇一面!刘盈道:我们还不如虫子快

乐！刘长、刘恢、刘友道：不如虫子，不如虫子！刘邦深受触动，他冲动地推门而入，喊着：看，你们的父皇不是来了吗！众皇子一拥而上：父皇！张苍伏地欲拜。刘邦立即拦住他说：太傅，你教得好啊。朕——他顾不得说完后面的话，就搂住七个向他扑来的儿子。

葱郁的树林随风飘动，把那个经过秋霜浸染的上林苑飘出个五色斑斓的海洋。远处，湖光波影中浮出一只彩色楼舟，像是到了一个童话世界。

众侍卫持戟开道，前呼后拥。马上的刘邦英健潇洒，他掩不住满心的慈爱，不时环顾着跟在后面的七位皇子。刘如意跨马其后，招招式式都学着刘邦的样子。坐在车里的众皇子欢呼雀跃。刘恒的眼睛始终望着刘邦。

刘如意喊着：父皇要带咱们到上林苑围水鸟、看老虎喽！刘恒指指楼舟问：那些房子怎么盖在湖里呢？刘邦笑望着幼稚的刘恒说：那是秦朝皇帝出巡时乘用的楼舟，坐上去，能顺着黄河、长江驶向我大汉所有的地方。刘恒点点头说：噢，原来是舟啊，这秦皇可真想得出！此时，一群水鸟哗啦啦从头顶掠过，草丛中野兔窜动、小鹿成群。众皇子随刘邦下车后一哄而散，刘邦、周勃、张苍缓步前行。上林苑侍卫官禀报：陛下，前面就是虎圈了。

众人簇拥着刘邦来到虎圈前。此时，一只母虎正温存地卧于虎圈内，两只小幼虎乖顺地吮着奶，母虎不时舔着它们茸茸的毛；另一只母虎在贪婪地啃吃一块牛肉，却毫不理睬身边的幼虎，幼虎刚靠近它，那母虎就以吼声驱赶它离开。

刘邦越看越看出内中的道理，不禁问道：孩儿们，看到了吧？谁是那只大老虎，谁是那些小老虎？众皇子齐声：父皇是大老虎，我们是小老虎。刘邦道：对，父皇就是那只大老虎。小时候喂你们，养大了，就该让你们自己去扑食了。小刘建道：父皇整天去打仗，哪有时间喂我们啊？刘邦搂过刘建：父皇打仗就是为喂你们，喂你们食，喂你们地，记着，土地、疆域就是帝王的食。众皇子道：记住了！刘邦道：你们看，小老虎们在干什么呢？皇子们七嘴八舌：跑呢，跳呢，找食呢……刘邦道：对，小老虎也没张嘴躺地下干等，你们呢，也要念好书，骑好马，练好剑……刘如意道：明白了，大哥刘肥学好了练好了，当了齐王，父皇就不给他肉吃了，他当了王就是那只半大的虎。刘恒指指刘如意：再封王就轮到你了，你也快要变成自己去找食的半大虎了。刘如意道：我离开长安，就该轮到你变成半大虎了。他指着刘恒说。刘恒点点头，不着边际地想着封侯以后会是什么样子……刘如意跃跃欲试地：父皇，封我做哪个郡国的王呀？"我呢，我呢？"众皇子听到如意的问题，也都嚷嚷不停。刘盈毕竟已经十六岁，说起话来还是比弟弟们实在些：现在父皇把大汉的国土都分完了，没得分了。刘如意道：这天下是父皇打下来的，会把不姓刘的王的封地夺回了给我们！刘邦环顾左右，见没有外人，一把将刘如意抱在怀里，他慈爱又愠怒地说：不要乱说，这是朝廷大事……刘盈惊异地看着这一切；其他皇子们你看看我，我看看你。少顷，注意力被众多鸟兽吸引，兴奋地玩起来……

024

转瞬一个多时辰过去了，终日关在皇宫里的众皇子们虽然个个玩得忘了时间，肚子却早已经"咕咕"叫起来。还是刘邦叫喊着将他们哄到一座专供皇室休息的殿堂，这群孩子才喘息未定地坐在长案周围。不一会儿，侍卫们端上一只肥大的烤野鸡，那焦黄的油光闪亮的烤野鸡立即给满室带来一股扑鼻的香气——

刘邦对兴犹未尽的众皇子喊道：小老虎们，快来抢食呀！刘如意、刘长首先冲上来撕下两只肥鸡腿，刘盈等众兄弟也这个扯鸡翅，那个揪鸡脊……唯独刘恒不好意思拼抢，最后得到的是剩下的鸡屁股。刘邦大笑，转而对刘恒说：四皇儿书读得最好，最知礼让、斯文。张苍、周勃等也都投去赞赏的目光。手持鸡屁股的刘恒却低着头，露出不知是不好意思还是不快的奇怪表情。很快，他又与吃光野鸡宴的众皇子边嚼边喊地朝绿草茵茵的远处跑去……

黄昏时候，满脸不快的刘恒踏进通光殿。

看着满身灰尘的恒儿走回殿来，薄夫人想，在皇宫里憋了这么久的孩子能去上林苑玩一天，又有他们的父皇陪着，一定非常高兴。于是，这年轻的母亲也快意地问道：恒儿，今天去上林苑玩得痛快吧？刘恒将外袍猛地朝席上一扔，母亲：孩儿饿了，要吃一只大烤鸡。薄夫人诧异地望望刘恒：离晚饭还早呢，怎么就饿了？一只大烤鸡，你吃得完吗？刘恒赌气地说：孩儿长大了，怎么吃不完！

借着薄暮的幽光，薄夫人这才看清恒儿的脸色，看来，他玩得并不快乐，到底为什么？一时还难揣摸。薄夫人心想，还是先满足孩子的要求，之后再看究竟。于是，她悄悄嘱咐侍女，让厨房尽快烤出一只鸡来端给恒儿。侍女按吩咐匆匆跑入厨房，有顷，端上一只热腾腾的烤鸡。刘恒一见，他先撕左腿，再撕右腿……专拣好肉啃，每处只啃一口，一会儿就把一只整鸡啃得千疮百孔，最后把鸡屁股狠狠地攥到案上，摸着嘴说：我才不要吃鸡屁股，鸡屁股！

薄夫人终于摸清了儿子的心情，她默默地看着这一切，笑了笑说：今天去上林苑，你父皇赏你们七个皇子吃烤野鸡了吧？刘恒惊异地望向母亲，母亲怎么知道？薄夫人道：母亲还知道我的恒儿没跟别人争，最后只得到一块鸡屁股。刘恒这才委屈地抹起眼泪：我要吃鸡大腿、鸡翅膀，不吃鸡屁股！薄夫人拣起鸡屁股，用水冲洗后递到刘恒面前：恒儿，你把它吃下去。刘恒扭过头去：不，不吃，鸡屁股臭！薄夫人道：别以为只有鸡大腿、鸡翅膀好吃，鸡屁股有鸡屁股的香，它还有一个好听的名字。刘恒道：叫什么？薄夫人道：叫"后福"。刘恒更好奇了：为什么叫"后福"？薄夫人道：你细细品尝一下就知道了。刘恒跃跃欲试，那我再尝尝。刘恒咬了一口，抿抿嘴：母亲，是香啊，那我刚才怎么就……

薄夫人搂住刘恒：你当时是觉得委屈，赌气吃的。停了一会儿，她又接着说：恒儿，虽然你当时委屈，可你却得到了别人得不到的东西。刘恒不解：我得到了什么？薄夫人说道：你得到了所有人的夸奖哇，这可是十只鸡都换不来的无价宝呀！刘恒已来不及细想母亲的话，只顾吞吃，且边吃边说：好吃！薄夫人看着儿子转气

为喜的样子,安慰地笑道:恒儿,你还小,不懂得少取就是多得的道理,将来长大了,你就会明白的。刘恒仍然有滋有味地嚼着,对母亲讲述的道理似在听着,又似并未在意。少顷,薄夫人喊道:恒儿,你看这个是不是更香啊?刘恒见母亲手拎一对缝制精美的皮护腿,眼睛突然一亮,他忘情地扑过去,迫不及待地往腿上系扣,嘴里念叨:香!太香了!等着吧,我会比过他们的!

第三章

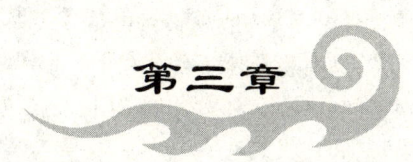

今日的长乐宫大殿尊贵中透着祥和,威严中透着生机,大臣们分文左武右侧立两厢。刘邦着黄袍戴皇冠,坐于龙榻上。

刘邦眉梢高耸、扫视了一遍满朝文武说:朕亲率大军平复了叛乱的燕王藏荼,淮南王英布、梁王彭越特来朝贺,朕甚欣慰。我大汉疆土辽阔、绵延万里,可由于连年战乱,如今已是满目疮痍,民不聊生,众爱卿对医治战后的穷困、与民生息有何良策?

刘邦话音未落,长沙王吴芮边呼叫边跌跌撞撞跑进殿来,他扑地一声跪于殿前,诚惶诚恐地说:陛下!微臣来迟,罪该万死!

刘邦却露出一股宽和关切的神态,笑笑说:长沙王吴芮,起来说话。朕问你,你千里迢迢来长安见朕为何如此狼狈?

吴芮边起身边回话:陛下有所不知,南越王赵佗借口朝廷不给他铁器和良马,已纠集二十万人马准备攻打长沙,他还自立为南越皇帝,扬言要与汉庭平起平坐,不再面北称臣。

众大臣闻言,不由得议论纷纷。

周勃一步跨出朝列,义愤填膺地请战说:陛下,臣周勃愿前往讨伐南越。

看着周勃这副剑拔弩张的样子,陆贾不禁一笑说:赵佗乃一爱财之人,要治他何需动用兵马,我陆贾一人前往足矣!

周勃先瞪了他一眼,之后语带不屑地说:那南越濒临南海,气候湿热,瘟疫肆虐,听说人们皆赤足裸体,口吐蛮语,甚为强悍。你一个舞文弄墨的儒生怕是去了就回不来了,何谈平叛!

陆贾看了看周勃,笑而奏道:陛下,臣愿立生死状与他绛侯赌上一把,臣若能让赵佗归汉称臣,只赏我歌伎四人、好马两匹;若不能奏效,任凭发落。

刘邦知道,文臣幕僚靠的就是那根能翻波鼓浪的舌头,但舌头底下靠的是智慧,智慧靠的是学问。对他们的舌头,他不能不信,又不能全信。刘邦从蔑视儒生以致曾不惜往儒冠中撒尿,到启用陆贾为朝中大臣是经过一番曲折的:战乱中,楚人陆贾一面看到刘邦善于用人的大智慧,一面又听说他重武轻文、讨厌儒生的偏

执,于是求人引荐。见到刘邦后,他就毫无遮拦,大谈诗文。刘邦越听越烦,骂道:你这个竖儒,老子靠的是马上打天下,不要听你什么诗书!陆贾顶撞说:汉王马上打天下,难道治天下也靠马上吗?刘邦闻此言一震,他感觉来人不凡,于是启用了陆贾。陆贾得其所用,潜心写了新语十二篇,这就成了刘邦治国的根本之策。

在此刻,刘邦看看周勃,又看看陆贾,笑了笑说:陆辩士若真的能凭一张嘴就说服赵佗降汉,朕不止满足你的要求,还要封你为上大夫,赏金百斤!另外朕还要命周勃带三万人马与长沙王同往,以备万一。

话音刚落,一武将来报:启奏陛下,匈奴人已攻下韩国国都,韩王信投降后,正导引匈奴兵马朝我代国方向杀来,先头人马已过了雁门关,若不阻挡,十万铁骑一天一夜就可到达长安!

听到这个奏报,原是平静议事的朝廷开始骚动起来,就连稳坐龙榻的刘邦也不禁心如大潮,翻波鼓浪:听到匈奴来犯后,刘邦的全部神经都兴奋起来。他知道,这个雄踞北方的游牧大国是威胁大汉江山的劲敌。他们的大单于冒顿自弑父杀兄做了单于之后,凭借他强大的骑兵,穷兵黩武,从未停歇过,灭东胡,占大月氏,趁楚汉争战时,又抢占了原属华夏的河南地……那可是一片黄河河套的肥美之地啊,如今却成了匈奴占领的大草原!一想到这片土地,他就脊背生凉……原本想等大汉江山稳固后再夺回这片土地,没想到这冒顿竟想借我刘邦立足未稳之时,再抢我大汉财物,夺我大汉疆土,我岂能容他!他凝眉思考了一会儿后,大声问道:谁愿随朕前往破匈奴?

陈平、周勃、灌婴、樊哙纷纷请战:臣等愿往!英布、彭越你看看我,我看看你,似有默契般地缄口不语。刘邦盯视着英布、彭越,讥刺地说:淮南王,梁王,你们这两位大将军呢?英布、彭越应付说:臣,愿随陛下前往。刘邦英气十足地说:不可一世的西楚霸王都被朕逼死乌江,区区一胡虏,有何惧哉!萧何道:陛下刚返京城,又要披挂出征,怕要过于劳累了,是否……樊哙也说:是啊,龙榻还没坐热呢!让我等去就行了。刘邦双目圆睁,用余光扫了一下英布、彭越,厉声说:朕正要扬扬大汉的威风!为了大汉的千秋大业,朕意已决,率三十二万大军御驾亲征!

萧萧冷风,吹得辉煌的长乐宫也暗淡起来,檐角的串串风铃随风摇动着,似乎在不断催发大军启程。在肃杀的风中,刘邦身披战袍,将出征的将士们列队立于其后。突然,鼓乐齐鸣,太子刘盈从送行的七位皇子中走出,庄严地捧起帝王出征的头盔,走至刘邦面前先是跪地一拜,之后,为刘邦戴上头盔。鼓乐更响,刘邦挥剑,巨大的铁流开始缓缓向北滚动……

车辚辚,马萧萧,刘邦率将士们顶朔风、踏烟尘、奋勇前行。不知不觉走了几天几夜,大军已到塞外。塞外天阴地暗、风寒日澹。光秃秃的黄土地上偶存的几撮荒草在大风中瑟缩着,摇动着,更摇出塞外的荒凉……

刘邦身着战袍坐于战车中,谋臣陈平、大将军樊哙骑马随后,夏侯婴驾马于战车前。刘邦望着荒蛮的四野,问道:前面是什么地方?陈平趋马向前:快到晋阳了。

此时,忽然从一岔路跑来一驾马车,后随几骑武士,面现张惶。马车越跑越快,颠簸中探出一张狼狈肮脏的脸来,是刘邦的二哥。他一见刘邦和威武行进的汉军,不禁又哭又嚎地大叫:陛下!三弟,三弟!陛下!刘邦听到喊声不禁盱目望去,他吃惊地说:代王刘喜?刘喜跳下车,跌跌撞撞来到刘邦面前:陛下,那匈奴右贤王好厉害,十万铁骑已经闯入我代国了!刘邦急问:你怎么跑回来了?刘喜余悸未消:我、我不会打仗,这王我不当了……刘邦闻言大怒:不是给你配了个会打仗的丞相陈豨吗?让他带兵去打呀!刘喜道:他、他不听我的。刘邦看着刘喜那副窝囊的样子,怒气更起:那你就弃国而逃?代国是我汉庭北疆重地,岂容弃国逃跑之王?来人,拿下立斩!军士们闻声,立即涌出两条大汉扭住刘喜。刘喜此时已经浑身颤抖,他吓得语不成句地连求带喊:三弟,别杀我……你本来就册封不公,我不会打仗,你偏封我去那又穷、又有战乱的代国,封四弟去又富又安定的楚国,封你儿子去更富的齐国,你……刘邦更气,喊道:你犯了国法还要跟朕狡辩,拖下去!

此时,一向简单粗莽行事的樊哙却上前求情了:慢,陛下,他是陛下二哥呀,要是太上皇知道了……再说,他说的也是实话,本来他就只知道种地、倒卖田产发财,哪里会打仗嘛!

陈平见势,也上前劝解:是啊,骁勇善战的韩王信还让匈奴打得……

刘邦素知樊哙的忠直、陈平的智慧,这两人的一搭一挡正好能掩饰他为人的狡诈,浮出他治国治军的凛然大气,他声调更高地说:皇室犯法与庶民同罪!其实,就在他更高的声调中,他已经想好下面转换的言词:要不,就先押回长安,再做发落。

这就是谕旨。遵从这道谕旨,几个军士已经押解刘喜南去。并未猜透刘邦心思的刘喜边南行边回头叫喊:三弟,你饶了我吧……

随着渐渐远去的刘喜的求饶声,大队人马继续向北进发。走了大约二三百里的时候,前方突然出现一彪人马。樊哙在马上大叫说:那不是韩王信吗?刘邦盱目细看,大怒,活捉这个叛国逆贼!刘邦话未落地,樊哙立即纵马挥刀直击韩王信,韩王信仓皇奔逃,边逃边回头叫阵——刘邦,你追呀!刘邦冷笑了一下,鄙夷地说:这个韩信跟淮阴侯韩信虽说同名同姓,可他是个软骨头,比那个韩信差远了。陈平看着韩王信跑去的方向,翻看一下羊皮地图说:韩王信朝雁门关逃去了。蹊跷,这韩王信的举止十分蹊跷!刘邦意会到陈平的话中含意,点点头说:放他一马,挥师晋阳!

已是深夜,中军帐外风声更紧。大风无孔不入,以致帐内点燃的松明火焰飘摇,映得帐壁的人影不停地变换扭曲。

已经卸掉盔甲的刘邦意气更高,一副势在必得的神情。他踱了几步后,看了看陈平说:今日扎营,明日出征。这个弑父篡位的冒顿,这回朕非抓住他不可,让他看看我大汉的厉害!

陈平则思虑更深:陛下,不可小瞧这匈奴人啊!他们历来饮奶食肉,善射能骑、狡猾凶悍,今日迟迟不与我交锋,不知要的什么诡计,这韩王信的行动又那么让人捉摸不定……依臣愚见,不如听听探马的消息再做定夺。

此时,中军帐外狂风愈烈,雪花已经纷纷扬扬地飘下来……探马陆续来报——

探马甲匆匆来报:陛下,二百里内不见匈奴一兵一卒。探马乙报:搜遍野山深谷,不见匈奴一个人影。探马丙又报:除冒顿单于大营飘着几杆大旗外,毫无声响。陈平听着探马的叠报,判断着:陛下,冒顿显然将精壮兵马埋伏起来,欲诱我军深入,不可冒进啊。刘邦灵机一动,自信十足地狡黠一笑说:爱卿差矣!他狡猾,我要比他还狡猾。令全体军士即刻开拨,直击冒顿大营!

夜更深,雪更大,不知走了多久,刘邦已率众骑兵闯进雁门关。关隘重重,他们要通过雁门关开入匈奴人营地。雪更大了,飘洒的大雪已经将行进的兵马装扮成雪人雪马。这群雪色大军踩踏着雪山雪野,艰难进发。

刘邦更加陶醉在自己乘人不备雪夜出征的谋略中,他在马上说:叫他们跟上!说不定冒顿正睡大觉呢,我们要打他个措手不及。陈平仍在冷静提醒:陛下,不可冒进,万一后面的步兵跟不上……刘邦不以为然,反而加鞭疾驰。陈平无奈,只得也挥了一鞭,紧跟其后。

在白雪的世界里,松明如火,刘邦的大军见首不见尾地艰难行进。令人生疑的是,从荒原到山谷,他们已在匈奴界内走了很久,却仍不见匈奴人踪迹。陈平愈加确认了自己的疑虑,他脸色骤变地说:陛下,我们已进入白登山,倘若被围……刘邦亦感不妙,尚未言语,只听四周呼哨一片,杀声震天,匈奴兵马蜂拥杀来。汉军人疲马乏,加之不谙天候地貌,兵败如山。刘邦慌急指挥:抢占山头,发排箭!箭矢如雨,凌空纷飞,已辨不清哪是汉军所发,哪是匈奴兵的飞箭,见到的只有一个个中箭的士兵倒满雪原……刘邦大叫:抬尸体,垒工事!

晨光初露时大战方歇,喧腾了一夜的雪山雪野陷入出奇的寂静中。伤残的和未伤的汉军隐在白登山头四周自己修筑的工事后面。刘邦、陈平等登上白登山顶,只见山下,匈奴兵马如蚁。他们士气正旺:东方青马、西方白马、南方赤马、北方黑马,马阵巍巍、旌旗猎猎,阵列煞是雄壮。刘邦焦急地望向山下:朕的后续兵马呢?为何不从后面包抄?此时山下飞来一只探马,左冲右突,终于在刘邦面前跪地禀报:启奏陛下,我军已被匈奴人拦腰截断,截在晋阳了。刘邦气急败坏:嘻,想不到,朕竟中了冒顿的诡计……灌婴上前道:陛下勿虑,臣率轻骑二万杀出重围,然后合兵包抄,可保陛下平安。刘邦缓了口气说:爱卿可要小心从事,朕令樊哙策应你。语罢,灌婴一马当先,率轻骑二万冲下山去。

灌婴左突右杀,势不可挡,眼看突围就要成功了,突然从两侧杀出大队匈奴兵马;樊哙率兵救援,汉军拼死厮杀,终是寡不敌众,撤回山上,冒顿兵马却不追赶。白雪之夜又降临了,白登山上风卷着,雪飘着,一时间,已分不清是雪飘,是山摇……

虽然已是冬天,整个南越国却仍是遍地绿荫,阳光暖暖的。番禺街上的人们赤腿赤足,唯上身披了些麻布缝成的衣片……

陆贾身着玄色汉庭官员袍服,在众侍卫簇拥下来到南越王府门前,命侍卫递上竹刺(名片),守府士兵看看竹刺轻慢地瞟瞟陆贾说:中原来的,脱下你的汉服,在这儿等着。

陆贾洒脱地脱下官服,上身赤裸地站于王府门前。这自然招来了路人的围观,他们瞪着一双双好奇的眼睛看着陆贾,陆贾也望向他们,且不时微笑着眨眨眼睛。

不多时,报信的南越士兵来传唤陆贾,说大王叫他进府,他向围观众人招招手,赤着膀子大步走进王府。

南越王府内,那位头束椎形发髻、身着皂色麻布长袍的赵佗已经傲慢地坐于庞大的竹墩上,见陆贾赤膀走进,他先瞪视了一会儿,之后狡黠一笑,一字一顿地念着名刺上的字说:楚人,辩士,陆贾。赵陀用竹刺刮刮大腿,用一种蔑视的口气说:大汉辩士,你们儒生不是历来讲究礼仪的吗?陆辩士为何赤着膀子来见寡人哪?陆贾笑了笑说:陆贾遍读诗书,却不懂南越礼仪。我也正想请教大王,你的侍卫见面就叫我脱掉衣袍,我还以为是大王制定的会见贵宾的王家礼仪呢!赵佗被陆贾说得十分困窘,心想,我何苦用这些小伎俩羞辱一个儒生呢!他尴尬地说道:啊、啊,本王问你,你来本朝有何贵干哪?陆贾坦然道:陆贾来此一为游山玩水,二为拜望南越王。赵佗道:你我素昧平生,何谈拜望?陆贾答曰:大王不认识我,我可认识大王久矣。赵佗凝眉回忆着:我们认识,还久矣?

陆贾深知赵佗并非等闲之辈,大秦时,秦始皇就封他为南海郡尉。此人野心极大,趁秦末战乱,他将从中原到南海的道路阻断、拥兵据守、自称为王;楚汉争战刘项无暇南顾时,他又乘隙出兵,抢占了桂林郡和象郡,自封为南越武王,自此不朝不贡,脱离中原。陆贾知道,对这等人必须恩威并举,交替运用,光靠威胁是无济于事的,他说:来前,我曾去过大王河北真定的家乡,大王的父母祖坟都平安完好。没想到我见到的大王却连祖宗都忘了,不束腰带、不戴帽子,甘愿住在海边潮热的蛮夷裸国逞威称王,与当今的天子对抗……

陆贾前面的话真的牵动了赵佗的心,这多年来,战乱频仍,他又自立为南越王,不能回归故里,最放心不下的就是自家祖坟。可听到后来,就不由得怒火上升,一个素昧平生的腐儒竟敢上门骂我?他跳起身来大怒道:何来腐儒,竟敢出言不逊,来人!陆贾却凝然不动:慢,待我把话说完,要杀要剐任由大王。赵佗又坐

回原位:给你半个时辰。

　　陆贾踱了两步,侃侃而谈:当年,秦朝苛政如虎,众豪杰纷纷起事,汉王以其文治武功,巴蜀起兵,明修栈道、暗渡陈仓,先入关中占据咸阳,号令天下黎民,征服各路英雄;因为佩服汉王的英明贤达,西楚霸王项羽的诸侯们也都归顺了他。之后,直至逼得楚霸王乌江自刎,统一中原,建立大汉。五年来,黎民百姓安居乐业……

　　赵佗先还烦躁,后竟听得入神:等等,等等,项羽是在乌江自刎的?大汉建国已经有五年了?我赵佗怎么一点都不知道!陆贾换了一种口气,这也不能怪大王。路途遥远,车马难行,大王又只顾偏安一隅称王,不问天下大事……赵佗喝道:还有什么?你说。陆贾说道:汉皇听说你在南越自称皇帝,并扬言要攻打长沙国,汉廷大将纷纷请缨前来讨伐。是当今天子怜恤百姓刚刚脱离战乱,又怜恤你本为中原人,五年偏安此地,闭目塞听,才派遣我授予你郡王之印,互通使节。赵佗摆手之道:等等,汉皇要封我为王?中原大汉的王?

　　陆贾答:正是。赵佗思考着,他像忽然明白了什么:我要不受呢?我这个南越王就是南越的皇帝,我说了算!陆贾针锋相对地:你可以不受。那么,大汉就先掘你的祖坟,诛你的宗族,后就派遣大军攻下这蛮夷小国!赵佗脚踏竹墩,腾地站起来说:他敢!陆贾冷笑一声:这有什么不敢?楚王项羽都如一只丧家之犬,自刎乌江,何况一个小小赵佗!赵佗却放缓了声调,盯视着陆贾一字一字地说:你一个酸儒,竟敢如此同本王说话,你就不怕……未待他说完,陆贾即仰头大笑说:哈……我既敢来,就敢面对你的刀枪!赵佗阴沉一笑:我先不杀你,来人,把他全身扒光,先给他用冷水冲冲凉!赵佗话音未落,陆贾早被众侍卫拖出王宫。

　　陆贾一路大笑:哈……赵佗啊赵佗,算我高估了你……赵佗在王廷里疾步思索:他高估了我?难道他是讥笑我的谋略?肚量……赵佗终于坐入王位,来人,把那冲过凉的腐儒给我拖进来,给他穿上裤子!浑身哆嗦的陆贾被拖回王廷。赵佗捻着短须:怎么样?我南越的凉水还算可以吧?可惜是深冬,要是盛夏,我南越的太阳才够劲呢!陆贾咬咬嘴唇说:我明白了。赵佗道:明白了什么?陆贾说:就是这南越盛暑的毒日和深冬的冷水,才弄得你昏昏晕晕。赵佗说:噢,你说你高估了我,就是说我昏晕?难道你真的不怕我杀你?陆贾道:你可以杀我,杀了我,也就断了你回故乡之路,不要忘记,你是中原人,炎黄子孙。你要是割裂祖先的疆土,祖宗都饶不了你!赵佗听着他的话,竟认真思索起来:……嗯,也是,也是……他摇摇脑袋,之后才坐在那把庞大的竹墩上,这么说,是赵佗冒犯了陆大夫……他沉吟有顷,突然喊道:来人!随着他的话声,仆役倏然跪伏上前。赵佗完全换了一副神态说:快给陆大夫穿戴汉庭官服,再递上一碗清水。

　　陆贾穿戴好大汉官服,又被赵佗让于贵宾的座位,赵佗这才说出心底的话:本王蜗居越地多年,不知中原已经发生了这么多大事!说心里话,我真想回老家去祭拜父母,探视兄妹呀。陆贾端起陶碗,边饮边说:这好说,只要大王归顺大汉,定时纳贡朝拜,大汉随时都欢迎你返乡省亲,并予王侯待之。赵佗念道:王侯?纳贡朝拜?他思索了一会儿说:依陆大夫之见,我与汉庭皇帝哪一个更能干?陆贾不由得仰头大笑说:哈哈哈哈……世上之事,有的好比,有的很不好比。赵佗疑道:此话怎讲?陆贾这才收住笑声,大汉皇帝自丰沛起兵,先伐暴秦,后灭强楚,统一华夏,是为尧舜以来疆域最广、土地最丰、黎民百姓最为安居乐业的鼎盛大国!如今,在她方圆数百万里的疆土上,车马众多,物产丰富,政令统一;而大王的区区南越,土地僻狭,人们尚以裸露为荣,怎及大汉的一个郡?赵佗说:不好比?陆贾道:当然不能比。赵佗笑道:我也是逗你玩呢。陆大夫,就请奏报大汉皇帝,说赵佗愿意接受封号,对汉称臣。此后定当遵从大汉朝律,不打吴芮那小子了。不过,陆大夫,刚才的冒犯你可别记在心里,我那也是……陆贾笑道:试试我的诚意。赵佗道:对对,就是这个意思。陆大夫,为表示你没记恨我,你可得陪我多住几日,看看南越各处风光,还有南越国的国宝殿,别那么小瞧我们,就说那桂林山水,真是美啊……

　　白登山上的雪时断时续,那刺骨的寒风真像是发了疯,呼啸着,卷刮着,似乎从没想过停歇。到了深夜更加疯狂。刘邦在毡帐里焦躁地踱步。刚刚落座,那尖厉的寒风就钻入他的袍袖。看看刚才还燃烧着的炭火已经恹恹地快要熄灭了,他下意识地裹紧战袍。

　　樊哙仍在走来走去,他咕哝着说:这鬼地方,真冷!已经被围三天三夜,粮草都没了,再突不出去,就得杀战马充饥了。

　　刘邦蓦然想起韩信,要是他在,情形或许完全不同,可如今……他于是自言自语说:看来韩信没说错,我不过只能带十万人马呀……

　　风吹帐篷,话语不清。陈平、樊哙问道:陛下刚才说什么?刘邦知道气可鼓而不可泄的道理,忙打岔说:朕说冒顿是要借白登山困我啊!出去看看将士们。

　　走出帐外,情形更是酷烈。大风夹着雪尘,打在脸上真如刀割般疼痛。刘邦一行沿山上伏冰卧雪的将士们巡视着:

　　冰天雪地里,将士们围着松火取暖。有老兵咳嗽不止,躺在地上。一名士兵边举碗喂他喝水边说:这冰天雪地的,可别……忍着点,陛下会带咱们杀出去的。刘邦一行悄然而至,看着这一切。躺着的士兵断断续续说:没想到我随汉王东征西战十几年,这最后一仗竟熬不到头了……他的声音有些苍老,巡声望去,这老兵的胡子已经全白了。他抬抬已被冻掉三个手指的大手,微微颤抖着。其他士兵安慰他:再忍忍,老哥,我们能冲出去,怎么样也得让你回关中老家喝上一顿老酒……刘邦看着这情景,不禁神色黯然,他低声嘱咐了一阵身边那位武将。那武将轻轻走近那卧在雪中的老兵,将自己的斗篷盖于老兵身上。

　　陈平举头望天,雪停了,一轮满月正在天上瑟缩颤抖。陈平一路巡察一路思考,作为皇帝的谋士,他不能不出招儿了,他于是凑近刘邦说:陛下,胡人风俗,月

满进军,月缺退兵,冒顿围不了几日就该撤兵了。微臣想……说着,刘邦与陈平步入中军帐。他们在帐中密谋了好久。之后,刘邦面露笑容,手扶陈平的肩说:爱卿可要小心哪……陈平笑答:陛下放心。

天快亮的时候,雪停了,风也小了许多,两个匈奴装扮的人身背褡裢、踏过满山的死尸和伤兵,朝白登山下走去。他们一个是陈平,一个是护卫他的武士。白登山陡峭而坚硬,山坡的积雪已处处结上滑润的冰层,他们一步一滑地踏上下山的路。

不知是匈奴人有意引汉兵下山,还是看到的不过是两个匈奴路人,或许因为旷日持久地围困白登山,匈奴兵将已大都入睡,陈平和那武士竟一路潜行,未遇阻挡就闯到一个庞大的帐篷前。看着帐壁窗格映出的帐内灯火和传出的冒顿与几个将领的谈话声,陈平的脊背立刻生出一身冷汗,他意识到,阴差阳错地他们竟闯到冒顿的中军帐前了。他们蹑手蹑脚地匆匆逃开,朝从地图上找到的阏氏的帐篷奔去。

找到阏氏帐篷时天已大亮。他们先向护卫手中塞了一个玉镯,之后请他向阏氏通报,就说这两个汉商带来了新进的珠宝,要面陈阏氏。不多时,那护卫回到帐前说:阏氏今天高兴,叫你们进去呢。

陈平和武士闻声走进帐内。拜过阏氏后,就一件件掏出褡裢里的绸缎、珠宝,且一边展示一边介绍。

那阏氏欣赏着摆了一片的绸缎、珠宝等,惊喜地瞪大了眼睛:这汉庭的东西就是好。说着,她看看这个,摸摸那个。

陈平看着阏氏的神态,知道这个女人已经踏上他设计的通道,于是单刀直入地说:尊贵的阏氏,我是受大汉皇帝之托,送这些礼品给阏氏的。

阏氏不无讥嘲地说道:嗯,你们这皇帝倒是蛮大方的!直说吧,他是不是为了逃命,想让我跟单于递个话?

陈平道:阏氏的确智慧过人,这里还有给单于的一封信,请阏氏……

阏氏一边摩挲手中那只玉镯,一边接信阅读:嗯,东西倒是不少,十车珠宝,五十车盐,三十车锦绣绸缎,十个汉宫美女……还每年都送……他,能兑现吗?

陈平道:请阏氏放心,大汉天子最讲信誉,从来是说话算数的。

阏氏点头,这我倒是可以相信,你坐吧。

陈平落座:谢阏氏。

阏氏倒也快人快语:其实,单于本来也没想跟汉王打什么大仗,不过是……谁让汉军来了呢!这样吧,让他们看我的火烛为号,明晚若在帐外燃起三堆篝火,则是单于听了我的劝,他们尽可于后天天亮下山出围;要是看不到篝火,那他们就只能等死了。只是要告诉汉王别食言,他要是说话不算数,单于就踏平长安!那汉宫美女嘛,就算了。

其实阏氏也有她女人的心机,她知道,从派小股军力出击汉人到围困白登山,冒顿都不过是为了探探汉家虚实,给这个初登宝殿的刘邦一个下马威,真要灭掉大汉又能站稳了脚,谈何容易! 管他呢,珠宝绸缎既送到手里,我先收下再说。正是想到这些,她才如此痛快,如此慷慨。

灰暗的天空,大雪仍在飘飘洒洒、倾天倾野地下着……中军帐内,一根根厚木在铁筒内燃烧着,烧出了一股浓浓的春意。春意弥漫着中军帐……

韩王信急切地说道:单于,可千万不能放走刘邦啊,他是一个最不讲信义的小人……

冒顿斜视他一眼,我怎么做,还用你教吗? 退下! 以后不叫你,别随便进我的中军帐!

右贤王鄙视地说道:一条连家都不认的狗,还不快滚!

韩王信踉跄起身:我,还不是为大单于……说着,连滚带爬地走出中军帐。

众人见状大笑,不由快意地端起各自桌前的大碗酒大口饮下。

右贤王抹抹嘴唇说:这条狗说得对,我们跟汉人打了几十年的仗,好容易围住他们的皇帝,不能放。困死他,我们就乘势打过黄河,直抵长安!

几个年轻将领大声喊着:对,困死他们,打过黄河! 打到长安!

左贤王浅浅饮了一口酒说:这几年,右贤王是尝到河南地的甜头了。

右贤王得意道:那还用说,这地就是肥! 种什么长什么,不愿意种了,那草也长得扑楞楞,满地一片绿,你有多少牛羊马匹也吃不完! 依我说,我们就打过黄河,打到长安,把匈奴和大汉连起来,变成一个无边无际的大草原……

左贤王笑笑说:要吃羊,的确是肥的香啊,可本王不知诸位想过没有,我们有那么大的胃口吗? 且不说大汉皇帝带的是三十二万大军,旗下大将是灌婴、樊哙,就算他们损兵折将已经过半,我匈奴的兵马也还比人家少十万之多呀!

右贤王哈哈大笑:左贤王大概是忘了,刘邦带上白登山的人马还不过是他全部人马的三分之一,他的大部兵将不是被你截杀到半路上了吗?

左贤王摇头:我忧虑的正是这个。如果天晴雪住,大汉的后续兵马一到,我们岂不被人家夹在中间,成了被包起来的馅饼,到那时……

右贤王哼了一声:兵家最忌的就是长别人的志气,灭自己的威势,可我们的左贤王偏偏一到节骨眼上就……

左贤王露出一抹嘲讽的笑容:哈……我们这里最懂用兵的还是右贤王啊……

右贤王按刀欲起:你……

冒顿威严地看了右贤王一眼:你这是干什么!

右贤王喘着粗气归到座位上。

冒顿笑对左贤王:左贤王,你把话说完。

左贤王侃侃而谈:我刚才说的仅仅是白登山一役。就匈汉全局看,我们更应

该到此为止,放他们下山。

冒顿两眼盯着左贤王:噢?你说说看,这到底为什么?

左贤王道:汉人兵书上说,知己知彼,方能百战不殆。单于也知道,刘邦统兵打仗并没多大本事,他的本事一在善于用人,二在狡诈多变、善出奇招,他这才能征战南北,灭了力可拔山的楚霸王!能抓获他,即使能攻上山去,将他杀了,他手下的周勃、灌婴、英布、彭越……能够善罢甘休吗!我们杀了一个刘邦,还会有更多的张邦、李邦向我们扑来……

冒顿微微颔首:嗯,接着说。

左贤王道:这是其一;其二,大汉疆土辽阔,人口众多,打了那么多年的仗,他的人口还有一千多万!即使打过去,我们能占那么大地盘吗?我们守得住吗?靠什么守?

右贤王猛喝一口酒:照你这么说,这到嘴的肉就白白吐出来,就那么让他跑喽!

左贤王道:当然不,要给他一个狠狠的教训,让他记住,我们匈奴不是一只任人欺负的绵羊,它是一条狼,一条顶天立地的狼……

冒顿深深颔首:说得好,说得好哇……

雪野黄昏,刘邦的中军帐中一片昏暗。周勃、灌婴、樊哙坐立不宁,刘邦背剪着双手,焦急踱步,帐外杂沓传来冻僵的士兵"踏踏"的跺脚声和伤残者的呻吟声……刘邦撩起帐幕的棉帘命令道:跺脚也是冷,不跺也是冷,去,叫他们别再使那么大的劲跺脚了!一侍卫边答应边跑去传令。此时,一身商人装扮的陈平挑帘疾入中军帐。陈平趋前欲跪:陛下。刘邦即刻抓住陈平的双手:不拘礼,不拘礼了,如何?见到阏氏了?陈平道:见到了,她叫我们后天晚上,以篝火为号……刘邦等这才松了一口气,可接着又生疑虑:能这么痛快吗?即使阏氏答应传话,冒顿能听一个女人的吗?可别再陷入冒顿的陷阱啊……可不信又当如何?只好等后天再说。

白皑皑的白登山上,朔风狂吹,大风卷着雪片如利刃般削砍着世间的一切,远处,忽隐忽现,卷来一阵阵马嘶狼嚎声……刘邦、陈平、灌婴、樊哙蓦地走出毡帐向山下了望,只见山下模糊一片,并无异动。突然,一骑探马跑上山来,一位精壮将领踉跄跪于刘邦面前。那将领边拜边说:叩见陛下。刘邦道:山下是什么声音?有无异动?将领道:报陛下,本将带一彪人马巡到山下,除远处的马叫狼嚎外,并未见匈奴异动。樊哙道:陛下,会不会又是冒顿施的什么奸计,要杀上山来?灌婴马上附和:真若如此,我们不如倾其全力,杀下山去,以保陛下脱身!陈平沉稳地举目回望,之后说:不,这山高雪滑,冒顿若真想用计,只能是偷袭智取,绝不会闹这么大的动静。刘邦道:曲逆侯,依你之见呢?陈平道:阏氏既然答应了我们的要求,她总会有七八分把握。依臣之见,匈奴这样虚张声势,无非是小孩子的把戏,再跟我们多要些东西。刘邦捻须点头,嗯,有道理。他转身对那年轻将校说:你们要细心巡逻打探,不可懈怠!将领应声退去。

突然,右贤王率一彪匈奴人马自远而近,向白登山奔来。率侍卫护拥刘邦的樊哙见状警觉,他横刀立马:陛下,是匈奴人!待我杀出一条血路,护陛下冲下山去……陈平阻拦说:左丞相,樊大将军莫急,我们看看动静再说。此时,右贤王已立马山下,他拉弓搭箭,射来一卷锦书,锦书接入樊哙手中。右贤王喊着:汉皇,我们大单于等你的回信。樊哙收起大刀,将锦书呈给刘邦。

刘邦展书阅读——

大汉皇帝陛下:白登山一战,实出无奈耳,惊动冒犯之处,祈陛下海涵。昨读陛下圣卷,其诚心美意乃涓涓我心,寡人愿与陛下通力合为,共造匈汉友好。匈奴大单于冒顿。后面又附一份索要财宝的清单。

刘邦读罢冒顿信函,连同那份索要的清单一并交于陈平手中:曲逆侯,还是你知道冒顿的脾气啊。陈平笑笑说:那我们……刘邦狡诈一笑:给,他要的给;他没要的朕也给!曲逆侯,请你立即代朕再修一书,除答应他的要求外再加一款,我们提出汉匈和亲,朕要许一位公主嫁他。樊哙大怒:这不是太……刘邦盯视着樊哙:太什么?樊哙急道:太!太丢人!陈平先是不解,后即豁然开朗:噢,噢,陛下圣明,用不了几年,他匈奴人的血脉中就融入我们汉人的血了,圣明,圣明……刘邦捻须而笑,继而转向樊哙:你这屠狗的,什么叫丢人!国丢了,那才是丢大人!陈平将写好的信交给樊哙。樊哙搭箭射入右贤王手中,右贤王接信后,又望了望山上,率部离去。

太阳缓缓西沉,夜幕降临了。大雪仍然飘落着,汉兵爬冰卧雪,除了偶尔传来的几声马嘶和马刨蹄声,白登山谷一片沉寂。陈平陪刘邦走出中军帐,遥望风雪中的山下……冒顿阵地上终于亮起三堆篝火。陈平兴奋地说:陛下,冒顿答应了,我们明早撤兵。刘邦深沉地说:朕会记住这一天的……

已是清晨,雪虽然停了,阳光却惨淡得似有若无。狼狈不堪的汉军搭弓挽箭、操刀持戟地护卫着刘邦缓缓走下白登山。山上,遍地尸体,血肉模糊。有老兵面朝黄河静静躺着,身边陶碗里搁着半个咬剩的土豆、放着一个破旧的皮酒囊。刘邦与汉军渐渐远去……刘邦扭头朝冒顿大营望去,只见那里旌旗猎猎、马嘶人喊……陈平打马紧走几步,来到刘邦旁侧,对刘邦说,路途太远,天气又冷,他劝刘邦还是改乘辇车。刘邦却固执地摇摇头说:不,朕要好好看看这片土地,让寒冷冻冻朕发热的脑袋。

南越的清晨与白登山却大不相同,初升的太阳像刚被海水洗过一样,嫣嫣的,净净的,闪着冬日里特有的柔媚与温和。

赵佗在侍卫护卫下陪着陆贾朝南越国宝殿走去。赵佗如变了一个人,他梳洗得洁洁净净,外罩一袭长袍。陆贾端详着他,笑问道:怎么,今天大王像是……赵佗不好意思地笑笑,你是说我的打扮?咳,我昨晚一夜没睡,心想,既归顺了大汉,就得换个样子做人……陆贾话有深意地说:大王所以能多年在南越称王,有道理呀。赵佗讶道:我倒想听听,是什么道理?陆贾:南越王,智者也。两人哈哈大笑着走进国宝殿。赵佗更加兴奋,引着陆贾一件件观摩殿里的国宝:陶舟、玉兽、玛瑙项链、玉璧、几千年前的巨大象牙……

赵佗面现得意:陆大夫,别看不起南越,你看,这都是南越产的。陆贾一一赞赏、玩味,之后他笑笑说:没想到,南越王不光能打仗、治国,对古物还这么珍爱。赵佗更喜形于色。

陆贾边看边说:南越国是大王建立的,从哪里来的这么多古物?他拿起其中的一件陶舟:就说这陶舟吧,这本是商代的东西,玛瑙、玉兽、象牙……也都出自古代中原,是谁盗出来运到这里来了呢?赵佗颇显尴尬。

陆贾缓缓说道:从这些古物也可以看出我华夏历史的悠远,这些东西不管运到哪里,也是华夏的产物,割是割不断的。南越王,做为炎黄子孙,你愿意割断吗?要是上天有知,他能允许你割断吗?赵佗一脸庄重:我信老天爷。赵佗怎么也没想到,原本要在陆贾面前夸耀一番他不光是靠武功统驭南越、更有文治本领的用心,却又被陆贾教训了一番,他在心里暗暗叹服:这儒生的嘴,厉害呀!转而又想,这大汉派来的一个文臣都如此有胆有识,他们的武将自然更加了得!这汉皇是不能惹的,我归顺得对,归顺得对。

更鼓已经敲过一次,在长安的淮阴侯府内,韩信正与一身布衣打扮的肖二饮酒。韩信端着酒樽对肖二说:真得感谢你呀,要不是你当年给我那胯下之辱,哪有我韩信日后的一切。肖二闻听,立即跪地叩头,真是羞煞我也!肖二浑浑噩噩,当年竟敢让楚王蒙受奇耻大辱,真是罪过罪过,今日要杀要剐,小人都愿领受。

韩信真诚地说道:言重了!起来,起来,咱们饮酒说话。肖二闻言,从地上爬起归坐。韩信说:这次我请你来长安,一是想和你饮酒,二是想让你与家仆一起帮忙……

肖二感恩戴德:小人知道楚王念旧重义,当年你衣锦还乡,不仅不记恨我的粗痞,还让我这市井小人做了巡城捕贼的中尉武官。以义还义,自楚王被迫来长安后我就不干那差事了。我只给楚王你干!楚王,你说让小的干什么吧?韩信道:夫人不服长安水土,总生病,我想把她送回老家……肖二说:楚王放心,肖二就是掉了脑袋,也绝不让夫人在路上有一丁点闪失!韩信摆手道:你没让我失望,倒是我让家乡父老失望了,当年屡建战功、风头出尽的韩信成了走又走不了、留又留不住的阶下囚。来,喝酒,喝酒……一杯饮尽,韩信拔剑出鞘,边舞边唱:汉兵已略地,四方楚歌声。肖二和歌:大王义气尽,贱妾何聊生!……肖二随后唱起乡曲,乡曲嘶哑、苍凉无尽。

不知自何时起,窗外早有几个人头晃动,看来,监视跟踪韩信的人从没断过。

连年战乱的糟害,兵匪无度的劫掠,加之路途不畅、关卡如毛,把个曾经繁华昌盛的长安城也弄得一片萧条。如今虽然大汉建朝,其破败凋蔽之象还是处处可见:绸缎庄、珠宝店、铁器铺……稀稀拉拉立于街衢两侧,店铺货架上的货品也少得可怜。客栈旁一家小吃店内,吃面饼的、吃羊肉泡馍的、喝酒的几个小商人正边吃边发牢骚——

小商甲指指身边放的一堆竹器说:就说这些竹器吧,杜老板让我一个月送到,可到了长江郡,要等郡衙批关传,拖了又拖,直到送上些钱币才批下来,从长沙国到长安,走了快三个月了,这买卖让我怎么做!

商人乙明显要比小商甲生意大,他攥了一块猪耳朵,抿了一口酒说:我那批绸缎也被卡住了,在济北国,那国王是当今陛下的弟弟,一天到晚读《诗经》,给读书人批关传快得很,可我住的客栈钱都用了半大袋,才拿到关传。好容易过了济北国,河南郡又卡住了,非留下几匹绸缎才批,折腾来折腾去,这货只剩了一半了。

看模样,那商人丙更是财大气粗,竟高声叫喊起来:这关传真麻烦!天下都是大汉地界,怎么还跟七国割据似的!层层卡、层层要,还让商贾多上税!说着,他揭开布衣衣襟抖了抖说:瞧瞧,有丝绸不让咱穿,只好做个背心穿里头过把瘾。再说饭店,堂堂长安城,皇帝住的地方,连个像样的饭店都没有,害得我们只能天天跑到这家小店吃羊肉泡馍,真是……

商人们正聊得起劲,街上却有人大喊起来:街当头来芹菜、大白菜了,去晚了就买不到了!霎时间菜店门前就排起了长龙。人们挤挤嚷嚷,还不时有人插队。店小二不得不走到队前维持秩序:排队排队!每人只许买芹菜、白菜各十斤。准备好大汉的荚钱,其他各国造的钱币一概不要!不多时,大堆芹菜白菜已被抢购一空。不少人没买到,气得边走边骂。

一蜀郡贵族小家仆边推起空车,边忧虑重重地嘟哝着:走上千里路,非要让我们老爷一家迁过来,可到了长安,连菜都买不到……回到府上,不挨顿鞭子,也得一顿臭骂!

一齐国贵族的家仆看了看说话人说:兄弟,你那老爷还算好脾气。我上回没排上菜,我家老爷整整饿了我两天!今天又没排上,非得饿上我五天不可……这官家不知咋整的,人口大迁移,把七国贵族大户都迁来,却不供好吃的,我们老爷早说了,再这样下去,他就要把家搬回齐国了!

时光荏苒,转瞬已到翌年的夏天。丞相府大厅里,萧何正与众百官议事。萧何正襟危坐地说:我大汉吸取秦时教训,废除了那么多苛捐杂税,可百姓们还是日日喊冤、滋事者不断。众大臣敛神静听。众人都在内心梳理着纷乱的时弊:现在,

一面是百姓弃籍流落、大片良田无人耕种,一面是七国富豪携带他们的家眷奴仆聚居长安和关中,无田可耕……

陈平颇为沉重地说道:这些年,让百姓受苦了。物品匮乏,民不聊生,我们每个在朝为官者都难辞其咎啊!我们吃的俸禄是朝廷给的,可朝廷的钱来自何处?来自黎民百姓的税赋!百姓们过得怎么样呢?至今还有不少人无处安身、无以果腹,他们怎能不喊冤滋事!

萧何为启发众人思路,说道:齐国丞相曹参倒是颇尽心力,采用不欺民不扰民的治国之策,首先将秦朝官吏的园苑田池分给外来流民开垦,免收两年赋税,并鼓励生育,现在齐国人丁兴旺,国泰民安。曹参不仅战功赫赫,还是治国能手啊!我们缺就缺这样的官员。陈平道:臣已遵丞相嘱咐,将齐国治国之策写成书简,发往各郡和各诸侯国。灌婴也说:现在,各国商贾纷纷抱怨进入其他郡国做买卖难……萧何道:守法的商贾虽不从事本业务农,从事末业也是不可缺的。他指指陈平说:陈大人,请你尽快拟份昭书,要各郡国放灵活些,少些限制……陈平答应着:是,丞相!周勃接道:没有买卖人倒腾,用什么没什么,我大汉还不就死水一潭,被困死了!

萧何见廷尉申屠嘉似有话说,他即刻点名说:申廷尉有话要说?申屠嘉刚要站起说话。萧何摆摆手说:我们众人议事,不拘礼了。申廷尉,坐着说话吧。申屠嘉重又坐定,丞相,秦朝的钱币过重,使用不便,我大汉因为缺铜,才允许各诸侯国铸钱,据各郡国廷尉来报,现在盗铜造假币、杀人犯罪案件急剧增加。萧何点头道:申廷尉提得好,毕竟是掌管司法的。法不清,则国难安、民难定啊!我们要尽快上奏陛下,这些事都要好好议议,订出律令。

此时,一官吏,手拿一张帛图匆匆入内,他来到萧何面前说:丞相,未央宫的最后一张图已经画完,请过目。萧何接过图,看着,少顷,递给樊哙:左丞相,看看这图合适吗?说说你的想法。一直傻坐在那儿不住点头的樊哙此刻似如梦方醒,他打了个激灵,推拒着图纸,这图,我哪里看得懂!其他的事嘛,没什么话,你们不都说了!萧何站起身来,那就休务罢。

樊哙与陈平、周勃、灌婴一起走出丞相府。樊哙拍拍周勃的肩:人都说你木讷,我看你比我行。干文的治国这一行,我这左丞相真他妈的是聋子的耳朵——摆设!萧何一行边走边说,来到街市上。各类摊贩,叫卖声不绝……

一卖瓜人叫得最响:东陵瓜咧,又香又甜的东陵瓜咧!随着他叫卖声的引诱,有人趋前买瓜。萧何突然想到什么,也驻足瓜摊,拿起一个瓜闻着。好几年没见了!萧何对它的确有一份特殊的感情:大秦盛世,长安城里有一位人人知晓的侯爷,他世家出身,风流倜傥,整日过着锦衣玉食、卿客盈门的日子。秦灭汉兴之后,此公再难附骥尾、名重长安,于是躲到长安东郊,远离世事、跟瓜农学种瓜、成了个坐看云卷云舒的闲人。萧何欣赏他洞明时世、精微过人的智慧,两人遂成了好友。想到这里,萧何命:起驾——去东郊。

夏日的长安东郊,刮过的风都热辣辣的。好在已近黄昏,热辣的风中才夹进一丝凉意。大片瓜田,绿油油的瓜秧下长着大大小小、黄澄澄的甜瓜。一老者摇着破蒲扇,坐于瓜棚下闭目养神。萧何的侍卫刚要呼唤那老者,萧何却以手制止了,他静立着,端详着老者的神态。

老者似有感觉,他眙目细看,认出是萧何,遂转身作揖道:噢,萧丞相? 老朽早已料定,总有一天,丞相会记起我的瓜的!

萧何趋前几步,扶住老者说:自然,东陵侯的瓜和东陵侯的话一样,怎么能让人忘记呢?

老者呵呵笑道:玩笑,玩笑,老朽知道,做为一国之相,你的事情是忙不完的!

萧何道:怕就怕忙得白了头,也多有疏漏哇,比如你老人家,前朝的东陵侯,到了我汉庭却成了一介瓜农,惭愧呀!

老者连连摆手说:无官无爵一身轻,我乐此不疲。只是世事无常,我倒常为丞相担心啊!

萧何警觉地道:哦? 此话怎讲?

老者语:比如,你就无法像我这般自在、这般神思无羁,比如,世间不少事,你能看透却无法做透,再比如欲求江山定、社稷兴,就要打仗,要戍边,要兴利除弊,这就要死人,坏人死、好人也要死……这些我可以不闻不问,丞相你能吗?

萧何深深颔首,若有所思。

老者道:小老儿言过了,言过了……说罢,遂闭目吟唱:耕耘要深,播种要密,不是同种,除而去之……

萧何边听边吟,之后问道:东陵侯唱的是什么歌? 老者呵呵一笑:不成腔不成调,野叟村言而已。萧何深深点头:这野叟村言教益深如海呀。之后长揖相谢:承教,承教。老者故作懵懂:承教? 不敢,小老儿不过为丞相唱了支小曲而已……萧何又深揖一揖:东陵侯,萧何略通音律,这小曲听明白了,多谢,多谢。随着话音,萧何告辞离去。老者追而送瓜:丞相,你还没吃我的瓜……

夏日的清晨,御花园里的芍药开得正红,或许因昨夜微雨,那片片花瓣上还亮着湿漉漉的雨滴,晨光一照,更显出一股别样的娇妍。鲁元公主以一种少有的女儿心牵着吕后的手,走出椒房殿,朝刘邦寝宫走去。

刘邦也刚刚洗漱毕,他一见从没如此青春焕发过的鲁元,不由兴奋地站起身来。吕后、鲁元跪拜着,鲁元且拜且说:元儿参见父皇。刘邦抢步扶起她们:起来,起来。他仔细端详着鲁元:元儿今天怎么这么高兴? 鲁元道:父皇得了长孙,元儿怎能不为父皇高兴! 刘邦转向吕后:朕得了长孙? 你怎么不早说! 吕后酸酸地:陛下不是日日夜夜…… 刘邦问:这长孙是…… 吕后道:噢,齐王刘肥派使臣来报,说他喜得一子,请陛下给孙儿赐名。刘邦高兴:啊,这名字是得由朕来取。他仰天思索片刻:啊,我看就给我们的大孙子取名叫襄吧。吕后不禁拍手赞赏说:襄者,

助也。我们大汉又多了一个栋梁,好名字!刘邦得意:你以为朕就只会打仗!吕后调笑:那可不敢,陛下的歌唱击筑,还不是样样让人伸大拇指。刘邦快意大笑,哈哈!这话朕爱听。

鲁元见父母如此兴奋,不由感慨道:日子过得真快呀,一转眼,大哥已经生儿子了……刘邦感慨道:是啊。他望着亭亭玉立的鲁元:我们的元儿不也长成大姑娘了吗!说着他从龙案下取出一件东西:元儿,看看,父皇给你从匈奴带回什么来了?鲁元天真地问:什么?刘邦拿出一支胡笳,他滑稽地吹了吹:这叫胡笳,吹起来非常好听。鲁元跪地接过:谢父皇。吕后见此气氛,感动又安慰,你父皇还是最疼我们元儿啊。看着你们父女俩这样子,我都……刘邦揶揄:怎么?你又不舒服?吕后笑:舒服着呢!陛下,元儿是不小了,她跟赵王张敖处得越来越离不开了,我看就把女儿……刘邦道:吕雉啊,你既然说起这件事,朕也正想跟你商量一下鲁元的婚事呢!他稍作沉吟后说:匈奴现在是越来越强大了,他们已经吞并了东胡、大月氏的一些部落,从东北到西北已经联成一片了,朕这次进剿白登山,他竟围了朕七天七夜,死了不少兵马,朕也差点下不了山。大汉初建,我们需要休养生息,匈奴还是少惹为好!吕后点头道:这倒是!可这与元儿的婚事有何关系?刘邦试探:朕想与匈奴和亲,让匈奴单于成为咱们大汉的亲戚。吕后诧异:和亲?不是给匈奴那么多金银财宝了吗?刘邦道:冒顿贪啊!给了他金银财宝,他又派人过来要美女……吕后道:那,你打算怎么和?难道,你打算,把鲁元嫁给冒顿?!嫁给那胡人?鲁元可是咱们的亲生骨肉啊!说着,她已涌出热泪。刘邦道:正是咱们的亲骨肉,才能稳住冒顿。你想啊,要是元儿嫁过去,他们生下的儿子、孙子就都成了咱们的骨肉,这仗不就打不起来了吗?吕后更为激动,稳住冒顿,就拿我们的亲骨肉往狼嘴里塞?刘邦竖起眉毛,放肆!你是跟谁说话呢!吕后立即放低了声音,是,陛下……刘邦稍事沉吟说:为人帝为国后者就不同于常人,要事事以江山社稷为重。你是经过风浪的一国之后,怎么能只有妇人之仁,而无国母之仁?

鲁元早已气得泣不成声,她蓦地转过身来,你们一个为帝,一个为后,一个要帝王之概,一个要国母之仁,元儿呢?元儿是什么?只是你们送来送去的礼物!刘邦惊讶道:元儿你……鲁元已不顾后果,被项羽追杀时,父皇一脚把我和盈儿踹下车去,是为了争天下;如今先要我嫁赵王、后把我送冒顿,是为了安稳地坐天下,元儿已经……说着元儿已经一阵风似地跑出刘邦寝宫。吕后望望刘邦,刘邦深被刺痛,他急急挥手,命吕后追赶鲁元。吕后一急,差点被鲁元扔在地上的胡笳绊倒。胡笳被踢,发出一声"嘣"的音响。

042

第四章

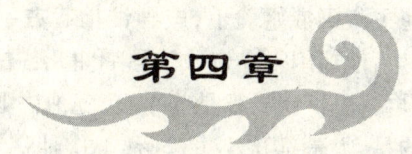

次日清晨,刘邦就着人叫来了吕后。吕后一脸悲戚地站在刘邦面前问道:陛下这么早叫臣妾来,是要臣妾打点元儿上路吗?刘邦故作不解地:元儿?上什么路?吕后道:不是匈奴的使臣今日就来接元儿吗?刘邦突然大笑,哈哈哈哈……吕后莫名其妙:陛下为何发笑?刘邦强抑笑声说:亏你跟了朕这么多年,你以为这点小事就真能把朕难倒?吕后讷讷:那……刘邦道:朕想好了,我们元儿是一定要嫁赵王的。吕后感动得一下涌出眼泪:陛下……刘邦道:亲是要和的,不过,不是我们的女儿,朕已经另做安排了。吕后一阵惊喜:真的?说着就哭出声来,她上前一揖:臣妾谢陛下!刘邦笑笑说:要谢就谢戚姬吧!昨天晚上是戚姬出的主意,她说冒顿既不认识鲁元,何不找一个相貌美丽、身材相当的宫女做替身!戚姬,贤德啊,聪明啊,你日后也该对她好些!吕后讪讪而笑:陛下想得真周到啊。陛下刚从北疆返回,身子也够劳累了,臣妾帮陛下洗洗脚吧!刘邦不以为然:一大早的,洗什么脚啊!吕后道:陛下不是最喜欢洗脚吗?在丰沛的时候,早、中、晚,一天要洗三次呢!刘邦伸出双脚笑说:是,朕是喜欢洗脚,一天要洗三次。吕后喊着:来人!宫女应声送上脚盆、水桶,吕后麻利地倒好水后,将刘邦双脚放置盆中。

刘邦突然将脚缩回,叫道:这么凉的水怎么洗脚!吕后即刻续上热水,用手试试后又将刘邦双脚放入盆中;可刘邦的脚刚落盆内,他又皱起眉毛喊道:哎呀,还是太凉。吕后说:在丰沛老家的时候,陛下用凉水都能洗脚,现在这么烫的水还嫌凉。说着又搀热水,拉刘邦的脚入盆。刘邦终于难忍,大喊道:叫戚夫人来,朕要洗脚!戚姬应声而来,吕后看到戚姬持热水倒入盆中,用手试水温后,即握起刘邦的一只脚,熟练地按摩、拍打,之后将脚放入水中揉搓……吕后惊愣住了。刘邦眯眼享受着,这才舒服!站在一旁的吕后终于忍不住,眼泪夺眶而出。刘邦挥挥手——吕后低声说:臣妾告退了。说着即快步走出刘邦寝宫。

吕后出殿,遇她二哥吕释之。吕释之见吕后眼角泪痕,关切地问道:皇后因何落泪?吕后忙道:二哥,没事儿,少跟陛下说几句吧,他累了。

吕释之进殿。吕释之道:吕释之叩见陛下。刘邦一摆手,南军统领你来后宫

有什么事啊？吕释之禀道：是韩信……刘邦讶道：韩信怎么了？吕释之道：他趁陛下北伐之机，纵马狂驰，踏坏大片庄稼，惹得百姓四处伸冤，他还招来当年给他胯下之辱的淮阴无赖纵酒吟歌，臣怕他是有意……

刘邦猛一跺足，水花飞溅到戚姬脸上，戚姬忙抬起右手拭脸。刘邦恨恨地说道：朕远征匈奴，九死一生，他却闲得在京城饮酒唱曲儿！吕释之道：是啊，这不明明是寻衅陛下……刘邦再一思忖：唉，都是些小事，随他去吧！吕释之唯恐天下不乱地煽动刘邦，臣担心的是，大事都从小事起呀，上次他剑劈舞阳侯左臂，今日又借酒大唱思乡曲，并且是同给他胯下之辱的人一起，不是另有弦外之音，也是为泄今日软禁之愤……刘邦略有所思：嗯，你退下吧！

一群披红挂彩的乐手簇拥着一辆同样是披红挂彩的辕车来到了长乐宫的东阙门前，这是赵王张敖派来迎娶公主鲁元的迎亲队。一身大红丝缎，新娘打扮的鲁元两眼含泪，对着前来送行的刘邦和吕雉恋恋不舍地哽咽道：父皇、母后，女儿走了，你们多保重！然后又转身与戚夫人薄姬等众娘娘作别，薄姬身旁站着刘恒。

众人送鲁元至宫门口，在鲁元就要登车的时候，牵着刘恒的薄姬把一块碧玉，塞到鲁元手里：这是我从魏国带来的，我母亲说是女儿玉，只传女儿不传儿子，你是薄娘娘看着长大成人的，今天你出嫁，带上它吧，这玉通人性，可保你平安。鲁元搂了一下薄姬，默默地将玉揣在了怀里。刘恒上前扯住她的衣襟：姐姐，元旦你可得回来跟我们一起过节呀！

刘盈高叫着从远处骑马而来：姐姐！姐姐！弟弟拉肚子，来迟了——他行止拙笨地翻身下马，连滚带爬地跑近鲁元。鲁元一见弟弟，紧紧搂住，控制不住地大哭起来。刘盈也大哭起来，姐姐，你去了赵国，剩下盈弟一个人，连个说知心话的人都没了。刘邦不快地皱眉，身为太子，当众失态大哭，这么懦弱，这么藏不住感情，日后怎么做我大汉一代皇帝！刘盈爆发般，父皇不懂，根本不懂我和姐姐的感情，也从来不看重我们的感情！刘邦欲发怒，接亲的乐曲响起来了，一阵紧似一阵。

一赵国使臣跪地，赵国使臣请求陛下恩准起驾——刘邦摆摆手。吕后等众皇家亲眷拥鲁元上车。鲁元掩泣而坐。吕后等众娘娘大声嘱咐着：常想着回来……鲁元挑车帘点头。装扮得花花绿绿的四轮车缓慢起动，鲁元依依惜别地不停挥手……

晨起朝上。刘邦道：朕北伐匈奴，被围七天七夜，是得陈平之计才解危难，陈平护驾有功，赏帛十匹、黄金百两。陈平跪拜：谢主隆恩！刘邦突然脸色骤变：提罪臣刘喜！众侍卫推出五花大绑的刘喜。刘邦道：代国与匈奴接壤，乃边关要地，这才派精兵良将在此驻守，可代王刘喜面对来犯胡兵却弃国而逃，为振我大汉纲纪，着斩！萧何趋前：启奏陛下，代王刘喜长于管地，不谙用兵，虽弃国而逃罪不可赦,可若死守,也无补于事,臣请免他一死。众文武皆跪地求情。刘邦道:众爱卿一致求情,是否看在代王是朕手足的份上?大汉朝律昭彰,皇室犯法与民同罪,立斩无赦!刘喜面无人色:陛下,臣……求你了……萧何道:臣以为,朝纲赫赫,任人不可违,可北部戍边之燕王、韩王在匈奴的强攻下,均已叛国投敌;代王明知弃边逃国是死罪,却还是返回汉廷。与那卖国投敌之类相比,岂不该从轻发落?臣启奏陛下,可将刘喜免去王位,降为侯爵。众文武又跪地:丞相所见极是……

刘邦离位踱步:既如此,就免他一死。不过,代王是朕手足兄弟,免他一死,理该断朕手足一只。言罢,猛抽萧何佩剑,欲断自己食指。众文武忙趋前阻拦,——陛下,千万不可!刘邦归座,唉!这让朕如何面对天下?众臣道:我们谨记教训就是。刘邦大袖一挥:好吧,将刘喜推入大狱。三位兵卒押解刘喜而下。

刘邦提高嗓音:天下初定,内忧外患,百姓贫困、流离失所,南越赵佗行止不定,北邻匈奴连年骚扰,若所封王侯不尽其职,一有风吹草动,皆往京城里跑,我大汉还能挺得几天!众文武齐道:愿以代王为鉴,励精图治,共建大汉!萧何又说:现在京城内物品匮乏,买卖清淡,哄抢蔬菜粮食之事时有发生;加之允许郡国铸钱,仿铸假币者与日俱增,还有,长安城郊耕地欠缺,是否可将上林苑中空地……刘邦打了个哈欠,安邦第一!已经说了那么多,今天就不要再议别的了。萧何欲言又止。

薄夫人正揉着刘恒红肿的膝盖。墙上挂着的皮制护膝已经磨出了白茬。薄夫人心疼道:恒儿,疼吗?刘恒咧嘴点头:三哥马骑得那么好,是不是父皇单独教了他绝招。薄夫人笑了:恒儿你怎么想起说这个?刘恒一脸正经:父皇从来没有来过咱们这儿,可是三哥说他经常骑父皇高高马,我连摸摸父皇的胡子都不敢……薄夫人揉膝盖的手下意识地用力捏疼了刘恒。刘恒叫了一声:啊!薄夫人这才回过神来:恒儿,这世上人跟人的命是不同的,不和别人比,就会过得快乐,得不到的老想得到,就会心生烦恼。刘恒吱唔道:母亲,三哥他们说你是,是冷美人,不会讨人喜……薄夫人打断刘恒:恒儿,人要活得有骨气。巴结、奉承、倾轧,去苦苦追求不属于自己的东西,到头来还是落得一场空。薄夫人替刘恒把挽起的裤腿放下,温和地说:恒儿,有许多事你还不懂,睡吧,明天张苍太傅还要考背书,啊?刘恒乖顺地"嗯"了一声,躺到被窝里,闭上了眼睛。

张灯摇曳,天籁之声隐隐传来。薄夫人为刘恒盖好被子,之后,走到窗前。孩子的话突然勾起了薄夫人的感伤——

魏王府,阳光明丽,弦乐声声。美丽窈窕的薄姬、赵子儿等被选入宫中的宫女们,鱼贯两侧。年轻英俊、器宇不凡的魏王豹健步走来。一黄门上前对魏王行礼后,指着一年近半百,身着宽大道袍的人介绍道:这是闻名天下的相面大师许负,定能帮魏王选出貌美贤德的皇后娘娘。许负跪拜:参见魏王。魏王豹还礼:本王就托付大师的慧眼了。许负将宫女们逐个看,至薄姬处驻足:此女子眉目之间虽

含淡淡哀愁,但天生丽质、不同凡俗,日后定生真龙天子。薄姬睁大眼睛,紧咬下唇。魏王豹上前,挽住薄姬欣赏,面露满意之色。月下花前,魏王豹与薄姬朝夕相处,薄姬渐露笑容……

薄姬、魏王豹正酣睡间,城外传来震天杀声。未几,韩信率兵破城而入,擒魏王豹,掳薄姬与众宫女。魏王宫中,吕释之指着众宫女:你们分为两支,一支纳入后宫,一支充入织室。赵子儿等搔首弄姿被选入后宫;薄姬故意披头散发、面呈丑态,被充织室。

织室里。薄姬垂泪,祈祷——苍天啊,保佑我的魏王平安无事吧!要是有一天能与他再见,我虽死……已成刘邦宫女的赵子儿,推门进来,为薄姬拭泪:好妹妹,姐姐告诉你件事,你可得挺住。魏王被汉王押去荥阳后,令他带兵坚守,没想到,项羽攻荥阳时,他抵挡不住,死于战乱中了……薄姬大哭失声,有顷,突然异常冷静:经过这些年,也算看透了人世,什么是王、什么是囚、什么是鬼;什么叫荣辱宠幸、什么是男欢女爱……薄姬摇头冷笑。赵子儿道:好妹妹,你可别瞎想啊,别忘了,许负讲,你是要生真龙天子的。薄姬开始呱答答地织起布来,她已万念俱灭,如今,我是什么都不信了,活一天少一天吧……

还是在织室。薄姬用织好的豹纹锦裁制成裤子。众织女围观。织女甲道:薄姐姐织的豹纹锦多上心,多细,多美!织女乙道:这仿造胡服的裤子,还真实用大方呢!织女甲道:上裳下裙,本来是老祖宗传下来的装束,可你怎么就想到把开裆裤改成死裆呢?织女丙道:死裆裤虽然穿起来冬天暖和,可就是不如开裆裤方便,特别是要想……众织女笑。笑声引得路过织室的刘邦走来,他驻足窗外,猛见薄姬美貌,生出赏心悦目之态——

薄姬道:别胡说,我只不过参照了胡服,试一试……织女甲道:不知你们发现没有,宫中服饰总是领长安女子之先,宫中梳高髻,街上女子便髻高半尺;宫中舒宽袖,街头女子便袖广八寸。如今薄姐姐的死裆裤要是一穿出去,长安街上女子的裤裆不知要再缝几层呢!众又大笑。薄姬道:别闹了,你们避一避,让我试试这条胡式裤子。众人离去,薄姬脱裙,试穿裤,刚露出粉嫩大腿,刘邦闯入……薄姬大惊,急掩腿,慌忙跪地:不知陛下驾到,奴婢亵渎了龙颜……刘邦贪婪而笑:起来,起来……薄姬战栗而起。

刘邦道:多美的一双大腿,难怪都说,织房里藏着一位魏国美女,就是你吧?说罢,欲搂薄姬。薄姬下意识地后退几步:陛下,别……刘邦愠怒:怎么,你竟敢嫌朕!薄姬怯怯靠近刘邦,口中喃喃:……难道真是天意?刘邦:什么意思?薄姬:是昨夜,奴婢做了一个梦,梦见相面大师许负对我说,明日将有真龙天子飞临宠幸……刘邦趋前,拥薄姬入怀:这梦倒是有谱。他笑笑说:真龙天子就是朕!你若为朕怀上龙胎,朕就封这龙胎为四皇子,封你为薄夫人……只是,刘邦将织好的豹纹锦缎置于地下:日后不要再织这种图案的锦缎,朕讨厌……

薄姬望着熟睡的刘恒,默默地说道:就这样,恒儿,你就成了四皇子,母亲我也就成了薄夫人。可夫人徒有虚名,一次逢场作戏后,他就把我忘了。我薄姬被出身于魏王室贵族的母亲调教得打小能歌善舞、也读了不少书,论智识不比吕后差,论容貌艺技也不逊于戚姬,不愿动心机争风吃醋、无意争宠是因为母亲的情全随魏王豹去了!……说也奇怪,做为魏王豹的宠姬没怀上孩子,跟汉王一次竟有了你!薄姬又俯身,望着熟睡的刘恒,恒儿,有了你之后,母亲才知道,你才是母亲生命中最最重要的!大滴眼泪流到刘恒小小的脸蛋上,薄姬忙用丝巾拭去……

长安城笼罩在霏霏的细雨中。韩信正与家仆撑伞走进一小巷口。自打被刘邦削去实权,软禁在京城后,韩信开始还以足不出户来表示抗议,可时间一久,他也感到无论自己怎么样的愤懑都不会有任何结果,萧何不会再来月下追韩信,刘邦也不会金坛再拜将,他的一切辉煌都成了过去。尽管终日无须上朝,尽管天天衣食无忧,可对韩信这样的一代豪杰来说,这简直就是行尸走肉一具。无奈无聊之极,他开始花天酒地,算命占卜。听说京城有一位看相算极准的大师叫许负,许多名门贵族都找过他,当年的薄姬现在的薄夫人就是被他相中后,才做的魏王后。这让韩信聊发奇想,也想请这位高人为自己未卜的以后占上一卦。

在巷尾深处,家仆指一门,到了。韩信推门进屋,只见一年过五旬微胖的男人闭目端坐堂中。韩信抱拳作揖,韩信拜见许负大师。那人睁开眼睛,却未起身,喔,是淮阴侯,威震天下的韩大将军!难怪老夫感觉四周一片刀光剑影。韩信对别人的漠视已经视而不见,习以为常,他平静淡淡地说道:大师言重了,韩信如今已是笼中之鸟,威风扫地了。许负道:这就更需要将军挺起精神。韩信道:韩信多谢了。大师,我是慕名而来,听说大师相面十相十准,能否……许负道:人的命本是一个定数。韩信道:请大师看看我的相,千万实言。许负道:转上两圈让小人看看。韩信听从其言,转了两圈。许负此刻站起来,拱拳还礼,看大将军面相,虽英气逼人,却庸碌无为;但观大将军背相,倨傲不凡,实乃富贵相也!韩信哈哈大笑,背相?我知大师所指!只是韩信改不了重义厚德的脾气,宁肯人负我,我绝难负人……

走出许负家,韩信直奔城中的翠红楼。他同老鸨厮熟地招呼,上楼后进一房,房内传出调笑声……

在长安的西北角,坐落着气派的斗鸡场。斗鸡场每日人声鼎沸,生意兴隆。门前几棵垂柳树下,停满了花花绿绿的肩舆,给远离喧闹的城边一角,平添几分热闹。一阵微风吹过,悬在门口的五个碗大的烫金字——"宫廷斗鸡场"就像五只风铃,摇晃着发出"叮咚"、"叮咚"的声音。

斗鸡场内人声鼎沸,达官贵人及家眷坐在软席上,边品酒,边吃着零食,互相打着招呼。隔着乳白纱帐,两个负责斗鸡的厮役每人手上拿着一个竹篾鸡笼,从铺着细砂的浅坑两边分别上场。人群顿时安静了。鸡笼被打开,两只大雄鸡跑到

　　细沙地上,两鸡相见,似一对仇人般分外眼红。它们转来转去,盯视片刻,就开始了疯狂的厮杀。人们开始兴奋了……鸡主们各自为自己的鸡加油鼓劲:咬它,咬哇! 另一人喊:……对,对,来个恶狗扑食,扑上去,鸽,鸽,鸽它的眼! 一个瓮声瓮气的声音道:黑头,再加把劲,对,对,逮住它的头就别松嘴! 是樊哙,他一身便服,眼充着血,脸都变了形,还在扯着脖子叫喊。在大汉的所有重臣中,最不摆谱最不端架的恐怕只有这屠狗出身的樊哙了。

　　人群中发出一阵"轰"的声音:真是箭不虚发,黑头又咬倒了一只! 黑头扎着翅膀悠闲漫步,那只满身红翎的大公鸡已被它啄倒在地。人们鼓着掌,欢呼着:这左丞相的鸡也是个斗不倒的英雄啊……有人高叫:左丞相,你这黑头要多少钱? 卖给我吧。又有人喊:我拿一匹马换,行吧?

　　樊哙哈哈笑着摆着大手:都甭做这个梦,爷爷这黑头哇,金山银山都不换! 爷爷休务的时候就这点乐子,没了它,就只剩个上朝下朝,还不憋死! 又有人凑上来:左丞相真是威,连养的鸡都是斗遍天下无敌手! 另一人接上说:八成是当年鸿门宴上,吃了项羽给的那生猪腿攒的劲吧? 樊哙仍在得意地笑着:你们甭胡说八道,就是说到天光大亮,爷爷也不会放掉我这宝贝黑头! 说着,他抱起他那骄横的黑头。

　　厮役高喊:太上皇到! 樊哙闻声,抱着他的黑头就朝偏门跑去:我可不跟他斗,斗输了,我不服气;斗赢了,他不饶我。说着,已经跑远。刘邦之父刘太公抱着他的芦花鸡兴奋地走来:樊哙呢? 有人答道:左丞相刚走。刘太公失望道:这个樊哙,他不是场场赢吗? 太上皇我就是奔他来的,他怎么走了? 还是怕我这大芦花,哈……说着,拍拍他那大芦花的头。

　　一黄门引一年青人走进通光殿:薄夫人就在这里了。年青人跨进通光殿,高喊:姐——姐姐! 正在里间做女红的薄姬听到喊声,先是一愣,继而笑意飞扬,她扔掉手中针线,急忙迎上去,昭弟! 昭弟! 久别重逢的姐弟俩不禁相拥良久。薄姬眼中泪花闪动。薄姬道:从老家来,还是从魏国来? ……哦,魏国现在是河南郡了。薄昭道:从河南郡来。自从魏王豹被擒,我这个管马场的太仆就给汉庭的河南郡干差事了。一听魏王豹三个字,薄姬刚才的喜悦顿然消逝。薄昭抬头,瞥见姐姐的神态,顿觉不慎失口:啊,姐姐,我……我惹你伤心了……薄姬又强作微笑:不,都过去了,你,还是管马场吗? 薄昭道:是的! 可是比姐姐在魏国当王后的时候差多了,那时候我是国舅爷,人人见到我都是满脸堆笑,可现在……薄姬道:唉,命啊……薄昭没作声,两人都沉默了。

　　少顷,薄姬问道:昭弟来长安,专为看姐姐,还是想谋份差事,挪个地方? 薄昭正要回答,那个引薄昭进殿门的黄门进来说:薄夫人,皇后差小的送来清蒸象鼻和红烧天鹅肉各一盘,说是特意招待您弟弟的。小黄门将冒着热气的佳肴置于几案。薄姬道:谢皇后娘娘了。薄昭也鹦鹉学舌,薄昭谢皇后娘娘厚赏。小黄门说:

皇后娘娘嘱咐小的,问问娘娘的弟弟爱吃什么,明天中午再换样新的。薄姬道:皇后娘娘对薄姬的家人如此关照,薄姬深感不安。请回禀皇后娘娘,薄姬娘家是平常人家,吃什么都行,薄姬的弟弟不需要特别照顾,薄姬吃什么他也就吃什么了。小黄门一拱身,知道了!小的告退。

从薄姬的言谈举止中,薄昭深有感触,姐姐,看来,你在汉宫中比当年在……真是大不一样啊……薄姬紧咬下唇,久久不语。从这沉默中,薄昭更感姐姐的低微处境,他走过来抚抚姐姐的肩:姐,昭弟是太想姐姐了,一见面就乱说话,惹得姐姐伤心了。薄姬道:姐姐不怪你,是姐自己……薄昭叹口气,是啊!汉王宠幸过的女子成百上千,有几人能真正被他视为夫人呢?不容易啊!薄姬转移话题:昭弟,到了该吃饭的时候了,我让人送饭上来,再送些酒,喝点吧,解解乏!薄昭到处找:咦?!恒儿呢?薄姬道:去上林苑了,今天是他们七个皇子练骑马的日子。一会儿,你就能见到他了。

一桌子饭菜都摆满了。姐弟二人吃着。薄姬道:昭弟,你是个聪明人,还想在长安……薄昭抿了一口酒:姐,我明天就回咱老家吴县,等着去。薄姬问:等着去,等什么呀?薄昭笑。薄姬也笑。这姐弟二人都在意会中……

刘恒撅着嘴回到通光殿,一屁股坐在床上。薄夫人看着他那稚气的神态,笑了起来,怎么了,恒儿?嘴撅得那么高?刘恒道:母亲,我不想学骑马了,三哥骑得那么好,马跑着,他能跳上马背,马蹄起来,他能贴到马肚子上,我不行,太笨。薄夫人摸摸他的头,等你把护膝磨烂了,就不笨了。薄昭掀开帘子,从内屋走了出来:谁说恒儿笨?他满含爱意地端详着刘恒:我看我们恒儿最聪明。刘恒看看母亲,不知来者何人。薄夫人一脸高兴说:你不是总说想见舅舅吗?这就是舅舅,他最懂马。刘恒兴奋得一下子扎入薄昭怀中:舅舅,恒儿知道,舅舅做过太仆令,专门驯马管马。薄昭高兴地拍拍他的头:走,舅舅教你骑马去!

刘邦冠袍未挂,只穿件宽袖的深衣,正俯首击筑。筑是一种古老的五弦琴,今天这种乐器已经失传。刘邦毕竟不是乐师,虽说击筑的手指技法不够娴熟,可由于兴致所至,那筑发出的乐律倒也中听。他的宠姬戚姬身着宽袖的孔雀蓝舞裙,那轻薄的锦缎上凸绣着颗颗白冰晶样的五角星,华丽又高雅。戚姬随着筑的节律时而舒广袖时而腰弯似弓,翩翩起舞,妩媚无比。

刘邦边击筑边欣赏:我的戚夫人这一长袖折腰舞,朕是百看不厌哪!筑音至高潮,刘邦情绪也极为亢奋,他高声道:朕的爱姬,你把手伸过来!戚姬明眸流盼,温顺地走近刘邦伸出一只玉手,筑音戛然而止,刘邦变戏法样的从袖中掏出一只翡翠手镯套进去,这是陆贾从南越国回来的时候,赵佗献给朕的!他把玩着戚姬玉笋般的手,嘴里不停地喃喃着:真好看!真好看!刘邦把戚姬拉近,正要与她亲热——

宫门外传来一黄门的声音:皇后娘娘急事求见。刘邦急忙推开坐在他膝头的

戚姬,吕雉老是扫朕的兴!吕后急匆匆地进来,叩见陛下!刘邦冷冷地望着她,又有何事,非得这时候见朕!吕后瞅着戚姬,语调不阴不阳,能不能让我单独跟陛下待一会儿呀?她特别在单独两字上加重了语气。戚姬急忙施礼:皇后娘娘,臣妾这就退下。吕后将脸转向刘邦,急切说道:爹快不行了,直喊三儿三儿。刘邦急忙更衣带冠,昨天不是还去斗鸡场玩,还好好的吗?怎么就不行了?随即随着吕后匆匆出殿。

刘太公躺在床上,脸憋得通红,张大嘴喘气。刘邦扑向床前:父亲,朕看你来了。刘太公道:我怕是熬不过这几天了,要去见你母亲了……三儿,作为一国之君,你终日操劳,没工夫跟父亲多待,为父不怪你……只是有几件事,须听你亲口答应,为父……才能,放心……闭目啊……

刘邦拉住刘太公枯瘦的手:父亲请讲,朕,不,儿一定尽力而为。刘太公道:咱们刘家借你的光,近亲、远亲都……封了王侯,可你……大哥之子为何不封?你……大哥死得早,大嫂家穷……你领萧何、曹参、周勃、樊哙去喝粥,她……用锅铲……刮羹底赶你们走……让你难堪,这件……事……过去那么多年了,别再……记仇了,你嫂子……当年也不容易,你应该……有皇帝的……肚量!刘邦道:她为人太不厚道!不过,父亲放心,朕会封大侄子一个爵位,就叫……就叫刮羹侯。刘太公问:什么侯?刘邦道:刮羹侯。

刘太公还是没听清,但他摆手,示意为这件事不要再说了。刘太公喘着,封个侯就行,管它叫什么侯……我最担心的……还是……你二哥刘喜,从代国……跑回来坐了大狱,出狱后,他一直……想去洛阳,让他去好了……他不是当王的料,更不是……打仗的料!只是代国……不能让……旁姓的人……去当王,刘喜的儿子……刘濞如何?你远房的堂弟……刘泽如……何?站在一边的吕后此刻插话:让三皇子刘如意去嘛,儿子总比侄子亲!刘邦道:代国太重要,跟匈奴搭界,又太穷,让如意儿去我恐怕他太嫩、吃不了这苦……吕后又说:那让我侄子吕强当,他现在就在代国任廷尉。不行!吕强不是个当王的料,一身毛病,让吕禄去,听二哥讲,吕禄现在懂事多了。刘太公道:三儿,不想让……如意去,就让……刘濞或……刘泽去……

吕后不快:爹,我们刘吕两姓本是一家人。

刘邦面无表情,少顷:父亲还有何事交代?刘太公又开始喘上不来气:燕王卢绾……跟你……同年同月同日生……从小,情同手足,我看所有异姓王中……卢绾还是跟咱刘家……一心的。刘邦不耐烦:您老别操心江山社稷了,这世事没有一成不变的……刘太公道:那好,我也管不了,只是卢绾之父……是我嫌长安烦闷,从老家喊来……同我一起……斗鸡的,我若有个三长……两短,好生安置我的老友,那只大冠斗鸡就……送给他,他早就馋得流口水了。

一黄门进来对刘邦耳语什么,刘邦脸色大变,跺脚:好你个陈郗!刘太公道:

老三,你为何发脾气?

　　刘邦转身欲离去——吕后急道:陛下,臣妾被囚时落下了心疼的毛病,太医全医不好,听侍女说城东一胡姓医师专治疑难杂症,臣妾想出宫去……刘邦烦躁地说:你去就是了,问什么问……

　　薄昭牵着一匹高头烈马,那马昂头翘尾,边走边尥蹶子。刘恒道:这匹马性子最烈,舅舅挑错马了。薄昭哈哈一笑:它烈吗?看舅舅怎么驯服它。说着,他纵身一跃跳上马背。那马使一阵子性,薄昭一面俯身抚马的鬃毛,一面低语几句,那马即刻驯顺地朝前飞跑。薄昭纵马疾驰几圈后,一个跃身,跳在刘恒面前。刘恒看呆了,之后喊着:舅舅真棒,比三哥还棒!薄昭道:舅舅告诉你,马通人性,只要你对它好,越是烈马越听话。他边说边示范:你要先爱抚它,跟它说话,把它当朋友……就这样,这样,他边抚摸马头,边将马拉向刘恒:来,恒儿,上马!刘恒学着舅舅的样子,先抚马头马鬃,之后一个跳跃飞上马背。那马先是原地打转,之后跑了几步,一个蹶子就将刘恒摔到地下。刘恒瞪着两眼从地上爬起,刚要生气,薄昭走过来说:没摔坏吧?刘恒坚强又生气的摇摇头。薄昭道:别怕,更别生气,它是跟你玩呢。之后,他抚着马说:别再闹了,我们恒儿是你的好朋友,不许你再摔他,听见了?那马看看刘恒,打了一声响鼻。薄昭道:来,恒儿,上马,一定要耐心,沉住气,放松缰绳。刘恒压下心里的不快,遵照舅舅的教导纵身上马,缓缰飞驰,越跑越快,跑得自如而潇洒。

　　刘邦走出刘太公寝宫,又忧又闷,忽见宫墙内的操练场上刘恒潇洒驰骋的身影,忧闷顿消。

　　临华殿内,戚夫人正为刘邦穿戴戎装。萧何站在一旁。刘邦对萧何说:这代国实为多事之地,代相陈豨趁代王刘喜逃亡之际,竟漠视朝廷,自立为代王。话间,吕后进来,悄悄站在一旁。刘邦看吕后一眼,继续说道:朕当年派他去当丞相,真是看走了眼!朕要带兵讨伐,离开都城后,国事可与吕皇后商量。萧何点头。吕后眼里露出一丝得意:陛下召臣妾来,有何事吩咐?刘邦道:你身为后宫之主,又经历过战争历练,朕去代国后,有你与萧丞相照应国事,朕就放心了。只是朕出征后,国事听你的,家事你要听朕的,心胸放宽,为人仁厚。吕后瞄一眼正忙活着为刘邦扣腰带的戚姬:臣妾记住了。刘邦一甩袖子:你去吧!吕后的面肌急剧地抖动了一下,当着戚姬的面,刘邦把她唤之来呼之去的态度令她顿生愤懑!她强压恨气,用平稳的语调说道:臣妾告退了!萧何道:臣也告退了!

　　戚夫人无比柔情地说道:陛下,出征的戎装穿好了!她递上一条锦织豹尾:陛下瞧瞧,这是您辇车后的豹尾。刘邦接过来端详着说:还真像!戚夫人凑过来说:这可是薄姬日夜赶织的,她手可真巧!刘邦脸色骤变,"啪"地将豹尾掷于地上:朕就要出征打仗了,她还让朕生气!戚夫人故作惊讶:陛下怎么了?刘邦不理戚夫人,气冲冲离去。

刘恒兴冲冲地走进寝宫通光殿,他将马鞭往地上一扔:母亲,恒儿不笨,恒儿已经能纵马飞跑不摔下来了！薄夫人慰藉地笑着:母亲早说了吧？刘恒:可我还是没有父皇那样的神气——他模仿着刘邦的马上雄姿:从明天起,恒儿不读书了,一心一意学骑马。他举起已磨薄了的护膝:母亲看,等这护膝磨穿了,恒儿就能学得像父皇一样！薄夫人道:不读书了？恒儿就做一个只会骑马的武皇子？刘恒道:啊,读书有什么用？薄夫人道:你知道你父皇最近去云梦泽打了一场大仗吧？刘恒道:母亲,那不是打仗,是打猎,只押回一个韩信。刘恒不解地:怎么人人都说那是一场大仗？

窗外,满脸怒气的刘邦听到他们母子谈话,驻足谛听。

薄夫人道:那是一场大仗！是一场没有刀枪的大仗！刘恒道:打仗不动刀抢,算什么打仗！薄夫人道:孙子兵法上说打仗:"谋为上"、"全国为上",你父皇没惊动一个楚国的百姓,没用一刀一枪就押回了楚王韩信。不读书哪来的"谋"？不读书,你父皇怎么能想出这样的上上策？窗外。刘邦捻须而笑。

刘恒道:母亲,谁都知道,韩信是开国元勋,是个大英雄,父皇怎么还抓他？薄夫人:他能征善战是立过大功,可母亲早就跟你说过,一个人是不是英雄,就看他为什么打仗为什么流血。为天下人流血是英雄,为一人欲念流血,只能算个枭雄或者叛贼。刘恒道:哦,敢情韩信不是为天下人打仗,是为他自己呀！刘邦听得动容,迈步入殿。

他一眼见到薄夫人又在织着豹尾锦,顿时火起:薄姬,你给朕跪下。刘恒瞪着一双惊恐的眼睛呆呆地望着刘邦。薄夫人处乱不惊,然然跪地,且拉了一下惊呆的刘恒说:恒儿,跪拜陛下。刘恒紧贴母亲跪地。

刘邦见状,一把抱住刘恒:恒儿,朕的四皇子,起来,都起来吧。他亲昵地看看刘恒,捏了捏他的肩:父皇听过你吟诗,嗓子好,等朕得了闲,教你唱歌,击筑！尽管刘邦最宠爱刘如意,但毕竟刘恒也是他的血脉,他拍拍刘恒的脸蛋:刚才父皇看见你骑马的架势,嗯！还真像那么回事！刘恒听到刘邦的赞扬,兴奋得满脸通红。刘邦亲了一下刘恒的脸蛋:父皇这次去代国打仗,四皇子由你来给父皇戴头盔。刘恒由兴奋转为惊讶,瞪大双眼:真的吗？刘邦:当然是真的！瞪那么大眼干什么！

刘邦扫了一眼薄夫人,又趋前几步看了看她正在织的豹尾锦:嗯,手是挺巧的,织吧,织吧。说罢挥袖而去。刘恒被弄懵了,瞪着一双疑惑不解的眼睛久久地望着母亲。薄夫人掸掸衣裙,十分平静地说:你父皇心里装的大事太多,有让他高兴的,也有让他不高兴的,一会儿阴一会儿晴,没什么大不了的！刘恒似懂非懂地点点头,又摇摇头。终了,他高兴地喊道:父皇出征,让我给他戴头盔！

风尘仆仆的肖二一进韩府,见韩信就跪:楚王,夫人已经安全送回淮阴;楚王母亲墓上,夫人与我也已经代您做过祭奠。还有就是夫人已经说动了漂母来长安照看您,漂母与家仆正在路上,差不多明天早上就可到府。小的先来禀告。这个当年让韩信钻他裤裆的无赖,自打被韩信找到任为卫尉,他对韩信是既感激又钦佩,无比忠诚。韩信叹道:真想去郊外接漂母他们!恐怕我出不了长安城。转而笑笑,你进屋歇息吧,明早代我接漂母进城!肖二转背要离去,与穿翻毛长衣的一个"长毛人"几乎相撞,互相打量几眼后,肖二匆匆走下。

长毛人跪拜,声音战抖着:楚王,末将终于见到您了!韩信忙搀扶起来人,情绪也激动不已:王都尉!久违了!这些年你到什么地方去了,为何这般装束?王都尉见到视自己为知己的韩信,话语滔滔不绝:自我割下钟离眛头颅,您提着去陈县后,我就离开楚国,去了燕国,之后又去了匈奴。韩信诧异:什么?你投降了胡人,软骨头!王都尉道:楚王,我不是叛国,是跟匈奴人做买卖。韩信疑道:你,做买卖?王都尉点头,是,现在我已站稳了脚,有钱又有人,有能力前来救楚王离开这囚禁之地,以报楚王多年提携之恩。韩信叹:我是笼中虎,恐怕是逃不出了!王都尉道:我将楚王藏入货车中,以商贾身份混出长安,所经各地关传已经办好,只要到了那边,地广人稀,大将军可以联络旧日部下,东山再起。韩信沉吟不语。王都尉又说:老部下们对大将军英猛一世、却遭此厄运,个个愤愤不平,只要您振臂一呼,天下就不是他刘邦一人的了!韩信摆手,你让我想想。王都尉急道:还想什么?事不宜迟,车就在门外了……韩信道:我的漂母明日早上就到,肖二要去接……总得见上一面吧……王都尉恍然:刚才那个离去的人是卫尉肖二?我说怎么那样眼熟。韩信点头。

王都尉上来拖韩信:来不及了,禁卫军南军中有我们齐国的几个老部下,我已经疏通了,趁他们今夜巡城,我们出长安万无一失,时间拖久了,一旦被吕释之发现,想走也走不了啦!韩信心动,随王都尉出府,府前街道静无一人,韩信跳上车,王都尉刚驾马前行几步,突然黑暗中闯出一队人马——吕释之幽灵般出现眼前,拍着货桶,淮阴侯,这么晚了,上哪里去呀?韩信无可奈何、敷衍道:睡不着,去翠红楼。吕释之道:哎呀呀,淮阴侯倒与我想到一块去了!翠红楼的翠姑娘可是能歌善舞啊,我给侯爷留着,我去找小红姑娘,哈哈……王都尉垂头丧气地将车驾往翠红楼前……天大亮,韩信与王都尉睡意惺忪、狼狈不堪地返回韩府……

肖二已经接来漂母。漂母端坐堂中,怒视韩信,韩信无地自容,低着头不敢与漂母对视……漂母怒斥:想不到你还是那个改不掉劣习的无赖,要知道你还是这样没出息,我就不来长安!她用拄杖顿,送我回淮阴……她将包袱解开,抖落一地铜钱,这是你当年做大王后回淮阴给我的钱,我今天还给你!说着就站了起来。韩信痛苦地说道:漂母,连你也嫌弃韩信、不要韩信了?漂母道:漂母是嫌弃你没官职没钱财吗?!你个不争气的……唉!她越说越生气,不禁拄杖顿地;送我回淮阴!韩信终于忍不住,咆哮起来:走!你们都走!韩信是百口莫辩,韩信苦啊!天

啊,谁识我真正的韩信?! 众人惊呆……

漂母却冷静下来,她默默地捡起散落地下的铜钱,放在几案上:饿了吧?灶台在哪儿,我去给你做点吃的。此时,韩信舍人来报:大人,朝廷来人传旨。韩信深深吸了口气,强咽刚刚涌出的愤懑与无奈说:让他进来吧。一老黄门走进宣旨:着淮阴侯韩信进殿见驾,钦此。

长乐宫正殿内,除影影绰绰隐在暗角处的着盔持戟武士外,空无一人。刘邦似乎很悠闲地倒剪双臂,围着高大的龙榻踱步。韩信匆匆走来,他不知等着他的将是什么,见正在踱步的刘邦,他颇不习惯地跪拜说:韩信参见陛下。刘邦转过身:平身,淮阴侯快平身!又不是上朝,不用那么多礼数!坐!待韩信落座,刘邦盯着他的脸端详着:怎么这么大的火?看看,嘴唇都肿了,起了那么多燎泡……韩信嗫嚅:陛下,韩信……刘邦问:怎么,在长安,还是住不惯?韩信道:信一戴罪之人,还讲什么惯不惯?刘邦狡黠地眨眨眼,怎么样?跟朕去散散心?韩信疑惑,陛下打算带信去哪里?刘邦道:代国,你的老部属陈豨不是在那里吗,去看看老朋友。韩信似乎预感到什么,忙推托:陛下,韩信近来真的是……刘邦笑着说:朕知道,你是不会去的。因为淮阴侯或许早就听说了,陈豨已经在代国自立为王……说话间,刘邦一直盯视着韩信的眼睛。韩信从刘邦的笑语里听出对自己的不满:陈豨他,已经自立为王?刘邦高声道:怎么样?淮阴侯有何高见?韩信立即反应过来,那,自然是即刻讨伐。话虽出口,可连韩信都感到言不由衷,苍白无力。

刘邦大笑:哈……这件事,我们是想到一块去了,所以朕才想同淮阴侯一道去,陈豨是你的部将,只要一见到你,就会收刀受降。刘邦的眼里冒出一股寒气,他审视着韩信的反应……韩信不自在可又不得不顺应,那我即刻随陛下前往,征讨陈豨!刘邦又是一阵大笑:哈,淮阴侯,既然你身体欠佳,还是留在长安好好养养吧。可朕就是有点不明白,为什么你的朋友都要反朕呢?刚死了个钟离昧,又来了个陈豨,淮阴侯,小心近墨者黑呀!刘邦剑光般的眼神盯视得韩信无所适从。刘邦通地坐上龙榻,谁敢反朕,朕就杀他个体无完肤!说着,他抄起案上一摞竹简,"啪"地一折两断。

憋了一肚子冤枉气的韩信进门就冲王都尉喊:这个刘季,真是吃人不吐骨头哇,他是越老越辣,越辣越狠……王都尉急迫地问道:他请楚王进宫,要干什么?韩信也通地坐下:他告诉我,陈豨在代国反了,要我同他一起去讨伐。王都尉兴奋:那好哇,我们正好与陈将军里应外和……韩信道:你以为他想不到这一着吗?他防我还防不过来呢,岂肯让我领兵打仗!王都尉问:那他……韩信道:他是以陈豨造反为由,达到他一石二鸟的目的:一试探我与陈豨的关系,二以他讨伐陈豨为锤,达到他敲山震虎、警告我不要轻举妄动的目的。王都尉愤愤道:真是逼人太甚,逼得人不反也得反。韩信点头:是啊,反,反,晚反不如早反!他抄起几案上的一个装满酒的陶杯猛地掷地,杯裂,酒像冲破堤岸的溪水在地上肆意流淌。王都尉道:可怎么反呢?您被囚禁得这么严,手中又没一兵一卒……韩信冲动地说道:

挖地道,一直挖到长乐宫,趁刘季出征的机会,先杀死吕雉和刘盈,然后再……此时,舍人张昆进来送水。韩信道:王都尉,长安是个凶多吉少之地,你快离开吧!王都尉恋恋不舍,楚王保重,末将等待楚王东山再起的那一日!韩信挥挥手,王都尉欲下,被韩信喊住:王都尉,等等,带上肖二一起走吧!

又是刘邦出征的同一仪式。震耳欲聋的鼓乐声中,刘恒庄严地捧着头盔,为刘邦戴上。七位皇子列队于前,文武百官簇拥于后。刘邦挥剑,大军出发。

刘邦率大军,浩浩荡荡,出长安城门,坐于马上的刘邦心情非常好,他必胜的信心十足,也确实如此,项羽那座大山都被他铲平了,区区几个土丘岂能阻拦?他想开开心,找找乐子。刘邦挥挥手,招樊大将军。侍卫闻声,答了一声"喏——"后立即纵马向前。少顷,樊哙打马奔向刘邦。樊哙在马上一揖:陛下,樊哙见驾。刘邦看着樊哙:传朕的话,转道邯郸。樊哙不解:陛下,不是去代国打陈豨吗?刘邦捋捋胡须:燕雀在前,螳螂在后,懂吗?樊哙嘿嘿笑道:不,不懂……刘邦问:是梁国、淮南国强大,还是代国强大?樊哙道:这还用问,代国怎么能与梁国、淮南国比!刘邦又问:那么,是陈豨能打仗,还是英布、彭越能打仗?樊哙憨然一笑:那还用说,三个陈豨也打不过一个英布和彭越呀!

刘邦嘿嘿一笑:你这个屠狗的,总算说对了。你想想,朕要去代国打陈豨,英布、彭越却在后面不言不动,朕……樊哙恍然大悟:噢,原来是……刘邦笑笑:朕已派人送信给英布和彭越,叫他们带兵前来,一同去代国讨伐陈豨,朕要在邯郸稍事停留,且看他们如何动作。本来刘邦是想逗逗樊哙,开开心,可三句没完就又绕到了国事上!看来登天就不能再入地,刘邦想。他顺手攥住车上摇动的豹尾,把玩一会后,对樊哙说:唉!有时候要指挥一个女人的心比指挥一场大仗都难哪!樊哙不解地抠抠鼻尖:陛下,要指挥哪个女人啊?刘邦扫兴地一摆手,用种不耐烦的腔调说道:咳!朕怎么跟你说这些!

长安一僻静街巷。在死胡同的深处一座黑色院门,门框旁一个猩红的"胡"字格外显眼,门框上方悬一"妙手回春"横匾。门前停着两架宫舆,舆旁各站两名仆人不停地踱步。

前堂,胡姓医师闭目端坐。里屋,隔着门帘,传出窃窃私语。审食其道:刘季又讨伐背叛他的功臣武将了,两个月也回不来,我到后宫见你就是了,跑到这里干什么,咱们的事知道的人越少越好。吕后道:恰是这时候更要跑出来!我身为皇后,又受重托主持朝政,满朝文武谁不看着我的一举一动!审食其长叹:哎!人活着真累啊,像你吧,人前是威仪四海的国母,人后却是顾虑重重的外妇,苦哇!不过,也只能如此了,谁让咱们选择了这样一条路?!吕后道:痛苦谁没有?就说刘季,别看他成了开国皇帝,耀武扬威、声震天下,可自登基后没享过一天皇帝的福,今天担心这个反,明天又怀疑那个反,东讨西征,风尘仆仆,能代他出征制服那些

王侯的人,他不放心不敢用;他放心的人又都没用……审食其点头,彭越、英布、卢绾还有张敖,这四个异姓王,刘季是放心不下的……吕后道:张敖不会不听他的,毕竟是我们的女婿嘛……审食其叹:其实,最大的隐患在长安……吕后低声道:你是说韩信?审食其阴笑不语。

　　吕后急切地说道:我今天找你来就是跟你商量这事。刘季已是近六旬的人了,自被项羽刺那一箭后,身体一年不如一年,我担心万一他……你说盈儿继位后,那些武功赫赫、靠拼杀起家的异姓王会俯首称臣吗?审食其点头道:是啊,不能不防啊。吕后一脸冷峻:尤其是韩信,这只被困在笼中的猛虎,一旦笼破归山,他能不呼啸山林吗!那盈儿的江山……话到此处,她又有些冲动地抓住审食其的手:我真怕大汉像亡秦一样,二世而终啊!审食其深刻地说道:是,韩信这只虎是得尽快除掉。吕后松开握住审食其的手:可这只虎,对刘季都是个难题!审食其道:难题?对,他们俩,无论谁对谁,都有一个不忍又不敢。吕后道:这话有些意思,说说看。审食其道:韩信对刘季,早就想反,可他又有三分不忍七分不敢;刘季对韩信也不是不想下手,可他同样有个不忍又不敢,只不过分量翻了个个儿,他是七分不忍三分不敢。吕后十分欣赏地笑着并走近审食其,说得真是好,简直入木三分。除了张良,对朝政谁能有这样深的洞察哟……审食其有些紧张,看你,别让人看见……吕后边走开边说:这就好。食其,他刘季下不了狠心,咱们下。可韩信这只虎,谁都知道他终日在长安饮酒做乐,我们还真抓不住他的什么把柄啊!审食其有点阴毒地说道:别急,以他的脾气,他是忍不了太久的。

　　斗鸡场里已经人去场空。斗鸡场仆役张仑正在清扫场地上丢下的鸡骨头、瓜子皮和空的陶制酒罐……韩信舍人张昆匆匆赶来。他看看四周没人,快步奔向张仑。张昆悄道:哥,不好了。张仑停下扫帚,看把你慌的,什么事,这么大惊小怪的?张昆道:昨天,淮阴侯从宫里回来,就大发雷霆,他大哭大叫,说是陛……张昆吓得四处张望,见无他人,才接着说:说是陛下已经逼得他无路可走,他只有反……张仑扔下扫帚:他要反,他怎么反?张昆道:他说要挖地道,挖到长乐宫,先杀了皇后和太子……张仑道:这,这可怎么得了……张昆道:哥,我也是怕呀,这才找你……你说,这事要是让朝廷知道了,他韩信活不了,我这韩信舍人,连你这舍人的哥哥也,也活不了啊……张仑也惊出一身冷汗:是啊,诛连罪是饶不过咱们的……张昆道:哥,得想想办法呀,要不,咱们先跑?张仑道:那是万不得已的办法,你让我想想……此时,斗鸡场管事走来:张仑,天都快黑了,你怎么还磨蹭啊?张仑又是一脑袋汗:啊,大人,是,是我弟弟来了……管事道:你们弟兄的事,回家说去,快干活,误了场,我可不饶你!张仑道:是,误不了,误不了……说着,管事已走远了。张仑这才回过神来:老二啊,你猜怎么着,这一吓,倒把我吓出个主意来了。张昆道:哥,什么主意呀?快说。张仑凑近弟弟的耳朵:我们去宫里告密,这样,我们才能躲过那场大灾,说不定啊,还能……张昆犹豫:那,我对淮阴侯可……

他可真是个一世英雄啊……张仑道:哪管得了那么多,保命要紧。

还是在长安一僻静街巷。在死胡同的深处一座院内,吕后兴奋地说道:食其,你真行,韩信果然应了你的话了。审食其道:应了我什么话?吕后道:他果然耐不住,自己跳出来了。审食其道:他做了些什么?吕后道:他在他的府里大喊大叫,说要挖地道,直通长乐宫,先杀死我和盈儿……这个畜生,我早就说过,不杀了他,他肯定要造反!审食其笑笑:真是痴人说梦,从他淮阴侯府到长乐宫有多远,就凭他韩信和几个舍人,要挖这么长的地道,岂不是笑话!你是从哪儿听说的?吕后道:听说?是他的舍人昨夜来报的。审食其又笑了:他的舍人?是想来领你的赏钱吧?审食其踱了几步:即使他真说过这话,又没干这事,也不能算是证据呀。吕后道:还要什么证据,他已经公开喊出来,要杀我和太子,这不就是要谋反吗?审食其道:你的天下,要给他韩信安个谋反罪还不是一句话的事。吕后为难:可怎么杀他呢?暗暗杀掉?禁卫军里我那哥哥、侄子的,哪个是韩信和他手下门人的对手?以谋反罪处斩?他声名赫赫、世人皆知,又无真凭实据,刘季怪我事小,还要落个诛除异己、滥杀功臣的千古罪名!审食其道:你怕不怕担这罪名?吕后道:为了刘氏的江山,这罪名只能由我承当了。审食其道:那,最好的办法就是召他单独入宫……吕后道:陛下在时,他都称病不朝,他怎么会听我的!审食其道:有一个人的话他最信也最听。吕后道:谁?萧何?!两人头凑在了一起……

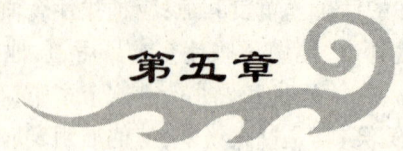

第五章

淮南王英布自西向东、梁王彭越自东向西赶得野猪忽而向东,忽而向西,正犹疑间,两箭齐发,野猪头尾各中一箭,应声倒地。英布纵马奔至彭越:我早就说,只要我们联手,多暴烈多狡猾的猎物也逃不出我们的手心。彭越想了想说:刘季可不比野猪啊,韩信如何?还不是被他囚在长安,成了他案板上的肉!我约淮南王围猎,就是要商量一下,他要我们去打陈豨的事。英布望望天空,代国在北,邯郸在南,他打陈豨为何不大军向北,却绕道邯郸?他这是朝着你我来了。如果你我与他会师邯郸,邯郸或许就是我们的葬身之地。彭越道:未必吧?他就不怕树敌太多?英布摇首:他想的已经不是树敌多少,而是对我们是各个击破,还是将我们聚在一起围而歼之!故而我想,只要我们参与打陈豨,他即使不在邯郸抓捕我们,我们也会在代国与陈豨一起成为他的猎物……彭越急道:这么说,我们不管怎么做,也……英布道:如今之计,我们只能先固守,后再图他……彭越点头。

新建成的未央宫石渠阁内,藏着涉及国策民生最高机密的各类律令图籍,一摞摞竹简,一叠叠帛书,堆积得如同一个个小山包。几个官吏正在清点长安富户和地方官吏送来的礼品。

一头戴儒生帽的文吏高声报数:城西田府送帛画一幅,城南齐府送蓝田玉雕一尊,东陵侯送白布一匹……正埋头书写的萧何听到东陵侯,不由驻笔——东陵侯送什么,白布?萧何暗暗思忖:这是暗示我谨慎佐政,否则就五尺白绫给我送葬,好个深藏城府的前朝老侯爷。石渠阁外传来悠长的钟声。一官吏拖长声调:休——务——了——

刘邦怒气冲冲地在邯郸行宫来回走动。刘邦的二哥刘喜之子刘濞一身戎装走进来。这刘濞二十出头,长着一个鹰勾鼻,不知道他出生当年,刘喜给他取名濞,是不是跟他的鼻子有关。

刘濞行过大礼后,对刘邦说:侄儿谨遵陛下之旨,已前往淮南国、梁国面见过淮南王英布、梁王彭越,他们都说年迈有病,不能前往代国讨伐陈豨,他们将各派军士一千人,在邯郸城外待命。刘邦的怒气更大:朕在邯郸等他二人一起去代国,却是调他们不动,真是王在外,君命有所不授哇!不等了,我们明日出征!刘濞道:禀陛下,南军吕统领派的使臣在门外待召——刘邦道:让他进来吧。随着刘濞的传唤,那使臣走进行宫,跪地说:陛下,萧丞相把陛下所赐五百军士全部遣散回家归田了。还有,未央宫已建成,长安几乎所有有头有脸的人都已前往祝贺。刘邦听罢让刘濞和使臣退去后自言自语道:萧何倒是有人缘啊……

　　远离闹市的荒坡,一处普通宅院,门前幡竿上两个遒劲的大字"萧府"在阳光下抖动。身穿布衣的萧夫人正帮萧何捶背。家仆来报:大人,吕皇后到——萧何与夫人闻声,慌忙起身出迎,他们边拜边让:不知皇后娘娘驾到,请娘娘恕罪。吕后道:萧丞相、萧夫人,见外了!想当年在沛县,咱们不是没事就串门聊天吗,哪来那么多礼数……吕后笑吟吟地坐下。萧何道:皇后娘娘有何事吩咐?吕后道:我知道丞相为人历来谨慎小心,对我大汉忠心耿耿。萧何摆摆手。

　　吕后接着说道:丞相看陛下称帝后,何尝有一天安宁?为铲除与朝廷作对的叛臣,只能长年在外征战讨伐。萧何道:是啊,陛下是太劳累了。吕后道:还不是那些叛臣闹的!还是亲不亲故乡人啊!你看,曹参、周勃、夏侯婴这些丰沛老友就总是跟陛下一条心,可敌不过……吕后不往下说了,她等萧何接话茬。沉默一阵后,萧何字斟句酌:皇后不必忧心,有陛下的天纵圣明,有皇后娘娘深谋远虑又刚毅坚韧的意志,加之百姓拥戴,天下归心,这大汉江山……吕后道:陛下最担心的是韩信。他住在长安,整天地悠游玩乐却从不事朝,我担心——萧何喏喏无语。

　　吕后道:所以想请丞相给淮阴侯写封信,请他进未央宫聊聊,也算是朝贺。萧何道:朝贺?为何事朝贺?吕后道:你看未央宫已经建成了,陛下也平定了代国逆臣,各诸侯王都要前来祝贺的……萧何道:萧何并未得到陛下已到代国的消息,只听使臣来报,陛下现正在由邯郸前往代国途中。吕后脸一沉:等陛下回朝,各诸侯王都来了,他韩大将军再来,岂不被陛下怪罪,弄不好还可能担上兔死狐悲、故意来迟的嫌疑!我是想,让他早些进宫,等陛下回来,也可使韩信处境有个转圜……丞相是个聪明人,你看着办吧!说罢起身欲走。萧夫人从内屋出来,上前挽留:皇后娘娘别急着走哇,我做些你爱吃的家乡菜带着——吕后不咸不淡地:还是等陛下回来,同饮庆功酒罢!说着,吕后走出大门,登上肩舆离去。萧何望着渐渐远去的吕后,跌坐席上,他提起笔又放下,放下又提起,内心矛盾重重——

　　完了,吕雉要向韩信开刀了,可她为什么偏偏把我放在火上烤!……萧何,你禁得住吗?当年,你月下追韩信,苦苦挽留他助汉灭楚,他听从了你的话,从此视你为知音,视你为长者,尊重、信赖无以复加;今日吕后要对他下毒手了,却偏要你写信诓他入宫,你能做吗?

　　此时,窗外树影摇曳,一帘薄暮已经越来越暗,突然,树影动处,一只乌鸦蹬枝而去,它连叫几声,留下那么多惊惧与苍凉……

萧何一惊,你能不做吗?韩信哪,你一世英名的韩信,就要死于我萧何之手了!想到这,他两眼含泪:真是成也萧何,败也萧何!后世人会骂我,当然要骂我,骂我为保自己性命,为保一人之下万人之上的丞相宝座,竟干出这等丧失德行、卑鄙龌龊的事来……

萧何感觉胸口发堵,拿起矮几上的一壶酒一通猛灌,呛得咳嗽不止:可吕雉说得不错,你是一只虎,一只凶猛无比的虎,就算你现在没谋反,可万一汉廷天子在你之前驾崩,你的散布楚国、齐国和整个中原的旧部会不会怂恿你谋反?如果是那样,天下又将大乱,百姓又将血流成河,尸骨成山,我萧何若为讲私情带来那种后果,我就是大汉的罪人,是千古罪人哪!我该怎么办?我该怎么办?!

一只苍鹰从天上飞过,它嘎嘎叫着,透过幽暗的窗纸,那巨大的翅影遮没了半间房屋……

萧何激动又悲怆:不,刘邦不可能让你有那一天!我太知道泗水亭长刘邦是个什么样的人了——他是一个干大事、成帝业的人!他狠毒、诡诈,大开大合,他可以在敌人阵前面对将被烹煮的老父亲、结发妻子哈哈大笑,说:分我一杯羹吧!他可以在敌人追来时,为轻装逃命,将一对小儿女踹下车去;可他又可以纵横捭阖,举重若轻,逼得项羽乌江自刎;他可以睥睨天下豪杰终成帝业。他是高山,我只是山脚下的一棵树;他是大海,我只是海边的一朵浪花,我自愧不如,我怎么敢违逆他的意愿……可天啊,这杀戮功臣的千古骂名为什么倒要我萧何承担?!我想保住贤相之名,做一个没有污点之人,我不贪财、不好色,体恤民情、爱民如子,小心谨慎、恪尽职守,到头来竟还是这般污浊不堪!我是什么一代贤相,不过是个臭皮囊、窝囊废!我愧为人,愧为人啊!

萧何颤颤抖抖,提笔疾书,浊泪横流,书毕将笔折断,举起酒壶朝地下砸去,人也随着倒下……

韩信穿一身朝服正戴朝冠。漂母进屋见状,问:怎么,楚王,上朝去啊?韩信笑笑,萧丞相写信来,说是陛下已从代国回来,各国诸侯王都进京来了,让我也去!漂母不无担忧:既然陛下已经回长安,怎么不下旨召楚王晋见,反倒要丞相写信呢?她自我解嘲地:我一个乡下老太婆,不懂朝政大事,只是觉得这事有点奇怪,给楚王提个醒罢了!韩信经漂母这一说,也觉得有点不大对头,他把朝冠摘了下来,又毅然戴上:漂母,天下只有萧丞相不会对韩信说假话,他是我韩信最信得过的人!漂母笑笑:说了,我一个乡下老太婆,不懂你们那些正事!早去早回啊!

韩信着黑色的宽袖直裾朝袍、戴着硬挺高耸的远游朝冠,庄重地踏进金碧辉煌、威严肃杀的长乐宫。他一步入长乐宫,就感觉气氛不对头,萧何信上说各路诸侯王都来了,怎么门前不见车马,门内不闻鼓乐?冷冷清清,一个人影都不见。南军统领吕释之不知从哪里钻了出来,挡住他的退路:韩大将军,淮阴侯,这边请。

吕释之在前面引路,韩信只能跟着他在空阔的宫内左穿右拐。韩信四处寻找:萧丞相呢?各诸侯王呢?吕释之:在钟室等候。

吕释之越走越快,在一转弯处忽然不见了踪影。韩信心存疑虑,一人沿着阴森恐怖的大殿行至钟室,钟室悄无一人,只有编钟隐隐发出嗡嗡、低沉的呻吟……吕后的声音传来:淮阴侯近来可好?韩信猛地打了个寒战,他不知吕后是从哪里冒出来的。忙施礼:拜见皇后,韩信接丞相书信,说皇后娘娘召信入宫朝贺。韩信又四处张望:丞相呢?吕后拿腔拿调、阴阳怪气地说道:韩大将军怕是再也见不到丞相了。她把脸骤然一沉:你趁陛下北伐代国,明里终日饮酒狂欢、相面嫖妓,诓骗世人;暗里包藏祸心、与旧部密谋,欲杀死我与太子,筹谋待机篡位,实属罪大恶极,当斩不赦!来人,拿下!一群武士一拥而上,将韩信擒拿,举刀欲劈——韩信狂笑:哈……没想到,我韩信率百万大军攻必取、战必胜,为汉王夺取了天下,如今却被一妇人诓骗进宫,阴谋诛杀。当年,项羽和齐国辩士还有钟离昧都曾劝我背反刘邦,三分天下,都怪我优柔寡断,终没有迈出那一步。我真悔啊!以至如今,汉王步步紧逼,我已无路可走,徒生反心,犹又晚矣!吕后道:少啰唆!武士又举起屠刀——韩信又一阵狂笑:哈……你们现在不让我说话,后人总会替我说话的……武士挥刀横斩,韩信腰分两截。血,殷红的鲜血溅满宫墙,沉重的编钟摇摆着,半是不平、半是呜咽……

朝信侯府,一群武士冲进屋来,又翻又砸。漂母走出厨房,十分镇静地:你们这是要干什么?我家大人呢?一武士道:还什么你家大人?死了!犯谋反罪,被斩成两截了。漂母一惊,坐在地上:我家大人死了?在哪里?尸首呢?尸首呢?我要去给他收尸!武士道:哈哈!收尸!老太婆,你给自己收尸吧!漂母沉静下来:我老婆子既然来到长安,就是陪我家大人的,我的命贱,拿去就是!我只求求你们,饶过楚王那些没在京城的家眷。一领头校尉狂笑:这我们可管不了,要求,你去求皇后娘娘去!可我把话搁在这儿,他犯了那么大的罪,他的六亲九族逃得过吗?漂母悲泣:天啊!诛灭九族!满门抄斩!可怜的韩信啊!当年我要是知道你会落到这个下场,还不如让你饿死好呢!那样你好赖还能留个囫囵身到阴间!老人家说到悲处,一头撞向南墙,鲜血溅红了雪白的四壁。舍人张昆进屋见状刚要呼叫,只见领头校尉刀光一闪,张昆就扑倒在地。校尉狠狠地道:出卖主子的狗,主子死了你还活得了?

荒村野陌中的大路。吕后凤冠盛服坐在宽大的彩车里,后面跟着吕释之一行人匆匆前行,一片片树林、一片片陌野……吕后从车中探出头来,洛阳还有多远?快点,再快点!

青山如黛、晨钟幽幽,就在吕后赶往洛阳去见刘邦的同时,云游到了五台山的张良正在练功。一家仆肩背包袱,风尘仆仆从山下走来:禀告老爷,韩信已被吕皇后腰斩于长乐宫钟室。张良正做一蹲马姿势,听到韩信已死的消息,手微微颤抖

了一下,之后,他马上恢复常态,平静地说道:这一天果然来了。家仆道:韩将军若能像老爷这样不问朝事、逍遥自在,也就不至于这样下场了。张良边打拳边回答:功成退隐?他摇头:那韩信就不是韩信了。随即又自言自语,却流露出几分忧虑:韩信一死,怕是萧丞相的日子也不好过了!……

在洛阳宫殿内,害着伤风流涕的刘邦道:这燕王卢绾也变了,朕要他领兵讨伐叛贼陈豨,他也学着英布、彭越的样称病不来助朕。自朕当了皇帝以来,这人怎么都变了,全疏远了,全和朕拧着干!

身着鱼鳞铠甲武将装束的樊哙带着五花大绑的彭越进殿,樊哙高声道:陛下,梁王彭越到。

彭越趋前跪地:冤枉啊——陛下!彭越为表忠心,甘愿自缚前来伸诉!刘邦斥道:冤枉?一点也不冤枉!你身为朝廷封王,却抗旨不去讨伐朝廷叛逆,这是罪行一;你的部属怂恿你谋反,你虽没听他们的话,却不向朝廷禀告又不治罪,这是罪行二,按汉律,这叫"反形已具罪",与谋反罪一样,是要受诛灭三族的制裁的!彭越不服道:我自缚前来请罪,还不够吗?陛下——刘邦转身道:樊哙,你再速往梁国,传朕口谕,立即处死蛊惑谋反的叛贼。樊哙施礼后退下。彭越情急哭诉:陛下,你不念当今,也该想想从前吧……刘邦被哭声打动:朕正是念你当年灭楚有功,才免你一死,削爵夺国,贬为庶人,流放蜀郡。彭越委屈、伤感地说道:谢陛下不杀之恩。

彭越带两贴身仆人走在前往蜀郡的路上——与正匆匆赶往洛阳的吕后一行相遇。彭越见到吕后,好像见到了救星,他声泪俱下地述说自己的委屈:皇后娘娘,求您跟陛下说说情,看在当年的情分上,别让我去蜀郡好不好?彭越拧一把鼻涕:让我回老家做一平头百姓,安度晚年,我这把老骨头也就叶落归根了!吕后假惺惺地点头,表示同情:梁王别太伤心,这把年纪了,别哭坏了身子。你就同我一道返回洛阳,待我劝劝陛下,也好遂了你的心愿。彭越跪地,谢娘娘。遂跟在吕后一行后面,往洛阳方向而去……

吕后招手,吕释之骑马趋前,两人耳语……

一行人马走入一片森林中。林中,树影森森,一群乌鸦绕树聒噪。彭越抬头望望,不禁生出一缕不祥之感。

吕释之骑马凑近彭越:走得真是人困马乏呀,梁王,咱们去树荫下歇息歇息。彭越见吕后的车辇落在后面,更是心生疑惧:皇后娘娘怎么不走了啊,是不是……吕释之顺势接话茬:娘娘走累了,还得歇一会儿呢,走,咱们先走。彭越只得随吕释之向森林走去。

彭越、吕释之驱马走入森林深处。彭越刚刚下马,树上一人飞身而下,大刀一挥,削下彭越的头颅。接着,几个人将彭越的身、首堆在一起,点着熊熊大火。林中腾起大股黑烟,黑烟伴着一股怪异的焦糊味弥漫旷野。少顷,吕释之与几个军士拿着几个尚在滴血的陶罐从树林中走出。吕后冷酷地吩咐道:杀一儆百,将彭越的肉糜分送给各诸侯王,尤其是淮南王英布、燕王卢绾!

几名兵卒带起散发着血腥气的陶罐朝不同的岔路奔驰而去……

洛阳宫殿对刘邦吕后都充满了记忆,为战胜项羽,打下汉室江山,刘邦的多少经纬天下的重大决策是在这里定夺,而做为人质的吕后从楚营返回,是在这里顶凤冠披霞帔成为一代国母的。当吕后与刘邦在昔日的宫殿相见时,彼此心里都有种岁月沉浮的缱绻之情在涌动。两人陷入了短暂的沉默。

刘邦控制住情绪,他坐上旧日的龙榻,用种冷木的语调问道:你来洛阳干什么?

就这一句话,让吕后又回到了现实,她抹掉眼角的泪水,也用种冷木的语调答道:向陛下禀报家事、国事。

刘邦不耐烦加埋怨:还怕累朕不死呀!朕染上风寒,已经好几天了,本想在洛阳歇几天,没想到你就来了,不管是家事还是国事,等我回长安再说吧。吕后道:陛下单独跟臣妾讲的事情,臣妾只能单独禀报。刘邦道:说!吕后道:太上皇过世了。刘邦有些难过地:什么时候?吕后道:你刚去代国讨伐陈豨,两天后老人家就走了,他是喊着三儿、三儿咽气的。刘邦顿了一下:为什么不让人告诉朕?吕后道:臣妾怕陛下分心,就没及时禀告。不过,后事安排得很体面、很隆重,二哥刘喜、四弟刘交、大嫂、还有被你封的那个刮羹侯侄子都来了,护送太上皇回家和母亲并葬,陛下就放心吧。

刘邦沉默一会,又问:国事呢?吕后道:韩信死了。刘邦一惊,大声地:什么?吕后又重复一句:韩信死了。刘邦急迫地:怎么死的?吕后见刘邦的情绪被她调动了,反倒慢慢一字一句:陛下出长安后,有一天韩信的舍人来报,说韩信准备挖地道挖到长乐宫椒房殿,要杀死我和太子。刘邦道:这报信人说得确实吗?吕后道:他的舍人还能冤枉他!臣妾就让萧何写信召韩信入宫,在钟室腰斩了,为除后患,还将他满门抄斩,灭了九族。

刘邦表情复杂——又高兴、又惋惜,半晌无语。过了好一阵,才慢慢地说:谁在韩信府里看到地道了?地道并没有挖嘛!天下人也可以说是你吕雉编造的,还没证据你怎么就可以……吕后道:还没证据?这样说来,倒是我栽赃罪名杀戮功臣了?!刘邦道:罢,罢,事已至此,也就罢了。那萧何……吕后道:他原不情愿,可后来还是写了信。

刘邦又半晌无语……他咳嗽一声:吕雉啊,其实朕对韩信的心情一直很复杂,杀他,是七分不忍三分不敢!倒是你帮朕下了这个决心!吕后听到夸奖,有些得意地:那是!当断不断,必生后患!其实,审……臣妾也是这样想的,这才帮陛下走了这一步。吕后移步上前,坐刘邦右侧——

吕后道:臣妾在来洛阳路上,闻报彭越谋反。陛下不予严惩,反倒放虎归山?刘邦道:彭越谋反查无实据,他又是开国元勋,免死流放蜀地了。吕后道:陛下忘

记当年项羽封你为汉王,你却凭借巴蜀险隘厉兵秣马之事?彭越为一虎将,岂肯就此伏罪,万一再图谋反,后患无穷。刘邦有些后悔:彭越怕是已入蜀地了,山高路险,派人再去追杀?不,不,一旦走露消息,让他潜入民间,就如大海捞针,找到他更难了。吕后笑:陛下想不到吧,臣妾在来洛阳途中遇到彭越,将他截回,他还求我向陛下求情,让他回老家安享晚年呢!刘邦道:人呢?吕后道:我让吕释之把他杀了,尸体剁成肉酱分给英布、卢绾和其他各诸侯王了。刘邦不快:再怎么说,彭越也是大功臣一个,杀就杀了吧,留个全尸厚葬也算对得住君臣一场,可你,把他剁成肉酱,这等残忍,真是蛇蝎心肠!吕后道:我一片苦心,还不都是为了江山社稷!刘邦埋怨劲又上来了:你把彭越的肉酱送给其他功臣,这不是逼着他们起来造反吗?真是净给朕添乱!

吕后先是感到委屈,接着是忍不住地怨气:我净给你添乱?不是你暗示我注意韩信的一举一动,我敢那么干吗?我蛇蝎心肠,不知谁才是真正的蛇蝎心肠!那年,项羽要把我和太上皇给烹了,是谁说:分我一杯羹;为自己逃命,连亲生儿女都可以不要,还……

刘邦大怒:这话说过多少遍了,还有完没完!你还嫌诅咒朕的人少吗?别啰嗦了,朕明天还要去打陈豨呢!

刘邦剧烈咳嗽、流涕、甩袖走进内殿,将吕后晾在空荡荡的前殿,殿内宫灯摇曳,恍惚不定,显得阴森恐怖……

吕后面露受冷落又无可奈何的表情。她毅然转背,对女仆玉儿道:马上动身,回长安!

新落成的未央宫雄伟辉煌,与华贵威严的长乐宫遥遥相望,给长安城又添一番浓烈的帝王气象。风和日丽,阳光正暖。未央宫前,长安的百姓们饶有兴趣地围观欣赏。

一群人抬着写有"未央宫"三个金字的大匾,高高悬于未央宫门楣正中。顿时,围观者叫好声不绝于耳。张苍、陆贾等文臣们也在人群中。陆贾手指三个大字:瞧丞相这三个大字的,稳若磐石,又灵活飞动,自成一体呀……张苍频频点首:称此体为"萧籀",恰如其分矣,恰如其分矣!萧何朝众人深深一揖:承蒙谬奖,诸位真要羞煞老夫!

未央宫天禄宫,从这座皇家书院里,张苍引刘恒、刘盈、刘如意和刘长等边讲边步出大门。夏侯婴在高大的阙楼前等候皇子们,他身边围着一群毛色油亮、健壮高大的马匹。皇子们走出天禄阁,便雀跃着朝那些马儿跑去,待皇子们上了马,一行人朝皇宫外奔去。众皇子纵马在通往上林苑的驰道上疾驰,甩下一路的欢歌笑语。刘如意奔至刘恒马侧,弓背伸手摸摸刘恒的护膝和膝盖,看哪,四弟的护膝磨薄了,他的膝盖也不肿了。刘恒朝如意笑笑,双腿用力夹夹马腹,那马撒蹄向前蹿去。骑在最后的太子刘盈大声赞赏:四弟行啊,骑在马上再也不歪歪咧咧的了。

阳春三月,春风吹开了满园花蕾,吕后带着薄姬、戚姬及众娘娘们来到这花香草绿、蝶舞蜂忙的百花园中游玩。昨夜刚下了场春雨,百花园到处都呈现湿漉漉的盎然生机。一片鲜艳怒放的桃林挑起众人欣喜的兴趣,大家边欣赏边嬉笑着走了进去。

薄姬却径直奔向梨花林里一棵粗壮的梨树,俯身用脸蹭擦那素雅的白梨花,淡淡的笑意在脸上荡漾。在众人眼里,薄姬历来是无足轻重的人物,有她不多无她不少的地位此刻倒显出别样来,她不必硬要附和别人的玩性,可以充分自由地释放自己的心情,去玩味恬淡之趣……

不远处的草地上,七个皇子在玩耍……

刘盈走到刘如意面前,将一绣有小龙的香囊挂在刘如意脖子上:如意三弟,你总在关键时候帮助我,送个香囊给你!刘如意取下把玩着这个精美的香囊,稀罕地:哟,还有条小龙哪,真好看!比我的好好多。

刘盈有些得意:那当然,这种香囊只有我才有。刘如意高兴地把香囊挂上脖子:谢谢太子二哥!明天射箭的时候,我再告诉你一个射中靶心的诀窍。

这时候刘恒、刘长等众皇子跑了过来,一个个满脸通红,汗流满面,好像是刚进行了一场摔跤比赛。

刘盈看见刘恒,忙上前说道:四弟,谢谢你昨天帮我填好了那个数字九宫格,你年龄不大,念书还真行!刘盈虽身为太子,可是从来不在弟弟们面前摆兄长的谱,也不端太子的架,他处处谦卑,事事礼让,好像倒了辈份。

一身疙瘩肉,结实得过头,有点愣有点冲的七皇子刘长用种不屑的口气说道:就他一个人行?让你们看看我的本事吧!说着,他从怀里掏出一条长长的彩绳抖动着:太子二哥当裁决人,你们都上,拔我一个人,怎么样?这刘长的生母原是赵国王宫中的一绝色美人,生下刘长后因为涉嫌一起重大的谋反罪,在狱中自缢而死。她给刘邦写了一封遗书,恳求刘邦善待他们俩的孩子,就这样,刘长在襁褓中就被吕后收养带在身边,除去刘盈,应该说在众多皇子中,这孩子最招吕后疼爱。

众皇子在"可以"、"行"的喊声中,刘如意站在最前头,刘恒站在最后,六个孩子开始了一场拔河比赛。刘盈挥动滚圆的手臂"加油、加油"地为双方助威呐喊……喊声惊动了赏花的诸娘娘,吕后、戚姬等朝孩子们走来。刘长力大无比,眼看就要拔过河界了——

吕后见状大笑:看长儿这劲儿,要是他母亲还活着,看着这力大的儿子,得多高兴!戚夫人站在旁边,笑吟吟地:还是皇后娘娘带得好啊,七皇子一顿能吃几碗呀?吕后正要回答,一看是戚夫人,马上脸一扭,朝前方高声大喊:薄姬,你们快来看哪,快来啊——刘长听见吕后的喊声,忘记了正在拔河,突然一松手,朝吕后跑来:皇后母亲,皇后母亲!一头扎进吕后怀中——

五位皇子被猝不及防的巨大惯性掀翻在地,你喊他叫地好不热闹。刘恒被压

在最下面,扭伤了脚踝,一跛一跛地站了起来;刘如意带着满脸恼怒,满脸草屑地冲到正被吕后搂住的刘长跟前,一把拽住刘长的领口——你这算什么赢啊,重来!重来!

吕后在两个孩子争吵不休的时候,无意间瞥见刘如意脖颈上挂着的香囊,她一把抓住他:你带的是谁的香囊?刘如意不语,本能地用手捂住胸前的香囊。刘盈预感到事情不妙,那个香囊本只属于他这个太子的,他却为表示友好送人了,不深琢磨没什么,深琢磨就严重了。刘盈走上前对一脸怒气的吕后说道:母后,是孩儿送给如意弟弟的。吕后勃然大怒:什么?这是太子才有资格系的香囊,你怎么什么都送人?!她把一张怒脸转向刘如意,不可违抗地命令道:把香囊取下来!戚姬也感到事态严重,赶上来焦急地:如意,快取下来,还给太子!还沉浸在恼怒中的刘如意并没意识到香囊后面的含义,他仍然捂住胸前的香囊,倔强地:不!我送给太子二哥的东西从来没有往回要的,他送我了就是我的!听了这句话,吕后更火了:这么小就有野心,想篡夺太子位不成?说完,吕后上前用力掰开刘如意的手抢,强抢香囊,刘如意边哭边躲,一大一小两人撕扯一起……

戚姬又急又怕,用哭腔高声喊道:如意,快把香囊给皇后娘娘,快给皇后娘娘呀!众娘娘及众皇子都上前围观,刘恒也欲往前凑,被薄姬冷冷地拽住,二人站在最远处……

"砰——"一声,丝带被扯断了,香囊掉到地上的一摊泥烂里,香囊上的那条小龙沾满泥水,顷刻变得污浊不堪。

吕后双手叉腰,含沙射影地大骂:我早就知道有人眼巴巴地盯着太子位,在陛下面前献媚取宠,迷得陛下只在她一人身上打转转,今天总算是把阴谋暴露了,狼子野心,狼子野心啊!来人,将这个蔑视太子、不懂礼数、毫无家教的臭小子掌嘴五十!两个跟在众娘娘后面的黄门走上来,一人按住刘如意,一人开始左右开弓……

要说她戚姬不想让刘邦把自己的儿子立为太子那是假话,历来母以子为贵嘛!可她戚姬也是个非常聪明的女人,几千年来中原人立长不立幼,立嫡不立庶的宗法制下形成的正统观念已经根深蒂固地长在所有人心里,她不敢也不能冒天下之大不韪,她从未跟刘邦正面开过这种口,但是刘邦时时流露出对刘盈的失望和对刘如意的期望,让她确实跃跃欲试。但此刻吕后的那些话撕裂着戚姬,尤其是劈劈啪啪的扇耳光声像重锤砸在戚姬心上,提醒着戚姬居于人后的地位,她哭着求情:皇后娘娘开恩,饶了如意吧!他还是个孩子……

不多时,刘如意的嘴角淌下滴滴鲜血,脸也开始肿起来……刘如意喉咙嘶哑地囔道:香囊不是我弄脏的,我再不要太子的东西了,不要了!一直呆站在旁边的刘盈实在看不下去了,他上前劝阻吕后:母后,三弟的嘴都出血了,别让他们再打了!吕后厉声斥责刘盈:站一边儿去,你这个只会遭人欺负的软蛋!接着她手指哭都哭不出声的刘如意:掌你的嘴是轻的,按秦朝律令,不分等级乱穿乱戴,就是无视朝廷,无视国法,至少要处劓刑!

薄夫人领着跛足的刘恒悄然离去,众人还在围观,没人注意到这母子俩已经离开……

母子俩走在梨花丛中一条幽静的小径上,刘恒嘟着嘴,摘下一枝梨花踩在脚下。他不情愿地被母亲强拉离开,不高兴也不明白母亲为什么要这样做。薄姬感觉到刘恒的不满,在一棵粗壮分杈的梨树旁,她停下脚步说:恒儿,来,坐一会,母亲帮你揉揉脚。刘恒被薄夫人抱上梨树杈,薄夫人一边帮他揉脚,一边盯住他的眼睛,微笑着问道:怎么,不高兴了?孩子毕竟藏不住心事,刘恒一顿竹篮倒豆子:他们都没走,为什么母亲要走,还让我也走?薄夫人还是微笑:皇后娘娘打如意三哥,打得对还是不对?刘恒嘟噜着嘴:不知道,我只知道三哥好可怜!薄夫人道:你看如意三哥嘴都出血了,脸也肿了,好看吗?刘恒摇头:不!他好像是突然明白了什么似的:对!母亲,咱们不看别人的热闹,你以前就告诉过孩儿,遇到自己现在没法办的事,最好的办法就是远远避开它。听着儿子那稚嫩的声音,薄夫人露出灿烂的笑来,她亲了下那粉嘟嘟的小脸:真是母亲的好恒儿!恒儿,记住了,日后不巴结强大的,也不附和他们,碰到以强压弱的事情,不欣赏更不参与。刘恒点头:孩儿记住了。

薄夫人叮嘱道:母亲还想告诉你的是,避开自己不能办的事,并不是永远避开,世上的事有些是你想避也避不开的。等你长大了,强大了,有能力解决的时候再说!刘恒似懂非懂地点头,他突然想起什么,话题一转:那吕娘娘说劓刑,是什么意思呀?薄夫人道:就是割掉鼻子。刘恒听了直伸舌头:太残忍了!一个活蹦乱跳的人,转眼就没了鼻子,成了废人,真是太可怕了!这么残忍的律令为什么父皇不废掉?薄夫人道:遇到自己现在没办法解决的事情……聪明的刘恒明白母亲要往下说什么了,他跟上去随母亲一起说:最好的办法就是远远避开它……母子俩都笑了,刘恒顽皮地摇摇梨树,那带着雨水的梨花抖落了他们母子一身。

在以疾风卷残云之势平叛了北疆代国陈豨的叛乱后,刘邦率大军日夜兼程地赶返长安,成排的旌旗招展,成列的马队兵阵威风凛凛。沿途所经之处,百姓们无不跪拜相送,让刘邦全身心地沉浸在手握生杀大权、贵为人主的豪情之中。刘邦虽说年过半百,又身带箭伤,可他喜欢这种戎马生涯,准确地说是喜欢打了胜仗凯旋归来的时候,被文武大臣平民百姓众星拱月般簇拥的阵势,那常常让他产生一种天下霸主横绝一世的满足感。可这时被风寒症折磨的鼻子却不争气,不光让他擤得通红,而且堵塞得很厉害,他不得不时时发出"哼、哼"的声音,以缓解堵塞的难受。

大军护卫着大汉天子进了长安,直奔新落成的未央宫。萧何率众大臣在司马门外高大的阙楼门前跪迎刘邦:萧何及众大臣恭迎陛下凯旋!从高头赤红马上翻身而下的刘邦被前呼后拥地领进了广阔的端门,又领进大殿。

　　刘邦不停地"哼、哼"着……他把目光停在朱红色大门上的鎏金铜环上,仔细端详着——华贵的铜环上面还镶嵌着绿宝石,他又把目光移向四处——雕饰花纹的窗户和回廊散发着名贵杏木的清香,猩红色地毯,屋顶椽子贴敷的金箔在阳光照射下闪闪发光,衬托得大殿豪华堂皇。

　　刘邦沉默片刻,突然对萧何发怒道:这么金光锃亮的,用得着吗?得花多少钱?骄奢必亡国,秦朝二世而亡,还不是前车之鉴?!

　　萧何自韩信死后就一直提着心在等待着刘邦返回,他把各种可能都预料到了,甚至想到了死。当刘邦对他大发其火时,他谨慎答道:陛下威震四海,皇宫壮丽才能显出威严,再说,长乐与未央两皇宫,是大汉功业彪炳千秋的象征,它们可以告诉世代皇子皇孙,陛下建立大汉皇业的气魄。

　　刘邦听得眉头渐渐舒展了:倒也是……

　　萧何紧接着又道:况且,后代人也可免去大兴土木之劳,趁现在军队尚未缩编,比日后再度从各王国、郡县让他们赶来服劳役,更节省人力物力。

　　刘邦揉揉通红的鼻子:哼、哼,丞相真是铁嘴铜牙,句句是理呀,这么说,倒是朕的不是了!

　　萧何忙低首:不敢,老臣罪过。

　　刘邦脸上显出诡谲的微笑:丞相贤良,深得民心哪,那就可以什么事都不与朕商量,先斩后奏了?话毕,刘邦甩袖径直朝正殿深处走去。

　　这一句话里含义太多,可萧何知道刘邦话中含意,在对诓杀韩信这件事上,刘邦就这样以一句埋怨的话带过了。萧何脸上露出一丝委屈,但马上恢复常态,大步追上刘邦,尾随其后……华贵的朱红宫门沉重地关闭了……

　　在戚夫人寝宫永昌殿那张宽大柔软的床上,刘邦正在熟睡。

　　戚夫人端一碗冒着热气的汤药坐于床侧。刘如意坐在席上,手拿一条红色丝带来回缠绕着编一条龙。是闻到了药味还是感觉有人在身边,刘邦睁开眼睛,伸个懒腰,坐了起来。戚夫人见状,忙放下药碗,过去帮他穿衣服。刘如意听到响动,走过去,坐在刘邦身边。刘如意盯住刘邦:父皇醒了?好些了吗?孩子带奶味的关怀让刘邦倍感惬意,他仰脖子笑道:有你和你母亲在朕身边,父皇感觉好多了。戚夫人为已经站立地下的刘邦扣上一根镏金腰带,欣慰地笑着,散寒汤不热也不凉,快喝吧。说完将碗递上。

　　刘邦一饮而尽,戚夫人忙用条丝巾为他擦嘴。一夜的颠鸾倒凤,让刘邦浑身酥软又困乏,美美地酣睡一顿后,他感到身轻气爽,此刻似乎意兴又起:除了朕的戚姬,谁伺候朕朕都不舒服。爱姬,日后朕出征时要你跟在身边,你怕不怕?戚夫人含情脉脉说道:陛下贵为天子都不怕,臣妾一乡野女子,还有什么可怕的?陛下对臣妾情深恩重,我戚姬万死难报,我……戚夫人还想说下去,被刘邦一把搂住,刘邦又腾出右臂搂住如意。刘如意咯咯地笑着,从刘邦的臂弯里挣脱出来,举起手中红色的丝龙,父皇看儿臣编的赤龙像不像?刘邦松开搂住戚夫人的手臂,接过小龙边把玩边坐在床上,赞赏道:编得还真像。刘如意依偎在刘邦身边,他们都说父皇是赤龙变的。刘邦大笑。

戚夫人趁刘邦高兴不失时机地插上一句:我如意儿最像父皇,龙生龙吗!刘邦看了戚姬一眼,戚姬忙埋下眼帘改口:我如意儿最像父皇,也是条小赤龙啊!刘如意不解地问道:可太上皇爷爷不是龙,是跟别人一样的一个老头,那奶奶是龙?要不,怎么能生出父皇这条赤龙?孩子自然不会知道当年他刘邦为了笼络人心,收买各路起义豪杰而为自己编排的故事,他笑而不答。刘如意不依不饶地问:父皇,别一个劲儿的笑,告诉我奶奶是不是一条龙呀?

刘邦不想欺骗自己最疼爱的儿子:傻孩子问傻话!你奶奶是人,不是龙,谁见过龙是什么样呀?刘如意的疑问得到满意的答案后,他不再纠缠自己父皇的身世来历,兴趣又回到手里的丝龙,他把小龙伸到刘邦眼前,顽皮地说:这就是你小时候的样子……刘邦哈哈大笑:你这小脑瓜,还真能想……他望着儿子嫩嫩的笑脸,俯身亲如意的脸蛋。刘如意捂脸大叫:哎呀——刘邦仔细观看如意的脸:脸怎么肿了?刘如意道:是皇后娘娘让黄门打的。刘邦感到意外,转向戚夫人,神情凝重地厉声问道:这是怎么回事?

戚夫人的眼泪夺眶而出:太子把他的香囊送给如意,如意就系在了脖子上,吕皇后看见后不由分说就抢,结果,香囊掉到泥坑里,皇后更气,就让两个小黄门掌嘴五十,如意的牙都被打活络了,本来今天夏侯太仆要如意去操练场的,如意脸疼得连门都没出……她越说越觉委屈,而她的委屈又感染了如意,母子俩抱头痛哭起来。

刘邦怒气顿然而起:这个吕雉,朕知道她变得越来越心狠手辣,一再嘱咐她要善待你们母子,她却当成耳边风,根本不听。朕一定要……

戚夫人慌忙跪下:都怪我多嘴,陛下千万别怪罪皇后娘娘。戚夫人知道她在朝中的地位是无法与吕后抗衡的,她抓住刘邦的只是她的肉体,而吕后却是刘邦打天下坐天下的一只臂膀。

刘邦搀扶起戚夫人:起来,起来,朕知道你的难处。刘盈也是个窝囊废,她不会管管!盈儿啊,做为太子厚道有余、威严不足,一旦朕……他登基继位,偌大的江山社稷如何治理?

戚夫人见刘邦把话说的这样深入,就又不失时机地怂恿道:这天下都是陛下一人的,先前定下的规矩陛下也不是不可以破了啊!

刘邦望望戚姬,明显知道这个女人此刻这番话的含义。刘邦突然想见太仆令夏侯婴,这位刘邦的丰沛老乡,给他驾了几十年马车,当年吕后被项羽抓去做了人质,而刘邦又起兵离乡在蜀地无力顾及家事,留在丰沛的一对儿女就由夏侯婴照料着,所以在满朝文武大臣中,太子和公主最亲近夏侯婴。每当刘邦遇到家事纠纷,尤其是遇到太子和公主的事想说说心里话,就会找这位即实在厚道又贴心

的太仆令聊聊。

"朕找夏侯婴去!"刘邦说完,起身出门,戚姬忙拿披风追出寝宫:陛下,外面风大,你的风寒症还没好!

刘如意见父皇出门了,也抓起自己的皮护胸,高声喊道:父皇等等孩儿,我的脸不疼了,也跟你去操练场!

操练场上,刘盈、刘恒、刘长等众皇子正在嬉戏玩耍,夏侯婴蹲在地上做马墩,让皇子们一个个依序练跳马……

刘邦走来,刘长等纷纷喊"父皇、父皇"并围前围后,随刘邦而来的刘如意好似忘记了脸疼,看着他弟弟们稀罕父皇的神情,在一边得意地蹦蹦跳跳。只有刘盈呆立一旁,表情冷漠。刘邦不悦。这多年以来,每次见到刘邦,刘盈总是以这样的表情不冷不热不咸不淡地迎接他,暗示着父子之间还未消除的隔膜。刘邦朝夏侯婴招招手——

夏侯婴跟随刘邦到了千梦树下:陛下,有何吩咐?刘邦道:你跟皇子们接触最多,太子又最亲近你,这些年太子是否还忘不了坐车逃命的事?他跟你提到过吗?夏侯婴想不到刘邦会问他这个隐秘的问题,他顿了顿:回禀陛下,那件事除了皇后娘娘偶尔说起外,从没听太子提起。刘邦问道:听说太子的学业很不好,背书居然背不过比他小那么多的刘恒,骑马射箭怎样?夏侯婴说:总的说,太子是比不过三皇子和四皇子。刘邦道:三皇子,四皇子朕是不必多操心了,就是七皇子,虽说让皇后惯得有些任性,可他胆子大有力气,只要调教得好,朕也放心。就是盈儿,唉!他真是朕的一块心病啊!夏侯婴道:这也难怪太子,当年他受惊吓得过疯病,兵荒马乱之年皇后被楚军掳去,陛下又戎马生涯、东征西伐,双亲长年不在身边,微臣做为太子信赖的叔叔,也未能照料好他与鲁元公主,微臣该死!刘邦摆手说:这不是你的错。那年若不是你舍命跳下车去救他姐弟二人,恐怕朕的一对儿女……夏侯婴道:微臣知道,陛下十分钟爱他们姐弟二人,只是江山大过亲情,为帝者也难啊!刘邦脸上显现很受用的样子,知朕者,夏侯也!夏侯婴道:陛下莫急,臣想,太子慢慢调养,再大些就会好起来的。刘邦摇头,未必!

两人不再说什么,看着远处嬉戏的孩子们。

萧何独坐堂中,就着昏暗的烛光自斟自饮。自打刘邦平叛返朝,虽说从未提及韩信之死,每日上朝议政下朝休务,显得风平浪静,可萧何总是感觉在他背后,刘邦那双发亮的眼睛在死死地盯着他,让他每日都慎言慎行。唉!伴君如伴虎啊!他喃喃道。萧夫人默默走来,站在萧何身旁,神情凝重:老爷,有什么话你就说吧!萧何道:我们是丞相家,为这,我曾多次嘱咐孩子们不可仗势耀武扬威、张狂跋扈,要默默无闻、勤俭朴素,孩子们都做到了,这很好,不愧是我萧何的后代。我反复想过了,今天我想把家府四周的围墙拆掉。萧夫人疑惑:你这是……萧何道:不明白,是不是?萧夫人试探说:老爷是不是想到自己的地位太显眼,也是最容易招惹是非……萧何点头:嗯,还是我的老妻呀。萧夫人道:为证明老爷毫无操纵军权的欲望,上次陛下赐予的五百兵士你让他们统统解甲回家了,家里人没一个说什么的,可这次——那么矮的围墙你又要拆掉,万一来了窃贼,怎么办?萧何抿口酒,笑笑:我萧何两袖清风,没什么可遮掩的。再说,咱们家除了几身布衣,有什么可偷的?有王五两兄弟这一对多年的家仆足够了,他们可都是一身好武艺啊。萧夫人无奈地摇头,苦笑道:那就随你,拆围墙吧!

正如刘邦所言,刘盈做太子一直是他的一块心病。这不光是刘盈不亲近他,虽说当年只顾自己奔逃而丢弃一对儿女,可不管怎么样,血总浓于水。最重要的是刘邦感觉刘盈担当不起他打下的整个汉室江山,就像他看好刘如意接替皇权,也不光是宠爱戚姬。又是一个早朝日,刘邦下决心在今天向满朝文武大臣提出自己酝酿已久的废太子计划。

上朝行过君臣之礼后,刘邦开门见山直奔主题:……这几年,我们上下一心,剪除了叛逆,如今虽说不上国泰却也是民安了,朕近来常感体力不支,今召众爱卿来,就是想商议一下立太子的事情,众卿可以畅所欲言。

樊哙脱口而出地反驳刘邦:太子刘盈早已立过,还有什么可再议?别看这位屠狗出身的左丞相对制定什么礼数规章的说不出个子丑寅卯,人云亦云,可在立太子这件事上毫不含糊。

刘邦瞪了樊哙一眼:右丞相你说呢?萧何把头埋得低低地:左丞相所言极是。

刘邦环顾文武大臣,只见众人皆把头埋得低低的,鸦雀无声。刘邦只好自己打破僵局,他"嗯,嗯"地清清嗓子,高声道:太子刘盈是早已册立的,可这些年朕着意观察,感到他仁厚有余,威严不足,一旦朕百年之后,大汉江山交付于他,朕恐有负上天哪。众大臣异口同声:陛下,我等将竭力效忠朝廷,辅佐太子,保大汉江山固若磐石。还是樊哙的声音最响亮。

刘邦见无人顺其话语,只得自顾自地讲下去:众爱卿的忠心朕深信不疑,只是,朕考虑再三,还是想废太子刘盈,立三子刘如意,如意不光长相像朕,其秉性能力也像朕。他遇事不慌,果断坚毅,骑射兵器样样精通,虽说尚在幼小之年,处世不深,但日后一定会成熟老练,成就一番帝王大业。萧何向前一步:陛下,废长立幼,可要坏了规矩啊。樊哙马上就接着高声叫道:长相跟陛下一样,就可立为太子?话里明显表露出对刘邦废太子的提议不满。

刘邦见众人没一附和他的提议,心中就憋着口气,至此实在忍不住了,就把气一股脑地撒在樊哙身上,他怒气冲冲道:你不说话能把你当哑巴卖了?

朝会出现僵局,没人再说话,众人又再次把头埋得低低。为打破僵局,刘邦指着陈平:曲逆侯陈平,你说话!陈平向前一步:陛下,立嫡不立庶,这是周朝以来就规定的皇位承继制。废了,就会乱了朝纲。再说,太子之事关乎天下根本,根本动摇,天下震动啊!众大臣议论纷纷……

刘邦又碰一钉子,他又指着周勃:绛侯你说呢?周勃道:老臣以为,陛下此举万万行不得,老臣……期……期不能同意!周勃一急话说得结结巴巴。众大臣哄堂大笑起来,有人学周勃:期……期不能同意。刘邦不由地也跟着尴尬地笑起来:"罢、罢"!他摆手示意退朝……

虽说太子没废掉,但刘邦意识到即使自己不在了,这些大臣们会齐心协力地辅佐刘盈,稳住他的汉室江山,而刘如意却不具备这种深厚的人脉资源。他的心病涣然冰释。废太子的事,我刘邦再不会提了,他暗暗对自己说。

可风欲静而树不止。在樊哙府上,吕媭对樊哙大呼小叫:废太子刘盈?我姐姐知道吗?废了刘盈,我姐姐当不成皇后,那我们吕家岂不要跟着倒霉、遭殃!你这个屠狗的脑袋,怎么不在朝上拼死力争?樊哙吼道:你怎么知道我没有跟他争?为这,他还差点拿那个皇帝的权治我的罪呢!吕媭道:你快去喊二哥和侄子吕产、吕禄到椒房宫去,我先走一步了。站在一边的儿子樊伉凑上来:我也要进宫去见皇后姨母!吕媭呵斥道:都什么时候了,你还来添乱!你一边呆着去!樊伉嬉皮笑脸:那双亲大人就别怪我又去赌场!话音未落,人就跑得没影了。

吕媭一进椒房殿,就拉开挡住她视线的刘盈,冲正在捧着一册竹简翻看的吕后喊道:二姐,你知道不知道……

吕后把竹简重重地掼在几案,冷笑道:我早知道,这一天会来的。她指指呆呆站在一旁的刘盈:盈儿这么老实,太子位迟早会被那妖妇鼓捣下来,让她的儿子取而代之!

吕媭焦急地说:二姐,你就这么老实?到手的皇冠就等那妖妇的儿子拿去?

刘盈对父皇要废掉自己的太子位,引起他母亲情绪的极度焦急不安定,本来就不知所措,此刻见吕媭又着急成这样,就走上前横在二人之间劝慰道:我知道母后、三姨母为我的事着急,可我觉得你们别太操心、上火了。说实在话,我书读不过四弟刘恒,武比不过三弟如意,再说了,父皇老是说天下刘姓是一家,大汉天子只要姓刘就行,只要是兄弟,谁当太子不一样!

刘盈这番话不但没让吕后消气,反倒成了火上浇油,她浑身发抖:你要气死我是不是!你倒忠厚,你以为是一盘菜,让谁吃都行?太子是要继皇帝位的,是要支撑天下为黎民百姓谋福利的!那妖妇经过什么?她知道什么是天下?什么是百姓苍生吗?她要的只是享受天下,号令天下,这天下经得起她折腾吗?

吕媭见吕后生气,忙替刘盈打圆场:盈儿小时候可聪明伶俐了,还不是被踹下车让追兵给吓的。吕雉一挥手:陈年往事不提了。她转向刘盈:盈儿,这太子可是上天安排给你的,咱们谁都不能违抗天意。不当太子这话再别说了,啊?你怕什么?有你母后、三姨母、还有你二舅父,咱们吕家人都会做你的后盾,你挺起腰杆好了。

这时,樊哙、吕释之、吕产、吕禄四人进殿。吕产、吕禄冲动地说道:二姑母、三姑母,实在不行,我们叫南北军的人来杀了戚姬和那个小崽子。樊哙制止道:不可

072

做这等不仁不义的事,再说,陛下也没再坚持,众大臣又都反对,这事也就算了了。吕释之阴险地说道:咱们吕家可不能算了,要先发制人,力保太子不被废。吕后信心十足:三妹二弟,你们放心好了,盈儿一定是咱大汉的太子,谁也甭想改变!

长安一僻静街巷。那条死胡同,猩红的"胡"字、妙手回春的横匾……屋内。吕后满面愁容:食其,我该怎么办?刚毅的她只有在审食其面前才会流露出内心的软弱。审食其道:你除了主动找满朝文武说项,有一人不可不惊动。吕后讶道:谁?审食其道:帮刘季打天下出谋划策的人是谁?当今的刘季对谁的话言听计从,对谁最信得过?吕后茅塞顿开:张良?我知道该怎么办了!我马上写信派人给他送去!审食其道:依我看,留侯现在肯定没在封地,他……吕后睁大眼睛、全神贯注地听着,不时点头……

吕释之手拿一封帛书,一进椒房殿就冲吕后喊道:二姐,张良回信了!吕后迫不及待地接过信来贪婪地目光死盯着每一个字,看完信,她眉梢高扬,击案称赞:我怎么就没想到这四个人呢,当年被刘季看中辅佐江山的商山四老!这张良可真是能出奇招!妙招!她对吕释之道:还傻站着干什么!快去多准备些珠宝,到商山找四老啊!

吕释之牵马在前,仆人抬箱随后,沿蜿蜒逼仄的商山山路缓缓而至山顶。吕释之双手抱拳作揖:南军统领建阳侯吕释之拜见商山四皓,有朝中要事。未等吕释之说完,一老者打断:什么军?什么侯?我等已是世外人,闲话可以,朝事尽免。是当今皇帝要你来的?吕释之道:不是当今陛下,是四位长者的朋友张良先生有书信一封。他掏出信递上。老者一一步接过信:张子房?当世大智大慧人也!快给我等。他快速地看完信,对其他三位老者道:老哥哥们,咱们进屋去说话。又对吕释之道:此事非同小可,你在外面等着。四人起身走进旁边一茅庐。

吕释之焦急地等待着四位老者的答复,他一会儿坐,一会儿站,不停地向小茅草屋张望,那张木门关得紧紧的。终于,木门打开了,四人走了出来,一老者手里拿着一封信,吕释之急忙迎上去。老者将信函递给吕释之,上示:呈大汉始皇帝,下属:商山四老。并道:我们已经按照老朋友的意思写了封信给当今的太子,太子如果需要,我们随召随到。吕释之惊喜道:汉室江山有望了,我替皇后娘娘谢谢四位前辈。他转向随同仆人:快将珠宝抬上。老者道:我等是给老友张良先生面子,不为珠宝。快快抬下山去。吕释之怎么劝说,四人就是不要那些珠宝。千谢万谢后,仆人们抬箱在前,吕释之牵马在后,缓缓地下山去,到山底,吕释之忍不住又欣喜地掏出怀中信函,再看了看,小心地揣入怀里。

又是一个瓜香柳绿的季节。前往上林苑的萧何乘坐一架简陋的马车来到长安郊外东陵侯的瓜地……

萧何冲草搭小棚喊道:东陵侯,快拿些瓜来饱饱老夫口福。"萧丞相,你来得正好!"东陵侯钻出草棚,笑脸上的皱纹像是菊花瓣,他递上一块青皮瓜:今日老叟

就请丞相品尝一下东陵的绝佳品种。萧何捧起瓜咬了一大口,即刻吐了出来:苦,好苦!东陵侯是怕我吃的苦还不够啊,想让我……东陵侯诡秘而笑,打断萧何的话:再尝尝这块——他又捧上一大块黄澄澄的瓜。萧何接过去大口咬瓜,唖吧唖吧嘴:甜,真甜,比老夫以前吃过的任何一种瓜都甜!东陵侯大笑:其实,老夫的东陵瓜就这么甜,以前和现在都一样。可丞相为什么觉得刚吃的比以前的都甜呢?就因为甜到了头,再吃也吃不出甜来,倒个个儿,换个苦的,反衬其甜,丞相就会觉得这瓜的甜味不一般,这就是物到顶端须反看的道理!萧何了然道:东陵侯一番话、一盘瓜让我萧何茅塞顿开。老夫装着这一肚子宝贝,去上林苑就更有劲了。东陵侯急道:丞相先别急着走!他收起笑容,一脸凝重地说:这异姓王都一个个走了,丞相你……萧何道:明白,萧何也不姓刘……东陵侯又是一脸谐谑的笑:丞相没白吃我的瓜。萧何道:不光要吃,还要带,请东陵侯给我多带几个苦瓜、几个甜瓜,回家好好品品味儿。东陵侯用一布袋装几个瓜递上:不送,丞相走好!东陵侯目送萧何远去,摇扇而笑:萧何大慧,他有救了。

萧何每次跟这个经历乱世道奇人一番谈话,都会让他从新的角度深入思考自己的处境和如何面对刘邦。为官为政就像吃东陵侯的两种瓜一样,甘尽苦至,苦尽甘来。逆境中人谁都想变逆境为顺境,可身处顺境之人又有几个会想到面前等着他的就是逆境,甚或是灭顶之境?!

盛夏的太阳火辣辣地当头照着,萧何抹了一把脸上的汗,自言自语,这天上只能有一个太阳啊!为他驾车的仆人不知萧何此话从何而来,诧异地回头看了看萧何:老爷,是不是太热了?萧何不置可否地笑笑。他吩咐道:等下从上林苑返回去集市。

萧何让家仆从马车上搬下几匹绸缎和一箱珠宝,放在厅里的长案上,对老妻说道:我们丞相家的人,从今往后要穿金戴银,再不能让世人笑话我们寒酸。接着他拿起一枚金钗往夫人头上边插边说:夫人,跟了我萧何大半辈子了,也该享享福啰!萧夫人懵懂诧异,不解其意:你这是怎么了?萧何不直接答话:夫人把钱匣拿来。萧夫人从里屋拿出一个不大的匣子递上。萧何倒出所有的金币:用这些全部积蓄让儿子去置田产,买周遭的民宅,把周遭的百姓统统赶到上林苑附近去。萧夫人讶道:儿子们都是在朝廷做小吏的,不懂经营田产、民宅,只怕不会赚钱,倒要赔钱的。萧何道:我说让他们去做买卖赚钱了吗?萧夫人莫名其妙地望着萧何,那买它们干什么?萧何道:你们尽管去做就是,别问为什么。还有,要让他们去买些砖瓦沙石,重砌围墙,砌高些,要显出相府的气派。萧夫人道:你一会儿要拆,一会儿又砌,这……萧何一笑:旧的不去,新的不来。

长乐宫里刘邦的寝宫——临华殿,窗外鸟鸣声声,花红柳绿,一片生机。

窗内,刘邦将商山四老和张良的信置于几案上,疲乏地伸了个懒腰。在改立太子这件事上,他试图挑战传统,可处处遇到阻力,他深深感到祖制传承正统观念的力量和在其支配下的民心的强大、不可违。我都说了不再提废太子一事了，这吕雉非要弄得天下人都来和我过不去怎么地！刘邦喃喃自语。尽管张良和四老信里并未提及，但刘邦知道肯定是吕后给他们通的风报的信。除了她吕皇后，天底下谁有这么大面子能让这些鼎鼎有名的重头人物开口说话！刘邦今天要把戚姬叫来告诉她这些。

戚姬满面春风笑逐颜开地走进临华殿，走进刘邦，盯着他的脸端详：臣妾感觉陛下的身子硬实多了，真是上天有眼。刘邦见戚姬一脸灿烂，不由生出几分怜爱之心，他温情地说道：夏天了，朕的身子感觉是好多了。爱姬，你备些酒水来，朕有话和你说。戚姬下去，不多时，戚姬带宫女们将酒水、瓜果一一端来。刘邦指着散摊几案上的帛书：为改立太子的事，弄得天下人都知道了，商山四老和张子房都来了信。张子房、大智者；商山四老，德高望重、名扬天下的仙人哪！戚姬急切问道：他们怎么说……刘邦叹：祖制不可违，众意不可违呀！霎那间，戚姬的脸变得苍白，身子像弱柳扶风般地摇摆起来。望着戚姬那由失望转向悲哀的表情，刘邦凄然一笑，爱姬，朕为你击筑唱歌，你为朕跳一段长袖折腰舞如何？随着刘邦手中弹出悲凉的旋律和那低沉的歌声，戚姬稳稳神，开始缓缓地起舞——

    鸿鹄高飞，一举千里。
    羽翼已成，横绝四海。
    横绝四海，当可奈何。

戚姬边舞边泣，终于支撑不住，扑倒在刘邦怀中。两人相拥，刘邦无奈地摇头……

第六章

通光殿里，刘恒躺在薄夫人臂弯，两眼通红，已哭了好久。那是因为今天在未央宫正殿发生的事情。

一大早，宫中的黄门就送来一套皇子穿的小朝服和坠着九珠流苏的皇子冠，说是让刘恒去未央宫正殿晋见父皇陛下。当时刘恒的情绪非常激动，正殿是父皇召见大臣商讨军国大事的地方，在那里父皇召见他，意味重大。母亲也是有些兴奋地给刘恒穿戴齐整，刘恒郑重其事地跟黄门去了正殿。在那里，只有跟他一样装束的三哥刘如意。父皇一扫平时慈善的笑容，威严地问他们：知道这是什么地方吗？让你们俩来这个商议国事的地方，就是说你们已经长成半大虎，要像你们的大哥刘肥一样自己去扑食吃了。一番话挑得两个孩子浮想联翩，跃跃欲试。刘如意先问道：父皇要封我去哪国做王啊？刘邦捋髯微笑，如意儿去赵国为王。赵国！刘恒太知道了，那是大汉最富庶的地方之一，国都邯郸不光物产丰富，宫中不少美女都来自那里。鲁元姐姐就嫁给了原先的赵王张敖。刘如意满意地边拍巴掌边笑。

一向腼腆的刘恒也忍不住了，他冲刘邦喊道：父皇，我呢？封我去哪里啊？刘邦又恢复了一脸的威严，说道：四儿你去代国为王。那里有大漠荒原，临近匈奴，是个磨练筋骨的好地方！"代国？"刘恒的脸一下子变阴了，他脱口而出：匈奴人最爱去骚扰！二伯父连王都不要了，逃跑回来的地方啊！刘邦走近刘恒，以从来没有过的温情抱住他：恒儿，你说的没错，可尽管是这样，那也是个出英雄的好地方啊！接着，他用种非常慈祥的口气说道：你不是要当英雄吗？父皇等待着我大汉英雄的出现！……

刘恒情绪复杂地走回通光殿，在母亲那双充满疼爱的眼睛关注下，他再也忍不住委屈，长久地失声痛哭起来，母亲，父皇好偏心，封三哥去又富又近的赵国为王，却封我去又穷又远的代国当代王，我不要去，不要去！薄夫人平静地说：恒儿，把你的手伸开。刘恒摊开双手：伸手干什么？薄夫人掰着他的十个指头：看看，都是指头，却不一样齐，对不？这就像你们八个皇子，有的是你父皇的大拇指，有的只是你父皇的小拇指。刘恒坐起：是！我就是他的小拇指！他就来过一次，说教我唱歌击筑,到现在也没教过一次。我长这么大,今天他也是第一次抱我,可三哥不知道骑过他多少次高高马。刘恒说到这里,突然高声地说道:为什么我不能做父皇的大拇指,只能做小拇指?

薄夫人一脸凄凉,她不知道对只有八岁的孩子怎么讲。沉默了一会儿——

薄夫人道:恒儿,母亲姓什么?刘恒答:姓薄。薄夫人:对呀,这就是咱们母子俩的命!母亲早讲过的,认命,听从命的指派,才不会有烦恼。刘恒不安,那代国紧靠匈奴人,总打仗,我怕……薄夫人说:怕也得去,不怕也得去。这些年你父皇的和亲之策不是缓和了和匈奴的许多矛盾吗?任何事情只要用心去办,总会有办法;何况,离开宫廷这个多是多非的地方,未必不是一件好事。刘恒仰头道:孩儿长到八岁,从来没离开过母亲一天,母亲为什么不能同恒儿一起去?薄夫人道:不到皇帝偃驾,皇帝的嫔妃们是不能离开皇宫的,这是规矩。刘恒说:我会想母亲的。薄夫人道:母亲何尝不是?可做男儿就要自强,不能总离不开母亲。刘恒嘟嘴,那父皇老不驾崩,恒儿就老不能跟母亲相见啊!薄夫人慌得忙捂刘恒的嘴,不许乱说!刘恒道:我知道,可我就是……

薄夫人道:母亲明天一早就让家仆快马去吴县,找你舅父让他前往代国,助你一臂之力。刘恒道:我舅父?就是上次来咱们这里,没几天就气鼓鼓走了的那个舅父吗?薄夫人说:你舅父跟母亲一样,从小被你外祖母带着读书,后来他到魏国做了太仆令,很有学问的。刘恒端起针线小筐,自孩儿懂事后,母亲每次都是让孩儿穿针认线的,孩儿走了,谁帮母亲?薄夫人找来一小铁锤,之后,朝一把针砸去,针碎了,闪着亮光:母亲从此再不做女红了,只做代国的王太后。母亲一定会到代国去见我的小代王,一定让我的小代王成为一个有出息的国君。刘恒被母亲的高昂情绪感染,母亲,我记住了,男儿当做伟丈夫,干出一番大大业!和赵王、齐王争个高低!薄夫人正道道:错了,恒儿,母亲不是让你争强好胜,而是为王一场,造福一方,对得起天地良心,对得起百姓苍生。她顿一下,长叹一声:哎——恒儿,只能这样,只能这样啊!刘恒道:为什么只能这样?!薄夫人摸摸刘恒的头,咱们不管有多强,只是个小指头……

临华殿,刘邦站在一盏镂金竹节熏炉前,欣赏把玩着。这个造型精美的熏炉是萧何不知道从哪里弄来的,放到了刘邦的寝宫,既辟蚊虫去邪气,又具有观赏性。这萧何近来怎么了,竟大改一向简朴的作派,追求起奢华来了。想到萧何,一股不满的情绪涌上刘邦心头,普天下谁人不知谁人不晓萧丞相是个不贪钱财不图享受、安于清贫的贤相?在黎民百姓的心里,他萧何的威望不会低于我刘邦,甚至于……唉!萧何他真是变了的话,那可要晚节不保喽!连萧何都变了!怎么这天下打下来了,人都变了?尤其是所有不姓刘的异姓王!

萧何变化之所以这样大的真正原因,刘邦一时也没深入的想透。人在世上活着,做人难,位高权显的人同样做人难!你要谨慎做人,自律其身,人们会怀疑吃

五谷杂粮的你跟圣人似的是在作秀,可你一旦有了瑕疵,人们又会感叹那么好的一个人怎么这样不知道爱惜自己的声誉!

此刻,陈平与周勃匆匆走进临华殿。

陈平上前急促地说道:陛下,英布正在打猎时,收到吕皇后派快马送去的彭越肉酱,英布一怒之下,杀了信使,举兵反叛,他的淮南国军队已占领荆国并杀了荆王刘贾。

刘邦先是一惊,接着略带伤感地叹道:唉,朕可怜的叔父哇!那朕的四弟,楚王刘交呢?

周勃也走向前来:探马已来报过,说是荆王被杀时,楚王正和一群儒生研读《诗经》,现楚王已和那些读书人逃离了楚国。英布正疾速向长安推进。

刘邦恼怒道:朕的哥哥弟弟们没一个顶用的,除了会做买卖的,就是整天跟一群腐儒死啃书本的!哼!英布,朕的叔父就这样惨死你手,朕要将你碎尸万断!刘邦一时气急,咳嗽加剧,吐痰,痰中带血。

陈平、周勃惊恐万分:陛下!

刘邦抹了下嘴,仍在气头上:吕雉啊吕雉,她净给朕帮倒忙!她居然想到将彭越肉酱送给英布,这不是逼他非走谋反这条路吗!

周勃道:陛下,臣愿领兵前往,剿灭叛贼英布!

刘邦道:周爱卿,这英布是员猛将,最能打仗,智谋仅在韩信之下呀。

陈平道:臣等知道,如今我大汉武将中,能与英布匹敌者已……可陛下眼前的身体……

刘邦道:朕知道,只要英布见到朕,他的底气就会消减大半,可朕万一无法率军亲征——刘邦此刻想到了他的二儿子,太子刘盈……

椒房殿。吕后正帮刘盈整理出征的戎装。刘盈痴痴地站立着。吕后道:盈儿,母后赞同你父皇的旨意,让你去战场历练历练。不经百战,难成大业,不经历练,难做好帝王……刘盈还是痴痴地站立着,半响,他喃喃着:我讨厌打仗,讨厌人杀人……吕后吃惊地抬起头:盈儿,就要领兵打仗了,你可不能,不能……刘盈仍是痴痴地站立着,面无表情。

吕后皱紧眉头:盈儿!别人起兵要进长安来杀掉你和你的父皇母后了,你就坐等人头落地啊?说着说着,一股失望的情绪涌上吕后心头,她把衣服甩在席上:看来你父皇再怎么病,也不能不去领兵打仗!我找他去!

临华殿。刘邦卧榻,戚姬正在给刘邦按摩肩胛,吕后急匆匆进来,站在一旁。

吕后道:臣妾知道,太子率军讨伐英布,是历练太子的机会,可盈儿毕竟是个孩子,太弱,让一只绵羊指挥猛虎冲锋陷阵,万一猛虎失控,后果难料啊,所以臣妾以为,陛下虽龙体欠安,这关键的一仗却不能不去,陛下挂帅,让太子随军前往,这样,陛下可不必过分劳累,太子又可得到历练,诸将也不敢不尽力。

刘邦点头:吕雉啊,你总算还能帮朕出一个好主意。朕也在想光让盈儿带兵去打英布是不妥当,英布是当今天下无人能敌的猛将,也是朕心头最后一个大隐患,朕不去,只怕英布不把朝廷军队放在眼里,他一路西下,势必无人可挡。唉,事到如今,只能依你所言了。

戚姬插话:陛下,戚姬愿随大军一同前往,也好照料陛下。吕后面带不悦。戚姬又道:陛下如若不便坐车,可设计一特制软床,戚姬愿骑马随后。刘邦抚上戚姬的手,还是朕的爱姬想得周到。吕后脸拉得老长,狠狠瞪了戚姬一眼,转身离去。

长乐宫前,还是皇帝出征前的鼓乐仪仗,还是文武百官和众皇子列队恭送。刘如意手捧头盔庄严地戴在刘盈头上。刘盈挥剑一指,鼓乐更响,刘盈骑马在前,刘邦特制的辇车随后,浩荡大军朝城外开去……

刘盈眼前出现幻影——项羽率军在后面猛追,夏侯婴驾车狂逃。车上,刘盈与鲁元紧紧搂在一起,刘邦将二人强行分开,踹于车下……

刘盈突然从马上坠地,发疯似地扑向驾车的夏侯婴——

刘盈疯疯癫癫道:夏侯叔叔,快救救我们!我们被父王踹下车,快被项羽追上了,快,快救救我们……刘盈大哭大叫,口吐白沫,倒在地上。军队大乱……刘邦十几年来最怕人知的心病就这样被太子给抖落了出来……刘邦长叹一声:唉——朕这不争气的儿子啊!刘盈被抬进城去……在一片惊恐混乱中,刘恒好像突然长大了,他开始明白了过去一些想不通的事情,他感到了自己要去做一个国王的分量……

通光殿灯光摇曳,刘恒摩挲着已快磨透了的护膝。一碗炖鸡屁股推到他面前。刘恒惊喜地捧起那只热气腾腾的大碗:啊,"后福"?母亲,我能喝点酒吗?薄夫人意会到什么:好哇,今晚恒儿要什么母亲都答应。她朝门外喊道:拿瓶杜康来。一宫女为母子各斟一樽后退下。

刘恒饮了一口酒,又嚼了一块鸡屁股:真香!薄夫人也咬一口鸡屁股,嚼着。刘恒说:原来,二哥的病是这么得的……难怪他书老读不好!薄夫人关切地看了一眼刘恒:恒儿都知道了?刘恒又喝了一大口杜康:恒儿才不会得二哥那样的病哪!薄夫人举起酒樽,会意而笑:恒儿,你看见了吧,这皇宫里受委屈的不只是你一个人!刘恒咽下一块"后福":是的,恒儿知道了这天下受苦受难的多了去了!其实,小指头也能变成大指头。薄夫人听着这小大人的话,开心地笑了,她勾起食指刮刮刘恒的鼻子:呵呵!我的恒儿长大了!

刘恒夹了一块鸡屁股给母亲,薄夫人也嚼着。母子俩四目相对,享受着只有属于他们的"后福"的温馨与快乐。突然,刘恒发现一摞新做好的锦垫整整齐齐地摆放在席上。他放下筷子,走过去摩挲一会儿,又坐上去颠了几下,绵绵软软的,坐上去十分舒服。刘恒不解地问道:母亲为什么做这么多垫子?薄夫人笑笑:傻孩子,你就要去代国了,走上十天半月也说不准,又都是山路,谁知道要颠成什么样子?那小屁股要不垫点厚锦垫,那该磨起多少泡啊!刘恒故作成熟的样子拍拍胸脯:母亲忘了,孩儿是英雄,英雄还怕颠啊!薄夫人笑道:对,恒儿是英雄,不

怕颠！喏，快吃"后福"吧。说话间，她把一块鸡屁股塞进刘恒嘴里，刘恒嚼了起来：香！这后福真香！

大雪纷飞，灰沉的天与飘舞的雪更衬出宫墙的庄严与诡秘。刘恒与刘如意分别坐在两辆车中，探头告别。刘恒不舍道：三哥，我们可以同一段路吧？刘如意伤感不已，相伴千里，终有一别啊。刘恒张望：母亲，母亲呢？回头找薄姬，却不见踪影。张苍道：代王，我们路途遥远，先行一步吧！刘恒恋恋地巴望车外。张苍道：代王，走吧，薄夫人就是怕你伤心，才不来送别的。刘恒仍在巴望：母亲……他眼涌泪花，将薄夫人做的一摞锦垫从屁股底下抽出，搂在怀里。薄夫人身披厚厚的雪花，站在未央宫最高处的鸿台，她目送坐在车上的刘恒在护卫和张苍簇拥下渐渐远去，薄姬的泪水夺眶而出。

未央宫北阙门前。戚夫人站在刘如意车旁，握住刘如意的手哭。刘如意替戚夫人擦擦眼泪，母亲你嘱咐孩儿的话，如意都记住了。放心！车启动，一行人出发了——

戚姬想起什么，追上去，喊：如意，记住啊，日后无论出现什么事情，都不要回长安——永远不要回长安！

就在刘恒赴代国做王的同时，他的父皇正在为他的儿子们夺回封地而带病南下讨伐英布。正在特制的车床上仰面闭目的刘邦突然睁开眼睛，对身旁的侍卫说：叫刘濞和刘泽过来。刘濞是刘邦二哥刘喜的儿子。刘喜就是早先那个害怕打仗，弃国而逃的代王。刘泽则是刘邦父亲刘太公弟弟的儿子，是刘邦的堂弟。

刘濞纵马赶至刘邦身边：陛下，儿臣刘濞见驾。刘邦习惯性地捋捋胡子：你可知道这一仗为什么要打？刘濞答：臣，知道。刘邦道：我看不一定。这一仗为的就是强固大汉江山。大汉是谁的？刘濞略加思索：当，当然是陛下的。刘邦盯视着刘濞：对，也不全对。准确说，是我们刘家的。太子有病，你的几个弟弟又太小，这撑起刘氏江山的使命就落在你身上了。你可别学你父亲的样子，临阵怯战！刘濞道：儿臣记下了。

此时刘泽也赶到辇车旁。刘邦看了看他：刘泽你呢？刘泽道：陛下，臣弟一定为死去的叔父报仇，用英布的血祭咱们刘家的亡灵。刘邦点头道：记住，天下刘姓是一家，辅佐大汉是刘家人共同的责任。

此时的英布已向东攻破荆国，又北上渡过淮河占领楚国，正挥师西向，朝长安开来。

刘邦的大军跟英布在庸城即今天安徽的宿县一带相遇。汉军与英布的军队两相对垒，马踏的黄尘遮天蔽日。汉军筑起工事，与英布的阵地遥遥相望。刘邦打马至阵前，看见英布的布阵跟当年项羽的布阵非常相似，他马上意识到这将是一场硬仗。刘邦决定先在气势上压住英布。

隔着战壕，刘邦高声地叫道：英布，你这背信弃义的小人，竟敢杀我朝廷重臣，举兵谋反！朕今天不拿下你,天不容,民也不容。

英布骑着一匹黑马站在阵前,他脸上的刺字闪闪发亮,他哈哈大笑,刘邦,你也配说信和义！还记得这上面的字吗？他高举半边铁帖:什么即使泰山平得像个土包,黄河细得像条腰带,封给你们的王位也永不改变！只怕放在你刘家祖庙的那一半字还是烫的吧？可你如今都干了些什么！你发给我们半边铁券丹书的九个异姓王,除了长沙国那个任你捏来捏去的软蛋吴芮,一个个都成了你的刀下鬼,你这泗水无赖,如今又朝我英布来了,我先要砍下你的脑袋,后就剥下你那假仁假义的皮！

刘邦大笑:骂得好,骂得痛快！可说了半天,我有的,你还是没有,这就是我统帅你们、折服你们的帝王之气,能立天、能立地的帝王之威！

英布眼汪热泪,举目望天:你还说立天立地？看看这太阳吧,因为你刘邦当道,它就没几天晴过！它为什么总是阴阴的？是被你刘邦气的！你以玩弄阴谋赢得了天下英雄的归顺,又利用这些英雄打败了项羽,可屁股还没坐稳,你就急不可耐,诛杀功臣,我英布这才不得不替天行道！我要用这把刀为冤死的韩信、为惨死的彭越、为被逼造反的一个个开国元勋讨回天理。杀——说罢,英布纵马挥刀,杀入汉阵后就直取刘邦。

汉军有备在前,从容勇猛,先是刘濞、刘泽双双出战,后面周勃又挥刀冲入。刘邦被这刀戟组成屏障保护在后,只是捋须而笑,间或叫阵:英布,你倒是杀过来呀……

英布刚一分神,险些被刺落马,他即刻拔转马头,落荒逃跑。刘邦挥军追击,刘濞、刘泽一马当先。

英布军溃逃回营,英布在纵马回营中转身瞄准刘邦射出一箭,那箭恰恰就插在旧日项羽的箭眼里,鲜血顿时喷涌而出,染红胸甲,刘邦晃了一下,险些跌落马背,周勃打马急忙上前扶住刘邦,退回驻地……

夜色降临了,松枝点燃的火把照着夜空,火光未到处漆黑一片,到处闪着诡秘的眼睛。

行营帐内,坦胸露腹的刘邦躺在原木制做的宽大木榻上,戚姬蘸着清水为其擦洗箭伤,刘邦不停地呻吟。刘濞、刘泽、周勃围在一旁。周勃气愤道:英布这无赖真可恶,明着打不赢就放暗箭。刘濞道:陛下,您静养片刻,儿臣这就带一支人马趁夜踏平他的营地,以报这一箭之仇！说罢即要出帐。刘邦即刻制止:不可！英布用兵颇似韩信,奸诈多变,难摸首尾,硬攻不是上策。众人问:那什么是上策呢？刘邦道:攻心。

如墨的夜空,稀稀落落的星群眨着晶亮的眼睛。汉军的喊声时起时落,热切又苍凉地划过夜空——淮南国的弟兄们,别再跟着英布卖命了,你们抗不过朝廷。你们的老母、妻子儿女都在家乡等着你们哪……归顺朝廷吧,谁归顺,谁就可以回家,分田地、分房子;谁杀了英布,立了大功,皇帝就赐予高爵,入朝为官,俸禄两千

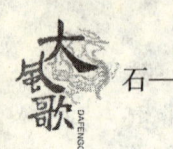
石——

喊声在寂静的夜空传播,诡秘伴着诱惑……汉营的喊话刚落,又传来一支怀乡曲。英布在帐内坐卧不安。他身边的武将面面相觑,各想各的心事。少顷,英布挥挥手——你们回营各自歇息罢,我们明天再打他个措手不及!众将领莫辨所以,相互看看,陆续退下。

待将领们退出后,英布的脸色顿时变得惊恐可怕,使得脸上的刺字愈加的明显。英布预感到要是明天再跟刘邦对阵,自己将彻底完蛋。他起兵淮南的一个重要原因,就是判断刘邦不会亲自率军来讨伐,因为刘邦年岁已高,又身带箭伤。这天底下打仗除了韩信、彭越能与他英布匹敌外,在心理上英布就惧怕刘邦一人。只要刘邦不来,他准能一鼓作气地攻进长安。可是他最怕的人来了,而且就在他对面,等待着天亮取他的首级,要他的性命。三十六计走为上。英布悄悄对身边几个贴身侍卫吩咐道:轻装简从,我们马上走,去长沙国。苍茫夜色中,英布与几名贴身侍卫在旷野里纵马狂奔……

天渐亮,淮南国将士先还战战兢兢,后竟明目张胆一批批投向汉营,饿了几天几夜的将士们分到酒肉,贪婪地大口吞嚼着。周勃率几名武将走进英布帐内,只见人去帐空……

通往代国的途中。小代王刘恒坐在那辆淡蓝软缎方棚顶、四周紧围绣花紫缎围帘、两匹红鬃马拉着的辕车上。代国丞相张苍乘两马小辕车随后。手持彩旗戈戟的护卫士卒前引后拥,朝太阳西沉的方向走去……

日夜交替,他们走过一个个城池,又迎来一片片阡陌。张苍也就一遍遍交换着一张张通行的关传……一路上,有的城池断壁残垣、灾民遍地,插草标卖身的处处可见;有的城池生意兴隆,百姓脸上带着满足的笑容,乡村田野里收割了庄稼,留下茬茬麦桩,村子里鸡犬声声,炊烟袅袅。

在一岔路上,张苍下车,走到代王车前,指指岔路说:过两天就是腊祭节了,代王,我们是绕道赵国看看,还是直接进入代国?刘恒探头车外:丞相,走了七天了,才到赵国境内,我们在元旦前能赶到代国吗?张苍道:今天是腊月二十三……还有七天,应该可以。这是赵国最西面的一个小城,代王要不要下车看看啊!刘恒好奇心起:听说赵国的腊祭节特别热闹,我们看看赵国的腊祭节,再进咱们的代国吧。

张苍换了关传后,刘恒下车随张苍步入城内。城内集市热闹非凡,各种小吃、水果摊前人声鼎沸,尤其是地摊上的彩色桃符、造型各异的天神、灶王神……撩人眼目。刘恒饶有兴趣地看着这一切。突然,他看见一种捏成各种小动物形状的面食,大喊:那是什么?看看。小贩介绍道:这是咱们赵国特产——龙舌糕,让你吃了还想吃。说着讨好地递给刘恒几个,转向张苍说:多买点吧,让孩子尝尝鲜!张苍买了几个,递给刘恒。刘恒吃得津津有味:好吃,在宫中没吃过这么清香的东西,又脆又黏,是什么做的呀?小贩眼睛一亮:宫中?难不成……张苍打岔:小孩子话说不清,掌柜的,你就说是什么做的吧?小贩津津乐道:这是野地里一种叫鼠曲菜的菜汁,拌上蜜糖和面粉,蒸熟后再焙干做成的。这位小贵人,多买些带到路上吃罢,出了城,想吃就买不到。张苍又买了一兜。

突然,城内一片骚动——只见前方上空燃起一股冲天大火,随之,嘹亮的乐曲和着雨点般的鼓声震人传来,人们纷纷收摊撤点,朝那方向跑去,腊祭开始了,腊祭开始了!刘恒一行也朝人群密集处走去——

祭坛前,摆满雕有各种神兽的祭器,祭器内,盛满整头整头的猪、羊、牛、鸡,还有染成彩色的五谷和酒浆。熊熊烈火中,整根的竹子被烧得噼啪作响,祭祀的队伍穿红戴绿,载歌载舞——

一人领唱,众人唱和:至高无上的天神啊,请接受我们的祭拜。献上丰收五谷酿成的酒醴,供上肥美五畜烹成的佳肴,祈求你赐给我们丰收和太平,赐给我们福如山,寿如海……腊祭完毕,头蒙大红巾的"社宰"开始分肉,他将一块块肉抛向人群,人们狂呼乱叫,争抢不停,气氛热烈……刘恒看呆了,这赵国真富啊,就是这么个小城都这样,那国都邯郸该富成什么样子啊!富了,就这么糟蹋东西?!张苍道:代王,你说什么?

刘恒道:我说他们太糟蹋东西。张苍欣慰而笑:将来,必定是一代贤君啊……刘恒不解:你说什么?张苍念道:贤君,贤君……

一行人马继续前行。张苍翻看帛布地图:代王,已经进入代国了。刘恒突然兴奋起来:停车!停车!张苍道:代王,天不早了,我们要赶在天黑前赶到成武县才行。刘恒不容分说:停车!我要看看代国!车队停在山道上,张苍将刘恒扶下车,因为长时间坐车,刘恒没站住,一下跪倒在地,张苍急忙扶他,他却没让扶,依旧跪地。刘恒道:代王踏进代国土地,理应跪拜。

刘恒举目四望,黄土高坡连着黄土高坡,人烟稀少,一片赤地。好容易走到个稀稀拉拉的树丛中,里面却闪出一个个矮小的坟冢。有几只乌鸦被惊得飞向苍空……众人议论:都说代国荒凉,怎么也想不到会是这样……刘恒不语,瞪着一双茫然的眼睛。少顷,刘恒问:张丞相,为什么赵国那么富,我代国却这么穷?难道他们头上不是同一片苍天?张苍答:代王,上天对每一个郡国都是公平的,不同的只是统治郡国的国君。刘恒问:国君不都是父皇封的吗?张苍道:是,可国君与国君不同啊……刘恒想着,突然有了答案:明白了!这代地原是二伯父刘喜当王的,他只会做买卖,不会管国事,后来陈豨又闹叛乱,才把代国弄成这样。

张苍激赏:代王人小心灵,看到了代国的根本,代国有望了。刘恒看看张苍:母亲曾告诉你,不要总夸我,我知道她的意思……张苍引他问:娘娘是什么意思?刘恒道:怕我骄傲呗……他挥去幼稚,转为庄严说:本王一定要让代国人大碗吃肉、大樽饮酒,过上好日子。

空阔无边的黄土地。人马前行,刹那间,飘下绒绒雪花,人、马、车都变白了,

零星的红柳树在风雪中摇曳。天将黑,颓败的成武县城墙矗立前方。黄昏的县城上空飘荡着袅袅炊烟,更显出几分苍凉。县城门吱吱嘎嘎打开了,一位满脸皱纹、干瘦高细的老叟坐一辆牛车出城来。老叟下牛车,跪拜:成武县令恭迎代王驾到。刘恒立即下车相扶:老县令请起。

一队人马随县令进县城。街市上冷冷落落,看见的多数是妇女和孩子。刘恒问道:老县令,怎么县城内没什么男子?县令道:禀告代王,是战争啊,楚汉争战、陈豨叛乱,再加上匈奴掳掠,我成武县的男人在战乱中死得太多了,太多了。代王,我们现在少的就是人、男人!刘恒点头,是啊,有了人,大片荒地才能耕种,才不会缺吃少穿。他突然发出孩子气,指着城中一群群穿戴破烂、流着鼻涕的男孩说:快让他们长、长,一年长五岁!老县令和张苍都被他的孩子话逗笑了。

一县衙役来告,禀告大人,城东头的田氏宅子已经打扫干净。老县令道:代王,县里的客栈又小又冷,老朽想,代王一行就住已经迁至关中的田氏大宅吧。县令边说边领刘恒等走进一处大宅院。院内假山断裂、池水干涸、蛛网遍布、乌鸦怪叫。一军士道:这也叫打扫干净了?县衙役说:这是本县最大、最阔的房子,已经多年没人住了。刘恒好奇地问:这么大的房子,为什么没人住?

老县令一脸沧桑:还是战国时候,长平一战,秦国就坑杀赵国四十万兵将;到了秦时,大将军章邯也曾率军来住过一晚,这几十年来,朝廷重臣就再没人来过。可怜啊,章老将军二十万人马一夜就被项羽给活埋了,杀伐无度,浩劫如麻,这天下怎么能不缺男人!一只苍鹰叫着飞过,大宅中益发显得阴森恐怖。老县令送上一些蜡烛:请代王早些歇息吧。说罢与衙役一起告退。众军士举烛高照,面露恐惧之色。

大宅院的卧室里,刘恒倚在烛光照亮的矮几上,翻看《论语》。一阵夜风吹来,烛光晃动,字变得模糊不清,刘恒只得吹熄烛火,睡下。张苍见刘恒熄灯,亦宽衣解带,睡下。侍卫郎官袁盎和几个侍卫在窗外巡逻,夜静无声……

已经是后半夜,风吹树动,宅院内老鼠窜跑声不断,接着,狼嚎一阵紧似一阵,由远而近——

刘恒猛掀被子大喊着:丞相!张苍跳下床,未及穿衣就奔向刘恒。刘恒扑进张苍怀里,浑身发抖——是什么东西在叫?张苍安抚他说:狼,荒山上的野狼。代王别怕,它们离我们还远着呢!刘恒放心地睡下,张苍爱怜地拍着他的背,手不小心碰到了刘恒的小屁股蛋,刘恒大叫一声:哎哟!别碰这儿!张苍急忙让刘恒背朝天,扒开刘恒的被子——只见两个小屁股蛋儿又红又肿!有块地方皮磨破了,露出带血丝的嫩肉。张苍痛惜又无奈地安慰道:要不是垫着厚垫,代王的屁股还要红肿得厉害!说着,他打开包袱,取出治创伤的药膏为刘恒敷上,问道:好点吗?刘恒点点头。张苍说:代王,忍着点啊!快了,咱们就快到中都了!刘恒眼带泪花地笑笑,小王知道,小王能忍!小王脸朝下睡!不压屁股,屁股就不疼了!张苍像母亲一样轻轻地爱怜地抚摸着刘恒的背,一会儿功夫,又累又乏的刘恒趴着迷迷糊糊地睡着了。张苍不由又发感慨道：都快元旦了，冒着大雪，去封地上任……这么大的孩子，要是在平常人家，还躺在母亲怀里撒娇呢！世人都说皇家好，可谁知，这小小年纪就要离乡别井，担起一国之君的重负……

天亮了，刘恒被一阵阵鼓声和人群的喧闹声惊醒，侍从送上洗脸水和早餐。张苍进来：县民们开始过腊祭节了，代王可想去看看？刘恒惊喜地一跃而起：哦？快带路，去看看我们代国的腊祭是什么样的！说罢，三人出门。张苍唤：袁盎，快牵马来。刘恒转向老县令：小王自幼就喜欢骑马，骑马快，比坐车有意思得多。

一片平坦的黄土地。祭坛的祭器里装满了五谷和五畜，但祭器显得粗糙、低劣，都像是黄泥捏的；祭祀的猪羊也瘦小了许多；与赵国相同的是，重粉艳黛的祭祀队伍同样载歌载舞。突然，音乐变得高亢，鼓点也激烈起来，一个头戴大红巾、身穿大红袍的青年男子，抬一大红绸蒙盖的树根状的东西置于祭台上，人们庄严肃穆起来。手舞足蹈的祭祀队伍静立一旁。音乐再度高亢、鼓点再度急骤，竹节在烈焰中噼啪作响。那男子开始唱道——

我们用最虔诚的礼仪迎接新春，
我们用最美妙的歌声赞美生命之神，
神啊，请快快降临，
赐给我们更多的生命与活力，
赐给我们越来越多的子孙……

人们同唱——
尊贵的生命之神，
我们渴盼着你的降临。
请注入我们不竭的活力，
请赐给我们更多的子孙……

歌唱中，那男子猛地揭去红绸，一枝碗口般粗壮的松树根雕成的男性生殖器赫然挺立，根部发达的根须染成棕褐色，男根涂成红黑色。随着音乐、鼓点，抬男根的人们边走边舞，紧随观看的人们都报以尊崇的目光。不时有女子掏出一小布人扔向男根……

袁盎看到这些，不禁猥亵而笑：不雅，不雅……随从的军士们也狂笑不止。

一青年女子不屑而骂：什么叫不雅？你不是这么出来的！没有它，人从哪儿来？他是神，是造人的神！仪式上的众男女投以谴责的目光。

刘恒无邪地看着这一切，自言自语：喔，人原来是这么造出来的！他下意识地摸摸自己，对张苍说：小王也能造人吗？张苍道：代王还小，活力还不够，等过几年长大了，生命之神就会降临到代王身上。刘恒点头，若有所思。

仪式还在继续———老人开始分肉:一人一小块,逐个分食,人们虽不能尽情大块吃肉,都仍是兴高采烈……

刘恒一行与老县令告别,又走上尘沙滚滚的黄土路。小路蜿蜒、又细又长。刘恒与张苍走出马车,换骑马上,越走越穷,一片片萧索景象擦身而过。不知何时,下起了鹅毛大雪,大雪掩盖了荒芜的土地,却盖不住沿路行乞和头插草标自卖的穷人。刘恒、张苍已满身雪白,张苍要刘恒回到车里,刘恒神色黯然,摇头不语。张苍道:代王,想什么呢?刘恒悲悯又焦躁地说:代国太穷了,得哪一天才能让百姓大碗吃肉、大樽喝酒啊?张苍感动得下巴都抖了,他慈祥又恭敬地笑笑:只要代王有心,总可以办到的。刘恒孩子气地说道:办到办到,这日子可不能太久啊!张苍沉沉实实地说:老臣这一路也在想这件事,已经有了初步方略……刘恒迫不及待地问:什么方略?快走,我们到了中都就干!话音未了,驾车士卒加鞭马上,马车狂奔起来。张苍、袁盎对视一笑,欣慰地紧跟其后……

黄昏。干冷的冬日黄昏中,大道上,为刘邦特制的辒车如一庞然大物,咯吱咯吱——车轮轧压大地的声音自远而近更显单调。

车床上,刘邦的伤口处血掺着脓,掺着一股股黑浓的水滴滴流淌……戚姬情急,又一次将嘴吮在刘邦箭伤处,吸吮,吐掉。刘邦紧闭的眼睁了睁,似乎好受了些,走到什么地方了?樊哙快步趋前,陛下,快到咱们老家沛县了!刘邦猛睁开眼,半斜起身,凝视影影绰绰的沛县县城,什么?快到家了?他顿了顿,深情喃喃说:十几年了,家乡,如今,您的儿子——朕——回来了。士卒们抬起刘邦的大床缓缓前行。大床上的刘邦顿时忘掉病痛,唤起了他的王者之气:丰沛啊,你可曾料到,当年那个小小的泗水亭长刘季,有一天竟统一了泱泱华夏,成了开创大汉社稷的始皇帝?丰沛,你真是一方丰沛宏大的厚土,一方神的厚土哇!

皓月当空。在刘邦家的往日宅院里,几十张木桌上摆满了大碗酒、大块肉,戚姬、樊哙、夏侯婴等围刘邦而坐,一群群村中父老或欣喜或畏怯地走进院来。他们一见刘邦就齐刷刷跪于地下,喊着:陛下,陛下万岁,万万岁!

刘邦兴奋地走下座椅,快步搀起一位老者喊:父老乡亲们,起来,都起来!朕回家了,朕只想看看家乡,看看父老乡亲,请诸位大碗喝酒,大口吃肉!

众人归坐,兴奋得七嘴八舌:还是我们泗水出的皇帝好啊,自古至今,哪有皇帝请百姓喝酒吃肉的!

那老者端起一大碗酒,喜泪纵流:祝大汉皇帝万寿无疆!

众父老亦举起酒碗:祝大汉皇帝万寿无疆!

刘邦也一口饮下碗中酒:今日不拘礼数,不祝酒了,诸位想吃就吃,想喝就喝,想歌就歌!朕先唱一曲。说着,他先击筑,后就引吭高歌:

大风起兮云飞扬。

威加海内兮归故乡。

安得勇士兮守四方……

　　随着他的歌声，众父老也陆续学唱，先还参差不齐，后就歌声嘹亮。歌声传出院落，几百名儿童有的挤入院中，有的爬上墙头，有的站在院门外，男女老少汇成一曲混声大合唱，其声震环宇，其势冲云天。皓月更明，群星灿烂。

　　翌日清晨，众乡亲送刘邦等上路。刘濞也在其列。刘邦跟众人告别后，向送行的人群中的刘濞招招手，刘濞赶上前来。刘邦问他：家乡好不好？刘濞道：好，太好了！刘邦欣慰而笑：有良心的人谁不爱家乡！不爱家乡的人，他谁都不会爱。朕看你作战勇猛，战功不小，又这么热爱家乡，是咱们刘家的好子孙。朕封你为吴王，就留在丰沛，要把家乡建得富庶繁荣，让父老乡亲们安居乐业。刘濞跪步向前：侄儿谨记陛下教诲，决不负重托。刘邦倾心相嘱：朕看你面相，似有不甘人后之心。刘濞悚然：臣……刘邦打断他说：不甘人后并非不好，但要记住，你是我刘氏皇室后人，天下刘姓是一家，日后一定要辅佐大汉天子治理封国，不可谋反，更不可自相残杀。刘濞道：陛下放心，侄儿知道将来该做什么。

　　黄尘滚滚，日夕交叠，大队人马朝长安的大路走去。

　　荒原小路连着逶迤的荒山。荒山从平缓到险峻，刘恒一行沿山路渐入高山峭立、两面夹峙的窄路间。

　　此刻，在荒山山后盘旋而下的山路上，只见一彪人马簇拥着一个身披黑色斗篷、骑着一匹高头大马的人影从远方奔来……

　　在刘恒一行的后面，一位英姿挺拔、也是黑色斗篷的人纵马疾驰。

　　刘恒策马缓行，边走边好奇地望向两侧峭壁。他的两眼顿时盯住峭壁上陡然长出的一株干瘦劲拔的松树，惊呼着：看，从石头缝里钻出一棵小松树！张苍紧随其后说：臣也正看这株劲松呢。刘恒问说：丞相，你说这松树是怎么长出的呢？张苍道：这就是生命的力量了，代王，你知道吗，越是这石头缝里长出的树，它的木质越坚硬，活得也越长。刘恒有所悟地深深点头，之后感叹道：这山也真险，要是在山两边伏兵把守，来多少人也过不去，这就是兵书上说的：一夫当关，万夫莫开的险关吧？

　　话音未落，刘恒身后驰过一位身披黑色斗篷的中年人。他纵马前行，忽然勒住马缰，回身下马。此时，袁盎也正扶刘恒下马：代王，还是回车里吧。张苍也下马上前：对，还是车里安全。刘恒正走近车驾，欲要登车。

　　黑衣人急忙趋车：恒儿，不能坐车！袁盎执刀走近黑衣人：你是何人？竟敢直呼代王其名！此时，刘恒急忙跑向黑衣人，喝住袁盎说：袁盎，不得无礼！他是小王的舅父。之后扑向黑衣人喊着：舅舅！薄昭也喜极大呼说：恒儿，我的代王！薄昭甥舅激动得抱在一起。拥在薄昭臂中的刘恒突然捂起肚子，蹲于地上呻吟着：

哎呀,哎呀……

薄昭与张苍也急忙蹲下身来:代王,肚子怎么了?刘恒急喊:疼,肚子疼……想屙屎,小王要屙屎……顿时,人们的一脸焦急化做灿烂的笑。薄昭朗声说:哈哈,想屙屎就好,好……刘恒急得皱起眉头,去哪儿屙啊?到处是野山,又没便盆……薄昭笑道:好办,舅舅带你上山,只要能避风,到处都可以屙。野山到处是便盆。说着即领起刘恒朝一山谷走去……

山坡上处处是积雪,两行脚印一大一小地留在山坡上。

山凹里,一株老榆树的枯枝被雪团压成一条条垂拂的弓形。山风吹来,簇簇雪团从枯枝上飘落。刘恒蹲在树下,边屙边抓起一团雪:舅舅,这雪真好玩,现在攥着它,又软又白;可过几天一冻成冰,就又硬又滑。薄昭道:嗯,是好玩,这软硬是恒儿——刘恒说:用手摸出来的。薄昭又道:那黑白是恒儿——刘恒说:用眼看出来的。薄昭问:那雪冻成冰的硬和滑呢?刘恒答道:是恒儿走这种路记得的。薄昭赞许:我们小代王的这儿——他摸摸刘恒的头——真好使。刘恒得意地笑笑。

薄昭道:是啊,眼睛辨不出软与硬、硬与滑,手指摸不出黑与白,要记住,知道与不知道的,看见与看不见的总是互为藏露、互为掩盖的。恒儿已经来到这个与匈奴搭界、从来都凶险不断的代国当国君,这眼、手还有这小脑袋瓜,可是缺一不可啊……刘恒聚精会神地听着,不住地点头……就在与此同时,盘山而下的山路上,远方驰来的那一彪人马越来越近。骑在高头大马上的黑斗篷人一脸颐指气使、刚硬阴沉。而在山顶峭岩后面,同样一袭黑色斗篷幽灵般从岩后探出头来,一双凝满仇恨与阴毒的眼睛朝山下刘恒一行的车马逡巡……

山坡上。刘恒问道:舅舅,刚才,你为什么不让恒儿坐车,非要自己去坐?薄昭笑笑:这,你以后会明白的。屙完了吗?刘恒提着裤子站起来,笑着,正要说话,传来一声巨响——随着那声巨响,山间小路上的那辆淡蓝软缎方顶篷的马车,被山上飞下来的巨石拦腰砸断,碎木屑卷着布片四处纷飞。袁盎警觉跳起,边喊边带着人马冲上山去:有人行刺,快,上山抓刺客!张苍被这突如其来的横祸弄得手足无措:快,快上山找代王!他发颤的声音带出一股失常的尖利。山顶峭石后的黑斗篷猝然转身,那阴毒的眼睛寒光一闪,即幽灵般朝山后一条灌木丛生的窄路隐去,他飘洒的黑斗篷酷似一只擦地而飞的秃鹫……

第七章

袁盎等搜遍峭石前后,仍不见凶手,正疑惑间,忽见不远处,正有一彪人马朝这险关山路走来。袁盎马上加鞭,带领几个武士倏然间来到他们面前。袁盎横刀马上,怒视高头大马上的黑衣人:来者何人,还不下马?黑衣人傲视袁盎,你是什么人,竟敢在这里耍威风?袁盎上下打量黑衣人后,厉声道:你是不是刚从山上下来?说着即举刀相向。黑衣人拔剑相迎,气势更凶:哪里来的不知死活的小儿,来人,将他拿下!黑衣人随行侍卫纵马欲上;袁盎的侍卫也拍马过来。

袁盎亮出一铜制符令:本官是京城南军侍卫郎官袁盎,今护送代王前往中都,尔等还不退下!黑衣人疑惑地举目回望:你说你是护送四皇子来代国的,怎么不见四皇子?袁盎道:听口气,你是代国官员了,代王来此,为何不下马迎接?反而从那里。袁盎指指巨石来处说:推一巨石砸代王车辇?你难道想谋杀代王不成?黑衣人嘿嘿笑道:你既是护送代王的朝廷郎官,深山野岭里为什么不保护好代王?袁盎厉声说:你倒审讯起我来。我问你:深山野岭,大雪封山,你等为什么早不来,晚不来,恰在巨石砸烂代王车驾后就急急赶来?你到底是什么人?黑衣人讥嘲道:那巨石难道是我推下的?难道是我有意陷害代王?笑话!袁郎官,请让开,寡人公务在身,还要赶路。袁盎喝道:你口口声声公务在身,在代国,难道还有比迎候代王、陷害代王更大的公务!难道代国的官员会对代王遇害如此视而不见!来人,快给我拿下!双方人众剑拔弩张。

黑衣人不禁又问:你句句口称代王,代王究竟在哪里?此时,刘恒在薄昭、张苍的陪伴下朝剑拔弩张的人马走来。黑衣人上下打量了一番刘恒,再看看身边的张苍、薄昭,终于下马一揖:本官是代国廷尉吕强,见过代王。刘恒看了看他,吕廷尉,你这是……吕强道:微臣不知代王今日到此,是要去云中郡办案的,不然——刘恒举头望望滚石来处,又望望吕强一行的来路:公务要紧,袁盎,快让吕廷尉赶路吧。吕强朝刘恒又是躬身一揖,然后朝张苍、薄昭扫了一眼,傲岸不逊地打马走去……

刘恒走近被砸得稀烂的车驾,又寻着那块巨石望望高处的峭岩:小王得罪谁了?怎么一进代国就有人要害我?为什么有人要谋杀这个七八岁的孩子,这小小

的孩子初来代国,并未得罪谁,显然,这石头并不是朝他而来,于是张苍说:不是代王得罪了谁,而是……这石头恐怕是朝代王的父皇——高祖来的。薄昭初见刘恒,不明就里,只是以舅父对外甥的关怀说:边地凶险,以后,我们只能格外小心。至于要加害代王的凶手吗,总会水落石出的。袁盎却总难释疑:下官还是以为这吕廷尉……

已是正午。雪停了,深冬的阳光虽不骄不炽,那艳丽、那色彩在银白的世界中却有一番别样的神韵。代国中都的城墙,已出现在眼前。袁盎上前撩开车帘说:代王,中都到了。陛下令微臣护送代王至此就速返长安。恕微臣不远送了!

刘恒、薄昭对袁盎深深一拱手说:袁郎官一路走好!后会有期!

袁盎刚刚纵马远去,中都城外的音乐锣鼓声已经隐约传来。刘恒一行紧赶车马,走近城门时,城门两侧的代国官员已经在音乐声中迎候代王了。一见代王车马到来,官员们纷纷躬身欢呼。

刘恒走出辕车,众大臣恭敬施礼,刘恒一面以手势命大臣免礼,一面在他们簇拥下进城、进宫……

清晨,铺天盖地的大雪又下起来了。王宫镂花翘檐上的两只小鸟抖抖身上的雪絮,竟悠闲地啄起翅膀。白雪覆盖着的王宫成了梦幻世界。

宫内,刘恒正围着一炉炭火,聚精会神地捧读《老子》。看得入神,他竟摇着身子读出声来:民以饥,以其上食税之多。想了一会儿,又自言自语:对呀,老子说得对,让百姓少缴些税,挨饿的人不就少一些吗?

此时,张苍手捧竹简轻轻走来,他欣赏着正在读书的代王,站了一会儿,终于说:代王,你交代的治国方略,老臣拟了个草稿。

刘恒仍沉溺书中:什么?

张苍笑了笑:我是说,代王交老臣草拟的治国方略,已有了个草稿。

刘恒急不可待地抢过竹简,贪婪地看着:我就等着它呢。

张苍指着竹简说着什么,刘恒不住地点头……看罢,他想了想,又伸伸懒腰说:好,好,丞相想的跟老子说得很像,我也这么想……过两天,再找众大臣商量商量。

宫内沙漏无声地摆动着;宫外翘檐上那两只小鸟扇了扇翅膀,已经飞向灰蒙蒙的天空。

屋檐下,一排排参差不齐的冰凌倒挂着,更显出空旷中的晶莹。中午了,雪后的阳光冲破灰白的云层,泛着冷丽的光……

刘恒倏然站起:丞相,我想去白登山看看。张苍笑说:这么冷,怎么去? 刘恒道:骑马呀,很快就到。张苍忙说:代王,天太冷,雪又滑,等春暖花开了再去吧! 刘恒道:就是因为满世界的大雪,我才要上白登山,看看四年前,父皇跟冒顿打仗的地方到底有多险! 听着刘恒的想法,张苍露出欣慰的笑。自己能辅佐这样的幼主,真是有福了……他即刻吩咐精壮武将宋昌,嘱咐他带几员功夫好的武士陪代王奔去白登山。一彪人马驰过郊野村落,驰过白雪大地,驰过冰冻的桑干河……马蹄飞奔,溅起如风的雪尘。

白登山下,刘恒一行沿雪野山道一路向山顶攀登。到达山顶时,已是黄昏时候。雪仍在下,树木山石也被白雪覆盖了,山风吹来,雪尘卷起一个个旋涡。山坳处,露出片片荒冢。风更大,呜呜嘶鸣的风声好似坟中的阴魂在呻吟。刘恒不由打了个寒战,裹紧了披风。宋昌看看这片昔日战场,深有所感地说:代王,我们大汉军士,就是在这里吃了败仗,匈奴人不知杀了我多少兵将……刘恒将马鞭扬了扬:总有扬我国威、雪我国耻的一天!

话音未落,山包那边传来阵阵簌簌声,宋昌疑是山中野兽出没,立即警觉地护卫刘恒,之后,他看看方向,举箭欲射——一个稚气未退的声音传来:别射箭,我是人——山包中,露出一个男孩的脸,他惊骇的眼睛睁得老大。宋昌道:你在干什么?快出来!

一个比刘恒稍大的男孩背柴挽弓,走到刘恒面前。男孩的脸棱角硬朗,一双大又亮的眼睛愣怔着。破旧的单衣下露出一只膝盖,那双不合脚的鞋已盖不住冻得紫黑的脚后跟。刘恒指着男孩手中粗陋的弓箭问:这刀削的木箭头,能射到野兽吗?男孩不吭声地跳入草丛,拽出一串野兔子,掷于刘恒面前,受伤的兔子还在挣蹦,男孩露出得意之色。刘恒还原出孩子口气:啊,你真棒!宋昌看看天色:代……刘恒立即制止他。宋昌接着说:时候不早了,我们下山吧。一行人逶迤下山,男孩提兔背柴也跟着一起往山下走。

宋昌看看身边的男孩,问道:你叫什么名字?几岁了?住在哪里?男孩倒也不怵,回答说:张武,九岁,就住在白登山下。刘恒已经喜欢上这个同龄的孩子:张武,跟我们一起进中都城罢,看你冷的!我要送给你一件厚厚的丝絮衣,还有鞋。张武仔细看看刘恒:你穿得这么阔,还有这么多人跟着,你是谁?宋昌道:这是我们代国的新……刘恒急忙制止:这么冷的天,你为什么还来打猎砍柴?张武说:不打猎砍柴,吃什么?烧什么?刘恒道:你才多大……说得也太苦了……你没父亲、哥哥?

张武沉默了一会儿,才讷讷说:有父亲,也有哥哥姐姐,可……可现在,就剩母亲和我了。刘恒问说:那你父亲和哥哥姐姐呢?张武沉默了一会儿,才小声地说:听我母亲说,还是我在她肚子里的那年,匈奴人来到白登山,把十一岁的大哥掳走了。这么多年一点信都没有。刘恒关切地问道:你父亲和其他哥哥姐姐呢?张武道:接着又闹瘟疫,父亲和哥哥姐姐们都病死了。

此话深深触动了刘恒的心,从记事时起,母亲就或隐或显地提醒他,无非是让他记住自己的位置,找好自己的平衡点,这是命中注定的。别抱怨,别越位,只能在命运确定好的轨道上努力去做……没想到,在白登山下,他竟遇到一个与自己命运相似的小伙伴……

他们已经下到山下,侍卫牵过马,等待刘恒上马回城。刘恒痴望着张武,心里的话又难以言说。如果说那次跟母亲一起吃后福的时候所发的"天下受苦受难的人多了去了"只是句感叹话,那么此刻在张武身上刘恒则是真切体会了这句话!这让他产生了一种与他年纪不相称的忧患意识,即作为一个国王的责任。

张武冻得全身瑟缩,两只脚不停地跳动:我要回家了,晚了,母亲会担心的。此时,一牧童赶着两头瘦牛走来。刚刚走过,其中一头翘起尾巴,屙了一摊牛屎,牛屎热热的,冒着热气,张武一见快速跑近,甩掉那双不合脚的鞋,双脚立即插入牛粪中,他高兴地喊道:真暖和,真暖和哟!宋昌感叹道:孩子,你这会是暖和了,待会脚一拔出来可就要冻坏了。刘恒看呆了,看得百感交集,拔出佩剑割下身上的皮袄左右各一角,扔给张武:来,你拿这个把脚裹上,可暖和了。接着他又取下颈上玉佩,对宋昌吩咐着什么。宋昌走近张武,将一包银两塞到张武兜里,然后举着玉佩说:张武,不管什么时候,你拿着它,就能到都城王宫找到我们。说罢,刘恒一行策马而去。

张武举着玉佩,拿出兜里的银子傻傻地看着。他使劲摇摇头,这不是梦,不是……他又望望远方。远方的马队越走越远。他大声喊着:我会去找你的,小少爷!

三水乡是代国境内的一座普通村落。村外一个三岔路口旁,坐落着一处青灰砖房。雪停了,砖房门前已扫出一条小路,屋顶上,一缕炊烟正袅袅上升。吕强一行打马走来,在门前翻身下马。吕强看看那门面说:这里好像是家小店,下马,吃些东西再赶路。四个衙役打扮的人边搓手跺脚边说:谢大人,再不吃点什么,这肚子也要冻成冰了……说着,他们走进门来。这是家小饭馆。可是进得门来,除冷冷清清的只有三张矮几和几个木墩,既无大坛的酒瓮,也不见人,墙上,"十钱店"三个不大却十分醒目的字倒是非常显眼。一衙役大呼小叫着:店主,人呢?此时,一条蓝粗布帘子掀起处,走出一个约二十五、六岁的精壮男子,他走近吕强:大人,要点什么?吕强扫视着店内四壁,说:有什么好酒好肉的,多上些。男子微笑打揖说:田力店小本小,除了小米粥、赤豆粥外,就是汤饼、蒸饼,还有酱鸡头米炒韭菜……吕强有些不耐烦:别啰唆了,有什么上什么吧!田力道:是,大人。

不多时,田力端上一桌饭菜,除了一碗漂着几片肉片的汤外,全是家常菜。吕强质问说:店主,怎么不弄些鸡呀鸭的来吃?有酒吗?田力上前一揖:大人。他指着墙上"十钱店"三字说:田力只收各位各十钱,管饱不管好……吕强向一衙役使了个眼色,要他掏钱,那衙役掏出一只钱袋,"啪啦啦"倒出一堆铜钱:拿去,拣好的买,多做些!田力又朝吕强一揖:大人,恕草民不能去买。只收十文钱,是小店从父辈起就立下的规矩,草民不敢破祖制。吕强一拍桌子:大胆刁民!本官前往边境办理公务,路途饥渴想吃些好的,你为何要推三阻四,百般刁难?!田力力辩:大人,不,不是……小民说过了,本店是家草民小店,大人要吃好酒好菜,就再往前

092

走几步,去我们三水乡余大户办的饭庄,那里山珍海味,样样都有……

一衙役恶狠狠道:三水饭庄还用你讲?那个余老板就是我们大人的好兄弟!今天我们大人就是要在你这里吃饭!衙役冲向田力立刻拳脚相加:好你个刁民,竟敢对我们大人如此不敬,我看你是浑身发痒了!田力边躲边喊:你们当官的也不能不讲理,乱打人吧!田力妻闻声从里屋冲出,边护丈夫边求饶:大人,饶了他吧……不求还好,越求告那衙役越逞威风,他一拳打倒田力,抬起双脚,四下乱踹:我让你讲理,讲理……田妻上前抱住衙役的腿,据理力争说:你们这样无法无天,我,我们只好去廷尉府讲理了……众衙役哈哈大笑:廷尉府?这就是廷尉府的吕大人!讲理?就在这里讲吧!说着,又朝田力踹去。田妻大哭:这可让我们百姓怎么活呀……

众衙役仍在拳打脚踢,田力只能躺地呻吟了。田妻跪地求道:廷尉大人,求求你放了我家田力吧……吕强终于站起身:算了。别打了,去余胜的饭店。他边说边走出店门:晦气。饿着肚子,还生了一肚子气……衙役们狐假虎威地跟出门。

田妻边哭边伏地扶田力。田力刚坐起,又"哎哟"一声倒下。田妻扑向他看着,大惊说:啊!你的肋骨断了,天哪……她喊着,又大哭起来。

三水酒店的布局陈设则是另一番景象;酒店门前,穿戴整洁的酒保不断迎送招呼着进出的食客,进门处那排系着红绸的大酒缸烘托着酒店的阔绰昌隆。大厅里人声鼎沸,面对大门的一桌,满席鸡鸭鱼肉,人们正猜拳行令。

一雅间内,店老板余胜举起酒樽,樽高齐额地说:廷尉大人突来小店,准备不及,只好临时备些小菜,请大人海涵。来来,廷尉大人,干了这樽。吕强举起酒樽又放下:咳,晦气,今天一出门就遭了晦气!余胜满脸逢迎,嗯?这话从何说起?在代国,谁不知道,吕大人跺跺脚上天都要抖三抖,谁敢给大人晦气?吕强听之受用,樽中酒一饮而尽:别提了,我出了中都,刚过那个无名谷,就遇到前来上任的小代王刘恒。余胜故做惊讶:这么快就到了?上次喝酒的时候,大人不是说还有些日子吗?吕强道:他来就来吧,偏偏我后脚到,前脚就从山上滚下一块大石头,把他的车驾砸个稀巴烂。也是该着他命大,正好上山屙屎,可他那位舅父薄昭就像审贼似地看了我半天。余胜举樽应答:他也不想想此人是谁,根有多深!来,喝喝!吕强喝了口酒说:晦气!余胜不以为然地说道:不就是遇到代王吗?吕强摆手道:嗐,别提了,这个烦恼刚甩掉,肚子也饿了,就去了那家路边小店,没想到,又惹了顿闲气。余胜停住刚要搛红炖鹿肉的筷子:哪家?吕强道:就是那个"十钱店"。

余胜轻蔑地笑了笑:那就不是吕大人该去的地方,来来,吃菜。他推过一只盘子:来来,这是新上的熊掌,大人多吃点,消消气。吕强大嚼着,又呷了一口酒:嗯,好味道,比上次吃的更有味道了。余胜笑道:余胜知道大人最爱这口,又让厨师到中都再学学它的做法。廷尉大人这次去云中郡是为……吕强道:一是巡视,再捎

带办个小案。余胜一拍脑门:看,余胜又犯忌了,我一个生意人,打听什么官家的事啊!哎,我这张嘴呀!吕强举杯:没得说,余,哦,余兄,干!他干完酒说:从心里说,我是真把你当成亲兄弟……余胜霎地站起:不,不,吕大人,这,这真是折煞余某了。说着他也举樽而尽,之后喊道:刘顺儿啊,刘顺儿——把该给吕廷尉的钱背出来!吕强道:不不,余兄,放你这儿我还不放心?今天不拿,等我办案回来再说。

长安近郊,一座不小的池塘内,清水涟涟,左岸处长着一片芦苇。轻轻摇荡的芦苇梢上,有几只蜻蜓在惬意地戏耍。池塘右岸那座民宅却不平静,那里尘土飞扬,锹镐起落,工匠们正在扒墙拆屋。离工地不远,竖着一个巨大的"萧"字标牌。

有稀稀落落的围观者远远地看着。一壮年汉子议论着:丞相就是丞相,看他多会选地方!在这里盖个丞相府不比在闹闹嚷嚷的长安城里强得多!背靠青山,前面一片大水塘,御花园也比不上啊!

一年轻人却愤愤说:还说他是一代贤相呢!露馅了吧?有权有势的人,有几个吃素的!听说他倒是给了这家屋主不少钱,可那家老汉还是难舍难离呢!

一老汉打断他的话:年轻人,说话可要有根有据呀!我就是那老汉,我是不愿离开我那旧屋,可我是心甘情愿卖给萧丞相的。你是没见他那破屋啊,哪像一个一人之下、万人之上的丞相府啊?他管那么多事,那么辛苦,总该有个好住处吧……

从丰沛返回长安的刘邦辇车在大军簇拥下自远方驶来。

刘邦掀起车帘,一眼见到两旁插有"萧"字的土地,他不由得竖起剑眉。

从离长安到返长安,剿英布、剁彭越,又回归故里丰沛,刘邦真是走了好多日子。在这些日子里,他一步步朝着自己的治国方略走着,有胜利,有成果,也有内心的种种犹疑和挫折。没想到,就在这些日子里,萧何又有这么大的变异,这是出他所料的。谁知朝中又会出些什么事?他不能不早些弄明白。于是,第二天早晨,他就临朝议事。

长乐宫正殿里一片肃穆。老成持重的萧何趋前奏报说:陛下征讨英布期间,各诸侯国的岁末税赋都悉数交完了,这还不算,各诸侯国报告说,人口正飞速增长,物品也富足了许多。带伤的刘邦仰靠龙榻:天下百姓能够安居乐业,是众爱卿勤勉朝政的结果,也是萧丞相日夜操劳的功绩呀。萧何道:勤臣为小,明君为大,这还是仰仗陛下废除秦朝苛政、与民休息的国策呀!刘邦虽听之如怡,还是忘不了萧何的变异,因有所指说:别老说这些拜年话了,还是说说百姓的想法吧。萧何道:微臣正有折要奏。随着关中地区人口上升,土地不足耕耘又成了当今大疾。上林苑周围的村民上书,要求修改律令,将森林湖泽放开,允许百姓有次序地砍伐杂木、种植果树、捕捞鱼蟹。微臣以为这些想法很好,已允许放开上林苑马圈荒地,利用马粪、鸟粪施肥耕种。这样一来,不出三年,这片几百亩的荒地又会变成一个大粮仓,那时……刘邦截然打断说:怪不得丞相正不舍日夜、变本加厉地以低价购置土地呢！是想日后卖个好价钱吧？萧何佯做惶悚难言：这，这……刘邦猝然变色：萧丞相，你知道百姓都说了你些什么？你变也不挑个时候？天下刚稳，百废待举，你就收起你俭朴勤勉、一心为民的贤相面孔，急不可耐地利用职权，圈地、买房子，搜刮民财，你对得起朕的一片信赖吗？！来人！说罢，刘邦瘫于龙榻，两侍卫忙架起萧何，大殿里一片慌乱……

真是伴君如伴虎。谁料得到，一向以贤相闻名的萧何竟在一夜之间由朝堂相变为阶下囚！这自然是他不情愿的，可又是他百费心机而要达到的保全自己和一家大小的唯一结果，官场诡谲呀，没有足够智谋的人还是离得远些为好。

入夜，本来阴暗的牢房更显潮湿，潮湿得连供他躺卧的稻草都湿呼呼地不时窜出缕缕凉气。萧何身穿囚衣，蓬头垢面，却在哈哈大笑——扯平了，扯平了，我再不是万民拥戴的贤相，而是一个仗势贪财的庸碌之辈……他才是大圣大贤的始皇帝，天下再没有哪一个能比他大贤大能，没有哪一个比他更赢得民心了，哈哈哈哈……如痴如癫中，他跪向灯影中的墙壁：东陵侯，受我一拜吧，是你的指点，才保我一家平安啊……

此时，听着宫中不断传来的更鼓声，刘邦也毫无睡意。他烦躁地将冠冕扔于床榻，右手又不禁揉起伤口。戚姬忙将手捧的汤药放置几上，陛下，何事发这么大的火？箭伤又疼得厉害了吧？刘邦叹道：难哪，江山刚打下来，就叛的叛，变的变……你说这萧何原是多好的一个人，为什么就晚节不保？突然变得贪财起来，朕真是想不明白……

戚姬软语陪话：听说丞相府连个像样的围墙都没有，萧夫人常年穿的是补了又补的布衣，两个儿子在朝中也只任了个管车马的小吏。而今，萧丞相老了，陛下可曾想过，像萧丞相这么一个有智慧的人，怎么会偏偏选在陛下回来的路途中侵占土地，这样明目张胆地招摇？是萧丞相老来糊涂呢？还是有意自污其身呢？刘邦若有所悟，箭创突然疼痛难忍，禁不住呻吟起来。戚姬慌乱地为他解衣，见伤口又在流脓，她禁不住将嘴贴向脓血。戚姬张开那娇美的嘴唇，唇舌并用，轻轻吸吮着刘邦化脓的伤口。刘邦不再动了，他舒服得发出一阵哼哼声。戚姬抬头看看正哼着的刘邦，吐出吮了满嘴的脓血，劝慰说：陛下，臣妾求你了，快听太医的话，吃些药吧，伤口恶化，肉都烂了。

刘邦耍起了犟脾气：朕从来不信那药！朕本一介草民，提三尺剑得天下，不是一个捧药罐子的软蛋，当年项羽那一箭比这射得深，不是调养调养就好了。再说了，老天爷要我死，就是扁鹊也没办法。

戚姬闻言，顿时就瘫软在刘邦脚前，她呜呜咽咽地说：陛下，你要杀要剐，妾身都愿承受，可千万别再说要死的话……刘邦搂住戚姬的头：朕的爱姬，万一朕先你去了……戚姬急捂刘邦的嘴，哭得更加伤心：不说，陛下不说……

原本不过为说说痛快，可一见戚姬闻死色变，哭得这样伤心，他被感动了，他

从心底体会到这个女人爱他有多深！正是这种感动,他越发想到自己的死,和自己死后吕雉将如何对待戚姬……他太知道吕雉了,以后的事他越想越忧虑,可又不能全说出来,他俯身抱起戚姬,深情地说:命是天给的,说也无妨。万一朕先去了,你就去赵国找如意,别待在长安,记住了?

刘邦又呻吟,戚姬不停地为他按摩、揉搓。刘邦的呻吟声渐渐退去……稍稍静了一会后,他又突然坐起穿衣,且边穿边说:这治国治世没他还真不行。说罢,朝外就走。戚姬在后面急问:陛下说的可是萧丞相?此时,刘邦已走出寝宫,只传来他疾步远去的脚步声。

夜更深了,萧何蜷缩在阴暗潮湿的囚牢里。听到响动,他缓缓转过身子,见刘邦正从黑暗中朝他走来。这似乎不够真实,因为他了解刘邦,此人奸猾决断,举重若轻,只要是划得来的事,他是什么都可以做的!何况我的行为的确不合时宜……他揉揉眼睛,想辨认得更清楚些,可这时,刘邦已走近牢门,喊着:丞相,朕的萧丞相……听到这喊声,萧何慌忙赤脚站起,扑跪在地。他不知刘邦此来是吉是凶,只能两眼埋地,讷讷着:罪臣参见陛下。

刘邦命牢头打开牢门,疾步上前搀扶,看着蓬头垢面的萧何,颤声说:老了,我们都老了……我是不放心你,才……萧何又一次跪伏在地,罪臣该死,怎敢惊动陛下来这种地方……

刘邦忙又扶起萧何:不要再这么说了,萧何永远还是朕的丞相……是朕昏了,丞相为民请命、要求耕耘上林苑一带的空地,本是为百姓解困、为朝廷解忧的好事,朕不但不褒奖,反误认你贪财。朕……朕……惭愧呀……

萧何闻言,老泪纵横:知臣者,莫过于陛下了,臣不过是秦时一名掌管文墨的小吏,只是仰仗陛下的光辉和贤德,才未愧陛下,未愧黎民。可我自家圈地购买民宅的事,又辜负了圣上的信赖,辱没了……

刘邦拉起萧何的手:不说了,不说了,你知我心,我也知你心……朕只想告诉你,老了,以后的日子也该过得好些……

萧何出狱的第二天,在吕后的长乐宫里,审食其问吕后:你说,刘邦怎么那么快就识破了萧何的用心,还连夜把他给放了呢?

吕后道:荣辱与共几十年了,谁不知道谁呀!其实,对刘氏江山最忠心的还是萧何!

三水酒店的客厅内,装饰豪华,却显得大而无当,带出浓浓的铜臭气。风尘仆仆的吕强正在洗脸。他边洗边说:一桩小案子根本不值得我廷尉去办,可谁让我去了呢!余胜拿着擦脸巾站在一边:到底多小,也让余胜听听。吕强接过脸巾擦了擦说:小虽小,倒还有趣。余胜现出一脸好奇心,噢?廷尉大人整天遇到有趣的事。吕强道:山水乡有个孝悌力田官,他官不大,老婆确有几分姿色。余胜笑笑说:大人难道……吕强哼道:哪儿的话!对那些乡野女人,老子连看也懒得看。余胜忙说:那是,在中都府内,大人不定藏了多少娇娃呢!吕强接着说:我不想看,这孝悌力田官的哥哥却像猫闻到腥味一样,一旦弟弟不在家他就想伸手,结果被这孝悌力田官痛打一顿,逐出了家门,你说,这算个什么案子?有什么好办?余胜说:是啊,那大人是怎么办的?吕强道:有什么好办的?赶出家就赶出家嘛!余胜十分贴心地说:大人,余胜倒以为此事不可轻心。吕强讶异:为什么?余胜道:如今不比从前了,谁都知道,这小代王是最讲孝悌的,此案若被他知道,谁知会有什么结果?这是一;其二嘛,新官上任三把火,他是要树王威的……吕强被激而火:他树威也甭想从我这儿下手!余胜赔笑:那倒是,廷尉大人是谁!吕强突然笑起来:不过,你这提醒也提得对,嘿嘿,我就把这案子提给他。

　　晨曦微现,周勃、樊哙、陈平、陆贾等文武大臣正等待上朝。一黄门匆匆赶来说:众位大人,今日陛下欠安,不朝!第二天又是这个时辰,众大臣纷纷来到宫门外准备上朝。又是那一个黄门早就候在那里了,见上朝的人来得差不多了,他又宣布说:陛下欠安,不朝!一天天如此重复,满朝文武不禁担心起来。大臣们只能互相询问、心里猜疑,但终归不知皇帝病成什么样子,将会是什么结果……想到那可怕的结果,众大臣的焦虑更是日重一日。

　　长乐宫临华殿——刘邦的寝宫内外一片岑寂。每天进进出出的宫娥黄门们也是轻脚快步,低首而过。殿内卧榻上,刘邦疲惫地躺在上面,咳嗽不止。一黄门来报——鲁元公主求见。刘邦闻言,痛苦的脸上露出一丝喜色,他挥了挥手,示意鲁元进来。鲁元头缠白绳,手牵一个四岁女孩走到刘邦面前。

　　鲁元牵着女孩双双跪于榻前,女儿鲁元和外孙女张嫣叩见父皇。刘邦费力地坐起说:元儿快起,快起!朕的外孙女?刘邦转向张嫣,看着她,不由地露出满脸慈爱:啊,好,让朕看看……嗯,长得真像赵王,不,真像建阳侯张敖。听着父皇的话,鲁元禁不住悲咽起来。刘邦看了看女儿:元儿,是不是在怪父皇啊?鲁元道:父皇也太狠心了!刘邦有些不快:父皇从白登山突围,路过他赵国,他竟敢和他的臣下们讥笑朕,你说他该贬不该贬?鲁元抽泣得更响了,面对病重的父亲,她忍了又忍,还是抑制不住地迸发说:就是因为父王那一贬,才要了他的命!此后,我们母女俩可如何……刘邦的眼睛黯淡了一下,他长叹一声,摸摸女儿的头,后又抱起外孙女坐于膝上:唉,朕苦命的女儿啊!谁让你是朕的女儿,是公主呢!命苦啊!他沉默片刻说:去见见你母后和弟弟吧!鲁元再没说话,只缓缓地领起张嫣退出。

　　又是一个晨曦微现的早晨,大臣们焦虑地站在临华殿外,那个忠直又与刘邦关系特殊的樊哙以手卷成喇叭状地高喊——陛下!多日不见,龙体到底怎么了?群臣担忧哇,就让我们见一见吧!众大臣刷地跪于殿前,齐喊道:陛下,让我们见一见吧!

　　寝宫内,刘邦正似睡非睡地躺在一个小黄门身上,他动了动说:让他们进来吧。

众大臣轻轻来到卧榻前跪跪下跪:陛下万岁,万万岁!

陈平跪移几步,凑近刘邦哽咽说:臣等追随陛下左右,历经百战,改朝换代,那时是何等雄壮、威武!如今天下一统,河汉清明,陛下却得了病,使得我们这么多日子不能面见圣上,我们……陛下,我们……

警觉振作使刘邦的眼睛为之一亮,随之精神好了起来,遂轻轻说:朕,朕知道,你们都起来吧……樊哙、周勃、灌婴等大臣七嘴八舌地都开了腔:陛下,陛下……

不知是因为感受到文武大臣的深情拥戴精神好了些,还是已经料到自己来日无多、要抓紧安排身后事,两天后,重病中的刘邦终于半躺半卧地坐于长乐宫正殿的龙榻上,他微睁的眼睛仍不失帝王之威。文武大臣肃立两侧。老迈的萧何十分肃穆地宣读诏书——

大汉始皇帝诏曰:为延续分封各皇子为王,屏藩朝廷,以免离心离德之患,今封皇子刘长为淮南王、刘恢为梁王、刘友为淮阴王、刘建为燕王。

朕今再申戮白马之约:日后非刘姓者不可为王,非有功者不可为侯。如有违誓,天下人共诛之……

宣罢诏书,刘邦已瘫倒榻上。或许他自己也没料到,这竟是他最后一次坐这具龙榻——他耗尽全部生命孜孜争得的这把椅子……

代国王宫内,代王刘恒、张苍、薄昭正在议论治国方略。

薄昭道:太原郡向来富足,加之代王到任后,那些富足大户们有逢灾设粥棚的风习,那里的百姓还能勉强度灾。张苍道:相较之下,最艰难的还是云中郡哪!刘恒蹙紧眉头说:去年秋收时云中郡遭匈奴人抢掠,今春又遇大旱,口粮竟缺五成!五成,就是一半人没饭吃啊!他起而踱步,目光投向薄昭。在此时的刘恒眼里,薄昭这位舅父是他的智囊,也是他的依靠,遇到什么疑难,舅舅总能拿出好主意。薄昭也心照不宣,无论外甥的成功、失败、喜悦、危难,他都看成是自己的。代国的一切他都看成是自己的责任,于是说:依臣看,先请丞相清点国库储粮,拨一些周济云中郡,不足者再从太原郡借一些,待明年从国库里代还就是。刘恒道:就依国舅的主意。张丞相,我们前些天议论过的治国办法整理出了吗?也听听国舅的高见。

张苍道:遵代王命,老臣草拟的方略大体是:我代国是大汉北疆屏障,南有大片荒地,北有广袤草原,故尔,我代国要振作民气,农牧并举,有功有建树者奖;怠慢惹事者罚。燕门郡的军马场更要广种牧草,培养良种马,等我代国马壮粮足了,兵强国富了,那匈奴人就不敢滋事侵扰,我代国就真正成了大汉的北部屏障了,这就是代王的治国方略。刘恒征询道:舅父看……薄昭思之有顷,终于激情称赞道:大略宏图,因地而治,好,好……

孩子毕竟是孩子,哪管是做了国王。半日国政忙碌之后,午后,刘恒便换上便装跑到宫中花园放鸟去了。那鸟似解人意,知道这个小代王已经劳累半日,一定要让他玩个痛快。于是它飞飞跑跑,跑跑叫叫,那歌唱般的叫声,那翠蓝朱红相间的羽毛,那偶或回头逗引他的神态……引得小代王一会儿爬上假山,一会儿窜入花丛……这就忙坏了后面跟着跑的小宫仆,他既怕代王摔了身子,又怕扫了小代王的兴,只能一路小跑跟在后面,不时提醒着:代王,小心别摔着……正玩得高兴,一宫仆来报:代王,有一个叫张武的男孩递上了这个,说着,宫仆举起一块玉佩,他说他要见送这个给他的阔少爷。刘恒接过玉佩看了看,一蹦老高地说:快请他进来!

宫仆回身不久,张武即怀抱一只雪白的兔子,怵怵地走进宫来,他刚要下跪。

刘恒马上抱住他的胳膊:张武,我们是朋友,不必拘礼!

张武愣了半天,突然喊道:你是,原来你就是那个小国王啊? 没想到。

刘恒搂起他,笑嘻嘻地回答:没想到? 就是想让你想不到……他一眼看到正看着他的那小兔红红的眼睛:小白兔,给我的?

张武这才从懵懂中醒来:当然,我就是给你的。

刘恒兴奋地一把抢过那小白兔,抱在怀里抚弄不已。

张武道:那天,我回家告诉母亲碰到你的事后,母亲说,那男孩准是个阔人家的小少爷,还说人家敬你一尺,你要敬人家一丈,钱财要想办法还给人家,还要给人家带些礼物,这才算是群子……

刘恒笑着给了他一拳,纠正说:不叫群子,叫君子。

张武羞红了脸,边笑边掏出钱和玉佩,之后说:我又想,礼物怎么办? 我就上山抓到这只小兔子,给你带来了。说着,他向四周看了看说:叫出大天来我也没想到,你就是代国的国王……这,这……

刘恒刚将食指送入小白兔的嘴里,即刻抽回说:国王怎么了? 国王也要有朋友,国王最喜欢的就是朋友送的小白兔。

说着,他放下小白兔,小白兔沿着花丛草丛撒欢地跑。刘恒、张武也钻来钻去地追,小兔跑入草丛,找不见了。

张武遗憾地说:你这花园这么大,不好找了……

刘恒安慰他:我们找不着它,它就自由了。它活得快活了,不定哪天就来找我们,你说呢?

张武看着他,感动地说道:你真好,这么善的心。

刘恒打断他:你也好,你看。他一眼看出张武的穿扮,你穿得比上次好多了,又穿了新鞋。

张武害羞地笑了笑:我母亲说我遇到贵人了,就把过年的衣服给我换上了。对了,我来找你是想带你一同去打黄羊,没想到你是一国之王,不能跟我一起玩了。

刘恒道:谁说当王就不能玩了? 在长安,我最喜欢去上林苑骑马狩猎。说着,他眯起左眼,两条胳膊做了一个射箭的动作:刷! 一箭一只羊,百发百中!

张武也不服气:我没骑过马,就连我们乡收税的啬夫去平城办公差,都是骑的牛。但我射箭也是百发百中。

刘恒兴奋地说:那么神?比试比试?

张武说:比就比。

刘恒一甩胳膊:走!去打黄羊。

张武说:打黄羊要晚上才行。黄羊傻,只要你举着松烛照到它,它就会瞪大眼睛瞧着烛火,一动不动,那时你一箭一头,才过瘾哪!

刘恒更加兴奋地喊道:宋昌。

宋昌立即跑到面前:代王有何吩咐?

刘恒道:帮我换上猎装,拉上马,我们打猎去。

刘恒又示意宋昌给张武拉过一匹枣红马——

张武看着那匹高头大马,眼发憷了,他用手擦了擦眼睛,试探地问:让我骑?刘恒:当然,打猎哪能不骑马?张武走近马前,小心上马……张武刚坐上马,那马一个尥蹶子,就将张武掀翻在地。张武又羞又气,爬起来拉紧马缰。刘恒忍住笑说:宋昌,你帮帮张武。宋昌应声刚要动,张武蓦地蹿上马背,我就不信……"能行?"骑在坐骑上的刘恒关切地问道。张武运足腕力,勒紧马缰,顿时蹿出一股征服欲,当然。刘恒:走,咱们先去你家看看。说罢,两人双双挥鞭,连同宋昌等侍卫,一干马队跑出王宫,跑出中都,朝张武家的村落跑去。

黄昏时分,张武引刘恒来到一村落。张武拴好那匹枣红马,跑入家门大喊着:母亲,代王来了,咱们代国的国王来咱们家了。张武母亲正坐在草堂中归整满堂黍秸,听到儿子的声音,憷了,半响,才慢慢站起说:这孩子疯了吧。话音未落,刘恒笑吟吟走进房间。张武道:母亲,这就是代王。张母疑惑,见宋昌执剑在后,这才跪地:民妇拜见代王,不知代王驾到,民妇一家实在是……刘恒道:老人家请起,小王来看看你,说着,他看看这间木板茅草搭建的破屋,脸上漾出无限的同情:老人家,代国将税又减一成,日子好过些了吧?张母道:代王有所不知,减免税收对我们这些没有多少土地的穷人没甚用处。刘恒十分震动:那么多的土地荒芜,没人耕种,你家怎么会没田可耕?张母笑了笑:代王有所不知,是有许多土地还没人耕种,那是瘦田,肥田可是都被有权有势有钱的霸占了。刘恒:那你们家的田地被谁霸占了?张母神色黯然:唉,说来话长,我武儿的父亲当年也是参加过汉军的,他作战勇猛,还被汉王赐了"公士"爵位呢,回到家来,按军功爵位分了宅子一间半,还有一顷半好地。可谁知好景不长,那年匈奴人来白登山下抢人抢物,掳走了武儿的大哥,他父亲连气带病,没多久也就……张母哽咽起来:后来县丞说朝廷要重新按人口定民宅定田地,就把我们家那一顷肥田给收走了。我刚生下武儿,孤儿寡母的也无力耕种,田就这样少了。刘恒愤怒地:这县丞简直是恶霸,欺压百姓,小王回到中都非要教训他不可。张母跪地:代王万万不可,民妇还要在这过日子。代王回中都了,我和武儿可怎么办?刘恒道:怕县丞日后报复?我今日就把张武带到中都,张武日后就跟小王我了。老人家你放心好了。张母又跪地:这,可连做梦都没想到了,民妇给代王叩头了。刘恒道:快快请起,快快请起。张母边起身边说:嗨,净顾说话,都忘了你们又冷又饿。武儿,你陪代王坐坐。

张母点火做饭,一会儿端来一碗热腾腾、呈半月状的汤面食,送到代王面前,代王,晚上山里冷,吃上一碗扁食,喝一点扁食汤吧,也可以祛祛寒。刘恒新奇地端详一会儿,还真扁扁的:扁食?他吃一口,品尝着,嗯,还真香。本王路过赵国时,赵国人包一种像猫耳朵似的面食叫馄饨,也这么香。张母笑,馄饨?把吃进肚子里的东西都叫成匈奴人的名字了。张武道:噢,馄饨是匈奴人的名字?张母说:我这小儿子还不知道,让代王见笑了,这还是老辈人说的。从前,匈奴人的头目,有一个叫馄,另一个叫饨,常常闯入我中原来,杀人,抢劫……他们把那种吃进去的吃食叫馄饨,可见匈奴人多遭人恨。刘恒不解:扁食怎么会祛寒呢?张母:我们这一带人都知道,这扁食是从高祖皇帝率三十二万大军来剿匈奴那年冬天起,才慢慢吃起来的。那年冬天特别冷,有一位从齐国来行医的淳于意到了我们这里,告诉人们这么吃能祛寒,可不,后来,那些冻得鼻子耳朵发紫的兵将连吃几天,身上的物件就都保住了。刘恒刚吃得兴奋,又被张母一番话说得发起呆来。刘恒道:老人家,本王会让百姓吃上扁食的。张武机灵,忙打断说:代王,天黑下来了,我们上山打了黄羊,就可以吃很多很多扁食了。刘恒兴奋而起,走,打黄羊去!

命运无常,往往穷愁潦倒、一身病痛的人想死也死不了;而满门华贵并无什么病痛的人却一夜走到天尽头。吕释之这位南军统领、吕后的二哥,原本是权倾朝野,又有一位好妹妹,真可说有享不尽的荣华富贵,施不完的威势权力。可他头天晚上睡下,第二天全家人千呼万唤,也再没唤他醒来。这突然而降的噩耗给吕家带来极大的悲伤。于是,他们大办丧事,他们只能以这种大办宣泄他们的悲哀,悼念吕家的亡人。铺排的灵堂。管弦锣鼓的丧乐伴着吕禄跪灵的哭声,悼念着吕释之。丧乐中,吕皇后率樊哙、吕媭、吕产及吕氏族人等入堂吊唁,吕禄执孝子礼,从地上爬起又跪拜吕皇后等吕氏族人。

吕后擦擦泪说:都是家里人,就不必多礼了。说着扶起他们。吕禄边哭边诉:父亲本来身体很好,没想到昨夜睡去就……说着又泣不成声。吕后哽咽着:唉,这也是他的命啊……吕禄道:姑母,父亲突然撒手人寰,他那南军侍郎的未竟之业也就……这要让朝廷蒙受……吕后点头道:你的意思姑母知道了。

说起这些权力的事,吕媭的眼泪早干了,她抢着说:姐姐,用不着那么躲躲闪闪,子承父位是先人立下的规矩,二哥归天,当然应该让吕禄顶二哥的位子,当南军统领。大哥战死沙场,大哥的两个孩子吕台、吕产到如今也没在朝廷谋个位子,就是老三吕强,也被陛下左一贬右一贬的,贬到北边的代国不过当了个廷尉。

吕后道:吕强为人太贪婪,到哪儿也干不好。吕媭道:今日二哥又为国事操劳过度,尽忠尽瘁,姐姐应该向陛下提议,封这些后代儿孙为侯。她停了一下,咽了口唾沫又说,还有我家樊伉……众吕议论刚起,樊哙打断说:陛下刚刚颁了诏书,

非有功者不可封侯。特别我那樊伉,年纪不大,从不好好读书,一天到晚游手好闲、未有……吕媭耐不住了:你懂什么,瞎起哄!就记得你那些个狗功!我吕家也是功臣之家,我看不光要封我的儿子、我的侄子,老娘我也还要弄个侯当当呢!吕后早已不耐烦了:吕媭,要说这些,找你姐夫……陛下去!吕媭也不服气:找就找。

本来悲情缭绕的丧事,没想到各人流了几滴泪后,竟变成一场争权夺位的密谋与争吵。

乐声不绝,如幻如歌,似真似梦。刘邦微眯着眼靠卧龙榻。吕媭蹁跹走近龙榻,宫女、黄门们屏向门外。吕媭走近龙榻深深一拜:臣妹叩见陛下。刘邦睁了睁眼:啊,是三妹,起来坐吧。停了停,刘邦幽幽说:这一天一夜,影影绰绰地,好像总有仙乐在我旁边绕,刚才才知道,是你二哥走了……听着他的话,吕媭也悲咽起来:姐夫,劳你这么惦记二哥,你可要保重龙体呀……她又抽泣起来。刘邦伸出手,拍拍她说:人哪,真不禁活……当年朕第一次到你们吕家吃饭,他一下子就吃了十张大饼。如今,说走就走了……他的语调带出少有的苍凉。吕媭叹了一口气:是啊,那时候,姐夫最疼小妹了,每次从泗水回乡,总要带些好吃的给我,都不给姐姐呢!

刘邦也陷入当年的回忆中,他笑笑说:今日见朕,又有何事呀?吕媭贪心又起:姐夫,陛下,这些年,陛下为铲除异姓王东征西讨,整日整夜地操劳,就顾不上我们吕家的事了,如今天下已定,大哥早已战死沙场,如今二哥又这么快就走了,臣妹想向陛下说说我们吕家的事,四个侄子和我家樊伉都长大了……臣妹知道,陛下刚颁下非有功者不可为侯的诏书,可刘吕一家,我们吕家是为大汉立下过大功的……刘邦不悦:谁说朕这些年没顾你们吕家,你大哥不是封了周吕侯,二哥不是封了建成侯吗?吕媭道:臣妹想,二哥走了,吕禄子承父位,接任南军统领总是应该的吧?吕产呢,也该任北军统领,各个封国由刘姓皇子为王,皇宫和长安城的守卫统领由咱们吕家承当,大汉天下不就无忧了吗?

刘邦冷颜道:你可替朝廷想得够周全了!哼!就说你大哥那个又没本事又贪心的儿子吕强,他到哪儿,哪里就乱成一锅粥。天下无忧,怕是天下多忧吧!吕媭道:那吕强现在在代国当廷尉不是挺好的吗?刘邦不做正面回答:是樊哙你们商量好了,让你来找朕的吧?吕媭道:樊哙?那个屠狗的,哪能想这么多!是臣妹自己这么想。刘邦皱着眉,又躺平了。吕媭自觉无趣,向四周看了看,干咳两声后说:陛下多保重龙体,臣妹告辞了。吕媭尚未走出门去,刘邦气恼地颤着手,将一陶杯掷于地上。

御花园内,或许是因为几天的连续豪雨,湖中水涨高了,鱼儿悠游上下,不时为平静的湖水打出梦幻似的旋涡。刘盈拉着香蕊的手走下假山,站在湖边欣赏着湖中的游鱼,似乎是游鱼的神态打动了他,他痴望了半天,捏捏香蕊的手说:香蕊,你看那些鱼儿多快乐,想去哪儿去哪儿……我们到宫外去玩玩,看看街景,找些好玩、好吃处逛逛,好吗?

香蕊想了想说:你是太子,要是皇后娘娘知道我带你出去玩,还不剥了我的皮!

刘盈道:母后不在宫中,她心口疼的病又犯了,去找胡医师了。

香蕊眨眨眼:那,你换上布衣,微服出宫。

刘盈高兴地拉起香蕊就跑:好主意,换衣服去。

没过多久,富家公子和小厮装扮的刘盈、香蕊就走上长安街头。他们并排走着,那些街景、店铺和路上行人吸引得他们东张西望,这些寻常百姓的日常生活对久居宫中的他们太新奇了,他们一会儿坐在店前吃碗馄饨,一会儿站在街边买几块麦芽糖和甜瓜……转来转去,转到一个小巷内,再往前行,忽然见到吕后的肩舆,与之并排,另一架肩舆也停在旁边。

刘盈惊奇地:那不是母后的肩舆吗?另一架是谁的?他像自语又像是问香蕊:这两架肩舆好像是宫里的?

香蕊却害怕起来,她知道,私下出宫可是一项大罪,何况还陪着太子!她声音打颤地说:那,我们可……

刘盈想的却不是这些,他想到的是自己的母亲和宫中关于母亲与审食其的传言……一时间,一切兴趣都被扫尽了,他恼怒地拉起香蕊,香蕊,我们走!

此时,在胡医师的医馆里,吕后正一脸忧虑地向审食其诉说着:看来刘季是活不了几天了……原来,这对不是夫妻胜似夫妻的老情人是在商量刘邦去世后的朝中事。审食其道:是啊,刘邦走后的朝中事,如何安排,现在就要料理,以免后患!吕后道:知我者唯有你……我正要跟你商量此事。废太子的风波已经过去,盈儿继位已是顺理成章。大臣们拥戴盈儿之心我一点都不发愁,我发愁的是,为什么文武大臣从来都没跟我一条心,他们怕我、躲我,骂我凶残霸道的闲话也不少,而且不止是对我,他们连对吕家人都是敬而远之,唯恐躲闪不及。审食其道:是啊,你总说刘吕一家,可刘家还姓刘,吕家还姓吕,大臣们从心里也只是一心拥刘。吕后道:我也这么想过,笼络大臣们的事也做了不少,可他们就是不跟我一条心。审食其道:大臣们不是非敌即友、非友即敌,更多的是亦敌亦友,这样,他们反倒不敢不跟你一心。吕后道:你还嫌我担当阴毒的骂名不够啊?审食其问:你怕背上骂名吗?吕后叹:有谁又不怕死后被人唾骂呢?审食其道:人生一世,谁也难成万人称颂的完人,何况一国之后!因行对后人、对江山一统有益的事而被骂,值得;反之,则粪土不如!

吕后点头:嗯,我记住了!可更烦心的是,吕媭和我那几个侄子看到刘季快不行了,都急着伸手要官,不帮他们吧,都是我娘家骨肉;帮他们吧……审食其打断她的话说:太子一旦继位,肯定倚重前朝元老,娥姁,你万万不可因偏心娘家人,而失去天下人心啊。记住,适度则有益,过度则成祸害。吕后亲昵地扒住审的肩膀说:食其,这世上,真正向着我为我想的,还能有谁呢?审食其深情地将她揽进怀

103

中,喃喃着:仅仅是向着吗?

吕后被唤起女儿心,滴滴眼泪掉到浅粉色的罗衣上,看着那化大的泪珠,吕雉想起遥远的青春往事——

丰沛县城关的那条小河边,几十年了,吕雉每每回忆起这条河,都觉得它美得像一曲音乐,静得像一幅画卷。

垂杨柳下,清浅的小河欢快地流淌。一只钓钩已被鱼儿咬住,鱼儿拽着钩,将水拽出一片片旋涡。钓鱼的书生浑然未觉,他被手中的《诗经》迷住了。

"还不收竿,鱼都上钩了!"

书生一惊,抬起头来,眼前出现的竟是挽篮而来的两位清纯少女……这就是少年审食其和少女吕雉、吕媭。

审食其见这不期而至的美丽女子,不禁红了脸,他忙打一揖说:谢过两位小姐。

吕媭却咯咯地笑了,那清脆的笑声惊起树上的一群飞鸟:谢就免了,快收钓竿吧。说罢,她又咯咯笑着看着审食其。

审食其急忙收起钓竿,鱼儿早已不知去向了。

吕媭端详着审食其说:你是丰沛人吗?

审食其腼腆地点头,是的,我是刚从鲁国、孔子书馆回家乡来的,鲁国被秦国占了,我的老师、孔子的八代孙儿孔鲋也弃书从戎了,没地方求学,只好回到家乡。

吕雉低头吟哦:哦,看样子就是一个儒生,我也喜欢读书。说着,她捧起审食其的诗经翻看起来。

吕媭不耐烦道:又是读书读书,你们说吧,我可走了。她对审食其使了个媚眼,怏怏而去。

审食其目送远去的吕媭,之后回过神来:你是哪家小姐?丰沛好像从没有过像你们这样的富家小姐。

吕雉款款答道:我们是新迁来的吕太公的女儿,她是我三妹吕媭,我是她二姐吕雉。

审食其又忙施礼:听说丰沛搬来了一个大户人家,就是你家吧?

吕雉点头答说:这话就过奖了,我们怎敢承受?

吕雉又说:兵荒马乱的,秦皇嬴政焚了那么多书,活埋了那么多儒生,公子还这么用功读书,真令人……吕雉不由地升起一股艳羡之情。

审食其愧道:我从小孱弱多病,除了读书,不会干别的。

吕雉道:我也不喜欢绣花织布什么的,除了读书,我什么都不喜欢,可诗经中有些字我不认识。

审食其道:日后,小姐有空就到这儿来,我教你认就是了。

回忆如梦,往往这段刚翻过去,那段又如潮水般涌来……不记得延续了多久,每天下午,审食其都和吕雉如约来到小河边,河水翻着浪花依样东流,柳条轻摇,摇着如歌的韵律,这对青年男女就在这诗般的环境里在草地上画着字、钓着鱼、诵读着一首又一首的《诗经》。突然一天,吕雉满脸惆怅地来到小河边。

审食其急忙迎上去,拉住她的手。

吕雉那嫩笋般的手指颤抖着:审公子,以后怕不能再来跟你念《诗经》了。

审食其抬起头,惊惶地问道:为什么?

吕雉低头拭泪,半晌才说:我父亲已经把我许配给泗水亭长刘季了。

审食其浑身震颤了一下,下意识地放下她的手,之后,稳稳神说:刘季?倒是我们丰沛有名的人物啊,可他……

吕雉急切地问:他怎样?你快说呀!

审食其道:罢了,君子不传恶言,不传恶言……

吕雉泣道:君子就不是人?她伤心地哭了:没想到,你的心离我这么远……

审食其见她弱柳扶风的样子,心软了,抚着她的双肩说:人们说他懒惰刁滑,好像还有个外妇,外妇还为他生了一个儿子,叫刘肥。

吕雉哭得更加伤心我命好苦哇……你就甘心把我推给刘季?

审食其也已六神无主,只是讷讷,我……

吕雉见状,生气地朝远处跑去……

审食其追了两步:娥姁,吕二小姐,他又紧追几步,将《诗经》塞在她手里:你不认识的字我已经全都注上谐音了,留着作个念想罢!

……

几年后的一个秋天,连年战乱,丰沛已是满目疮痍。战乱中,审食其已经长成一个青年男子,他身材颀长,头系儒巾,着一件青布长袍来到刘邦家门外。

他轻轻叩了几下大门,已经生下一双儿女的吕雉打开门,多年不见,两人都被彼此的变化惊呆在门前:她见他经岁月的陶冶,已经显出一副成年男子的成熟沉稳,神态中更衬出饱读诗书的睿智风流;他见她经过时光的滋养,更衬出少妇的丰腴和魅力……看到审食其,吕雉惊喜地跨前一步:食其,你怎么来了?审食其道:丰沛的强壮男人几乎都跟刘季打仗去了,我放心不下你……你带着一双儿女,还有刘太公,家中没个男人怎么行。吕雉感动得不知是哭还是笑,她只拉拉审食其的手就开门将他领进屋中……

两人从遥远的回忆里回到现实。

审食其嘱托吕后:改朝换代,帝王更迭,朝中各宗族各派系都睁圆眼睛紧盯着权位官职的安排,就是庶民百姓也在看着朝中的种种变迁,娥姁,当此时也,可千万要重江山,轻亲情,舍小利啊。

吕后十分感佩:说得好,可世间不少事都是说起来容易,办起来难……

刘邦半倚半躺地卧在床上,坐在近旁矮凳上的樊哙半倾着身子听着刘邦说话。刘邦的声音再没有往日的洪亮了,他停了半天,才沙哑着嗓子话外有音地说

道：吕媭刚走，你就来了，好，好哇……是不是又为辞左丞相干大将军的事啊？

樊哙憨憨一笑：她来过？她来干什么？

刘邦道：看着我快不行了，为吕家要官啊……你跟她不同，她要官，你辞官，有意思……辞左丞相的事跟她商量过？她也同意？

樊哙又是憨憨一笑：吕媭，陛下还不知道？她开头跟我吵，后来同意了，我只当大将军。

刘邦更加确认了自己的怀疑，这就是夫妻啊，小事上你们吵吵闹闹一辈子，大事呢，一说就通……好，樊哙呀，你就是天生一个武将料，不干左丞相，朕准了，卢绾那小子降了匈奴，你可要替朕跑一趟燕国。

樊哙愤愤道：就看在小时候一块淌河摸鱼的份儿上，那卢绾也不该不念兄弟情份，太无情无义了！末将这就去燕国！我轻饶不了他！

刘邦话有所指：走前把家里的事好好料理一下。樊哙一愣：有什么好料理的，又不是不回来了。刘邦道：还是料理料理，远行嘛。樊哙感动地看着病恹恹的刘邦，不由深情地说道：陛下，你可要好好调养身子，待我回来……刘邦表面义气，内里决绝地说道：朕会等你，到哪里朕也离不开你……樊哙感动地擦擦眼睛走出刘邦寝宫。

代邸门前则是另一番景象，张苍恭敬地送薄夫人走出大门。他站在大门前挥挥手说：薄娘娘，请走好，老臣一定将娘娘的信转交代王。正要上轿的薄夫人回过头说：那就拜托了。说罢，轿夫放下轿帘，抬起轿子，朝长乐宫方向而去。

薄夫人当然可以传唤张苍去宫里问问在代国为王的儿子的状况，可如今刘邦命在旦夕，朝中各派政治势力都在暗暗筹划刘邦走后的政治较量，形势诡谲，何必惹事？可她又不放心儿子，特别是在这特殊时期，她不能不提醒儿子，一定要安心治理自己的属国，千万别搅入朝中的斗争，这就是她亲来代邸、送信给儿子的初衷。

高耸遵照刘邦的旨意，不几日，樊哙就星夜疾驰赶到燕国。燕国国都城楼高耸，城墙已见颓败。燕民们站立路旁，欢迎樊哙率领的汉军进城。众人高喊着——欢迎左丞相！欢迎樊大将军！马上的樊哙得意洋洋，拱手作揖地说着：别叫左丞相，叫大将军！

第八章

沉着脸的刘恒一进殿,就默默地在一张坐榻上坐下。

正埋头奏折的薄昭抬起头来,看着一言不发的刘恒:代王从张武家回来,好像一下子大了十岁! 刘恒过了好一阵才闷闷地答道:原来处理国事还这么复杂! 薄昭看着刘恒脸上神情的变化,不由微微地一笑:代王在张武家看到什么了? 刘恒不直接回答薄昭的话:小王在想,代国的当务之急,不是大抓减免税收,减免税收是下一步的事。薄昭问:为什么?刘恒道:穷人连地都没有,减免税收,对他们有什么益处? 薄昭又微笑着点头:张武家这趟,代王没白走啊。

刘恒问薄昭:张丞相临去成武县前拟好的集留流散外地代国人归故里的诏令发下去没有? 薄昭道:已经发到各郡县了。而且,新的诏令也将颁发下去。刘恒一脸兴奋:说给小王听听。

薄昭道:新的诏令是要将代国各郡县的人口所占有的土地按照朝廷受田受宅的标准重新登记,建立户籍制。依据户籍,把那些被贪官或当地恶霸侵占的好地肥地或归还给原来的农户,或收回国用。刘恒击掌:太对了,太好了!

薄昭接着递过一帛绢:恒儿,你母亲来信了。刘恒抢去帛绢:快给我看看! 刘恒看信,脸色更阴沉了。薄昭也面见忧戚:恒儿,看来你父皇怕是……前几天,东面燕国的卢绾投靠了冒顿,代国又闹春旱,你这国王,难呀! 刘恒严肃地点点头:舅父有什么主意? 薄昭道:事情总得一件一件地做。舅父先陪代王去边境的云中郡看看吧,那里百姓最穷,也是匈奴人骚扰最多的地方。刘恒道:小王想骑马去,不坐车,就穿这身衣服。薄昭一脸赞许地笑,要么说代王天资聪明呢! 对,骑马,穿常服,微服私访。刘恒有些兴奋:恒儿要带上张武一起去! 薄昭笑着自语:到底还是个孩子! 要找个孩子伴儿!

刘恒、薄昭、宋昌、张武四人骑马来到三岔路口旁的三水乡。还是那两间青砖土垒的房子静卧在土路旁。因为已是初夏,阳光逐渐热了起来。瓦房门前搭建了一架茅草棚,棚下摆着一条红漆斑驳的矮几和四个木墩。木墩没上漆,白茬原木已被擦得油亮。三个小民装束的人已喝完水,有说有笑地朝三岔路口走去。田力妻收拾着矮几上刚用完的三个饮水陶杯和陶罐。刘恒、薄昭一行的马蹄声吸引了

田妻的视线,当她意识到这些人马要在她家凉棚前下马小栖时,她匆匆提上陶罐,走进房去,"通"地一声关上房门。

刘恒翻身下马,他用手拨弄了一下矮几上的三个陶杯,不解地问薄昭:咦?她为什么要躲我们?宋昌道:怕是穷乡僻壤,小民怕见贵人吧?刘恒道:宋都尉,你去敲门,本王倒要问个究竟。宋昌边拍门边喊着:店家,有人么?随着喊声,田妻拉开门,头也不抬地纳头便拜:大人,大人恕罪,本店,本店关张了……

此时刘恒一行已来到门前。刘恒急切地:为什么关张?是因为买不到粮,买不到肉?田妻竟抑制不住地哭了起来。刘恒上前扶她,别哭,快起来,起来说。田妻站起身,抹着眼泪说:不,不是……薄昭看出隐情,宽和地说:既能买到,为什么关张?田妻道:小店是"十钱"小店,不敢招呼官衙的人。刘恒道:我们是官衙的人么?我们路过此地,只为充饥、歇脚,吃什么都行。田妻只说:虽然你们没穿官衙的官服,但我看你们像是官衙的人。薄昭道:你放心好了,我们不是官衙的人。刘恒:我们就想吃些东西,贴饼子、黍米羹,越平常越好……

田妻闻言又一次匍匐在地:大人,你们还是走吧,那边,走不了多远就是余大户办的饭庄,那里好酒好肉,山珍海味都有。刘恒再次扶起她:起来说,起来说,你为什么不愿意让我们在这里吃?田妻又哭了:民妇不是不愿,是怕官衙的人,怕呀……刘恒讶道:怕官衙的人?为什么?

此时,布帘一挑,田力猫着腰,捂着肋趺趺撞撞走出来:大人看看,这就是官衙的人在小店吃饭留下的……田力解开衣服给众人看他的伤势时,张武瞥见田力胸前挂着一牙粗糙的白石坠。张武若有所思地摸摸自己胸前那牙也是同样粗糙的白石坠。

薄昭问道:他们是来吃饭,为什么把你打成这个样子?田力扑通一声跪在地下:三水乡从来就穷,为给行路人充饥,五年前岳丈开了这家"十钱"小店。小店只管充饥,不管酒肉,只收十钱,这是岳丈生前定的规矩,到了小民手里,自然不敢稍动……可一月前从中都来了一群官员,硬要喝酒吃肉,小店拿不出来,小民就被打成这样……刘恒怒道:这太没王法了!他气急击案:你们记得他们的样子么?田妻也扑通跪地:记得,不敢说……薄昭问:为什么?田妻答说:他说,他就是廷尉府的吕大人……刘恒与薄昭对视一眼,果然是他。

刘恒嘱道:张武,留些钱给店家。张武哗拉拉倒出一堆铜钱在几上。田力夫妇愣住了:这,大人……刘恒笑笑说:拿这些钱好好治治你的病,余下的就做本钱,这"十钱店"可得好好开下去。田力愣了半天,终于相信了眼前的事实,又猛地跪于地上边叩头边说:那就,谢这位小大人了……

他又一个头还没磕下去,突然站起来说:大人,你们稍坐,小的这就做饭去。只见他一瘸一拐地走进厨房,紧接着,田妻也快步跟了进去。他们找出小店里仅有的菜和肉,忙碌起来。田妻边往灶台里添柴边说:上次来的官是廷尉,这小官人应该比他的官还大吧?要不,怎么会……正在切菜的田力一拍脑袋:呀,听说代王就是个小孩子,这小官人该不会就是那位小代王吧?

三水县城城墙隐约可见。宋昌道:代王,换匹马吧,已经到了云中郡地界,前面就是三水县城了。薄昭道:那个胖郡守大概在研墨削竹,正写一篇歌舞升平的奏折呢。刘恒笑笑,之后,四个人换布衣进城。一小吏阻拦:几位从哪儿来?拿出关传看看。宋昌递上关传。小吏:哦,从中都来的,怎么,收兽皮的,还带着两个孩子?薄昭假意奉承:大人真是好眼力呀。小吏乐了,那还用说!我一天到晚站在这儿,还看不出谁是干啥的!宋昌附和:好眼力,好眼力……小吏被夸得兴奋:告诉你们个线索,去城西三水饭庄吧,那里收了很多兽皮,件件都是上等货。刘恒道:饭庄还收兽皮!那是谁家的饭庄?小吏大声道:余胜,余大户!你们听说过吗?他的买卖做得可大了,不光跟各郡国做,还跟匈奴人做!我们县太爷都敬他几分,就是中都的大官也是他的座上客呢!刘恒与薄昭、宋昌交换一个眼色。

刘恒一行进城,县城内有乞讨者及插草标卖身为奴者。他们直奔县衙。县衙门口围着一群人,县令高高站在台阶上。一老者正说着什么,嘈杂声起起伏伏,几度淹没了他的话。县令道:你原来的户籍证明丢了,不能入本县,就是不能!老者求道:县令大人,老朽说过多次了,老朽原本就是本县三水乡人,楚汉战争时因为没饭吃,才乞讨流亡,后又入汉军打仗,停战后,才去吴国铜山做工。县令冷言冷语:吴国多富啊,你在铜山铸钱币吧?那里好好的,为什么还回我们这穷山恶水的云中郡来呀?老者感叹:龙窝凤窝,比不上自己家乡的烂狗窝。人老了,只想落叶归根,现在朝廷和各郡国都在登记户籍,老朽就带儿子回老家来了。县令不耐烦:这话你都说三天了,现在我再说一遍,三水乡的土地都分完了,剩余的都归李大户,要去那里落户,不收自由民,只收奴隶。老者气愤:还有没有王法?我家祖籍三水,昨天我那开十钱店的侄女已经作过证,为什么还不准我落户?凭什么要我做李大户的奴隶,我们是大汉的臣民!

此时,有人高声道:县令大人,是的,他的侄女田氏和侄女婿是在三水乡路边开了个"十钱店"……县令置若未闻大怒:大胆!什么叫王法?本县的话就是王法!来人!话音未落,几个衙役扭住老者。老者的儿子跪地求饶,县令大人,父亲是个老人,有什么都朝我来吧。刘恒几人对视。

县令缓和下来:念他思乡心切,放了他吧。他又转向老者儿子说:你也起来吧。但是国有国法,县有县规,你若非要落户本县,就得按本县规矩办事。老者问:什么规矩?县令道:家中有人埋葬在本县地下的,方可入籍。老者道:我家祖宗和老朽父母、哥哥嫂子的尸骨,都埋在三水乡东面的登阳山坡。众人齐道:是的,没错,没错。老者望向县令:这该行了吧?县令不耐烦地说道:你随便找这么些人来作证,谁知是真是假!唉呀,真难缠,你还是回吴国吧。

老者凄然道:走了一辈子了,不走了,也走不动了,我死也要死在生我的这块土上。县令漠然而笑:你死你活与本县无关,做为朝廷命官,我一要维护国法,二要执行县规。老者昂首问:家中有人埋在这里,就可以落户,这可是你说的!说话

算数?县令道:是本县令说的!话,当然算数!老者决绝地拉过儿子:田栓儿,等你在老家落了户,安顿好了,就一定要想着娶妻生子啊,为咱田家留个后。父亲找你爷爷奶奶和哥哥嫂子去了……说罢,一头撞在县衙前的上马石上。鲜血喷了一地,直喷到县令袍子上。众人吓得连连后退,义愤声声:这算什么县规?什么国法?田栓伏尸大哭。刘恒一行见此,十分气愤。

宋昌上前:作为朝廷命官,你竟敢无视大汉条律和代国王法,如此草菅人命,你……薄昭道:代王诏令还贴在这儿——他指着城墙上的告示念:代国各郡县,要广为集留流散外地人众回归故里,不得以各种理由推拒……你就是这样面对国法、王诏的!县令道:你们是什么人?关你们何事?三水乡剩余土地统归李树所有,李树有云中郡守及本县县令颁发的土地契约,怎么?你们仗着是京都来的,就在这儿乱管闲事,还有没有王法!刘恒气急,刚要发话,却被张武插话。张武道:你们这样对代……刘恒扯扯张武衣袖,张武忙改口:对待百姓,太霸道了吧!

田栓扑向县令:县令,狗官,我跟你拼了!我家和伯伯家的好地都被李树吞了,现在你又逼死我父亲,你得了李树多少好处?还我父亲来!县令吓得连连后退:你血口喷人!本县令也没料到你父亲会这样!李树家的地是经过郡里、县里丈量过的,你们这不是对我,是在污蔑我代国官吏,是在造反!田栓道:我不是造反,是反你们官官相护、钱权勾结!县令恼羞成怒:你要造反哪,你!话未毕,一群衙役冲来欲要抓人。县令余怒未息:这吴国来的刁民!

宋昌将众人分开,那招式、气势一下震住了县令和衙役。薄昭拉住哭泣的田栓:你就是那十钱店田力妻子的堂哥啊?我们在那吃过饭,你先不用跟他们计较,你若信得过我们,且等我们去云中郡府告这县令,回来再说后面的事。宋昌交一些铜钱给田栓:先将老人家安葬了吧!刘恒一行刚要动身——县令喝道:你们给我站住!可笑,几个臭商人还想搅和我们云中郡的事,真不知我们云中郡的水有多深!来人,把这几个管闲事的人给我捆起来。几个衙役冲上来抓住刘恒、薄昭、宋昌,张武机灵地溜进人群中,悄悄跑出了县衙。

张武骑马一路狂奔。

早春的气息也没给刘邦的生命带来什么生机,他半睡半醒地卧在病榻上,已经奄奄一息。看得出,站在病榻前的陈平已经来了一会儿了,榻前的小黄门递给陈平一摞帛书。

刘邦断断续续说:爱卿,速去燕国,照旨办理……你要代朕,尽力保住大汉社稷,千万不能让兵权落在皇后娘家人手里……

陈平跪拜说:陛下放心,只要陈平在,大汉社稷就固若磐石。陈平这就去,陛下可千万保重啊!

陈平答应着缓缓离开刘邦的病榻。他知道刘邦已经命在旦夕,他甚至料想得到,待他完成圣命返回长安时,他这为之效命、追随左右的皇帝怕是已经见不到了。他衡量得出刘邦临终前交他办的这件事的分量有多重,也体察得出这大汉皇帝期许他辅佐刘氏江山的殷殷之心……他怎能不感动,怎能不为此肝脑涂地?他又回头看了刘邦一眼,他的眼睛已经糊满泪水……

一日又一日地过去,刘邦已经一阵昏迷一阵清醒。刘邦又一次从恶梦中醒来,他无力地躺着,口中喃喃:鲁元……盈儿,盈儿……

鲁元、刘盈跌跌撞撞跑进来跪在榻前,刘盈边流泪边说:父皇,儿臣,儿臣来了。儿臣这些年错怪父皇了,昨夜看了父皇的《手敕太子书》,儿臣才知道,父皇最爱的是我和姐姐,举国之君,什么事情都是以社稷为第一位的。刘邦露出一丝释然的笑,面肌动了一下,用尽全身力气说:盈儿,你终于明白……为君之子的苦了……你,天性厚道,有天下,德高望重的四老拥戴……有朝中,诸大臣的辅佐,朕也就可以……安心,去了……刘盈大哭道:父皇不去,不去……刘邦抖索着欲伸手,刘盈忙握住。刘邦吃力地说:你继位后,要多向……老臣们请教……治国之策,尽管你小时候,脑子受过刺激,落下了毛病,但勤能补拙……多读书,多亲自动手,批阅奏折,不要让别人,代替……刘盈使劲点头,孩儿记住了。刘邦合合眼,又努力睁开:如意和他母亲,在朝中势单力薄……你母亲,一直都,不容他们……朕走后,你要照顾好……他们娘俩。刘盈点头说:孩儿一定谨遵父嘱。鲁元已哭成个泪人,她攥着刘邦的手,泣不成声:父皇……

刘邦努力睁睁眼,似有悲伤,但已无泪:元儿,父皇……不行了……父皇欠下你的……就由你……母后……补偿……吧……鲁元已抑制不住那撕心的哭声。刘邦挥挥手,鲁元、刘盈恋恋不舍地退去。

刘邦的寝宫门外,萧何、吕雉、周勃急得来回踱步,等候天子召见。黄门低声道:传萧丞相。萧何老态更浓了,他步履艰难地走入刘邦寝宫,刚要跪拜,刘邦无力地说:免礼罢……老丞相,太子,无能……日后,大汉社稷靠你辅佐了……萧何顿时老泪纵横:陛下,只要老臣活一天,就要为大汉江山尽一天力。刘邦的手无力地垂下。萧何缓缓退去。

过了一会儿,黄门低声喊道:传吕皇后。吕后闻声,立即满脸泪水地跑进寝宫,她一头扑向刘邦床头,抓住刘邦的大手。刘邦眼睛已干涩,他指指退去的萧何:萧丞相百年之后……曹参,可为相……吕后拭去泪水:那曹参也已六十有余,再之后呢?刘邦道:陈平,智慧过人,但过于,诡诈,不可独当一面……周勃憨厚,不善言,可任命他为,太尉,统领军权……吕后冷静了一下问:这些功臣除周勃稍年轻些,已都是六旬老人了,以后呢?刘邦道:再以后的事情,是子孙的事了……不用你……操心了……刘邦挥手,吕后恋恋不舍,满脸是泪地退出。

又过了很久,黄门的声音传来——传周太尉。周勃闻声,疾步走进。此时,刘邦已呼吸急促,颤颤巍巍递上一铜管说:周勃……刘室天下,朕……托付,给你了……不到万不得已,不得打开……之后,他示意周勃靠近些。周勃凑近刘邦,听他有气无力的喃喃。刘邦的脸突然变成黑紫,之后又呈一片煞白,此后再无声

息……周勃大哭,喊着:陛下！陛下……众人闻声,一齐涌进,齐喊陛下。刘邦又睁了睁眼:朕走后,让戚姬去……去赵……终于气绝。众人大哭。吕雉捋捋刘邦花白的胡子,悲痛地泣哭起来。

此时,正是公元前195年,大汉开国皇帝刘邦驾崩于长安长乐宫。汉高祖刘邦为中国历史上第一位农民皇帝,由他创立的大汉成为中国历史上统治年代最久的一代王朝,中国的主体民族也因此而称为汉族。自此,汉,成为中华民族炎黄子孙的代名词。

就在众人大哭失声的时候,吕后看看刘盈那茫然无措的神情,突然抬起头来,抹去眼泪,颁令说:周勃周太尉,着你领兵二十万,速去重镇荥阳把守,以防不测;着你再派一重臣前往燕国,告知樊哙速速返京,收复燕国各郡县失地事由副将代理。待樊哙回朝、周太尉兵至荥阳后,再昭告各王、各郡,举国吊唁。

接了刘邦的密旨后,陈平率几名护卫星夜奔驰、急赴燕国国都。当他们大步走入燕国王宫时,已到了中午十分。此时,王宫的侍男婢女们正往来奔忙,这个端来大块牛肉,那个端来大盘烤狗肝,樊哙喜笑颜开,举着酒碗边喝边喊:够了,够了,燕国刚经战乱,有吃有喝就行了……

一侍卫突然跪于樊哙面前报:曲逆侯到。

樊哙尚未辨过味来,陈平已经来到他的面前。樊哙一见他,立即笑呵呵地起身迎接,高喊着:啊,陈大人,你的鼻子真灵啊！我头脚来,你后脚就到,是闻到这酒香了吧？来来来,斟上,斟上,一起喝……他热情有加,礼让陈平上座。

陈平稍做犹豫,递过圣旨,笑笑说:樊大将军,还是先接圣旨吧。

樊哙笑眯眯的,刚要下跪,又往袍子上蹭蹭油手说:又不是朝廷,我就这么看吧。刚看几句,他脸色大变:我勾结吕氏家族想谋杀赵王刘如意和戚夫人？还想篡夺刘氏天下？天地良心,我,我樊哙什么时候做过这种缺德事,他接着看,更惊,哈,还要治我死罪,就地斩首？哈……斩可以,不过少喝几碗酒,少吃几盘子肉,可我要死个明白！

一路上,陈平早就想清了这件事:圣上的良苦用心他叹服又拥护;圣上对他的信赖和倚重就是赴汤蹈火也难报此恩,可樊哙虽与吕氏有割不断扯不清的关系,却也是竭诚要保刘氏江山的,他与刘邦是亲戚,更是兄弟,他对刘邦决无二心,对吕氏的种种做法倒是常看不惯,他陈平怎么会妄杀这样的忠臣呢……何况刘邦已经命在旦夕,他之后,虽是刘盈继位,那吕皇后和吕氏家族岂能不架空刘盈、操控实权！想来想去,他还是决定审时度势,以拖延应变化。

陈平一直看着樊哙的神态,待他说完那些话后,他终于笑笑说:舞阳侯,要是想杀你,我就不会让你自己看圣旨了。

樊哙愣住了,接着哈哈大笑说:我就知道这不会是圣旨,我和圣上什么关系？在丰沛就结拜了兄弟,我娶了吕家老三,他娶了老二,他还信不过我！是谁假传圣旨？

112

陈平道:左丞相,圣旨绝对是圣旨。

樊哙即刻肃然:真是陛下的意思?

陈平道:可我一路在想,不知陛下听了谁的谗言,一怒之下下此圣旨,一旦日后气消了,准会后悔,所以我想……

樊哙问说:你想怎么办?

陈平道:我先把你押回长安,到时候,陛下的气消了……

樊哙立即双手背后:好主意,就这么办……陈大人,你的救命之恩,我樊哙永世当报。说罢,他对武士们说:还愣着干什么?快绑啊!说着,他招了招已背在后面的手。

武士们捆绑了樊哙,押进囚车。

囚车即刻朝长安行进。几天后已经来到函谷关前。

就要快入关时,随着一路黄尘,飞来几匹快马。

一武将翻身下马:陈都尉,六百里加急快报!

陈平急阅,随即大哭失声,他颤抖着双手,将快报转递给囚车内的樊哙。

樊哙在囚车内边看边哭——陛下,陛下!

陈平跳下马来,从囚车中搀出樊哙说:樊大将军,委屈你了,我们乘马急行吧。

樊哙不由分说,依然穿着囚衣、戴着铁链,跳上一匹马就与陈平并辔急奔长安……

刘恒、薄昭、宋昌被绑在三水县衙内的大柱子上,三水县县令坐在大堂之上,颐指气使地呵斥堂下的一群人。县令道:跟你们说过多少遍了,我三水县的土地都已经分完了。你们要入籍,就只能做奴隶。再敢到县衙来无理取闹,把你们全都像这几个一样给绑起来。县令指着刘恒三人,人群或叹息或愤怒,一片嘈杂。

张武带着云中郡郡守王守宁和一群侍卫冲进大堂。县令连忙起身,跪拜于地:下官不知郡守大人大驾光临……张武直奔刘恒:代王,他们郡守来救你了。刘恒嘉许的目光看了看张武。县令大惊失色又疑惑不解:代王?王郡守不理会他,直接扑到刘恒面前跪下:下官来迟,害代王受苦了,请代王恕罪。县令满头冷汗,匍匐到刘恒面前:微臣,不知是代王,才,才多有冒犯,还望代王恕罪……刘恒不予理睬,王郡守命令衙役:还不赶快给代王和两位大人解开。刘恒阻止衙役:不许解。本王就要现在这样看你如何处置这自设律令、草菅人命的县令。王郡守道:代王放心,我云中郡绝不姑息这些鱼肉百姓的贪官!王郡守起身转向三水县令:你可知罪?三水县令以头啄地:下官知罪,下官知罪。王郡守喝道:来人,将他押下,立即斩首!

县令一听要斩首,立时抬起头来大呼:代王饶命,代王饶命。下官虽有罪,可这种事早已不是什么秘密,不信代王去查,哪个郡县都有这种欺占朝廷土地的事啊。王郡守听得心慌,连忙摆手:住口!还敢狡辩!赶快给我拖下去……县令边

挣扎边说:王守宁!这欺占土地的勾当还不是你让我做的!你这么绝!那就别怪我和你拼个鱼死网破!县令挣脱开衙役,跪倒在地:启禀代王,这郡守王守宁与李树勾结,低价买卖大汉土地,还让我们这些县令替他们封住百姓之口,他才是元凶啊,代王……王郡守大惊失色,也跪倒在地:代王饶命,代王饶命啊……刘恒怒目而视,押下去!

长乐宫刘邦灵堂内,香烟缭绕,悲声阵阵,吹鼓手们吹奏的哀乐缓缓传来。刘盈、吕雉、吕媭一身缟素守在灵堂。

陈平风尘仆仆闯来,哭喊着——陛下,陛下!他边哭边以额抵地扑跪堂前。吕后见陈平到今天才赶来吊孝,不禁大怒:陈平,你可知罪?陈平打住哭声:臣何罪之有?吕后厉声道:圣上驾崩已经六天六夜,你怎么现在才来吊唁?陈平道:禀告皇后,陈平奉旨当了一回密使。吕后不解:密使?圣上什么时候让你当的密使?干什么去了?她话音未了,樊哙披戴着刑具跌跌跄跄哭来:陛下,陛下——哭着直奔皇棺。吕媭见状大叫,继而哭道:樊哙,你怎么会弄成这个样子?说着,她奔向丈夫,欲为其解下刑具,可铁索沉重,她转向陈平:陈平,原来是你奉旨去燕国拿我夫君!樊哙他怎么了?他身上至今还留着十几处伤,为大汉,他……吕后打断她:陈平,到底是怎么回事?樊哙突然省悟,朝陈平一拜:谢陈平兄不杀之恩!之后与吕后、吕媭说起不杀过程……

陈平重又扑向刘邦灵柩,且拜且哭——陛下,臣陈平,回来晚了,没能见上陛下最后一面,臣抱憾终身、抱憾终身啊!陈平这失声恸哭弄得吕后又一次落下泪来:陈都尉,快回府休息吧,这一趟往返燕国将近一个月,辛苦了,可别伤了身子……陈平又是一跪:谢皇后娘娘体恤,国家大丧,新君刚立,臣怎么能去休息!臣如今只能留在宫中,守护灵柩,陪伴新君。刘盈也感动地说:陈大人还是回去稍做休息吧,以后的日子多着呢。陈平擦擦眼泪,指指樊哙说:那——左丞相……吕后如梦方醒:赶快卸掉刑具!之后转对刘盈说:下道圣旨,着令恢复舞阳侯的爵位和封地。樊哙上前一拜:谢太后隆恩。之后,樊哙与陈平双双跪拜后退出灵堂。

两人刚刚离开,吕媭就凑向吕后说:陈平这人从来奸猾狡诈,我看他是听到陛下驾崩的消息,才没敢杀我家樊哙。吕后看看她说:你也太多疑了!要是陈平想杀他,樊哙早没命了!刘盈也十分不平,父皇有密旨命陈平军中斩樊哙,他就是遵旨照办了,我们能违背旨意治罪于他吗?三姨母,怎么能这么看待陈平呢?吕媭哑口无言,但还是一脸不服。

人的生命啊,无论贵为天子,还是微如草芥,尽管生前的建树、追求别如天壤,一旦气绝了,闭眼了,躺在那里的都是一样的僵尸。虽然丧事的气象不同、规模不同,那遗体总是要埋入地下的。前人一走,后人生发,这就是人生规律。如今,皇宫和举国上下虽还在服丧期,可朝中事却不能停顿。

这一天,太子刘盈就顶皇冠着皇袍坐上了龙榻,他,就是大汉二世汉惠帝。惠帝刘盈虽生性忠厚懦弱,可做了皇帝后也想有所作为,特别是从刘邦的临终遗嘱到为他大办丧事前后,刘盈悟透了很多为人为帝的道理。他知道了父皇的期待,知道了自己的使命,他想竭尽全力,不辜负父皇,不辜负天下。

惠帝刘盈看了看满朝文武说:众大臣所奏极是,朕已下诏,尊大汉开国皇帝为高祖始皇帝。着命京城及各郡国均建高祖庙,每年按时令举祭祀。他稍事停顿,环顾了一下众大臣说:老丞相的病好些吗?

周勃道:陛下,萧老丞相已瘫卧床榻,太医说怕是老病难医了。

刘盈急切地站起来:难医?快传太医把最好的药都用上。他有些慌张地说:朕初登皇位,丞相就……这如何是好?

自从听说萧何病重,原本还算心里有底的刘盈就失去了方寸。他知道萧何在朝中的分量,知道大汉立国后的一切治国方略、政令都来自父皇的主意、完成于萧何的手上,他若有个三长两短,这朝中的事可怎么办?他要亲自探访他,听听他对朝中诸事的政见。

刘盈坐在萧何床前,面露悲凄之色。形销骨立的萧何勉强要撑起身子,刘盈急忙制止。萧何黯淡的眼睛渗着泪光:先帝尚未入土,陛下新临朝政,微臣身为丞相却成了这种样子……唉,臣愧对先帝呀……几句话说得刘盈泪光闪闪,他一下抓住萧何的手说:老丞相,不,萧何叔叔——千万静养身体,朕,离不开你呀……萧何气喘急促:老臣,怕是不行了……望陛下速派人去齐国,招回齐国丞相曹参……此人不仅战功显赫,治理国家也韬略过人,这些年,齐国的富足就是明证……国,不可一日无君,也不可一日无相啊!刘盈点头拭泪,丞相,父皇临终前曾嘱咐我向老臣们请教治国之策,你跟随我父皇多年,那父皇治理天下的根本是什么呢?萧何把看着刘盈的目光收回,仿佛看着远方,少顷才回答:朝纲。萧何说完两个字,脸部肌肉不由颤抖了一下,继而语气变得坚决:陛下一定要保朝纲不被人涽乱啊!

刘盈伫立在未央宫前,茫然无措,遥望齐国方向,喃喃自语:朝纲!谁会涽乱朝纲呢?……曹参哪,曹参,他们该走的走了,不该走的也走了,朕只有你了,你快快到长安吧。刘盈突然下决心似地大声道:备车,朕要出宫!

高山下,小河旁,张良正在一柳荫下打拳做气功。几骑侍卫在前,一架辇乘由远而近。刘盈手捧一白色帛卷跳下车来,以手势命跟从者停下等候。

刘盈快步走近沉浸在气功中的张良。张良缓缓收功,回身时见刘盈已站在身后。

张良深揖一揖,欲跪地朝拜:噢,陛下?张良……

刘盈忙趋前扶住张良:张良叔叔,请千万莫施朝礼,盈儿是特来拜见张良叔叔的。说着递上帛卷,盈儿知道张良叔叔不爱世间俗物,只命人四处寻访,找来这卷最新的养生导引图。

张良欣然展开宽大的帛卷,只见帛上栩栩如生的鸟正以各式姿态展翅伸臂地

亮着自己的雄姿。

刘盈沉声道：张良叔叔素知盈儿资质，不幸的是，父皇刚刚驾崩，萧何叔叔接着就谢世，盈儿接此大任，政事冗杂，人心未定，盈儿该……

刘盈话未说完，张良卷起导引图，塞进衣袖，他步入河岸旁，解下一只小船端端正正坐于船尾，任小船顺流而下。

刘盈未解其意，跟着小船一路飞跑。到河湾出处，张良泊船上岸，刘盈跑至近前。

张良拂拂衣袖，一派悠然：治国韬略先帝已经制定，施政律令萧丞相已经行之多年，陛下看到张良乘船了吧？如今的朝中事，就如张良乘船，只要陛下坐正坐稳，就能一路顺流而下。

在刘邦的灵堂里，吕后、戚姬、薄姬、唐山夫人及刘邦众妃，个个披麻戴孝日夜守灵。想到刘邦已殁，姬妾们谁能不想自己的归宿！薄姬看看吕后少有的宽和神态，走近她说：皇太后，先帝驾崩，代王刘恒正准备来长安吊孝，薄姬想等守灵期满，就随代王前往代国。众妃子闻言，也纷纷做同样表示：我们也……吕后做了一个制止众人的手势说：代国太远了，又是个容易生事的地方，代王在那里守住疆土、治理好国家，就是对先帝尽了大孝，不必来了。之后，又转对薄姬说：薄姬呢，是个贤良谦让的人，这些年一直独守空房，够寂寞了，先帝已经走了，待明日守灵期满，就启程去封地与儿子团聚吧！薄姬闻言，不由下跪拜道：薄姬谢皇太后。

吕后接着说：唐山夫人谙熟楚声，做了《房中祠乐》十七章，宫里人都爱听，就留在宫中乐府吧。唐山夫人也便拜道：唐山遵命！吕后又挨个指着众妃一一发落，唯独不理戚姬：明天你们就前往各自儿子的封地吧，哀家最担心的就是那些小国王震不住封地，闹起兵变来麻烦就大了。众夫人强抑心中的喜悦，一一跪拜称谢。

被冷落一旁的戚姬看了看躺在棺椁里的先帝，不由得想起刘邦生前的嘱咐，她擦擦已经沁在额头的冷汗，怯怯地说：皇太后，我也……

吕后看也不看她：哀家已经派人给赵王刘如意送信去了，让他火速返回长安，用不了几天，你们母子就可以相见了。

戚姬闻言色变，忙跪在吕后面前求告：皇太后，求求你，就别让如意回来了……

吕后不由得震怒道：你这是什么话？先帝生前最爱的就是你们母子，他尸骨未寒，你就如此无情！

戚姬自然知道吕后的用心，可不能道破自己的忧虑，只是说：不，不是这个意思……

吕后斥声道：那是什么意思？你说！

戚姬想说又不敢，只是犟犟地说：不！如意不能回长安，不能……我也明天就走!

吕后变了一副脸说:你也走?她敲了敲刘邦的灵柩:先帝还在这儿躺着呢!你往日的狐媚体贴呢?你那些风骚亲热呢?真是个没良心的贱货!

戚姬欲辩难言:我……我是怕……她不是咽下冲到嘴边的话,决绝地说:只要如意不回长安,我愿为先帝陪葬!

吕后摊开双手说:你们都听听,这长安成了虎狼之地了?堂堂一个封国国君,皇帝驾崩不来吊孝,又不来祝贺新帝登基,赵国又不像代国那么远,还有没有孝心,还讲不讲礼数?!

戚姬被逼无奈,终于壮起胆子:如意不能来,就是不能来!先帝曾留下遗言,一旦他百年之后,就让我速去赵国。

吕后步步进逼:先帝遗言?谁听到了!这后宫是听你的,还是听哀家的,听皇太后的?来人,把这个忘恩负义的贱妇打入永巷,罚每日舂米十斗!

戚姬跟跄着扑向刘邦灵柩大哭着:陛下呀,陛下,你要为戚姬做主啊!

哀诉的戚姬早已被人拖下,不知何时,薄姬也已离去,只剩刘邦其他的妃子愣在那里。

中都王宫也为刘邦设置了一个肃穆悲沉的灵堂。那里哀乐缕缕,百缦飘动,似乎游走着刘邦的阴魂……刘恒、张苍和薄昭全身素白,跪拜灵位。殿外宫院,冥钱飞飘,飘过高阁,飘过殿檐,飘到丛丛梨花枝头,梨花与冥钱交相坠落,现出人去花谢的悲哀……刘恒拜地大恸,抖动的后背传出无限悲伤:父皇,儿臣遥祭圣灵了……薄姬的教导幽幽飘来:记住,母亲不要让你跟人争强斗胜……你既为王一场,就要造福一方,切切实实做事,就对得起天地良心,也就对得起你父皇……

惠帝寝宫也在悲喜交杂中升出几许落寞。原本忠厚善良并无多少野心的刘盈突然坐上皇位,丞相萧何又恰在此时溘然离世,真弄得他有些六神无主。正无奈间,忽报曹参晋见,他立即起身相迎。

曹参一见,即刻跪拜:曹参叩见惠帝陛下!

刘盈欣喜地一把扶起曹参:曹丞相快快平身!你可来了,有你辅佐寡人,大汉臣民就无忧了。他看看也已老迈的曹参,倏然想起萧何:可惜萧老丞相……唉!已经过去了……

曹参感动地说:难得陛下如此爱惜臣子,老丞相如黄泉有知,也就知足了。

刘盈拂去种种感怀,急不可耐地说:萧丞相走了,曹丞相对朝廷的事可要多出出主意啊!朕……

曹参淡定地看看惠帝:主意?严遵先帝章法,萧规曹随就是了。

刘盈闻言,不禁有些失望地望望曹参:萧规曹随?那,曹丞相做什么?朕又做什么?

曹参慌忙下跪:容臣斗胆一问,论统一天下的韬略与智慧,陛下与高祖谁强?

刘盈道：那还用问，自然是父皇高祖。

曹参道：在陛下看来，老臣的才德与萧丞相相比，哪个更高？

刘盈道：那还用说！

曹参道：不说也明摆着，萧丞相比臣高上不止一筹。高祖与萧丞相共同制订的律法制度可说是前无古人，成效昭彰，而今陛下只要袖手高坐，臣等尽忠尽职，谨慎遵循，就可万事无虞，日渐兴旺了。

刘盈忙走下龙榻，扶起曹参：可朕既已君临天下，总得有所作为吧？

曹参哈哈大笑：夫为君者，有所为，有所不为。为者，为民善；不为者，不为民恶，即是大乱之后的治世良方。此时人心思安，人心思定，只要不争战，不扰民，不增徭役，鼓励农耕，就是治国有方的明君。

刘盈释然而笑：曹丞相，贤臣啊！

曹参稍停片刻说：陛下，臣还有两点提示：一是明君如万众瞩目的太阳，有污则会遮其光辉。

刘盈听得仔细，接着就问：其二呢？

曹参成竹在胸：其二，大汉是天下人的大汉，大汉的重臣高官也只能从天下人中选拔！

刘盈听后深深点头，良久未语。

得了曹参的治国方略，刘盈竟不禁足下生风，有了不辱使命的信心和雄心。他日夜不息，批阅着成堆的奏折竹简，遇有疑难或拿不定主意的事就赶往吕后寝宫，与母后相商裁夺。未料，几日后的一个下午，他刚跨入母后寝宫门槛，审食其正从宫里走出；翌日上午，他走进母后寝宫，又遇审食其正在宫中，审食其见面露愠怒的惠帝刚要跪拜，惠帝就转过身去装作未见。吕后也现出一副尴尬难堪的样子。久良，刘盈才坐在吕后对面。母子俩都努力忽略那尴尬的气氛。

刘盈看看母后的气色，问道：近日母后的心疼病可好些？吕后也讪讪地：说来也怪，自你父皇驾崩，我这病竟犯得少多了。刘盈问：那胡医师处就没再去看过？吕后不快：我儿竟这么关心我！刘盈佯做未懂：少出宫也好，免得……吕后问：免得什么？刘盈答曰：免得遭人议论。吕后怒道：盈儿，当了皇帝就教训起母亲来了？刘盈回道：孩儿不敢。

吕后恼羞成怒：遭人议论！我有什么怕人议论？她顿了顿，转移话题说：不说这些了，我看曹参回朝后，还是逢酒必饮嘛！

母后的话不禁引来刘盈的忧虑：曹丞相已是古稀之年了，朕担心的就是这酒……

吕后感叹道：曹参年轻的时候就爱饮酒，那时，他从丰沛县衙办完公差就到咱们家里喊着要酒喝。一晃二十多年了。你父皇已经……吕后不禁伤感。

吕后拭拭眼睛：盈儿，我思谋着，你初登帝位，一切按你父皇的国策办是对的，但也不能毫无作为，比如倡导以孝为先，以此为标准，规范国家臣民的行为就该先颁个诏书。

刘盈思忖着吕后的话外之音。

吕后接着说:大汉还应将秦朝二世败亡的教训牢记心里,为大汉江山永固,规范国家君臣和百姓的行为。

刘盈早已听出母后的话外之音,不禁反讽说:母后深谋远虑,实为一般妇人所不及,况且身后还有得意谋臣。

吕后明知刘盈所指,却佯装糊涂:谋臣?是啊,曹参、陈平、陆贾……还有你三姨母、咱们吕家的那些七嘴八舌……不过,咱们吕家的那些人能叫谋臣吗?她咯咯的假笑实在有些夸张。

听着母亲夸张了的假笑和那些言不由衷的躲闪,刘盈实在有些捺不住地:母后,孩儿还以为,作为国君和身居显位的人,都要规范自己的言行,不做天下臣民不耻的事,这才不会辱没先帝的一代英名。

吕后顿时收住笑声:我原还担心我儿性情脆弱,没想到,当了皇帝就这么有见识了。

刘盈决心规劝到底:别看亡秦嬴政残暴,可他有时候也能听进谏言的。咦?母后是否听说过茅焦谏秦王的故事?

吕后窘态难掩,忍不住了:哎哟!母后心口不太舒服,疼……啊,疼啊……

刘盈半信半疑地看了看吕后:旧病又犯了?那母后就早些安歇,孩儿告退了!说罢走出宫去。

吕后这才出了一口长气,她吩咐女仆玉儿:去,叫辟阳侯即刻来见我!她气恼地来回踱步:皇帝可以有三宫六院、成千上万的宫女,平常男人也可以三妻六妾,想找几个找几个,而女人有一个情深义厚的多年知音,就被人斥之为耐不住寂寞、淫荡,是给男人脸上抹黑!在他们眼里,女人还是人吗!先人定的浑蛋规矩!本太后就是要给它破了!

一阵软风吹来,已到了黄昏时候,审食其匆匆走来。审食其来到她的面前,看看她余怒未消、潮红未退的脸色:又有什么事啊?我来你寝宫已经被惠帝撞见多次了,我怕他已经起了疑心。

吕后又气又委屈:疑心?怕是他早已知道了我们的私情!他刚来过,拐弯抹角跟我提起男女私通之事,问我知不知道茅焦谏秦王的故事……

审食其忧虑更深,他皱了皱眉头说:我就知道,总有一天,我们的事会传得沸沸扬扬……

吕后理直气壮,她要在心上人面前一吐为快:可我并不是秦始皇的母亲,你也不是缪毐。朝中老臣谁不知道,我们不光是少年知己,更是同生死共命运的莫逆!当年陪我和太公一起做项羽人质的只有你呀……

陷入忧虑的审食其顿时被她的话融化了:是啊,你我二人的情对天可表,可世人谁能这样看待呢!

天已薄暮,两人陷入往昔的回忆中——

残酷的经年累月的楚汉之战,陪伴吕雉的审食其与刘太公、吕雉一起被楚兵掳入楚牢。一天,年轻丰满的吕雉正在楚营中弯腰煮饭,凌乱的长发似黑色瀑布飘落下来,一只白嫩的手臂挥动木勺在锅中来回搅动。

一楚兵用淫亵的目光盯她片刻,嚅嚅贪馋的嘴,对旁边的楚兵说:这汉王的娘儿们还真俏,细皮嫩肉的。说罢即扑上去从背后抱住吕雉。

吕雉尖叫,叫声惊动了正在劈柴的审食其,审食其跑来,不顾一切地将那楚兵掀翻在地,大骂道:你这个无赖,吃了豹子胆了!你们楚王见了汉王夫人都以礼相待,你竟敢这样无礼,楚王知道了,不剥了你的皮!

那楚兵闻言愣了,他拍拍屁股,悻悻而去。

吕雉满脸惊慌地扑进审食其的怀里……

吕后从回忆中醒来:看来盈儿与满朝文武都听到后宫那几个奴婢嚼舌头的话了。香蕊曾带盈儿去过胡医师诊所……这群可恶的东西,非得整治整治他们不可,尤其是那个香蕊!

审食其息事宁人:算了,惠帝好像很喜欢香蕊,别再弄出什么新麻烦来。我们也小心点,以后没什么特别的事,就少见些面。

吕后道:少见面?我还有谁?原以为盈儿是我亲骨肉,可他自打坐上龙榻,跟我也日渐疏远,吕家的那些个人除了要权要官,二姐长二姐短的喊得亲热,平时我就是有个头疼脑热的,身边连个问候的亲人都没有,食其,我只有你了……说着,她竟悲咽起来。

审食其控制不住地拥起她:可是,可是,人言可畏呀……

吕后且泣且诉:我身为皇太后,连个知疼知热的人都不能有?那也太窝囊了吧?我就是要叫辟阳侯进宫相见,让世人说去吧,皇太后不怕!况且,秦律的妖言令我大汉不是还没废除吗?谁敢指着皇太后说三道四,他就不怕诛灭三族?!

审食其抚着她颤抖的背,笑道:当年多么可爱的一位二小姐,如今却成了一个手握生杀大权的皇太后了……

该掌灯了,两人还在絮絮着……

刚巡视回来的刘恒风尘仆仆,一进殿,就朝堆积如山的奏折扑去,他拣起那如山的竹简,正一摞摞地看着,薄昭走进殿来。刘恒刚欲起身相迎,被薄昭按回座上:别站起来了,代王这趟去云中郡可没少受累!惩办了个坏郡守不说,还为那里的穷人拨粮解决了灾民外流动事情!刘恒兴奋道:舅父,这一圈巡视回来,本王倒是有不少启发。薄昭抬头望望刘恒:代王不妨说说看。刘恒道:我想,许多事情不是单凭几项条律就能奏效,比如减免税收,最终穷人没能得益;太原郡大户们的广设粥棚,反倒让不劳而获的人白吃白喝。那"十钱店"的文章就更丰富了……薄昭微笑着点头说:代王日渐成熟了,想事情开始深刻起来。臣想,代国应该将各郡县的人口和人口所占有的土地重新登记,建立户籍制,以防田地兼并……这廷尉府也得过问一下,不能如此草菅人命……

刘恒道:是啊,代国的事不能头疼医头,脚疼医脚,得从根本治起……刘恒又俯身案前专心致志地翻阅奏牍,看着看着突然兴奋地拍案而起。一旁的薄昭诧异地看着刘恒。刘恒激动不已:这是张苍老丞相从成武县送来的奏牍。刘恒拿起奏牍和几张绢帛给薄昭看:张老丞相真是治国有方,他在成武巡视这几个月,还和百姓一起改良了这些农具和耕作方法。你看这个跖铧,加个曲把,就能翻地更深。还有这个滑轮式轳辘,提水更多更省力。张老丞相还建议修建一条地下管道,那样就不怕大旱了。还有这是深耕细锄与施肥的要领,这是两牛三人的耦耕法……刘恒一边说着一边翻动奏牍、绢帛指给薄昭看。薄昭感慨地说:有这样的丞相是代王之福啊。刘恒点头,将奏牍和绢帛交给一文官,照张老丞相所奏,在全国推广。

刘恒脸色突然变得沉重起来:舅父!恒儿一直忘不了那个"十钱店"的田力,一想到他那张脸,那断了的肋骨,就对欺压百姓的吕强生出一股恨,小王要痛骂他一顿,之后就撤他的职,罢他的官!薄昭笑了笑后正色道:一国之王,一要彰显国法,二要爱民如子,所以,恒儿,你要斥责吕强滥权枉法,教训他,让他做个贤官好官是可以的,但要撤他罢他,那可要朝廷点头才行!他可是吕家的人,不能意气用事啊!正说着,宋昌匆匆进宫,跪报:代王,吕廷尉求见。刘恒闻声站起:哟呵!说谁谁就来啦!刘恒仍不甘心:他那么欺侮百姓,斥责他一顿就行了?薄昭道:那他还未必……

话犹未了,吕强进殿,他浅浅地跪拜了一下说:下官见过代王,见过国舅大人!刘恒到底是孩子,脸上藏不住事,他没好气地说道:起来,起来吧!吕强感觉到刘恒的不快,他缓缓起身,不卑不亢地平视着小代王。薄昭问道:吕廷尉何事晋见代王?吕强道:呵,是这样,上次微臣去云中郡办案,喏,就是代王来中都,我们路遇那次……刘恒话中带气:那次怎么了?那次小王差点被山上滚下的巨石砸死。薄昭打断他:吕廷尉那次办案遇到什么难题了?吕强道:是遇到一桩子。据云中郡守说,有个被朝廷任命的孝悌力田官霍青,把他从荥阳军中回乡的哥哥痛打一顿,逐出了家门……刘恒插话说:这是什么孝悌官嘛!不讲悌道,竟这么对待他的兄长?吕强道:是啊,所以他哥哥上郡府告状,请求罢免霍青的官职。刘恒问道:那郡守是怎么办的这桩案子?吕廷尉又是怎么想的?吕强道:下官就是想听完代王旨意后,再去办理。

刘恒已经控制不住自己的情绪:那个胖子王守宁也是,惩办他真是不冤枉!不管谁封的官,只要他违背了律令,就按律行事,该法办就法办。薄昭也附和说:大汉的律法是爱民之法,不是用来害民欺民的。吕强阴阳怪气地说道:那,吕强就遵代王之命去办理,将这霍青撤职查办!刘恒感到此事并未触及主题,他话中有话地说:国舅所言极是,大汉的律法是用来爱民、安民的,谁滥用权力欺压百姓,谁

就该受到惩罚。吕强假装糊涂:那是自然,谁欺压百姓,我廷尉府绝不手软!刘恒话有所指:尤其是执法官吏,更不能执法犯法、利用权力欺压百姓!吕强也应和着:那是,执法官吏更不能执法犯法……

刘恒觉得这圈子绕不下去了,他直截了当地问:吕廷尉,那三水乡开十钱店的田力,是你纵容手下把他打伤的吧?吕强这才针锋相对起来:那田力轻慢官府,懒惰刁蛮,给他钱他都不去做好吃的,难道不该管管?刘恒道:管?你一个廷尉府廷尉就是那么管的吗?连踢带打,一下打断三根肋骨!吕强也不示弱:那是手下人失了手……刘恒紧盯着问:真是失手?那你为什么不道歉,不抚恤,反而扬长而去?这样执法犯法,欺负无辜,国法难容!你这廷尉还想干不想干了?吕强奸笑道:代王,天下酷刑比比皆是,剜鼻子割阴具的都不新鲜,我廷尉府官吏执行公务失手误伤了一个人,算得了什么?嘿嘿……至于我这廷尉吗,能干不能干,恐怕还要当今的皇太后、我的二姑母和当今的殿下、我的表弟说了才算数……嘿嘿……刘恒气急站起:你!吕强!吕强一副笑脸:代王,有何指教?吕廷尉愿洗耳恭听!薄昭忙打圆场:吕廷尉,代王就要到下面各郡县巡查去了,快按代王旨令,去查办那个不讲悌道、不尽职守的霍青吧!吕强转换了一下口气说:是,微臣这就按代王和国舅大人的意思去办!

艳阳高照。樊哙穿戴整齐,手抱一只羽毛鲜亮的好斗雄鸡准备出门。吕嬃看了看他,又发起一腔牢骚:每天没事干,吃了饭就去斗鸡,看看丰沛那些当年的老朋友,曹参、周勃、夏侯婴、灌婴、申屠嘉,哪个不比你强,哪个不是朝廷重臣?哪个像你!

樊哙不耐烦道:有完没完?耳朵都起茧子了!跟你说过多少回了,他们都是读过诗书什么的,打仗的时候怎么样?还不是老子冲杀在前!仗打完了,我大字不识几个,不斗鸡干什么!

吕嬃又说:那周勃、夏侯婴不是也不识几个字吗?高祖皇帝为什么能委以重任?

这正触到樊哙的痛处,他大怒道:还不是因为娶了你!你们吕家人贪心太大,恨不得天下的官都让你们当了。就因为这,我才被连累到这一步。

吕嬃嘭地站起来,喊道:我嫁给你这个屠狗的,算是倒了八辈子血霉,生的两个孩子吧,樊伉五大三粗,拿赌当饭吃,樊小一个姑娘家,蛮态百出,一脸麻坑,哪有一个像我!我早就看上小代王刘恒了,可几番暗示,薄姬就是不接话茬儿,还不就是嫌她丑!

樊哙知道吵不出什么结果,他降了降声调:我劝你就别做那梦了……得走了,他爱惜地抚抚怀中大雄鸡,去晚了,我这只漂亮的大斗鸡见不到正午的太阳,就会蔫了。瞧着吧,今天又有一场好厮杀唻!说着,走出门去。

吕嬃看着他走出的背影,叹口气说:长了个狗脑袋,一辈子只配屠狗!

122

熙熙攘攘的人流中,樊哙抱着大雄鸡走过一个个店铺,走过集市,停在一个屠狗摊前。他看着那屠夫杀狗,少顷,指点起来——你这刀法太差,应该顺这儿,他指指狗的后臀说:往下这么一刀剐下,骨肉分离,要快,不能拖泥带水。说着,他将雄鸡递给旁边看热闹的人:看我的!他持刀做起示范。卖狗肉的屠夫及围观的众人都佩服地议论着,屠夫还不禁竖起大拇指。樊哙用布抹抹手,得意地抱过雄鸡继续前行,走到一路口,想了想,又朝路边一家赌场走去——

　　赌场内。一群人围在案前,正吆五喝六地赌着,内中的樊伉已赌红了眼,也喊得最凶。一无赖喊:樊大少爷,你父亲朝这儿走来了!樊伉闻声急忙躲至众赌徒身后。樊哙站在门口朝里张望了一会儿,因未见樊伉,径自退出门去。

　　樊哙刚走樊伉就站了出来:真没劲,又错过一盘。每天被老爷子盯梢,真憋气!那无赖见状,出主意说:樊少爷,街市南边,有一处房子,小人看了几回了,又僻静又舒适,要是把它买下,自己开个赌坊,你父亲再也找不到你,那玩得多过瘾!樊伉两眼发亮:这主意不错,走,看看去!说罢,他收起一堆铜钱,拉起那人便走。庄家在后面喊着:樊大少爷,输了那么多,不捞了?樊伉理也不理,拽着那无赖朝街上走去。

　　樊伉与那无赖站在街市一店门前。他看看左右说:嗯,到里面看看。他们走进房子,上下观看,满意地点头,对房主说:这房子我要了,说着,便将一把钱币往桌上一摔:你们搬走另找房子吧!房主不解地说:这是怎么说话呢!这是我的祖产,我并没说要卖!樊伉蛮横地说:你没说卖可我要买呀!老二,叫人来拆屋!无赖狐假虎威地附和道:对,我们要买!拆屋!拆屋!顿时,房主与无赖们闹成一团。正要动手时,廷尉申屠嘉的轿子朝此处走来,房主拦轿喊冤道:冤枉,大人,小民有冤哪!申屠嘉听到喊冤声,不由得下轿察看,映在眼前的是樊伉正指挥无赖拆屋。申屠嘉一时怒起:樊伉,你怎么无故强占民宅,你知不知道这是违犯王法?樊伉不服地说:我,我……申屠嘉道:来人,拿下!话音刚落,众侍从已将樊伉和无赖五花大绑起来。

　　樊伉跳着脚高叫:申大人,你,你可是我父亲的老朋友,你无故捆我,就不怕伤了我老父的面子?伤了咱两家的和气,怎么不知谁近谁远!申屠嘉看了看他一身的无赖气:胡言乱语,无法无天!光天化日之下,竟干这等勾当,你父亲知道了也不会轻饶你。此时,吕禄率一队禁军从另一方向巡城至此,他见状马也不下,看了看申屠嘉说:廷尉府管的是刑事案,这事应该交我来办。说着,遂对随从军士说:给樊少爷松绑!申屠嘉怒视他们片刻:你,你们?!目无王法,我一定要跟你们辩个明白。说着,申屠嘉气得匆匆上轿,朝远处走去。吕禄、樊伉朝着申的背影大笑。吕禄阴阴地说道:王法,他是忘了王法姓什么了!

　　樊哙府内并不安静。樊伉抢占民宅事情传入樊哙耳内,樊哙抱起正斗得欢的雄鸡,三步两步就跑回府中,他一见刚刚回到家里的樊伉,关起屋门揪住樊伉就痛打起来。

樊伉被打得鬼哭狼嚎。吕媭被关在门外,急得团团转。

樊哙边打边说:你老子我天天斗鸡玩,看上去,是天天享清福,你以为我真愿意这样吗?我大字不识两斗,这太平盛世我能干什么?可你呢,年轻轻的,不读书,不上进,又不顾王法地拆人家的房子去了,你不好好活,我就打死你!说罢又抡起一根木棍追打。

樊伉边躲边求饶——孩儿不敢了,再也不敢了!樊哙又是一脚。樊伉喊着:唉哟——父亲别打了……孩儿不会读书,一捧书,就犯困,父亲,你不也这样吗!

樊哙吼道:不行,陛下下旨了,让老子打你五十大板!你小小年纪就学会鱼肉百姓,判你服刑也不为过,你不好好念书,不思上进,整天整夜赌博,还拿老子的战功给自己贴金,打,打,打死你这个不争气的畜生!

吕媭豁出命去撞门:你这屠狗的,要打,你连我们娘儿俩一块打吧……

吕后寝宫椒房殿的光线已经黯淡下来,桌案上的几摞竹简已经参差错落,显然,这都是她刚批阅过的。她看看眼挂泪痕的妹妹,关切地问道:你今天是怎么了?

吕媭叹了口气:当年,父亲让我们俩嫁给乱世中的两个草莽,姐姐你虽说受过大罪,可最后还是苦尽甜来。我呢?这辈子就没尝过一丝温存……

吕雉叹道:女人哪,谁不想有个心上人?可这世上最终有谁能如意呢?她沉吟了一下问:三妹,你今日找我,就是想说说这些苦衷?

吕媭换了一种口气:也不全是,我是想请皇太后在陛下面前美言几句,给我家樊伉找个差事干干,免得他每日赌博招打。

吕雉看看她说:皇帝也不能什么都管,这些事……

吕媭:这我也知道,曹参现在当丞相,我也提过几次,可这老东西不讲一点情面……

吕雉:他这就对了,朝廷选大臣总有他的标准嘛!

吕媭不快地说道:让你这么说,我们家的人就都成了废物!

吕雉一笑:又不讲理了,你以为还是那乱世,不怕死的就能当个官?非要干,就让樊伉到后宫当个侍卫吧!

吕媭腾地站起来说:樊伉在家都有人侍候,怎么能到后宫去侍候别人!再说了,你不怕丢人!

吕雉摇摇头,苦笑着。

吕媭又坐回原位说:不说这事了,哎,二姐,为保这刘氏江山万代不衰,我想盈儿……不,当今陛下的婚事,是不是可以在咱们吕家姑娘中物色一个?大哥、二哥的女儿和我家樊小都太小,咱表姑母家女儿的年龄倒是跟陛下相称,不如……

吕雉摇摇手说:三妹,这事你就别张罗了,选皇后事关重大,不可不慎重啊。

虽说吕家姐妹情深,可今天,吕媭却感到当了皇太后的姐姐却越来越与她拉开了距离,她不能不更牢靠地拉住她,为了吕家,也为了自己和女儿。

代邸为代国驻京城的联络之地。身着便服的薄姬与贴身奴婢瑞儿身边堆放着大包小包,正准备北上代国。

她们刚收拾停当,陆贾牵一条面目狰狞的大黑狗匆匆走入代邸大门。大黑狗拖着鲜红的舌头,呼哧呼哧的呼吸声吓得瑞儿直往薄夫人身后躲。

陆贾看看薄夫人身旁那收拾好的衣物包裹说:薄夫人,老臣一早赶来代邸,是为您北上送行的,看您还有什么吩咐的?

薄夫人立即站起身说:谢过陆大夫。她牵着不断哆嗦的瑞儿的手说:陆大夫这条大狗可真够凶的,瞧把我们瑞儿吓的……她朝陆大夫笑着。

陆贾得意:古人云,犬长四尺为獒。所以臣这条大黑犬就叫大獒。说着,他目视大獒,低声呼唤其名:大獒,大獒。

大獒闻声,看了看主人,立即直立腰身,将双腿搭在陆贾肩上,将那张狰狞的脸贴在陆贾脸上,那脸似喜似笑,煞是惬意。

陆贾拍拍大獒脖子上的项圈,项圈发出清脆的金属声:大獒,今天先让你认识路,日后你就是这里的常客了,快给薄娘娘施个大礼!

大獒蹭地一下扑到薄夫人脚下,撅起粗硬的尾巴摇来摇去,吓得瑞儿边叫边往后退;薄夫人则伸出发颤的手,抚着它的头说:好了,好了,谢谢你……

薄夫人笑望陆贾说:看不出,陆大夫一介儒生,竟能驯养出这么一条看似狰狞、实际上如此仁义忠实的大狗来。

陆贾愈发得意:这大獒是老臣从吴王那儿花大价钱买来的。买来的时候才这么大——他用两手比画出尺把的长度——没想到,几年后我带它去闽越,正走在山间,遇到一条恶狼。那狼眼见这只肥美的猎物,自是穷追不舍。可我这老朋友不知怎么就心生一计:先是绕山猛跑,待那恶狼步子越迈越小时,它也停下歇息;见那恶狼刚刚伸出舌头喘息,它又撒腿逃跑,那狼就不能不缩回舌头猛追……就这样跑跑停停,停停跑跑。引得那狼又累又急,最后一个闪失,那恶狼就掉入山涧了……

薄夫人听得入神,问道:那陆大夫当时在哪里? 陆贾道:还说呢!当初一见那狼,我自是害怕,于是躲到一棵大树后面。薄夫人笑了,躲到树后面还顾得了看?陆贾一笑,哪儿啊,这都是一个老樵夫后来跟我说的。薄夫人笑笑说:敢情这大獒是义犬救主啊,又义气又聪明!看来世间万物,智慧加勇气总能胜过贪婪的。陆大夫,你从来都是有眼力的人啊!陆贾终于道出来意:要说智慧仁厚,老臣从来看重四皇子的聪慧仁厚。夫人就放心地去代国吧,日后,老臣不能做不便做的事,大獒会担当的,它一定会是代王的千里眼、顺风耳。薄夫人会心笑笑。大獒边汪汪叫着边摇动着尾巴。

　　自恃长辈的吕媭莽莽撞撞闯进惠帝的寝宫时，把正在给宫女香蕊修手指甲的汉惠帝吓了一跳。惠帝看也不看吕媭，就指着近前一个黄门怒斥道：有人晋见为何不向朕通报？吕媭尴尬地站在一边说：陛下先消消气，是三姨母不让这小黄门通报的，因为他说陛下现在谁也不见，我想，通报也没用，就闯进来了。香蕊见状急匆匆退出寝宫。

　　惠帝不快地转向吕媭：三姨母有什么事啊，这么急？

　　吕媭讪讪地坐在惠帝面前说：陛下是知道的，三姨母跟咱们吕家的人为了陛下顺利继位，是出了不少力的。

　　惠帝看了看她，打断说：有什么话就直说罢！

　　吕媭道：好，我就喜欢直来直去！三姨母想，你的两个舅父都过世了，剩下几个侄子至今不是顶着个空衔，就是在禁卫军里当个小吏，还有我那个樊伉……就不说陛下你那个弟弟了，干不成大事的料子，就像你那个屠狗的三姨夫一样。可陛下那几个表哥吕台、吕产、吕禄是相当能干的，陛下能不能让他们分任禁卫军南北军的首领？陛下当了皇帝事情就多了，三姨母自然不能不提个醒，只有咱们自己家的人把住军权，陛下的帝位才能稳住啊！

　　惠帝正色道：军权乃一国之重，高祖在世时就已经安排妥了，周勃、灌婴两位老臣是忠心的，他们掌军权，既是众望所归，也是先帝遗制，哪有擅自更改的道理！

　　吕媭挤出一丝假笑说：先帝遗制是要遵守，可是陛下，你也不能不打打自己的主意吧？

　　惠帝冷冷地道：多谢三姨母的提醒，不过，选派朝廷重臣，曹老丞相早已制定了方略，朝野上下无人不知，这不是哪个人打主意就打得了的。

　　吕媭恼不敢恼，怒不能怒，讪讪道：那，陛下忙着，三姨母走了……

　　代王刘恒将批阅完的折子交给一位大臣说：就这样办罢，多用代国的物产换取蜀郡锋利的铁器，对军士对百姓都大有益处。大臣接过奏后轻轻退出。那大臣刚刚退去，站在一旁的张武问道：对百姓吃肉也有好处吗？刘恒看看他说：那是自然。本王去你家吃扁食的时候，因为你母亲没将肉剁碎，吃起来就有些嚼不烂。为什么？就因为她没有锋利的刀。张武：那代王当时为什么不说？刘恒：说了岂不是让你母亲没面子？傻瓜！张武会心地笑笑。刘恒朝他挥了挥手：张武，你先下去吧，等本王跟张丞相处理完司农的事情，就带你骑马去。张武说：真的？那我先让他们喂好了马。随着话音，他噔噔地跑出门去。

　　殿内摆放着几个样式各异的农具，从下面返回的张苍和几个大臣正围着这些农具新奇地议论，张苍拿起农具一一亲身示范：这个就是跖铧，要这样扶着；这个滑轮式辘轳，这样就能提水，省不少力气；只要这样，两个人就能驾驭三头牛耕地了……刘恒聚精会神地看着，满脸新奇和高兴。张武急匆匆跑进殿来：代王，太后已到中都。

刘恒惊喜地跑向宫外,众人跟随。他一眼见到母亲一身缟素,身后随着的瑞儿也是同样的装束。在日夜思念的亲人面前,刘恒已经忘记自己是威严的国王了,他抑不住心头的激动,一头扎入母亲的怀抱:母亲,您可来了,恒儿,恒儿天天都想母亲啊……说着,他涌出满眼泪水,露出儿女情……薄夫人扳开刘恒,看着他说:母亲何尝不是……薄夫人擦擦泪,以手比比刘恒的头顶说:长高了,长高了。薄昭扶住姐姐说:姐姐,代王不光个头高了,治国的才干也长高了。薄夫人笑望着他的两个亲人,笑影中透出隐隐泪光。

永巷,汉初宫中的牢房,昔日宫装艳丽、妩媚高贵的戚姬穿着褐色囚衣,正举着沉重的石杵吃力地舂米。

一名监督她的原秦宫留下的老宫女因从来无缘得幸于秦皇,几十年的孤独和生理熬煎,已经心理变态,她最妒忌的是受过皇帝宠爱的嫔妃。眼见戚姬那痛苦无力的样子,她不由地生出一股变态的快感,她斜着眼看看戚姬舂的米说:人家已经舂了那么多,你怎么才舂出这么点!戚姬不语,亮出石杵秃平的一头让老宫女看。老宫女看了看,阴阳怪气说:呵,嫌工具不好?你不是有劲吗?你最善长的狐媚折腰舞的舞劲呢?你邀宠先帝的骚劲儿呢?现在没劲了,今天你要舂米不够数,就别想吃饭!说罢,她扬起头傲然而去。

其他老宫女看着她的背影窃窃私语。老宫女甲说:她一辈子没得过男人,越见到得男人宠的美丽女子越嫉妒!老宫女乙接过话茬:你没听说呀,当年在秦宫,她周围的宫女都被始皇帝临幸了,唯独没要她。老宫女甲大笑:哪是不要啊……嘿……老宫女乙好奇心起:你傻笑什么,你倒是说啊。老宫女甲低声道:说了,你可别笑,更不能传。老宫女乙说:你说,我不传。老宫女甲道:那一晚,始皇帝临幸到我,就让她脱光了身子眼巴巴地站在旁边看……她,她那个样呀,我真说不出口……老宫女乙掩嘴道:难怪,难怪……她们笑得已说不成话。

戚夫人嫌恶地扬起头,似乎根本没听到这些。她咽了口口水,悲伤地唱道:

子为王,母为虏。
终日舂至暮,常与死为伍!
相隔三千里,当使谁告汝?

看着戚姬的神情,听着她的歌声,那老宫女竟从心底生起一股恐惧,她急忙跑入吕后寝宫,禀报了永巷发生的一切。

吕后还没听完就猛地拍案说:什么?那贱女人还整天唱歌,盼刘如意回来接她出永巷?!她倏地一下站起身来,推开几案上那小山堆似的竹简奏折:带本太后去永巷!

老宫女闻声,就急急地迈开碎步带吕后来到正在舂米唱歌的戚夫人身旁。

吕后斜瞄了一眼戚姬说:听说你还整天唱歌,日子过得挺自在嘛!

戚夫人低头不语,又沉重地举起石杵,一下!又一下!那舂米声传出她的挣扎与怨愤。

吕后踱了几步:我知道你恨我,可你却恨错了地方。

戚夫人疑惑地停下石杵。

吕后知道自己的话触动了戚姬的心,她不禁大笑起来:哈……是吧?到现在你还没弄明白我们俩结的是什么仇。你恨我,以为我是嫉妒你的年轻美貌,你的受宠,你那点聪明比那个老宫女都不知低多少倍!

戚姬不由抬头望望她:那……

吕后道:你这样的骚女人,就知道在情和色上绕圈圈,以为我是把你当成了情敌。说到这里,她突然提高了声调,字字铿锵地说:你错了,压根儿就错了!以你的智识、阅历是看不到根上的,告诉你吧,我们是不共戴天的政敌!

戚夫人睁大了眼睛,一对迷人又迷茫的眼睛。

吕后看着那双迷人的眼睛,声音不由地柔和起来:戚姬,别怪我无情,因为权力本身就是个无情的东西。情敌可以化敌为友,可一国之母之争的政敌,结局只能是你死我活!

戚夫人终于明白了,她是无论如何,也见不到她心爱的儿子了。猝不及防地,她爆发出一阵狂笑:哈哈哈哈!是,是的,你胜了,可我从来没悔过,我很知足。我只是一条小溪,一条清浅见底的小溪,你却是一条挟泥裹沙的滔滔大河,你有与先帝同甘共苦的本钱,有满朝文武的拥戴,做了大汉国母,可你的座位是肮脏的,凶险的;我从来没求过这个,我只求以我的清浅和忠心扶侍先帝,效忠先帝,并从中得到了先帝最终的爱,我得到了,知足了,一个女人还要什么呢!

吕后被激怒了:清浅?忠心?别说得那么可怜,你凭的是年轻美貌,是风骚狐媚!年轻美貌谁没有过!本太后当年也是远近闻名的大美人呢!可珠会黄,色会衰,只有皇太后的权力,权力,才永远不会老!说到这里,她几乎得意得近乎疯狂地踱起步来。

戚夫人不再理睬她,又是边舂边唱起来:子为王,母为房。终日舂至暮……

吕后恼羞成怒,她刷地转过身来,让你唱,我让你唱!来人,把这贱女人的舌头给我割了,把她头发一根根拔掉,我让她美貌,让她年轻……让她变成丑八怪!

在吕后声嘶力竭的圣命声中,宫女们一拥而上,不多时,往日那光艳照人的戚姬已经满身满脸血污,她再也唱不出歌说不出话,像只被打伤的困兽在地上滚来滚去……

未央宫内的湖面上波光荡漾、涟漪横生,顺着一圈圈推挤的涟漪望去,原来是惠帝刘盈的小舟正从远方划来。在他身边,香蕊、月荷等在边荡船桨边快意地嬉笑……香蕊凭船栏下望:快看,湖里的鱼好像又多了,真多呀,又多又美……月荷赶来笑说:鱼当然要越来越多呀,大鱼总下小鱼嘛!

刘盈也兴奋地挤近船栏:我看看……他见鱼儿惊得溅起片片浪花,忙提醒她们:别再喊了,看把它们吓得,游到水底去了……

正兴奋中,一只风筝从天而降,它不偏不倚,正好悠悠荡荡地落在惠帝怀中。刘盈举目四望,不远处,鲁元正带张嫣在湖边放风筝,张嫣见风筝正落在刘盈怀里,她又急又喜地跳起脚喊着:舅舅,不,陛下,快松手,快松手!

刘盈虽年纪不大,可不知为什么,自张嫣来到这个世上,从内心深处他就把她当做自己的亲骨肉,不管在什么场合什么心情中,只要见到她,他心里就升起一片温软慈爱的感觉,他挥挥手:嫣儿,别叫陛下,叫舅舅,听到了?快跟你母亲乘舟来追朕!

香蕊在一旁说:陛下最喜欢嫣儿了,见了她,满脸都是笑。

月荷搭话说:当然了,陛下跟鲁元公主才是同父同母的亲姐弟嘛!说罢,她偷眼看看香蕊,知道犯了忌,不禁掌自己的嘴说:这张破嘴,又犯忌了,呸,呸呸……

香蕊笑得前仰后合:看你那疯样儿,谁让你总管不住自己那张嘴!她们看看没听她们说话的惠帝,相互吐舌而笑。

此时,鲁元与张嫣走到湖边,登上另一只彩舟。不多时,鲁元的彩舟已经划至惠帝舟前,惠帝一把将嫣儿从彩舟抱向自己的膝上。

鲁元吟吟笑道:陛下,别太宠嫣儿了,陛下事事顺着她,以后这孩子就更任性了。

惠帝笑笑说:有那么玄吗?他低头逗着嫣儿说:嫣儿是乖孩子,不任性,是吗?

嫣儿笑着连连点头:是的,不任性。

惠帝关切地看看鲁元:姐姐气色还是不好,药还在吃吗?

鲁元敛容叹息一声说:药是治不了心病的。

惠帝道:别老想着赵王了。他望着下面的湖水说:孔子都说"逝者如斯夫,不舍昼夜",他说的是河水,可又何尝不是指的人!日子总得往前走哇,好在你回长安了,我们能朝夕一起了,你还不高兴吗?

鲁元深知刘盈的心,论手足,只有他俩是手足相连;论人心,也只有他俩两心相贴,他沉吟片刻说:我也不尽是想张敖,我是想,人人都羡帝王家,可帝王家又怎样呢?比如我,比如你,比如父皇,比如母后……真是父母不像父母,手足不像手足……这人生又有什么意思?

惠帝深深触动,他抓住姐姐的手:姐姐,别这么想……因为无以解答,他只好转移话题:你看这天,这水,多美!

此时,一小黄门急急跑来,陛下,陛下!太后请陛下到长乐宫去!

刘盈走进吕后寝宫时,天色已经暗了下来。吕后宫中的灯光给这空旷的宫室

带来一丝温馨。

吕后看看游兴未消的刘盈,先是问他玩得可尽兴? 后又问他在园子里都遇到什么好玩的事? 看着刘盈兴奋的样子,她说:盈儿,你已经是一国之君,是大汉的第二代皇帝了,咱们大汉还应有第三代、第四代……世世代代兴盛不衰的君王。

惠帝看了看吕后:母后是想跟盈儿说什么?

吕后成竹在胸:母后就知道你会这么说。可香蕊是个宫女,出身低贱,岂能成为我大汉国母? 一块玩玩倒也可以,做皇后嘛……

惠帝十分认真地说道:可在朕见到的女人中,就喜欢她。

吕后拍拍刘盈的肩:都做皇帝了,还这么孩子气! 皇帝不像普通人家,娶个媳妇就为床笫之欢,就为一个家族的传宗接代。

惠帝忿忿道:皇帝又怎么样? 皇帝不也是人! 皇帝就不能娶他喜欢的女人做皇后?

吕后颇有感触,她叹了口气说:唉,母后明白你的心,可皇帝,皇帝就是不是常人,皇帝选后就不能光为喜欢,还要为宗室社稷的强固,为汉室血统的纯正、高贵着想。

惠帝疑惑地说:血统纯正? 这是什么意思?

吕后道:盈儿你说,除母后外,你跟谁最亲最近?

惠帝道:自然是鲁元姐姐了。

吕后道:对呀! 最亲最近的人,血统才最纯正。

惠帝听到这话十分惊恐,他望着吕后问道:母后是什么意思?

吕后道:母后思前想后,觉得你父皇打下江山不易,这江山要血缘不变,你只有娶下张嫣做皇后才最合适。

惠帝闻听此言倏地跌坐地上:什么? 朕的外甥女嫣儿? 做朕的皇后? 他抑制不住地大哭大笑,用尽全身之力摇着头说:不、不不! 那岂不是乱伦,岂不有违人伦!!

吕后没想到他会有如此激烈的反应,她愣怔半天才说:母后也难以启齿啊。可我又想,做为天子,做为天下人仰慕的皇帝,九五之尊,就应该有超出常人的胆识去对待世间的一切,包括感情。

惠帝已不顾一切,他一下子跌坐地上放声大哭:不,不不,孩儿做不到,孩儿宁愿不做这皇帝……

看到已经成为九五之尊的儿子竟是这般模样,吕后一时有些晕眩,她镇定了一下自己,拍案怒斥道:你这是什么话? 像个一国之君吗?

惠帝边哭边说:孩儿从来就没想做这一国之君,当初也是母后和三姨母逼儿这么做的,我不做了,这皇帝还是母后当吧。

吕后气得浑身颤抖:放肆! 这皇位又不是一件礼物,可以送来送去的!

惠帝针锋相对:难道姐姐就可以是礼物吗?父皇为了讨好楚霸王项羽,就将姐姐嫁给项羽的伯父之子;后来为和亲,又允诺将姐姐嫁给匈奴冒顿老单于,姐姐几经周折,好不容易找到赵王张敖这人才一流、琴瑟相合的夫君,父皇又废除他的王爵,以致张敖郁郁寡欢而终……如今母后又想抢她相依为命的小嫣儿,姐姐,姐姐还有活路吗……

毕竟是母亲,听到此处,吕后也为女儿的命运生出一缕悲伤:唉,人世间最脆弱的是感情,最坚硬的也是感情。做为人君,就得有坚硬之情,忍受常人不能忍受的痛苦。她顿了顿说:难道……难道陛下就看不出,为了你父皇打下的这大汉江山,你母后又忍受了多少屈辱和痛苦?说到这里她才动了真情:母后也是人,也是一个需要感情的女人,可母后做了皇后、做了皇太后之后,在感情上又得到了什么?

惠帝安静下来,他擦着泪再也说不出话。

吕后扶起刘盈:盈儿,你太善良了,母后是怕你日后娶一个左右牵制你的皇后,你再难为自己。母后此生也就这样了,已不再想自己的荣辱、自己的感情,母后只以陛下的江山社稷为重,趁我还在,我要为你扫除一切隐患、障碍,让所有的骂名、诟名都由母后一人承担吧!说得伤心处,她竟流下几滴眼泪。

惠帝被母亲的温情感动了,他拭拭泪说:母后多保重,孩儿告辞了。

刘盈走出大门的时候已经夜色凄迷,他恍恍惚惚,正遇鲁元牵着张嫣翩翩走来。张嫣跳前几步,拉住刘盈的手问:陛下舅父,你的眼睛怎么那么红啊?鲁元也关切地问道:陛下,你怎么了?惠帝艰难地笑笑,忙掩饰说:没怎么,他走出几步,突然转身说:姐姐,弟弟无论如何都不会做对不起你的事,更不会对不起嫣儿!鲁元莫名其妙地看看他,笑了笑,之后走进吕后寝宫。

少顷,吕后寝宫里传出鲁元凄然的哭声……

黄昏时候,代国廷尉府囚牢里的犯人们都扒向栅门,他们望着将落的落日,数着自己坐牢的日月。这时,一个蓬头垢面的中年男子猛力摇撼着囚室的木栅栏嘶喊:我冤枉!冤枉啊!他就是吕强向刘恒奏报过的那个孝悌力田官霍青。显然,他刚被关入囚牢不久,可他的喉咙已经嘶哑得听不清楚。

一个红衣红帽的狱吏看着他几乎发疯的样子朝他走来,厉声说:霍青,你天天喊冤枉,代王能听见吗?你就是嚎死,也白搭!

霍青申辩着:我把我哥赶出家门是有隐情的,王郡守和吕廷尉都知道!他们都说我无罪,代王怎么会说罪在我身上,将我关进监牢呢?

狱吏嘿嘿一笑说:老国王的话就是律法,既然代王有话,你就老老实实呆着吧!

霍青有冤无处诉:天哪!我惩罚一个懒惰的人,一个偷吃种子的人,这不过是一个简单的家务纠纷,郡守、廷尉府都可管可不管,怎么会就呈报到代王那儿去

了！代王怎么就不问青红皂白……

狱吏狐假虎威地吼道：霍青！你要是不想被五马分尸，就闭上你那张臭嘴！

霍青还是想不明白：退一万步说，就算我不讲悌道，也得有个刑期吧，就这么一关了之，何日是个头啊！我妻儿一家，还靠我养家糊口呢！她们怎么活呀！

他越说越委屈，竟突然用头撞起墙来，他越撞越气，已经满头满脸的鲜血还是控制不了自己。同牢的囚犯们有的拉他，有的躲避，乱糟糟的不知过了多久，他竟无力再撞，已经血流满面，倒地气绝了。

这是一个少有的好天气，多日的阴霾退去了，灞上的杨柳随风飘拂着。车轮响处，汉惠帝刘盈乘辇车缓缓驶来，他来灞上是为了迎接从邯郸回长安的刘如意的。在当年项羽大摆鸿门宴之地，阔别已久的兄弟俩的车辇亲切聚拢。

刘如意看到皇帝的辇车，急忙下车，趋前跪拜：陛下，请受臣一拜。

惠帝未等他跪地，就抢前一步，抱住如意说：三弟，快快起来，听说你回长安要绕道灞上，为兄我就特来此地接你。

刘如意见做了皇帝的二哥仍是如此兄弟情深，眼睛不由得涌出泪花说：臣弟怎敢劳驾陛下来灞上迎接，臣真是担当不起！说着又要跪拜。

刘盈忙扶住他：好几年不见了，想还想不过来，还拘什么礼！他扶肩看着如意，不禁忧心说：三弟，父皇生前不是反复说过，不让你返回长安吗？朕登基，你派个使臣来一下就行了！

刘如意更为动情：不，父皇驾崩，如意未能送葬，已是五内俱焚了。如今陛下登基乃举国重典，臣弟怎可不来！重返儿时旧游之地，看到当年鸿门宴遗址，不禁感慨：陛下，当年父皇就是在这里，与张良、樊哙亲赴鸿门宴的，没有父皇当年在这里忍辱谢罪，哪有后来大汉的帝王伟业！多快呀，霸王走了，父皇也走了……这人世间的祸福成败与"忍"和"耐"好像是相依相生的啊！

刘盈并未认真听他对世事的感慨，他忧虑的是如意今日的处境：三弟，有话随朕到朕寝宫再说罢！

刘如意顿生一种回家的感觉：好！臣弟一定与陛下一醉方休！只是先要去长乐宫拜见太后，再去见过母亲道声大安，才好与陛下倾樽痛饮。

刘盈欲语又止……

兄弟俩各乘各车一路进城进宫。跳下车后，刘如意告别了刘盈就跑向长乐宫吕后寝宫。他边跑边说：如意拜见皇太后！

吕后闻声，立即迎至门前，格外亲热地拉住如意的手说：几年不见，赵王长得越发像先帝了，个头又长了不少。她撒开他的手，围着如意前后打量着：好啊，好！你们都长大了，齐王治国有方，代王刘恒在张苍协助下也有起色，赵王把赵国治理得越来越富足，这样下去，大汉何愁不昌盛繁荣？

刘如意也陷入吕后精心编织的温馨欢乐中：谢太后夸奖。说着，他转入主题问:太后,我母亲可好?

吕后早料到如意会这么问,她眼不眨心不跳的说:好,很好!昨天还跟我说起如意小时候如何调皮哪!

刘如意思母心切,急急地说:如意拜见过皇太后,这就去见母亲。

吕后尚未答话,正思忖间,一宫仆来报——启禀太后,陛下请赵王前往未央宫饮酒!

吕后正好找到托词,急忙说:去吧,陛下从小就跟赵王最好,为赵王洗尘接风是应该的,应该的,赵王先同陛下去饮酒吧。

刘如意举手揖别说:是,儿臣告辞了。说罢,随宫仆走出吕后寝宫。

吕后见如意离去,脸色骤变说:玉儿!

玉儿应声前来:奴婢在!

吕后厉声道:快把戚娘娘的贴身奴婢阴梅叫来,然后……吕后朝玉儿耳语,玉儿频频点头。

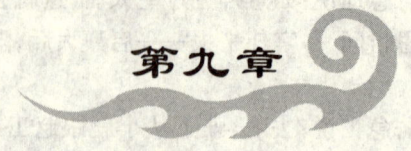

周勃急冲冲闯进曹参府中。书房里,老态龙钟、表情淡漠的曹参正独饮独酌。

周勃进门就喊:曹老丞相,都什么时候了,你还饮酒!

曹参又饮了一樽:出了什么大事啊?周大人已经不想让我饮酒了?

周勃焦急地说道:赵王已经回长安了,得想个办法,救救赵王和戚夫人哪!

曹参替周勃斟上一樽,来,喝酒。

周勃猛地一推,酒樽当的一声落在地上:你是丞相,肚子里能撑船。要喝你自己喝吧,我可喝不下去。

曹参又干一樽:喝也无益,不喝也无益,酒洒在地,收也收不回了……

周勃干着急,收不回也得……

曹参这才放下手中酒樽:唉,老夫曾三次派人送信给赵王和周昌,叫赵王千万不要回长安,可赵王就是不听,非要入这虎穴。事到如今,老夫又有什么办法?要么,你想想,怎么才能……

周勃的眉头已经皱成一个疙瘩:从戚夫人被折磨成的样子,已经可以看出太后下的狠心。如今赵王又送上门来,她能不下毒手吗?可那是后宫,不得擅入,我们能有什么办法!

曹参狠饮一樽,掷樽地上:她是什么事都干得出来的……说罢大哭:先帝、先帝啊,老夫辜负了你的嘱托,九泉之下也难与你相见哇!

周勃这才明白,无论他们如何能驰骋沙场、如何能运筹国事,可在吕后的淫威面前,他们这群老臣却拿不出一点办法,他只好坐在曹参身旁,擦着英雄无奈的泪……

入夜,未央宫中灯光柔和、乐曲悠悠,丰盛的餐桌旁,只坐着刘盈和如意。刘盈知道,如意此来确实凶险无限;可他深信,以自己的九五之尊,要保三弟的生命总还在自己的权力之中。人生性善良的刘盈他要以这场盛宴告诉如意:他回家了,家里有兄长的温馨和呵护。

人的成熟在于历练更在于灾难,看得出,如意成熟了,尽管兄弟相聚笑语不断,可他眉宇间却总有驱不散的忧虑。刘如意举起一樽酒,无限感慨地说道:陛下还是跟从前一样,最看重的是兄弟情义。刘盈道:叫二哥吧,又不是在朝上。刘如意又说:二哥,记得小时候,我老欺负你,可二哥从来没怪过我。刘盈笑道:是吗?朕不记得了,只记得三弟小时候帮朕不少。两人同时陶醉于回忆中。

少顷,刘如意有些伤感地一晃酒樽,我们都长大成人了,就像当年父皇带我们去上林苑看到的那些半大虎一样,兄弟八人东西南北四面八方,不知什么时候再能团聚了。

受如意情绪的牵动,刘盈的意识也被拉回当年岁月:当年,七位小皇子正摇头晃脑地背书的情景:螽斯羽,薨薨兮,宜尔子孙,绳绳兮……

刘如意更加感慨,看来,我们当年想永远在一起的愿望只能是永远的愿望了。臣弟这次回京城,只希望皇太后能按信中讲的,让母亲随我一同去赵国。还请二哥多多成全哪。刘盈举起酒樽与如意碰了碰:三弟放心,朕还是个皇帝嘛,这点事总能做到的。刘如意举樽尽干:要是真能成行,臣弟将永生不忘二哥的恩德!刘盈也满樽干尽:三弟言重了。刘如意快乐得豪气又起:喝!二哥,今晚咱们要喝个痛快!他们杯来盏去,夜将深时,刘如意已经大醉。刘盈却心怀忧虑,一面浅浅饮酒,一面敷衍如意。此时,一黄门匆匆走进奏报:陛下,太尉周勃求见。

刘盈望了望已经醉倒的刘如意,走向外厅。周勃急忙跪拜:陛下,请恕臣深夜求见之罪。刘盈搀起周勃:降侯,不,周叔叔请起。你深夜来此,是……周勃又急又忧:老臣深夜求见,是想……看看赵王……刘盈豁然道:朕明白降侯的苦心,回府歇息吧。放心,朕毕竟是皇帝。周勃深施一揖:那,老臣谢过陛下了。周勃说罢退去。刘盈回身吩咐宫仆说:将赵王安排在朕的寝宫里,与朕同榻共眠。

已是二更天气,椒房殿中的吕后威严中露出一丝温和地问:你叫什么名字?跪在地上的阴梅轻声道:奴婢阴梅。吕后似忆起什么:阴梅,噢,就是那年从定陶跟戚姬一起来宫里的姑娘吧?听说你们主仆形同姐妹,戚姬待你非常好?阴梅恐惧得抬起头来,急辩说:不,不,太后,娘娘总是娘娘,奴婢总是奴婢,我和戚娘娘……吕后宽和一笑:你是怕哀家株连你吧?阴梅惶怵:奴婢不过是一个伺候戚娘娘的奴婢……吕后道:这我知道,戚姬有罪,是她的罪,与你无关。她缓了缓说:从做人说呢,虽说戚姬对朝廷有罪,对你可是有恩的,她如今已到难处,你总该帮帮她吧?不然,岂不是忘恩负义?阴梅感动又犹疑:帮?我一个奴婢,能帮什么呢?吕后道:我问你,戚姬最亲的人是谁?阴梅道:自然是赵王如意。吕后假意道:对啊,今天如意回来了,戚姬有罪,母子不能相见,你总该多伺候伺候如意吧?阴梅感动地叩头说:是,阴梅谢太后教诲之恩。

翌日凌晨,天还未亮,刘盈就被窗外一阵清亮的鸟鸣声搅醒了,他睁眼一看,身边的刘如意睡得正酣。

黑夜已过,东方渐晓,料想已不会出什么事。兄弟同榻,更唤起刘盈的童心,他于是生出种种童趣,喊着:三弟,三弟,该起床了,听这鸟叫得好怪,我们去捉吧,

看看是些什么鸟。刘如意翻了一下身又睡着了。刘盈看看熟睡的如意,心想,不叫他了,等自己捉回鸟来,不定给他带来多少乐趣。于是,他轻声下榻,推门出宫,朝鸟鸣方向走去。

飞飞叫叫的是一只红喙翠翅玲珑可爱的小鸟,它飞飞停停,似有意逗引刘盈远离寝宫。小鸟撩得刘盈兴致愈高,他跑跑停停,猛追那鸟儿。

随着吕后贴身婢女玉儿的脚步,天色朦胧中,阴梅就被带到椒房殿。到了外厅。阴梅拉住玉儿:玉儿姐姐,大清早叫阴梅过来,到底什么事啊?玉儿以手嘘嘴:小声点。太后一夜没睡,刚睡沉了。阴梅立时敛声。玉儿轻轻地说道:都说太后凶,其实啊,她心挺善的。这一夜啊,她一直念叨赵王可怜,可戚姬犯了罪,她也不能跃过朝规让他们母子相见啊……阴梅听着,似认可又非认可。玉儿接着说:听说昨天晚上赵王与陛下兄弟相见非常高兴,赵王竟喝醉了,陛下就留他住在陛下寝宫,太后怕他伤了身子,让御膳房连夜做了醒酒汤。我想正好让你送去,你也可就便看看赵王。阴梅感激道:谢谢玉儿姐姐,太后和你想得真周到,我这就去。

说话间,玉儿已将一装着醒酒汤的陶质小壶递到阴梅手中。阴梅谢过玉儿,急匆匆奔向惠帝寝宫。说也凑巧,往日婢女成群的惠帝寝宫此刻竟阒无一人,阴梅想,或许这些懒丫头还都在梦乡呢!正好。她可以静静地伺候一刻赵王。她一路思谋,皇帝能否准许他近前伺候赵王?因又想,既有太后的慈爱,当今皇帝又天性和善,总不至回拒这一番苦心。边想边走到皇帝卧榻前。天似良机,卧榻上只有酣睡的赵王。

阴梅站在榻前,端详着已是成年的如意,她百感交集,想叫又不敢叫,终于,她下了决心,轻轻地唤道:赵王,赵王,喝点水吧。

刘如意睡眼未睁,顺手抄起小陶壶,"咕咚""咕咚"就将醒酒汤喝了个净光。

御花园中,刘盈终于在一个树杈间逮住了他追了好久的小鸟,他高兴地捧着将那鸟儿关入笼中,鸟儿扑愣愣地直撞竹笼。

鸟的叫声由欢快变成凄切。突然,它不再撞笼,刘盈细看时,那鸟儿已经啄折颈项,气绝身亡了。刘盈倏地记起什么,噔噔噔地速返寝宫。

寝宫内,阴梅看看仍未睁眼的如意,为不搅他的美梦,只得悻悻离去。

阴梅刚走出寝宫,那吕后让人精心配制的"醒酒汤"就发了药性,刘如意的肠胃如刀剪铰割,他抽搐呻吟,不一会儿,就七窍流血,翻覆挣扎了一阵后就奄奄死去。

未久,刘盈冲进寝宫,见如意已经一身僵硬,嘴角还残留着干涸的血迹。刘盈大呼——来人!来人呀!此时,吕产闻声执刀闯进来说:陛下,我来了。他一见横尸皇帝寝宫的刘如意,即刻朝外喊道:这是怎么回事?快将刚走出去的宫女抓住,她穿的是绿衣服!

片刻间,宫外脚步杂沓,不一时,身着绿衫的阴梅如惊弓之鸟般地被押了上来。一军士指着阴梅说:我亲眼见她捧着这个陶壶走出寝宫的。阴梅看看已成僵尸的刘如意,又悔又痛,奴婢是给赵王送水的……刘盈气极道:什么水,是毒药!一脸凶煞的吕产挥了挥刀说:竟敢毒死赵王,拖下去,斩!

不知何时,吕后已幽灵般走到近前,慢!众人见状,一齐跪在地上:太后!吕后冷冷地说道:这奴婢是戚姬的贴身宫女,跟戚姬是同乡,也是定陶人,叫阴梅。说着,她转向阴梅:阴梅,你好大胆子,竟敢听从戚姬之言,在水中下毒要害死陛下,可她万没想到她却是机关算尽,反害死了自己的亲生儿子!阴梅惊恐不平:不,不是戚夫人,是……吕后突然提高了声调:大胆贼女,死到临头,还敢狡辩!吕产喝道:拖下去斩了!

阴梅满脸冤屈地望着刘盈喊道:奴婢冤枉,奴婢冤枉啊!可吕产已经不容她叫喊,命军士封住她的嘴就拖出皇帝寝宫,之后,又命人抬出刘如意的尸体,宫中只剩下刘盈和吕后。刘盈终于爆发似地大哭:朕算什么皇帝,什么九五之尊的皇帝,连自己的弟弟都保护不了啊……

与每天早晨一样,文武大臣们站在未央宫正殿两厢,等待皇帝临朝,可等了又等,仍不见帝王到来,周勃、陈平、申屠嘉、陆贾等在殿中议论纷纷。互相询问起来。他们觑目上望,只见曹参一脸铁青,表情冷峻地站立龙榻旁。等了好久,吕后缓缓走来。众人齐齐跪拜:拜见皇太后。

吕后坐于龙榻旁侧说:陛下的癫狂病又犯了,今日不能临朝。周勃趋前问道:陛下这阵子身体不是很好吗?为什么突然发了病?陆贾附和道:听说赵王已到长安,按例总该上朝吧?吕后隐而不发:降侯周勃,中大夫陆贾!周勃、陆贾应声趋前:臣在。吕后嘿嘿笑了几声:朝廷待你们如何?周勃、陆贾道:恩重如山。吕后道:既然知道恩重如山,朝廷有了事,总该不辞报效吧?你们为什么反倒明知故问、幸灾乐祸?周勃、陆贾道:微臣不敢。

吕后终于拉下脸来:量你们也不敢!既然你们已经知道赵王已死的事,本太后就跟你们说明了吧!现已查明,是戚姬指使她的心腹宫女阴梅给陛下送了毒药,不巧,陛下去园子捉鸟躲过了这一劫,却毒死了与陛下同寝一榻的赵王刘如意。

周勃听出蹊跷:那戚娘娘早已被囚入永巷,她如何指使的心腹?

吕后大声说道:降侯问得好!据阴梅交代,戚姬在先帝仙逝时,就已做好了这一安排,让阴梅伺机行事。可早不行事,晚不行事,偏偏在赵王来京后才行事,可见陛下福大命大,我大汉洪福齐天,是任何人都动摇不了的!

吕产匆匆进殿:太后,罪妇戚姬带到!吕后一挥手:押上来!满身伤痕、已被拔光头发的戚夫人披枷戴锁被推入殿前。众大臣见昔日光彩照人的戚夫人成了如此模样,皆不忍卒睹地低下眼睑。

吕后定定地看着她说:妖妇,你害我大汉皇帝、夺我大汉江山之心好歹毒哇!当年,你就利用高祖宠爱之恩,欲废太子而立其子刘如意,你的图谋在满朝文武竭

力反对中落空后,又不惜指使你的心腹奴婢阴梅要毒死当今皇帝。幸亏皇帝福大命大,你阴谋要尽,反害死了自己的亲生骨肉!你那心腹奴婢已全部交代,认了罪,伏了法,你还有什么话说?戚夫人嘶声狂笑,手指吕后,眼喷怒火却发不出声来,她忽然仰起脸来,众大臣见其口中血肉模糊,舌头已被割下。吕后见众大臣面有同情之色,固高声宣示:按大汉刑律,将戚姬砍去双手双足,剜去双眼,让她变为人猪!陆贾早已按耐不住:太后,中大夫陆贾有话禀报。吕后双目如剑,直视陆贾:中大夫?有话就说。陆贾:按大汉朝律,如此大案大刑,应由廷尉府审理。众大臣附议。

吕后纵声大笑:哈哈哈……陆贾,你今天没饮酒吧?还有你们,她扫了一眼面露不平的大臣们:附议?你们对大汉朝律倒是背得挺熟,哀家问你们,朝律,朝律是谁定的?是皇帝管廷尉府,还是廷尉府管皇帝?众大臣哑然不语。吕后又威严地扫视了众大臣一周:今日陛下犯病,不能临朝,由哀家来判此案,不合朝律吗?众大臣仍是愤而不语。吕后果决道:行刑!话音刚落,吕产即押戚夫人走出未央宫。

众大臣敛容噤声,陆贾头埋得很低,唯恐那滴同情戚夫人的泪水被吕后窥出。未央宫一片死寂。吕后平复了一下自己:你们还有什么事要奏?未央宫仍是一片死寂。吕后道:退朝!

宫院内,众大臣纷纷朝大门走去。

已经到了门外,陆贾抻抻申屠嘉的袍袖:申廷尉,你为何不说话?申屠嘉瞄了一眼陆贾:我能说什么?你倒是说了,管用吗?他紧走几步:告诉你吧,这个案子是吕家的,早被吕产抢走了。众大臣凑拢曹参周围:丞相,该怎么办呢?曹参掏出酒壶,猛饮一口:怎么办?没什么怎么办,你们,该做什么还做什么去,老夫,老夫就做个酒鬼吧!说罢,又是怆然一饮。周勃、陈平对视一眼,只能与众人无奈地离去。

刘如意的惨死,对戚姬的酷刑,朝野上下虽然再无声息,可在人们的心里却巨石盖天、黑水漫地。倒不是与戚姬母子有什么瓜葛,而是眼看律崩法坏,老臣们不能不忧虑,他们以血肉打下的大汉江山将会走向何处……樊哙也像得了一场大病,这些天他再不出门,只是无精打采地在床上滚来滚去。

吕婴见他这般模样也是无可奈何,她只好抱起那只斗鸡给他说:去斗会儿鸡吧,老这么躺着,会躺出病来的。

樊哙烦躁地一把将斗鸡掷于地下:别来烦我!

吕婴扎着手说:哎呀呀,赵王死,跟你有什么关系?看你像死了父亲似的!

樊哙噌地坐起来说:太狠了……这手段让人睁不开眼哪!

吕婴倒振振有词:我二姐是什么人?女中丈夫!无毒不丈夫嘛!你呀,白打了那么多年仗!

樊哙道:打仗怎么了?那是刀对刀,枪对枪,面对的是敌人,你死我活!她这是对谁?对先帝的爱姬和爱子!人家已经被打入永巷,手无寸铁的弱女子……

吕媭道:谁让她跟二姐是天生的冤家呢?要是刘如意坐了皇位,戚姬成了皇太后,你能保证她对我二姐的手段不会这么毒?没准儿还要毒,还要连累我和你,没准儿我们吕家还会被诛灭三族呢!说者,她又翻箱倒柜地翻腾起来。

樊哙喃喃:不懂,真的不懂。……他看了看手脚不停的吕媭:我说你这是忙什么呢?

吕媭头也不回:听二姐说,诸侯王都要来京庆贺惠帝登基呢,要是四皇子刘恒来了,我想带樊小去见见他,找几块料子给女儿做些新衣服。

樊哙道:我看你就少忙活吧。代王不会来,已经派张苍来了。

吕媭想了想说:那不还有其他王吗!淮南王、吴王、琅琊王刘泽也不错!

樊哙急忙摇头:吴王刘濞不行,不就是富吗,可听说他小妾太多,有二十多几个。琅琊王刘泽那可是叔叔辈的哟!

吕媭道:叔叔辈的怎么了?惠帝能娶亲外甥女,我女儿还不能嫁叔父!

樊哙又躺在床上:你们吕家女人哪!就是想把刘姓王永远拴在裤腰带上……

粉墙灰瓦、黑漆大门的代国廷尉府在暗淡的阳光下也显出几分威严。那位蓬头垢面的女人拉着三个孩子不知已在门前跪了多久了,他们边哭边诉,招来了不少围观的人:我家霍青死得冤哪!我们一家四口可怎么活呀!天哪,你睁开眼瞧瞧吧,哥哥好吃懒做,还偷别人家的种子吃,我家霍青打他有什么罪呀!天哪——"母亲——"两个孩子也哭了起来,哇哇的哭声惹得路人也停了下来。廷尉府门前围的人越来越多。

一红衣红帽的廷尉府衙吏挤进人群喊着:吕廷尉早就讲过了,你丈夫一案是代王亲自过问的,你有冤,去代王宫前喊去!众人议论纷纷。一老者劝女人说:唉!大嫂子,我看你还是回去吧,君王的话就是法令,还有什么说的!你去王宫喊冤,还要不要命了。霍妻哭着说:这位老伯,我家霍青本是食俸禄的啬夫,可就是因为——廷尉府衙吏边喊边举杖哄赶围观的人:别围在这里看热闹,快散开,散开!身着便装的张武也杂在被驱赶的众人中间,他若有所思地走出人群。

张武边走边想,不觉踏进代王的书房。刘恒看了他一眼:怎么了张武,这么没精打采的?张武头也不抬地:我想回家。刘恒笑问:怎么,想母亲了?张武道:我回家就不回来了。刘恒收住笑容:为什么?寡人这里不好?还是寡人待你不好?张武道:都不是,代王对我的好,我会记住一辈子的。刘恒不解:那你为什么要走?张武嗫嚅:我,我……刘恒友善地杵了他一拳:有话直说。张武说:我不愿跟着代王挨骂,我不愿跟着代王害人。刘恒腾地站起:寡人害人,寡人挨骂,寡人害谁了?张武终于忍不住了:你不知道霍青一家有多惨,霍青撞死了,就是刚才,他妻子带着三个孩子到廷尉府前喊冤,又让那些衙役赶走了……刘恒拉起张武就走,什么?

找他们去。刘恒、张武来到廷尉府门前,可那里已门前空空,只有两个站岗的衙役,刘恒询问衙役,衙役恭敬地边指边说着什么……刘恒失望地离开廷尉府。

刘恒和张武落寞地走入书房,见母亲正手提钱袋往桌案上哗啦啦地倒着钱币。刘恒不解地问道:母后,你这是干什么?薄夫人抬起头说:霍青家的事舅舅都跟我说了,惨哪,这一家人的日子怎么过呀!快,快派人把这些钱给霍家送去。刘恒感激地看看母亲说:是。张武,选一匹快马,快,快送去。张武闻声,紧绷的脸立即舒展开来,他两手收罗着案上的钱币,答应道:是,张武遵命。

陆贾振笔疾书,之后又看了看才搁笔。他将写满字迹的帛叠成长方块,又卷成小团,对大獒招招手说:大獒,过来。脖子上挂着铜项圈的大獒温顺地跪近陆贾。陆贾边往大獒的项圈内塞帛团,边嘱咐它道:老朋友,快把这信送到代邸,记住,不能让任何人抢去!大獒"呜呜"地答应着,摇摇尾巴。之后夺门而出,撒开腿奔跑,项上的项圈叮当响着洒了一路。大獒奔至代邸门前,大门紧闭着。大獒直起腰用前爪叩击大门。未等大门敞开,它倏地窜入门内。门内,一双青筋暴露的大手将信取出,那手拍拍大獒的头,大獒又箭似地窜出大门,朝来路跑去。

刘盈满脸怒气,眼盯着吕后走进吕后寝宫。
刘盈质问道:母后,三弟是母后派人毒死的,又嫁祸阴梅,是不是?
吕后哈哈大笑,哈……盈儿,你是跟母后开玩笑,还是真的疯了?
刘盈直视着吕后:我无心玩笑,我更没疯,这几天我的心比什么时候都明白……
吕后正色道:盈儿,你是皇帝,说话可要有证据!
刘盈道:证据?杀人又灭口,证据上哪儿找去?
吕后想缓和一下气氛,轻声说:不是已经结案了吗,又有人证,你当时也在场啊。朝廷这么多大事,忘了吧。
刘盈问:这案子为什么不交给司理刑事案件的廷尉府审理,而是让吕产专审后就草草结案?
吕后道:这么说,你是咬定赵王的死,是我一手指使的!她看看寸步不让的儿子:退一万步说,即使是母后指使的,我还不是为了你陛下的江山永固!
刘盈惨笑道:哈哈,哈哈……又是为我,又是为朕?杀朕弟为朕,逼朕娶姐姐的女儿也是为朕?哈哈,哈哈哈……天下竟有这样为儿子的母亲?!说着,他竟涕泪交流起来。
吕后嘿嘿笑了一阵说:瞧瞧你那窝囊样,哪里像个至高无上的皇帝!见不得一点刀剑之影,血光之相!
玉儿低声来报:启禀太后和陛下,齐王、吴王、瑯琊王及各位刘氏国王都已聚在未央宫了,就等太后和陛下临驾了。

吕后缓了口气,递上绢巾说:擦擦,擦擦那泪,盈儿,拿出点帝王的威严来,去吧,去见见那些个哥哥、叔叔的本家王们。

正值金秋季节,桂香菊黄。刘恒与薄昭在一亭子内坐赏秋景。

薄昭道:代王,那霍青妻儿在廷尉府门前……

刘恒做一手势打断薄昭的话:看那株菊花,他指着一片黄色中的墨菊说:墨色的,少有哇,舅父!

薄昭不快地说道:舅父就多此一问,张武能不把这事儿告诉代王吗?多此一问!

刘恒懊恼道:不,舅父!恒儿心里正骂自己呢,作为一国之君,不问青红皂白、来龙去脉,仅凭一时义愤就随口定人的罪,这不就是擅权,不是擅权罪么?

薄昭转而安慰他说:也不能全怪代王,要怪只能怪吕强太阴毒了,他明明知道霍青的哥哥是一个终日游手好闲的无赖,还偷吃别人家的种子。霍青怒其劣行,将那无赖兄长鞭打一顿逐出家门。这本是再简单不过的一桩小案,何必要找到代王面前?

刘恒道:难怪云中郡王太守也没报此案。

薄昭愤愤道:我看吕强是想借这提都提不起来的案子将水搅浑,陷代王于不义和不利!

刘恒道:请舅父把话再说明白一些。

薄昭道:那吕强是趁代王在气头上拿来这桩民案,掐头去尾地反着说,让代王误认为是霍青不守悌道,他这样做的用心不是明摆着吗?第一,他要借代王之口,颠倒是非,有意酿成一桩冤案,让当地百姓仇恨代王;接着,他就以他造的冤案为由上报朝廷,向吕后、他的二姑母要权要官,直至要……

刘恒频频点头:这个吕强,不光歹毒,野心还不小!

薄昭长叹:对这种小人代王不可不防啊!

刘恒再次点头:记得《论语》上说:"孝悌也者,其为仁之本欤?"孝顺父母、尊从兄长真的是行仁的根本吗?圣人都提出了疑问,而恒儿的判定却错了,冤枉了那个孝悌力田官霍青。

薄昭笑笑说:恒儿读书用功,舅父是很安慰的,可世上仁德之理太玄妙,太复杂了。仁应该是建立在善之上的,可若有人以恶待善,以怨报德,那么就该将抑恶扬善摆在首位。一国之君,要三思而后审定,政令才不会偏离正道啊。

刘恒陷入沉思:这就是说,处理国事要观其本质,矛盾的事情中都会有两面,没有无条件的孝,也没有无原则的悌,可本王,本王是将孝顺摆在一切之上了。

薄昭点头道:一切都要以国事为上,日后即使舅父处事有误,代王也不可碍于情面而误了国事!

刘恒仍沉浸于霍青蒙冤致死的痛悔中:恒儿记住了,只可惜,霍青却冤死在本

王的手里了。

　　曹参颤巍巍地挟着一卷折子走入未央宫偏殿,见惠帝正背对殿门,凭窗仰望天空,他沉吟有顷,还是低声说道:臣曹参参见陛下。见惠帝转过身来,他接着说:陛下,老臣将派往各诸侯国的丞相和都尉人选拟好了,请陛下过目。刘盈接过竹简仔细过目后说:嗯!不错,这些人全是做实事又不张扬的人,很好!曹参满腹的话,又不知如何出口。刘盈看了看他问道:曹丞相是有什么话要说?曹参踟蹰了一下说:只是这人选若不送给太后过目,恐有不妥吧?刘盈一字一顿说道:朕认为妥,就是妥了。曹参仍踟蹰不语。刘盈不快地说道:丞相,这朝廷谁是皇帝?曹丞相又是谁的丞相?曹参转忧为喜:陛下,臣明白了。说着即转身退去。

　　吕后毕竟是一位政治家,各诸侯王齐聚长安恭贺刘盈继位,这是她筹谋多年的大事,她要借此机会营造一种天下太平、开启盛世的气氛,她更要以太上皇的姿态关爱每一个刘姓王,让他们真心感到她与刘邦一样,施行的是天下刘姓是一家的国策,第二天,她就通报各刘姓王集聚长乐宫,不谈国事,只叙亲情。这天下午,吴王刘濞、齐王刘襄、琅琊王刘泽等正与吕太后欢声谈笑。

　　吴王说:臣昨晚做了个梦,梦见太后给我们每个子侄都赏了一樽桂花酒,那醇香之气真是……琅琊王趁势阿谀道:臣虽没尝到也想象得到,从月亮上来的吗!吕太后笑得前仰后合。刘襄道:我这个名可是高祖赐的,太后奶奶要赏长孙多少桂花酒啊?吕太后笑得更响了:赏我襄儿一缸桂花酒。吴王和琅琊王一听,故做孩子气地:不行,太后太偏心了,早知今日,我们也该请高祖爷爷赐名……这偏殿里笑得更欢了。

　　正欢闹间,刘盈愤然走来,他看也不看这欢声笑语的一群就直对吕后说:母后,朝廷拟定的、派往各封国丞相的人为什么全变了?

　　吕后瞄了他一眼,不以为然地说:哦!陛下原来是为这个生气呀,看,脸都气红了。我正想向陛下禀告呢,可这些本家的叔叔、哥哥、侄子们大老远的来了,我们正说乐子呢!

　　刘盈话不离题:朝廷选送各国丞相的人选是经大臣们审议过的,怎么能说改就改!

　　吕后隐而不发:改自有改的道理!陛下为什么不问问这些诸侯王的意思?

　　刘泽一听,即刻讨好地说:太后将李光换成吕嘉来任我琅琊国的丞相,换得好,换得好,我们琅琊国的臣民从心里欢迎……

　　吴王也附和道:是啊,换得好,换得好,刘吕两姓本为一家,丞相换成吕氏人,我大汉就固若磐石了!

　　刘盈看看这三个趋炎附势的人,正欲愤然离去,玉儿却急匆匆走来禀报:太后!陛下——

　　吕后道:什么事啊?看你慌慌张张的!

142

玉儿道:启禀太后、陛下,曹老丞相刚才还在府中饮酒,突然酒樽落地,归西了……

吕后闻言,先是一惊,继而落下泪来……这丰沛的老臣们怎么一个个都……

刘盈放声大哭,曹丞相,曹叔叔,是朕……把你给窝囊死的,你是气死的呀!

吕后擦擦眼泪,嫌恶地看了一眼刘盈当机立断说:传旨,上朝!

吕太后面现忧容地坐于未央宫正殿偏座上:这几天也不知怎么了,朝廷不幸的事一件接着一件。众大臣肃立殿内敛容听示。接着吕后擦了擦潮湿的眼睛:刚才,曹老丞相不幸谢世了,陛下忧戚交加,癫病又犯了……她突然扬起头,朝众大臣凛然而视:国难当头,本太后只能谨遵高祖遗嘱,任陈平为丞相,周勃为太尉。满朝文武都要谨遵圣命,克尽职守,不得有半点差池!众大臣齐声应诺:谨遵太后懿旨。待众文武叩首听命后,吕后咳嗽一声说:天下臣民特别是读书人对秦嬴政焚书坑儒的暴政早已深恶痛绝,本太后代惠帝宣示天下:废除秦朝挟书律,鼓励天下学者,从民间寻找未被烧尽的先人典籍。吕后宣示完懿旨,巡视一周静悄无声的大殿后宣布散朝。

看看走出宫门的大臣们已经陆续散去,陈平拉住陆贾说:废除挟书律,恐怕是有来由的吧?陆贾深以为然地点点头:整理先人残籍倒是英明之策。不知何人却插了一句:这决策恐怕是来自审食其审大人之意吧?此言一出,招来在旁的众大臣们一阵轰笑。陈平与周勃对视一眼匆匆离去。

已是隆冬季节,边地代国常常是风雪交加、遍野冰封。本来体弱多病的薄夫人在春夏之季尚还凑合,可一入秋冬,稍经风寒就常病不起。已是掌灯时候,代王刘恒接过瑞儿递上的汤药先自尝尝,之后凑近躺在床榻的母亲说:不冷不热,正好,母亲快把它喝了吧!

薄夫人接过药碗饮尽后说:这代国比长安冷多了,来这么些年了,还是年年冬天生病。恒儿,拖累你了。

刘恒嗔怪道:母亲又说这话,孩儿不爱听。薄夫人笑望着他,母亲以后不说了。刘恒:母亲别太忧虑,太医说不是大病,主要是母亲不服代地的水土。薄夫人撑起半边身子说:恒儿,你身为一国之君,从明天起,不要再天天替母亲试药了,你要去管国事,管大事。刘恒道:母亲是否觉得孩儿还有大事没管到?薄夫人笑了,代王治理国政,就跟这个儿头似的,日见高长。她停了一会儿,若有所思地:陆贾大夫的书信说赵王,你三哥……刘恒这才敢在母亲面前流露伤痛,孩儿已经知道了……三哥本来是我们兄弟中最聪明的一个,没想到……他含了很久的泪终于流下来了。薄夫人叹了口气说:赵王一走,只怕戚娘娘也……刘恒知道母亲担心的是什么,可母子都不愿也不忍见到真的出现那种惨状,不约而同地他们都将欲说的话咽了回去。

沉然片刻后,刘恒叫了声"母亲"……薄夫人道:你想说什么?刘恒说:孩儿

好像已经懂得,小时候母亲常常教导的话。薄夫人道:什么话?刘恒道:少取就是多得。薄夫人擦擦泪痕,又笑了起来:是吧!可那次,你为没抢到鸡大腿和鸡翅膀那个哭、那个气呀……说起往事,母子二人都笑了起来。

刘恒递上一个折子说:母后你看,司农刚送来的,自从在各郡县惩处恶霸贪官侵吞强占良田后,代国现在已经初步做到了耕者有其田,土地的分配渐趋合理了。而且耕田扩大了三千二百多顷呢!薄夫人接过奏折细看了看:我说恒儿这么高兴呢!刘恒道:如今田地多了,代国百姓能安居乐业了。可代国地处边疆,常遭匈奴骚扰,要安定固边,还要做许多事,孩儿想再去云中郡看看。薄夫人说:那就快去吧。刘恒忧虑:母后正在病中……薄夫人佯作生气,朝政重要,还是母亲的病重要?再说,你不是说了,母亲的病不过是水土不服嘛!尽早出行吧,母亲不会有事的。刘恒放心地点头:是,孩儿遵命。

不知是冥冥中的神灵保佑,还是为了让刘恒放心,在刘恒带领宋昌、张武去云中郡巡视的日子里,薄夫人的病就真的好了许多。原本让薄昭留在宫里,一是为让他代理代国王宫之事,二是让他照应薄夫人的病体,如今薄夫人既已恢复了健康,薄昭也就尽心尽力将精力全用于国政了,那天,薄昭正在整理几案上的竹简奏折,吕强匆匆走进来问:国舅大人,下官有急事禀报代王,代王不在吗?薄昭不无气愤地说:该不又是霍青遗案吧?吕强语带幸灾乐祸地说道:正是!霍妻因一家生活无着落,正在寻死觅活呢。薄昭道:代王已去云中郡,他自会妥善安排的。吕强眼睛一转:哦?代王又去云中郡了?

薄昭终于忍不住了:其实,霍青案不过是一桩十分简单的民事小案,吕廷尉完全可以独自了断。可吕大人却为此几番掐头去尾地奔波禀报,这到底是什么意思?吕强反唇相讥:国舅大人是什么意思?我一个当差的,难道秉持代王意旨办案也不对吗?薄昭更气:廷尉大人还是别自作聪明了,每个人的心机都会以他的行为写在自己脸上。吕强嘿嘿冷笑说:国舅大人说我把简单的案子弄复杂了,依我看,薄大人倒是把一句很明了的话绕糊涂了。告辞,申廷尉正招下官进京,我还是到了长安再弄个明白吧。从吕强的最后一句话中,薄昭听出他语带威胁之意,薄昭气愤难平,又怕吕后听了他的逸言对代王不利,于是气冲冲地来到薄夫人寝宫。

薄夫人正与瑞儿给鸟笼里的黄鹂喂食,鸟儿喜得唧唧欢叫,主仆二人也会心地笑声不绝。薄昭走进殿来,薄太后朝瑞儿挥了挥手,瑞儿就知趣地提起鸟笼走向宫院。薄太后问:什么事啊,惹得昭弟这么生气?薄昭坐也不坐:太可恶了,这个吕强!他借霍青一案,故意把事情闹大,原来,是要借此事陷害恒儿!薄太后叹了口气:原以为离开长安,远离吕氏,就远离麻烦,看来,是我想得太简单了。薄昭道:过两天吕强要去长安,他肯定要恶人先告状,将霍青冤死的事呈报高太后,生出更大的事。薄太后道:唉,好端端的一个家庭就这么毁了……当时也怪恒儿……薄昭道:听张武说,霍青妻儿见到王宫来人,跪地哭了很久。薄太后感动

144

地:唉,百姓啊,活生生一条命换来一点君王的安抚,就原谅了一切……庶民百姓,善良啊……薄昭道:那抚恤金有许多是姐姐的私房钱吧。薄太后宽慰地笑笑,她话题一转:我已经给高太后写了封信,如实禀报了霍青一案的来龙去脉,已让人快马递到长安了。薄昭道:哼,一笔写不出两个吕字,这高太后哇……薄太后笑笑:高太后这人,我比你清楚。别看她平时凶残霸道,可对高祖的国策、特别是靖边安民之策,她是忠实执行、决不含糊的。谁要是偏离哪管是有损这一国策,她绝不会手软……薄昭仍不放心:可吕强毕竟是她的亲侄子!薄太后道:吕强是个什么人她还不知道!否则,为什么吕家人中只吕强一人被派到代国,当了这么一个小小廷尉?薄昭也释然而笑:嗯,这倒也是。

刘盈正满面笑容地与香蕊说着什么,见吕后缓缓走来,他的笑容一下僵在那里。香蕊也顿然敛容平息,恭恭敬敬朝吕后跪拜后即急急退出。面对吕后,刘盈不语也不动,只呆呆地坐在那里。吕后装做毫不在意:这些日子陛下龙体可好些?刘盈仍然不睬不语。吕后踱了几步说:我看,这册立皇后一事不能再拖了。陛下想得怎么样了?嫣儿她近来……

刘盈气乎乎地打断她:戚娘娘在哪里,母后把她怎么样了?杀了?吕后愣怔了一下:戚姬呀……母后哪里敢动她!刘盈急切道:朕要代三弟去看望戚娘娘!吕后道:也不知道那妖妇施了什么魔法,迷住了先帝还不够,如今又迷得本太后的儿子也来为她说话。刘盈执拗地说道:朕要代三弟去看望戚娘娘。吕后说道:你呀,最好别去。刘盈问:为什么?母亲既然说戚娘娘还活着,为什么不让朕去探望?莫非母后……早已把戚娘娘给杀了?吕后道:母亲什么时候对陛下说过假话?盈儿,你是皇帝,要是非去看戚姬,母后也没办法。来人——玉儿应声来到面前说:奴婢在。吕后挥挥手说:带陛下去永巷见戚姬。

刘盈在玉儿带领下一路前行,直奔永巷。牢头见皇帝前来,立即打开牢门,随着敞开的牢门,一股潮湿的霉味扑鼻而来。刘盈边走边捂住鼻子,他看了看周围,见那些秦朝及高祖时失宠的嫔妃、宫女们正形容枯槁地做着各种繁重的活路,她们个个身穿褐色囚衣,不人不鬼。

刘盈忍着恶臭随玉儿前行。行至牢笼深处,一个目光呆滞的狱吏跪拜问:陛下怎么来到这个地方?玉儿道:陛下是来看戚姬戚娘娘的。那狱吏说:哦,就是那个人猪哇!刘盈一愣:人猪?何为人猪?狱吏指牢笼内正在蠕动的一肉团说:这就是人猪!

刘盈望去,但见一人,手足全无,头发全无,眼睛已被剜空,两个黑窟窿还在流着黑红的血……刘盈惊惧不已:她,她是谁?狱吏冷冰冰地回道:陛下要见的戚夫人呀!刘盈大叫一声,一个踉跄昏倒在地……

刘盈被抬进寝宫时,已经神智恍惚,又呕又吐,又哭又笑,癫疯病严重地发作了。他抽搐了几下,复又陷入昏迷中。正慌乱中,周勃、陈平等轻轻走入寝宫。刘

盈仍是沉睡不醒。周、陈等众大臣沉重地退出门外，静候御医们的诊治。

刘盈昏昏夜眠，一会呼喊，一会颤抖，经过多日抢救，才奄奄醒来。香蕊看看眼挂泪痕的吕后，惊喜地说道：太后，陛下醒了，陛下醒了！吕后一下扑向刘盈，盈儿，盈儿！陛下，陛下！刘盈闻声睁开眼睛，他一见吕后，立即将脸扭向一边：别叫我！我不是陛下，你才是陛下！

吕后咽了一口唾沫，斥退香蕊及宫仆说：母后早就说过，不让你去看那戚姬，可你偏不听啊……

刘盈凄然地笑笑：你竟把戚娘娘变成人猪！怎么也想不到，我的母亲会这么阴毒，这么得势不饶人……我身为你的儿子，身为高祖之子，我口口声声地讲要施什么仁德，可我的生身母亲、当今皇太后却这般残忍无度，我有什么脸面去面对满朝文武、天下苍生……他费力地喘了口气，眼角又浸出一汪泪水……他自己也说不清，这泪水是为戚姬而流、为自己而流，还是为吕后而流。

吕后凑近前去为他擦擦泪说：你呀，总是长不大，母后多少回告诉你，权力本身就是你死我活，就讲不得仁德仁慈！

刘盈边摇头边嘶喊：我厌恶权力，厌恶！今后的朝政由皇太后主理吧！我当够了这个玩偶陛下！我不要当皇帝，不要当皇帝……

吕后气得站起身来：你，你愧为高祖后代，愧为大汉天子！好！你不理朝政，我可以主理，但你必须把婚结了，必须立张嫣为皇后！

刘盈已经丧失理智，癫狂地笑着：姐姐变我丈母娘，姥姥变成婆婆，哈……绝，真是绝到顶了！哈哈，哈哈哈……他大笑着又大哭起来。

吕后见他已无生命危险，又不愿与病中的儿子争吵下去，拂了拂袖子就疾步而去。

刘盈早已不顾吕后的去向，他爬起来，又跌倒床上：不！朕是大汉天子，朕不娶姐姐的女儿，就是不娶！朕的朝政谁也别想代替！

吕后的倒行逆施反倒激起刘盈一股正气，从病中复原后，他不再萎靡不再退让，他要不负先帝不负臣民，竭尽心力，为汉室江山增色增光。这一天，他打起精神，端坐龙椅，与众大臣朝前议事。

陈平趋前奏报：陛下，长安城墙已告竣工，现正在城墙外侧修筑护城河，并围绕护城河岸广植杨柳树。

刘盈闻之兴起：好！陈丞相，你再宣读一下朕的最新旨令。

陈平答应一声后展旨宣读道：现政通人和，国泰民安，商贾贸易兴旺发达，原高祖皇帝时的《贱商令》已时过境迁，今帝向各郡国正式下诏，废除《贱商令》，商贾可以穿金戴玉，乘车骑马……

随着新帝新旨的宣读，众大臣也面露欣喜之色，受众大臣情绪的感染，刘盈冷了多日的心也升起一股温热。

这天下午，申屠嘉来到长乐宫偏殿，经吕后侍女玉儿的禀报，申屠嘉拜过吕后

146

说:太后,代国啬夫霍青一案就是这样。为安抚霍家,代王派人送去过抚恤金,那钱里有不少都是薄太后的私房钱。

谁都知道,吕后虽野心勃勃,常有残忍专横之举,可对刘邦的治国安民之策她是毫不含糊忠诚执行的。看得出,霍青蒙冤死去的案子对皇太后来说虽然不是什么大事,但事关刘恒与吕强,她也就早已知晓了。听了申屠嘉的奏报,吕后面带愠色:这个吕强,真不争气,还恶人先告状!申廷尉,你退下吧。申屠嘉跪拜后诺诺而去。

望着他的背影,她缓缓走向东窗,她凭窗外望,喃喃着:这薄姬呀,众王子们要是都有一个这样的母亲就好了……

先帝驾崩、新帝登基,按规矩代王刘恒本应返回长安先奔丧后朝贺的,可吕后念及代国路途遥远又是与匈奴接壤的边界前沿,为防止匈奴人趁大汉朝廷变乱之机恣意袭扰,特准代王严守北疆不来长安,只由代国丞相张苍代理即可。张苍回到长安已代刘恒奔完丧、贺毕新帝。这一天,他正在长安代邸记录整理着新朝新帝颁布的新旨新令,做着返回代国的准备,不意间,仆人报说樊大将军的夫人吕媭来访,张苍正收拾几案上的竹简,吕媭已姗姗而进。

吕媭笑嘻嘻道:张丞相正忙着呢?张苍连忙起身:张苍不知樊夫人来代邸,恕张苍无礼。吕媭先自坐下了:都不是外人,就别客气了。张苍道:夫人屈尊来此,不知何吩咐?张苍直截了当地一问,吕媭倒吱唔起来:也没……没什么大事。日子过得真快呀,张丞相去代国一晃就好几年了吧?是啊,丞相与四皇子去代国时我家樊小才这么高,她用手比了比说:现在都长大成人了,亭亭玉立了,你看这……张苍恍然大悟:哦……是,是啊……日子过得真快!吕媭故作关切:薄夫人和四皇子都好吗?他们去代国一走多年,也不想着回长安看看,张丞相此次回代国可想着,替我问候薄夫人和代王啊,还有我家樊小,她也问候四皇子呢!张苍连连答应:好,好,老臣一定把信儿带到。

此时,陆贾的大獒走进门来,它直奔张苍,并将两只前腿搭在张苍腿上。吕媭见状吓得边躲边说:这不是陆贾那只狗吗?看着就凶,怎么跑到这里来了?张苍笑笑:狗随主人,它也喜欢乱跑。吕媭坐不住了:我可看不得它,我得走了。张苍立即起身相送:樊夫人慢走。送走吕媭,待仆人关严大门后,张苍方从大獒项圈中取出一团白绫。

刘恒、宋昌、张武、云中郡李郡守登上长城,遥望大漠,淡淡阳光下的旷野冒着一股股寒气。

刘恒极目远眺,突地在天之尽头,一群橙色的人群由远至近,他盯目细辨,原来是一群马上匈奴人。在一位白衣骁将带领下,他们齐勒缰绳,马群即奋蹄长嘶,朝长城疾驰而来。戍边的汉庭军士们见状,一个个搭弓杖箭,严阵以待。

在离长城大约三丈远处那群匈奴人放慢了马速,而后悠然缓缰、任马漫行……

刘恒是第一次这么近的与匈奴人对视,他不由握紧了佩剑……领头的匈奴骁将也正盯向他,而且正望着放肆地哂笑。

一戍边将军走近刘恒:代王,望着代王笑的人就是右贤王,当年就是他带领匈奴人进犯代国,那时的代王刘喜也就是因为他弃城跑回长安的。

刘恒久久盯着朝他哂笑的右贤王。两人对视良久。

终于,右贤王退让了,他移开视线,打了一声呼哨,一群人马顷刻间没于大漠深处。

刘恒看呆了,他喃喃着:匈奴的马真是太棒了!

长城脚下,一阵马嘶传来,一武将牵一匹枣红色的高头大马走近前来。

李郡守一眼瞥见枣红马,得意地说道:匈奴的马好,我们的马也不比他们差。代王,看看我们军马场的马吧。

刘恒边下长城边说:好啊,你要是能育出这么好的马,本王将重重嘉奖!刘恒跨上那匹枣红马,张武,你骑寡人那匹闪电马,我就骑这匹枣红马,比试比试,看李郡守的话是真是假!

话毕,两人同时上马,缰绳一抖,两匹马狂奔如箭。枣红马奋蹄在前,李郡守满脸得意的笑,转了几圈枣红马的速度明显慢了下来,李郡守焦急地摘下官帽子搔搔已渐稀疏的头发。闪电马轻松跨越土丘在前,枣红马欲跃土丘在后,但因前蹄乏力,倏然倒地,刘恒被摔出去老远,李郡守大惊失色地跑过去:代王,代王……慌乱中,众人扶起刘恒。

张武跳下闪电马,不由分说就将李郡守的领口提起来,狠狠道:竟敢让代王骑劣马,你有几条命!

刘恒拍拍身上的草屑尘土:没好马,怎能打胜仗!放开他,让他先欠着,等寡人下次来了,军马场的马要还是这样不堪一骑,寡人再一统治你的罪!你可不要学你的前任王郡守啊!

李郡守哭丧着脸下跪:下官记住了,下官一定育出良种马,能打胜仗的马!

刘恒叮咛着:选马不是为好看,要看它有没有耐力、实力、爆发力,看它能不能打胜仗!也不要光在你云中郡选,要在全天下选,哪里有好马去哪里选,有了良种马,还可以杂交,繁殖,扩大你的军马场,好马越多越好,有了更多的好军马才能强国固边。放手去干吧,本王会拨些扩大军马场的钱粮给你。

此时,在代国薄太后的寝宫里,薄太后正在看着张苍带回的陆贾的信,她边看边笑说:太好了,张丞相带回这么重要的信!我就知道吕雉绝对是一个明大理的女皇,她不是一般人!我的恒儿,吕强不会得势的!正在一旁收拾着什么的瑞儿抬头看看薄夫人说:太后在说什么呢,怎么自己跟自己说话?薄太后对她笑笑,你不懂……

汉惠帝在其男宠闳孺的陪同下,身着便服走进夏侯婴的府邸,家仆见皇帝上门,刚要跑入通报,却被皇帝拉住了,他轻轻挥了挥手,闳孺即趋前陪他进了厅堂。厅堂内,夏侯婴正在独自饮酒,一见惠帝亲自上门,急忙伏地跪拜:不知陛下驾临,恕臣未能远迎!

惠帝即刻扶住夏侯婴:夏侯叔叔,请起请起。朕不宣而来也是想看看夏侯叔叔家有什么好吃的?

夏侯婴憨憨一笑说:一瓶杜康酒,一碗煮毛豆,陛下不嫌弃,就请上座!

惠帝也喝下一樽:杜康酒的劲道是不小。朕来夏侯府,是专诚为夏侯叔叔六十大寿而来的。他看了看闳孺说:闳孺——闳孺急忙上前:奴才在。惠帝:将朕的字展开。闳孺麻利地展开一幅白帛:上书——"近我"两个大字。

夏侯婴看着御赐帛书,不禁老泪涌流,他急忙跪倒在地说:自古只有臣为君祝寿送礼的,哪有倒过来之理? 惠帝恭敬地扶起他:夏侯叔叔,不管到什么时候,你都是朕的再生父母,朕怎能不为你祝寿?气氛一下子温热起来,它温热得绵长又凝重。夏侯婴明白刘盈所指,受其感染,老夏侯不禁陷入久远的回忆中……

是女人的说话声打破了满室的沉寂,随着亲热的话语声,鲁元携嫣儿在夏侯婴老妻陪伴下匆匆走来:夏侯叔叔,我和嫣儿来看你。话音未断,鲁元意外地瞥见了刘盈,她停顿了一下:噢,拜见陛下!张嫣也同时下跪:拜见陛下!众人一时莫知所以,尽皆手足无措。惠帝倒十分随便:今天,我们能在夏侯叔叔家相聚,真是太好了,姐姐,嫣儿,咱们还是像当年一样,让夏侯婶娘做些丰沛的菜,饱食一餐,如何?来!他对嫣儿招了招手:嫣儿,坐舅父身边。张嫣欢快地跑到惠帝身旁坐下。鲁元忧思重重:陛下,别、别太近了……惠帝一脸坦荡:别什么?朕的外甥女永远是朕的外甥女,朕不保护她谁保护她!鲁元勉强露出一丝憔悴的笑意,转瞬又消失了。夏侯婴老妻见状,对鲁元和嫣儿招手说:走吧,我们去园子里看看。嫣儿倏地跳起来:走,我就喜欢看园子里的花草。说着,三个女人起身去了后花园。

夏侯婴重新坐定说:陛下,这两年天下变化真大啊!过去,国穷民穷,满街都是破衣烂衫,有钱的商贾们也不敢把好衣服穿在外面。自陛下废了《贱商令》后,这长安城里,穿红戴绿、披绸挂缎的,满街都是。还有那新修的城墙,栽满杨树的阳沟……百姓都在夸陛下仁德啊!

刘盈叹了口气:朕知道夏侯叔叔是想让朕高兴,可朕高兴不起来啊!

夏侯婴道:陛下是说……

刘盈道:朕不明白,当年父皇说是为了争天下,把朕和姐姐踹下车去;如今,母后又说是为了治天下,朕喜欢的她不让娶,却硬要朕娶嫣儿。这不是用针扎朕的心,扎姐姐的心吗!

夏侯婴沉吟片刻说:老臣虽说没多大本事,与高祖和太后可是一块儿长大的,就说高祖当年,那车是臣赶的,尽管臣甩足了鞭子,可跑长了,也跑不过项羽的乌

驸马,高祖要是不狠那一份心,他自己都保不住,又怎能保住陛下姐弟俩?

刘盈道:这些陈年旧事就不说了,可母后如今所做的事,朕真是不明白。朕知道,自那场劫难后,朕得了那种病,头脑也不好用,可母后还是为朕的太子位和皇位争了个你死我活。如今朕坐上这个位子了,她倒放手让朕多做些事啊!但她不但不放手,还偏偏跟朕扭着来,这,朕的皇帝还怎么当!

夏侯婴劝慰着:陛下,别的不说,要说皇太后最心疼最倚重的,那就是陛下了,这些陛下比谁都清楚。

刘盈点点头:这倒也是,可她为什么偏要朕娶嫣儿?

夏侯婴道:那还用说!为保天下不落他人手里,就只能要最亲近的人做皇后了。谁最亲?嫣儿!

刘盈摇头道:可朕真不忍心啊!姐姐够苦了,自张敖走后,姐姐身边就只剩嫣儿陪伴她,朕怎么能再伤她的心!

夏侯婴道:唉!为帝者,为天下,有时真得委屈点自己呀!

正说着,兴奋得满脸通红的张嫣跑进来,他拉着刘盈的手说:舅父,快去园子里看看,那葫芦结得真大呀!

惠帝被张嫣拽着来到园子里,只见瑟瑟寒风中,那黄澄澄的葫芦仍然一个个挂在树上,那两个特大的葫芦放置藤架下,惠帝从一晾晒萝卜皮的大晒箕里顺手拈出一块,正准备塞进嘴里。

闳孺急忙抢下,用洁净的袖子擦干净后递上说:陛下,这东西不干净,小心吃出毛病来。

惠帝大咧咧道:不碍事!他接过萝卜皮塞进嘴里嚼起来,嗯,小时候朕可没少偷吃夏侯婶婶晒的萝卜皮。

鲁元也拂去满脸愁云,笑眯眯地拈起一块送进嘴里。

惠帝突然盯向藤架下的两个大葫芦:这葫芦这么大的个儿,有什么用场呢?夏侯婴道:微臣也正犯愁呢,长得太大了,劈开舀水用罢,太浅;用它装别的东西吧,皮又太薄,不经用。鲁元也来了兴趣:夏侯叔叔,你为什么非得用这大葫芦装水或是装别的东西呢?惠帝感兴趣地说:那姐姐说说,这葫芦不装东西用,还能有什么用?鲁元道:把它拿进宫里,让宫女们做个套网起来,到了夏天,陛下将它绑在腰上,就可以跳进太液湖悠哉,游哉,绝不会沉底。惠帝笑得十分快意:太好了!明年夏天朕就用夏侯叔叔家的大葫芦做腰舟,话刚出口,他突然想起什么:哎,朕小时候好像读过庄子的什么《逍遥游》,那里面就讲过一个葫芦的故事。夏侯婴不解:这葫芦还有什么故事?惠帝道:就是姐姐所说的,葫芦不光能把水装在里面,也可以装在外面。鲁元发挥着:陛下所言极是,当一种做法行不通时,就变通另一种做法。惠帝若有所思:嗯!夏侯叔叔,朕没白送字给你!夏侯婴听出了话外之音:陛下有什么话说?惠帝欣喜道:朕不光吃到了儿时的萝卜皮,还拣到一个大葫芦装的变通之术。

150

说罢,惠帝抱起葫芦,拉起闵孺就朝门外走去。园子里的人你看看我、我看看你,不知陛下是又犯了病,还是有什么神来之思?

    第二天黄昏时候,吕后手执一册竹简走进惠帝寝宫。惠帝站起身来:母后大安,母后来未央宫,有什么事吗?吕后拍拍手中竹简问:陛下是想下诏废除《妖言令》?惠帝已成竹在胸:秦律太残酷,弄得百姓心中有话都不敢说,积怨太多了,只能导致揭竿而起,天下大乱。我大汉自高祖建业,百姓生活一天比一天好,对国事大事发些议论不但无碍,反而能舒解民气,即使有些不同的声音,反而能够集思广益,有益于朝廷。吕后坐在一旁说:这倒也是!天下坐稳了,政通人和,给黎民百姓一些畅所欲言的自由,也能体现君王的胸怀。惠帝道:朕也是想到这些,才想废除《妖言令》,母后以为如何呢?吕后看看他说:若只是出于这种意思,母后是拍手赞成的。但愿不是有什么别的意图。惠帝口气有些强硬:有别的意图又怎样?!吕后略有愠色,旋又恢复平静:母后也确实不能怎么样!把国家治理得日益强盛,让黎民百姓的日子越过越好,这就是好皇帝,就会青史垂名,这种皇帝难道还怕、怕几句话不成?

第十章

　　第二天午后,吕后刚从小憩中醒来,玉儿递过托盘,吕后端起盘中的陶杯。漱了漱口,在她放回杯时,托盘一颤,那杯子就掉落地上,摔了个粉碎。
　　吕后瞪了玉儿一眼,训斥道:你的魂被什么勾走了?连个盘子都端不稳?玉儿立即跪地:奴婢该死……吕后平息了一下自己:起来吧……说,你心里有什么事?玉儿看看左右,慌张地扒向吕后耳语。吕后大怒:什么?陛下把他给下了大狱?还说他受贿?他受了谁的贿?说着,她气得来回踱起步来。玉儿火上加油地说道:陛下也不知是怎么了?吕后说道:怎么了?他这是冲着我来了。他一直因为赵王之死、戚姬之囚和他的婚事对我耿耿于怀!好你个盈儿,跟母后动起心计来了,母后要让你见识见识大汉高太后是个什么样的高太后!之后她扬了扬头说:你退下吧,让我自己呆一会。玉儿看看盛怒的吕后,轻轻地退了出去。
　　刘盈从来没像近日来这么振作、这么专注国事,吕后越想揽权弄权,他越要做个扶正压邪,有所作为的好皇帝,他每日都是黎明即起、夜漏入眠,可他桌案上的奏折却越来越少,奏报国事的大臣也越来越稀,这一夜,他翻了翻那稀稀拉拉的奏折,不禁疑惑起来:这几天怎么没送奏折的?他翻了翻那几册没什么内容的奏折重又放回案上,竟自凭窗而立,看着窗外那频频眨眼的星星。
　　此夜此时,吕后却正在灯下批阅那越摞越高的奏折。三更已经敲过一阵了,玉儿轻轻挑灯芯,灯亮了许多。吕后一手握笔,一手端起杯子喝了口水说:这灯亮多了,你先睡吧。玉儿接过水杯,看看仍是精神矍铄的吕后说:都敲过三更了,太后也早些歇息吧。
　　翌日清晨,刘盈帝冠皇袍端坐龙榻,众大臣肃穆庄严恭立长乐宫正殿。与往日不同的是,这早朝的正殿里竟是鸦雀无声,只有正殿地板上那一封羊皮书信在随风滚动。
　　刘盈扫视了一遍众大臣,厉声道:怎么都不说话呀!你们都想想,该如何回敬冒顿那个老流痞?!大臣们面面相觑,谁也不愿先开口。刘盈唤左丞相陈平。陈平道:臣在。刘盈道:你再念念那封信,让满朝文武都听个清楚。陈平清清嗓子:我是一个寂寞的君王,生在荒凉的草泽之地,长于牛马成群的草原之上,向往中原广袤大地久矣。如今,汉王早已去世,想高后必空闺难熬。我俩何不跨过边关,相互换取快乐?众大臣听着已经难抑怒气,纷纷叫骂成一团。

樊哙抢步上前说:陛下,冒顿这老淫贼欺人太甚了!请先准臣杀掉这匈奴信使,然后领十万将士扫平匈奴,捉来那老淫贼为先帝祭灵!陆贾却声气平和地跨前一步说:这傲慢淫亵的书信,的确是对我们礼仪大国的侮辱。但……但是……刘盈道:中大夫,有什么话你就直说!陆贾道:据臣所知,先帝曾与冒顿结为兄弟,依匈奴人的风俗,兄弟死后,其兄或弟是可以娶其遗孀为妻的……樊哙没待陆贾说完,即怒指陆贾说:陆贾!你这腐儒竟敢替匈奴人说话!陈平则息事宁人道:舞阳侯,休动肝火!对匈奴人风俗吗,大可不必与之计较。陆贾道:陛下,臣的话尚未说完。刘盈道:说吧。陆贾道:那年,匈奴人把先帝围在平城,我大军三十二万,七天七夜无法突围。如今,受伤的将士刚刚恢复元气,樊老将军说带十万人马就能扫平匈奴,活捉冒顿,只怕是……!刘盈听着,逐渐冷静下来。

陈平见状,也附和陆贾道:依臣之见,我大汉若与匈奴刀兵相见,胜负尚难预料,而刚刚安定下来的百姓也要又一次生灵涂炭。与其战,不如回信好言抚慰,不给那冒顿开战的口实。

周勃与樊哙仍然怒气难平,他们瞪了瞪陈平和陆贾说:他如此污辱我大汉太后,难道就这么忍了?我等咽不下这口窝囊气!

刘盈一会儿看看主战派,一会儿看看主和派,正在犹豫难决之时,高太后已缓缓走至刘盈的龙榻旁。众大臣突见头戴凤冠的高后临朝,顿时敛声屏息,众目盯向她的眼睛。高太后绕着龙榻踱了几步,笑笑说:怎么都不说话了?朝中议事嘛,有话就都说出来。朝廷上仍是鸦雀无声。

她笑了笑:就是为那封信吧?何必这么争得面红耳赤!老妇一人的面子事小,江山社稷、黎民百姓的生命才是大事。再说,陆大夫说的也是,他们的鬼风俗嘛!我们要真的打了他,他还觉得委屈呢!就依左丞相所言,回信给那冒顿吧!陛下,这封信怎么写呀?

刘盈被问住了,他犹豫不决,半晌说不出话来,他搜索枯肠,最后终于吞吞吐吐地说了句"散朝另议"。

吕后轻轻抬了抬手说:慢。之后踱到刘盈身边,看了看他说:陛下对付母亲不是挺有办法吗?怎么轮到治理国事就一筹莫展了?

刘盈不觉流下一头冷汗,吕后瞄了一眼她可怜的儿子,转身巡视了一下恭立的群臣,最后,将眼神落到陆贾身上,她声音不高地叫道:陆大夫。陆贾一揖上前:臣在。高太后道:本太后口授,你就笔录吧。陆贾将头簪取下,那竟是一枝毛笔——太后请讲。

高太后道:单于不忘本太后,赐之以书,实感欣慰。本太后已年老气衰,发齿脱落,行步不便,单于何必自污……今有御车二乘,奉以常驾。

高太后述毕,陆贾呈上说:请太后过目。高太后拿过书信,并不细看,口吻异

常冷静,我大汉要加紧操练兵马,记住:君子报仇十年不晚,这等屈辱之仇终须要报的!众文武大臣异口同声:是!此仇终需要报!

高太后指指挂在一旁的地图,瞧瞧那河东地,是大片的肥沃之土啊,冒顿竟趁我楚汉相争之机夺了去,变成了一片草地!这才是大汉的大辱啊!众文武大臣又异口同声:我等铭刻在心,定要报这夺土之仇!

高后道:周太尉!周勃应道:微臣在!高后道:速下令河东郡及代国、燕国,要尽快发展骑兵,加紧操练,做好对匈奴的防御准备。众大臣齐称:太后圣明!

刘盈一脸佩服,瞬间他的眼神又变得复杂起来。

沉疴之疾最怕季节更迭,进入冬季之后,尽管代国寒冷异常,但气温稳定,加之刘恒日以继夜延医送药,薄太后的病反而好了许多。这一天,她在寝宫中忽而端坐,忽而踱步,似在想一件大事,她终于下了决心,翻出一卷放在隐蔽处的帛画——那是历代君王成人后必修的一门"课"——春宫图。

此时,瑞儿轻轻走来递上一杯温开水:太后喝杯水吧。

薄太后接过水杯,抿了一口,又看看瑞儿说:瑞儿,你瞧瞧这个!

瑞儿接过帛画刚看了一眼,脸就腾地红到了耳根,她掩面道:太后,这……

薄太后沉静地说:瑞儿,别不好意思,凡是被招进宫的宫女,哪个监管没让她们看过这个?宫女要服侍皇帝,不懂这些可不够格啊。

瑞儿羞道:太后,奴婢不懂太后的意思。

薄太后道:代王长大了,等他从云中郡巡视回宫,我想该让他娶嫔妃生子了。要不是张丞相从京城返回从旁提醒,我还想过两年再说呢。他年龄不大,又是代国国君,晚点懂这些,治国精力更可集中些,对国君本人和封国的黎民百姓都有好处,只是……唉!不提了!

瑞儿已听出薄太后话外似有什么隐衷,她舔舔发干的嘴唇说:太后,让奴婢怎样服侍代王都可以,可瑞儿出身低微,不敢有非分之想……

薄太后笑笑说:出身低微怎么了?我当年还做过织室的宫女呢,干的尽是粗活……她抿了一口水后接着说:从炎黄到大汉,我们的祖先哪个不是以耕耘为业、以劳作为荣,有几个天生就高贵的血统?女人哪,只要贤德、细心体贴,比什么都金贵。

瑞儿扑地一下跪在地上:太后,奴婢一直跟着您,从长安到代国,奴婢知道太后心地慈善,常愁无以为报,奴婢一切都愿听太后的指派,虽肝脑涂地,也在所不辞!

薄太后扶起瑞儿,笑了:也没那么严重。我知道瑞儿的心,才把此事交托给你……不过,这事儿代王并不知道,你心中有数就行了。我怕代王……

瑞儿道:太后别担忧,无论代王如何对待奴婢,奴婢都想得明白的。

薄太后问:瑞儿,你大代王几岁?

154

瑞儿答说:五岁吧?

薄太后不无担忧地说道:嗯!好!我知道了。你下去吧!瑞儿答应了声"是"后低头走出寝宫。

薄太后临窗踱步,看着窗外一片片飘下的雪花,不禁滴下几滴眼泪:恒儿呀!咱们可不能卷入长安那些争斗,不能跟吕姓人沾上什么瓜葛,为了你,母亲只好这样做了!

薄后正在拭泪,薄昭匆匆走来:姐姐,你怎么了?薄后擦了擦眼睛:还不是……薄昭道:是为代王?薄后道:你怎么知道的?薄昭道:丞相都告诉我了。薄后道:那你怎么想?薄昭道:这些日子,我看了代王读过的书、写过的笔记,将来,他会成大器的,所以,绝不能稀里糊涂地跟吕家搅在一起。薄后道:那我们怎么办?

薄昭似已成竹在胸:一是装傻,二是抢在前面。

薄后转忧为喜:可是昭弟,恒儿这孩子恐怕还不懂……她再不好意思地说下去,脸腾地飞起一片潮红。

薄昭笑了笑:吓,都做太后了,我这姐姐呀……唉,放心,这些男人的事我来教……说着,他自己也笑了起来。

薄后也释然一笑:我这昭弟呀,还像小时候那么顽皮。哎?光顾说恒儿的事了,你的私事姐姐还从没问过。

薄昭诡秘一笑,姐姐就别太操心了,我还能委屈了自己!

夏日里波光粼粼的太液池已冻成一片白亮的冰川,岸边杨柳枝叶落尽,只剩一株株干枯的枝干兀立岸边。这一天,日丽风轻,是冬日里难得一见的好天气。黄门闳孺似乎总比常人敏感,他善于审时度势,不放过任何好时机,趁着冬日的暖阳,他正靠在一株老树干上晒太阳,他眯起双眼,边享受阳光的爱抚边懒洋洋地修理着他那双给他带来无上荣华的双手手指,身边,几个彩色的羊皮球也懒散地堆积在一旁。

他正悠哉游哉地享受阳光,吕后的心腹女婢玉儿走来。

玉儿一见他这副模样,边调侃边嬉笑说:哎呀,这不是陛下的大红人吗?怎么有空像条懒狗似的趴在这儿晒太阳?

闳孺自然不会饶过一个女流:哎呀,你这高太后最忠心的叭儿,怎么,今天跑到这儿来找谁呀?

玉儿笑得更响:我这叭儿是专为啃骨头来的。就是为啃你这块贱骨头,她轻轻地拍拍闳孺的肩膀。

闳孺道:啃我这块贱骨头?我有什么好啃的?我这身上啊,除了骨头,就是一身肥油!

玉儿敛容说:是啊,别看你和我都是锦衣玉食,好像有享不完的荣华,其实我

们都清楚,我们只不过是主子身边的一条狗,我们能得到些恩宠,凭的还不是我们的顺从、谄媚!

闳孺也正经起来:玉儿姑娘,你是无事不理人的,有话就说吧。

玉儿故作神秘地:你知道不?辟阳侯现被陛下囚进大狱,朝中上下包括长安街上的百姓都在议论,说是你向陛下进的谗言。

闳孺一听,立即哭丧起脸:我进的谗言?我一个靠给陛下搔痒痒、蹴鞠取乐的黄门,有这狗胆吗?真是太抬举我了,太抬举我了……说着竟哭了起来。

玉儿一脸鄙夷地瞪着闳孺说:别嚎了,一个大男人,真丢人!

闳孺抹抹泪问:那太后想让小人做什么?

玉儿道:这关太后什么事啊!是我自己来找你的。

闳孺倏地扬出一脸坏笑:不关太后的事,不关太后的事,那是你的事?你跟辟阳侯……

玉儿又白了他一眼:我是为你!你也不想想,要是辟阳侯被陛下杀了,太后会给你个好结果吗?要是你聪明些,就去陛下那儿为辟阳侯求求情,陛下若因此放了他,太后会不荣宠你?那时候,你岂不可以享双倍的荣华?

闳孺边说边玩身边的球,之后说:我明白该怎么做了,请太后,不,是请玉儿姑娘放心,小人一定会使出吃奶的劲儿办的。

玉儿捂起嘴笑了笑,之后掏出一串光闪闪的东西:太后给你的,为昨天你在长乐宫那个漂亮的鹞子翻身救鞠。太后说,当今天下只怕找不到第二个这么会玩鞠的人了。

闳孺接过来十分珍惜地揣进怀里:请替小人谢谢太后的厚爱。

玉儿转身离去,笑喊道:我等着看你那吃奶的劲儿到底有多大,啊!

闳孺淫邪地笑道:放心吧,你会尝到的。说罢,凑在阳光下摆弄起那串闪光的东西来,嗯!十足的黄金链啊,只可惜是条拴狗的链子。

代国从来多风沙,深冬之夜,更加峻厉,在代国王宫中,刘恒也是被风刮得一瘸一拐地走进薄夫人寝宫。

薄夫人一见他的模样,立即迎上来说:走了这些日子,怎么回来就一瘸一拐了?

刘恒轻描淡写地回道:母后别担心,孩儿不过骑马摔了一下。

薄夫人撩开刘恒的裙袍,讶异地说:你马骑得那么好,怎么会摔成这个样子啊?

刘恒放下裙袍:恒儿想试试军马场的马能不能跑过匈奴马。没想到它越跑越慢,跑不多远就没劲了,遇到个土坎,一个跟斗就把恒儿给抛个老远。

薄夫人郑重地说道:这可是大事!要是让军士们骑着这种马打仗……

刘恒也说:是啊!恒儿一路都在想着这件事。这可是强边固国的大事啊。

薄夫人道：这不是一天两天的事，先不说它了。代王现在是大人了，大人就要懂得一些做大人的学问，民间的大人是靠父辈口授懂得的，而生在皇宫里的帝王之子，懂得做大人的道理，就要靠宫女和黄门们亲身传授，自然，舅舅也会给你讲些的。

刘恒一时听不出个所以然来，又加连日劳累，就打了个长长的哈欠。

薄夫人看看他：恒儿太累了，快去睡吧，明晚这时你舅舅会教你的。

第二天夜晚，刘恒特意走进薄昭书房看望舅父。薄昭见刘恒走进门来，立即放下手中竹简迎候代王：代王远行巡查，辛苦了。刘恒急忙趋前扶住薄昭：舅父，就我们两人，就不要拘礼了。舅父，刚才母亲还问我，恒儿长大成人，得益于什么？恒儿细细想来，真是多亏舅父的教诲，今天又有何见教啊？薄昭笑笑：今天是教，也不是教，或者叫做谈谈男人的话题。刘恒好奇：噢？什么叫男人话题？薄昭道：代王出巡期间，我翻看了代王读过的书目，唯独缺了一部。刘恒道：噢，一部什么书？薄昭亮出《天下至道谈》，就是这部《天下至道谈》。刘恒急接：谢舅父，朕一定认真读读。

薄昭道：读此书与其他书不同，要边读边试，边试边读。刘恒兴趣更大，这么神秘？薄昭道：是的，代王治理这么大的代国，日理万机，必然身疲力倦。不要紧，只要读之得法，身体力行，就可神清体健。刘恒问：那么，如何才能得法？薄昭道：一要心正，二要适理。什么理？就是天地之间，动静阴阳。阳得阴而化，阴得阳而通。一阴一阳，相交而行。回寝宫吧，瑞儿在那儿等代王呢，她会教你读这本书的……刘恒如入五里雾中：瑞儿教我？她可是连字也不识几个呀……薄昭笑着挥挥手：去吧，见了她你就明白了……刘恒百思不解地走出薄昭书房。

刘恒寝宫中增添了一股少有的婉约温馨之气。瑞儿正在两个小宫女的服侍下梳洗；另几个宫女在熏床铺，她们时而低语，时而窃笑。瑞儿一脸潮红：求求你们，别再难为我了……一宫女道：今日求我们，明日就该骂我们了。瑞儿道：才不呢，都是姐妹们。另一宫女道：谢娘娘，奴婢这厢有礼了。瑞儿刚欲追打，突又制止了自己，脸上现出一片女儿家的娇羞。

这时，寝宫不远处传来一缕若隐若见的乐声，箫悠悠，琴悠悠，就在这悠悠的乐曲声中刘恒走进自己的寝宫。

第三天清晨，霞光的嫩红将薄太后那忐忑的面容也染出了一抹红晕，在代王寝宫门前她已站了很久，可紧闭的宫门还是毫无动静。她这才长出了一口气，捋捋被风吹乱的鬓发，走回自己的寝宫。

太阳升起老高了，刘恒才懒洋洋地走出寝宫。他伸了个懒腰，自言自语说：哈哈哈哈，这《天下至道谈》的确学问不浅，不浅而丰富……哈哈哈哈。

此时，张苍匆匆走来：代王，今日可上朝？

刘恒抑不住兴奋地说道：今天就不上朝了。拍拍张苍肩膀说：张丞相，本王终于懂得造人的道理了。

张苍会意地朝他一笑:当年老臣就曾讲过,等代王长大了,活力够了,生命之神就会降临到代王身上。不过,代王是初尝雨露,又年纪太轻,这等事可要把握分寸哪!

刘恒有些不快:分寸?快活之事也要分寸?丞相难道不愿小王快活?

张苍无奈地笑笑:老臣不过是提个醒,日子长了,代王自会明白,老臣告退。

转瞬已经十来天过去了,代王刘恒夜夜耽于床笫之欢,哪管爬起身来,瑞儿那一身的曲线、柔腻的肌肤、娇羞无力的喘息呻吟、特别是两体交贴如颠波舟上的疯狂快感……还是难于从眼前从意念中退去。他已经忘记朝政,忘记了每日必行的对母亲的探视。这一天他突然想起,已经好几天没去母亲处问安了,母亲身体如何?她的腰疼病是不是又犯了?我忘了问安,她也不理我,是不是她怪罪我?于是匆匆洗漱穿戴后,一路小跑进母亲的寝宫。

薄太后见他进来,先打量他一会儿,之后沉下脸问:代王有多少天不临朝了?

刘恒惶悚又害羞地笑笑:有……母亲想说什么?说着他又打了两个哈欠。

薄夫人叹了口气:都怨我啊,你看看你都变了个人,跟瑞儿之前,我们恒儿整日精神奕奕心在朝政,一有机会就走郡县,查民情,母亲看着啊,真是高兴,可今天呢,一个君王,竟是整天打哈欠流泪,多少天不临朝……

刘恒几近撒娇耍赖地凑向母亲:母亲不是说让恒儿懂些大人的学问吗?不光母亲说,还让舅舅和玉儿教我呢……

薄夫人嗔了他一眼:所以我说怨我啊!可母亲能有什么办法!按说,母亲是不该让你那么早就懂得大人的学问的,可长安那边逼咱们哪,那吕媭是盯上你了,你不先来个木已成舟,让吕家人死了这份心,他们能放过你吗?要是他们死乞白赖让你娶樊小,你愿意吗?刘恒道:不,除了瑞儿,我谁也不要!薄夫人道:这你跟母亲就想到一块去了。刘恒道:那母亲还……薄夫人道:还什么?既然你要娶瑞儿,她就是你的人了,日子长着呢,就不能节制点?刘恒道:母亲,你是不知道,那瑞儿是宫女出身,特别会伺候恒儿。薄夫人敏感地道:宫女出身?薄夫人深受刺激:你以为宫女就都是淫乱女子?刘恒道:那当然!宫女不就是供君王享乐的吗?薄夫人一下子气得发起抖来:恒儿你,你太放肆了!说着,她一气冲出寝宫,冲进御花园,沿着弯曲的甬路疾跑……

刘恒这才意识到对宫女出身的母亲的冒犯,他一步蹿出母亲的寝宫,跟着母亲的脚步迅跑:母亲!母亲!

薄夫人跑到一座土山后面,她扒着一株枯树掩面痛泣。没想到自己生自己养、对其竭尽心血的儿子竟也这般看待如自己一样做过婢女的人!她伤心的与其说是为与自己相仿的女人的受辱,不如说是为儿子心性不洁的失望。

刘恒急得到处寻找,终于在土山后面找到了痛极暗泣的母亲。刘恒深感内疚,拉起母亲的手说:母亲,恒儿知道,这些年母亲孤身一人守着恒儿,实在是太苦了,太苦了。可恒儿还气你、刺伤你,恒儿太浑了,母亲打恒儿吧!他边说边拿起母亲的手去抽自己的脸。

薄夫人慢慢抽回自己的手,或许因为一场痛哭已经纾解了自己的积郁,她尽量平静地说:恒儿啊,有的事母亲也能理解,年轻,血热,体力旺盛……并且,先人的制度也确实让不少君王成了好色纵欲之人。

刘恒:那母亲就别生气了。

薄夫人:母亲生气是因为怕我的恒儿成为蔑视下人、耽于淫乐、不理朝政的君王!

刘恒十分震动:母亲若这么看恒儿,还不如暴打恒儿一顿呢。

薄夫人:母亲不打人,更不打自己的儿子。

刘恒:那母亲怎样惩罚恒儿?

薄夫人:恒儿要是恶习不改,自有上天惩罚!

刘恒痛心地看看母亲:母亲,恒儿已经尝到上天惩罚的滋味了……

薄夫人担心地望着刘恒:你说什么?

刘恒:刚才找不到母亲,我又怕又急,就想,这就是上天的惩罚!

薄夫人转怒为笑:其实,上天的惩罚谁看得见?只是为人君者……

刘恒:要天下臣民守法制欲,自己就应率先垂范。

薄夫人:是的,君王就是要比臣民做得更好,否则天怒则民怨,国将不国。

刘恒啪地跪在母亲面前:母亲,恒儿记下了。

薄夫人抚抚刘恒的头,这才释然而笑。

深冬的清晨,寒风凛冽,薄昭正在花园里舞剑。

刘恒手拿马鞭,一身骑装地走近薄昭:舅父,我们不是说好,今早去骑射吗?你怎么一个人舞起剑来了?

薄昭装作腰酸样地收剑,不好意思地笑笑:恒儿,舅父昨晚,吓,太贪了,这腰……以后可得有些节制……

刘恒心领神会地笑笑:我知道,舅父又要给恒儿讲《天下至道谈》了,那今天就不去骑射了?

薄昭边笑边舞剑说:不,要去的,待我收了剑就去。

薄昭收剑后,刘恒、薄昭甥舅俩纵马来到中都郊外的骑射场,立射,骑射,先还有些胳膊酸,射不准,后来,在薄昭的较力下,刘恒竟忘记了疲累,纵马如风,箭箭中的。将近中午时分,他们才满身活力地回到宫中。

人的身体也怪,往往越是懒散放纵越是浑身乏力、意志消沉,何况贪恋云雨、颠鸾倒凤!一旦走出温柔乡,健身习武,精神自然矍铄,意志也自可与天齐。禁欲吗?否。还是《天下至道谈》说得对:一要心正,二要适理。经过母亲的一番教训、舅舅的种种启示,刘恒似乎懂得了个中三昧,这些天,他日日勤政专注,入夜,也夜夜秉灯批阅一件件奏折。薄夫人看着儿子的精神作为总算放下心来。

日日想着要有一番作为的惠帝刘盈也用起功来,这一天,他正捧读《孙子兵法》,突觉背上癣症复发,奇痒难耐。他高声对正在踢着一个五彩斑斓的羊皮球的闳孺喊道:快来帮朕搔搔!比香蕊还秀气的闳孺忙跑过来站在惠帝背后搔痒:陛下!这么重行吗?惠帝满足得直哼哼。

闳孺察觉时机已到,便故意放慢了搔痒的速度,手的力度也越来越轻。惠帝扭头看看他说:怎么了,你的手?闳孺故带哭腔说:小人被一件事情难住了,不知陛下能否开恩……惠帝:你还没说什么事呢,朕怎好说开恩还是不开恩?闳孺娇声娇气地说道:不!陛下不答应,小人就不说。惠帝道:好!好!你说吧,什么事?惠帝放下手中的《孙子兵法》。闳孺道:现在,长安街头巷尾都在议论,说辟阳侯被陛下抓进大狱是小人出的主意。惠帝挥挥手:你管那些市井小民说什么干甚!这事跟你无关!接着挠,大点劲!

闳孺道:是。说着,他的手指又加了些力气,太有关了!辟阳侯是高太后的宠臣,这天下无人不知,要是陛下把他杀了,那太后肯定也会把我杀了,因为小人是陛下的宠臣呀!太后的报复心最强,陛下不是不知道的,赵王、戚夫人……

惠帝不耐烦地打断他:行了,行了,别啰里巴唆的了!

闳孺竟哭了起来:陛下,反正小人知道,小人也没几天好活了,他一下子伸出手来:小人连命都快没了,留着这双手还有什么用?反正小人再也不能用它给陛下搔痒痒了。说着,便从腰间抽出一把刀来:陛下保重,就让小人先跺了这双手罢!说话间,他已举起那把雪亮的刀。

惠帝一见,忙上前制止说:你这是干什么?朕这心里够乱的了,等朕想好了,再告诉你。他猛地夺过闳孺手中的刀,狠劲掷于地下。

闳孺爬过去捧起惠帝的手:陛下,手没震疼吧?陛下要是手疼了,小人的心更疼啊!

自闳孺说了那番话之后,刘盈想来想去也不知如何办才好,下狠心关进审食其是不容易的,如今再不明不白地放他出狱,那又何必当初?不放吗?母亲已经步步紧逼,大臣们也在明显的疏离,何况还有这个闳孺的要死要活……他实在无计可施,这一天,才不得不来到夏侯婴府上。他走入正厅,墙上"近我"两个大字正对他迎面而立。

夏侯婴见刘盈突然临驾,慌忙跪拜:陛下……刘盈忙搀起夏侯婴:夏侯叔叔,我们坐。夏侯婴边望着刘盈的脸边落座:陛下的气色可不好啊!刘盈道:朕越是做了皇帝,能说心里话的地方就越少啊,如今,朕的心里话只能和你说。

夏侯婴道:陛下有话尽管说。

刘盈平复了一下自己说:夏侯叔叔是知道的,朕打小就有病,本不想做皇帝,可母后偏让朕做,朕刚做了几件皇帝该做的事,她就受不了了,大臣们也受不了了。给朕送折子的越来越少,给母后送折子的越来越多。这且不说,连匈奴人、南越人都欺负到朕头上来了,他们不朝朕,却直接朝见母后……他停了一会儿说:也

160

难怪,母后就是有那么大的威严,那么大的气度!就说冒顿亵渎母后那件事吧,要是让朕办,朕还……

夏侯婴深深点了点头:威严、气度,那可不是凭空来的。太后是什么人?她经过多年战争,受过牢狱之灾!那是什么牢狱呀?一个大铁笼子,把太上皇、审典客两个大男人和太后、当年那个年轻女子一起关在里面,一关就是两年零八个月!他们也有病有灾,也屙屎撒尿,女人还要每个月来一次月经……这不是一般人能熬过去的。正是她熬过一般人熬不住的凶险灾难,她才有普通人没有的气度和威严,她才能不偏不离地按先帝的办法治国。

刘盈也感触良多地点头:母后是不容易,可她跟审典客……

夏侯婴道:臣知道,这才是陛下的心病。可陛下知道吗?他们的事凡是从沛县出来的老臣都知道,太上皇是睁只眼闭只眼,连先帝也是装不知道。陛下,太后与先帝虽是结发夫妻,可先帝多少年都是在沙场上纵横厮杀,真正陪太后冲风险、坐牢狱、度日月、包括抚育陛下和鲁元公主的都是审典客啊,如今都老了,先帝也去了,他们断得了吗?你让他们又怎么断?

刘盈叹了口气:难,真难啊……夏侯叔叔知道,从那次惊吓后,朕的心一急,满心都乱……这些天,朕的心真累啊,夜晚睡觉,满身都是汗……

夏侯婴道:老臣只想奉劝陛下,龙体要紧。太后是最疼最爱陛下的人,陛下要让她高兴,自己也高兴才好。

刘长一路大呼"母后,母后",一路撞进吕后寝宫。一见吕后,刘长就呼地一声跪在地上。吕后一阵惊喜,忙扶刘长:是长儿啊,起来,起来,这么远跑回来,累了吧?她一面抚着他的脸一面说:怎么回长安也不先说一声?刘长爬起来说:本来也没想回来,可最近淮南国净出事。吕后道:那怎么还回来了?刘长满脸委屈:就是三姨母啊!谁能想到,她突然带着樊小跑到我宫里去了,而且当着那么多大臣就向我提亲,大臣们看着那又胖又矮又满脸麻坑的樊小,虽然使劲忍着,可还是笑声一片……吕后听着,也哈哈笑得前仰后合。

刘长上前捂吕后的嘴:母后还笑,长儿不干,不让那么多人笑我。吕后躲闪着:好,好,母后不笑。她终于止住笑声说:这也怪你自己。刘长不解:长儿怎么了,长儿……吕后慈爱地说道:谁让你长得虎背熊腰,人高马大的?哪个女人看着能不……刘长又上前捂吕后的嘴。吕后拨开他的手说:别再闹了,她推开刘长的手说,这个吕媭也真是……

此时,玉儿匆匆走进禀报:启奏皇太后,审大人到。

吕后不由惊愕地抬起头,只见审食其蓬头垢面,一脸憔悴地走进宫来。她心里一阵怜爱,抢前扶住正要趋前跪拜的审食其:食其……唉,怎么会弄成这种模样?真是……身体无大碍吧?

刘长意识到吕后的心已经移到审食其身上,他半是气愤半是妒忌地说:母后,

长儿老远地跑来,你就不理长儿了?

吕后侧过脸来说:你看审大人他刚遭了难……啊,长儿,你先下去歇歇吧。你看不上樊小就不娶,有母后给你做主。

刘长狠狠地瞪了一眼审食其,说:他遭难,活该,我要是二哥啊,哼!说着,他已走出椒房殿。

吕后瞪了刘长一眼:长儿,别太放肆!之后,她走近审食其,打量着,良久,才含情说道:食其,真让你受苦了……看看身边已无别人,吕后这才伸出柔荑,沿着他憔悴的面颊,从前额到眉骨到一脸蓬乱的胡须……

就在此时,刘盈来到刘邦的灵堂。他走近刘邦灵位,刚要下跪。顿感一阵阴风扑面而来。他这才意识到,自己已经多日没来上香,他匆匆走近香案,点燃三炷香,当那股阴风缓缓退去时,他才跪于灵前,对着袅袅香烟,双目微闭,两行清泪顺颊而下:

虽说孩儿平生无大志,可自父皇将江山社稷托付孩儿后,还是兢兢业业,尽量做到守业有成,抚民安国……父皇,孩儿毕竟生性愚钝,又身患疾病,即便倾全力于国政,还是常感力不从心。而母后却如高山流水,轻易地就将治国平天下的事玩于股掌。父皇,孩儿真是不想当这个皇帝了……这或许也是天意吧?望父皇在天之灵宽恕孩儿的无能……他呜咽着,将头久久埋在地下。

此时,吕媭匆匆走来。她一路来一路高喊着:陛下!陛下!可找到你了!刘盈站起身来,眼中泪光还在闪动,三姨母,找朕何事啊?吕媭急如星火:陛下呀,不是三姨母说话不好听,陛下也该去长乐宫看一下你母后了,她那么大年纪,终日为政事操劳,累得心口疼的病又犯了,还吐血呢!刘盈迟疑着:不会吧!母后身体从来都好,可不同于一般人啊!吕媭:陛下忘了年纪不饶人的老话了,何况还是个女人。三姨母刚去长乐宫看过她,昨天她吐了半盆子血啊。听到此话,刘盈立即转身:真那么厉害?吕媭急说:三姨母还能骗陛下!刘盈急忙冲出庙门,他边走边说:朕即刻去长乐宫!

惠帝登基后的一连串动作有一度真的将吕后弄懵了,他的勤勉朝政、励精图治使她心中暗喜,他死命抗婚、不接受张嫣为后也在她的意料之中,可他的干净利落、一夜之间就以迅雷不及掩耳之势将审食其下入牢狱实出她的意外。她暴怒了,她不能不与自己的亲生儿子进行一场较量!刘盈就是刘盈,他先天的仁厚、脆弱和善良,未经吕后的三招两式就败下阵来。如今他已乖乖地释放了审食其,为了再出变化,为了造成她与审食其关系名正言顺、无可干预的态势,她不能不再出一招。这一天,吕后打发吕媭去叫刘盈后,她刚坐下来,玉儿就急匆匆进宫,禀告:太后,陛下来了!说完,她急忙端出一盆事先备好的鸡血,并将一些丝绢乱七八糟地洒上水。吕后也急忙拉被上床,使劲弄乱鬓发,咬破嘴里一只预先准备好的鸡血袋,之后,拉长声音哭嚎道:先帝呀,你睁开眼看看吧,看我吕雉终日为你的朝政操劳不说,还得不到一双儿女的理解呀,现在连那匈奴人冒顿都欺负到我头上来了,先帝呀,你说,我活着还有什么意思啊……

惠帝进宫一看,顿时僵在那里。吕后又捶胸又呕吐:不知道的看着我一身威严,权倾四方,可我也是人,一个女人,你生前有戚夫人日夜陪伴,还有不少后宫佳丽,现在盈儿身边,也有一群宫女、弄臣,就是女儿身边吧,也有嫣儿陪着,我有谁陪呀,连在战乱中陪我走过多年的审食其也被盈儿下了大狱,我心口疼,吐血水,谁来问问,谁来管管呀……说到伤心处,她猛地一咬牙间的鸡血袋,一股鲜血就汩汩地淌了出来。惠帝看到这片惨状也不禁为母亲心酸。

吕后不扭脸不抬眼,假作身边并无一人,只是一个人孤伶伶地自哭自诉:先帝呀,我也只能找你去了,顾不了你的江山社稷了,就让这大汉二世而终吧!说着哭着又滴滴答答地吐了一地的血。

眼看自己的生身之母如此悲切凄惨,惠帝的眼里也涌出一股难忍的眼泪,他一下子冲上前去,抱住吕后:母后,母亲,孩儿听你的,一切都依你还不成吗?你别太伤心了……

吕后缓缓扭过脸来:先帝呀!上天有眼,咱们的盈儿到底是咱们的盈儿啊!妾身有靠了,大汉有救了……不知是感动,是为自己的得胜,此刻,她真的哭了起来。

刘盈也哭了,为自己,为姐姐,更为命运,哭声由小到大到声嘶力竭。

一场闹剧加悲剧中,母子矛盾得到缓解,软弱的汉惠帝最终屈服了。他不光要对母亲与审食其的关系视若无睹,还要乖乖地接受自己与嫣儿的婚姻。更可怜的是鲁元,那一晚,惠帝向她边哭边诉,述说了最近以来他与母亲抗争、斗法终至屈服的种种苦衷,最后他捶胸发誓,请姐姐放心,他虽然答应了与嫣儿的婚事,但即使自己去死,也一定保护好嫣儿……听着这一切鲁元不激动不悲伤也不流泪,只是一脸的木讷。随着张敖的死,她的心已经枯死了一半,后来,经过父皇要选她与冒顿和亲到终因母后与戚姬的谋划,她虽未被送到匈奴,但已经知道,她这个生在帝王家的公主不过是煌煌权位下的一个物件,只不过因为嫣儿这幼小无辜的生命,才唤起她仍然活在人世的欲望……如今,嫣儿也被夺走了,她这如秋风中一片落叶的生命就只能随风而逝了……那一夜,告别了弟弟,她就上了一驾简陋的马车,在砭骨冷风的啸叫中朝齐国方向逝去……

一连两天,从西北刮来的寒风裹着沙尘把个长安城搅得天昏地暗。第三天,也就是刘盈大婚的早晨,日光仍是淡淡的,透过层层尘埃,那抖瑟的太阳才送来一抹昏暗的光。宣室殿的外殿却是张灯结彩,红灯笼渲染出血色的喜庆。

香蕊、月荷刚要给她穿戴,张嫣就扭着身子说:不让你们穿,让母亲穿。……我母亲呢,母亲呢?接着就连哭带闹地喊着:我要母亲……这时,吕后满脸慈祥地接过绣着彩凤的婚袍:外婆穿,外婆给嫣儿穿。张嫣不情愿地任由吕后摆布。吕后看着张嫣笑:瞧我们嫣儿,打扮起来真漂亮!看那脸蛋红扑扑的,多俊的一个新娘

子啊!说话间,张嫣已被打扮成新娘模样。身穿新郎服的刘盈呆呆地走进来。吕后把张嫣拽到刘盈身边,赞许说:看这新郎新娘,还真般配!刘盈充耳未闻,一脸痴呆。张嫣一心想着母亲,此时忍不住又喊起来:我母亲呢?我要母亲!吕后不耐道:你母亲有急事去齐国了,说了多少遍了。张嫣闻声,当即要脱新娘服:不穿这个,不当新娘,我要去齐国找母亲。吕后说:等嫣儿当了大汉皇后,天下都是你的,想去哪儿就去哪儿。张嫣道:我不当皇后,我要让母亲当皇后,我要去齐国找母亲!

吕后见场面将要失去控制,便向那丑恶的老宫女使了个眼色,老宫女即刻转身,她身后的黑猫就蓦地一下蹿向了张嫣。张嫣浑身打颤,连连后退,躲向刘盈背后:舅舅,我怕,怕……刘盈即刻护住张嫣:嫣儿不怕,不怕……继而转向吕后:母后不是不知道嫣儿最怕猫,你这样吓她,会吓出毛病的。吕后不理刘盈,转向张嫣:看到了吧,连猫都不喜欢不听话的嫣儿。以后不许再闹,也不许再找母亲!再不听话,猫会更凶。

大约半个时辰后,刘盈与张嫣的婚礼在未央宫正殿在举行,爆竹声和着喜庆的笙竽吹奏声从张嫣寝宫一直送到未央宫正殿,大红地毯一路铺陈,满眼鲜红新郎装束的刘盈满脸木讷,神情呆滞。新娘装扮的张嫣惊恐无奈,被一根红绸带牵着,随着喜悦的乐声缓缓走入正殿。

高后一脸慈祥又不失威严地坐在正厅中央。张嫣不时撩开脸上的红盖头对后面的老宫女说:我要撒尿。老宫女瞪她一眼,拜完天地再撒!张嫣畏惧地躲开老宫女的眼睛,不禁靠近刘盈,舅舅,快憋不住了,我怕。刘盈拉住张嫣的手,嫣儿不怕,有舅舅呢。张嫣靠近刘盈,心安了些。高后看见这副情态,露出了欣慰的笑。众大臣身着喜庆的礼服,想笑又笑不出。

此时,司礼官高喊道:一拜天地——随着这喊声,刘盈木讷跪地,他拉了拉魂不守舍的张嫣,张嫣亦跪于地上。司礼官接着喊道:二拜高堂——吕后一脸慈爱,威严地受拜而笑。司礼官又喊:皇帝皇后对拜——刘盈闻声下意识地远离张嫣。张嫣终于撑不住了,她憋了一肚子的尿水顺着大红婚袍流到红地毯上,她忍不住揭开红盖头,哇地大哭起来。皇亲国戚和大臣们禁不住交头接耳。有人用手抹着眼泪。

夜深,漏尽,汉惠帝寝宫中的龙榻虽已装扮一新,却处处透出一股清冷。

张嫣左顾右盼寻找着母亲鲁元,她遍寻不见,不禁心里发慌,只得怯怯地说:我要母亲,我怕……

刘盈也愁肠百结,他怜惜地看看她,安慰道:嫣儿睡吧,舅父睡那边去。

张嫣拉拉刘盈:不,舅父不去……

刘盈从来都把张嫣看作自己的孩子,他爱她、宠她、护着她,他可以亲她抱她,但那是父辈对晚辈之爱,如今硬要他们成婚、做男女之情,他是无论如何也做不出的。何况他已向因彻底绝望而不知去向的姐姐做了保证:绝不伤害嫣儿,他怎能做出对不起姐姐的事!可如今,这可怜的孩子因对母亲的依恋,非要拉自己成为陪伴,他只好十分不自在地说:那……

张嫣还在求告:母亲从来都陪嫣儿一起睡,嫣儿一个人睡不着。

刘盈十分无奈:好,舅父陪你。

张嫣的心踏实了,她无邪地搂着刘盈阖上了眼睛。

刘盈却如满身芒刺,他翻过来掉过去,缓缓从睡衣袋中摸出一块玉佩递给嫣儿:嫣儿,你母亲走得急,临行前,叫舅父将这玉佩交给你。

张嫣忙将接过的玉佩贴向自己的脸,有顷,又拿到眼前摩挲着,端详着,忽而,两行热泪漱漱流下:母亲,你不要嫣儿了?

刘盈心如刀绞,拍着她:嫣儿乖,嫣儿睡吧……

又是一个深夜,张嫣搂着玉佩,已然发出轻轻的呼息声。

刘盈从她身旁轻轻起身,走向殿外。外殿里,那纱幔环罩的大床上,性感半裸的香蕊正在纱幔后面朝走近的刘盈温婉地巧笑。

与母后连日斗法的起落衰败,姐姐的饮泣出走,母后硬将可怜无告的嫣儿绑在他身上强作夫妻,弄得刘盈真是欲哭无泪、欲叫无声,他真的希望站在天地之间大声嘶喊狂叫,真的需要痛快淋漓地纵情狂泄一番,更需要柔情的抚慰温婉的呵护以舔合他心灵深处的伤口……夜静无痕,他只能去找香蕊,与她心贴心、面对面的一泄多日悲酸。当香蕊以柔腻的身子抱住他时,他真的差点哭出声来。后来当香蕊对他极尽抚慰、吻遍他炎热颤抖的身子时,一股潜藏多时的生命之力竟混合着他的血液奔腾而起,且从他身上直传进香蕊的肌体,香蕊先是浅吟,后就急喘,继而,两人竟不期然地同时嘶叫起来。他们虽然极力压低叫声,可沉沉的叫声还是传到了张嫣床头,张嫣醒来,不见刘盈,她轻轻喊着:舅父,舅父……

张嫣循声走出殿外,见外殿床上正粉幔鼓荡、人影起坐,她茫然地掀开纱缦,你们,你们干什么呢?……

这时,衣衫不整的刘盈蓦地下床,慌乱地推着张嫣走出帐幔:你怎么跑到这儿来了? 走走,舅父陪你睡觉去。

转瞬间一个多月过去了,惠帝刘盈日日无精打采,像是魂灵已不附在他的体内;到了夜里,就人格分裂,面对嫣儿,他永远像个内心淌血、又无力呵护这个无辜小生命的慈父;只有当她睡着了、自己躺在香蕊怀里的时候,他才生命复原、活力燃烧,裸露出一个青年男子的真性情真面目。这一天,他正拖着疲倦的身子躺在龙榻上,香蕊已在一旁忙碌整理寝宫了。

不知何时,吕后已款款地走进门来。香蕊一见忙伏地跪拜说:参见太后。

吕后不理香蕊,直奔惠帝:陛下这是怎么了?

惠帝仍然躺在榻上,故意闭目不睬。

吕后并不理会,她站在榻前直对着他说:盈儿,你不上朝不批奏折,母后没说过你,都替你干了,可你也不能终日淫乐,太伤害身子了呀!为江山社稷想,你也

该养好身体,给大汉留下个血脉吧!

惠帝不耐烦地睁开眼睛:孩儿不是把玉玺都给了母后吗,还说什么社稷不社稷的!我就是不要留下血脉,不要用我的血脉再造个人来到这世上受罪……也不要什么狗屁江山社稷!

吕后先还极力控制,接着就气得边挥胳膊边走动起来,你!你!好你个盈儿,犟劲儿又上来了不是?你就是专跟母后作对,就是要气死我……

她正发作,跪在地上的香蕊突然干呕起来。

吕后见状,忙转对香蕊:说实话!你是不是怀了陛下的龙种?

香蕊看惠帝一眼,怯怯地点了点头。又急忙低下头去,身子也抖索起来,她不知等待她的将是什么样的惩罚和发落……

吕后却收住雷霆,转作喜笑颜开:谁说我大汉没留下血脉?大汉后继有人啦!她转向香蕊说:起来,起来吧。从今日起,太后为你特备别宫,派侍女精心侍奉,直到皇太子出世。

香蕊茫然爬起说:谢太后。

惠帝则漠然地看看吕后说:这下母后如意了?

皇家的事阴晴难定、谁也窥不透,就这样,香蕊被安置在一个僻静院落,那里阳光明丽,芍药正开。肚子已见隆起的香蕊正在追扑一只蝴蝶。

一宫女见状忙跑过来劝阻:姐姐,香蕊姐姐,你可不能再跑了,要是你肚子里的有个闪失,我这命可就没了……

香蕊又喜又羞地奔这宫女跑来:死丫头,看你再嚼舌头……说着,又扑向那宫女追打而去。

在宣室殿内殿,刘盈却已卧病在榻,谁也说不清,他是因纵欲伤身,还是因思念香蕊,抑或因与母后的皇权之争落得个一败涂地?总之,自香蕊移居别院再不准他们相见后,他就形容枯槁,再也起不来了。此时,一宫女将煎好的药端近前来,劝他吃药,他一下推翻药碗:朕不吃那药,朕要香蕊,快把香蕊找来!

那宫女吓得边收拾药碗,边急急跑出,连一个字也不敢说。是啊,一个宫女,她能说什么呢!

在那间新房里,张嫣则依然如故,仍在木木地把玩着母亲留给她的玉佩。她忽然放平玉佩,跑出房门,喊着:母亲,我要母亲——可这时天已大黑,宫女们忙架她回房。

长乐宫椒房殿里,已到了掌灯时候。玉儿点起烛光,忙又擦拭桌椅。这时,审食其匆匆走进来说:玉儿姑娘,辟阳侯谢谢你了。玉儿忙上前躬身,审大人,奴才不敢当。审食其道:恩人就是恩人,是不分高下的。玉儿道:救大人是玉儿遵太后之嘱,是必须要做的,要谢,您也只能谢太后。审食其道:玉儿姑娘聪明伶俐,日后定能找到个合意的郎君!玉儿道:玉儿这等身份,能侍奉太后就是终身的福分了,哪里敢想能遇上大人一样的贵人呢！审食其颇有所感，我辟阳侯跟你又有什么不同噢？我们，我们都是拴在太后船上的桨……玉儿奇怪地望着审食其……

这时，吕后从外面走来，她一见审食其，不由惊喜地喊道：食其？

玉儿会意，她轻轻说：太后，玉儿告退了。

见玉儿退出，审食其换了一副面孔说：今日临朝，你口若悬河，雄才大略，满朝文武无不议论：太后真是一位女皇形象啊。

吕后笑道：那还不是因为有你在背后的撑持，食其，有你这样一位知己，我此生足矣。

审食其端详着她问：今天找我来，就为说这个？

吕后道：头发都白了，还为这个？我是想让你帮我拿个主意，盈儿娶了张嫣后始终不同张嫣亲近，却同一宫女有了血脉。大汉总不能立一个宫女为国后吧？

审食其想了想说：是啊，与其如此，何必当初非逼惠帝娶外甥女，闹得一家人不快活呢！

吕后也娥眉紧蹙、发起愁来：怎么办呢？

审食其已成竹在胸：怎么办，这还不好办？偷梁换柱，移花接木！

吕后一听，不禁愁眉舒展，笑着说：我就知道，有审食其在，就没有过不去的独木桥……说着，她就一身放松地倚在他的怀里。她也太累了，她何尝不需要一个男人的撑持和抚慰！

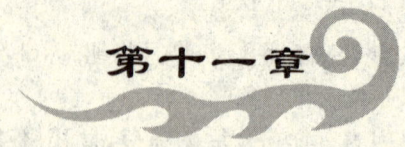

吕后走进宣室殿,张嫣倚在床上仍在玩着鲁元留给她的玉佩,见吕后进来,她白了她一眼,继续摆弄手中的玉佩。吕后假装未见嫣儿的敌意。亲热地说:嫣儿,快起来,今儿宫里打马球,随外婆一同去花园看看吧,走。

张嫣说:嫣儿哪也不去,要去就跟母亲去。

吕后更加慈蔼:嫣儿啊,外婆知道你心中不快活,恨外婆,自从你母亲离开长安,你做了皇后,就再也没叫过我一声,外婆这心里……这心里也不好受!你毕竟是外婆的亲外孙女啊!

张嫣一脸鄙夷,吕后仍作未看见,外婆知道嫣儿是个跟母亲一样,把咱大汉利益放在一切之上的懂事孩子。你母亲以前的事你都听她说过了是不?没办法,谁让咱们是帝王家的人呢?来,嫣儿,外婆给你梳梳头,打扮打扮,今儿个文武大臣都会来看马球,让他们看看咱们皇后的风采。

说话间吕后拿一只枕头塞到张嫣肚子上,之后又用衣带捆好。

张嫣不解地望着她,这是干什么?

吕后道:咳!怎么说呢?嫣儿既然与陛下成了亲,睡了觉,你就是皇后了,皇后总得给陛下生个儿子啊。

张嫣被弄懵了,难道儿子是枕头生出来的?

吕后快意地点点头,对呀,枕头拿掉,儿子就生出来了。

张嫣好奇地问道:那舅父跟香蕊老睡在一起,是不是也要生孩子?

吕后一时不知如何回答才好,只得以话搪塞。过几年你长大了就知道了。接着又连哄带骗地,嫣儿乖,跟外婆走,让他们看看去!等那宫女香蕊生了孩子,你这肚子上的枕头就可以抽掉了。现在委屈你一下,在人前晃上一晃,日后,这孩子、这皇后、皇太后的宝座就是嫣儿你的了。

张嫣这恍然大悟,她神情激愤起来:我不要当皇后,更不要用假孩子来骗取个皇太后,我只想去齐国找我母亲,和母亲过无人摆布的日子。

吕后也变了脸,嫣儿!都跟你说这么久了,好话歹话不知跟你说过多少次,怎么到现在你还不开窍?你既然已经和陛下成了亲,这戏就得演下去,假戏真唱,别无选择!

张嫣已经很久不出门了,到了御花园中才知天已入夏。夏天的院内真是姹紫嫣红、草长莺飞,怎奈嫣儿无心观景、也无伴可玩,她只是像个木偶般挺着个假肚子、被吕后牵着,穿过花丛,绕过湖畔,最后来到花园深处那片空阔的草地上,在这里,一队人马正在打马球。马匹纵横往来,骑手俯身击球。围观的大臣们不时欢呼喝彩。

众人见吕后牵着已经怀孕的皇后走来,赛球的、观球的大臣们都一时不知如何是好,吕后一见此情此景,立即笑容可掬地挥挥手说:不拘礼不拘礼,你们该怎么玩还怎么玩。皇后怀孕后很久没出宫了,今天,我们也来散散心……

众大臣一听,虽未下跪,还是发出一片欢呼:祝太后洪福齐天,我大汉社稷永固!

吕后笑得更加得意,得意的是审食其的智慧,是她那偷梁换柱妙计的成功已见端倪。

入夏后,樊哙的病更是沉重了。他不停地咳嗽、气喘、难以进食,他喝了些水,刚刚入睡。一声炸雷,惊得他又醒了过来,刚要说点什么,忽又喘息不止,吕媭忙坐在床头帮他拍背。

樊哙边喘边说:我只怕是要去见先帝了……有几件事先交待给你。吕媭面带悲戚地:说吧,妾身听着哪。樊哙道:第一件,我死后……把我的坟,埋在先帝的长陵……生前……我跟先帝……兄弟一场……死后,我仍要做……他的兄弟……吕媭抹了抹眼泪,这自然,萧相国、曹相国还有威姬,不都是埋在那儿的吗?你不交待也会这样做的。樊哙道:那……我就放心了……吕媭:你对刘季永远都是忠心不二的……樊哙道:什……么?吕媭道:狗呗!樊哙无力地笑了笑,做狗……有什么不好?最忠心、最勇敢……

吕媭又问:那第二件呢?

樊哙道:就是……两个孩子……樊伉,你要管教他……不能,老这么,混下去……樊小……樊小……就随其自然吧……非得嫁给,姓刘的王……干什么呢?寻个……老实本分的,人家……就行了……

吕媭:那可不行!听说那代王被薄姬逼着娶了身边的一个奴婢做夫人,都生了孩子了,哼!有什么了不起的,那么远,又跟匈奴人搭界的地方,我还怕孩子受不了那苦呢!还有淮南王,整个一个蛮霸,看不上我们樊小就算了吧,还奚落了我一顿,气死我了!罢、罢、罢,不提他了!琅琊王刘泽虽说年龄大点,是表叔叔辈的,可嫁过去能吃香的喝辣的,一辈子享福,我这做母亲的也免得操一份心了。

樊哙道:忙活……半天,怎么……吴王刘濞……一字,不提了?要说富……那吴国……才真叫富……有海水可煮盐……有铜山,可铸币……

吕媭没好气道:快别提那鹰勾鼻子刘濞了,人阴险又好色,他的小妾只怕成百

上千了。咱们这丑女儿去了能不受足了气才怪呢！哎,说来说去,你怎么就不关心我呀？我好赖也跟你一辈子了。吕媭说着,不由得一阵心酸……

樊哙咽了口唾沫:我最……惦记的……还是你！吕媭哇,你知道不……现在……长安城里,人们都在议论……说你……仗着你二姐的势,跋扈得很……人人都怕你……让你,万一我去了,你……还是带樊伉……去封地,离开长安……好了……

吕媭道:又说回封地！不！这繁华的大都市,天下第一的大都市,我不离开。万一你……不是还有当今太后吗？

听着她的话樊哙又咳嗽起来,之后喘气说:哎,我一辈子……都说不过你。你一辈子,也从来没听过,我的。我是担心……有一天……吕家人,遭报应,你……没有个好……下场……

吕媭又犯了脾气,啊？到现在你还咒我?！

说着,她竟真的哭了起来,你就是这样关心我的？

樊哙吃力地侧了下身子,别闹了……我……受不了,我要……歇着了……

此时,一声炸雷滚过,吕媭也恢复了理智。

你这老病也不是一天能好一天就坏的,好好养着吧,别总胡思乱想的……她停了停说:琅琊国使臣已经传话过来,说刘泽愿意迎娶樊小为夫人,我想过几天,择个好日子,送孩子去琅琊国完婚。

樊哙叹气说:这……刘吕两姓……靠裙带连在一起……就能……心在一起吗？我看难……

又几声炸雷响过,樊哙不再说什么了……

一连几天,樊哙都在昏睡,当他睁开眼睛时已到了不知哪一天的黄昏时分。他感到喉咙里又干又涩,一阵剧烈的咳嗽后他只想喝水。他用尽全身力气也叫不出声来……半晌,才来了一个为他递水的婢女。他喝了口水,睁眼细看,身边没有一个亲人,只有那递水的婢女怵怵地站在床前……他连比划带说地问她家人去了哪里,婢女回答说,夫人已在两天前送樊小去琅琊国出嫁了,大公子樊伉早晨出去后就没回来。

听着婢女的叙说,樊哙的眼角已经浸出几滴干涩的泪,可惜,他这跟着刘邦一世忠勇的英雄泪谁也没看到,它们已被黄昏的光线掩在迷离昏暗中……一阵剧烈的咳嗽后,他喃喃着:没想到……我,樊哙……竟会……如此……收,场……他已经呼吸无力,终至气绝。

在琅琊国,一身华服的吕媭终于为樊小办了婚事,死乞白赖地将女儿嫁给刘泽做了第七房王妃,此刻,她正踌躇满志地等待着夜里的喜宴;樊伉则正在长安赌场里赌得两眼发红……

吕后正在案前批阅奏折,玉儿急匆匆来报信。玉儿禀道:太后,香蕊生了,是一皇子。吕后大喜。吕后道:快把小皇子给我抱来,把奶妈也叫过来。玉儿答应

170

着,领命而去。

不多时,张嫣已在那丑陋的老宫女扶持下搬入吕后为她安排的一处僻静的宫院。张嫣惊恐地环顾着四周不解地问:为什么让我住这儿?我舅父呢?老宫女冷冷地道:这是太后的懿旨,你生了孩子,要在这里坐月子。张嫣更加不解:我生了孩子?我什么时候生的孩子?老宫女一下扯下绑在张嫣肚子上的枕头,说:这不就生了吗。张嫣气极,我没生,没生,你给我出去!老宫女阴狠一笑,说是你生的就是你生的!太后说了,从今天起,你要老实坐月子,一个月之内不许迈出这屋门一步!张嫣似找到了说理的地方,太后?对,我要见太后,见外婆……老宫女道:皇后,别闹了,这一切都是你太后外婆的安排。张嫣道:外婆的安排?老宫女道:对,太后的安排。要是你听话,这一个月我伺候你。你要不听话,就由它来管你。老宫女倏地放出那只黑猫。张嫣瞪着那倏然蹿出的黑猫的眼睛,啊地一声惊叫后,连连后退。张嫣被吓乖了。

吕后的安排十分周密就在张嫣被神不知鬼不觉地安排到那僻静宫院后,她的第二个安排也在进行。已是深夜,一阵孩子的笑声惊醒了初为人母的香蕊,她爬起身,正要为这位出生的皇子喂奶,几个黄门嘭地闯进门来!他们不由分说,堵嘴的堵嘴,捆绑的捆绑,不一刻,满脸惨白,披头散发的香蕊就被拖入漆黑的夜。她想求陛下相救,可满嘴白绢发不出声;她舍不得笑闹的孩子,可浑身被捆,她伸不出手……不知过了多久,她被拖到太液池边,还来不及问为什么,她已被推入湖中……

长安的夏日总是暑热难熬,在张嫣坐月子的宫中,吃过午饭的老宫女正在床上打盹,张嫣则面目痴呆,仍在玩着手中的玉佩。玩了一会儿仍觉无趣,她凭窗外望,只见高处一片蓝天,地上处处茵绿,一群鸟儿掠过,呼哨着飞向远方。

张嫣童心萌动,悄悄朝门口挪去。刚要开门,门后突然蹿出那只如黑色闪电般的黑猫,张嫣一声惨叫跌倒在地。老宫女被惊醒了,一见这副情状,她幸灾乐祸地说:叫你不要动不要动,你偏不听话,看到了吧?你要再动,它会扑你身上去!张嫣看着那黑猫和这宫女,又瑟瑟地偎到自己床上。

老宫女嘿嘿一笑说:皇后,别怪我,这都是太后的主意。张嫣呆呆问道:太后?你外婆?老宫女:小的可没那福分,是你的外婆。张嫣道:我外婆?老宫女向张嫣阴狠地一笑。

张嫣看着她的笑,眼前迷乱了,一个老宫女突然变成两个、三个……那笑脸夸张地放大着,狰狞阴毒……变了形的老宫女、黑猫、吕后,她们狰狞地笑着,叫着,轮番朝她扑来……

张嫣发出一声撕心裂肺的尖叫,在地上打着滚躲避。

香蕊的亲生儿子"哇哇"啼哭着被抱到张嫣身边,张嫣精心打扮后完全成了一副刚生完孩子的产妇模样,麻木地被玉儿领到刘盈病榻前,奶妈抱着婴儿紧随在后。

玉儿施了施礼说:恭喜陛下!皇后娘娘给陛下生了一个男孩!生下一位太子!

刘盈猛然坐起,盯着张嫣。张嫣木然而立。

刘盈猛地掀开被子,直直的两眼到处逡巡:香蕊在哪里?朕要见香蕊!

闳孺和月荷赶忙上来扶住刘盈。刘盈挣脱开他们踉踉跄跄跑到门外,狂喊着:香蕊,香蕊——声音由疯狂到嘶哑,终于,已辨不出是喊声,是哭声……

夜深了,昆明池中的蛙鸣断断续续传来,更衬出夜的寂静与诡谲,一阵杂杂沓沓的脚步声打破了夜的秩序,原来刘盈正跌跌跄跄地朝昆明池畔奔跑,后面跟从了闳孺等一群宫女、黄门……

刘盈来到昆明池畔,他望着那幽深诡秘的湖水,眼前出现了香蕊苍白的脸,她头发凌乱,正哀哀哭泣着朝他伸手……

刘盈疯狂地喊着:香蕊,香蕊,你在湖里面?朕来了,朕救你来了……

刘盈不顾一切地朝湖水奔去。闳孺和另两个小黄门死拉硬拽,才拉住扑向湖水的惠帝,他挣扎着,喊叫着……突然四肢抽搐,手指颤颤地指着湖面:她在里面……她在等我救她……

声音逐渐微弱,他昏了过去。

夏日的骄阳已经射过张嫣的窗棂,她蓦地爬到窗前,对着太阳伸手,真暖和,暖和……你离我近些,我冷,让我烤烤,烤烤……她伸出两只手,尽管已经浑身是汗,她还是抱紧了双肩。有顷,她看到抱着那只黑猫把守着门口的老宫女,她突然转向黑猫招手,是太子?太子,你怎么长了一身毛?过来,过来……老宫女抱猫走近她,张嫣突然吓得捂起被子,啊——大黑猫,我怕,怕……张嫣疯了,这位纯洁无助的少女生生被她的外婆逼疯了。

……

病入膏肓的刘盈躺卧床榻,月荷等左右侍候。刘盈缓缓睁开眼睛寻找着,香蕊呢?叫她……来。月荷不禁抹了抹眼泪,陛下忘了?香蕊姐姐她……刘盈似突然清醒了,他闭上眼睛流着泪说:对,对,香蕊,香蕊她,再来不了了……

审食其痛苦地走进长乐宫。吕后抬头看看他:食其,你这是怎么了?一副愁眉苦脸的样子?审食其道:我刚从嫣儿那儿来,这孩子真疯了,看着她那样子,我,我觉得我手上沾满了血,孩子的血!他说着,两眼已噙满泪光。吕后道:宫廷斗争,你还怕手上沾血吗?审食其沉吟片刻:此话一时难以说清啊。戚姬的血、刘如意的血、韩信的血,他们是你的政敌,我下得了手。嫣儿是谁?你的亲骨肉,是我们俩亲手带大的鲁元的亲生女!你看看他们如今的日子,嫣儿疯了,鲁元到齐国后说是去了泰山,可人到底在哪儿?不知下落。盈儿虽仍坐着皇帝位,也已经是病入膏肓……他眼中的泪终于畅快地流下来。吕后道:这么说,你并不恨盈儿?审食其道:自己带过的孩子,我恨不起来。吕后道:你是不是在说我蛇蝎心肠?没有人情人性?审食其望着地,半响才模棱两可地喃喃道:我,说不出来……我……

172

真没想到,我的主意竟会弄成这个结果!

黄尘漫漫,一辆由长安驶来的华丽马车在武士护卫下行至大路上。车内坐着一位十六七岁的妙龄少女,她娥眉微蹙,似有解不开的忧愁。马车已行至代国境内,少女掀起车帘,望着少有人烟的田野:都走了十二天了,这代国中都怎么还没到?

一武士骑马走在车后。他的坐骑突然跑了起来,随之那拉车的马也扬起马蹄,坐车上的窦女颠簸着。她下意识地搂住身旁的古琴,对身边另一宫女说:小心,可别压了我的琴。车前的老黄门也搭了话:那可是窦女的命!没了琴,就没了为代王演奏的家什,代王非赶她出宫不可!窦女道:呸!我才不稀罕取悦代王呢,被逐出宫更好!我正好可以返回家乡赵国……说着竟又伤心起来。早就跟少府邓大人讲好的,让我回赵国邯郸。谁想到他竟把我的名字和代国的杜女弄混了,把杜女编入赵国宫殿,却把我编进这偏远的代国。老黄门道:这都是命啊,认了吧,谁叫你姓这么个姓!窦、杜难分清楚啊!窦女无言地擦着眼泪。

马车朝北方缓缓远去……

已是中秋,中秋之夜,代王刘恒与众大臣在王宫花园观舞赏月。歌舞中,礼乐官带抱琴窦女款款走来。礼乐官拉过窦女,启禀代王,这是刚从宫廷乐府来的窦女,能歌善弹,给代王和诸位大臣献上一曲,以助雅兴。

刘恒心不在焉地点点头,转又望着升起的圆月似乎心有牵挂。

窦女施礼毕坐定弹琴。随着她娴熟的指法,一曲哀婉凄清的乐曲缓缓流出。众人沉入这琴声织出的气韵之中……

某大臣甚至忘乎所以地感叹道:弹得好!这些年很少听到这好的曲子了……

有人"嘘"了一声,提醒他安静。他立即捂住自己的嘴,偷觑一眼仍在凝眉望月的刘恒。

窦女仍在弹奏,眉宇间偶露凄切之态。

不知何时,刘恒已起身离席。他不顾扫众人之兴,可娇妻爱子的病容又须臾没离开他的意念,他怎能有心听曲赏月!

在瑞儿的居室里一个小火炉上熬着一大罐药,薄太后正俯身轻轻扇火。瑞儿躺在床上,旁边是刘恒之子——王子,两人都满脸通红,显然都在发烧。

瑞儿道:太后,你的心,瑞儿领了……薄太后叹道:唉!没想到瑞儿你这么消受不起当夫人的福分。都怨我不该把你带到代国来。瑞儿苦笑:瑞儿谢太后还来不及呢,瑞儿永远是太后的奴婢,从没想过做夫人……薄太后道:又来了!你就是这样,太本分,别人都去争去抢那些荣华富贵,你却想都不想……她笑了笑:看看瑞儿说,其实呢,我还就喜欢你这点……

此时刘恒轻轻走进房来,他从薄太后手上接过扇子。母亲你,去休息吧,让恒

儿来照顾她们。

薄太后叹了口气,起身来到外间的厅堂。

刘恒扇了一会炉火,又把熬好的药倒在碗里,端到床前,关切地看着这重病中的母子俩。

瑞儿难以承受地刚要说什么,却又剧烈地咳嗽起来,咳嗽稍停,她定了定神说:代王,以后别再来看我们母子俩了,太医说,得这种病的人还是少见人为好,要是招上代王,我们母子可……说到这里,瑞儿眼圈红了。

刘恒为她掩了一下被子:我不信,这病怎么就这么玄!

瑞儿疲倦地笑笑:代王够忙的了,我真怕你忙坏了身子。以后,代王别再为我们的病操心了。国事要紧,别总怕亏着我们,瑞儿知足了……

刘恒打断瑞儿:瑞儿你别这么说,更别这么想,好好喝药吧,一定会好起来的。

坐在厅堂里的薄太后听着这对小夫妻断断续续的谈话,熨帖的心里不由泛起一股悲酸,她轻轻拭眼泪,悄然离去……

刘恒喂完瑞儿药后,又扶她躺下,他边为瑞儿裹被子边回头对一宫女吩咐着:好好照顾夫人和王子。之后走出门去。

他信步走进花园,花园中,刚才的琴声人群都已散尽,只有更圆更大的月亮守着这满园的寂静……花木瑟缩着。刘恒心事重重地沿着一条甬路朝湖边走去。那一轮圆月映在湖面,刘恒隐约瞥见月下一人正朝湖中洒着什么,好像是一片片白色的鱼样的东西。刘恒朝那人走去。

月光下,窦女正将一片片面粉做成的鱼儿扔进湖里,她脸上挂满泪花,喃喃自语着:鱼儿,鱼儿,游到我的家乡去吧,代我看看我的双亲,我的弟弟……说着眼泪又滴了下来,可你们是面做的,都化了,化了……

窦女看着被水浸化得不成形的"鱼儿"哭了起来。刘恒已走到她的近前,这不是窦女吗?

窦女急忙跪拜,她边擦眼泪边说:请代王恕罪,窦漪不该深夜往湖里扔鱼儿。

刘恒扶起她:起来,快起来。你说扔鱼?你哪儿来的鱼?

窦女站起身来,她双手交叉放于胸前,做出一个很奇特的动作:小女子离家太久了,又回不去,就自己做了几条面鱼,想让它们游回去,代我看看父母……

刘恒笑了笑说:唉,倒是个性情中人哪!可这里是湖,你做的又是面鱼,怎么游得回去!是不是因为弹奏那首汉宫曲,弹得想家了?

窦女道:小女子真不该……触景生情,惊动了代王。

刘恒道:难怪,把一曲《嫦娥幽梦》弹得那么出神入化,也是心随曲动啊!

窦女感动地道:想不到代王竟如此……

刘恒道:如此什么?

窦女道:小女子刚刚弹琴之时,见代王离席而去,还以为代王不喜琴乐。却原来如此通晓乐曲……

刘恒听之一笑:本王不光知道乐曲曲牌,还听得出,你是受过名师点拨的,师从哪位呀?

窦女道:小女子是跟唐山夫人学的。

刘恒兴趣顿起:唐山娘娘?做《房中祠乐》十七章的唐山娘娘?

窦女点了点头说:是,那是我的恩师。

刘恒陷入沉思:本王已经很久很久没回长安了……

窦女对这位潇洒儒雅的代王顿生敬意,我倒忘了,这偏远的代国国君也是在长安长大的;更没想到,请恕窦漪大胆,代王在日理万机之余,还能对汉乐有如此深厚的造诣!

刘恒道:你以为,本王也是同冒顿差不多的野蛮人?

说着,两人都笑了……

他们竟时无话了,少顷,窦女看了看刘恒,夜如此深了,代王怎么还不歇息?

挥不去的阴郁爬入刘恒眼中,他叹了口气说:吓,心情郁闷,就想到园子里走走……

窦女不解道:郁闷?国王也有郁闷?

刘恒看着她苦笑:本王刚刚离席而去,并不是不喜琴乐,也不是嫌你弹得不好,而是去看王后和王子了,她们母子俩身患重病,本王却无能为力……

窦女看出了刘恒眼中的深情和忧虑,深为感动:代王宽厚仁和,对王后情深义重,上天一定会保佑王后和王子好起来的。

吕媭强拉硬扯地办完樊小的婚事,从琅琊国返回长安时,已是樊哙死后的第七天。这几天,樊伉总算没去赌场,办了平生唯一的一件正经事:那天黄昏,他刚赢了一把大牌,家人来报说他的父亲已经咽气!他先还没醒过神来,接着就跑回家中。见父亲僵挺挺地躺在床上,他哭号了一阵后就没了主意,于是急忙跑入宫中禀报吕后,是在吕后的步步指令下,樊哙的丧事才算差强人意、樊哙的阴魂总算上了路……

已是送走樊哙后的第三天了,吕媭还是忐忑不宁、心总是扑扑地跳,她只好找到她的二姐哭诉:这屠狗的,他闭眼时,我竟没能在他身边……一辈子了,打打闹闹,可他走了,我还真……真不好受哇……

吕后看看她哭红的眼睛:媭妹,不是二姐说你,你明知道舞阳侯重病在身,还非得在这节骨眼上送樊小去琅琊国成亲。怪谁?要怪,全得怪你自己。

吕媭听吕后这么一说,哭得更厉害了。看着她又悲又悔的样子,吕后眼睛也红了,唉! 这樊哙勇猛一世啊! 先帝生前是把他视为最信得着的爱将的,不然,怎么能让他做自己的连襟……

吕媭道:他浑身上下伤口几十处啊……

吕后道:他一辈子净斩敌首176级,率军攻下5座城池,平定57个郡县,抓获

丞相、将军、县令以上官员不下百人。在鸿门宴上冒死救主……壮士、壮士哇！连项羽也不能不这样称他……

吕家姐妹边流泪边数说樊哙的战功人品、忠勇刚直……只有这时,吕媭才人性复苏心生悔意,也只有这时,她才意识到她此生不亏、她在心底里其实是很爱夫君樊哙的。早知今日,何不在他生前多扶持他些、眷顾他些……人啊,算是失去了,才知道那失去的珍贵。

日月依旧按时序运转,人们依旧循着自己的性情生活,樊哙死去一个月的时候,秋粮已经收完入仓。那天下午,封地百姓的运粮车一车车赶进樊哙府,一管家模样的人近前跪拜说:樊夫人,这是舞阳侯封地今年打下的粮食,请夫人验收！

樊伉未等吕媭开口,就破口大骂:怎么今天才送来？爷等钱用都等疯了！你们是不是看我老子过世了,就故意拖延时间？

管家仍跪在地上,头也不敢抬起,奴仆不敢。

樊伉道:不敢还拖到今天！

管家道:大人有所不知,这一路上过这郡走那县,都要办关传哪,天又不停地下雨,那路……

吕媭早已掀开席了,她边翻看粮食边瞪眼,终于大叫起来:瞧瞧,这能吃吗？这么多土还发霉了,你怎么办的事呀！大将军活着的时候,从来没出过这种事,你们这不是欺负我孤儿寡母吗！说着,她解开口袋,将粮食扬了一地。樊伉抡起木棍就朝送粮人打去,且边打边骂:都给我站到门外去,看你们以后还敢不敢糊弄老子！

门外,送粮人站了一排,沉默着。忽然有一人不堪饥渴,沉重地倒在地上。

常山军马场内,一群人围着一匹倒地的高头黑马手忙脚乱。那马喘息着,嘴角边淌着白沫。李郡守满头大汗地闯到近前:你们知道它有多金贵吗？一马官模样的人连忙回答:知道知道,它是大人您花了十万钱,跑了五趟互市才弄回来的西域好马。李郡守道:它正好五岁,到了可以产仔的年龄,要是死了,你就给它陪葬！那马官的一脸苦笑顿时吓得僵在那里。此时,一位木桩般壮实的饲马师站起来:郡守大人,这西域马跟匈奴马一样不好伺候啊。李郡守平息了一下自己的怒气:这马爱吃甜,你们为什么不往草料里多拌些糖？

这时远处传来人欢马叫的声音,李郡守看着成片的成马、幼马飞跑的景象,擦擦一头汗水,他为自己一腔心血的成果陶醉了。

刚刚巡视完军马场的薄昭在张武跟随下风尘仆仆回到中都。他们毫未停歇,就兴奋异常地来到刘恒书房。薄昭进门就喊:代王,我们回来了。代王放下书简,看看一身尘土的舅舅:噢,三个军马场都走到了？薄昭道:是的！那李郡守是真攒上劲了,几年功夫,连成马带儿马已经一大片了！代王兴奋地站起:好哇,好！薄昭道:军马场的人都偷偷叫李郡守是马迷郡守,依微臣看还真差不多。他现在是腿快耳朵快,打听到哪儿有好马,马上就到。什么匈奴马、西域马、秦地马、本地马,咱们军马场啊,什么种马都有,配种的、生仔的,代王你是没见,那可真叫热闹!刘恒笑了笑:李郡守这人还真像匹马,用好了真能跑。张武哈哈大笑说:代王说的还真像。刘恒道:所以啊,用人如训马。薄昭道:马是多了,可马场里还是缺懂匈奴马、西域马习性的喂马人。尤其是那些外来马,一得了病,更没人能医。李郡守说他拼死拼活弄到的那匹名马就差点死了。刘恒听得好细:这是个大事,要注意查访收罗懂外来习性的喂马人,尤其是早年被掳到匈奴又回来的人。薄昭道:我已经派人去找了,还找了一些当年和我一起管马的旧部。

匈奴国都苍城,在大单于冒顿的皇宫大帐里,冒顿端坐龙榻,正在与他的各部王爷、部落长们上朝议事。毕竟是游牧民族,朝仪制度没那么讲究,君臣对话也直截了当。

右贤王已经直通通地说了很久:陛下,咱们跟中原人打打停停,停停打打,上百年来,就像拔河似的,争夺那片河东地。好容易夺到手了,可汉人却总不甘心,如今咱们虽然年年享用汉庭送来的贡品和美女,我看一旦汉人恢复了元气,他们绝对不会不想夺回去的。与其这样,不如现在就举兵,推进中原……

左贤王站起来打断了他的话:右贤王过虑了吧!微臣以为汉人当下还没那个胆。那汉帝软弱无能,高后也毕竟是个女流,不然,以她大汉皇后的威严,见了咱陛下的求欢信,她会那么乖乖地低声下气!

右贤王打断说:看看,大单于,左贤王和我想到一块去了,那我们就……

左贤王道:等等,我话还没说完呢,依我看,推进中原也没那么容易!他们那么大的地盘,那么多的人,怕是好进不好出啊!他汉庭与民休息,咱们匈奴人为什么不与民休息,让百姓过几天好日子,也养出咱们更多的孩子、更多的锐气!

冒顿沉吟良久说:左贤王说得对,咱们也别再去招惹汉人了,一动刀枪总要死人的,我们的天地在草原,离开草原,我们就……学学汉人与民休息吧,我看,就与民休息。如今的边境互市很得匈汉百姓的人心,人人喜欢的事,何乐不为!

右贤王道:倒也是啊,我部百姓吃带咸味的肉吃惯了,已经离不开汉人的盐了。

简单明快,一场朝议就这么决定了匈奴的大政方针。

一缕秋阳暖暖地拂照着满桌酒菜,三水酒店的雅室内洁雅舒适,虽有闹闹嚷嚷的劝酒令声从室外传来,可雅室内,余胜与吕强却身处另一世界。

余胜满脸灿烂地举起酒樽,来,干了这杯,余胜为吕廷尉接风!吕强则一身落拓,不举樽也不碰樽,拿起面前的酒就嘀进嘴里:还接什么风啊,我这趟京城之行,唉,别提了!余胜也跟着饮尽樽中酒,他故作惊讶问道:怎么,大人一堂堂皇上的表弟,谁能怎么样你?!吕强又饮一樽:还不是那个刘恒,哦,代王……余胜道:代王?他代王能将大人怎么样?吕强掂了一口菜:唉,我怎么跟你说起这些?反正

我这个皇上表弟跟刘姓人没法比。余胜道：唉，何苦呢！吕大人，仕途如水火啊……看，我一个生意人怎么妄谈起仕途来了！我还是在商言商吧。说着，他打开桌前的两口箱子，箱盖揭处，黄灿灿的金光耀入吕强眼帘，吕强贪婪地看着。余胜道：吕大人，这是你的。吕强不由站起：我的？余胜道：你的。他看了看吕强说，要不是大人打通吴国关节，那批海盐能那么顺当地运来？能赚到右贤王部那么多金子！吕强兴奋起来：看来，还真像人们说的，仕途失意，生意场上就得意了！

余胜道：只要吕大人愿意，以后还能赚得更多。

吕强道：此话怎讲？余胜神秘地说道：就在前几天，右贤王部的人又来找我货栈定货，说是要买一万斤吴国海盐，只要大人再与吴国各关节打好招呼、顺利运来，岂不又可以大赚一笔！吕强浅浅呷了口酒：嗯，这事不难。金灿灿的黄金这么容易到手。哎，余兄，我们相交这么久了，我还不知你是何方人士呢？余胜故作坦荡：这还用问，在下就是代国三水人。

吕强打量了一会儿余胜：不对，听口音你就不是本地人。再说，这穷山恶水之地，出的不是刁民就是笨民，哪有你这样的聪明才干？看你经营的这酒店，雁门关的货栈，没见过世面的人，想都甭想……余胜又敬了一樽酒，故意搪塞着：谢大人夸奖。要说世面，在下倒也见过一些，从齐国到吴国到淮南到南越，我都去过，唉，瞎混，走哪儿算哪儿……吕强问：长安呢，没去过长安？余胜警觉起来，他又笑笑说道：长安啊，我还真没去过。吕强道：为什么？做大买卖不去长安怎么行？余胜道：在下何尝不想去，可像我这样的小商小贩，到了长安甭说赚钱，怕淹也被人淹死！吕强豪气又起：去去，去做大买卖，有我呢！余胜一饮而尽：有吕大人撑着，我余胜哪儿不敢去！吕强放下酒樽，诡秘地凑近余胜：余兄，你可别以为长安水深，代国水就浅啊。余胜问：怎么？吕强道：据我所知，这代国土生土长的本地人里混着不少贩夫走卒、逃犯无赖什么的。还有秦时钦犯、项羽残孽，包括韩信的余部，第一次见你，我就提醒自己，对你这只空袖子得小心着点！

余胜先是惊讶，后又放松了，他知道，话已说出，就是否定了先前的怀疑，认自己作真朋友了。余胜又为吕强布了一注菜说：谢大人提醒，要不是大人亲口所说，余胜还真难相信……唉，管他，咱们仁义从商、与人为善就是了。

这顿酒他们喝到夕阳西下才尽欢而别，吕强为得了那么多黄金，余胜为找到这么大的一堵挡风墙。

朔风劲吹，冷冽的秋风已经穿透将士们的铠甲，周勃在守卫长城的将军陪同下走上长城，朝北望去，那里除有偶尔奔跑的零星牛马，已是衰草满地、一片肃杀……他望了很久，那双眼睛真想穿透这片诡秘荒凉的漠野，对这片土地上的人和心看个究竟，可他望不尽看不透，只好转向那紧随的将军问道：这几年秋天，匈奴人还来抢掳吗？

将军答道：报告太尉，匈奴人大股的再没来，就是小股的零星骚扰也少了许多。

周勃点点头,他沿长城走走停停,走进长城上拼筑的碉堡,试了试将士们手中的刀剑,对这戒备森严的守军颇为赞许。之后,他长久地望向北方:总有一天,我会让他们再难迈过长城一步……

之后,他又在几名将士的陪同下来到长城脚下的操练场,与代王刘恒、戍边将军及云中郡李太守检阅着秋季大练兵。

威武雄壮、手持兵器的队伍操练着各种战术;

一群群正在务农的百姓在一阵紧锣密鼓声中,突然掏出事先藏匿的武器,演练着由民变兵后的厮杀。

骑兵挥舞军刀疾驰而过检阅台……

身着戎装的太尉周勃不住点头说:老夫奉高太后旨意,已在北疆各郡国走了一圈,我看代国兵士最是训练有素,平时为民,战时为兵,代王这办法好,好!

刘恒谦虚一笑:周太尉还是挑些毛病吧。

周勃道:就是人太少哇……当然,缺人,这是我大汉普天下的事情,并不是一朝一夕能解决得了的。

刘恒道:这些年朝廷不是将一些犯人充军了吗?我看那些罪过不大、又能打仗的,倒是可以一用……

刘恒话未说完,那戍边将军就接过来说:就是遵照代王的这一想法,末将已经组织这些人做了些训练。太尉大人看……

周勃十分兴奋地挥挥手说:好啊,让他们也来演练演练!

周勃话音未落,戍边将军一挥战刀,那队犯人组成的手执兵器的队伍就开了过来——远看,他们一样的豪气赳赳、气冲霄汉;走近检阅台时才看清,这支队伍中的彪悍伟岸者无不带着一股别样的杀气,可以断定,打起仗来他们绝对可以冲锋陷阵、不惜一死!可中间也有不少独臂缺腿者,这样,行进起来自然歪扭不齐……周勃看到这里,抑不住地笑了一下:这倒是个奇特的阵势,有缺胳膊少腿的,有猛悍无敌的……

话虽如此说,经过这番视察,周勃对代王刘恒的治国之才之略有了再难磨灭的评价和印象。

一座宽阔的院落紧靠长城而建,高耸的围墙门首刻着"雁门货栈"四个大字。一队人扛着大盐包走进货栈,走进院内。院内,一边是小山般的晶亮的食盐,一边是碾成与盐粒大小的白色石子。一群伙计正忙碌着往食盐里面掺石子。

贾二掌柜走到近前:听着,这是个细活,别粗粗喇喇的!那石子千万不能大了,要碾得跟盐粒大小差不多;盐里面的石子掺的不能太多,也不能太少。记住,一定要掺匀掺细,别让匈奴人找来算后账。

众伙计答应着,他们怎么也想不到这将惹出多大的乱子。

夜。又是一个月明星稀的晚上。刘恒端起煎好的药,尝过后递给薄太后说:母亲,喝下吧,恒儿要看着母亲把药喝干……之后就笑望着母亲端碗的手。薄太后也笑了,笑得如一缕春风:我这国王儿子又逼我喝药了。要不是这样,真不想再喝这苦水了。她一气喝干那汤药后问:去看过夫人和王子了?刘恒:看过了,她们的病都不见好,想起来真焦心哪。母亲先歇息吧,恒儿再去看看她们母子俩,然后回来陪伴母亲。薄太后急忙挥手:别再陪母亲了,你巡视刚回来,看完他们母子也早些歇息吧……刘恒答应着走出门去。

走出母亲的寝宫,一阵寒气袭来,刘恒不由打了个哆嗦。月光下,几位男仆从瑞儿居室的方向抬出一个病危的女仆。刘恒急忙奔了过去:这是怎么回事?一男仆急忙说:代王别靠近,会传染的。刘恒还是凑了过去,见那女仆面色惨白、双目紧闭,已是奄奄一息。他无奈地看着女仆被抬走后又朝瑞儿居室奔去。此时窦女正与他擦肩而过,刘恒无心旁顾只顾疾行,可他一脸的急切悲悯却深深地打动了窦女。

瑞儿居室外的长廊下,正跪坐着服侍瑞儿母子的男、女仆人。他们一见刘恒奔来,急忙阻挡说:代王,你不能进啊……刘恒直视他们:为什么?一男仆答道:代王,太医嘱咐过,夫人和皇子的病会传染,不让代王再服侍夫人了。刘恒强行拨开两个阻拦的男仆,推门而入。

幢幢灯影下,一位女仆正给瑞儿喂药,刘恒走进居室,接过女仆的药碗。瑞儿挣扎着撑起身子,忙扶她躺在床上,夫人躺下,快躺下。瑞儿急切地说道:代王,你走,你不走瑞儿不吃药。刘恒道:你安静躺着,你不吃药本王就不走。瑞儿终于安静下来,刘恒一口口喂着她吃药。见此情景,男女仆人只能退出门去。

刘恒道:夫人,我还是叫你瑞儿姐姐好吗?瑞儿眼里漾起幸福的泪光。刘恒道:小时候咱们和母亲织锦,瑞儿姐姐总是疼我……有一次我打盹了,差一点从织锦机上摔下来,是姐姐一把抓住了我。

瑞儿笑了,她沉入那个童年时光的黄昏:那一晚,刘邦正在长乐宫中大宴群臣。薄姬却拉着她和恒儿关紧通光殿殿门在灯下织锦,薄姬"呱答答,呱答答"地踩着织机,坐在织机上端的刘恒和瑞儿面对面地帮薄姬梳理锦丝……夜深了,刘恒往瑞儿嘴里塞了一块饼饵,瑞儿嚼着,对刘恒送过一个感激的笑……饼饵吃完了,刘恒在单调的织机声中脑袋一沉,差点从织机上掉下来,瑞儿心灵手快,一下扶住了他,刘恒不好意思地对她笑笑……

过往的回忆唤起瑞儿一些活力,在刘恒的臂腕里瑞儿喝着药。

刘恒唤道:瑞儿姐姐,我不能没有你,你不能走,咱们的孩子不能走。

瑞儿颔首,她何尝不珍惜眼前的岁月,何尝不渴望伴着自己的夫君日久天长……可她实在没有力气说话,她只能微笑着点头,十分满足……

仆人们看到这一幕也都感动得落了泪,那窦女已抑不住自己的歔欷,不得不跑出门去。

一群匈奴百姓愤怒地揪着匈奴盐商乌卜楞,跌跌撞撞朝右贤王帐外走来。一匈奴老者说:乌卜楞,你缺德不缺德!他指指自己的牙床,看,吃了你卖的盐,我这牙都崩掉了!一中年匈奴人倏地亮出一把盐,你乌卜楞就赚这黑心钱哪?你看看,就这一把盐里掺了多少石子,你看,你看!说着,众人连推带搡朝乌卜楞打来。乌卜楞连连叫屈:你们找我算账,我找谁去,我家的退货已经堆成山了……右贤王,我冤哪……

　　右贤王闻声走出帐外你们别打了,这事不怨乌卜楞,本王已经弄清了,是汉人干的,乌卜楞,还有我们不少匈奴兄弟都是从那个雁门货栈进的货。又一匈奴老人从背上甩出半袋盐,右贤王看看我这半袋子盐。这是我那匹才满一岁的小红马换的。里面有一半是石子!众人大哗:我们不能这么挨欺负,要找他们算账去!右贤王紧咬下唇,闷声不语地看着愤怒的民众。

　　众人道:我们不是软蛋,右贤王,带我们打过去吧!右贤王道:他们是见这几年边境安定,心里痒痒的。本王是要禀报冒顿大单于,该给他们点教训了,不能因为和亲就捆住我们的手脚!众人道:右贤王,我们不能再等了。右贤王道:你们先找那雁门货栈算账去,别的事本王会办的。

　　雁门货站坐落长城脚下,沿货站高墙南行就是繁华热闹的十字交叉街市,这里有错落林立的店铺,有沿街摆卖的摊位;有旗幌高挑的"吴国丝绸店"、"长安首饰店"、"淮南铁器铺"等……当然最气派显眼的还是"雁门货栈"。院内,马车上、驼背上正装货卸货,笔笔大宗生意十分繁忙。贾二掌柜正在院内指挥着过秤收钱。

　　曾经揪打乌卜楞的匈奴人们个个骑着高头大马,簇拥着乌卜楞穿过大街,直入"雁门货栈"大门,他们翻身下马,乌卜楞从马背上提起一袋食盐,直奔贾二掌柜。乌卜楞忍着欲发的怒气,贾二掌柜,生意兴隆啊。贾二掌柜拱拱手,托福,托福。啊,乌掌柜,这次想进多少货呀?乌卜楞道:先别说这次,还是先说说上次的货吧!乌卜楞拉着贾二看他捧出的一把盐,看看,这一把盐里掺了多少石子!听到此话,一群买盐的零售商都围了过来。盐商们七嘴八舌,怎么,你"雁门货栈"的盐里掺石子?!乌卜楞道:你把我坑苦了,我连家底都赔光了!贾二道:你可是验过货的,我坑你?谁知你那石子是从哪儿来的?

　　众匈奴人一听,顿时轰然而上。掉牙老者指着自己的牙床,你看看,我这牙都是吃你的盐崩掉的!又一匈奴老者将半袋子盐一扔,我要退货,你还我狼皮!一匈奴青年道:你们往盐里掺石子,还不认错?贾二道:咱们公买公卖,你让我认什么错?

　　此时众买盐者也纷纷叫喊:你们这么做生意,我们也退货!不买了,不买了……贾二慌了,乌掌柜,你,你,你不能这么栽赃……乌卜楞一下揪起贾二的衣领,姓贾的,是我栽赃,还是你们做假?!忍不住的匈奴人一拥而上,揪打挥拳。此时,一支飞弩射来,正中乌卜楞喉管。"雁门货栈"内大乱。一匈奴人嚷道:汉人

杀我们匈奴人了！贾二趁乱偷偷溜走了。

马迷李郡守看着军马场日日繁盛,一个扩建马场、加倍培育良种马的计划已经成熟在胸。他来到中都,正兴致勃勃地向代王和国舅薄昭禀报。他先打开一幅幅骏马图,他要用自己的实绩为热情澎湃的代王再点一把火。刘恒看着这良马图幅夸赞说:好啊,李郡守,你管理的军马场真是越来越有起色了,再过上几年,咱们的骑兵就能和匈奴一较高下了。

李郡守道:谢代王夸奖,现在军马场的规模虽已日渐壮大,但还是太慢,微臣恳请代王再拨些好牧场,增拨些粮款,臣必能将军马的数量再增数倍。

刘恒慷慨地说:有郡守这话,本王就放心了,繁育良种军马是国之大事,粮款牧场本王自会按需给你……

正说话间张武进殿来报:禀报代王,云中郡飞马来报,说匈奴人在雁门货栈因假盐与汉人发生冲突,有一匈奴人还被人射杀了。

刘恒、薄昭闻听大惊,刘恒沉吟片刻道:李郡守。

李郡守道:微臣在。

刘恒问:那雁门货栈你可知道?

李郡守道:回禀代王,那货栈是以倒卖吴国海盐为业的大商铺,与匈奴人往来频繁,以往并不曾出现过这类事件,因为此货栈的货物交易关传都是吕廷尉亲自监察的,所以本官也不便过问……

刘恒微微点头,正在低头思量着,一宫女慌慌忙忙地跑进来,她刚一进门,倒地便哭,代王,代王,王后娘娘,王后娘娘和王子……

刘恒大惊,大臣们也都面面相觑。刘恒起身急问:快说,娘娘和王子到底怎么了?

宫女边哭边说:王后和王子一直睡着,刚才我要喂药叫他们,才知道,身子已经凉了……

刘恒听罢颓然坐倒,半晌无语。大臣们都不知所措,张武、薄昭互相对视,李郡守想试探着安慰,代王……

刘恒突然抬起头,用平静的语气打断李郡守的话,李郡守,本王命你暂且放下军马场的一切事务,全力调查雁门货栈与匈奴人之死的事,本王再派张武协助你,此事事关我大汉与匈奴的关系,一定要谨慎从事。

李郡守、张武道:微臣遵命!

刘恒看看他们说:快去办吧,之后,他急忙起身朝后宫走去。

一个身披黑斗篷的独臂人快马朝右贤王大帐驰来。月影昏昏,右贤王帐外,那人从背后抽出一支弩机,一支下缠白绫的飞箭射出,正中那名守护在帐外的匈奴卫兵的咽喉,匈奴卫兵顿时倒地。那人见已奏效,又风一般地纵马远去。另一匈奴卫兵闻声跑过来，一见那中箭倒地的卫兵，不禁大惊，他拔起箭矢与白绫，急忙朝右贤王大帐跑去。

那匈奴卫兵跪地呈上系绫弩矢说：报大王，不知是什么人射来一支飞弩，杀了我们一个卫兵，上面还有这个。匈奴兵说着，递上箭矢与白绫。

右贤王听后又疑又怒，他倏地接过卫兵递上的物件，一眼就看到箭矢上刻着的"代王刘恒"四字，右贤王扔掉弩矢，展绫急看。只见上面写道：尔等匈奴人，若再敢无理取闹，扰乱互市，定射杀之。

右贤王勃然大怒说：好你个小代王！传令——速集兵马五百骑，即速出征！

夜色中，帐前秋风烈烈，牛角号声中，大队匈奴人已持刀纵马聚在右贤王帐前。右贤王两眼冒火，正要上马，兵卒飞马跑来，他一下子蹿身下马，跪地哭拜：右贤王，我们去找雁门货栈评理，他们不但不认错，还射杀了乌卜楞，右贤王，我们再不能让汉人欺负了！

右贤王早已忍无可忍：汉人以为本王在睡觉啊，我要让他们永远忘不了匈奴人不是泥捏的！他剑锋朝南一指，开拔！

话音未落五百兵马已随着右贤王纵马向雁门关方向驰去。

秋夜，蛐蛐断断续续的叫声钻入刘盈的梦，他似乎听到香蕊正在墙那边低声饮泣，又好像她正在他的耳根为他唱一首缠绵的歌……他摸摸身旁，没有香蕊，床上空空。他急得睁开无力的眼睛，见香蕊正从门外款款走来，越走越近。刘盈的眼睛亮了，他勉力撑起身子，伸手去抓香蕊的手。他似乎抓住了香蕊的手，那手在簌簌地颤抖：香……香蕊……朕只要有你……就……永远不累……

他抓住的原来是月荷的手，月荷惶恐不已：陛下，奴婢是月荷，香蕊姐姐早就……

刘盈费力地看看月荷：香蕊，你……就爱调……皮，朕真的……就喜欢这么跟你在一起。

刘盈说着，忽然倒在地上，瞳孔放大，呆呆地瞪着。

秋阳高照，长城脚下那十字交叉的街市，错落林立的店铺、沿街摆卖的摊位更显热闹。

一队匈奴兵将纵马疾驰，如入无人之境，他们挥舞着兵器，大声呼喝着集市的人群。

一汉人商人嚷道：不好了，匈奴人来了！说罢，就舍弃摊位惊慌而逃。正在街市上买货卖货的其他人也望风而逃。

匈奴兵将摊位上的丝绸、铁器搬上马背，哈哈大笑着。

另一些匈奴兵打着呼哨追上逃跑的汉人，将几个汉人捆绑着扔上马背。

被抢的汉人在马上挣扎着，你们为什么抢人？

匈奴人道：兴你们杀人，还不兴我们抢人！

惠帝刘盈就这样郁郁而终。他本想不负父望、做个有作为有德行的皇帝，他本想让他的兄弟姐姐沐其皇恩过上自己想过的日子，他更想娶香蕊为后、让张嫣伴随姐姐以解她的苦涩孤独……可他什么也没做到，他只能在母亲的摆布下委委屈屈过了短暂的一生。他可以歇息了，他瘦瘦的躺在那宽大的棺木中。文武百官对他自然各有各的评价，可脸上却一样的悲哀肃穆，在惠帝灵堂哭祭。

夏侯婴将那幅"近我"的字放在惠帝灵柩上，长跪不起，匍匐于地上大哭……感于此情此景，坐在榻前的吕后望着惠帝灵柩哭声愈切：盈儿，你才二十四岁呀，怎么就这么早，这么早……先我而去了……吕后哭诉不止，声音时大时小，在哀乐声中听不清楚，然而脸上却泪痕稀疏，表情也不似文武百官那般悲戚。灌婴、陈平、陆贾、周勃四位老臣跪在地上泣不成声。陆贾久久望着干号的吕后，然后低头祭拜惠帝，眼角涌出颗颗泪滴。此时，一武将匆匆走进灵堂，穿过白幔，一路急行直到吕后身旁，跪地禀报：太后，代国雁门关互市发生冲突，匈奴人已大举进犯……文武大臣闻声后停住哭泣，灵堂里的目光都转向吕后。

第十二章

公无前 188 年,汉孝惠帝卒。高太后吕雉借少帝刘恭年幼为名,以太皇太后身份临朝称制。还是少女的张嫣竟成了皇太后。

高太后头戴冠冕,居坐皇帝龙榻,张嫣领三四岁的少帝刘恭坐于旁侧。

惠帝死后的第一个朝会就在宫廷乐师的吹吹打打中揭开吕后称制的序幕。大臣们各个肃穆恭谨、向她行着三拜九叩大礼,透过高坐龙榻的吕后的眼睛,谁也猜不透这个女人带给大汉的将是福是祸。

朝会后,手牵刘恭退回寝宫的张嫣,立刻变成另一副面孔:滚!给我滚远点!

少帝刘恭吓得哭起来,宫女听到哭声,急忙进来牵走刘恭,之后,从外面关紧大门。

张嫣在房间里走来走去,心无所属,半个时辰后她猛敲院门,她大声嘶喊着:我闷死了,闷死了,快把少帝喊来,我要见我儿子,见少帝。

听到她的喊声,少帝刘恭怯生生地由宫女领着来到张嫣面前。

张嫣完全变成另一副模样,她笑着拉起刘恭的手:来,叫母亲,叫……叫哇!刘恭:母……母亲!张嫣指着桌上新鲜的莲蓬:吃吧,可好吃了。刘恭拿起一个莲蓬他不知剥皮,整个塞进了嘴里。张嫣笑问:甜吗?刘恭被莲心苦得伸出舌头,可又不敢说苦。张嫣笑得前仰后合:你把莲心都吃了吧?那是苦的。刘恭咧着嘴看着莲蓬,问:这叫什么?张嫣道:是叫莲蓬。刘恭道:这莲蓬是长在水里的吗?张嫣听到"水"字,骤然色变:啊,水,水!香蕊被推下水了,被推下水淹死了,淹死了!你的母亲被推下水淹死了……张嫣又哭又笑:哈哈哈哈,我成了母亲,成了少帝的母亲!刘恭又吓得哭起来,宫女闻声进来又拉走了刘恭。

不知这可怜的孩子是怕是悲,他一路哭泣着,被宫女领进了御花园。有顷,他望望天,又望望摇曳的树叶,树叶摇得他身心迷乱,呆了一会儿,他问宫女说:皇太后一会儿疼我,一会儿骂我,是怎么回事呀?宫女叹了口气说:唉,皇太后是被病魔弄的。刘恭又问:皇太后一会儿说我是她的儿子,一会儿又说我的母亲被推下水淹死了,哪句是真话呀?宫女想了一下说:少帝肯定是皇太后的儿子嘛,皇太后不发病,不是很疼少帝的吗?刘恭道:可皇太后老是说我命苦,好可怜,才疼我的。

从来也没说过我是她的儿子才疼我的。宫女道：少帝别想那么多了，皇太后有病，不是吗？少帝就当做没听见她的疯话就是了。

一高一矮，刘恭被宫女领着，沿园中小路向花木深处走去……

洁白的客厅，显得素雅空阔。矮几上，那盆造型别致的盆松，给这客厅兼书房平添几分雅趣。枣红色的案几上，摆放着三只带竹套的型号不一的毛笔，放砚杵的漆盒内装有数枚或黄豆般大小或鸡蛋般大小的墨丸，一只画有梅花的陶筒中插着一些竹制的名刺。正壁中央有一幅萧何遒劲的籀体字，上书一个很大的"逸"字。这简洁的陈设显出主人不同流俗的素雅疏淡之风。

陆贾身着玄色宽袖长袍，腰系紫绦色腰带，束起的头发簪着一只尖尾紫毫笔，使这已近六旬之人仍是风度翩翩、儒雅倜傥。在客厅正中的矮几上摆了一桌酒菜，他正与当朝的两大忠臣丞相陈平、太尉周勃边饮边聊。

陆贾道：不知两位大人是否注意到了，惠帝驾崩后，太皇太后就从未落过一滴眼泪。

陈平道：周太尉你倒说说，太皇太后就这么一个儿子，儿子死了她都不落泪，到底是何故？

周勃猛灌一樽酒：老夫不善言谈，你又不是不知道！

陆贾道：依愚之见，太皇太后是心有不安，一旦心安，自然会放声大哭了。

陈平也啜了一口酒问：那么，如何才能让太皇太后心安呢？

陆贾狡狯一笑说：投其所好啊，让太皇太后倾心的人掌管军政大权，她自然会在惠帝安葬之日哭出泪来。

陈平道：果真如此？

陆贾道：老夫愿与左丞相赌上一把。左丞相若提名举荐太皇太后心仪之人任要职，她也真的为惠帝落了泪，就算老夫赢了，那今天的酒宴就由你来付银子！

陈平大笑：好，好，她要还不落泪呢？

陆贾道：老夫就再请三席！

周勃急了：那不就断送了先帝打下的江山，大汉就改姓吕了！陆大夫，你也是先朝老臣了，怎么会想到扶持吕氏，莫非你也想学审食其，一辈子拴在吕太后的裤腰带上？

陆贾道：天下想学审食其的人不在少数，想又怎样？并不是谁都做得到的。

之后，他收敛起笑容，正色道：两位大人，对付善于撬箱开锁的盗贼，最好的办法是捆紧了箱锁；可若面对一个手持铁棒乱砸一气的大盗，你越费尽力气保护箱锁，那大盗得到的越是保护完整的财宝。

陈平立即应和说：是啊，还不如乖乖地将财宝奉送大盗，让天下人都看清大盗的面目……

周勃颇不以为然：儒生的弯弯肠子就是多，可这多让人憋气！

陆贾道：两位大人，话已至此，就不多说了……自老妻去世后，老夫已身无挂碍，明日动身云游四海就更无牵挂了，日后有何事要告知各封国王君，他说着，招手叫来了大獒：大獒，老朋友，过来，过来！

那凶猛的大獒乖乖爬在陆贾腿上。

陆贾指指大獒：老夫和我这老朋友愿做信使。

随着话音，大獒走下地来，它哼着鼻息绕三老臣走了一圈之后，摆着尾巴走去。

陈平、周勃道：这么说，你和大獒就是游走各封国的联络使臣了？

陆贾会意地点点头，三人达成默契地碰杯……

雁门货栈引发的事件已成了代国君臣急待处理的大事，这天早朝在代国王宫正殿，君臣们正各个直陈己见。

宋昌禀报说：代王，雁门货栈之事，李郡守已经查清楚了，不法商人贾二在盐里掺石子，惹恼了匈奴右贤王，这就引发了后来出现的种种事件，现已将贾二抓获。

刘恒道：自高祖施行和亲之策后，冒顿和左贤王倒也是欣然应和的，只是右贤王贪欲太强，总想寻机生事，贾二这一闹岂不给他送上了寻衅抢掠的理由！本王要先去雁门关看看，给遭抢百姓送去些救济。

宋昌道：代王，他们已做好了安排，正准备粮食、农具哪！看来朝廷这和亲之策还是难救百姓于灾难啊……

张苍不同意宋昌这悲观的感叹：可百姓不这么看，他们说，还是和亲的好！至少这些年，代地百姓的日子安定了许多，不用做梦都怕被匈奴大兵砍头了。

刘恒颔首道：只是，代国的长城太长了，总有修不到的地方，只要有个缝隙，小股的匈奴流民就会挤进来抢，他们又善骑射，跑得快，掳完就跑。

宋昌若有所思：可惜，可惜我们没有力量从根上杜绝这种掳掠呀。我戍边兵将的布防还不足多。

刘恒问：我们能不能以守为攻？本王在长城上看过，长城内还有大片土地无人耕种，召一些青壮年移居那里，边耕耘边练骑射，平时为农，战时为兵。自然，眼下最要紧的还是平息边关冲突……关于这，众爱卿还有何高见？

既然是畅所欲言，大臣们也就各抒己见，有主张增派兵马、严守长城、封闭边关的，有主张改守为攻、给右贤王以迎头痛击的……

刘恒笑笑说：本王全理解诸位的心情，可是战是和、如何战如何和是要朝廷定的大事，我们一个封国岂可自作主张！鉴于此，本王拟亲赴冒顿宫中探个虚实再说。

宋昌立即躬身阻拦：代王不可，冒顿可是个杀人不眨眼的人哪！

刘恒一笑说：当年高祖被围白登山都可前往冒顿营中会商，本王为何不可！

何况,当今汉与匈奴还是两方交好啊!

宋昌道:代王若去匈奴,宋昌定当同往护卫。

张苍也趋前一揖:臣也自当前往!

薄昭刚要请往,被刘恒拉住说:不,有丞相中尉同往足够了,舅父还是留在中都,代本王料理国中事吧。

翌日清晨,刘恒身披王袍与张苍、宋昌骑三匹高头大马并驾齐驱朝雁门关稳健而来,在他们身后跟着一辆封闭的马车。

雁门关内和关隘处,处处隐伏着严阵以待的汉军。

刘恒一行行行止止,十几天后来到苍城冒顿宫外,经匈奴侍卫禀报,冒顿召他们进宫。刘恒、张苍、宋昌步入冒顿宫中。

冒顿宫内诡谲肃穆,两排仗剑持刀的侍卫八字排开侍立两侧,冒顿端坐中央,一身戎装的左右贤王陪坐两旁。自刘恒一行走进宫中,冒顿不言不动,那如两把利剑的眼睛一直注视着刘恒。

刘恒则坦然面对,他深深一礼说:汉代国国王刘恒携丞相张苍、中尉宋昌前来拜会大单于。代国就雁门货栈争端、汉人杀死乌卜楞之事向匈奴国,向大单于和乌卜楞家小深表歉意。

右贤王先是鄙夷地哼了一声,之后质问道:代王如何来表示你们的诚意啊?

刘恒:我们缉拿了杀害乌卜楞的凶犯,现已押至大单于帐外,交大单于任意处置。同时,代国为向乌卜楞家眷赔偿损失,已带抚恤金五千金;向匈奴国因购买雁门货栈食盐所遭损失者赔偿八千金。嗣后,代国还将严惩边贸互市中的一切不法商贾。

代王话毕,丞相张苍即向冒顿交出一卷铜管公文。

冒顿接过公文,阅后点头说:代王不愧为高祖的皇子,有胆识有魄力。当年你父皇曾给大单于我讲过"辅车相依、唇亡齿寒"的道理,十多年了,我匈奴与大汉国都未曾有过战争。

刘恒道:亲仁善邻乃大汉国策。雁门货栈的争端纯属少数商贾的不法行为,望大单于化干戈为玉帛。

冒顿手拿一根箭矢与白绫走下来,交给刘恒:代王看看这白绫,看来你代国是有人故意要挑起两国争端啊。

刘恒接过箭矢与白绫,展开一看:大单于明断,这明显是小人的手段。箭上虽刻有本王的名字,本王却从不使用弩机,何来此箭!本王深谢大单于信赖坦荡,回国后定查个水落石出。

冒顿哈哈大笑说:痛快,本大单于就喜欢跟坦荡痛快之人打交道!他挥了挥手,设宴款待代王。

吕后身着绣有日、月、星、辰等十二种图案的天子衮衣(即龙袍)、头戴五色翡翠镶嵌的凤冠,她一脸威严、怒气未消,正襟危坐于龙榻之上,俨然是一女皇形象。

吕后唤:申屠嘉。申屠嘉跪拜说:臣在。吕后道:先帝定下的治国之策是什么,你还记得么?申屠嘉道:微臣一刻不敢忘怀。吕后道:你说说。是什么?申屠嘉道:对内安民躬耕农田,对外和亲息事靖边。

吕后扫视了一下殿前众臣:如今代国的雁门货站竟因为盐中掺石子引来与匈奴人的冲突,听说还有人射杀了一个匈奴商人,以后右贤王又带兵过来抢掠。此事虽看来不大,可要弄不好就许引起两国之战,背离了先帝的治国大计……说到这里,她加重语气说:申屠嘉,你速去代国,将互市事端查出个始末,不论肇事者是谁,一定严惩不贷;凡与匈奴人的瓜葛,定要妥善办理,以求安定。申屠嘉道:臣领旨。

吕后唤:周太尉。周勃道:臣在。吕后道:你要加紧巡查军备,着令北部各关隘严密防范,以防匈奴人挑起战端。周勃道:臣领旨。

陈平上前跪奏:启禀太皇太后,惠帝驾崩,少帝尚值幼年,太皇太后为黎民百姓终日操劳,过伤圣体,微臣以为,还是早日物色一些精忠为国的贤臣进宫议政,为太皇太后分担些重担的好。

陈平的启奏立即退却了吕后的怒气,朝廷之上也换了另一种气氛。吕后望向他说:嗯,这倒提醒了我。这些日子,哀家真是常常感觉力不从心啊……

陈平道:大汉天下是那些当年随高祖左右的老臣们打下来的,如今效命朝廷、辅佐太后和少帝的自应是这些功臣。可惜,天不假人,许多功臣都随高祖去了。子承父爵,自古通理,臣启奏,可否擢吕产、吕禄为大将军,统领南北禁军?

灌婴道:南北二军向来归太尉管辖,此事应听听太尉有什么说法。

周勃道:什么说法?没甚说法,太皇太后定下就是了。

灌婴不快地看看周勃:你?你们!

吕后笑望众朝臣说:众爱卿有何异议?都说出来。

众臣默然不语。

吕后道:那这这件事就这么定了。明日惠帝就出灵了,说着,吕后声音哽咽,滴下几滴眼泪,就葬于长安东北安陵吧,离得近些,我也可以常去看看他……吕后越哭越动情,竟无法言语,于是,挥手示意退朝。

在场众臣见吕后伤情,人人面现悲戚,唯陈平心中暗想:果不出陆贾所言,老夫这一招真的挤出她一腔热泪,可天下人又将如何评论呢……

回到寝宫后,吕后命玉儿将金镂凤冠轻轻取下,自己动手拢拢稍微凌乱的头发说:这每日上朝,头上都顶个金镂凤冠,压得头皮都疼。吕媭来了吗?

玉儿道:樊夫人已在宫外等候多时了。

吕后道:她怎么规矩起来了,叫她进来。

话音刚落,头插五彩玉钗、一身艳丽的吕媭款款而来:三妹见过二姐。

吕后道:三妹啊,今天叫你来是想跟你提个醒,咱们吕家进宫当官的人,已经

引起不少大臣的非议。

吕媭道:哼!前人栽树,后人乘凉,是天经地义的事,他们非议又能怎样!

吕后道:你就是这么蛮不讲理惯了。我可要提醒你,听说樊伉每日跑到东市去玩什么古玩,这大汉江山可是满朝元老跟着高帝用脑袋换来的,来之不易呀!如今不少郡国百姓还吃不饱饭哪,你让他收敛收敛吧。

吕媭:二姐,他们吃不饱饭,又不是我家樊伉害的,沾得上边吗?

吕后看了她一眼:话我是说到了,别等到樊伉干下什么犯法的事,你再哭哭啼啼地找我。要知道,我们吕家人是封了些高官,可天下还是刘氏的,高祖留下的治国之策也是一点不能变的,而且只能做好,不能做坏,王子犯法与庶民同罪更不能变!到那时,可别怪二姐没提醒你!

吕媭道:遵旨,太皇太后!

吕后笑了:你不用这么不服气,我是想跟你说呀,咱吕家人在京城里已经安排不少了,刘姓王们也得动动啊!另外,刘吕两姓成一家的事,你还要多费费心!

吕媭道:要我说,这事就得多个心眼,四皇子在代国,已经成婚,还不是为了不娶吕家女!也是暗暗跟太皇太后叫劲儿哪!

吕后道:还记薄姬的仇哪?这么多年,樊小也嫁出去了,就忘了吧!再说,你那樊小也太……跟人家眉清目秀的四皇子怎么配呢!吕后顿了顿说:四皇子在代国已经多年了,那么偏僻,那么穷,这孩子还谨遵高祖国策,把个代国治理得井井有条,只是最近因为边贸的事,右贤王又带着兵马杀入了雁门关,听说事情是由代国有人杀了匈奴商人引起的,我已命申屠嘉亲自去代国了解案情,不管是谁惹的祸都要严办!唉,四皇子不易呀。也该让他挪挪地方了,哎!四皇子那儿就不说了。还有五、六、七、八四个皇子呢,三妹你想想吧!

吕媭很机灵地接过话茬:是想让三妹我做媒不是?吕后笑道:就你机灵!

刘恒思绪纷乱地坐于榻上,薄昭、张苍、宋昌等恭立两侧。刘恒的案几前摆放着一堆掺了沙石的盐和冒顿交他的白绫,他手中轻轻转动着那支弩箭,把它放在白绫上:它们之间应该是相互关联的吧?

宋昌道:再加上运送食盐的关传,此事与吕廷尉必有瓜葛。

张苍道:顺藤摸瓜固然是条捷径,却也容易挂一漏万。据微臣所查,贾二并无多大财力,为何能如此大宗进货?况且现已将贾二交与匈奴,查无对证。

宋昌道:此次办案容不得四平八稳,只有从吕廷尉下手,才能找出头绪。

刘恒道:如何下手?

宋昌道:就从关传下手。

刘恒道:可关传不留任何笔录,空口无凭。如果下手却没抓到证据,反而会打草惊蛇。

张苍道:代王所言极是。国舅始终一言不发,可有高见?

薄昭神秘一笑,高见已被代王道破,不可打草惊蛇,只有引蛇出洞。

大家正说得热闹,张武进门禀报:吕廷尉到。

话音未落,吕强即跨入书房,刘恒一见即招手说:吕廷尉来得正好,来来来,看看这几样东西,这可都是属于吕廷尉管辖之事。

吕强看了看,无所谓地说:贾二不是已经抓起来送给匈奴人处置了吗?

刘恒郑重道:雁门货栈引起的边界争端,已经惊动了高太后,过几日申屠嘉申廷尉就来查处。

吕强道:这不是明摆着的,匈奴人本性难改,贪财贪物,能让我们过安定日子吗?

刘恒道:可本王听说,事情是由两国互市引发的,是我大汉商人在卖给匈奴人的盐里掺了砂石,人家来评理时,还有人射杀了匈奴商人。

张苍道:这岂不是为匈奴人制造事端送上的一份厚礼!

刘恒道:本王还听说,是吕廷尉放关传给雁门货栈进大宗食盐,吕廷尉也做生意吗?

吕强故作理直气壮:代王这是道听途说吧!本官从不做生意。

刘恒道:我也相信吕廷尉不会做这种违法之事。吕廷尉是否见过这种弩箭?

刘恒说着将弩箭和白绫递给吕强:上面还刻有本王的名字,吕廷尉,这件事就交给你查办吧。

刘恒在与吕强的谈话中始终盯着对方的眼睛,观察着吕强眼神中透出的种种细微的心虚之处:诸位爱卿要各司其职,在申廷尉到代国之前,务必查清雁门货栈的全部底细。散朝吧。

话毕,张苍等人陆续退出,只留下刘恒与薄昭。

刘恒深情一笑:舅舅"引蛇出洞"一计说得好啊。薄昭道:其实代王已经想过此计了。舅舅只是给大家点明而已。代王连引蛇出洞的办法也有了,也做了。刘恒道:恒儿做任何事都瞒不过舅舅。薄昭道:代王能把弩箭、白绫交给吕廷尉,这是在往蛇洞里灌水呢,蛇早晚要跑出来的。

与薄昭议完那"引蛇出洞"的计策后已经夜幕低垂,刘恒同舅舅草草用过一顿晚餐后就各自回房。在万籁俱寂的书房里,刘恒感到这房子越来越大,越来越空,而自己就像落在这空间里的小粒微尘……受不住这少有的枯索孤寂,他换了一身缟素的衣着,又信步来到瑞儿生前的居室。居室里已经人去屋空。那支摇摇曳曳的蜡烛像在同他说着尚未说完的话……他静坐于瑞儿母子的床榻,可床榻已空,只升出一股股无声的寒气……刘恒眼里流出两行清泪……

此时,薄太后轻轻地推门而入,走近刘恒。刘恒擦擦泪说:母亲歇息吧,让恒儿再陪瑞儿姐姐和王子最后一夜。薄太后叹口气说:瑞儿生前,恒儿白天忙于国事,还夜夜陪伴瑞儿母子,如今他们母子走了,恒儿也该好好歇息歇息了,否则,瑞儿的在天之灵也不放心的……节哀吧。说话间窗外隐隐传来幽咽凄婉的琴声。

薄太后听了听说:是窦女在为恒儿弹奏吧？你夜夜在此守灵,她夜夜以琴相伴,也难为她了……刘恒一声叹息:乐莫乐兮心相知,悲莫悲兮长别离……

月光如水,园中长廊下的窦女仍在边弹奏边吟唱:

生当复来归,死当长相思。
愿得一心人,白头不相离。
理丝入残机,何悟不成匹。
思君如满月,夜夜减清辉……

听着凄凄切切、相思如缕的弹唱,坐在瑞儿居室里的刘恒推开轩窗,抬头对月,往日与瑞儿旖旎温存的片段一幕幕流水般在眼前流淌着……薄太后见此情景,悄悄走出房去。

月黑风高,田力夫妻睡得正酣。十钱店后门被轻轻撬开,一黑衣蒙面人悄悄踅进堆放酒坛调料菜蔬米粮的储物间。他找到一隐蔽处的酒坛,将一包粉末倒入其内,重新理好酒坛。田妻翻了个身,田力鼾声正浓。夜静,远处的狗吠声稀稀落落。黑衣蒙面人踅出门外。

一辆轺车骖驾高竖着鲜艳夺目、饰有红色杠条的华丽车盖,威严无比的驰近宫门。到了门口,刘长兴奋地跳下车来,一路大呼着"母后"、"母后"闯进吕后寝宫。他一进门就扑通一声跪在吕后面前。

吕后惊喜地扶起刘长:哎哟,我的长儿,这些年在淮南国都吃什么了,比以前更高更壮了！说着,就更仔细地从上到下打量起刘长来。

刘长略带跟母亲撒娇的口吻说:吃豆腐呗,这天下人谁不知道我们淮南国发明的豆腐好吃！

吕后拍拍刘长的肩膀:长儿现在的力气更长了吧？

刘长兴奋道:可不！长儿玩儿似的就可以举起三百斤！

说着刘长就在寝宫内搜寻起来,他看到一铜铸的长乐宫灯,于是箭步上前,憋口气一下子就举了起来,且边举边满屋打转转。

吕后看得哈哈大笑:长儿,快放下,快放下,母后领教了,别闪了腰！

刘长将长信灯放置原位,随手从所携包裹中取出一对镏金鸳鸯,凑近吕后说:母后,瞧这鸳鸯还不错吧？给母后添个乐子！

吕后接过那镏金鸳鸯边看边摩挲着:看起来,母后没白疼这个没娘的孩儿,每次回来总要带些新鲜物件孝敬母后。说说,你这个淮南国王回长安干什么来了？

刘长亲热地拉住吕后的胳膊,两件事！第一,想母后了,回来看看。

吕后拉住刘长的手:说吧,第二件呢？

刘长道：淮南国要富裕，要像齐国和其他封国那样繁荣，需要一个有治国才能的丞相。

吕后道：这么说，是吕则不合适吗？

刘长道：正是，琅琊国刘泽像扔破烂似的，把吕则扔给了我淮南国，可吕则除了会收罗古玩外，治理国家的事一无所能，来淮南国两年了，从来没举荐过一个有真才实学的官员，从来没提出过一项有益的治国之策，整天不是满处寻找西周的鼎呀战国的剑呀，就是寻欢作乐。

吕后放开刘长的手：这个吕则，一点也不像他父亲吕释之，简直是个废物！

刘长道：母后，给吕则换换位子罢！这可是关乎淮南国万千子民的大事啊！

吕后问：那你想要谁去任淮南国丞相？

刘长答：长儿想要代国的张苍张老丞相。

吕后想了想：那代国怎么办？那可是咱大汉的北疆门户呀！况且，近日匈奴人还正在找代国的麻烦呢！

刘长道：四哥那儿有知书达理的母亲，还有足智多谋的舅父薄昭辅佐治理，代国只会越来越好的。

刘长又上前抓住吕后衣袖：母后就成全了长儿的心愿吧！

吕后笑着甩开刘长的手：松开，都当国王了，还来撒娇，让人看见不脸红！

刘长道：不脸红，我见了母后就想撒娇。母后不答应，长儿就不松手。

吕后被这个高头大马的养子逗笑了，她心里一直是很喜欢这个从小跟她长大的刘长的。

此时，玉儿进来禀报：典客审大人到！

吕后又甩了甩刘长的手说：长儿快松手，让外人看见多不好，显得我们没教养！

刘长：不！母后不答应就不松手！

正说着，审食其走进屋来，一见这种情况，他有些不快地说：淮南王，不可无礼！

刘长两眼瞪向他说：谁无礼？你怎么偏偏选在我见母后的时候闯进来！

吕后连忙制止：你们这是怎么了？

她笑望着他们，一时不知说谁是好。少顷，才转向刘长，长儿，审大人要同母后商量南越国的事，你先去府邸歇息吧。

刘长仍不肯走：那丞相之事呢？

吕后道：调吕则去长沙国任丞相，调张苍去淮南国顶他的位，令薄昭辅助代王治理代国，好了吧？

刘长听后，乐得一蹦老高。之后，对吕后说：谢母后，孩儿告辞了。

他走到审食其面前故意甩了一下袖子说：下次若再让我撞见你，哼！刘长晃了晃拳头，致使瘦长年长的审食其几乎站立不稳。

吕后看着远去的刘长,满脸笑颜:这孩子,永远也长不大……
审食其不快:你还笑……
吕后道:你还生他的气?怎么?南越国使臣又来要母马了?

申屠嘉自那日朝中领命即日夜兼程赶到代国。他知道此事重大,不能不先向丞相张苍问个明白,再与代王刘恒相商。当张苍向申屠嘉报告完雁门货栈事件原委后,申屠嘉感慨说:代王小小年纪就治国有方啊。本廷尉一路看到代国的丰收景象,百姓的欢声笑语,真为朝廷高兴啊!这治国的道理犹如植树,本根不摇,则枝叶茂荣。适才听张丞相所述,代国培育军马、训练军队、亲仁善邻,国之瑰宝啊!雁门货栈争端能如此处理适当,张弛有度,也足见代王和张丞相的胆识与魄力,臣回朝后定当如实奏报。

张苍道:谢廷尉大人褒奖。

申屠嘉道:还有一事,本官离开长安之前,太皇太后懿旨,拟调张丞相到淮南国给七皇子刘长当丞相……

申屠嘉话未说完,张苍满脸眷恋地说:代国刚有起色,微臣倒是更愿意与代王同甘共苦呢……

申屠嘉道:代国不是还有薄昭吗……

一辆王侯车辇在张武率领的众骑兵卫护下,往云中郡驰去。车马两侧,绿野片片。申屠嘉与代王刘恒国舅薄昭并坐车内。

申屠嘉掀开车帘欣赏着路旁景象:这代国的变化真不小哇,记得还是先帝时臣曾来过代国,那时荒田野岭,坟冢遍地,如今可是青苗片片,地里人的精神也大不一样了……刘恒叹了口气,变化是有一些,可刚刚平静了几年,这北疆边患又起,寡人真是烦恼啊……张武马上回身说:代王,前面就是三水乡了。刘恒一阵兴奋:好,今天就请申大人去十钱店,尝尝我代国的家常便饭。

刘恒一行走进十钱店时。已年过三十的田力上下打量一眼戴王冠着王服的刘恒,拉起妻子扑通一声扑伏在地:小民拜见代王。刘恒哈哈笑着扶起田力夫妇:哈哈,寡人又不是第一次来,怎么突然施此大礼!起来,起来。生意还不错吗!田力又看看那王冠王服,转敬畏为微笑:代王,其实,那年草民就猜过你就是小代王,可今天一见……刘恒又笑了:怎么?就因为寡人长大了,还穿了身王服,你就……唉,不说了,把十钱店的拿手好菜端上来,记住,不能破了你的规矩,每人只吃十钱的饭菜!田力道:好嘞!他朝里间的厨房喊道:栓弟,菜好了吗?

里间厨房内田妻和一位年近三十的结实汉子正忙着切菜、炒菜。随着一声"好嘞!"田妻和田栓往来穿梭,不多时端上一桌飘香的素菜。刘恒注意地看着田栓:他就是那年跟父亲一起从吴国回来的人吗?叫……田妻答道:叫田栓,是我弟弟,我叔叔的儿子。田栓通地一下跪到地下:代王,草民早认出代王了,那年父亲含冤而死,就是代王为我家申了冤,还偿了草民二十亩好地,给了那么多钱,我不光落了户,还成了家……说到感动处,他声音抖颤,不住叩头。刘恒道:田栓,起来,起来说话。

田力端上最后一碗菜说:代王,大人们,先吃饭,别等菜凉了。田力端菜上桌时脖子上的坠石闪了一下。张武盯着那坠石,问道:田力,田栓,你们是兄弟,又是……田妻笑了:那不乱套了?我跟哥哥结婚?众人也不解地望着田妻。田妻指指田力:他的田是随了我的姓。张武警觉地:为什么?他到底姓什么?田力困惑地说道:到底姓什么,我自己也不知道。申屠嘉放下筷子:你自己都不知自己姓什么?这……他看了看刘恒。田妻接过话说:代王和大人们看不出吧,他呀,记性坏了,眼前的事都知道,从前的事可全忘了。刘恒道:为什么?他得过什么病?

田妻不禁悲咽:那还是我八岁那年,父亲和一群人被匈奴人掳走,在茏城马场里父亲遇到了他,那时他虽是个孩子倒也勤快,就因为一次给马喂药让马踢破了脑袋,伤好后过去的事就不记得了。申屠嘉道:那你们?田妻道:有一天父亲带着他逃回来了,说他好可怜,就让他改姓我家的田姓,跟父亲一起开起了这个十钱店。没想到我们成了亲,好日子刚开头,父亲就病死了……说着,她擦起了眼泪。刘恒感慨:国之不强,百姓涂炭啊!他再无心举箸。

田力搬上一坛酒置于案上。田栓启封后为代王斟了一杯。

刘恒兴致又起:想不到你们十钱店还有窖藏老酒,他举樽欲饮。

田妻拦住说:代王稍后。刘恒不解地望向她。

田妻说:你们谁都没尝过我父亲酿的三水老酒,民妇先试试。说着,她将一樽饮下,正要说什么,忽觉腹内疼痛,悠然间,田妻口吐鲜血,倒地身亡。

田力立即跪于地上,他千呼万唤,妻子一声不应,口腔里还在缓缓泅出血来,终于,鲜红的血慢慢变黑……田力抚尸大哭,哭声传到院外。哭声震惊了门前拴着的马匹。张武骑坐的那匹黑色骏马扬起前蹄,咴咴乱叫——

田力仍然伏在亡妻身边狂嚎,马嘶声传来,他突然直起身子,两眼发直:马叫,是匈奴马在叫!他蓦地跑出十钱店外,奔向那匹狂躁的马。马蹄飞起,田力下意识躲闪扑地,胸前的坠石甩出衣外。

张武听出是自己的马惊了,他急忙跑到门外,代王等众人也跟了出来。

刘恒忙道:张武,拴好你的马!

张武奔向受惊的马,抚着它的头:黑鼻,没事,没事,别怕……

田力仍趴在地上,回想着什么,口里喃喃着:黑马……

刘恒警觉地:田力,你在说什么?

田力似从梦中醒来:想起来了,就是这样的黑马踢破了我的头,在匈奴茏城……

申屠嘉道:你想起从前的事情了?

田力道:想起了,就像心里长张皮,一戳全透了……

张武奔向田力,盯着他的坠石问:你为什么戴着这个小石块?

195

田力遥想往事:那年我十一岁,那时候,一会儿秦兵来,一会儿汉兵来,一会儿楚兵来,一会儿匈奴兵来,母亲从白登山上捡了块石头,一砸五瓣,说兵荒马乱的,怕把我们丢了,就让我们四兄妹每人戴一块,想不到就在那年,我被掳到了匈奴……

张武掏出自己的石坠,与田力的坠石一起摆在手上。

田力吃惊地:大人也挂一牙坠石?

张武忙问:你是白登山下人?你姓什么?

田力使劲点头:我是白登山下人,姓张,原叫张大武。

张武一下抱住他:哥,大哥……

田力激动又惶悚:大人,你……我怎么……

张武激动地说:我就是你最小的弟弟,白登山下人,父亲叫张石白,是你被掳走后才生的,母亲一直在念叨你呀……

田力这才用力抱住张武:父亲,母亲……他又放声大哭。

人们都被张武一家生离死别、兄弟相认的遭遇感叹着。刘恒看着这对拥抱着的兄弟喃喃着:再不能让代国百姓遭这样的难了……之后,他转向薄昭说:敌在暗处,我在明处,他们已经先下手了……

薄昭似已明白:见微知著,代王,蛇已出洞。

离此不远的三水酒店内则是另一番景象。一楼大厅内,依旧宾客盈门。角落里的一案酒席坐着四位酒客,他们一边划拳饮酒,一边盯着四周、似在观察着什么。这时,吕强身佩宝剑走进店来,他沿着酒席趾高气扬地巡视了一圈,然后朝楼梯走去。

角落里那几个酒客瞄了他一眼,相互交换了一下眼神,仍照常划拳饮酒。

吕强走入雅间,余胜已摆好酒宴。吕强正要入座,余胜却满脸堆笑地拉住他说:大人不忙坐,先看看这个,说着,他掀起脚下三个木箱的箱盖,里面皆是金光闪亮的金砖。他又一个个合上箱盖,笑对吕强说:廷尉大人算是验过了,饭后就带回去吧。

吕强的笑容转瞬即逝:余兄,金子我先收着,可以后这生意要谨慎啊,近期也不好给你开关传了。

余胜故作不解地:吕大人,是余胜有什么不当之处?

吕强颓丧地说:咳,已经到了这一步,什么也不用说了。

余胜道:吕大人,到底是怎么回事?

吕强道:我们把天给捅破了!

余胜哈哈一笑:天?什么天?嗨,喝酒,喝酒,廷尉大人,你别吓我了。

吕强猛灌一樽:贾二被李郡守抓去是背着我廷尉府由宋中尉审讯的,你知道吧?

余胜道:吕大人不想想,贾二要是把你我供出来,我们还能这么饮酒吗?更何况代王已经把贾二交给了冒顿大单于,我亲眼所见,贾二早已成了单于的刀下鬼,吕大人就安心高枕吧。

吕强倏地甩出弩箭与白绫放在余胜面前。

余胜大吃一惊:这,这是什么?

吕强冷笑一声:余兄不认识吗?是代王交给我,让我查办此事的。

余胜突然对吕强有了戒备,他悄悄地开窗朝街面看了看,发现街面并没有廷尉府的人。

吕强道:你不用看外边,我不是来抓你的。可这件事到底是不是你干的?

余胜边关窗边回身说:是我干的,也是咱俩合伙干的。

吕强一把抽出佩剑,还没来得及将剑指向余胜,余胜飞起一脚把剑踢飞,接着一个鹞子翻身腾空而起,空中接剑,双脚落在案几上后,剑锋直指吕强喉管。

吕强顿时吓得脸色煞白:余老板到底何许人?

余胜道:吕大人第一次见面就认出我来了,现在怎么倒忘了?

他边说边晃动起自己的空袖子:我这支胳膊就是被你三姑父樊大将军砍去的!

吕强吃惊地:难,难道你是王都尉?!

余胜冷冷一笑:正是本人。

吕强听罢跪地便拜:求,求大人饶命……

余胜一脚踩在吕强左肩上:有仇不报非君子,今日留你一条狗命,只取你一支胳膊。话未说完,剑起剑落,吕强的一支胳膊已经血淋淋地落在地上。他疼得满地翻滚,一声撕心裂肺的惨叫后就没了声音。

此时,一楼正在饮酒的人们听到楼上的惨叫后一个个大惊失色,角落里那一案的酒客却腾地站起身来飞身奔向楼梯。他们冲入雅间,余胜早已不知去向,只有地上留着的那三箱黄金和倒在血泊中的吕强。酒客头目看看仍在呻吟着的吕强,命那几个人说:拿下!

披头散发的张嫣神神秘秘地藏在后花园一棵大树后面,她放声喊着:少帝——之后就学猫叫。见无动静,她又喊:快来找老猫哇!四五岁的刘恭闻声后就到处寻找,一直朝一僻静处钻去。

一直侍候他们的红衣服宫女对绿衣宫女说:原来皇太后不是被猫给吓疯的吗?怎么现在又不怕猫了?绿衣宫女似看破什么地说:疯了,还知道怕啊!知道怕那就不是真疯!红衣宫女点点头:那倒也是!绿衣宫女叹了口气:唉,天天守着这疯疯癫癫的皇太后,不知什么时候才是个头。红衣宫女叹说:是啊,皇太后才十四岁,我们就这样几十年守下去,日子真没意思。绿衣宫女道:什么叫意思!那香蕊日日夜夜陪伴着惠帝,生下这个少帝就被推到昆明湖里了,那叫意思吗?红衣宫女四下张望,小点声,让人听见可是掉脑袋的事,她一面提醒别人,一面又抑不

住自己的好奇心:唉,是真的吗?这事?绿衣宫女道:当然是真的,我亲眼看见的,就从那儿,她手指湖边一石板凳说:让玉儿和几个黄门给推下去的。你知道不?香蕊死后月荷也生下一个男孩。红衣宫女道:就是比少帝还小的常山王刘弘?他是月荷跟惠帝生的,还是月荷跟闳孺生的?绿衣宫女道:闳孺有那能耐吗?他是受过腐刑的黄门,能生孩子吗?红衣宫女道:那月荷和闳孺哪里去了?对了,还有原来服侍皇太后的老宫女呢?绿衣宫女道:天知道,还有太皇太后知道。红衣宫女叹道:啧啧啧,这宫里的事,可真……难怪都说宫门深似海呢……

就在两宫女闲话中,小刘恭已经爬到一山石后面,他先还捉迷藏,后就听到她们的话,他终于明白,他的母亲确实是香蕊而不是张嬷。刘恭甩掉还在玩捉迷藏的张嬷,气冲冲朝吕后寝宫拼命跑去……

此时的长乐宫中,吕后正嘱咐着玉儿:玉儿,日后少帝由本太后领着上朝,皇太后就免了,你呢,把少帝看紧点,别让他老往皇太后那儿跑,去多了不好。玉儿答:玉儿遵旨!只是太皇太后,皇太后一发疯就非要见少帝,不然就绝食……吕后刚要说话,刘恭气急败坏地跑来,宫女们一见,立即恭敬地下跪:少帝!刘恭却视而不见,只顾冲进吕后寝宫,他不管三七二十一,挺起脖子就一下子顶在吕后肚子上,吕后冷不防被顶个仰八叉。刘恭喊着:还我母亲,你还我母亲!玉儿忙扶起吕后斥责着:少帝,怎么敢撞太皇太后,你的祖母?刘恭直指吕后:她是老巫婆,她杀我母亲!等我长大当了大皇帝,第一个就要杀她!吕后被玉儿扶起,看了看刘恭,边喘边说:还不快把少帝弄回他的寝宫,这孩子再不能上朝了,他也跟皇太后一样,疯了!

公元前184年,吕雉以太皇太后身份昭告天下,少帝刘恭暴卒,立两岁的常山王刘弘为帝,并以皇帝年幼为名,继续临朝执政。

这天早朝,高太后凤冠龙袍坐于皇帝龙榻,两岁的常山王刘弘坐于旁侧。众大臣跪拜毕,吕后看了看刚从北疆巡察回朝的周勃说:周太尉刚刚巡察回来,先说说北疆状况。周勃上前跪拜说:老臣在北疆各地巡察,深感我大汉最缺的还是大批良种战马和骑兵,有了这些,匈奴人就休想踏入汉地一步!吕后插话说:太尉,冒顿送的那一千匹马,品种如何?周勃道:冒顿口口声声与我大汉修好,可这马的品种,比我朝的好马追风、追电要差多了。灌婴道:匈奴人也越来越狡猾,还留了一手,可见他们犯我之心不死!

吕后唤:典客审食其。审食其道:微臣在。吕后问:你管的那些外事交涉可有事禀告?审食其道:南越国使臣日前来到长安,提出要用他们的海产换取我们的优良马匹和铁器。吕后道:我朝本已马匹奇缺,哪里有马给他们!你与南越国交涉时,切不可答应他们换良马的事。审食其道:臣已经拒绝三次了,臣恐长此下去,会激怒赵佗,万一……吕后不耐烦地挥手打断他说:万一什么!赵佗他是我中原人,南越是我大汉外的诸侯国,万一他动反心,我大汉兵马一夜就可收回他那小

198

小的南越！陈平道：太后，老臣以为还是不动武为好。吕后思索片刻说：那就让中大夫陆贾再去一趟南越，给他赵佗送一百匹公马。陈平道：太后忘了？陆贾不是已因年迈体弱，辞官了吗？吕后笑了笑：这个放浪老儒，太尉府速差人快马去追，把他找回来！周勃道：老臣遵命！可陆贾若因年迈体弱、不能前往南越，又该如何办理？吕后想了想：也是，那就让长沙国王吴靖或丞相吕则去办。记住，只送公马，不送母马。周勃道：太后圣明，只送公马，不送母马，看他南越国何时建起自己的骑兵！众大臣哄笑。吕后也跟着笑起来。

看看事已议毕，吕后对谒者耳语几句后，谒者朗声宣示：遵太后旨令，丞相陈平、太尉周勃留下有要事商议，其余诸位大臣退朝！

随着他的话声，文武百官施礼后纷纷走出大殿。

吕后见众大臣已经退尽，她动了动身说：二位重臣，将你们留下，是想和你们商议一件大事。请问高皇帝制定的律令我们是否变更过？变更得对不对？

陈平已听出话外音，他机巧地为吕后铺路说：有过变更，当年变更朝律是为稳固社稷，如今看来，有些朝律也该变更一下了，变则通，不变则滞；通可固国，滞则有危社稷。变更还是利大于弊。

此话正中吕后下怀，她不住地点头说：既如此，朕意再改一条前朝律令，即"非刘氏不可为王"。为稳固社稷，朕意追封先父吕公为宣王、吕泽为悼武王。尔等意下如何？

此议实出二老臣意外，即便不无狡猾的陈平也没想到，他们你看看我、我看看你，还是不知如何作答。毕竟周勃直率，他咳嗽一声说：高祖皇帝生前，曾杀白马与我等臣子歃血为盟：非刘氏而王者，天下共击之，非刘氏者不可为王，非有功者不可为侯……

吕后已早有应对：那时周太尉只不过是大将军，现今却是统领天下军队的大汉太尉，难道这变更也错了？一朝天子一朝臣，一朝朝律既要承继前朝律令，又要视时因事变通。想我大汉开国之初，高祖皇帝为鼓励农耕颁布的《贱商令》，如今四方集镇贸易频繁，百姓戮力农耕，贱商贾之律不是已经时过境迁，不宜再用！还有《挟书律》、《妖言令》，包括《夷灭三族罪》，这些苛刑的废除，不是使得如今天下言路畅通，民间刑事大为减少吗？难道这也不对吗？

陈平见已成命难收，于是顺水推舟说：依老臣看来，高皇帝当年取天下后、封刘氏宗室子弟为王，是为强固江山，如今太皇太后临朝称制，追封吕氏宗室为王，也是为强固江山。

周勃听罢愤然看看陈平，就不再说话。

吕后看也不看他们：那就这么办吧，二老臣对我大汉忠心耿耿，实乃大汉之万幸啊……说罢即起身离座。

眼看吕后的皇辇已经朝长乐宫拐去，周勃、陈平二人缓缓走下台阶。

周勃气愤地哼了一声说：哼！眼下追封死人为王，只怕是得寸进尺，下一步就

该封娘家侄子们为王了,你倒转得快!周勃斜了一眼陈平:高皇帝驾崩才几年,你就如此逢迎,背叛盟誓!他停了停说:唉,也怪陆贾那酸儒给你出那些大盗贼小盗贼的馊主意。

陈平狡黠一笑说:太尉大人,你见过医师治疥子吗?

周勃愈加气愤,他拂了一下袖子说:老夫说的是朝廷大事,你扯什么治疥子!

陈平又是一笑:医师见疥没长脓的时候就用温水敷,等敷得红肿了,一下挤出脓水,疥子也就根治了。

周勃似懂非懂地看了他一眼:少跟我绕弯子。

陈平正色道:的确,敢于在太后面前直陈己见、疾恶如仇者,怕是只有周太尉了,可将来保全大汉宗庙社稷者,恐怕还得你我二人联手。

周勃终于露出一抹笑意说:将来,难道将来你还再绕一次不成!

陈平意味深长地嘿嘿一笑:审时度势,到时候再说……

戴凤冠穿朝服的吕后急匆匆走入张嫣住所的大门。张嫣已是二十出头的妙龄,脸上却布满了细小的皱纹。她正呆呆傻傻地拿一根细棍往凤冠上戳着,那凤冠已被戳得千疮百孔。

陪侍张嫣的宫女见吕后突然进门,急忙跪拜后说:太皇太后,瞧瞧,皇太后每天就是这样。

吕后边点头边走近张嫣:嫣儿——皇后娘娘,外婆看你来了。

张嫣毫无反应,仍在戳着那凤冠。

吕后夺过她手中的小棍,继而又摘掉自己头上的凤冠与张嫣那布满孔洞的凤冠并排放在案上,她指指说:嫣儿看,你皇太后的凤冠和外婆——大汉太皇太后的凤冠一样哦!

张嫣看看她,突然笑了起来:是一样,就为了这一样,母亲走了,舅舅走了,现在少帝也走了!

说着,她突然发疯似地把那顶布满孔洞的凤冠扔到地上:不要你,要母亲要舅舅要少帝!

吕后直直地看着她,那眼神中蕴含着的是悲悯、是恼怒、是无奈?谁也分不清,她沉默了一会,对宫女说道:随皇太后怎么样吧,伺候好她。之后,她摸摸张嫣的头,戴上凤冠走出了大门,大门沉重地关闭了。

代王刘恒一脸怒容高坐代王正殿;申屠嘉满脸肃穆端坐于侧;张苍、宋昌、薄昭等代国大臣分立两侧。已是独臂的吕强戴着木枷被张武押进殿内。

申屠嘉引而不发地看看他那已被包扎的膀子:吕廷尉,你这支胳膊是怎么断的?吕强满脸不服,仍是趾高气扬:本廷尉奉代王之命前往三水酒店捉拿余胜,不慎被余胜所断。申屠嘉问:那独臂余胜又是何许人啊?吕强道:疑犯。申屠嘉道:

你可知余胜乃韩信旧部王都尉？吕强道：本官有过怀疑，却无证据。申屠嘉道：有过怀疑为何不报？有过怀疑为何还伙同疑犯倒卖海盐？吕强强辩：那三箱黄金是余胜想贿赂本官的，而本官并不接受，所以余胜断我手臂。申屠嘉把一册册木牍丢到吕强跟前：这账册上明明有你笔迹，你和王都尉狼狈为奸，串通违法，七、八年间你共计收受王都尉八万两千金，作何解释？在凿凿证据面前吕强心虚了：这，这是诬陷！申大人，别忘了我是朝廷命官，你们无权捉拿我。申屠嘉拍案而起：抓的就是你这个朝廷命官！吕强跳起脚喊道：抓我？你们还没长那脑袋！抓我，这……这要当今太皇太后——我二姑母说了才行，你们……申屠嘉高举起吕后手令——一幅白绢上写着的"凡坏我和亲之策者，杀无赦"。申屠嘉指指那手令说：看清了吧？我廷尉府执行的就是太皇太后的旨意！

几天后，在从代国去长安的山道上，申屠嘉一行押着一辆囚车向南驶去，囚车里已失去左臂的吕强身披木枷。赴淮南国就职的张苍与申屠嘉同行，两人并驾齐驱。当他们来到一桩刻有"代国界"字样的石碑前时，申屠嘉目及四野，感慨万端地问：张丞相入代十二年了吧？

张苍也感触良多：十二年了，与代王朝夕相处啊……

申屠嘉道：要不是亲眼所见，谁能相信代国有如此之大的变化啊。记得还是先帝时我曾来过代国，那时真是荒田野岭，坟冢遍地；如今却已是百里西风禾黍香了，了不起啊！

张苍想起当年初入代国时刘恒跪地吻土之举，他指指不远处的界碑说：十二年前我们由赵国入代国，小代王刚刚踏入代国，就跳下车辇，爬向这块界碑亲吻这代国土地，久久不起。当时看着他，不禁泪眼模糊，心想：他小小年纪，如此举动，震人心魄啊……此后想起，那幅情景总是历历在目……

说着，张苍跃下马来，走向界碑；申屠嘉随之而来，申屠嘉饶有兴致地问道：是在此处吗？

张苍指着另一边：在这儿。小代王五体投地叩拜后，又亲吻着土地跟臣下说：本王一定要让代国人大碗吃肉、大樽饮酒，过上好日子。

申屠嘉道：自古英雄出少年啊！

张苍定了定神，仍是眼里噙着泪花：如今，臣下将离开这片土地了，还是心存眷恋，不舍代国，更不舍代王啊！

张苍面朝北面长长一揖说：代王，张苍在此拜别了。说罢，他又跪在地上，久拜不起。

又是一轮清月，湖上冷风吹来，刘恒不禁浑身瑟缩。他抱紧双肩，正要返身回宫，湖畔间却飘来一阵若隐若现的琴声，他蓦然想起什么，举步朝琴声走去。

清月下，一池荷叶飒飒作响，窦女正在边弹边吟：螽斯羽，薨薨兮……

刘恒和歌：宜尔子孙，绳绳兮。

窦女闻声急跪：代王大安！

刘恒顺手扶起窦女:又是一个月圆之夜!该不会又撒面鱼了吧?

窦女羞涩一笑,又是那种双手交叉置于胸前的动作,代王见笑了,窦漪……

刘恒笑问道:你好像对来代国有不少委屈,说说,为什么?

窦女凝眉苦笑说:窦漪本是赵国选送京城习练琴曲、乐赋的,学成后,理应由朝廷少府令送返邯郸。可不知哪位官员写错名字,竟把我列入代国宫女之列……关山阻隔,路途遥远,窦女不知何时才能与双亲大人及两个弟弟相见呢……

刘恒仿佛想起什么,连连向窦女作揖道:喏,喏,诺……近些时日,家事国事弄得本王焦头烂额,竟将窦漪之事忽略了。离别之苦,本王深有体会,明日本王即安排你返回邯郸与父母团聚可好?

窦女随即跪拜:窦女拜谢代王。

刘恒扶起窦女:免礼吧。之后,他接着说:代国不比长安,晚风袭人,易染风寒,早些回屋歇息吧。刘恒说着也朝自己的书房走去。

窦女道:代王,窦女愿为代王再弹奏一曲。

刘恒高兴地说:饥者歌其食,劳者歌其事。我们要有个约定,不弹奏伤感之曲,乘兴而歌,兴尽而返,如何?

窦女道:窦女遵命。此前窦女看到代王只有一张忧国忧民的面孔,不曾想代王也有欢愉之心。

刘恒道:天下之乐无穷,为何独我代王不知视听之娱?

王者的心情毕竟与为民者不同,窦漪以为代王自然会因夫人、王子的去世久痛不退,这才月下湖边排遣愁肠,此时,自当以伤感之声为之慰藉。她哪里知道,此时此夜,代王已将悼念之心压置心底,却正为吕强、余胜案破、治理代国有望而快呢!因之他才要窦女弹唱欢愉之歌。冰雪聪慧的窦漪自然一点就通,或许也因代王的感染,她即刻换了一支欢快之曲,且弹且歌起来。

曲曲琴歌传入薄太后寝宫,她放下手中的书,欣赏着缓缓传来的琴声琴韵,不禁推门出宫寻声问迹,来到花园之中。真是不到园中不知月色如此醉人!她边赏月,边寻琴声,只见琴声来处正在荷花池边,那池内荷叶虽已败落,可池畔的刘盈与窦漪却比肩而坐,沉醉琴声中。薄太后驻足倾听了一会儿。她想着恒儿此刻的心情,不知该回避,还是继续听下去好。想想,她还是不能走也不愿走,于是,隐于树影中。

刘恒听着琴声,刚才的亢奋退去了,纷乱的思绪湖水般涌入他的心中:大汉的日益强盛与政争,代国的兴旺与多事,瑞儿的离世与王子的早夭……窦女似乎察觉了代王的心不在焉:代王在想什么呢?刘恒从回忆中返回,打趣说:哦!我在想,你怎么老是把手交叉在胸前?窦女笑了笑:习惯了,这样不好吗?刘恒道:不,挺好!挺好!别有一种风致。窦女欲语不休:其实……刘恒道:什么?窦女道:小女子不敢说。刘恒道:你直说,我愿意听真话。窦女道:我是想说,代王根本不是一个凛然不可犯的国王,而是一个重情感、通音律的国君。刘恒道:何以见得?窦女道:谁都知道,代王每日都替太后尝好药、再亲手送到太后手中,看着太后吃完药才肯离开。上次遇见代王,代王正因王后和小王子的病情而忧虑、郁闷,窦漪还亲眼看见代王因王后和小王子之死而痛不欲生……刘恒感动地说:所以本王失去瑞儿和小王子时,窦女才夜夜以琴相伴?窦女又用那奇怪的姿势行了一个礼,然后起身说:窦女还听说,代王每次从郡县返回第一晚,还总要陪太后度过。刘恒喟然一笑:我的这些家庭琐事宫中也在传?本王从小与母亲相依为命,母亲夜夜独居,我就陪伴母亲睡觉,长大了,也就习惯了。哦,我怎么跟你说这么多。窦女觉得与代王的心贴得更近了,她甜甜一笑:看这月亮多圆,多亮,窦漪再为代王弹一曲《嫦娥幽梦》好吗?刘恒欣然点头:好,好……

　　琴声又起时,薄太后已经心有所悟,于是悄然离去。

供案上摆放着樊哙的牌位,牌位前香烟袅袅,香炉旁一青铜铸成的樽内盛满醇香的老酒。

室内墙壁上的宽大横隔上,摆放着各式各样稀有宝物——青铜蒜头壶、漆耳杯、玉璧、玉佩、玛瑙及绿松石做成的造型奇特的串饰,还有西周时期的方形巨戊,上有浮雕成兽面纹的胄及各种兵器:戈,矛、刀、剑……

看了这室内陈设就不能不让人心生酸涩、哭笑不得:从案上的樊哙牌位到供酒供香,似可看出樊家对这一世英雄的追怀和纪念。可那些古董文物是樊哙从来不懂不爱的,他死了没多久,就将这些文物横陈在他牌位前,要是他的灵魂犹在,不知会将樊伉打成何等模样……樊伉此刻他正把玩着一只稀世绝品——锥足鼎,这是殷商时期的青铜器。他用手摸着那宝物上的兽面纹,喃喃自语:这殷商的锥足鼎做工真是精巧,精巧……吕媭却不知何时已站在儿子身后,她用手按住那鼎的足说:我说樊伉,你别一天到晚尽摆弄这些古玩好不,母亲跟你说的娶亲的事你想过没有?

樊伉一哆嗦:母亲吓孩儿一跳!娶什么亲?我早就说过了,绝不娶表哥家的表侄女为妻,除非是……

除非谁?你大表侄女吕莹?吕媭瞪着他问。

樊伉道:她好看,性情也好。

吕媭道:呸!你这个游手好闲的浪荡子,怎配得上莹儿?再说,高后已经将她许配给一表人才、武艺超人的齐王之弟刘章了。这几天刘章就要来长安任郎中令、侍卫高后左右了。

樊伉不快地放回那锥足鼎说:我就知道吕家的好女必嫁刘家的俊郎,这是太皇太后为拢络刘氏王室的美人计。

吕媭道:你少打岔,还是接着说你的娶亲之事!你二表侄女吕琛……

樊伉道:别提她!她比我小妹还丑,那脸足有三尺长,比马脸还难看……

吕媭道:那你三表侄女吕婵不难看吧?

樊伉转转眼珠,之后一笑说:她吗,倒不难看,可那性子我惹不起,得理不饶人,无理搅三分,跟她三姑奶一样……真要了她,我不一辈子跟父亲似的……

吕婴听后,怒不能怒,笑不能笑,只是一路追打着樊伉:你个没良心的,变着法子骂你母亲,看我不打、打死你……

樊伉围着他的宝贝跑,吕婴不肯放过地在后面追,一不小心,几件宝贝稀里哗啦落在地上,樊伉心疼得立即蹲下捡拾,他边捡边求母亲:母亲,别追了,别把这价值连城的宝贝弄碎了,我答应你娶亲,一定的,等我去趟长沙国我大表哥吕则那儿一趟,一定带回一个鲜嫩的南国姑娘来。

吕婴瞪大眼睛问:去,去什么长沙国?

樊伉解释着:是啊,母亲有所不知,前几天南越国使臣来长安见我,捎来大表哥一封书信,说长沙国有绝世珍宝,就是神话里传说的女娲补天中,那个造人的老祖宗女祸时期的宝物!象牙!真的象牙!有差不多半丈长!吕则说差不多离现在八千年了。

吕婴吃惊地说道:那可真是绝世珍宝!可,可那么珍贵的宝物得花多少钱才买得来呀!

樊伉道:不要钱!只要两匹赤红马去换就成!

吕婴立即满脸是笑:那太划算了!太划算了!行!我儿子现在是走正道了,总算找到了营生,免得整天赌博饮酒,打架滋事。不过,真有那么便宜的事吗?

樊伉得意:那,母亲,孩儿明天就上路了。

此时,一仆人来报说:南越国使臣差人前来,请大人去南越国府一起上路。

吕婴听后欣慰地笑说:连南越国的使臣都来结交我家樊伉,我的伉儿真是出息了!

樊伉俨然成了大人物:快把我的袍服拿来。

吕婴又担心地看看儿子:这都什么时候了,不能明天一大早再走?

樊伉更加神气:君子贵于乘时,时不可失,这都不懂。走,走,走。

一家仆闻声送来一套华丽的袍服,帮樊伉穿戴停当后即刻走出大门。

人怕孤独。樊哙已死,樊小又已远嫁,偌大的樊府就剩下吕婴、樊伉母子俩,樊伉在家时虽然游手好闲不务正业,母子俩少不了吵吵闹闹,可他这一离家,吕婴的心就像被掏空了一样,真的就睡不安寝、食不甘味,日日盼儿归。转眼几天过去了,这一天,雄鸡刚刚啼晓,东方尚还苍灰,樊府门前车马夹杂着人声就传进屋内。

吕婴闻声夺门而出,只见满面灰土的樊伉袍服不整、长冠倾斜地走进门来,可原来那驾车的两匹赤红小马却变成两匹高大的油光湛亮的赤红马驹。此外,车后还跟着两匹同样高大俊美的赤红马驹。吕婴亲热地骂道:你这臭小子,好几天不回家,你去哪儿了?这马怎么也换了?樊伉急忙推吕婴进屋:母亲,别大呼小叫的,这可是上等良马,追风马,知道不?秦国称霸天下就是靠的这种良马。吕婴不解地看着他:你不是要去长沙国吗?弄这些战马干什么?樊伉道:这战马跑得快,

像风一样噌地就到了长沙国,噌地就给你带回个水嫩嫩的南国媳妇,不好吗?吕媭问:那怎么还要四匹啊?樊伉道:那两匹是给我大表哥吕则的。吕媭突然担心起来:这可是朝廷严禁出境的战马啊!你可不能把它们……樊伉连骗带哄:有完没完呀,我跑了一夜,身子都累散了,就让我歇一下吧,过会儿就该上路了。吕媭深怕一己的孤独,想想儿子去长沙国更不知会多久,于是忧虑地问:就要去长沙国?那得多久才回家?樊伉自然知道母亲虽然经常骂他怨他,可母亲能以真心去爱的只有自己和妹妹,这或许就是本能与人性,于是他只得佯装调皮地诱惑她说:你不是等着看八千年前的象牙吗?不去长沙国哪能拿来?母亲,你就安心等着吧,儿子绝对让你高兴……说着他已走向自己的卧室。吕媭疼儿子爱儿子,更希望他能做些有用的事,儿子要远行做正经事,又有吕则照顾,她也就放心了。

这天早朝,未央宫大殿内格外肃穆。吕后凤冠皇袍坐于殿上久久不语。她越是不语,大臣们越个个惶悚,不知会发生什么事。静然良久,吕后向谒者微微点了点头,示意他可以宣旨了。

谒者这才朗声宣示:太皇太后懿旨,陈平任右丞相,审食其任左丞相,免去典客之职。并追封先父吕公为宣王,长兄周吕侯为悼武王。钦此。众大臣敛容摒息,听宣后既无反应,也不抬头。吕后扫视了一下朝中文武,又向谒者点了点头。谒者会意,沉静片刻后宣道:今日早朝完毕,散朝。

众大臣拜叩后缓缓走出殿外,先是无声前行,待越走越远后,才或低声或义愤地议论起来。

走在最后的周勃瞪了陈平一眼说:行了,你的一个鬼主意就真的让她下了懿旨!这一下就破了大汉的规矩,她的佞臣擢升了,吕家的死人也封王了……

陈平狡黠一笑:我的话要真这么灵还要审食其做甚!我说也如此,不说也如此,她早打定主意了!等着吧,下一拨该吕家活人登场了……

说罢,他们各自登车朝自己府第走去。

吕后返回长乐宫,刚刚卸下凤冠朝服,审食其双眉紧拧地走进门来。

吕后看看他,笑了笑说:怎么又拧着眉毛进来了?都封你丞相了,还不高兴?

审食其头也不抬地:高兴,可细想想又高兴不起来。吕后不快:别跟我绕弯子,有话就直说!审其食朝吕后苦笑,我自己也想,这人是怎么了?你不封我,我位太低,不高兴;你封了我,招来一片骂声,我还是不高兴……吕后倒笑起来:老都老了,反而越活越小,别人骂又怎样?你还是一人之下万人之上的左丞相,你怕什么!审食其道:都活到这把年纪这种份儿上了,我还有什么怕的?不就是你高太后的一个影子吗?吕后笑而不语。

审食其道:影子从来都是在地上歪躺着的,没关系!可这人的正身却不能歪!吕后这才听出审食其的话外音:听你这话的意思,是我干了什么不正的事了?审食其道:正不正,恐怕你是分不清的,在你这将天下攥于股掌之中的女皇眼里,你所做的都是正的,没有不正之说。吕后道:还是由我说出你要说出的话吧,你说了半天,不就是为封我父亲和我大哥为王一事吗？审食其索性说到底:我知道,你下一步做的就该是封吕家在世的人为王了。吕后反倒义正词严:那又怎样？刘吕两家本就是一家嘛！我叫你来就是为商量这件事,没想到,还没商量呢,你就指责我有什么不正之举！审食其只有苦笑,我没说你不正,我是说我自己是斜的。吕后道:你既说你是我的影子,你斜还不是我斜！审食其不禁苦笑,好好,就算我说了。吕后道:那你说,往正里做该怎么办？审食其道:我说了多少遍了,再说一百遍你也做不到。吕后终于生气了:你……你变了……审食其望着吕后,半晌不语。

吕后挥挥手说:你走吧……审食其头也不抬地走出门去。

吕后望着审食其的背影,突然皇威大作,她甩了一下袖子高声喊道:来人,速召文武大臣上朝……

大臣们各自回府后正要午膳,又饥肠辘辘地被召回朝。待到他们列于朝上时已是午后时分。他们不知朝廷出了什么事,纷纷望向端坐龙榻的吕后,可从吕后的脸上谁也读不出她要议的会是什么事;唯独审食其,他一见朝上不曾出现过的吕嫛、吕通、吕种、吕平等,心里已经明白了七八分,于是,他的心里更是五味杂陈……

吕后坐在龙榻上虽不言不动,她的主意却越来越坚定:我既为大汉的太皇太后,大汉江山就抓在我手里,大汉的兴衰起落就全权在我,刘吕一家,谁最可靠？刘姓人和吕姓人。刘家既已合族封王,我吕家人为何不可！不管谁人不服不满,我既威仪天下,理当一言九鼎！待众臣肃立朝前静候宣旨后,吕后竟将拼退谒者,亲自宣旨曰:割齐国济南郡为吕国,封吕台为吕王,吕产为梁王,吕禄为赵王,吕通为燕王;吕种为沛侯,吕平为扶柳侯,吕嫛为归光侯。吕他,吕忿,吕更始……

随着封王封侯之声,吕氏诸人一个个跪地谢恩。吕嫛看着这场面,听着这盼了很久的封赏,朝着欢天喜地的吕家人送上会心的一笑。陈平、周勃等毫无表情地呆站在众人之前。审食其的神情更是复杂而难测。

就这样,这位中国历史上第一个没有称帝却实为皇帝的女皇,虽说在汉初的政治舞台上叱咤风云,最终还是露出了女人的褊狭和霸道。

一架敞篷车中露出一双长靴大脚,秋阳下,那辆马车不紧不慢地朝前走着,车内人毫无动静,只传出车中人如雷的鼾声。驾车的赤色马不停地倒腾着双蹄,为主人久久不肯醒来显得很不耐烦。遮阳的车盖被随意斜插在车中,驭手却早已不知去向。

不远处的酒幡在秋风中微微飘动着,在路旁小店饮酒的正是那驾车驭手,他望望那远去的马车,心想,反正走得不远,主人又一直睡着,再喝两樽无妨。

路上走着的那个乞丐,早已觉得自己的草履已磨穿了履底,走起路来脚板生疼,他已跟着马车走了一段路,只见车中伸出的两只长靴颤颤悠悠,车中人都无动

静,他心急眼快手也快,紧走几步,甩掉脚下的草履,三下两下就将那大脚上的华丽长靴换到自己脚上,刚要转身逃去,又一想,还是将他那一双脏兮兮的草鞋穿在足套绢袜的大脚上,之后,才箭一般地飞逃而去……

倏忽间,一匹快马打马飞来。马鞍前那红色缯帛缝制的幡信迎风飘舞,但看幡信可知来者不凡,这是一位朝廷信使。

信使驶近车子,朝车内梦中人端详了一会儿叫道:陆大人,中大夫,快醒醒,丞相有急件召你速回京城!

车内人闻声坐起,他头不戴冕却斜插绢花,描眉涂红,不男不女。他很不耐烦地看了一眼信使说:吵什么,吵!谁是中大夫?鄙人早已辞官,还叫什么官衔?老夫只是儒生陆贾!

满面流汗的信使见这疯疯癫癫的老儒生,先还辨不清真假,愣怔了一会儿后想,我已跑了上千里,好容易才找到这个像陆贾的人,千万不能轻易放过!可看他的形貌、听他的言语,哪里有一点中大夫的风仪?我且看个究竟再说。

陆贾却不管来人,他打过一个长长的哈欠,之后跳下车来,发现足下不适,低头一看:老夫的靴子呢?是谁把老夫的靴子换成一双破草鞋?那可是淮南王特意为我这个两任太傅定做的镶金羊皮靴,值三百钱哪!大燊,大燊!这个馋嘴的非要带你去吃什么东西,要不,那贼也没胆偷我那双羊皮靴!

刚从那街边小店跑来的大燊闻声跑近陆贾,看看他那奇特的大脚只顾哼哼着四处寻巡……此时,那驭手也打着酒嗝回到车旁,他迷迷糊糊,旁若无人,只管问陆贾道:主公,咱们是去见梁王吧?

陆贾似也一样地迷糊起来:哈哈,你没醉,对对,马上去梁国,找五皇子,小时候老夫教他念《论语》,他却撒了老夫一身的尿,要让他赔老夫一双新靴子,老账新账一起算。

话音落处,陆贾与驭手已经坐在车上,只见那驭手鞭子一挥,马已欢快地迈开了双蹄。

信使仍呆愣愣地站在原处,自语着:这是个疯子。

走了一箭路后,陆贾转身对信使喊道:老夫去梁国讨鞋穿,快回去禀告丞相,老夫没有鞋穿,如何去得了南越国?见无回声陆贾喃喃自语着:只给人家公马不给母马,我又不是母马,我去有什么用?

马车直往梁国方向驰去。

车中陆贾摸摸这里,掏掏那里,还是找不到要找的东西,他突然喊道:快快转头,不去梁国了,回长安!

驭手不解地问:主公,梁国就要到了,怎么又……

陆贾手摇插名刺的梅花陶筒:老夫的名刺没了!回长安吧!这名刺可不能少,老夫要到各郡县走走,怎么也得再做上几十上百枚。靴子不要了……

驭手只好掉转马头,他鞭子一挥,一股黄沙腾起,马车急速往长安方向驶去。

208

还是山坳里那间老屋,但从陈设到张母的装束显然已富足起来。

张大武几步跨入老屋,一见母亲,就跪地举起胸前的石坠:母亲,母亲,儿回来了……他已泣不成声。

张母先是一惊,后又眍目辨认,当她认出儿子时,就举起拳头朝张大武擂去,她边打边骂:你个没良心的东西,多少年了,人不回来,也不托人捎个信,母亲的心哪……说着,她便大哭起来:都快让你撕烂了……你还知道有母亲……

这时,张武蹿进门来,他一把托住母亲的拳头:母亲,别打了,你不知道大哥遭了多少罪,他,他是死里逃生啊!

张大武仍跪在地上,边说边向母亲叩头:不,让母亲打。你不知道,这些年我想着咱们这个家,我是多么想让母亲摸摸我、骂骂我、打我一顿啊……可我找不到家,后来又什么都记不起来了……憋了这么多年的泪水,他终于可以畅快地流出来了。

张母一下抱住大武边哭边诉:母亲命好苦哇,你父亲带着你的弟弟妹妹都一个个去了阴间,把这人世的苦都留给母亲了,母亲苦啊——

张武兄弟双双跪地叩头:母亲别哭了,我们不是都回来了吗?

张母这才冷静下来,紧紧抱住他们:母亲想好了,这回呀,你们谁也不走了,就在家里守着你们的父亲和弟弟妹妹的坟墓过,死也跟母亲死在一起……

张武笑笑:母亲又糊涂了,你不是说代王是我家恩人,让我好好伺候代王吗?

张母也笑笑:那就武儿走,让你哥哥陪我们。

张武陪笑说:代王说了,母亲吃了这么多年的苦,如今我哥也回来了,咱们一家该团聚了。武儿陪哥回来就是接母亲去中都的。

张母听后愣怔了许久:不行,你父亲和你哥哥姐姐们谁管?过年过节连个上坟的都没有……

张武笑笑:母亲放心,我会想办法的……

张母道:听母亲的,你先一个人回中都,我和你大哥总得过一段母子团聚的日子。

被五花大绑的淮南王刘长站在长乐宫外殿前。吕后正襟危坐,一脸怒气。刘长倔强地站在那里:我就是说了恨吕家人的话,又怎么样?谒者道:淮南王,还不快快跪下!吕后摆手:不用跪了,不用,自家人嘛!淮南王这趟被请进长安,我听说你一路上滴水不进,还是先下去吃些东西吧!刘长瞪了一眼吕后:请进长安?他冷笑一声,指着身上的绳索说:有这种请法吗?谒者道:放肆!竟敢用这种口气对太皇太后说话!刘长被激怒了,他不屑地扬了扬下巴说:你知道你是跟谁说话吗?教训老子还轮不到你!

吕后示意谒者,将刘长身上的绳子解下,之后转向刘长:长儿啊,你这话说对

了。长儿是谁?是母后从小带大、也是母后最喜欢的儿子。从小到大,你的什么要求母后没答应过?你嫌樊小丑,不要,母后依了你;你要张苍做丞相,母后又依了你。如今,母后费尽苦心,为你选了这个美如天仙的婵儿给你做王后,你不但不领母后的情,反而与母后为仇痛骂吕家人,你,你还有点良心吗?

刘长道:长儿对母后的孝心对天可表,从没变过,长儿气的是母后的做法、是吕家那些人。瞧瞧吧,他们就像一个个蛀虫死死钉在我们刘氏各封王的身上,男的为丞相,监视我们,女的不管如何丑陋如何恶如虎狼,都要戴上王后的凤冠。你们再看看我们刘家,我四哥为了躲那些吕家女,小小年纪就草率成婚,我五哥梁王被气得上了吊,六哥淮阳王被活活气死了,还有八弟燕王在僻远的燕国也已染病身亡……说着,刘长大哭起来:先帝,父皇,你的大汉天下,眼看就被他们吕家这些大蛀虫蛀空了。是,老子是说了,总有一天,我们刘氏封王会操起刀戈,将吕家人统统杀绝!

吕婵闻声尖叫起来:高后,高后你听听,他有多可怕哟!

吕后沉默片刻,突然大笑起来,笑声让刘长也不寒而栗。

吕后道:痛快!痛快!还有吗?刘家的七皇子,刘家的淮南王?

刘长也不作声。

吕后走下坐榻,踱起步来:好!我的淮南王,该我太皇太后说话了吧?

刘长怒视吕后,仍不作声。

吕后口气威严起来:刘长,你口口声声说大汉的江山被吕家人给蛀空了,有何凭据?如今这天下晏然,百业俱兴,轻徭役不扰民,废酷律通言路,国泰民安,这可是有目共睹的事实。再说了,当年打江山的时候,难道吕家人就没流过血,本太后的兄长,不就是被楚军用乱枪戳下十八个窟窿后,惨死沙场的吗!那时候你还没出世呢,你有什么资格替那些嚼舌头的人们说话!你们口口声声说大汉已经危机四伏,可你们问过天下百姓是怎么说的么?

刘长不耐烦起来:母后不用再兜圈子了,长儿就是不要吕家女!他有气无力地趔趄了一下,声音也随之嘶哑起来,他又渴又饿,已经极度虚弱。吕后见状,命谒者:给淮南王端碗水来。

谒者遵命递上一碗温水,刘长接也不接,只用手一推就连水带碗打在地上。

吕后刚欲发作,又咽下冲入喉头的怒气,她挥手屏退吕婵和谒者后又换了一种口气说:长儿啊,听母后一句话,好好回你的淮南国娶婵儿为后,母后不会与你计较,只是日后多用点头脑,别跟着别人瞎起哄,大汉是刘吕两家人的天下,这是不能更改的!现时的一切国策都是按高祖皇帝在世时制订的,休养生息,富国强民……

吕后忽感异样,她见刘长仍不作声,正抬头间,刘长已嘭地一声僵硬倒地。吕后急喊:来人!谒者应声急急跑来:高后有何盼咐?吕后急忙奔向倒地的刘长,淮南王从小气性大,给他喷水、喂水……她以手试试仍在呼吸的刘长,站起身来说:

210

醒过来后,把他拖回淮南国,一定要封婵儿为后!

两天后的中午,审食其缓慢走进椒房殿。吕后笑望着他:左丞相可真难请啊,玉儿请了你三次,这才……审食其扑地欲跪:这几天总是头脑昏昏、天旋地转,微臣才……吕后倏然上前,扶其落座:你这是跟谁呀?又要跪拜又是微臣的?说着将手抚抚审食其的前额,真是有些热……她转脸高喊:玉儿——传太医。玉儿应声前来:是。审食其急忙摆手,令玉儿退去:无大碍,别兴师动众的。吕后对玉儿:那,你下去吧。之后转对审食其说:那你是——审食其道:我是心里憋的。吕后道:这又何必!有话就说,痛痛快快地说。

审食其审视着她的表情说:那,我就一吐为快了。那天我说你行事不正,惹得你生了气,其实这不是根本。

吕后道:那,根本是什么?

审食其道:根本就是你太相信联姻,以为唯有两姓联姻才能江山稳定。错了,我们跟匈奴早就联姻了,他们少打过我们一次吗?你,还有我,想方设法让盈儿和嫣儿联了姻,前些日子,吕嬃又穿着她的女侯服到处奔波,就是为将吕家女全嫁给刘姓王,结果呢,跑的跑,疯的疯,自杀的自杀,气死的气死……

吕后道:让你这么说,就全是联姻的错了?

审食其苦笑了一下:如今,再想联姻也联不成了,刘姓王没剩几个了!你于是就大封吕氏为王。你破了高皇帝"非刘姓不可为王"的规矩、封令尊大人和你大哥为王,已经招来刘姓王和老臣们的不满,接着又变本加厉,吕台、吕产、吕禄、吕通……你都封了王,就连三妹吕嬃你都封了侯,旷古未闻,旷古未有啊……

吕后啪地击案而起:旷古未有的事我就不能做?我就是要首开先河,做出些前人想为而不敢为的事!

审食其被这突起的拍案声惊得不禁往后靠了靠:我钦佩你的气魄。可你就不怕犯了众怒、江山不稳吗?你就不怕后人唾骂吗?

吕后侃侃而谈:王侯公卿是干什么的?就是为保障先帝"休养生息"治国方略不走样!只要先帝的治国方略畅行昭彰,不管他姓什么,谁都可以做!

审食其道:是谁都可做,可你为什么毫无顾忌地封了那么多吕家人?

吕后道:这还用问?吕家人听话、可靠,他们才能保证先帝的方略施行得好……有顷,吕后顿生冷意,左丞相,这些年我都忘了,你毕竟不姓刘,也不姓吕,这才遇事跟我越想越远。家人就是家人,外人就是外人。

听到此话,审食其伤心欲绝,喃喃道:我是外人,我是外人……我几十年与你相扶相携,老了老了,倒成了外人……审食其越想越委屈,他不禁啪地跪在地上:启禀太皇太后,微臣告辞!

吕后也觉得一腔闷气,多少年来,他们真可说是相濡以沫、心有灵犀,不管是福是祸总能想到一起,这几天不知怎么了,说什么都是越走越远,她不觉走向窗前,不睬也不语。

  两匹赤色小公马拉着一驾马车疲惫地停在樊府大门口。蓬头垢面的樊伉跳下车,伸伸手脚:可到家了!快把老子给累死了!来人!卸车!话音刚落,院内跑出的仆人就将车中东西搬入院内。
  吕嬃身着爵服款款走出房来:我这儿子总算回来了,怎么这样狼狈?
  樊伉道:母亲怎么这么神气?这天下第一个女侯爷就是不同于以往啊!
  吕嬃笑着刚要追打她那心尖儿子,突然发现那马有些不对头,她看得出,走时的四匹母马已变成两匹小公马。她问道:这马怎么换了?
  樊伉瞟了母亲一眼:换什么换,疑神疑鬼!
  吕嬃警觉地说道:不对,原来那四匹母马个个高大健美,如今这马怎么除了毛是赤色的外,这么矮?还成了公马?
  樊伉道:母亲年纪大了,老眼昏花了,他指指马鞭说,那个破长沙国又穷又没吃的,把马给累瘦了,那不是公马,是马的肚子耷拉下来了。说着又推推吕嬃说,进屋吧,有什么好看的,几匹脏兮兮的瘦马,明天我就把它们卖了。
  两人进屋。
  吕嬃被儿子推着走进房来,她突然问道:象牙带回来了?之后又左右环顾,你给母亲带的水嫩嫩的南国媳妇呢?
  樊伉边拆包布边说:母亲看!
  吕嬃一眼看到那一串串斑斓的玛瑙串珠、一块块晶莹剔透的玉璧……她不禁心跳加快地:这……
  樊伉像个得胜归来的将军:给!母亲,这个给你,樊伉将一条用金丝编织的项链戴到吕嬃脖颈上。
  吕嬃带着这项链开心地走来走去。樊伉又打开一个包裹:还有更妙的呢!霎时间,一个有舵、有主舵的陶船摆在面前。
  吕嬃惊叫起来:啊哟,这么精致的陶舟该花多少功夫哇!
  樊伉又递上一个玉兽角形杯:瞧这上面的纹路,可不是咱们中原人常见的,这是番禺港口用舟船从海上运进来的。
  吕嬃惊道:什么?番禺?她倏地盯住樊伉,你是不是去了南越国?说实话,那僻远的长沙国真有这么多宝物吗?
  樊伉大咧咧地:母亲放心好了,长沙国跟南越国搭界,怎么能没有这些东西!
  吕嬃正要说什么,樊伉拦住她说:好了,好了,过几天我再去一趟长沙国,一定给你带回一个儿媳妇,带回八千年前的象牙。吕嬃刚转过背去,他就自说自话地要什么儿媳妇,还早呢,想跟谁玩儿就跟谁玩儿,生儿育女的事儿老子从前不想,现在也不想。
  吕嬃并未听清他嘟囔什么:你说什么?
  樊伉哈哈道:我说我饿了,想吃东西了。

清晨。吕后起床后刚要喊人梳妆,忽然闻到一股野菊花的香气。吕后意识到什么,回头喊道:玉儿,是不是审大人来过? 玉儿急忙近前:是审大人来过。吕后问:他人呢? 玉儿道:审大人见太后还没起床,不让我惊动太后,把一捧野菊花插入花瓶就走了。吕后撩开重重幛幔,见一蓬带着晨露的野菊花正在花瓶里蓬勃着,她惊喜地快步走近,快,快请审大人来……

少顷,审食其两眼望着吕后走进房来。

吕后也含情脉脉地迎着审的目光。有顷,吕后终于说:快一辈子了,也只有你呀……

审食其看着已经摆在案上的野菊花说:这野菊花……

吕后点头道:跟丰沛河边的一样香……

话语间,吕后将右手递给审食其,审摩挲着吕的手沉吟着。

吕后看了看他:想什么呢?

审食其有些忧郁:我在想,我要是先走了,你怎么办?

吕后道:你怎么老想这事?

审食其说:不能不想啊,第一我比你大几岁;第二你是女人,要比男人长寿;第三,你又不是一般的女人,是太皇太后,寿比龟蛇。你必须要想好,我要先走了,你怎么办……

吕后说:不管你是死是活,我都要封你为丞相,永远伴随在太皇太后身边。

审食其道:那我的夫人,你又如何待她?

吕后似有妒意:哎呀,看不出这足智多谋的辟阳侯对百依百顺、逆来顺受的红菱,还真是放在心尖尖上啊!

审食其:你们两个女人都是我命中不可缺少的、最珍视的……说到这里,他似觉有些不妥,又补充说,自然,红菱命贱,当年她不过是你的贴身奴婢,不能与至高无上的太皇太后相提并论……

吕后略带娇嗲:哎,咱们说的可是男女间的话,不是皇帝与大臣的对话,你可别打岔!你再说说看,万一我先你一步走了呢?你会怎么办?

审食其仍不无沉郁:怎么办?说不好……我也不愿去想。反正好事不会让人占全了,普天之下,谁都知道,太皇太后对我真心一片,对我好,这也就招来木秀于林风必摧之的命运,惠帝不是就把我抓进大狱了,之后的少帝会怎样?谁也不知道。

吕后正色道:食其,我一定让你身显位尊,仅在我一人之下!

审食其道:那我日后就会跌得更重!

吕后有些生气了:那你让我怎样,才算是真心待你?

审食其温存一笑,只要社稷安康,就是我审食其最大的福分了。

一位头戴皮制绛红切云冠、身着戎装的青年将领在未央宫西阙门前纵身下

马,这位青年将领肩挎超大型的青铜弓弩,手持一根超大型的长戟,箭镞、戟锋寒光闪烁,这种种衣饰、兵器都暗示着此人的武艺与膂力。他快步走向卫卒,掏出关传,朝卫卒们微微颔首后,牵马持戟走进未央宫。

看着他的背影,卫士们议论纷纷:一瘦长卫士说:是谁啊?这么威武神气?那矮墩墩的卫士神秘地说:你还不知道啊,这就是齐王的弟弟刘章!那瘦长卫士咂咂舌道:难怪太后亲自点名要他当郎中令啊!矮墩墩卫士赞叹着:看架势就武功非凡,瞧那身揹手持的兵器,少说也得有三百多斤……

此时,刘章已跨进太尉府,他朝站在军用地图前的周勃、灌婴施揖一拜说:刘章见过周太尉,见过灌老将军。周勃看看他后,冷冷地说:从齐国来?刘章道:是,太尉!灌婴则一步上前,握握刘章的长戟说:不错,是杆好戟。说着,他又抽出一支三棱形长箭,手摸箭头说:嘿!好箭镞!尺寸如长枪一般,难怪当今人们说你膂力过人,堪为项羽再世!他围着刘章踱了一个圈,拍拍他的肩膀,是被太皇太后指明来做孙女婿的吧?做孙女婿就可封为万户侯啊!刘章笑笑,不置可否。周勃则似提醒似警告地说:郎中令刘章,你的职责是尽心尽力,确保宫廷安全。要记住,你保的是大汉的朝廷。刘章声色不露地说道:末将明白。

刘长在长乐宫倒在吕后面前后,吕后就召人治疗、哄劝,待他身体恢复后就被送回淮南国。他一见舅父就大咧咧地说:虽说受了一通罪,总算对母后提了个醒,也让吕家人看看,刘家不是那么好欺负的。刘长舅父道:可那吕嬋还是得封后吧?刘长不以为然:封就封。还不是为了糊弄母后!你看吕嬋,寡人大闹长安后回来,她见到寡人大气都不敢出了。

晚秋时节,虽已冷风萧瑟,可在陈平府的厅堂里却是暖阳薰薰,那肃杀的秋风被高墙厚窗拦挡得纹丝难进。陈平正与两位妙龄女子掷骰子饮酒,虽说可以声色犬马解一时之忧,作为一人之下万人之上的丞相,这右丞相的眉头却是在笑声中也难舒展。

陈平缓缓掷出一只骰子,顿时惊出两女子的大声呼叫,陈平正笑得惬意,陆贾匆匆闯入,一见这气氛这场面,陆贾顿时收住了脚,他莞尔一笑说:右丞相好兴致啊!

两女子一见陆贾身后的大獒,吓得匆匆退出厅堂。

陈平狡黠一笑说:你终于回来了?老夫料得朝廷事乱,你这前朝重臣也没心思再在外面瞎逛了。

陆贾收住笑说:老夫此番云游天下,所到之封国无不为当今诸吕专权愤愤,尤其是那梁王吕产、赵王吕禄,既已封藩却仍然盘踞宫廷,手握南北两军兵权,这刘氏天下几乎变成吕家天下了!

随着他的话声,大獒也瞪目狂吠,陆贾抚抚它的头,大獒这才息声。

陈平走下坐榻,面露焦虑地说:中大夫,你明日就离开京城,跑一遍所有没去过的郡国。至于说什么做什么,你自然清楚……稍停了停后他又问:银两不够吧?

陆贾则洒然而笑:同是大汉天地,哪里也饿不死老夫。

陈平道:不行,你不在乎你那副老骨头,我还在乎呢!说着,他打开一只木箱,从里面拽出一只沉甸甸的布袋,递给陆贾说,从我这儿多拿些钱币,置上乘车马,多做竹刺,广结天下人,劝说其助刘背吕。

陆贾接过钱袋,掂了掂说:右丞相心深如海,老夫明白。老夫明日就启程。只是天下安,重在相,天下危,重在将。将相和睦,天下归附。力保大汉刘氏社稷,全仰仗丞相与太尉两人了。

陈平叹了口气:老夫岂能不知此理?可如今就连我饮酒狎妇之事,件件都有人要上禀太皇太后呢!

陆贾道:右丞相要小心才是。

陈平道:正因为要小心,才不便与周太尉、灌婴他们那些先帝重臣多往来呀。

陆贾拍拍胸脯:那就只得由老夫当线人了。说着,他又指指大獒,对,还有我这老朋友。

大獒似以深受倚重为荣般地摇摇尾巴。

陈平顺势朝大獒施了一揖。

陆贾朝他们笑笑说:我是刚从太尉府来,当年秦始皇定的规矩是调动五十人以上兵力须经皇帝允许,如今太尉权可统率全国军队,可太皇太后却连他调兵十人的权力都给消掉了。

陈平道:那刘章倒是掌管侍卫亲军,整日围着太皇太后转。那侍卫亲军也着实个个武艺高超,是一支凌厉的亲军哪!

陆贾道:老夫这趟出游,第一站就是到临淄,老夫倒要问问齐王刘襄,做为先帝的长孙,怎么能让其弟去做吕氏的女婿,去护卫吕氏人的安危?

陈平若有所思:这刘章虽说年少,却深藏不露,他是刘家人安插的钉子,还是吕家人的看门狗,还有待静心观察呀。

波光粼粼的湖畔,泼洒出一片翠绿的树林。林子里,鸟雀啁啾,野鹿奔窜……旖旎的风光中,高大英俊的刘章和小鸟依人的吕莹款款而行。后面,抬着刘章的巨大弓箭,拖着一串肥嫩水鸭的卫士紧紧随行。

吕莹含情脉脉地望着刘章:看着郎中令的好箭法,为妻的眼睛都不够用了……刘章莞尔一笑:莹子,都成夫妻了,别再叫什么郎中令了,啊?……吕莹莞尔:那,以后就叫你夫君?说罢,两人相依而笑。

此时,一只灰褐色的大鸟当空飞来,那铁钩般锐利的喙在阳光下泛着凶猛的亮光。

刘章拍拍吕莹的肩说:莹子,看是它凶,还是你的夫君更厉害。

刘章示意随从将弓箭递上,他左腿微弓,右膝崩直,拉开铁弓,只听"嗖"地一声,大鸟中矢,应声坠地,那双劲健的翅膀还因难忍的疼痛在不住地抖动,扇得四周衰草摇曳不止。

随从们惊呼着:天哪,这箭射得真准,穿喉而过啊!

刘章与吕莹相视而笑,吕莹是为夫君的勇武,刘章是为娇妻的赞许和……

刘章携吕莹游上林苑打猎且箭不虚发,着着中的的消息风一样地传到了椒房殿。吕后听后眉开眼笑,第二天就招刘章进椒房殿。她一见刘章走进房来,就上下打量着说:本太后这二孙子可是国之栋梁哇。听吕禄讲,你跟吕莹去上林苑玩,竟开弓就射下一只大鸟,那箭头穿喉而过?

刘章一笑:那大鸟要是不在莹子面前显露它的凶相,孙儿也就不伤它性命了。

吕后赞许道:后发制人?好,我的章儿不仅是一个只能拉弓射箭的武将,还是一个侠骨柔肠、知冷知热的好丈夫!说说,在上林苑还去哪些地方玩了?

刘章活跃起来:太多了,说不过来。最好玩的还是打傻呆呆的野鸭子,真过瘾。对了,太皇太后,我和莹子去马苑时见到太仆令夏侯大人,他正发愁,喝闷酒呢。

吕后道:哦?为什么,你没问问他?

为……刘章吞吞吐吐似不知怎么说是好,接着他"咳"了一声说,是孙儿说漏了嘴,不该向太皇太后提这件事。

刘章越这么卖关子,吕后越想问出个究竟:快说,夏侯婴这个老臣跑到马苑去喝什么闷酒哇?

刘章像是终于下了决心:是,是为樊伉没完没了地来要战马生气……

吕后大感意外:樊伉,他要战马干什么?

刘章道:这,孙儿就不知情了。听夏侯大人讲,樊伉每次都是要的良种战马,还非要母马不可……

吕后瞬时沉下脸来:我大汉不是有律令吗?现在边关及各郡国急需战马,任何人私自将战马尤其是良种母马带出关去都要受惩处。夏侯婴给樊伉马了吗?

刘章道:没有!可听说为这事夏大人已经得罪了樊侯爷。

吕后道:得罪得好!这事一定要查个水落石出。樊伉要战马干什么?吕媭知不知道?

刘章见他看似无心的闲话已燃起吕后内心的怒火,于是借故退出殿外。吕后平静的心情被打乱了,她气恼地想,北边吕强刚犯了事抓起来,樊伉又闹腾上了。这娘家人尽给我添乱!

太尉周勃与长沙国使臣利豨急匆匆朝长乐宫走来。他们刚要走入大门,却被宫门前的侍卫拦住:周太尉请留步,左丞相正忙于朝事,有何事需先禀告一下。周勃顿时竖起长长的眉毛:赵佗都打进我大汉南大门了,他指指身旁的利豨:长沙国使臣来向高后禀告军情,还要先过左丞相这门坎儿?!侍卫上前一揖:请老太尉见谅,这是太皇太后订下的规矩。说话间,另一侍卫急将审食其的批字交给周勃。周勃看看那批字后,急拉利豨朝长乐宫正殿走去。

他们刚入宫门,偈者急忙禀报:太皇太后,太尉周勃及长沙国使臣利豨求见。吕后焦急地说道:快请他们进来。

话毕,偈者急忙引周勃、利豨晋见,周、利二人上前行过跪拜礼后,周勃说:赵佗借口朝廷不给他母马和铁器,再次自称南越武帝并派兵攻打长沙国,现已占领长沙国与南越接壤地区。利豨将军就是前来禀告军情的。利豨上前一步补充道:太皇太后,赵佗已攻陷我长沙国十二个县,掳去长沙国百姓近十万人。吕后大怒:哼!这个赵佗,竟敢出尔反尔,反复骚扰长沙国,对抗朝廷!周太尉,着你速派二十万兵马增援长沙国,与长沙国兵马结成联军,共同征讨南越!周勃上前一揖:遵旨!吕后厉声道:对赵佗要重兵出击,决不姑息!让他知道对抗朝廷的下场。之后她又转向利豨:你连夜返回长沙国,将朝廷决策告知吴芮,千万稳住民心!利豨道:利豨谨记太皇太后懿旨。

一束阳光投进幽暗的牢房,随着"咣当"一响的牢门声,推进两个身穿囚服的人。因为用力太猛,两人同时扑在地铺上。未久,一个蓬头垢面的人趔趄着站起,他扇了扇鼻子:这么大的臭味,这也是人呆的地方!

这时,一个满脸脏污的人从铺着稻草的地铺上爬起来,他朝来者一笑说:我的樊伉大少爷,都到了大牢了,还嫌这嫌那哪!

樊伉盯着他看了许久,才辨别清楚说:吕则?还不是你!要不是你这混蛋今天勾引我去贩战马,明天又说贩牙能赚大钱,我会到这儿受这个罪!

吕则已现出一副瘟鸡相:要不贪财,你会受我的勾引!算了,认命吧……

受他的感染,樊伉那趾高气扬的脑袋也耷拉下来:说到命还是命,你说是不是?要不是代国大表哥那人难相处,我何必去找夏侯婴要马,从代国大表哥那儿还不是想贩多少是多少,夏侯婴那老家伙也告不了我们……随着他的话音,从隔壁牢房黑暗角落的稻草地铺上站起一个人,他已失去左臂,长须长发,一脸污垢。他苦笑笑说:还是兄弟啊,都到今天了,樊伉你还想着我呢!

樊伉、吕则闻声一惊,爬到近前一看,不禁惊叫起来:是大表哥?你还活着……

吕强辛酸地望着他们:怎么,你们还嫌我活得长啊?

樊伉摆乎道:啊,不不,不是说你几次暗杀代王,还……

吕强委屈又气氛:暗杀代王?你听谁说的?那不是我,我从来没干过!

吕则也一腔怨怒:栽赃!什么屎盆子都往我们吕家人头上扣。

樊伉道:还总说刘吕一家呢,二姨母都当女皇了,可这牢里关的却都是吕家人和我这个吕家的外甥……

吕强更气:还女皇呢,都是她下的旨,她偏心!要不是我父亲死得早,我怎么也不至于……

牢房里,这三个表兄弟越说越气,越说越委屈,直到子夜时分,他们才委屈地上铺胡乱睡去。

樊伉被抓进牢房就像摘掉了吕婴的心,她一夜未睡,一会儿放声大哭,一会儿训斥上上下下的女婢用人,她越想越悔、越想越气,第二天天还没亮就跑进椒房殿去求吕后,她边哭边道:二姐……樊伉一进大狱,三妹我就孤苦一人守着樊府了,我……她已泣不成声。

吕后递给她一方丝帕:快擦擦你那脸……吕后看着哭成泪人的妹妹,劝也不是,怨也不是,终归还是不能不怪罪起来:你也是,樊伉每次去长沙国总是四匹大母马去,两匹小公马回,你这做母亲的就不想想,这里面有什么鬼!

吕婴擦着她的眼泪说:我也是太相信那浑小子的话了,以为他不过是为换些象牙回来……

吕后道:你就是贪!贪财又贪权!国法不容亲情,樊伉犯下这么大的罪,作为太皇太后我能不严惩吗?天下人都瞪着眼珠看着哪!

为了儿子,吕婴不能不以软话求助姐姐:三妹知道,我是说,关他们几天吓唬吓唬,让别人说不出话就算了。

吕后瞟了她一眼说:你说得轻巧,赵佗就为我没给他良种母马,就又自立为帝,都打进长沙国了,樊伉他们把马贩到南越,就等于给赵佗兵器!判多重的罪都不为过!

吕婴一听,眼泪又簌簌地流下来:那浑小子就是爱古玩,他哪知道会是这样……

吕后越说越气:还有那个吕强,竟勾结起韩信余孽王都尉,一而再再而三地谋害代王不说,还挑得汉匈失和,这要是南北夹攻我大汉……不行,一定要重处!

这位平日里贪婪又刁蛮的吕婴面对吕后的威权大义也再说不出话,她坐了很久,终归还是掩着泪眼离开了椒房殿……

转眼已是四年后的秋天。四年来,朝廷里虽是风雨未断,吕后却是紧握朝纲、从不偏离刘邦定下的治国之策,使得大汉经济日趋发达、边界上从未出现大事,又因念及刘恒治理代国有功,故下诏调任他为赵国国君。以资扶掖正气,奖励有功之王。刘恒接读诏书后即召集代国大臣,他要听听大臣们的主意。

刘恒读罢诏书后说:诸位都听到了,太皇太后诏书中虽拟调本王赴赵国任国君,但只是征求本王意愿,并无明确旨令。众爱卿有何高见?

张武急不可耐地走向殿中央跪拜道:代国不能没有代王,代王不能走。

随之,众大臣们在殿中央跪倒一片,齐呼着:代国不能没有代王,代王不能走。

刘恒激动地走下王榻,一一扶起大臣们说:众爱卿请起,请起,走与不走,容本王再行斟酌,散朝吧。

众臣仍不愿离去,复又跪拜于地,齐呼着:代国不能没有代王,代王不能弃代而去……

刘恒听此言、见此景,晶亮的眼睛模糊了,声音也有些打颤:散朝吧,朝廷之事不可感情用事,本王无论身在代国,还是赵国,都将赤心事上,忧国如家,众卿起来吧……

大臣们这才一个个站起身来,直到眼见他们各个离去,刘恒才缓缓回到书房。他静坐房中,凝视着雕花窗外濛濛细雨中的一块天空,思绪则飘来飘去:自接到太皇太后调他去赵国任赵国国君的诏书后,他一直犹豫难定,去还是不去?此时,早已结婚生子的窦夫人牵着三岁的女儿刘嫖与怀抱王子刘启的侍女款款走进书房。

窦夫人看看思绪重重的刘恒说:代王叫我们来,有急事吗?

刘恒这才从沉思中惊醒似的,略为一振:啊,让我看看启儿,他的眼睛投向侍女怀中的刘启,我已经两天没见到他了。

侍女将酣睡在襁褓中的婴儿递到刘恒怀中,他瞧着那粉嘟嘟的小脸忍不住地亲了一口。

小刘嫖见状,也奶声奶气地说:父王,还有我呢!

刘恒笑了,他俯下身子又亲了亲女儿,接着把小刘嫖高高举起来,转了个圈说:父皇哪里能忘我的嫖儿啊!

小刘嫖被逗得咯咯直笑。

窦夫人也满足地笑着。她突然瞥见案上的诏书,走过去边看边说:宫廷里上上下下都传说着太皇太后要让代王去做赵王,去邯郸,唯独臣妾还不知道,看来是真的了,诏书都来了,这太好了!代王,邯郸是闻名天下的大都市,比这中都大多了,赵国又是妾身的家乡,代王,妾身可以回家了,可以回家了。说着,她竟舞蹈般将身子旋了一个美丽的弧圈,逗得嫖儿也跟着母亲旋转起来。

受窦夫人情绪的感染,刘恒也兴奋起来:我来代国途中曾路过赵国,那里真是繁华富裕,连吃的花样都那么多,一碗热腾腾的馄饨,几个用野草汁特制的龙舌糕,让儿时的我常常念想不已!

窦夫人似乎又回到少女时代,她一下窜到刘恒面前:代王,我们几时动身啊?

刘恒思索片刻说:还不知道母亲和舅父的想法呢!

他话音未落,薄昭走进书房:代王要找舅父?

见薄昭进来,刘恒和窦夫人等霎时恢复了常态,刘恒示意窦夫人和孩子们退下,窦夫人似有些不情愿地带着孩子侍女走出门去。

刘恒给薄昭让坐后问道:舅父,对本王去赵国任国君一事,母后怎么老不发话?

薄昭笑笑说:太后不发话,是想让代王自己往深里想想,看是去好还是不去好?

或许是窦夫人的影响,此时的刘恒却十分明快起来:还有什么好不好的?谕旨都到了,还能不去吗?不去,不就是抗旨吗!

薄昭:我和太后反复琢磨了太皇太后的意思,她是在跟代王商量,并不是一定要代王去赵国。代王坚持不去赵国做国君,太皇太后她也绝不会勉强,抢着要去的人多了!

刘恒再也等不下去了,大臣们和窦夫人都盼着他早做决策,而且都将他的决策猜向自己的所盼,他不能不问计母亲了。这一晚他来到母亲寝宫,学说了各方的所愿。薄太后听着时时点头时时微笑,最后她说:窦姬想回邯郸也是在情理之中,但不可强加于恒儿。我早说过,窦姬是个相当固执的人。

刘恒道:所谓当局者迷,旁观者清。母亲有何见教,就请明示。

薄太后道:自从赵王如意去世后,赵国这块繁华安定的土地就成了人人都争的宝地。母亲说得对不?

刘恒道:是,五弟、六弟活着的时候都想去邯郸,还有吕台、吕产……

薄太后收敛起笑容:恒儿想过没有,要是如意不在赵国为王,而是在代国,他会遭此结果吗?

刘恒想了想:或许不会。

薄太后紧盯着儿子,为什么不会?

刘恒道:第一、代国遥远偏僻,不是想回长安就容易回去的;第二、代国是大汉边疆,战乱不断,哪个君王都不愿弄乱了边疆,让匈奴人乘乱而入。因此,为代王者谁都不可为别的事擅离职守,朝廷不到迫不得已时也不会轻易找代国边疆的麻烦。

薄太后一下子抓住刘恒的手:我们代王成熟了,已经胸有韬略……

刘恒道:可是母亲,母亲不是戚娘娘,恒儿也不是三哥如意,而且吕太后对母亲、对恒儿还……

薄太后以一阵大笑打断了刘恒:还颇为恩宠是吧?母亲刚还夸了你几句,看起来,母亲的话说早了,我们这位代王啊,哼……

薄太后见出一脸失望。

刘恒的自尊被刺痛了,他也颇带情绪地争辩:母亲是说我这个代王没做好吗?可代国的变化,从朝廷到百姓都是有公论的。

薄太后倏然站起:好,代王已成大业,用不着母亲多嘴了,母亲这就睡了吧。

刘恒慌了,他站起来使劲拉住薄太后,母亲,恒儿不是这个意思。

薄太后重新坐下,平静了一下自己,眼带泪光母亲什么都没有了,只有我的恒儿……

一句话,说得刘恒也泪光闪闪:恒儿知道。

薄太后道:恒儿的平安,就是母亲的平安;恒儿的长进,就是母亲的安慰。你刚才说母亲不是戚夫人,恒儿不是如意,这话听起来很对,可你想过没有,吕太后

220

对戚夫人和如意为什么下那么大的毒手？世人都以为这不过是后宫争宠、女人间的醋海风波，其实不是，她们争的根本还是皇权。

刘恒道：母亲说得是，恒儿也这么看。

薄太后道：既然你也这么看，要不要去赵国的事就该不言自明了。五皇子、六皇子活着的时候要去，如今吕台、吕产也要去，这赵国就成了众人争夺的厚土。可今日天下姓什么？至少有一半姓吕，你要是去了赵国，就挡了吕台、吕产的路，你就会成了今日的如意，母亲也……

薄太后的话和外面的夜一样的深，一样的沉，刘恒听到此处，一下子抱住薄太后：母亲，恒儿明白了……

薄太后这才笑了。有顷，她拍着刘恒的手：为人君者，一忌居功自傲，不听诤言，二忌听枕边之风，记住了？

刘恒又羞又愧地点着头：记住了！

薄太后道：多久没去张武家了？

刘恒道：有半年了。

薄太后道：张武的母亲和哥哥该想你这个代王了，依我之见，今夜你不如同张武再去打黄羊，也算出去散散心，换换心境。

刘恒一下兴奋起来：打黄羊，对，打黄羊去。

刘恒匆匆走进寝宫，他利索地褪去外袍。刘膘正在边玩边编结自己的头发，窦夫人见这位英俊的代王进来，倏地从床榻站起，却是默默无语。

刘恒走近窦姬：启儿睡了？

窦姬微微点头，仍是不语。刘恒从这沉闷的气氛中感到窦姬心中的不快，轻声问道：不高兴是吗？

窦姬那交叉胸前的双手略为动了一下，抬头望着刘恒的眼睛。

刘恒将窦姬的双手分开，拥住她的肩膀：你听到我和母亲商量不去赵国的事了？

窦姬埋下眼帘：臣妾不敢。

刘恒道：那你怎么……

窦姬道：是猜到的。

刘恒洒脱一笑，你若想念父母和弟弟，明日就叫宋昌送你回赵国家乡去看看。

窦姬辩解说：臣妾不是为自己不能返乡不快，而是为代王不平。为什么就该代王永远待在这被朝廷遗忘的地方，而那些同为皇子的却个个分到安全又富足的中原内地？就连饱读诗书、踏实能干的张苍因为淮南王刘长提名点相，太皇太后也一调了之，难道代国就不需要出色的丞相，难道代王……

刘恒笑了笑，为窦姬义愤的语词，为这种小女人借题发挥的娇嗔和稚嫩：好了，别说了，代王就是个守边戍关的薄命。可薄命也有薄命的好处，那就是没人来

跟本王争。你看连冒顿都不来了。

窦姬默默不语。

刘恒道：爱姬，还想让本王去做赵王吗？见窦姬没有反应，刘恒加重语气：当年的王夫人、瑞儿可从来没跟本王这样过……

窦姬一惊，顿时尴尬又怯怯地说道：窦姬错了，代王的大业才是妾身的根本……妾身听代王的，听太后的。之后，窦姬高声叫着：嫖儿过来！

在一边玩耍的小刘嫖顺从地走过来，窦姬把她的头发散开，在她脑门上盘个十字形的髻，把两侧的头发拧麻花似地扎起来向天冲着。刘恒笑笑：好了，你们早些睡吧。

窦姬两眼温情地看着他问：那，代王……

刘恒道：去白登山，打猎。他刚要出门，窦姬提醒说：代王的外袍。

刘恒回头一笑：张武已经准备好猎装了。

晨光微熹，长城宛若一条苍穹下的巨龙卧于晨雾弥漫的塞北。两匹战马在嘶鸣中跃上长城，铁骑卫队紧随其后。刘恒的战马人立于烽火台上；另一边的战马上是张武。

张武大声说：代王，我看你是不会离开代国的。

刘恒道：是啊，本王到代国十多年了，就是一棵树，根也扎实了，挪也挪不走的。

张武听罢，咧嘴大笑说：我就知道……说罢，他也随着刘恒的目光极目四望。

刘恒的目光并未收回，他望着代国的大片疆土说：少时结识张武，结识代国的百姓，是这片土地抚育了本王啊……

张武盯着刘恒的眼睛：代王也抚育了代国这片土地。

刘恒道：不能这么讲，代国抚育了本王，也历练了本王……张武，你看看那儿，那是白登山啊！刘恒遥指远方的一片红云说。

张武纠正着：代王，这儿是看不到白登山的。

刘恒已陷入如诗如哲的思辨：我知道。但那一片红云下就是白登山，早霞虽然绚丽，却容易变成乌云，所以百姓才说，早霞不出门，晚霞行千里。

张武似乎已体味出代王话语中的种种含意，可他又说不明白，只好简单地说：代王不离代国，百姓最为高兴。代王，我母亲和哥哥还在家里等候呢。

刘恒深情地说道：老人家怕又要等一夜了，走！

张武道：代王，把黄羊都留给兵士们吧。

刘恒似有些不舍：不，带一只回你家。

张武家的院落已是今非昔比，一座硕大的粮囤伫立在院落一角。院里已挤满了全村的村民，张武的母亲和哥哥大武身穿新衣新袍，神情都格外沉重。突然有人高喊：代王来了！霎时，人们纷纷跪地。满院男女老少，连同张母、大武全匍匐于地。刘恒跨进院门被惊呆了。

不知是谁先哭号了起来:代王不能走啊！于是一片哭号挽留之声在张武家院中回荡起来:代王不能走啊！

感受着百姓滚沸的热情和拥戴,刘恒的眼泪夺眶而出:乡亲们请起！请起！本王一定启奏太皇太后,本王的心情和你们一样,不愿离开你们、离开代国,你们的代王不走了！

人们听到他的许诺,纷纷抬起满是泪痕的脸,喊着:代王,代王……刘恒从张母起一一扶起跪地的百姓,然后深深一拜:请众父老受我一拜,本王不走了。

已近黄昏,椒房殿内。玉儿正在一处处地点着松油灯,审食其缓缓走进,顺手递上一叠奏折说:灵台星官禀告,说是日观天象为大凶之象,断定长安明日会出现昼昏,终日伸手不见五指。我看太皇太后近来脸色不好,又日渐消瘦,可要小心,别伤了身子呀。

吕后叹道:唉,哪来得及顾身子啊……食其,你说说,前几天长江郡来奏,说是南方江水上溢,东方齐国又连连出现山崩地动,难道上天是要惩罚大汉？难道是我称制以来,犯下了什么惹怒天廷的大罪？

审食其温存地说道:别瞎想了,这不是你的错。难道你还想同一千五百年前的商汤那样,在大旱之年为苍生祈雨、引火自焚不成？

吕后凑近他说:我想,过两天去郊野祈祈福,举行一次驱灾大祭。

审食其道:也好……早些歇息罢,这一段红菱身体也不太好……

吕后疲倦又伤感地挥挥手:回去吧,走吧,鸟儿总要归巢的……

两天后,吕后果然在众文武、众侍卫和庞大的乐师群簇拥下来到灞水之畔的祭坛。

已是仲春时节,茸茸绿草铺满灞水河畔,草坪中央高耸起一座巨大平台,一道铺着猩红地毯的木阶梯与之相连,这就组成了一个庄严的祭坛。祭坛上,十二只青铜香炉腾起金色的火龙,浸药和乳香的芬芳弥漫四方。四尊雕有龙兽纹的大鼎中分别烹煮着雄性的鹿、牛、羊、猪。祭坛前彩幡招展,主执祭祀的宫廷太常乐府的乐手们演奏着具有浓重神秘色彩的祭祀礼乐,大架子上悬吊的排排编钟,不时发出悠长的乐曲。祭坛四周,挤满了从长安城及附近各县赶来参加祭天仪式的黎民百姓。

远远地,辇车上闪闪发光的金黄华盖,在微风中放着寒光的长戟交相辉映,高太后着一身祭祀时才穿的赤色衣服,带着穿着同样赤色衣服的朝臣们缓缓走来。黎民百姓中爆发出一阵震耳欲聋的欢呼声。

一位走在祭祀队伍前面的、身穿五彩绣衣、头戴紫色长冠的祭司喝道:龙恩浩荡——叩拜——随着他的喊声,黑鸦鸦的人群扑拜在地,向尊贵的帝王行大礼。

此刻,吕后的心情也十分激动。深居宫殿中的她,虽说日日操劳的是天下大事,可真正能够见到属于她的万千臣民,也只有在这祭天大典的仪式中……

香炉和方鼎中的祭牲在烈火中沸腾得似乎要冲天而起……礼乐震耳欲聋……

刘章手持长戟、头戴一顶上飘两根斑斓雉鸟羽毛的武冠，护卫在高后身边。

吕后踏上铺满猩红地毯的长廊缓缓走上圣坛，她双手高举，仰头望天，口中念念有词，众朝臣随她一样地祭拜：愿苍天保佑我大汉年年风调雨顺，五谷丰登，国泰民安……

吕后真觉得自己正与上天的神灵对话，是这浓烈神秘气氛的感染？还是那扑朔迷离的祭祀仪式和音乐的催升，使她出现了种种幻觉？总之，吕后和所有的人都觉得在灵幻中灵魂飞升了，人们是那么虔诚地祈求天帝降福给自己，祈求天神解除一切灾难……

在吕后焚香致礼三巡后，隆重的祭天仪式结束了。虽然皇帝的辇车和文武百官的车乘在声声号角的鸣响中已渐渐远去，伏在地上的人们还是挺起身躯欢呼着，竭尽生命般地释放着自己的活力，他们喧哗着，等待着，等待祭司们在分派祭祀后的祭品。谁能得到祭品，据说谁就是有福之人。这一年中就无灾无难。

高后和众大臣的车辇越走越远，祭司们手执钢刀分割着鹿、牛、羊、猪的头、尾、腿、鞭，每一次抛向人群都引起一阵骚动，但绝无踩踏伤人情形出现……谁得到祭肉，人们都会由衷地祝福他：你有福了！

返回长安途中，吕后还沉浸在刚刚结束的祭天仪式中，在回想仰天祈祷的瞬间，她似乎看到明亮的天空中那轮光芒四射的太阳，刺得她睁不开眼睛，她屏着呼吸，努力睁开双目，仰视着那发射出无与伦比的光热的太阳，她隐约感到有股浓黑的云彩正竭力去掩盖那耀目的光轮，一次又一次，顽强地邪恶地要去亵渎那无与伦比的光轮。

该不会再出现日昏了罢！上天保佑我高太后……在车辇轻轻的颠簸中，吕后朦胧中似觉自己到了一片百花绚烂的山谷之中……

……那山谷幻出一片敞阔的谷地……商汤缓缓走来，引领着她走到一柴堆前，他要她躺上去，他点燃火种，火光熊熊冲向蓝天，商汤的声音似乎忽远忽近，学学我商汤吧，为了你的臣民，祈雨救旱……自焚吧，以你引着的烈烈焰火，奉献你的爱民之心罢……

突然，蓝天上飞来一群鸟，一只鸟幻化成刘如意的脸。

吕后惊得坐了起来，恍惚中刘如意变成了一只灰白色的大狗钻进她的腋下，她感到钻心地疼痛，"啊！"地大叫一声，跌倒车中。

刘章及驭手听到吕后的惨叫，忙揭开车帘看去，只见吕后双目紧闭，在车中悚悚发抖。

刘章对上前询问的吕禄、吕产、陈平、周勃等人说：高太后晕倒了！

群臣混乱，混乱中驭手加快速度载着吕后朝长乐宫驰去。

大路上，黄尘滚滚，一股黄尘在空中久久盘旋……

身处僻远的北疆,多年治理代国的代王刘恒比别人更清楚"兵马未动,粮草先行"的道理。这些年来,他一面想方设法开荒垦田鼓励农耕,一面倡导节约、积储军粮民粮。又因为一件国之大事。这一天,治粟内史手执粮仓设计图案来到王宫正殿,他没见到代王,却见薄昭正在审阅奏折。

治粟内史趋前拜道:参见国舅大人!薄昭招招手说:噢,治粟内史,你这掌管粮草的财神,有什么事情要报啊?治粟内史道:代王嘱咐内史修建些新的储粮仓房,草图已经画出来了,想请代王过目。薄昭归坐榻上:呈上来就是了。治粟内史递上草图,薄昭摊开来看了看说:噢,四层,还有风窗通风,不错。说着,他手执毛笔,饱蘸浓墨批上"准奏"二字。治粟内史问道:不需代王过目了?薄昭道:不需要了!代王太忙,刚从云中郡回来,正在吃饭。

治粟内史卷起草图,离去。他刚走出殿门,刘恒走来,刘恒看看治粟内史的背影问:舅父,刚出去的是治粟内史吗?薄昭抬起头说:哦,是他,我已经替代王批阅了那些储粮仓房的图样,样子不错。刘恒道:储备粮食,备战抗灾,好看不好看不是主要的,关键是要设计合理,囤积量大、不伤粮米。上次本王见那草图风窗开得太低,通风不好,也容易被窃。本王正想看看改得如何,可舅父你……薄昭站起身来,颇为不快地叹口气说:哎,怪我多事,我不过是想多为代王分担些国事。刘恒道:这我明白。薄昭仍觉委屈:代王大了,不是小时候事无巨细都要来问母亲和舅父的时候了……

听着他的发泄,刘恒眨眨眼睛,默然从身边走过,又突然停步喊道:来人!速召治粟内史到本王书房,呈上新的仓房图!

看着刘恒神态,薄昭尴尬地走出殿门。他感到似乎有某种隔阂已在他们中间渐渐生出了。

刘恒也颇感心情不畅,可为了国之大事,他也不能不伤及舅舅的面子了。他悻悻地回到书房,当治粟内史重新呈上那仓库设计图样后,他沉下心来边看边与自己的诸般考虑对照,最终,他在原来的仓房图上添些什么后说:就这样吧。

治粟内史小心接过后说:微臣记下了,建仓房的地势一定要高些,防御设施不可忘掉,尤其是地面的潮气一定注意防备。

刘恒仍在谆谆嘱咐:设计草图是仓房的根本,一定要精益求精才是……

长沙国边界,茂密丛林中。渺无人烟的群山密林,盘根错节的榕树垂吊的气根上蠕动着热带丛林中才有的爬虫。

瘴气毒物笼罩的山谷地带,在那里,密密麻麻搭建着毡篷。这是朝廷为防御南越国攻打长沙国而增派的军队营地。一杆杆旗幡的:"汉"字爬满了蚊虫。

天蒙蒙亮,毡篷里的士卒们赤裸着上身,鼾声如雷。一只手"啪"地一声拍死一片蚊子,手上顿时鲜血模糊。

毡篷缝间钻进一只毒蝎子,它爬上一个士卒满是汗珠的前胸,顿时,他"啊!"地一声惨叫,把毡篷里所有的人都惊得跳了起来。只见那士卒胸脯上突起一条黑紫的印痕,肌肉不停地抖动着——他喊着:疼啊,疼死了!各个士卒搔首抠足,蚊虫把这些北方的士卒折磨得遍体鳞伤。

有人拿起发下的药膏,边给那疼得打滚的士卒上药,边发牢骚:"我看咱们等不到打南越人,血就让这些蚊虫给喝光了!"

一士卒边擦药边说:"天天有人中暑,天天有人得瘟疫死掉。唉,不用打仗,能活着回家就算命大的了……"

外面一片骚动,有人在喊:"南越人来了,南越人来了!"

士卒们急忙穿盔戴甲,手持武器跑了出去。从山谷峡口的草丛里传来一阵窸窸窣窣的响动,声音未停多久,更大范围的响声再度又起——

"去看看。"

"谁敢去看啊?"

士卒们议论着。

一个被蚊子叮得眼睛红肿的大胆士卒上前一步:让老子去看看,到底是不是南越人的探子来了!他一步步朝草丛走去……突然一声惊叫:"啊呀!瞬即滚入山谷。

两条巨蟒正在交配,被这个士卒破坏了好事的公蟒发怒地追向这个士卒。

见状,一将军装束的人搭箭射去,巨蟒中箭身亡,它的挣扎摆动,搅得尘土飞扬。

一阵楚乐传来,利豨将军率长沙国的医官和众多女子来到毡篷前。人们抬着一缸洗浴的药水,女子们带来五颜六色的药囊。

利豨声音宏亮:"诸位兄弟,为我长沙国的安全,你们驻守在这蛇虫出没的丛林中,辛苦了,我长沙国百姓感激不尽,今天特来犒劳慰问你们!"

女子们打开一个个箱笼,端出鸡蛋、肉、酒及各种瓜果点心。

士卒们一片欢腾。

一毡房内两名长沙女子逐个帮士卒们擦洗,那被毒蝎蜇过的士卒身上已经红肿一片。

一女子轻轻地为他清洗胸上的毒伤,一边轻轻问着:"还疼吗?"

那士卒笑着:好多了!

围观的士卒们作怪腔,起哄:"比自己小妻照料得还好,是不?"

另一女子给每人发一个药囊。

一士卒拿着药囊,边闻边调侃:"这是给我的信物吗?"

那女子笑不作答,却话题一转:"过十天我们还会再来的。"

拿药囊的士卒说:"说好了,再来你们俩还来我们这个毡篷!"

第十四章

椒房殿内,太医和奴婢们穿梭忙碌着。吕后捂着左腋窝不住地失声大呼:啊,疼死了!你们看见一只苍狗钻进我腋下没有?

众人左右四顾,都觉莫名其妙。玉儿挥退众人,与太医一起帮吕后解衣脱褂,发现吕后腋下青肿一片。

玉儿的脸一下变了色,她尽力压低了声音还是掩不住自己的惊恐:太皇太后,腋下青肿了一片……

吕后闻声喊得更是凄厉:痛死了……你们,快把那可恶的狗,赶走……

太医急忙调治药物敷于腋下。吕后稍稍安静了些。

审食其焦虑地皱紧了眉头:太皇太后近几天饮食极少,前日祭天后突然觉得腋下疼痛难忍,看来病得不轻啊……总算睡了,你们都先下去罢,好好想想治疗的办法。

太医官唯应诺:左丞相,微臣记住了,我先下去,等太皇太后醒来,一定要让她进些食物,否则,体弱气虚,更会加重病症。说着,他走出殿外。

吕后睡了一会儿,又觉疼痛,她翻来覆去,疼得双泪涕下,头发蓬乱。

玉儿捧上一碗羹汤:太皇太后,喝点吧,医官讲多吃些东西,身体强健些才挺得住。

吕后已经疼得失去理智,她伸手就将碗打翻:不吃,不想吃,说了多少遍了。

审食其故意对玉儿说:玉儿,这是太常府送来的祭品吧?太皇太后不吃就拿下去吧。

吕后听到祭品二字,马上忍痛坐起:别、别拿走,我吃……是祭品,我吃……

玉儿又盛上一碗,边搂吕后靠在自己怀中边喂吕后,吕后乖顺地呷了几口后,豆大的汗珠便沿额角滚落下来,审食其轻轻为其拭着……

战争是不管吕后病与不病的,朝廷派往长沙国攻打南越来犯的将士却因水土不服伤病大半,以致前方统帅不能不派人回朝禀报。军情紧急,病中的吕后只能在椒房殿寝宫中听闻奏报。她吕后倚着龙榻,满脸憔悴。

众大臣侍立两厢。

审食其轻轻走近吕后:高太后,长沙国奏报,朝廷军队在边界地区……审食其

见吕后双目紧闭,毫无反应,话说了一半就停住了,他关切地看着吕后。

吕后这才从牙缝里挤出一个"说"字。

审食其稍顿了顿,轻轻拍拍巴掌:进来吧!

一将校裸着上身进宫便拜:参见太皇太后。

吕后努力睁大眼睛,但见他胸脯上摞满紫黑疤印,四肢和面部被蚊虫叮咬得红疙瘩密布。

吕后惊讶道:怎么,南楚之地蚊虫这么凶,这么多?审食其示意将校退下。之后,他说:朝廷军队大多是北方人,不服南方水土,被蚊虫叮咬成这样的,不计其数,不少人还因此害了冷热无常的怪病,是不是……

吕后突然圆睁双目:是不是什么?退兵?

审食其急忙打断:莫发怒,怒会伤身的。我想说是不是将病倒的将士调回,补充新的人马去长沙国?

吕后复又回到有气无力的样子:可以……众卿听着,对北面冒顿,咱们屈辱和亲,对南面赵佗咱们可得来硬的……因为他是咱们大汉的外诸侯王,他不向我大汉朝廷称臣,自称南越皇帝,就一定……狠狠打他……

众大臣齐声应诺:太皇太后圣明。

大路上,一辆两匹马拉的车内,身穿便袍的老灌婴与老妻闭目相依。在他们身旁,堆积着各种花色的绫罗绸缎。老妻往车里推推花花绿绿的布:看样子,你这七旬老翁在封地还真要开上一家绸缎庄呢!灌婴道:是啊,回封地干老行当,卖丝绸去。朝中老臣对吕氏专权人人怒在心里、沉默于脸上,不少人已萌生归去之念,可想来想去又不敢出口。一生耿直、忠心拥刘的老灌婴早就憋不住了,一天,他找到周勃吐露了自己压在心底的心事。周勃沉吟良久才说:谁愿伺候这些吕家人?老夫早就想告老还乡了……这倒逗笑了灌婴。他终于收住笑声郑重地说:不行,你不能走。你一走不就真的把朝廷交给吕家了?你得把住这手里的军权!周勃看看他说:那,你就能走?灌婴说:当然,我的职权没你那么大,有我没我无关元气……周勃想了想也有道理:倒也是,那你就回家清闲些日子,但我有言在先,到用着你的时候,你可得一定回朝效命!灌婴重重拍了他一下:还用你说,不然,我以何面目面对先帝!就这样,他趁吕后重病就以老为由提出告老还乡,迷迷糊糊的吕后也就准奏他辞朝了。

灌婴老妻看着他笑了半天才说:都五十年的老夫老妻了,我还不知道你?玩笑玩笑罢了!长安要有事……灌婴也响亮地笑着,长安要真有事,我老灌婴就是老廉颇!

或许因为连续服药,或许因为不舍权力的欲望的支撑,吕后的生命力竟迎来又一次张扬。正值中秋,一轮圆月映在太液池内,池边水榭亭阁上摆满各式瓜果和酒肴。

身着便袍的高太后半躺半坐地听曲赏月。

吕媭讪讪地说道:二姐,我看你这几天气色好多了,真是托上天的福!

吕后道:还是齐国太医献上的秘方管用,这左腋下的疼痛轻多了。

吕媭道:是刘章弄来的秘方吧?

吕后点头:是啊,章儿这孩子最孝顺!

吕媭与坐在一旁的吕产、吕禄对视了一下,之后她端起一樽酒:诸位宗亲,咱们今天又能聚在一起饮酒赏月会亲情,都是托高太后的福啊,大家举起酒来,祝高太后早日痊愈,万寿无疆!

祝高太后早日痊愈,万寿无疆!众吕氏一片附和。

吕后病有好转,心情也特别好,她高声说道:众宗亲们能团聚一处,是最高兴的事。大家别拘束,敞怀畅饮罢!

吕媭端起酒樽,不禁滴下泪来:过中秋了,家家团圆,可我那唯一的亲人樊伉,还在大牢里,二姐……

吕后刷地拉下脸来:你是看我今天心情好了些是不?你家樊伉,那还有吕强、吕则呢,他们犯的是朝律!国有国法,家有家规,谁没有亲人!我是担心,有一天我走了,这吕家人哪……说着,她转对玉儿说:玉儿,推我去稍安静的地方走走。

玉儿推着半车半榻的雕龙木座,渐渐离开这喧哗之地,斜挂佩剑的刘章紧随其后。吕后唤:章儿!刘章道:高太后,微臣在!吕后望着水中圆月,神思邈邈,少顷,她轻声问道:你在齐国时见过你的鲁元姑母吗?刘章答:还是微臣小的时候见过一次,听父亲讲鲁元姑母上泰山了。吕后急切地问:那后来呢?刘章道:后来,父亲去世了,再没听谁说起过鲁元姑母!

吕后沉吟片刻,像对己又像对人地喃喃着:入山求道,缺吃少穿,这孩子难哪!说话中,她的眼睛投向湖水,湖水里圆月旁映出鲁元与刘盈儿时天真可爱的脸庞,吕后笑着,十分沉醉的样子。一阵轻风吹皱了太液池水,两张小脸变了形……吕后打了个冷噤。刘章关切地问:高太后冷吗?吕后失望地摇摇手。玉儿推起雕龙木座朝喧哗处奔去。

此时,吕产端起一樽酒,歪歪斜斜地朝刘章走来:来,来!郎中令!你娶了天下绝色美女、我们吕家最漂亮的女人,你该喝了这樽酒!

刘章一饮而尽:谢过叔父!

刘章复又斟满,径直走到吕禄身旁:岳父大人,小婿敬大人一杯!

吕禄微笑饮尽。

看着这和乐的场面,吕媭擦擦泪痕未干的脸,复又溶入欢乐的人群中。

兴致所致,此时一吕家人乘兴起哄说:郎中令,听说你会跳盘鼓舞,来一个怎么样?众人高喊:来一个!来一个!接着就是一片鼓噪声和鼓掌声。那吕家人在众人鼓舞下将七个果盘倒扣于地上说:郎中令,请。

刘章看看这阵势说:让我跳舞可以,但我有个要求。众人:说！刘章:我展一式,你们就要饮酒一樽,如何？众人:好！话未说完,那位性急的吕家人就上前来拉刘章跳舞。

刘章挥挥手,慢！我是一个武人,做事讲规矩,如果有人违反规矩就军法从事。众人:好！军法从事！

刘章:诸位说了不算,要高太后点头才算。吕后笑着:你们尽兴玩罢,想怎样就怎样,军法从事就军法从事。哀家准了！

这时只见刘章将剑插进腰间,一个后空翻之后。就稳稳站立在两个盘子上。众人鼓掌喝彩,齐齐饮酒一樽。刘章接着用双足击盘,脚下奏出有节奏的乐声,之后,他双手撑盘倒立。众人又是一阵鼓掌饮酒。

刘章频繁做出高难度动作,众吕饮一樽又一樽。有人开始不胜酒力,趔趄打嗝的丑态频频显现。

刘章见状越发精彩地跳着舞着,舞蹈已上高潮,他突然跳到地上,双手拱拳:我再给诸位表演一段我们齐国的耕田曲。

吕后一直在一旁看着,笑着,鼓着掌,听刘章这么一说,马上赞同:郎中令还会唱山野农夫的劳作歌谣？唱来听听。

刘章边做锄地状边唱:耕田要深,栽苗要稀。不是同种,锄而弃之。刘章唱一句喊一声:喝！众人只能饮下一樽又一樽……临了,那个催刘章表演的吕家人实在不胜酒力,起身悄悄离席。刘章大声喝道:酒令如山,逃席者斩！说罢,寒光一闪,那吕家人的头颅就溅着血花滚落在地。

众人顿时惊呆了,吵闹声也戛然而止。寂静中,只见刘章从容地将剑擦拭干净插进剑鞘,好像什么都没发生一样站在吕后身后,俨然又成了个贴身侍卫。

吕后面部肌肉略略抽动了一下,从刘章的歌词中,从刘章那英武凶狠的行为中,吕后此时已经完全明白了,刘章到底还是姓刘！跟她们吕家不同根！可她无法怪罪刘章,因为按军法从事,逃席者斩是她吕后允诺的。她只幽幽地说:太晚了,哀家累了,起驾回宫。

夜风从残留的瓜果酒菜间拂过,那片殷红的血迹已经渗出褐色的凄凉。

暮春时节,边地代国的王宫里也洋溢着一股蓬勃朝气。由于代国的军马场日渐壮大,代王刘恒信心更足,雄心更大,这一天,他召回主管几大军马场的李郡守、潘郡守,一面听取马场的状况,一面安排下一步的部署。

刘恒看看两位郡守说:上次周太尉来代国巡视军情,对常山军马场繁育出的良种马十分满意,临行时带走一千匹好马,配备给皇家铁骑,李郡守,你立了大功啊！

李郡守高兴地看看张武:要说功劳,还多亏我常山军马场有位闵仲驹,他的先人在秦孝公时就是专为秦国培育追风马的饲马师。此人熟识各种马的习性,还非常精通马的配种、接驹和医治,出了不少好主意。

闵仲驹的来历引起刘恒的不少联想,他说:秦国之所以能一统天下,正是因为他们有天下无敌的战马啊。如此奇人,本王一定要拜会拜会。你常山军马场要继续多产驹,多养良种军马。建立骑军,战马是关键,数量太少不足于威慑敌人哪。

薄昭十分看重自己的地位和分量,他时时提醒自己,听取下面官员的奏报时,总要站得比他们高,看得比他们远,提出些高于他们的、具有指导意义的见解才能维护自己的威信、适合自己的身份,他清清嗓子,岔开这个话题,转对潘郡守说:潘郡守,我上次去你雁门军马场,就感到你们放牧的时间太短,牧场上马匹也少。放牧时间少,马匹晒不到太阳,接不上地气,吃不足鲜草,自然少发情,少交配繁殖,马匹怎么能多!

众人附和着:有道理,有道理。

被称为潘郡守的瘦高个挺挺身子,眨眨眼睛,十足谦恭地说道:愿听国舅大人教诲。

薄昭在尊严中更为自得:旧时我在魏国,就是魏王豹的太仆令,主管马匹。魏国所有马匹是终年野外放牧的,这样才能增多产驹量。

李郡守轻咳一声:国舅大人,我们郡曾做过比较,控制放牧与随意放牧,前者产驹量多,马匹健壮少病。那些随意放牧的马匹,不仅容易浪费青草,而且马走动太多,反倒减少产驹。

瘦高的潘郡守也连连点头表示赞同。薄昭听到对他的经验和指导的反驳,十分不快,他刚要发作,刘恒却面对李郡守说:嗯,你接着说。

李郡守受到鼓励,愈加滔滔不绝:内地的小片牧地不能跟我们草原的大片牧场比,我们控制放牧要看几种情形:牧草不到一定的高度不放牧,因为早春草刚萌发,这时让马啃食了幼芽,就会累及后期牧草的生长,我们不能只顾眼前而不顾以后,如果那样,年复一年,牧草就会越来越少。

代王与众人听得入神,薄昭却有些坐不住了。

李郡守接着道:分批放牧有分批放牧的好处,每批马的数量少,就能保证马吃饱吃好,如果太多的马一下子都去抢草吃,马就吃不好吃不饱,有多少草就放多少马,是有讲究的……

刘恒笑了起来:讲得好!难怪人们都叫你马迷。潘郡守,你要多去李马迷那里走走学学。

潘郡守又连连点头:微臣记住了,记住了!

薄昭坐不住了,他觉得这个从小被他调教大的代王扫了他的面子,脸一下子沉了下来……

他受不了刘恒在众大臣面前对他的轻忽,他不再说什么就拂袖而去,他噔噔噔地来到薄太后寝宫,一进门就将他刚受的委屈向姐姐一股脑吐了出来,他要在姐姐面前讨个公道,找回丢失的面子,最不济也要一吐胸中块垒,得到姐姐的同情

和安慰。可薄太后听了他的倾吐，不但未同情他，反而说：家有家规，国有国法，你怎么能在朝廷上不顾君臣之礼，给恒儿难堪呢？

薄昭却仍是气呼呼地：张老丞相离代国赴淮南国后，我是既当舅父，又做丞相，哪样不是呕心沥血？你，你还责备我……

薄太后宽和地笑笑：你呀，都快四十了，还是有委屈就在姐姐面前耍小孩子脾气……薄太后的一番话说得薄昭气是泄了，可心底里还是觉得窝得慌，想辩驳又觉得说不出多少理由，本来吗，朝中议事就该畅所欲言，谁说得对就听谁的，怎么能为维护你的面子就以错压正呢？算了吧，他只好又讪讪地跟姐姐说起闲话。

和熙的春光暖暖地照进窦夫人寝宫，窗下，王子刘启正在背诵《孟子》：民为贵，社稷次之，君为轻；国以民为本，社稷亦为民而立……。

刘启忽然停下来问母亲说：母亲，孟子说的意思是百姓比父王还尊贵吗？

窦夫人不以为然：百姓怎能比得上你父王？糊涂，你怎么老是爱读孟子？别读了。不止说十遍了，老子的书才是要专心去读、并且要多读的。

刘启道：母亲为什么只许孩儿读老子？

此时刘恒正踱到门外，听到他们母子正说到读书的事，他不由得止住脚步。

窦夫人继续说：自王娘娘和你大哥过世后，你就是代国的大王子了，日后还要肩负治国大事的，这就要处处留心，向你父王学习，你父王小时候，太后可是每日要他只读老子的。

刘恒听到这里，有些不快地走进来，谁说本王小时候只读老子？

窦夫人见刘恒进来忙下跪说：窦姬见过代王。

刘启却忘了施礼，只顾高兴地扑过去喊着：父王，父王！

刘恒牵起刘启的手说：孩子读百家书，增长见识，没什么不好！日后随他的便就是了！

窦夫人脸色不快地：窦姬谨遵代王教诲。

刘启仍沉浸在《孟子》著作中：父王，为什么孟子说"民为贵，君为轻"，百姓真的比父皇还尊贵吗？

刘恒道：启儿是在读《孟子·尽心下》吗？

刘启道：是。

刘恒道：这要启儿长大了，当了国君才会懂得民贵君轻的道理。孟子的意思是要做君王的人懂得爱民，把百姓看作一国的根本。

窦姬眼中渐渐汪出了泪水，她以为她对孩子的教诲没什么错儿，作为读过圣贤书的母亲，她是有资格教育自己的儿子读好书的。她钟爱老子，自然也就偏执了孟子……她不懂得刘恒从自身体会得出的作为君王，先要博览群书，然后才能比较、综合出一套行之有效的治国之道的读书方法……她只感到在绝对权威的国君面前，她这位母亲尽心尽力也不得好的委屈……

232

窦姬的情绪也影响了刘恒,他在感到难于沟通的苦闷中默默离开了窦夫人的寝宫。

刘恒缓步走进花园。年轻的代王突然感到烦躁不快,为舅父的过分涉权,为窦姬显露出来的偏执和不解人意,他突然大喊一声:张武!

正在花园中习武的张武快步上前:代王,有何吩咐?

刘恒:速速备马,随本王去打猎,然后去常山军马场,本王要见见那位闵翁,看看他究竟有多么厉害?

雅致的客厅内,陈平、周勃与刘章正在举樽闲饮。周勃对刘章竖起大拇指:不愧为先帝的孙儿,来,朱虚侯,干了这一樽。刘章一饮而尽。陆贾又端上一盘烤斑鸠:来,尝尝老夫从齐王那儿学来的烤斑鸠,朱虚侯品品,看地道不地道?刘章撅了一小块放进嘴里,品了品说:不错,作料不虚,做得精细。是用我们齐国的茱萸、姜、葱腌渍后烤炙的。陆贾悠然而笑:三位慢用,老夫再弄上几道菜来。陆贾说着又转身离去。刘章道:陆大人,别太劳累了!陈平笑笑说:别管他,他不过是动动嘴!

周勃饮了一口酒问道:朱虚侯,这一段太皇太后身体如何?刘章道:上月十五月圆时精神还好些,此后就日见严重,辗转榻上,腋疼难忍,只怕,要不了多久了……陈平望了他一会儿,沉吟道:万一太皇太后有个不测,朱虚侯打算……刘章不露痕迹:鄙人年轻识短,还望丞相赐教。陈平道:一旦到了那一天,朱虚侯以为吕禄、吕产会怎样?刘章道:还用说!他们肯定先发制人,大开……陈平道:杀戒?刘章道:十之有九。

周勃"当"地一声狠狠放下酒樽说:他敢!陈平道:敢又怎样?刘章道:这次中大夫从齐国带来了我大哥齐王的一封信。他说着拿出一封已开启的信:我大哥已做好准备,万一太皇太后不测,我们就首开……刘章做了个杀的动作。周勃朗声大笑,陆贾这老儒生的家就是咱们的联络处。齐王已经为他安排了四名奴仆,朱虚侯,你猜这四人是谁?刘章道:全是齐国武艺高超之人,快马送信,个个日行八百里。陈平道:行啊!朱虚侯!一旦铲除了吕氏,老夫我头一个向新帝举荐你去赵国,当赵王。刘章两眼瞪视着他问:丞相此话当真?陈平道:那还有假!君子一言,驷马难追!对不?周太尉?周勃只好附和地回答道:对!对!

吕禄率几个身印"北"字的心腹北军走进吕府大门。吕产闻报急忙迎上:二哥今日返回京城,实在难得,快,快,里面请!

两人走至大厅,一军卒端上水来。吕禄啜了一口水后问道:太皇太后这几天身体如何?

吕产叹了口气说:终日滴水不进,都瘦成一把骨头了。依四弟看,要不了多久了……

吕禄胸有成竹:那,从现在起,我们就要秣马厉兵,外松内紧,我那驻扎在郊外的十几万北军,也就不用天天吃素了。

吕产道:可京城,除了陈平和周勃这两个老家伙外,还钻进来一条大毒虫!

吕禄道:你是说刘章?

吕产道:太皇太后历来担心刘吕不睦,总想用联姻的办法使两家变一家,她老人家就不想想,天下就这么一个,岂能两大!看来,她老人家若真有不测,我们就不能不防腹背受敌了。

吕禄大笑:四弟还是没长大呀,怎么面对良辰竟犹叹奈何了?

吕产道:此话怎讲?

吕禄啜了一口水说:你想想,朝廷大军在我们手里,他空有头衔的太尉周勃和足智多谋的陈平岂不也成了沙滩之龙,平川之虎!至于刘章吗……一旦太皇太后不测,就……

吕禄将水杯下的拖盘猛地一抽。吕产似懂非懂地点点头问:二哥,那莹儿呢?

吕禄道:我这趟返京城,就是要跟莹儿提个醒,让她防着点刘章。再让她探探那群老臣和刘章密谋了些什么,齐王给刘章的信中说了些什么。

吕产忧虑地:女儿嫁出去了,还能听你这个当父亲的话吗?

吕禄道:知子者莫若父,莹儿知道,最疼爱她的还是我这个父亲。这孩子是很孝顺的!

自吕后重病后,审食其几乎昼夜不离,床前伺候。这一天,吕后的疼痛似觉好了些,为让她睡得安稳些,审食其又轻轻地为她捶起背来。

在他轻柔的似捶似抚的安抚中,吕后却睁开了久未睁过的眼睛。那眼中,威严退去了,流泻的是更多的柔弱与温情,她看了看审食其说:食其,你也歇歇吧,捶了半天了……审食其温情脉脉地:只要你能舒服,我再捶半天也不累。

吕后苦笑一声说:食其,这两天我老在想,我真是很委屈,我是想让娘家子侄同享荣华,但并不想让娘家人的权势压过刘氏封王,可这刘吕并权,竟成犄角之势,如今竟已是水火不容,势不两立了。万一我……食其,不管天下人怎么说你,但有一点是没有人能够否认的,那就是你也同样是先帝的功臣。所以,我想万一我有个三长两短……你还是要尽心竭力当好你的丞相。审食其也苦笑着,终未答话。

吕后继续着:食其,少帝刘弘是惠帝和宫女月荷的血脉,这你是知道的,有一天,我走后,你就做少帝的太傅吧……审食其动情地帮吕后理理衣裳:这两天我也在想,我这一辈子,究竟是个什么样的人?天下人有的骂我,说我如何如何猥琐;有的可怜我,说我如何如何窝囊;大概也还有人赞我,说我如何如何忠诚……可那都不是真实的我,真正的我就是,我这一生只是你吕雉的,审食其只是你高太后的丞相。万一你……审食其也就只有……吕后听到这里,费力地拥住审食其,审食其眼里也涌出滴滴浑浊的泪水……

开阔的草原上,风吹草低。春风吹开刘恒月白绢帛镶边的豹纹背心,露出明黄色对襟短袍,显得格外精神。

薄昭似乎早已挥去与刘恒的不快,在刘恒招张武去狩猎的话声中,也早已命人备好马换好装,他不放心刘恒与张武狩猎,他要陪在代王身边,也要亲临常山马场,看看那闵仲驹到底有多高的养马术,他一边挥手招呼后面拖着黄羊的张武,一边大声说:天快下雨了,大家都快点跟上!

张武一阵疾驰与刘恒并肩:这趟可真是过瘾,代王一箭一只,真让微臣饱开眼福!

刘恒笑吟吟地边紧缰绳边说道:那只黄羊最狡猾,它费了本王三支箭。说着,他指指头颈仍在淌血的一头肥黄羊,本王追它足有二十里,最后一箭射中它喉咙时,它张着嘴,牙缝里还塞着一根挺长的草梗呢!

薄昭道:代王真够仔细,还看到那根草呢!说着,三人荡起一阵大笑。

说话间,北面天空飘来一堆乌云,眼看就要追上这群匆匆赶路的人。

刘恒兴致正浓:打完了走兽,咱们去登山,打飞禽!

薄昭道:代王,不是还要去常山军马场吗？瞧那乌云。

刘恒道:不用怕,舅父,本王今日要玩个痛快,下雨怕什么,山上说不定还有庙,正好避雨。

霎时间,他们已经登上常山山麓。浓绿的古木掩映着重峦叠嶂,刘恒一行徒步而上。不知何时,那堆乌云已经鬼使神差地不见了,天蓝得透明。阳光透过树隙在山林间洒出斑斓的光环。群鸟啁啾,在树枝间亮出各色羽翅的闪光。

刘恒陶醉了:这些鸟真漂亮,让人不忍伤害。

张武指着一棵古树杈上长嘴尖尖、浑身乌黑的大鸟说:这只又大又丑,代王就射它吧。

刘恒瞄准、正准备放箭的刹那,却见一张草编的大网突然罩住那只黑鸟,倏然间,黑鸟便不知了去向。

刘恒十分诧异,跳进没膝的草丛中寻找。

哎哟,你踩了我的脚,疼死了! 一声尖叫,刘恒定睛看去——一个头戴草冠、身穿蓝色短衫、下套浅黄短裙、足蹬一双兽皮长靴、年纪十六七岁的少女正抱着那只呆鸟不停地跺脚呢!

终日与脂粉浓艳、长裙曳地的宫女相伴的刘恒,乍一见这山野间清纯质朴、野趣扑鼻的女孩,顿时全身为之一振:得罪得罪,踩痛你了?

张武匆匆赶来:你是什么人？竟敢到大山里来抢鸟! 女孩清脆地大笑:我倒要问问你们是什么人了,山是天下的山,鸟是天下的鸟,我罩住的当然归我,怎么叫抢! 张武按剑:你放肆! 刘恒笑说:张武,让人家说完。那女孩看看刘恒:他还

懂点理……你们才来这山上多大一会儿,这只鸟从我跟父亲上山就看中了。她用手摸摸那呆鸟的嘴,呆鸟叼叼女孩的手表示友好,看见了吧？我用网网它,它很乖顺的,因为它知道我网它是为了跟它玩,而不是杀死它。女孩用眼睛瞟一眼手持弓箭的刘恒。刘恒惭愧一笑。

张武不服道:杀死它又怎样？这鸟本来漫山遍野,杀死几只吃了,还会有新鸟出生,新鸟长大了,又会有人抓它杀它吃它……女孩有些被激怒了:人要是天天杀鸟吃鸟,要不了多久,这些鸟就会被杀绝的。她打量着刘恒,这位不说话的公子是做官的吧？瞧那打扮就不是我们这样的山野草民,你倒说句公道话,看我说的对不？刘恒忙接话茬:这位,啊……说得有些道理。刘恒转向那女孩,咦！我们怎么称呼你呀？女孩眨眨眼,将手中呆鸟往刘恒手中一递:帮我拿着,我去去就来！

刘恒不由自语:若有人兮山之阿,被薜荔兮带女罗。此时薄昭走来:代王碰上一位以薜荔为衣、以萝草为带的山野女子了。刘恒抚摸着呆鸟的羽毛:这女孩简直就是屈原笔下的那个山鬼……谁是山鬼呀！随着清脆的声音,一个浑身印有鱼虫彩云水纹"花衣"的女孩出现在众人面前。张武惊叫道:瞧她,这是印上去的,她把她衣裳印满了花纹。刘恒扯起女孩的衣角注意看着,上面印有"邯郸闵家"四字。

女孩得意地:知道我是谁了吗？张武傻呼呼地:你是谁？你真是一个活山……刘恒抢过话头:邯郸闵家女。她点点头表示默认。

说话间,她抬头望望太阳,突然说:都是你们搅的,害得我差点忘了一件大事！说着她就跑到山后,不多时,她竟神出鬼没地纵马下了山。

刘恒望着这形容奇美、行为诡秘的女子竟怀疑自己是否身在梦中,他看着就要下山的女子喊道:姑娘,你到底是……

那女子回头一笑:你不是知道我是谁了吗？说着,她马上一鞭,像个诱人的旋风般,已经消逝在翠林古木中……

望着那一片空寂的山林,刚才那打猎的兴奋被冲走了,他感到一阵失落。

张武看看突然沉寂了的刘恒说:都是让这小女子搅的！代王,天还早呢,咱们上山吧,多打几只大鸟带回去……他还要再说什么,都被薄昭的一声"张武！"吓住了。

刘恒挥了一下马鞭:走,去常山军马场！

随着他的话音,一行人下了山、跨上马,一路疾驰,午后时分已经来到常山军马场。军马场真是人欢马叫、一派朝气,刚刚走近就闻到一股淡淡清洌的青草香,那原木木栏围成的马场里,屋舍、马厩、跑马场地虽平朴简陋却十分适用。此时,上百兵士马师正在观看一健美青年的骑术表演。他的精湛骑技引来年轻兵士们一阵阵的惊呼声、欢笑声。

那青年正在马上忽翻跃、忽腾挪、忽飞升地展示各种马上技艺,他时上时下,身手敏捷,轻盈飘逸,美若飞燕。马上的刘恒和众多观者一样,看得忘情其间,他想起幼年时在木马上练习骑技的情景。

想起少年时三哥如意的马上姿影、以及如意笑他马术笨拙和后来他们比赛骑术的情景……回忆倏然即逝,他又被马上青年的骑术迷醉了,他似乎感到那人与马的融合几乎如音律与舞蹈交相辉映,出神入化,意蕴氤氲……

他不由得策马奔向那青年。

兵士们和饲马师们忽见代王莅临观看马上青年骑术,刚要施朝礼,只见代王轻轻作了个"免"的手势,他们也就以掌声和欢呼声迎接代王到来。就在这欢呼声中,刘恒与马上青年一白一红两匹战马已经被腾起的烟尘包裹在一起。

他们在奔马中互换马匹;他们在腾跃中目光交织,四目传情;手与手相连,如莲花旋转,如彩云飘飞;马与马相接,如电光闪烁,如霹雳滚落……这是人与马的舞蹈,这是生命与生命的合鸣,天地交合,天人合一,此情此景,美轮美奂,令人叹为观止。

兵士们欢呼着,此起彼伏,人声鼎沸。

突然,马上青年策马飞奔,刘恒紧随其后,双马并驾似两只空中交颈的鸣雁般飞出马场,奔向绿色草原。

仍然伫立在军马场门口的张武与薄昭被他们深深感染了,张武感慨说:我认识代王这么多年,还从没见过他这么放纵、这么高兴。

薄昭也说:他从小到大,也没这么开心过。

腾跃飞驰的马蹄落于水泽之地,水花四溅,天地生风。刘恒与马上青年仍陶醉于大草原的狂放、大自然的自在中。

那青年突然问道:你从哪里来?你到底是谁?

刘恒反问说:你是谁?你从哪里来?怎么是个女孩的声音?

青年答:我是草原的女儿,马背上生,马背上长。

刘恒道:我是代国的儿子,土里生,土里长。

那白马青年突然摘去束冠,一波青丝如泼墨般在空中晕染。刘恒回眸望去,只见一张灿烂的笑脸,一张无忧、无虑、天真活泼、自然天成的美少女的笑脸正在风中无拘无束地飘荡……在宫廷中长大的刘恒,从小到大看到的女人都是精心粉饰过的,既令绝世佳人,其举手投足、音容笑貌,也无不有太多的虚假和做作,他突然想到那个在常山上刚刚遇到的"山鬼",不禁脱口说:你是不是那个……

青年咯咯地大笑起来:山鬼?咯……我是山鬼……

他们在笑声中爬上一处高坡,他们跳下马来,晶亮的四目对视着,两只青春火热的身体终于拥在一起……

刘恒抑制住从未经历过的心的激跳:你叫什么?

闵女迷醉地闭上眼睛:闵女……

刘恒喃喃着:邯郸闵女……?

闵女仍然闭眼陶醉着,她笑了笑,又点点头,你呢?

刘恒也陶醉着：刘恒。

不知过了多久，他们分开了，两人席地而坐，肩与肩相依着。

闵女笑望着刘恒：我们怎么会相识？

刘恒仰望苍穹：上天的旨意。

闵女道：我从来没见过像你一样的青年。

刘恒：我也从来没见过像你这样的少女，你的笑容让人总像在酒中……

他们喃喃着，他们背后的两匹马打着遍体舒泰的响鼻……

日已西沉，神秘的暮色给草原坡谷罩上一层无边的浪漫，他们来到一处坡谷，在谷地处燃起一堆篝火。

自代王刘恒与那青年纵马飞驰至高坡后，张武就有些忐忑，他这个代王身边的侍卫深怕代王有什么闪失，他坐不住了，上马就要追赶；薄昭却制止了他，毕竟是从小看着刘恒长大的，他深知他的心性与欲求，更能从他的每一细微表情看出他的喜怒哀乐，何况从那马上青年的回眸流盼中，他早已猜出她就是刚才在常山中遇到的那位令刘恒青春勃勃的闵女，于是嘱咐张武说：这常山军马场是代国最安全的地方，不必担忧。你要护卫代王，只可远观，不可近前……于是，张武也就始终在代王的两箭地之外隐伏护卫……

夜渐深沉，篝火越烧越旺，闵女在火堆上烧烤起刚打的野兔，刘恒手中玩着一根带链的铁棒：你打野兔的方法很奇特，这根铁棒扔得那么准。闵女含情地看了他一眼：你要喜欢就送给你。刘恒十分高兴，立即将链子束于腰间。同时摘下玉佩赠与闵女。闵女将手中的烤兔递给刘恒，双手捧着玉佩在火光中端详，她调皮地眯起一只眼，将那只眼透过玉佩望向跳荡的火苗，半响才笑着说：那玉佩后面的火光真美，我都被弄糊涂了，不知是玉美还是光美……

刘恒被她的神态、言语弄得心醉神迷，他一把搂过闵女，抚着她柔腻细润的脖子说：无论是玉还是那火光，都美不过你这天赐的脖颈，来，我给你戴上。本来就无拘无束的闵女干脆躺在刘恒腿上，很俏皮地伸过脖子。刘恒十分细心地给她戴上玉佩。

之后，闵女顺手从篝火中拾起一根烧过的小木棍，她撩起刘恒的外袍，用黑炭那头在刘恒的外袍内侧轻轻划了几笔，一条栩栩如生的小龙已经赫然袍上……

闵女抬起头，正好触到刘恒灼热的目光，闵女的炯炯黑眸漾出夜的柔情。

刘恒再也控制不住了，他蓦地捧起闵女羞红的脸庞。

火光中，两个年轻人热唇相吻，解衣宽带，他们急促地呼吸着，嘶喊着，从篝火畔滚到草原上，两个年轻生命的交合浸润着天、浸润着地，浸润着广阔无垠的草原……

刘章府邸虽不大，却是到处花木，别有一番温馨。特别是大门内那株老桃树，仲春时节,更是满树桃花,如今虽暮春已到,还是落英满地。

吕莹与刘章相伴,直送他到大门口嘱咐着:早些回家。

刘章温存地拍拍吕莹的肩说:放心吧,宫中若没什么事,我会早回来的。

吕莹见刘章渐渐远去,急忙返回刘章书房,她上下搜寻,寻找齐王的来信,她正翻动着案上的竹简,刘章冷不防出现在门口:莹子,找什么呢?

吕莹没料到刘章会突然返回,十分尴尬地抬起头说:没……没找什么。

刘章故意逗趣地掏出一个琥珀项圈问:是找这个吧?

吕莹像捞到一棵救命稻草似地扑过去抢下项圈:对对对,我就是找它的!小娘娘差人来讲,琪儿哭着闹着要这个项圈呢。

刘章道:那你就快些回去送给琪儿吧,她可是咱大汉的千金宝贝、日后的国母哇!

吕莹道:太后已经应允把琪儿许给少帝了?可琪儿只有三岁,什么都不懂,只会瞎玩!

刘章莫测高深地笑了笑:莹儿,我刚才走得急,忘了告诉你,齐王知道你怀了我们刘家的骨肉,特地托陆贾带来一只泰山顶上的千年灵芝,给你进补。哥哥还说,已经为你在临淄盖好一所莹莹宫,等孩子生下来,就让你带孩子去齐国住,那里会舒服些。

说着,她将吕莹拉到自己面前,深情地盯着她那双美丽的眼睛说:莹子,你嫁给我后,我们就是生死相依的一家人了,你可要真心真意待我,就像我真心真意待你一样,以后无论天长地久,我都不会离开你一步,莹子,你也是吗?

吕莹被刘章这番话感动了,她将头靠在夫君肩上,轻轻"嗯"了一声。

之后,两人都陷入沉默中,但心中翻腾的是什么,彼此都不再说。还是刘章先推开吕莹说:莹子,我走了……。

吕莹道:我也要走了,去娘家把项圈还给琪儿。说着,吕莹走出书房。

莹子!刘章朝吕莹背影喊了一声。吕莹转过略为沉重的身子:夫君,还有什么事吗?

刘章道:太皇太后这几天病情很重,说不定哪一刻就……你还是过几天再回娘家吧!不然,你一去就得住上几天,我这心里空落落的。

吕莹温柔地笑笑:妾身明白了。

刘章目送吕莹的身影消失在花园深处后,立即反扣房门,搬动起茶几下的一块砖,又刷地将从袍袖里掏出的印有"章弟亲启"和"陈平"字样的两个羊皮信封塞进洞内,然后将砖复原。待一切天衣无缝后,他才若无其事地走出家门,朝宫中走去。

陆贾府的气氛已现出一派紧张肃穆,进进出出的人们格外诡秘谨慎,府中的仆人紧守大门。厅堂里,人们正在低声部署着什么。

陆贾从容而有条理：陈老丞相、周太尉、齐王派人送信来说，已联合淮南王、琅琊王、吴王加紧调兵，一旦太皇太后驾崩，就联合举事，挥戈北上。陈平却颇显忧虑：只是这虎符……周勃道：这倒不怕，那掌管虎符的符节令纪通倒是个忠心向刘的忠臣。只是那吕禄阴毒又善计谋，就怕到时候，我太尉府的兵力不足，寡不敌众……陈平道：老夫倒想出一个连环计，这需要靠刘章的夫人吕莹和装疯卖傻的老灌婴共同完成，不知二位大人意下如何？陆贾、周勃齐声地：请讲。陈平先对陆、周耳语……继而说：刘章说太皇太后已经病危，随时都可能……中大夫，只有你是无人注意的闲人。一旦到了时候，你就一面差人给齐王送信，一面联络刘章举事……周勃疾骤地踱着步子说：这吕禄寸步不离虎符，一旦发生兵变，北军那十几万兵马就是……陈平道：还得速速告知那老贩夫灌婴，让他别在老家过逍遥日子了。周勃道：放心，老夫早已差人去了。

长乐宫椒房殿里，吕后已奄奄一息。

吕产忙拿起刻有"皇后之玺"的玉玺往遗诏盖去，之后拿起念道：赐各诸侯王千金，列侯各八百金，大赦天下。封吕产为相国，吕禄幼女吕祺为少帝后。他见吕后没任何反应，于是，满心欢喜地朝门外走去。他刚踏出门槛，便见审食其正焦虑地在门外走动，于是说：审大人，你进去吧！太皇太后最后要见的人是你！审食其闻言，便两步并作一步地直扑吕后榻前：高太后！吕……吕雉……我，我来了……审食其趋前将吕后揽于怀中。吕后吃力地睁开眼睛：哀……哀家……食其，我怕是不行了……审食其满面凄怆，搂紧了吕后。吕后进出最后一丝力气：食其，有些……话，我……一直藏在……心里……审食其急切地：你该说出来，说出来吧。吕后喘了口气：有……件事……我不悔……审食其道：什么事？吕后道：杀……戚姬，有件事我悔呀……审食其道：哪件事？吕后吃力地睁睁眼：对吕……家……吕家人，也不都好……都可用……审食其深深点头，可又怕她太累，更怕她伤感：娥姁，不说了。吕后道：食其……用家乡话……给我吟段……《诗经》……审食其擦擦已经流到颊上的眼泪，忍住呜咽，好！二小姐，我吟，我吟……接着，审食其用丰沛话吟道：蒹葭苍苍，白露为霜。所谓伊人，在水一方……

吕后面带笑容，安静地躺在审食其怀中，听着这少女时代令她心醉神驰的声音、诗句，她渐渐地闭上了眼睛……审食其先起轻轻地、后就大呼起来：吕雉，娥姁……审食其老泪纵横，为她整理好衣服，鬓发，将她安然地放平在卧榻上，之后目光呆滞地走出椒房殿……

吕雉，这位给中国历史留下太多故事的女人，临朝称制八年后，于公元前180年病卒。吕雉的死，使原本就水火不容的刘吕两大集团的斗争，如箭在弦、一触即发。

刘章踉踉跄跄扑进自家宅院，他一面流泪一面唉声叹气跌坐地上。

听到响动，吕莹急忙跑出房门，她见状大惊，边扶刘章边急问着：夫君，你这是

240

怎么了？

刘章拉住吕莹的手，低声道：太皇太后……驾崩了……

吕莹始而惊惶，继而放声哭泣。

刘章也随吕莹放声痛哭，这过分的痛哭颇令吕莹不解，她温存地劝慰说：夫君，别太伤心了，小心身子。

刘章边泣边诉：怎能不叫人伤心？太皇太后驾崩大半日了，除了你父亲、四叔外，满朝文武都还不知道，更别说各封国的君王们了……太皇太后，身后凄凉啊……

吕莹也十分着急：这么大的事，怎能秘而不宣呢？

刘章见吕莹被他打动，更是涕泪横流：我的莹子真是通情达理的人。真是不该啊，太皇太后不是无后之人，大哥齐王是太皇太后的长孙，淮南王、代王都将太皇太后视为生身之母，先帝老臣周勃、灌婴、夏侯婴都是她的终身老友……太皇太后驾崩，怎么能不让他们知道呢？

吕莹边滴眼泪边频频点头。

刘章更紧地搂住吕莹：我真希望刘吕两姓都像我们这般相亲相爱……太皇太后何尝不是这个心愿……可现在，老人家刚刚登仙西去，就这么水火不容，前朝老臣们也要心灰意冷了……

吕莹为他擦擦泪说：夫君，别太忧虑……

听着她的劝慰，刘章却更抑不住自己的泪水了：我怎能不忧，事关社稷呀……我知道就连你父亲、四叔、三姑都不信任我……说到这里，他顿了一下，笑笑说：我还知道，你父亲还让你这个孝顺女儿监视我都跟什么人打交道。那天，你在我的书房翻东找西，不就是想找我的来往信件或什么证据吗？

不习惯撒谎的吕莹被刘章戳破那天的行止后，头低得更深了。

刘章道：莹子，我知道你心地善良，单纯诚实，可你父亲毕竟是城府很深的朝中重臣，我早就看出来了，他和你四叔早就商量好了，一旦太皇太后驾崩，他们第一刀要砍的就是我！

吕莹惊叫着：不，你别胡说，父亲是慈爱的，对莹儿最疼爱，他老人家绝不会让莹儿成为没有丈夫的可怜人……

刘章步步紧逼：莹子，我说你善良、单纯就在这儿。你父亲根本就没把我当成他的女婿，而是把我当成势难两立、吕氏族人的祸根！

对于父亲与夫君的地位、心机，吕莹自然不是毫无察觉，但她始终不愿相信、不愿承认，经刘章如此一说，她不能不承认这个摆在面前的现实了，她痛苦地扑倒几案上：天啊！我该怎么办哪……

刘章倒反过头来安抚她说：办法倒是有一个。

吕莹抬起头来，泪眼汪汪地望着刘章：你说。

刘章替吕莹擦净眼泪：莹子，我先问你，你认为你的夫君真是一个凶狠无情的人吗？

吕莹停了一下,回答道:我不管什么刘吕之争,我只知道父亲是我最亲的人,夫君是我最近的人。

刘章道:是啊,莹子,你不想看着亲人之间刀兵相见,我又何尝不是?可你父亲老是怀疑刘氏诸王。就拿我哥哥说,他只是对太皇太后将原来归属他的济南郡割给吕台不满,但我敢担保,他绝无谋反之意!你想想看,他若真有那种大逆不道之心,怎么会把我这个能带兵打仗的弟弟送到宫中做侍卫,而不留在自己身边?他这么做,岂不既失去一个统帅齐兵的大将,又拿我的性命做赌注吗?

吕莹深以为然地点着头。刘章愈发情真意切:太皇太后生前最大的心愿就是想让刘吕两家世代成一家。为了大汉的社稷安危,我们就该多做些使刘吕两家和睦的事。

吕莹道:是啊,那你说,我们该怎么做?

刘章掏出一封信:把这封信送到陆贾大夫那里,你让他速去齐国,把太皇太后驾崩的噩耗告知齐王,一为国葬之事,二为与你四叔和你父亲共商辅佐少帝、确保天下苍生安宁的大事,请他速来长安。否则,岂不丧事不像丧事,国事不像国事!

吕莹道:可这么大的事,你为什么不自己去说?这么重要的信你为什么不自己去送呢?

刘章苦笑了一下:我的傻莹子,你难道没看到,时时刻刻,就在咱们家窗外,都不知有多少双眼睛在盯着我呢,只要我一动,就会人头落地!

吕莹深深点头:我明白了。

说罢,吕莹匆匆地接过信来走出门去,刘章这才深深地吐了一口气。

谁都感觉到,此时的大汉已经到了关键时刻。就在刘章、吕莹夫妇那场关于刘、吕两家未来命运的对话未久,也就是吕莹代刘章给陆贾送出那封信之后,一位位军功老臣和众诸侯王们人人秣马厉兵,准备迎接一场未知的、生死难料的大事来临。

暗夜中,陆贾的大獒摇着"叮叮当当"的颈上项圈急火火跑入周勃的大门。周勃听到响声走出房门。大獒一见周勃两爪立即信赖地架在周勃臂上。周勃麻利地取下它脖子上的项圈,取出一团仔细折叠的白绫,展读后激动地拍拍大獒:好样的,大獒,老夫知道该怎么做了……

旷野里阡陌纵横,一片片树林、一条条村道……陆贾家的四名仆人快马加鞭分别朝齐国、琅琊国、吴国、淮南国驶去……

人烟稀少的长安大街上,大獒穿街走巷,直奔陈平府跑来。到得门首,它刚用前爪抓了几下那黑漆大门,门开了,它哧溜一声跑至陈平书房。陈平看看它,笑了:你不请自来,有何贵干哪?大獒瞪着陈平,哼哼着。陈平会意,从项圈内取出白绫,展开一看,他伸开五指抚着大獒毛绒绒硕大的头颅说:这一天终于来了……

春光灿烂,齐国国都临淄城门大开,一列列刀枪闪亮的齐国将士们涌出城门。杏黄色的"齐"字大旗簇拥着一脸霸气的齐王刘襄风驰电掣般朝长安进发……

千军万马中,吴王刘濞的蓝色"吴"字大旗迎风猎猎,朝长安开去。战车隆隆中,刘长先是大哭一声:母后——继而,他长舒一口气说:本王可被吕家人拖到头了!说罢,他拔剑一挥,淮南王绛色的"淮南国"大旗飘飘荡荡,大队人马直向长安。大路上烟尘滚滚……

琅琊国王刘泽一身戎装,走出宫殿。一个战战兢兢的女人声音从屋中传出:求求你了,臣妾求国君不要发兵长安,那是要死人的……刘泽道:你算谁的臣妾?也不拿镜子照照你樊小是个什么模样!我天天像睡在牛屎上,忍了这么多年,可有了今天!说罢,刘泽按剑而去。随着他的脚步声,樊小的声音已近凄绝:我已受尽羞辱,也随你去吧……不多久,墙上一个短短的人影悬在空中,越拉越长……樊小,这个英雄一世的樊哙与祸害一生的吕嬃的女儿,因为她的五短身材和天生丑陋,没过什么好日子,就这样成了刘吕两家厮杀中的第一个殉葬者。

暮色苍苍,长安城内,人迹稀稀落落,一片萧条。街头路尾到处有持枪兵士巡逻。

头扎黑巾、身着黑袍便装的周勃匆匆前行。在他后面不远处,尾随两个也是便装的年轻侍卫。他们走走停停,观察着周围的动向。

周勃疾步前行,迅速潜入陈平府的前厅。前厅内空落无人,他不叫,也不着人寻找,径自奔向花园。独自在园中漫步的陈平走走停停,心如乱麻,怎么也理不出像样的头绪,周勃猛地从后面拍了一下他的肩。

陈平惊悸回首,见是周勃才止住惊跳的心:哦,原来是周大人。老夫还以为是大獒又回来了呢……

周勃道:你……你这老獒,还有心玩笑?

陈平看看他的一身打扮:你怎么这身打扮?

周勃道:我是冒死而来呀,如今,他们满城都派了兵……

陈平道:你来得正好,老夫正想怎么与你商量呢!

周勃道:快说你的主意。

一见周勃,陈平脑子里顿时清晰起来,他字字千钧地说:当今时节,一要抢先机,二要掌兵马,三要占要地……

周勃道:说得对,你直说怎么办吧。

陈平如临大敌,指挥若定:现在,你我只能呆在长安,不能有半点动静。第一,

你要将扼守荥阳的二十万大军抓在手里,守住这通往长安的咽喉要道;第二,差人速告老灌婴,让他从封地直去荥阳,统帅那二十万兵马;第三,你得以太尉身份亲去节符令公务房,夺下虎符!

周勃一拍陈平的肩说:好主意!我这就去办,只要守住荥阳,各郡国兵马休想进入长安!这长安城……

陈平心有定见:刘章大可一用。

长安城和内地各封国已是剑拔弩张,边地代国王宫里却是出奇的平静。可代国也是大汉王土,代王也是刘氏的一条筋脉,高后驾崩,朝廷震乱,刘恒怎么能不心牵长安!这天午后,他匆匆来到薄太后寝宫,眉心尚未舒展,就急着对母后说:有些日子没收到陆大夫的信了,是不是朝廷……薄太后却不露声色:是我让他少写信。刘恒忙道:母后,为什么?薄太后道:自太皇太后驾崩,诛吕的各封王们有的秣马厉兵,有的策动串联,都眼巴巴盯着未央宫那个位子呢。刘恒道:说不定又要来个多事之秋呢!薄太后道:所以我才让陆大夫少写信,这样,一可保他安全,二也免得我们掺和进去。乱中静观,是难得的福分……刘恒似已懂得母亲的思路:嗯,母亲想得真周到。

长安城外。北军大营戒备森严。吕禄检阅完北军兵马后命令副将道:从即日起,任何人不准离开大营一步!说完,他大步走向北大营将军帐,进帐后,他挥退侍卫,径直奔向一只精致的木匣,他打开一层层黄绫包裹的半扇虎符,看着喃喃自语着:得立即拿到那一半才是啊……

自高后驾崩,吕媭几乎起坐不离椒房殿,她看了看已经双目紧闭、躺在灵床上的姐姐,又将目光转向焦急踱步的吕产:这可怎么得了!齐王刘襄已经带二十万大军朝长安奔来,都逼近荥阳了。吕产突然面对吕媭说:三姑母,事到如今,我们只能连夜派人去找老灌婴了。要真枪真刀的干,咱们没一个行。吕媭犹疑着:老灌婴倒不像陈平、周勃那样倒向刘氏封王,可他毕竟也是老臣,能跟我们吕家一条心吗?吕产也急剧思索着,他半像自语半像对吕媭说:对,如今,谁兵多将广,谁就坐龙榻!谁掌管虎符,谁就兵多将广!不能坐等,不能……说着,吕产匆匆离去。

吕产匆匆走入符节令纪通的公务房,以一副惯临督察的姿态说:纪大人,高后驾崩,朝中事瞬息万变,你这虎符可要看好啊!纪通沉稳应对:大人放心,纪通头可断,虎符可不能有半点闪失。吕产踱了几步,猛一回头说:纪通,如今我是相国,你得听我的,我看还是给你换个安全地方吧。纪通更加沉着:此事下官做不得主,因为没见陛下谕封。吕产鄙夷:陛下?一个小孩子,他懂什么?纪通道:不知吕大人是否知道,高祖遗制,符节令既归丞相管,也要归太尉管,纪通只有得到丞相和太尉同样的指令才能行动。

此时,门外进来两位青年将领。其中一位向吕产施过一礼后说:请吕大人莫多停留。吕产眉毛一竖,高声训斥:大胆,我多停留又怎样?青年将领不卑不亢,吕大人息怒,这是朝律。吕产再说不出什么,只是悻悻地嘱咐随行侍卫说:告诉你们将军,此地多派几个人把守。

广阔的绿野中,旌旗招展,琅琊国大军向长安方向进发。白发苍苍的刘泽随着战车的颠簸不住地晃动着身子。

一军士纵马从另一岔路驰来,来至刘泽战车前他翻身落马,上前一揖道:琅琊王,齐王快报。刘泽拆信急阅,少顿,传令说:命令大军,转向齐国方向。一将军上前询问:琅琊王,这是为什么?刘泽一脸得意地嘿嘿一笑,刘襄,还嫩得很,到那儿你就知道了。

临淄城外。琅琊国大军浩浩荡荡开至护城河旁。一齐国将军率两三卫士上前跪拜:齐王命末将迎琅琊王进宫,琅琊国大军请在此地扎营。

琅琊国都尉警觉起来,他转身望向刘泽:这,齐王是不是有诈?

刘泽轻蔑地咧了一下嘴角说:他刘襄还没那个胆!你们且在这里扎营,他对身边几名部将说,寡人去去就来。说罢,刘泽率都尉、卫士等一行人驱车开入齐国城内,可车轮声尚未消逝,护城河上吊的桥就高高吊起,坚固的城门也紧紧关闭,早已埋伏好的齐兵将琅琊兵将团团围在护城河外。

刘泽一见这阵势,才相信刘襄果真早已为自己设下了圈套,他退已无路,进则又气又怕。事以至此,他只能铁青着脸走入齐国王宫。

刘襄则以十分恭敬的样子迎出宫来,他搀扶着刘泽的左臂边笑边说:琅琊王乃是我的堂祖父啊,德高望重,素有尧舜先贤的禅让之风……

从他的言语姿态里,刘泽早已听出他的野心和用心,他冷冷地哼了一声后,已被刘襄扶入上座。

刘襄早已在桌上布下酒菜,他为刘泽斟满酒布好菜,之后举樽说:堂祖父自然明白,扶掖后辈乃千秋功业,只要堂祖父率先支持我齐王称帝,寡人绝对不忘堂祖父鼎力扶持之恩。

刘泽饮了口酒,之后擦擦嘴角说:寡人要是支持你称帝,你能放寡人去长安吗?

刘襄的喉咙突然漾出一股咸腥气,他掏出一方白绢,掩嘴轻轻咳嗽了几声,他展开白绢偷觑,见上面竟洇出一片殷红的血迹。他轻轻喘息了几声,又笑笑说:堂祖父着什么急,还怕寡人这里缺你吃的喝的?

刘泽一阵冷笑说:齐王玩笑了!寡人到了金山上还愁这些?寡人只是觉得如今朝中各位大臣狐疑不决,还没有确定拥立谁为新帝,而寡人在刘氏宗族中,年纪

最大,大臣们肯定在等待寡人决议大计。要是齐王扣留住堂祖父……

刘襄立即截住他的话:哪里的话!你琅琊王自然马上便可动身去长安。只是贵国军队要暂借寡人一用。

这才知道了刘襄的谜底,他欲说无言,欲哭无泪,只得无奈又悲哀地大笑,哈,哈……

在灌婴封地灌府的院子里,错错落落搭满木架竹架,架子上挂着各式丝绸,红红绿绿,随风轻轻拂动着。

灌婴端坐于堂屋,悠闲地喝着水摇着扇,看着满院飘展的丝绸,看上去像是闲适自得,内心里却一刻也没停歇过那心底波澜……因看不过吕氏专权,他怒而辞官还乡,可他的心又怎能与他和刘邦、萧何、韩信、周勃们一起打下的江山割断!乡间蔽塞,从春到夏,老周勃难道已经忘了自己?凭他的经验,沉寂背后总是掩藏着难于意料的风云变幻的……

就在他起落纷纭的思绪中,一青年将领急匆匆奔进来,他单膝跪地双手抱拳,叩见大将军,末将奉周太尉之命,请大将军即刻前往荥阳,率二十万大军,拒各郡国兵马入关,拱卫长安。

就在这青年将领的禀告声中,灌婴早已揣度出朝中的变乱,未等他禀报完毕,灌婴早已从座上一跃而起,哈哈大笑说:我这老廉颇终于有用武之地了。有老夫镇守荥阳,万夫难渡!请转报周太尉尽管放心。

青年将领又是一揖,大将军保重,末将这就回长安禀报太尉去了。

烈日当空,在齐国王往荥阳的大道上,刘泽及贴身侍卫一行不到十人纵马前行。刘泽擦擦满脸汗水,又气又恨地说:我这么大年纪,竟让这毛孩子给骗了……好哇,好你个刘襄!寡人拥你为帝?呸!快、快点!到荥阳找老灌婴去!

距荥阳关隘不远的高坡处,灌婴的将军帐矗然而立。大帐外,一队队持戟卫士戒备森严,还有几队兵士来回巡逻,一派战前的紧张景象。

大帐内,披盔戴甲的大将军灌婴将一封羊皮信叠起来,自言自语着:好个陈平,难怪高祖在世时就说他的谋略可与张良相比,高,果然高明。

此时,一校尉进帐来报:报——大将军,齐王使臣前来求见。

灌婴将信收好:请!

刘襄的使臣应声抬着十几箱金银珠宝进帐叩拜说:叩见灌大将军。接着,使臣递上一卷帛书。

灌婴接过帛书,对齐国使臣说:这可是齐王发兵长安的讨吕檄文?

齐国使臣应诺后,灌婴展开念道:今太皇太后崩,少帝年幼,未能治理天下,而诸吕擅自尊宫,聚兵胁迫列侯忠臣,矫制以号令天下,刘氏宗庙危在旦夕。寡人率兵西进,欲诛杀不应为王者……

灌婴将讨吕檄文卷起来说:好!齐王之意正合天下人意。请转告齐王,我老灌婴还不糊涂,我灌铁骑的将士绝不打匡扶正义之师。但是,话我也说到前头,这天下的封王谁要借机谋反篡权,老灌婴将像当年逼项羽乌江自刎一样,绝不答应!

齐国使臣脸上红一阵白一阵:下官明白。齐王率先起兵,也自然是出于公心,出于公心……

灌婴瞟了一眼地上的箱子:这十几箱财宝就算齐王犒劳我大汉将士的一番心意。老灌婴替我的二十万大军谢齐王了。

刘襄使臣怯怯:那齐王兵马能否跟灌老将军一同杀进长安?

灌婴果断地:杀鸡焉用牛刀?请转告齐王,齐兵先退回齐国,等候朝廷圣命,他又话外有音地:这也可看出齐王究竟是出于公心,还是别的什么心。

在灌婴大义凛然、果敢强硬的姿态下,齐王刘襄试图抢占先机、乘机夺权的图谋就这样灰溜溜破灭了。消息传出,琅琊王刘泽、吴王刘濞、淮南王刘长和其他众诸侯王们也只得拨转马头、各自率军返回自己的封国。皇位皇权的诱惑力太大了,他们谁都不想善罢甘休,每个人都在磨刀霍霍静观时机,准备着下一轮的争抢豪夺。

第十五章

不知为什么,代国王宫花园里那片从邯郸移栽来的牡丹每年都病恹恹地消消瘦瘦,今年入夏后却出奇地蓬勃灿烂起来,这给代国王宫平添了不少繁华。可代宫的生活却平静得有些平淡,陆续来些长安和内地的消息,又是真真假假真假难辨,在人们的心里不能不滋生出或真切或模糊的渴望与期盼。今日午后,薄太后和薄昭聚在代王书房中,正在进行一场不同寻常的谈话。

薄昭思绪重重地说:尽管高后葬礼悲声阵阵,还是掩不住暗藏的杀机呀……薄太后道:有那么严重吗?薄昭道:看得出,先帝重臣们和吕产、吕禄结怨太深,只怕要不了多久,朝廷就会风云骤变。这不,齐国已经发兵了。薄太后不失沉稳地说道:不管怎么乱,人心背吕向刘,这是人意,也是天意!

薄昭有些按捺不住:代王、淮南王、吴王都发兵了,就咱们代国还毫无动静,万一手握兵权的灌婴和周太尉扶掖齐王,等齐王登基时,代王,那我们……薄太后道:昭弟的意思是?薄昭道:我看不如发兵,我们现在发兵,虽说抢不到头功,也不是寸功皆无!刘恒笑了笑,还是沉默不语。

薄太后淡然一笑说:昭弟,你难道还没看出来,我们母子今天还能安然地在此荒凉之地度过,不就是靠的我们不争不抢、不凑热闹吗!

刘恒从薄昭手中拿过齐王的讨吕檄文,卷成一团,搁置几案上,不管哪个王登基,都还是刘氏天下——若是匈奴人趁此打过来,我大汉可就不姓刘了!地处边疆,我代国只能以守土靖边为第一要务,以抓紧练兵为中心大事。

既然要务清晰,中心已定,第二天清晨,刘恒即带领宋昌、张武和一众侍卫奔向长城防线。

长城上,严阵以待的军士们警觉地巡视着长城外的漠漠大野,代王刘恒、宋昌、张武及戍边将军和云中郡李郡守检阅着操练将士——

只见瞬时前一群群百姓还在田野上耕作,地头摆放着长枪、大戟等兵器。随着一阵紧锣密鼓的号角,百姓们立即抄起武器,演练起由农民转变成士兵后的布阵、厮杀、冲锋……

刘恒看着这气派与阵势,嘴角边不由地浮出一股笑意:农时为民、战时为兵,好啊！

张武跨前一步说：要是打起仗来，末将就来领这百姓兵！

此时，长城下，一队装备精良的骑兵正挥舞大刀长戟疾驰而过……

刘恒皱了皱眉头说：战马倒是精良多了，就是步卒还嫌……当然，缺人，这是大汉普天下的事，并不是一朝一夕能解决得了的。这些年朝廷不是将一些犯人充军到代国了吗？

李郡守道：代王英明，微臣已把他们编成了战列，别看他们中不少人有大大小小的罪过，可谁要辱祖先、侵乡土，他们就是赌命也要打……

李郡守话音未落，只见那位戍边将军一挥手，一队犯人组成的手持兵器的队伍就开了走过来。队伍中间不少缺胳膊少腿的残废人，可更多的却是彪悍伟岸得近乎野人的汉子……

身着戎装的代王刘恒不住地点头。他看了看李郡守，赞许道：化腐朽为神奇，是个好主意……

因为吕后驾崩的消息一直被吕氏族人封闭，外面虽已闹得人仰马翻，宫廷里却仍是静如止水，未央宫中，邓通做靶子，少帝刘弘将脚下一个个彩色球鞠扔向"靶子"，每扔中一次，邓通就拍手称一次好，招得少帝越玩越起劲。刘弘擦了擦额上的汗水：光打身上没意思，砸脑门才好玩儿呢。邓通笑嘻嘻地说：好！朝这砸，来吧。他指指自己泛着油光的前额，极尽卑躬屈膝之事。

北军大营已是戒备森严、处处刀光剑影，吕禄边巡察边说：看样子，荥阳是非去不可了。

一伴随身边的心腹爱将劝阻说：上将军不能去，万一太尉乘虚杀进我北军大营……

吕禄道：如今的关键在荥阳。我们派人去请老灌婴，他的老妻说上山修道去了。可现在他却已到了荥阳，成了二十万大军的统帅！这个早已辞官回封地的老灌婴是周勃派去的！他扼守荥阳维护谁家？要是他同各封国军队联合……我们淹也被他们淹死了……

他那爱将倏地挂剑跪拜在地：如此说，上将军就启程吧，只要末将在，北军大营就可保无虞！只是上将军一定要多带些兵马！

吕禄道：兵马太多岂不是引起他们的怀疑？他果敢自信地扫视了一下他的兵马：何况他们也不敢对鄙人怎样！

吕氏族人的其他成员也在紧锣密鼓地忙碌着。在长乐宫一间偏殿里，身着侯爷服的吕媭正与着丞相服的吕产围着地图计议。

吕产指着地图上的一点说：三姑母，请看这儿，老灌婴就在这儿把齐国和琅琊国的联军拦住了，齐兵一退，琅琊国和吴国、淮南国的兵也都退回去了。

　　吕婴长舒了一口气,然后咬牙切齿地:这个老不死的刘泽,等有一天抓到他,老娘非用他的血去祭我那可怜的樊小不可!

　　吕产皱了皱眉头,心想,这位三姑母比二姑母差远了,心里想的就是她家那点小事,可不能惹她不高兴,她头脑灵、办法多,又总是心向吕家,于是说:三姑母,只要咱们吕家掌了军权,就不愁收拾不了这些刘姓王!

　　吕婴道:只要长安之围一解,什么周勃灌婴的统统拿掉,你二哥的北军就要扩成朝廷的重军,太尉一职非吕禄当不可!

　　吕产正正头上的丞相冠:三姑母,我当相国,谁任御史大夫好呢?是吕忿还是吕更始?哎,要不,三姑母就担起这个职?

　　吕婴笑着摆手:一个老婆子做什么朝廷命官?遭天下人耻笑!三姑母就做你吕相国的三姑母,只是遇事要多跟三姑母商量,省得你们吃亏。

　　夜影幢幢,从不知哪个墙角地缝中传出的蛐蛐叫声更给这神秘的暗夜平添几分诡谲。周勃在侍卫护卫下来到符节令公务房门前。他尚未止步,吕产侍卫就呼地拥上来说:太尉大人,吕相国有令:天黑以后,任何人不得在此停留。

　　他话音未落,周勃的守兵和侍卫手起刀落,吕产派的人已一个个人头落地。

　　符节令纪通闻声,抱起虎符就兴奋地冲到周勃面前,他咽了口唾沫,平静了一下激跳的心说:太尉大人,你可来了,再要晚些,真怕这些吕产的爪牙们先下手啊……

　　周勃来不及回应,就边示意护卫严加护卫纪通,边轻声说:我们快走。随着他的话音,一支人影已经消失于暗夜中。

　　就在这诡谲的暗夜中,一盘闪电般夺取皇权的计划已在吕禄心里形成,他先部署好北军大营的兵力,之后就马不停蹄直率一支百十人的兵马急奔荥阳,他坚信,以吕家当今的权势,以吕后死讯秘而未宣、因之吕后威严不可触及的惯例,以他的身份地位,要灌婴交出扼守荥阳的兵权易如反掌,他率兵行至一峭石突兀的野岭处,忽地一声呼哨,漫山遍野扯起一片"灌"字大旗,兵将如潮,杀声震天。风暴般朝吕禄一行扑来。

　　吕禄故作镇静地朝山上喊道:你们是什么人?竟敢对我朝廷上将军舞刀弄枪?叫灌婴大将军来见我!

　　他话音未落,灌婴纵马飞来:老夫杀的就是你这吕家上将军!

　　吕禄慌忙举枪,一脸惊悸地大骂:灌婴,你这老不死的奸贼,竟敢拥兵造反,背叛朝廷!

　　灌婴横刀立马,哈哈大笑,之后肃然喝道:背叛?这么多年,背叛朝廷的就是你们吕氏家族!匡扶汉室的日子终于到了,今天,我灌婴就替先帝先杀这一刀!

　　灌婴说罢纵马下山,一缕白髯如一团瑞雪从山巅飘来。一刀斩去,吕禄就身首两异,他那一百人之众的兵马也所剩无几。

吕禄的头颅顺着山坡急剧滚落山谷,那睁大的眼睛血红着,始终未能闭合。

就在吕禄的头颅滚落荥阳山谷的时候,周勃和手捧虎符的纪通率太尉府亲兵十几人直冲北军大营。

守营侍卫正待阻拦,一青年将领怒斥道:瞎了你的狗眼,周太尉你也敢拦!

侍卫刚一犹豫,周勃一行已大步步入军营。

吕禄的心腹将军和一帮将领正围着一幅地图查看,见周勃一行进来,心腹将军上前拦阻说:你,你们怎……

那青年将领手起刀落,吕禄心腹将军的头已经滚落在地。

见此情形,正在看地图的北军将领忙执武器拥上前来,将周勃一行围得水泄不通。

周勃目光似剑,以威严得不容反抗的口气命令:放下武器,圣旨在此!虎符在此!

说着,周勃展开密旨朗声宣读:安刘者,勃也!汉,刘邦。

同时,纪通将虎符亮了出来,众将士看着,再不说话。

周勃面对眼前这群目瞪口呆的将士,以更加威严的口气命令道:先帝遗诏在上,尔等还不跪下?

话音未落,周勃的亲兵们率先伏跪高呼:先帝万岁,万岁万万岁!

受此气氛感染,帐内北军将士也纷纷跪倒高呼万岁。

周勃领着已经归服的将领们走出帐来,面对帐外黑压压的北军将士,周勃大声说:弟兄们,自太皇太后驾崩,诸吕专权,天下人心不服,这才出现齐国出兵之事。自大汉建政以来,日子一天比一天好,难道你们愿意兵戎再起,各诸侯国为争帝位互相残杀吗?

将士们默默听着,无一动静。

周勃继续说:弟兄们,你们听清楚了,拥刘氏为帝者就袒露你的左臂,拥吕氏为帝者就袒露你的右臂。

话音刚落,周勃的亲兵率先站起来,露出左臂,高喊着:天下是高祖打下的刘氏天下,大汉给我们黎民百姓送来了好日子,我们拥刘氏天下,拥刘姓皇帝。

接着,所有将士们呼啦啦全都坦露出左臂,振臂高呼。

周勃见大势已定,捋捋那把雪白的长髯,大声喊道:这才叫汉家朝廷汉家兵!我知道,我们汉家将士人人都是好样的!弟兄们,大家穿好衣服。请武长以上的将官留下。

之后,他叫过两位亲兵低语说:速去告知陈丞相和郎中令刘章,让郎中令按原计划行事。

周勃亲兵领命而去,北军将士们在沉默中等待着周勃的另一种安排和部署。

潜入代国多年的韩信爱将王都尉经商有道,发了大财。可他心不在财,他活着的目的只为一雪刘邦背信弃义、妄杀韩信之恨。为此,他曾一次又一次地或直接、或借吕强之手暗害刘恒。虽然他与刘恒无冤无仇,可谁让他是刘邦之子呢!只要是刘邦的亲属,他无不以杀戮为快。可自吕强破案、被押送长安后,代国又到处搜捕他。这一天,他又以一身商人打扮,手牵一匹高头大马来到冒顿帐外,他来到一名匈奴侍卫面前说:请禀报大单于,大汉商贾余胜送来一匹宝马。

侍卫闻言奔进大帐,另一名侍卫上来将余胜全身上前搜了个遍,不多时那名进帐禀报的侍卫走出大帐将他带入帐内。

余胜牵马步入大帐,面对冒顿先行大礼,之后说:大汉商贾余胜特来向大单于献宝马一匹。

宝马随之一阵嘶鸣,接着人立而起。

匈奴人素来爱马,冒顿和左右贤王一见这气宇不凡的宝马,立即兴致盎然地围拢过来,冒顿很在行地从马头至马蹄一一检视了一遍之后边捋须边点头说:是匹好马。

余胜故作神秘:大单于可知这匹宝马产自何地?

冒顿十分不屑地拍拍余胜的后脖颈:你有几个脑袋?我还没问你来自何地呢!一个大汉商人来给我献马,你是为何人致使,憋的什么主意?

余胜泰然自若:余胜既敢来献马,就不怕头颅落地。

他话音未落,右贤王的马刀已经架在了他的脖子上,厉声问:你到底是什么人?

冒顿注视着余胜,余胜却毫无惧色:大单于还是猜猜这马产自何处吧,猜对了,也就知道我是什么人了。

冒顿一阵狂笑。左、右贤王也跟着大笑起来。

冒顿不以为然:你去考考我们匈奴的孩子,他们都知道这是产于大宛国的汗血马。

余胜莞尔一笑说:错!这是大汉常山军马场的马。

冒顿吃惊:大汉?大汉有这样的好马?

余胜道:有上千匹这样的良种马。

右贤王按了按仍然架在余胜脖子上的马刀说:你敢对你说的话发誓吗?

余胜字字清晰地说:我发誓。说着他取出两张绢帛递向冒顿。

冒顿刷地接过来,查看着,只见一张绢帛上画的是常山军马场地形图,一张是闵仲驹的画像。

见冒顿看完后,余胜说:小小代国现在就有三个马场,光是常山军马场已有上千匹这样的宝马。之后,余胜指指闵仲驹的画像说:此人叫闵仲驹,是个养马能手,他以大宛国的汗血马和乌孙国的乌孙马培育出一种新马,说着,他指指站在身边的骏马说:这是第五代的汉马,叫常山马。

此时冒顿已回到自己的座位上,他看看左右贤王:大汉背着我们日夜培育良种马,可是在准备打仗?

右贤王道:这还用问?这种马就是用来配备骑兵的。大单于,此事不可小觑啊。

余胜见火已点燃,他凑前一步说:大单于,余胜今日不光为献马,还为献一策。

冒顿盯了他一眼:说。

余胜早已如鲠骨在喉,非吐不可了:大汉长安城正在内乱,这可是偷袭大汉的最佳时机呀。

左贤王对余胜的用意有着明显的警觉,大单于与汉人已和睦相处十几年,你既是汉人,为什么要我们攻打大汉?

余胜避开右贤王的提问,一任自己的思路说下去:左贤王以为大汉真是要和你们和平相处吗?大汉如果不想夺回河东之地,为什么要培育优于你们的战马呢?

冒顿已经明白了余胜的用心,对余胜挥挥手说说:你退下吧。

待余胜退出大帐后,冒顿转对右贤王说:你带二百骑兵,让这位汉人带路,潜入常山军马场探探虚实,速去速回。

右贤王困惑:长安呢?我看这汉人说的不错,我们为什么不趁他们内乱打过去?

冒顿道:你以为他们内乱就好打吗?我们一旦打过去,他们所有诸侯国的军队就会联合起来对付我们,这就是他们汉人的脾气。记住了,到常山军马场只是探探虚实,不要打,打了我们就会被他们抓住手脚。

右贤王刚要领命起身,冒顿又指着闵仲驹的画像说:这个人要想办法把他抓来,让他来给我们培育良种马。

右贤王听罢,将闵仲驹的画像紧紧攥在手里。

形势瞬息万变。谁都知道,稍有差池,皇权就可能落在别人手里,自己就成了皇权下的刀下鬼。吕家的主心骨吕媭、吕产已经好几天难以入睡了,此时,他们仍在吕释之府内筹谋着夺权大事。吕媭与吕产在密谋。

吕媭边吃一牙甜瓜边说:你这个吕相国啊,该动动脑筋了。

吕产道:我这脑子从没停过,还怎么动?

吕媭道:吕相国啊吕相国,刘章天天在宫中晃来晃去,总是不阴不阳的,他武艺又那么高,你就不想想他是个什么角色?

吕产不以为然地:是个什么角色?就凭他跟莹儿那么好,他也折腾不到哪儿去!一个男人怎么肯伤他心爱的女人?

吕媭一阵大笑后说:吕产啊,要不我怎么让你动脑子呢!事关江山!有几个男人肯为一个美人丢江山啊!就连你死去的三姑夫都不肯为我伤刘家!

吕产不服气地笑笑:我知道,三姑母是恨透了刘章,要不是刘章告密,表弟也不会被抓进大牢。

吕媭道:拿江山比,这不过是一件提不起来的小事,我告诉你,刘章从根儿上就是齐王的耳目!要不,高太后驾崩的消息怎么会那么快就传到齐王那里?朝廷里还有谁能送这个信?

吕媭的话换回了吕产的警觉:我也有这怀疑,可他除了回家就是到宫里,监视他这么久也没见着证据呀。

吕媭道:你二哥也是个没用的,还想统帅天下军权做太尉呢,既然早看出刘章不是什么好东西,为什么不动手除去这个隐患?怕莹儿守寡?

吕产道:那倒不是。以咱们莹儿的容貌,天下哪个男人能不动心?关键是那刘章武艺过人,身边又有一大群高手,没有适当时机就根本别想干掉他。

吕媭道:三姑母倒有一计。

此时,有仆人外出,府门大开。已在门外梭巡很久的大獒顺势而入,它坦荡荡,直入吕府庭院。

吕媭一见,又怕又怒:这不是陆贾的狗吗?吕产:别管它,不过是一条狗,先说我们的大事。大獒似乎听到了吕媭的话,探头往厅内望着,看见吕媭,后退了几步。吕媭:不行,这几天那些老臣们总是神神秘秘的,倒是这陆贾的狗最猖狂,它一会儿去周家,一会儿去陈家,如今又跑到这儿来了,你看它那双眼……吕产道:这还不好办,说着,他冲到院中,抽出佩剑,朝大獒刺去。大獒见剑窜起,不巧,它还没扑向吕产,吕产的剑已刺入它的心脏。大獒翻滚挣扎了一阵,随着汩汩淌流的鲜血倒于地上。

吕产擦着佩剑问:什么计?吕媭贴近吕产耳边低语道:待我回府后召莹儿细说说,让莹儿在他不备之时……吕产点了点头,正待张口说话,忽然听到府外喧哗声一片,刀剑拼打之声也隐隐传来,两人不约而同地站起身来,刚迈两步,只见刘章执剑率人破门而入,剑刃上寒光逼人。

吕产道:大胆刘章,竟敢闯进相国府,你知不知道该当何罪?刘章一阵冷笑说:住口吧,吕产,你自己说说你是谁的相国,天下人有谁认可?吕产高声大喊起来:高太后遗诏上有鲜红的玺印,刘章,你瞎了眼吗?刘章又一阵冷笑后说:这玉玺是怎么来的,只有你最清楚!吕产气急败坏,刚欲抽剑反抗,被刘章一剑刺死。

此时的吕媭已经吓得哆嗦起来:你,你是高后的孙女婿,是高太后生前最宠爱的人,她尸骨未寒,你不为刘吕两家和睦相处尽力,反而为你大哥起兵谋反推波助澜,你,你还有良心吗?

刘章道:你们这些欲壑难填的人!还有脸说良心!

此时,陈平也带着护卫走了进来。

吕媭一见陈平,恐惧退去了,更多的却仇恨,她上前指着陈平大骂:老娘就知道这些叛乱的事都是你这奸诈小人鼓动的。当年樊哙就差点死在你手里……

254

陈平平静一笑说：嘿嘿，吕侯娘，樊老将军都离世这么多年了，你怎么还不肯放过他呀，当初他要不是娶了你，早该英名光照一世了。

吕媭道：陈平，你这小人！你别笑得太早，等吕禄的十几万北军一到，看老娘不让你碎尸万断！

陈平哈哈大笑：别作白日梦了，你那吕禄早做了灌老将军的刀下鬼了。

吕媭听了这番话，惊得顿时跌坐地下。她如梦方醒，蓦地，将头上手上的首饰连同相国府内的摆饰、玉玺统统砸到地上。之后，她仰头大笑，又将头一仰：来吧，天算不如人算，我们吕家完了，朝临光侯这儿砍！

刘章毫未犹豫，他提剑上前，手起剑落，吕媭的鲜血溅红了吕府的厅堂。

吕禄府中挺着肚子的吕莹与其母、吕禄小妾及小妾所生的三岁琪儿不知在玩着什么。琪儿将项圈挂挂这个人的脖子，又挂挂那个人的脖子，一个个都因为大人的头大挂不上去，只好挂到自己的颈上。

院外突然火光冲天，她们正感诧异，一队人马气汹汹地破门而入。吕莹之母挺身而出：你们可知道这是什么地方吗？一戎装校尉挥挥手中利剑说：当然，就因为知道，我们才特意来的。吕莹之母道：大胆，我家老爷可是你们的上将军啊。校尉道：昨天是，现在他早已经变成鬼了！"啊？！"三人惊呼着，顿时哭喊一片。

吕莹忽然想起什么，她擦擦泪问：我夫君呢？他在哪里？那校尉围着吕莹看：你就是郎中令刘章的夫人？果然名不虚传，绝代美人呀！我们做的一切都是秉持你夫君和陈丞相、周太尉、灌老将军的指令。吕莹扑地一下瘫坐地上：不，不，我不信，他，他不是……那将军道：不信？那你就到阴曹地府喊冤去吧！说着，他手起剑落，四个无辜的人倒在血泊里，不，准确的说，应该是五个人。

炸雷骤起，大雨倾盆而下，雨水冲刷过的地方，仇恨也好，罪恶也好，全都无影无踪，只不过那流淌的雨水中还透出隐隐的鲜红……

长安城内喊杀声、哭号声此起彼伏。一座座挂着"吕"字的豪华府邸火光冲天，抄家杀人的兵卒出没。天空中炸雷又起，大雨如天河倒挂，滚滚滔滔，一个个"吕"府中，泥水夹杂血水顺朱漆门缝汩汩淌出。

长安街上家家门窗紧闭，路上除了北军兵卒匆匆跑过外，无一闲人，血腥大屠杀带来的恐怖笼罩着人们的心。

盛夏之夜，常山军马场内十分寂静，除了马嚼夜草的声音外，就是到处传来的唧唧草虫声。突然，马场一角亮起一柱火光，火光迅速蔓延，接着就马棚接马棚地一处处串接燃烧，顿时，整个军马场浓烟滚滚，火光冲天，场内的军马们也挣断缰绳，随着咴咴的嘶吼声，蹿出马棚，四处逃亡……

刚刚入睡的闵仲驹父女被火光马嘶惊醒，闵女迅速着好男装，同父亲一起奔入火焰，边嘶喊边挥动马套抢救四散逃亡的惊魂不在的军马……

叫喊中，马场的士兵们也纷纷持戈、持刀地从屋舍中奔向已成火海的军马场。

　　眼见事已成功,右贤王、余胜乘势指挥着他们的二百多骑骑兵冲入火海,大杀大砍。

　　乱阵中,余胜带着几骑骑兵冲入马厩,直奔闵仲驹父女。

　　奔跑着的闵女回首瞥见余胜,她惊讶地询问父亲:父亲,那领头的不是常山古道观的老道吗?

　　闵仲驹应声回望说:枉我们前几日还去那道观上香,原来他暗地里是跟匈奴人勾结的。我们快跑!

　　说着,闵仲驹闪电般将女儿扶上一匹战马,他们刚要蹿出火阵,一根燃烧着的屋梁砸落下来,阻住了他们的去路,此时,余胜和匈奴兵已杀至面前。

　　马场一片混乱,火光冲天。余胜在火光、刀枪和奔马的交织中押解着闵氏父女冲出马场。

　　被押解的闵氏父女一路挣扎几番打马逃跑,都被右贤王的兵马追了回来。天亮了,他们来到匈奴界内一处隐蔽的养马场,右贤王命令他的部下给闵家父女各自戴上一幅沉重的木枷,强令他们为匈奴培育良马。闵仲驹通红的两眼,像是射向右贤王和余胜的两支火柱,他字字铿锵地喊着:我这养马术是祖宗传下来的,祖宗有训:它只为汉家江山效命,绝不以此乞怜汉家之敌!说着就奔向深井,试图以命相殉。

　　此时,右贤王马鞭一甩,缠住闵仲驹颈上的木枷,接着,右贤王用力一拉,闵仲驹反倒在地。

　　"父亲——"闵女的嘶声惨叫并未打断右贤王的冷笑,他嘿嘿一阵冷笑后说:你喜欢这口井,好啊,那就让他尝尝这井里的滋味!他话音一落,几个匈奴兵就七手八脚绑住闵仲驹的双脚将他倒吊深井中;另一面,井外的草原上,仍是一副男装的闵女被反绑着双手骑在一匹马上,马后系着的那条粗绳,正是倒吊闵仲驹的绳索。一名匈奴士兵牵着闵女座下的马向前走动,每走一步,井内的闵仲驹就被拉起一点,倒退几步,倒悬的闵仲驹就头浸井水,大口咽水……就这样,父亲被女儿强骑马匹的进进退退,不断地咽水、喘气、呛咳……

　　右贤王和余胜站在一旁看着,两人对视着,阴阴冷笑。

　　右贤王对着井口内的闵仲驹喊话说:老马倌,喝饱了吧?还不答应为我们匈奴培育良马吗?

　　同时,余胜也向闵女喊道:你这不孝的儿子就眼看自己的老父受罪,你忍心吗?快劝劝你父亲吧,匈奴大爷眼看就没有耐心啦,再拖延他就要被碾成马料喂给你骑着的那匹马了,哈哈……

　　闵女眼汪泪水,终于启开她紧咬的嘴唇说:你这假道士,假汉人,只有背叛祖宗、认贼作父才是真……

　　那马依然往前走着,井内的闵仲驹已经逼近井口了,虚弱的他突然爆发出一股力量,他猛地弯曲身子,用双手抱住腿,从靴子里抽出一把匕首,冲着闵女大喊:

燕儿,跑啊,你是草原的女儿,你的马可以飞上天——

之后,他又回头对右贤王方向喊着:大汉……永昌!

此时,一道寒光斩断绳索,闵仲驹重重地跌落水中。

井外,闵女回过头来,紧咬嘴唇,眼中已经噙满泪水。她一脚踢倒牵马的匈奴士兵,双腿一夹,马似离弦飞箭一般窜向草原。那一瞬,闵女回首狠狠地盯了一眼余胜,眼中的仇恨和怒火让余胜陡升一股冷颤凉意。

这个变故出乎所有人的意外,匈奴士兵见状纷纷弯弓搭箭射向闵女,箭声嗖嗖,从闵女身旁飞过。可闵女座下的骏马仍是疾驰如风……骏马跨上一处高坡,闵女的帽子在跨越中震落,她满头乌发突然散开,瀑布般飘洒在骏马飞奔而扬起的烟尘中。

余胜惊呼:她原来是个女人。

右贤王挥手命令士兵,给我追:一定要把这女人给本王活捉回来!

随着他的话声,一队匈奴士兵纷纷上马,打马狂追。

清晨的鸟雀格外兴奋,它们叽叽喳喳地从树上飞落代王书房的屋檐,又从书房屋檐飞向飘拂的柳树……刘恒不耐它们的聒噪,他用力关严敞开的窗子,又快捷地踱起步来,此时,他的眼神又不由地落到桌上闵女赠予的猎兔铁棒上,他正在出神,张武匆匆而入:代王,不好了,常山军马场被匈奴人烧了。刘恒一惊,烧了,厉害吗?张武道:马场烧光了,兵士、马匹死伤不少,闵女和她父亲也被匈奴人掳走了。刘恒抓起一件黑斗篷,轻轻一抖说:备马,去常山!

纵马狂奔的闵女呼啸而来,因为手被反绑着,她随着马的狂奔颠来颠去,几欲跌下,悲痛又坚毅的闵女两腿更紧地夹住马肚子朝前飞奔;身后,那一队匈奴士兵仍狂追不舍。闵女的马奔至一悬崖前,她回头瞥见众匈奴兵越追越近,几支箭也射落到了身边。她双眼一闭,双腿使劲一夹马腹……紧追而来的匈奴士兵追到悬崖边拼命地勒住马,健马人立狂嘶。匈奴兵看着悬崖中连人带马跌落的闵女,个个面面相觑。

刘恒、张武风驰电掣般打马飞来。他们跳下马背,眼前的常山军马场寂静无声,只有那片废墟和烧焦的黑土诉说着刚刚经历的浩劫……刘恒眼中的绝望与怒火交互燃烧,他甩了一下马鞭,向远方跑去,张武紧跟其后。有顷,一声声撕心裂肺的喊声在旷野里回荡。

落崖中,由于猝不及防的强烈飘落,闵女被坠落的马背甩到空中,她顿时成了一个空中的自由落体,在山崖间飘飘忽忽坠落而下。倏忽间,她在伸出绝壁的一棵松树冠上弹了一下,手上的绳索被粗糙的树杈刮断,他从这棵松树又落到另一

棵松树上,她下意识地抓住一只树杈。树杈断裂,闵女重重地落在地上,昏迷了过去。

一只只又黑又大的蚂蚁爬到她手上、脸上……蚂蚁舔着她伤口的血。她哆嗦了一下,又沉沉睡去。

凶险的黑夜慢慢褪去,树枝上晶莹的露珠折射出一缕晨光。露珠滴下来,一滴、两滴……落在闵女的脸上、唇上……闵女干裂的嘴唇被水珠沾湿了,干裂的唇水润着,缓缓沁入她的舌尖、口腔,她微微颤动了一下,吃力地睁开眼睛,四周却是红花如毯、彩蝶飞舞的精彩世界……早就听说,常山那边有一处胭脂谷,它遍山胭红、香气盈谷,是个神仙般的谷地,难道我大难不死,倒要……她昏昏悠悠,如在梦中,刚绽出一股笑意,却感到浑身巨痛,额头、两肋都还洇着鲜血,血流处,一群群黑色的蚂蚁正在爬来爬去、肆意吸吮……

她用手赶净蚂蚁,又倏地扯下一块衣襟,以树枝作簪,将长发挽成男人状,意识清醒了,昨天刚经历的那场惨绝人寰的痛苦场面又出现在眼前。她想起父亲的遗言:燕儿,你是草原的女儿,你的马可以飞上天……是啊,父亲的仇还没报,我必须飞,必须跑,必须活下去……

她拄着树棍沿一条小溪走着,她捡起一块拳头大的鹅卵石朝草丛走去,在草丛中四处寻觅着猎物。草丛在翻动,闵女甩出手中的鹅卵石,草丛中一只野兔应声倒地。她捡起自己的猎物,以石头的利刃剥去兔皮,费力地生吞野兔充饥。

就这样,她以草原上的野兽充饥、以偶尔遇到的草原上的溪水或水泡子里的水解渴,不知走了多少日夜,身上的伤好了,脸上的刮痕也褪去。她不停地辨识方向,试图回到她日思夜想的大汉,回到常山军马场,她要为父雪恨,她要找回她失去的代王和那个浪漫旖旎的夜晚……

当她走出一片山谷,正在寻找方向时,忽然传来一阵马嘶声,她警觉地躲进一处灌木丛。

山谷中,两个匈奴骑兵赶着一群马朝小溪奔来。

听到马踏草原的声音,闵女目光炯炯,紧盯着走近的马群。马群奔入溪中饮水。两个骑兵跃下马。闵女的目光在马群中搜索,她在选择最好的马匹。

两个匈奴兵脱去军袍,从行囊中取出肉干,奶酪,装酒的皮囊。闵女猫腰在灌木中潜行。

匈奴兵赤裸着身子,浸入溪水中,手中拿着皮囊和肉干。他们躺在水里一边嚼着肉干,一边饮酒,显得十分惬意。闵女从灌木丛中蹑足而出,潜入饮水的马群里,马匹对她毫不抗拒,没发出一点声响。匈奴兵饮酒正开心时,闵女悄无声息地牵着匈奴兵的座骑慢慢离开。背对着马群的匈奴兵竟毫无察觉。闵女起初只是漫步牵马,待稍稍离开时,她才跃上马背,策马狂奔起来。另一匹匈奴兵的坐骑嘶鸣起来,匈奴兵猛然回头,发现盗马的闵女已奔出上百丈远。一匈奴兵赤裸着身子,奔向自己的坐骑。

闵女早已乘马奔向遥远的草原。闵女打马狂奔,从日落到月上中天,她毫不敢松懈,直到再也听不到后面的追赶声,才敢举目四看。此时,她看到一群群寻夜食的黄羊也或快或慢地从山脚到山麓地奔跑着,那一只只在暗夜中闪动着的黄羊的眼睛如星河落地……她这才感到一阵饥饿,那刚刚停歇一会儿的双腿重又夹紧马腹,朝一只黄羊追去。她闪电般挥起手中的树枝,倏忽间,那黄羊就被击倒在地。她跳下马,三下两下剥离羊皮,点着一堆篝火就烧烤起来。

未久,鲜嫩的黄羊肉溢出一股肉香,她扯下一只羊腿就连吞带嚼地吃了起来。她刚刚有了些活力,突然从山麓间传来狼嚎声,先还拉拉杂杂,继而就群狼乱嚎,闵女握着举到嘴边的羊腿翻身上马,朝大山远处飞奔,疯狂的狼群也紧追不舍,健马渐渐奔远。

不知闵女与那群恶狼曾经过怎样的搏斗,也不知她是怎样甩脱了那个穷追不舍的狼群,天快亮时,她和她胯下的那匹健马已经疲惫地放慢了脚步。草原的气候变幻莫测,夏日的早晨凉爽清冷,到了中午,烈日炙烤,连草原上的青草都蔫萎萎地垂下了头……闵女已被烈日和饥渴折磨得疲惫不堪,健马也已经神情萎顿,缓慢地迈着蹄子。一个土坎绊了一下马蹄,健马径直歪倒在地,闵女从马上滚了下来,她爬起身连忙查看那马,健马长嘶,四蹄颤动,它很想再站起身来,可几经挣扎还是没了力气。闵女见它那可怜的样子,不由得抚着马头,悲伤地喃喃着:马儿啊,都怨我命苦,让你受了牵连,你歇歇吧,歇歇吧……

那马还是没歇过来,它死了。闵女看着它久久不肯合拢的眼睛,那眼中洇出的干涩的泪水,她不知它是为未能帮她跑回家乡而内疚,还是留念它生于斯长于斯的广漠草原……她替它合上了眼睛,尽其可能地为它埋上一层湿土和绿草,又昏昏沉沉地走向草原。她无力地走着,忽见远处有一群汉人走来,那几近失望的心又激跳起来,她加快脚步朝人群奔去。

可刚刚走近,才发现这是一群被绳索绑着的汉人,旁边一队匈奴士兵正手持武器押送着他们。匈奴头目一眼瞥见了闵女:你是什么人?哪来的?闵女转身欲逃已经来不及了,她急中生智"咿咿呀呀"地装作哑巴。匈奴头目打量着她说:哪儿跑来个哑巴?这一路上死了好几个汉人,正好把他拉来充数,一块押去采石场。随着他的话音,两个匈奴兵一把拉过闵女,闵女使劲挣扎,实在因为筋疲力尽,很快就被套上绳索,同那群被掳的汉人一起被押往北去的草原。

幽幽的烛光中,从长安连夜返回齐国的刘章爬在卧榻上,仆人为他按摩着四肢、脊背。刘襄激动得来回走动着:这么说,废少帝已成定局,朝廷里赞同立寡人为帝的还不在少数?

刘章信心十足地:大哥是高祖的长孙,高后驾崩后又第一个起兵讨伐诸吕,大

哥在天下人心中已经确立了刘氏诸侯王之首的地位。当务之急是须臾莫待,首占先机,我这才星夜赶来……

刘襄逐渐冷静下来,开始盘算着他登基后的种种安排:我明白,在这次事变中,章弟是立大功者。没有章弟的策应,寡人怎会走在其他诸侯王之前率先发兵?一旦大哥称帝,这齐王的位置就是章弟你的……

刘章道:大哥,陈平和周勃都许了愿,说灭了吕氏后,让小弟去赵国当赵王。

刘襄道:等寡人当了新帝,赵国、齐国任你挑。寡人不仅要为你夺回失去的济南四郡,还要为章弟选天下最美的女人为妻。只是莹儿……说到这里,刘襄竟从亢奋中跳了起来,心头涌出一阵悲酸。

刘章明白并且感激大哥的体恤之心,他咬了咬牙说:保江山保社稷,残酷啊!……不说也罢……

刘襄道:朝中大臣有何动静?

刘章道:朝里大臣么,关键是掌握军权的周太尉和老灌婴。

刘襄道:老灌婴不足惧,他听周勃的。可有一人却是高祖功臣中举足轻重的人哪!

刘章道:谁?陈平?

刘襄点点头沉吟了一会儿说:足智多谋的还是他呀,章弟歇歇就速返长安吧。

淮南宫廷堂内,一位风尘仆仆刚从长安赶回的将军正在捧着一只硕大的陶碗大口饮水,一股股汗水从脖颈到小腿已经湿透了那身戎装。刘长眼盯着他说:快告诉寡人,朝中大臣要废少帝,准备立谁为新主呢?

将军放下那只陶碗,抹抹嘴说:眼下拥立齐王的人最多。

刘长听罢大怒:他不过是个毛孩子,能跃过高祖的子侄吗?乱套了!

将军道:也有人提议,应立刘氏长者为帝。

刘长道:什么?什么?仅凭长者就可为帝?他要是个蠢驴呢?那还分不分嫡亲和旁系?你应该据理力争!

将军道:末将自然要争,而且争赢了。

刘长立即笑逐颜开:说说,你是怎么个争法?那些人可一个比一个难缠,特别是周勃和陈平……

将军振振有词起来:末将说,琅琊王刘泽虽是淮南王的叔父、高祖的堂弟,可他太老了,是到了颐养天年的时候了,吴王刘濞虽为淮南王的兄长,却是高祖的侄儿,旁系,不应列入新主之列。

刘长哈哈大笑,他捶了将军一拳说:好,说得好,温将军有功!寡人要重重赏你!说罢,他突然收住笑声,眼盯温将军说:不对,论嫡亲,那代王刘恒岂不成了最年长者?他是寡人的四哥呀!

温将军不屑地:代王?没人提到他,一是他在诛吕中没立寸功,二是他处在偏远北疆,小小的代国,平日里默默无闻,哪像淮南王跟齐王那样喊上一声天下都要抖三抖啊!

刘长这才放下心来:刘恒从小就跟他母亲一样,总是小心处事,连我们兄弟几人吃鸡,他都不敢去挑去拣,最后只落得个吃鸡屁股,暗暗抹眼泪的份儿。说着,他挥了挥手,一脸蔑视地:那不是个成气候的人儿!不管他了。

温将军道:如今大王最强的对手就是齐王刘襄了。更险的是,他还有个强悍张狂的弟弟刘章在朝中策应。

刘长势在必得:那寡人也要搏上一搏,不能便宜了那毛孩子!你还要速返长安,带些贵重礼品,去见见陈丞相和周太尉,探探这两个实权老臣的心思。

昏暗的夜色中,两队人马拥着两驾华丽的三匹马拉的车相遇在荥阳郊外的旷野里中。他们先后停下车来,从两辆车中同时走出两个穿同样华服的人来。年轻些、长个鹰钩鼻子的刘濞上前施礼道:刘濞见过叔父琅琊王。

刘泽摆摆手说:罢了,罢了,很久不见贤侄了,一向可好?

刘濞道:托叔父大人的福,小侄一切都好,不劳挂牵。

刘泽道:吴王迢迢千里来会寡人,有什么要事么?

刘濞表面谦恭,内心里却早已准备好一杀刘泽威风的话语,侄儿听说,前些日子,叔父大人带兵去齐国时,那刘襄竟将琅琊国的兵围在城外,不知如今交还没有?

刘泽也是有备而来,刘濞既已射出击己之矛,他正可以借还击刘襄之盾杀鸡儆猴,他哈哈一阵干笑后说:你说那刘襄是不是还没长大?社稷危急,做为刘氏长者,我能不急吗?

刘濞道:那自然,叔父最着急。

刘泽道:所以我才带了些人去他齐国,想跟他商量一下安邦济世之道,可他竟怕我攻城略地,把我那几千人围起来了!

刘濞道:这齐王也真是。那,叔父的兵马,如今?

刘泽终收胜局地说:他当然要还我了,早还了,还向我告了罪……你关心的就是这事?你这消息也太不灵了……说着,他掉开两眼,望向闪烁的星空。

刘濞道:不不,叔父大人,朝廷已多日无主,形势危急,做为刘氏宗室后人,侄儿心里就像悬块石头,沉甸甸的。可侄儿又不像叔父是刘氏最年长的长辈,能入朝亲议天下大事,就只能赶在叔父进京之前将心里话诉一诉了。

刘濞一番话,使刘泽更感觉到自己在刘氏宗族中的分量:哦?吴王以为谁可为当今戴皇冠者?

刘濞道:戴皇冠者只能是高祖嫡亲,决不可能是我等旁系刘姓。

刘泽道:从灌婴的举止上,寡人也看出这一点。

刘濞不失时机,又向刘泽刺出一剑:高祖嫡亲中,最强者自然是长孙刘襄了?

刘泽听到刘襄的名字,顿时火冒三丈,他哼哼两声掩饰住自己的怒气后问:看来吴王是拥戴齐王承继帝位啰?

刘濞道:难道,叔父不是最早支持齐王称帝的刘氏王吗?侄儿手上还有一份齐王发向天下的诛吕檄文,那上面就有叔父的亲笔签名,上写着:拥立齐王为刘氏诸王之首。

刘泽又哼哼两声,然后不阴不阳地拍拍刘濞的肩说:扶强不扶弱,对自己有益无害,本应如此,本应如此。

刘濞又将刘泽一军:既得叔父明示,那小侄就跟琅琊王起拥齐王为帝了!

刘泽冷笑两声。

刘泽道:吴王已经不是小孩子了,一国之君,谋略自当不浅,就按自己的意思办吧,寡人会把吴王的意思带到朝廷上去的。

刘濞连环试探,终未听到刘泽的真实想法,颇感不安,他又追问一句:难道琅琊王主意变了?

刘泽道:叔父已经老了,跟着你们小一辈走罢。

你推我挡,他们话说了不少,终归两人谁也没弄清谁的心思,他们同时意识到,即使再说下去,谁也不会向对方吐露自己的真实想法,于是登车,各自朝自己的来路驰去。

车中,刘濞左思右想不明就里他喃喃着:这只老狐狸,耍寡人不成?停车,掉头追刘泽!

在另一辆车中,刘泽冷笑说:嘿嘿,千里迢迢跑来拍马屁,没想到没拍到正地方。

"琅琊王,请留步,留步——"刘濞的马车匆匆返回。他走下车来,奔至琅琊王车前说:叔父,寡人听叔父的,叔父拥谁,寡人就拥谁。

刘泽居高临下地招招手,车又启动了。刘泽突然睁开眼喊道:刘襄,你这没齿小儿,等着吧!

刘濞突然耸了一下眉毛,对车窗外一位跨马护卫他的将军耳语道:你速去长安,置些礼品,送给陈丞相和周太尉,就说是吴王的一点心意……

刘濞将头缩进车里。

周勃一踏进陈平府厅堂就说:老丞相,咱们得尽快商量一下这张龙榻……陈平看着他笑笑说:兵权底下才有皇权哪,老太尉心里可有个谱?周勃急切地:老夫心中一团乱麻,灌婴、夏侯婴,还有申屠嘉这些高祖时的重臣们也是个个心中一团乱,情势诡谲,我们这些武人不能不多动身子,这用心思的事,他们就托我来向丞相请教了。陈平道:当今称帝心气最高,在诸侯王中也最多谋善断、实力雄厚的莫过于齐王了。周勃点点头,他停顿了一下,接过话茬说:灌婴以为刘襄风头太足,盛气凌人,要是做了皇帝,岂不更要……陈平:是啊,齐王刚愎自用、处世强霸,缺少帝王之风,何况齐王王后家人颇似吕氏作风,真要立齐王为帝,说不定又要来一场外戚滋事篡权之祸!

周勃道:说得对。倒是也有提淮南王刘长的。可这刘长,打小就仗着高后宠爱,凶顽霸道无法无天。陈平道:刘长不过是个被高太后宠坏了的孩子,何谈称帝!他挥挥手说:不妥,不妥。周勃道:那……那立谁呢?陈平道:太尉以为,当今大汉最需要的是什么?周勃道:那还用说,安定啊!陈平道:着啊,当今要务是人心思安,思定,思治,为帝者应是那种为人仁厚、稳健扎实的治世之才。周勃踱步思索,有顷,他突然停住脚说:丞相指的可是四皇子刘恒?老夫和灌婴他们也都想到了这位远在代国的代王,可刘恒历来文静寡言,此次诛吕没建寸功,又是一个从来不愿出头的人……陈平道:文而不躁才胸襟高远,隐而不发才力搏千钧。这么多年,他把匈奴人频繁出没的小小代国,可以说治理得井井有条……周勃点头,这倒是。陈平:至于说到他在诛吕变乱中的作为,正说明他大义凛然,不藏野心,且看那些在诛吕中抢功建功的人们都在干什么,也就一目了然。何况他的母亲薄夫人历来善良宽和、讲究教化,母子同心,岂不正是当今大汉呼之欲出的明主!周勃道:这就正合了灌婴他们的意。经丞相这么掰开了揉碎了一说,这一团乱麻就成了一块明镜——立四皇子刘恒为帝!

陈平略有所思说:且慢,此事最后定夺可不能忘记另外两大功臣。周勃道:你是说……陈平道:刘章,他现在还在宫中……周勃道:他在宫中又能怎样?只要是我们定下的事……陈平道:那陆贾呢?周勃颔首:噢,倒是要听听他的主意。

老态龙钟的审食其向墓前摆放了一捧灿黄的野菊花后,颤颤地面墓而坐,他看看那菊花,又欠起身擦擦那已经蒙了一层沙尘的墓碑,喃喃说:娥姁啊,闻闻这花吧,闻到血腥味了吗?惨啊,吕家人一个不剩全都去你那边了……哎!你明白得太晚了!

空落落的龙榻,大殿下摆放着几张案几。诛杀吕氏的老臣们此刻正在紧急磋商。各派人选都已酝酿成熟,剑拔弩张的气氛笼罩着每一个人。

陈平巡视了一下大殿和聚于大殿中的文武大臣,之后朗声说:诸位大人,如同闪电一样,朝廷除去了吕氏之乱,保住了刘氏的社稷江山,也铲除了吕氏留下的后患。

大臣们听着他的话,无不拍手称快,人人脸上都洋溢出少有的喜兴。

陈平挥手制止了喧哗,肃静!肃静!诸位大人,遗患除掉了,诸多乱象还要清理,大家商议一下,我们该如何同心协力辅佐少帝,稳定天下安抚苍生?

一白发文官说:既然是商议朝政,那老朽就斗胆提个疑问。如今的少帝真是惠帝之子?还是高太后用欺瞒手段强夺他人之子为惠帝之子?如果是后者,我们尽心尽力辅佐的还是真正的刘氏子弟吗?

263

他的话引炸了满朝文武。

一年轻武官高声应和:肖大人所言极是,若少帝长大后掌了皇权,没准儿我们这些对刘氏宗庙忠心耿耿的大臣们,还要像吕氏一样被灭族了呢!

人们纷纷点头应和着:少帝就该废黜,这是天理。

那被称为肖大人的白发文官看了看支持他的众大臣后,声音更高地说:老朽提议,现在就该在刘氏各封王中推举最贤良者为皇帝。

陈平道:这可是件大事,预先并无准备……他与周勃轻声商讨了一阵说:是否这样,诸位先不要散去,也不要走出大殿,大家各自想一想,议一议,一个时辰后再做商量。

陈平话音一落,大臣们就三五成群、热烈地议论起来。

"还用议?当然要立齐王了。"

"长房长孙嘛,名正言顺。"

这个声浪刚过,另一声浪又起:高祖之子也就剩代王和淮南王了,代王偏居代地,诛吕毫无寸功,当然要立淮南王了,至于孙子辈的,不管多强,也得往后排。

与周勃一样沉默寡言的灌婴早已等得不耐烦了,他闷声闷气地问道:琅琊王还没到吗?老夫从荥阳返回长安大半天了,怎么他还磨磨蹭蹭地没进长安?

一文官调侃道:前呼后拥的车马卤簿,总得准备停当啊,要不怎么能显出诸侯的威风啊!

众大臣闻声大笑:是啊,老侯爷嘛!

陈平打断这些调侃笑语说:诸位,议得差不多了吧?大家一起议议拥哪位刘氏后人为帝罢。

此时,侍卫进殿来报说:琅琊王到。

刘泽如同朝见天子般庄重地趋步进殿。陈平急迎上前说:琅琊王来得正是时候,刚才满朝文武大臣已经商定废黜少帝,另立新君。琅琊王做为刘氏宗族的长者,威信极高,琅琊王请上坐,说说你的想法。

刘泽毫不礼让地坐在殿下案几中央,他眯起眼睛扫了众大臣一眼后,仍是一言不发。

齐王派一武将干咳一声,站起来说:末将以为,若不是齐王率先起兵,引诱吕氏允诺部分兵权归灌老将军,吕氏为非作歹的日子还不知有多长呢!

齐王派一文官接着说:就是嘛,立头功者是齐王和他弟弟朱虚侯,齐王又是高祖长孙,于法于情于理,承继帝业者都应是齐王!

齐王派另一大臣更直截了当说:拥立齐王为帝,拥立齐王为帝。

于是殿内喧闹起来,在喧嚣和骚动中,多数人开始随了大流。

看着陈平、周勃、灌婴等老臣们面无表情的样子,刘章暗暗得意起来。

就在拥立齐王为帝的声浪几乎一边倒的时候,刘长的一位心腹将军大声喊道:末将不赞同立齐王为帝!

顿时,大殿内鸦雀无声。

淮南派一武将接续说:从先人宗法上说,自西周开始就立长不立幼。齐王是高祖之孙,可淮南王是高祖之子!越过儿子立孙子,岂不有违天理!

淮南派大臣一轰而上:立淮南王为帝!立淮南王为帝!

又是一片喧哗,一片骚动。见此,文武大臣们交头接耳地商量起对策来。

一齐派武将说:淮南王除了是高祖之子以外,又有何德何能?谁都知道,齐王是众诸侯王之首!

淮南派说:绝不能立齐王!齐王今天称帝,明天就要出一个不姓吕的吕后!

齐王派一文官道:就凭齐王之弟朱虚侯为诛吕氏,连夫人都搭上的份,这帝王之冠也非齐王莫属!

此话立即激起齐王派人的大跳大叫、大哭大闹,有人捶胸顿足,有人摔壶打杯。

齐王派一人高喊着:淮南国人都是狼心狗肺,一点道义不讲!

淮南派也针锋相对:你们齐国人才是狼才是狗!

齐王派与淮南王派双方愈吵愈烈,竟欲大打出手。

陈平见状站起来说:诸位肃静!肃静!既然双方争执不下,还是听听刘氏族人中最年长者的意见吧。

刘泽煞有介事地指指点点说:你们这样丑态百出,大打出手,成何体统?刘氏的祖宗都为有这等晚辈和大臣害臊,高祖若地下有知,也会痛骂尔等是不肖子孙!

有人说:刘氏爷爷,你就痛快点说吧,你赞成立齐王还是立淮南王?

刘章腾地站起身来,以不容置疑的口气说:当然要立齐王了。堂祖父的签名还在上面,墨迹还未干呢!

刘泽突然拍案而起:谁说寡人同意立齐王为帝了?那是寡人不得不为之的脱身之计。他沉静了一下又说,可淮南王也不可为帝!

一淮南派大臣软中带硬地说:齐王不可,淮南王也不可,难道琅琊王想自己称帝不成?别人是旁支,琅琊王只怕是旁支外的旁支罢!

他的话音未落,就激起一片哄笑。

刘泽眯起刚刚瞪圆的眼睛,咽了口唾沫说:寡人这把年纪了,从来就不曾想过称帝的事,辅佐高祖之嫡亲、维护刘氏宗庙之基业,是寡人最高的愿望。

一大臣立即插话:琅琊王,你说来说去也没说出该立谁为帝呀?

众人又是一阵议论和哄笑。

一齐王派武将气势汹汹地低声牢骚说:什么长辈!屁用没有!

对这些嘲讽和谩骂,刘泽虽装作什么都没听见没看见,尽量做出一副公道镇静的神态,可脸上还是红一阵、白一阵地说:陈丞相、周太尉这些先朝重臣才是诛灭吕氏的主帅。他们随高祖打了几十年天下,也是对高祖最忠诚最效命的,寡人以为,这事关社稷的大事理应由他们动议!

265

他的这段话却迎来大殿内的一片寂静,未久,众人议论又起。

陈平看看这份乱中又见转机的场面,朗声说:诸位肃静!今日天色已晚,既然琅琊王提出由我们动议,陈平指指身边一直沉默不语的周勃、灌婴、夏侯婴、申屠嘉等白发苍苍的老臣说:那就容我们商议一下,明日再议。

丞相陈平府的厅堂内已是暮色苍茫,前来拜访的刘泽刚与陈平寒暄了几句,即着人抬上一只战国时的青铜鼎。十分夸张地说:老夫知道丞相素爱古董,就送上这战国时的铜鼎,供丞相赏玩吧。陈平也十分夸张地说:哎呀,琅琊王心系社稷,为大汉江山费尽操劳,还想着老臣的嗜好,这真是……刘泽道:不说别的了,丞相若不嫌弃,就请笑纳吧。陈平道:那,老臣就愧领了。陈平珍重地端详一番后,即放置书橱边,之后转过身来说:琅琊王可是给老臣们出了个难题呀……刘泽道:难道丞相和周太尉心中真的还没有人选?陈平故作为难:日间为齐王和淮南王之争拥谁已经大打出手,琅琊王你说,这让我们如何提名啊?刘泽道:就如在朝上所说,齐王和淮南王绝不称职,他们中的任何一人若继了位,之后的大汉都难有宁日啊!陈平两眼直视刘泽问:那,琅琊王的意思是……刘泽笑而不答话,满脸都是非他莫属的样子。陈平颇为踌躇又十分体恤地说:要是老臣们真的提琅琊的名,岂不太不体谅你的年高体弱,太,太不仁义了吗……刘泽先是嘿嘿一笑,继而说:丞相若真有此意,老夫……老夫也只能舍身为国、勉而从之,江山社稷是大事,怎能为一己之私而踌躇……陈平道:老臣明白了……刘泽道:丞相是明白人,哈……明白人……

就在陈平与刘泽那番你找我挡的谈话的同时,刘章一身铠甲、身挎佩剑、携两位一样装束的卫士紧随周勃的后面走出了未央宫。周勃突然停住脚步,走到刘章面前:朱虚侯,天这么晚了,你这是……刘章一脸凛然正气地:君主未立,情势诡谲,此时,保护太尉大人的安全就是我的天职。周勃感动地抚抚他的肩:朱虚侯言重了,老臣实在担当不起……也是情势紧急,老臣还没来得及谢朱虚侯哪。他看了看暮色四合的未央宫说,在这次诛吕风波中,足见朱虚侯的高风亮节、果敢大义,只是尊夫人和她腹中的孩子,唉……你的牺牲太大了,还是回府休息吧。刘章低头悲叹了一声说:家为小,国为大,为汉室帝业,我,忍受得住……只是这册立君王的事,太尉可要……周勃用力拍拍刘章的肩说:老臣明白……

早朝时光,夏日的晨光和人们的心情一样,正在孕育着一股待机喷发的燥热。未央宫正殿内外重兵把守。众大臣、诸侯王们心情复杂、一脸庄重地拾阶而上。

走入大殿后,大臣们各按自己的官阶找好位置后,即敛容屏息地等待老臣们的提名。

陈平环视一遍众大臣说:在昨天的争执中,诸位的人选都指向齐王和淮南王,拥立齐王者曰齐王为先帝长孙,拥立淮南王者曰淮南王为先帝之子,可诸位却没看到在宗法上还可成为汉帝承继人的代王刘恒。代王刘恒是先帝尚存的两个儿子中最年长者,他稳健谦让、仁孝宽和,是天下人所共知的。

大臣们听到这里,不禁议论起来。议论声由小至大,大殿内竟至如一锅滚沸的开水……殿中震动最大的是刘章。原先,尽管淮南王与齐王争得不可开交,可齐王胜算的把握还是十之有九。他万没想到,如今老臣们竟提出了代王刘恒!这不啻是平地一声惊雷,他下意识地攥了一下拳头,脸色一片铁青。见此情景,一身戎装的灌婴朝大殿外走去,众人看到大殿外人影绰绰,不时有刀剑撞击声传来,不管是齐王派还是淮南王派抑或中立派,人人都感到气氛刹那间变得更为肃杀起来。

一齐王派武将激愤地说:那代王远在北疆,一无惊天动地的兴革之举,二无诛吕寸功,突然提到这个人,岂不是笑话!

另一文官也插了一句:除了老实巴交,还有什么?

陈平的神态却出奇地平静:这些年,代王在僻远的代国似乎已被淡忘,不知诸位想过没有,从他入代,至今十七年中,匈奴人有没有再从代国大举进犯过大汉中原?地偏土瘠的代国百姓还有没有流离失所、出外乞讨的情形……

闹哄哄的场面一下静了下来。

陈平的语调铿锵起来:为什么那么穷困僻远的地方能够富足靖边、国泰民安?就因为代王能够忠实地遵循先帝休养生息之策,惩恶霸,安民心,遏制土地兼并,大治军马以强固边关疆土,真正做到了为社稷昌盛而王,为黎民康乐而王!他有这样的心肠,更有这样的谋略,难道这不正是天下人所祈盼的当今天子吗?

大殿内已经鸦雀无声。刘章却按捺不住地爆发了:齐国为这次诛吕做了多大努力,难道丞相没看见吗?一个袖手旁观的人最终却成了坐享天下者,齐国人的血,白流了不成?

他话语未落,骚乱再度又起。刘章手按剑柄,几乎跃跃欲试起来。

此时,太尉周勃突然站起身来:立代王刘恒为大汉新帝,这是先帝老臣们一起定的,绝不容再行更改!

随着他的话,灌婴命手持武器的南军将士将大殿内所有的人团团包围起来。

刘章见状,右手在剑柄上按了几按,终于又收了回来。

周勃厉声说:大将军灌婴即刻启程,前往代国迎新帝进京!若遇阻挠,立斩无赦!

灌婴上前一揖道:是!

老灌婴洪钟般的一个"是"字,震得大殿内的红漆梁柱嗡嗡作响。

第十六章

  边陲九月，刘恒书房中的阳光，娇艳中已经有些抖瑟。
  薄昭轻轻走来。刘恒抬起头来：舅父，有事吗？薄昭急切地说：天都快塌下半边了，还慢条斯理地问有事吗？我的代王！刘恒笑了笑：天是大汉的天，塌不了的，真要塌了，代国第一个上前顶着！薄昭道：还说话！京城大臣们有支持齐王称帝的，有支持淮南王称帝的，还有的不同意废黜少帝，简直闹翻天了！刘恒道：本王已经知道了，那种混乱的样子可以想象得到。薄昭不无惋惜地，唉，现在说什么也晚了。刘恒道：舅父指的是什么？薄昭道：代王来代国这些年从未返回过京城，要是昔日同大臣们多走动走动，做为高祖嫡亲，承继帝业也不是没有可能的。刘恒道：本王不是没想过，不过，他挥挥手说，继承帝业总有众多的阴差阳错，还是安身立命的好。
  说得好，安身立命。从今往后，代王可得要立个大命了！随着洪亮的声音，白发苍苍的老灌婴与面带极度复杂感情的薄太后先后站在刘恒面前。
  刘恒急忙站起来，惊疑的目光从灌婴移向薄太后：母亲，这位是……
  未等薄太后开口，那洪亮的声音再度亮起：哈哈哈哈，这是四皇子吧？真是仪表堂堂啊！
  薄太后也笑出少有的灿烂：代王，这是灌老将军，特地从京城来的，灌将军送来了陈丞相、周太尉及朝廷所有文武大臣的一封书信。
  灌婴施大礼说：代王，老夫此次是受朝廷众臣之托，专诚迎接代王入京登基为帝的！
  薄昭惊喜地道：啊！代王做了大汉皇帝？
  刘恒惊呆了。
  九月艳阳缓缓落到西边地平线上，似一个巨大的火球。
  夜已很深，薄太后正为准备远行的薄昭收拾行装。她边收拾边嘱咐：昭弟，该说的该嘱咐的都说了，你可记住了？
  薄昭笑笑说：姐姐，你嘱咐我三遍了，放心，我进京就直接找丞相和周太尉，一旦探明详情，马上派人日行八百里送信给代王。

薄太后也笑了:怪我啰唆了?可我还得再啰唆几句。代王打算留灌老将军游历一下代国,最多也就是两三天,三日内你可一定要将消息带回啊!

薄昭理解姐姐那喜悦又谨慎的心情,更确切地说,他在这种心情之中更有一层急切和狂热。第二天天还没亮,他就在宋昌一行的轻装快马护卫下朝长安方向驰去。

就在薄太后为薄昭整理行装嘱咐他去长安探询真情的晚上,刘恒书房中的灯火彻夜通明。

刘恒时而倚案沉思,时而轻轻踱步,从他的神态步履中可以感受到他内心复杂的活动。他走至几案前,展开灌婴带来的书信轻轻念道:丞相臣平、太尉臣勃、大将军臣婴、御史大夫臣窋、朱虚侯臣章、典客臣揭……他看着密密麻麻排下去的数百人签名,又接着读下去:臣等几经公议,现奉高帝宗道观,唯大王最适宜,无论天下列侯万民,无思不服……愿大王幸听臣等,速返京城继天子位……他咀嚼着这封劝进表、迎帝书,不禁踱了几步,他要用这轻缓的脚步压一压心中那翻江倒海的狂澜。可狂澜一旦溅起,就要飞腾激跃,他要平息自己,尽力理出一些头绪:朝政险恶,人人都盯着那把龙椅,其中是否有诈?……不不,满朝签名,执礼如仪,何况灌老将军已来中都,他一向忠勇诚朴……可即使如此,签名者中谁又知晓有多少人是迫于周太尉的刀剑才勉为其难的啊!承继天子位,我自然是坐收了渔人之利,嗣后,会有多少刀光剑影隐伏在龙榻之下呢?……不不不,天生斯人即应以天下为己任,时势需要顺应,江山必须撑持,何况我这些年在代国的筹谋良策不是已见分晓!我累积的学问经纶不是正好一用!何况现在满朝吁请,万民拥戴,我是不能辜负的……

薄太后送走弟弟薄昭后也是睡意全无,她走出寝宫,久久盯着印在窗棂上来回走动的刘恒的身影,终于,她毅然推开书房大门问道:恒儿,夜已经很深了,睡吧,一切的一切都放在舅父来信之后再定吧!

此时刘恒似乎已经想明白了什么:母亲,孩儿想明日去常山一游,来代国十七八年了,还一次没登上常山顶呢!

薄太后会心一笑:登临常山,领略一下高山的峻厉峭拔,不是坏事。古人说,高山藏仙,我说呀,高山也藏术呢!

母子两心相撞相融,不禁同时笑出了声。

刘恒望着母亲说:从小至今,我都以为,母亲就是一座山。

薄太后下意识地刮了一下他的鼻子:都这么大了,还跟母亲开玩笑……转而说:不过,要去常山,可得叫上灌老将军。

刘恒快意说:孩儿知道。

又是一个秋高气爽的日子,张武走进代王寝宫。刘恒正准备出门,他见张武

走来,问道:张武,有话对寡人说吗?张武一脸严肃地跪拜说:代王,容末将斗胆说上一句,代王不要去长安当皇帝。刘恒笑了:哦?为什么?张武:张武怕代王去了长安受制于人。刘恒故意问:代王能受制于何人呢?张武道:代王,朝廷重臣都是高帝时的将领,他们长于谋略,诡诈多变,他们已经诛灭吕氏,血染京师,可以说大权是掌在他们手里的。可他们又畏惧高帝和高太后的威严,才不得不从封国迎立一位新帝,日后他们是要……刘恒打断他说:张武,你有完没完?张武莫名其妙,又感觉受了委屈:代王,张武是真心对代王,才说这些话的。刘恒笑着拍拍张武的肩:好了,寡人心里明白。不说这些了,去请上灌老将军,随寡人登常山吧。

张武苦笑,末将算是服了代王了。这等关键时刻,竟还有闲心游山玩水!

不多时,刘恒已与灌婴、张武一行快马驰向远方。灌婴在马上笑道:随代王微服出游,有意思!有意思!刘恒道:灌老将军来过代国吧?灌婴举目看了看四周山野:来过,当年平叛代国陈豨,老夫没来,是周太尉随高帝来的。再早灭掉代国是韩信率大军来的。可高帝被围白登山时,老臣是随高帝左右的……咦!代王,听说韩信当年的不少心腹党羽经常出没在匈奴与代国一带,这些年大王没受过这些人的滋扰吗?刘恒释然一笑:大汉建立已近二十年了,人心思安,有几个韩信党羽能兴多大浪头?

说话间,他们已经来到常山脚下。望着延伸到天边的险峻苍黄的高山,刘恒勒马伫立,他收回目光,又朝山顶望去,只见那里白云渺渺,美妙中带着一股抓心的期许。

刘恒翻身下马,随即在众人簇拥下徒步登山。还是那片浓荫如盖的丛林,还是那没膝深的草丛,枝头却已不见那只呆笨的黑鸟,静,死一般的静。刘恒望着眼前与记忆中相互交叠的这片树林,闵女那野趣可人的面庞出现在眼前……

哦嗬,哦嗬——哦——已经爬得老高的张武双手合成喇叭状对着山下大喊着。

哦嗬,哦嗬——哦——整座大山刹那间回声四起,沉默的大山顿时传来无限活力。

刘恒回过神来,大步流星朝山腰爬去。

他们来到古道观前。道观的飞檐在浓密的树丛中时隐时现。

道观旁两口古井中的水满满的,洁莹润透,在树隙透过的阳光中闪着诱人的水光……

张武跑过去,拿起一只放在井口旁供登山人饮用的葫芦水瓢舀一瓢井中清水,他刚喝一口,瞬即大口吐出,苦死了,苦死了。

众人见他的样子,都抑制不住地大笑起来。

灌婴指指古井沿旁刻的"苦水井"三个大字,随即舀了一瓢刻有"甜水井"中的清水先饮一口,然后又舀上一瓢,递给刘恒说:代王怕不怕水脏啊?

270

刘恒接过一饮而尽,边揩嘴边说道:如果这山岳之中的泉水都不干净,天下就不知道还有没有更干净的水了!

此时,张武走入道观又惊呼着跑出说:这道观墙上有好多画哟!

刘恒一行闻声走进道观,只见那里光线昏暗。昏暗中,一幅幅情致别具的壁画呈现眼前。

刘恒缓缓走着,浏览着各种禽兽、各类杂耍艺人的千姿百态,庆贺五谷丰登的舞蹈图……

在一幅位置居中的巨大壁画前刘恒驻足欣赏:这是一幅表现升天成仙、永生不朽的画,画的右上角悬着一轮红日,中间盘踞着一只金色大鸟,左上角现出一弯新月,月上载有一只玉兔和口吐云气的蟾蜍,日月中间盘坐着人首蛇身的女娲,她头披长发,身着翠绿纱衣。女娲两侧有五只仙鹤正昂首飘飞,天门处,两个兽首人身的怪兽在守护着。

不知何时灌婴也来到了这幅画前,他指着天门说道:这是天之门吧?

刘恒点点头。

两人同时移步,只见另一处画的主要部分是一个男人,侧脸,有少许胡须,戴一长冠,佩剑,身着黑靴长袍,他傲岸地睥睨着天门里的女娲。在他四周是疏落的扶桑树和仙气缭绕的瑞云,蛟龙、仙禽或飞或舞伴随其间,这个男人仿佛正在向天界飞去……下面,一位黑衣道士正神情凄然地举着耳杯祭器,祭奠着这位男人的亡灵。

刘恒看完这幅画,不由说道:这是个什么人,值得人间天上都为他如此纪念?

灌婴未作声,继续盯着画人仔细辨识着。有顷,他突然拔剑:韩信!没错,这画中人是韩信!

张武及几名侍卫闻声也连忙拔剑四处张望。

刘恒吃惊地问道:这画出自谁人笔下?

侧门响处,一位清瘦老道士缓缓走来,他阴冷地说道:这幅画是老道用了三年工夫画成的!客官看了有何观感!

灌婴冲上去问:你是谁?竟敢如此大胆,在常山为已死去二十多年的韩信超度亡灵?

老道哈哈大笑:这是什么山?常山?先人们早已将它定名为北岳恒山,你们还不为亵渎山神下跪!

众人闻之一惊。

灌婴则剑指人说:你这妖道实为大胆,你竟敢直呼天子圣名,难道避讳之礼都不懂吗?

张武也拔剑向前:活得不耐烦了!你这妖道是要找死吗?且吃我一剑!

刘恒忙制止道:这老道士既已修练多年,怨气竟还如此之大,不妨让他道来听听。

老道士端详了一下刘恒，又看看灌婴，突然仰面大笑：老朽横竖是个死，多死一次又何妨！少顿，他问道：敢问你是灌铁骑吧？

灌婴直视他问：你是谁？如何认得老夫？

老道士道：我是谁无关紧要，痛快的是，老朽今日终能一吐为快了。

刘恒道：你想说什么？为何怀着这么深的前恨，要借端报仇发泄？

老道士冷笑一声说：报仇？老朽没那能耐了，要是真有那能耐，老朽二十年前就登高一呼，让天下人都来反刘反汉，反这不义的朝廷了！可二十年来，老朽越来越体察到人心归汉，已是不可逆转，但老朽还是要说，汉王刘邦是个不义的小人，他背信弃义，竟让吕后诓杀韩信。这诛杀天下豪杰的不义之举，给老朽留下了终生难忘的仇恨，也将给他自己留下永久的诟名！

灌婴挥了挥剑锋：老夫想起你了，你是王都尉，当年钟离眛的头就是你割下的！他又转对刘恒说，他是韩信死党！杀掉他吧！

老道士却毫不畏惧，他手指正在制止灌婴的刘恒，我早就知道这位是代王，刘邦的四皇子！

张武又一次剑指道士，代王你早就见过？！

老道士阴冷一笑说：我们已经见过多次了！

张武早已抑制不住冲到喉头的愤怒，他冲上去一把抓住老道士的领口：啊，知道了，多次暗害代王的就是你这个小人！八岁的代王跟你有何冤仇？在来代国的路上你就要害他。十几年来，你只要找到机会就要对代王下手，你可真够狠够毒哇！说到气愤处，张武猛地一推，干瘦的老道士一个趔趄后又稳稳地站在那里。他哈哈大笑道：我狠毒？那是刘邦教的！楚王夫人跟他有何冤仇？楚王八岁的孩子、五岁的孩子、夫人肚子里的孩子，还有七十多岁的漂母跟他有何冤仇？全被他杀了，一个都没留下！

老道士以手捶胸早已泣不成声：楚王啊，我对不起你！我终没能以彼之道，还彼之身哪……

说罢，他推开山门，刚想朝山涧跳去——又蓦地转过身来：再告诉你们一个谜底：那个贾二掌柜就是给楚王胯下之辱的肖二。话音未落，他已纵身悬崖。飞落中，他身上的黑色道袍，犹如一只黑色大鸟，朝山涧落去……

张武望着那黑色飘落的身影说：对，几次暗杀代王的就是他，他就是余胜！余大户！

刘恒长舒了一口气，沉重地说：战争，这就是战争留下的血痕，它是洗不掉的……少顷，他转向张武道：张武，叫人找到这道士的尸首，埋了吧。

张武征询道：代王，这道观妖气太重，末将放把火烧了它吧？

刘恒瞪了他一眼：胡说！留着，是非善恶留待后人去评说。

此时，山风吹来，刘恒身上的那件黑色披风被吹得飘飘洒洒，如一只欲飞的大鹏，即将冲天而上。他望着叠翠的山峦、寥阔的天空，那曲雄浑的大风歌不由地从心中涌起,回荡在天地之间……

他不禁喃喃着:恒山,恒山!一个叫刘恒的站在你的峰巅,上天,你看到了吗?看到了吗?他将成为大汉的国君,成为你的儿子,天子。他知道,他父皇创立的大汉帝国不管死了多少人,流了多少血,可无论是谁,是敌人,是朋友,都不能不承认他是当之无愧的大汉始皇帝。上天哪,我刘恒将以怎样的胸怀、怎样的姿态承继父皇的大业呢……他多么渴望听到上苍的聆训……哦,他听见了,那就是不以一个人、一件事的得失,而是以整个天下苍生的得失来评判帝王的功过!皇皇上天,你的儿子将不负你的教诲……

刘恒顿感胸襟豁然。

风更大了,黑色的披风已经旋成飞起的大鹏。

宋昌纵马直入中都,到了代王宫前他才飞身下马,风尘仆仆地穿过一道宫门又一道宫门,之后大步流星,径直来到代王书房。他先跪拜了一下,之后呈上一个大大的套封说:代王,国舅大人的信!

刘恒与薄太后急忙站起,他们以急切的目光盯着宋昌呈递的已被汗水濡湿的一个印着红印泥的信封。

薄太后抢先夺过羊皮信,当他展开信函,看到"宜行"二字时,先自趔趄了一下才站稳了身。

刘恒见状,先扶了一下母亲,之后,才长舒了一口气,将激动压入心底说:宋都尉,辛苦了,下去休息吧!

见宋昌跪拜离去后薄太后一把抓住儿子的手,眼里噙满泪水说:恒儿,看来是真的了,我的恒儿要成为大汉皇帝了……

刘恒却平静得多,他搂住母亲消瘦的肩膀:母亲,你已经好几天没睡好觉了,啊,仁慈的上苍可以让母亲好好睡觉了。

薄太后推开刘恒,冷静下来:母亲不想睡觉,也睡不着。

刘恒道:那母亲跟恒儿一起吃鸡屁股好吗?恒儿想吃后福了。

薄太后高兴地说:好啊!说着,她转身来到侧室,在那里,她早已准备好一盘炖鸡屁股。她轻轻屏退欲上前伺候的宫女,亲自将盘子端到刘恒面前,刘恒拿了一块,就大口吃起来:香,今天的后福真是香。

薄太后看着儿子吃鸡的样子,笑笑说:那年母亲不让你去赵国,是担心你历练未深,就卷入政争旋涡,遭不测之灾;今天母亲让你去长安,是看你翅膀硬了,心博志宽大器已成,担得起大汉江山了,此时再不担承,就愧对列祖列宗了。因为你承继的不只是皇位和皇权,更是江山社稷。

刘恒边嚼边笑地望向母亲:这么说,母亲是相信恒儿能成为一个好皇帝?

薄夫人坚定地点点头。

刘恒道:那么,母亲希望恒儿做个什么样的帝王呢?

　　薄夫人笑了笑,母亲只是母亲,没做过皇帝。可母亲懂得皇帝也是人,无论做人为帝,要做得好,就要记取前人的功过得失。做君王者要建功立业,更要有仁德。就说你父皇吧,有功亦有仁,只是褊狭多疑,以致张良只帮其打天下而不辅治天下,贤相萧何一心辅佐,却恐功高盖主而不得不自污其身,大将军韩信已成笼中之鸟却遭腰斩。至于高太后吗,本为天下难得一伟女子,她治国有方,屏藩有略,却因女人的褊狭,想的是刘吕一家,做的是向吕背刘,以致荼毒人命,吕家一族都不得善终……

　　刘恒不觉肃穆起来:恒儿记下了,母亲今夜这番话将成为恒儿登基后常习不倦的大书。

　　一碗鸡屁股吃完,一遍又一遍的更鼓声传来,有人高叫道:一更天了——

　　薄太后起身说:明天就要上路了,代王歇息去吧!

　　刘恒扶了扶母亲的肩说:母亲也歇息去吧!

　　窦姬知道,这一晚珍贵和重要。明天早晨代王就要离开代国去长安登基为帝了,因为事出突然,代王一时还不能带她同往,从夫妻情说,他们还要忍受一段长长的离别;从帝王业说,此后的帝王夫妻该怎么做,她心里毫无底数,她兴奋又忐忑,喜悦又惶惑……她洗漱已毕,秀发慵懒,身穿一条睡袍,只想等代王回宫好好伴他一晚。

　　代王终于回来了。他一进寝宫,就朝长箧奔去,他打开箧盖,急切地翻找着什么。窦姬随之跟来,代王要找什么?刘恒急切地,绵坐垫,母后为我缝的绵坐垫。窦姬笑着从长案下搬出一个大包袱,打开后露出一摞早年的坐垫。刘恒不悦说:怎么放在这里,我不是叫你珍藏好吗?窦姬讨好地,是我白天找出来的,知道代王明天回长安的路上要用……刘恒打断她说:不是我要用,我是想让你找出来,照着这样子多做些……他迟疑了一会儿,又边比画边说:照着这个样子,做这么大,他比画着比原来大一倍的样子,里面要多绪驼绒,对,驼绒要软得多……窦姬盯着他问:做几个?刘恒想了想:做二十个。窦姬为难地:夜这么深了,做二十个……刘恒道:要今夜赶出来,说着,他喊道:来人,多拿些绫子和驼绒来!随着他的话声,三四个宫女已来到他们面前。

　　就在这同一个时间里,代王宫内的高祖庙里,烛光幽幽,泥塑的刘邦坐像居高临下,君临一切地注视着人间发生的一切。薄夫人又重新上了一炷香,之后,她跪在高祖塑像前双手合十,口中喃喃有声:先帝呀,臣妾看到你点头了,是你同意恒儿去长安继承你的帝业的……先帝,你在世时,臣妾没求过你一次。今天,臣妾求你了,求你保佑恒儿平安登位,承继大统,不辱天命……庙中香火更旺,薄夫人长跪在地……她的心沉沉的,贴向儿子,也贴向刘邦。

274

代王寝宫内,烛光更亮,床前堂上一边摞着一摞做好的又大又厚的坐垫,一边堆着一堆花色美丽的绫子和驼绒。刘恒揉了揉眼睛,他盘腿坐定,与两个宫女一起细心地边摘边绪着驼绒。窦姬和另两个宫女则飞针走线地缝着坐垫……突然,窦姬感到眼睛模糊一片,缝下的针脚也乱了起来。她闭起眼,又用手从眼里摘着什么。刘恒急问:眼睛怎么了? 窦姬笑了笑:眼里好像飞进了绒絮,不妨的,不妨的。说着,她又缝了起来。刘恒关切地看着她,眼神里流泻着感激和歉疚:别缝了,让她们做吧。窦姬也感激地笑了笑说:不妨的,就快做完了。之后,又一针针地缝起来。更鼓又响了三次,窦姬打了个哈欠,刘恒关爱地看了她一眼,她随即捂住张开的嘴,更快地缝了起来……

雄鸡高唱,天将破晓,为了儿子祈祷了一夜的薄太后从高帝庙回到寝宫。她尚未坐定,刘恒、窦漪一人抱着一摞叠得高高、色彩纷呈的坐垫走进寝宫,侍女们急忙要接,却被刘恒一一屏退。刘恒边进寝宫边问早安:母后,恒儿来请安了……薄太后抬头望去,不见人脸,却见两摞彩垫,她站起来笑着:恒儿,你这是……刘恒、窦姬放好彩垫,双双跪于薄太后膝前。刘恒深情地望着母亲说:母后,恒儿走后,母后可要珍重身子啊……薄太后扶起儿子、儿媳,宽然而笑:恒儿放心料理政事就是,母亲这里不是还有漪儿吗! 刘恒道:母后年纪越来越大了,他拿起一个坐垫,又指指旁边那些,尚未说话。薄太后即抱住刘恒、窦漪,看着他们说:看你们眼睛红红的,漪儿的眼睛更是红得厉害。窦漪不停地揉着眼睛:不知道怎么了,眼睛总是痒得难受,不妨事的,母后放心。薄太后对刘恒道:一夜没睡吧? 她抱起一只坐垫,声音有些哽咽,母亲一定要好好抱着它们,坐着它们回长安。刘恒也眼带泪光:一旦朝中事就绪,恒儿就让舅舅来接母后和窦姬。

卫卒们手执各色彩幡、长戟,簇拥着头戴九旒冠的代王刘恒,浩浩荡荡出了中都城。刘恒坐在三匹马拉的轺车上,他掀开车篷边的垂帘,深情地望着待了整整十七年、也治理了十七年的代国城池和街巷,眼眸里不禁热热地滚出一汪惜别的泪花……

路两旁那黑压压的人群在跪地高喊:代王一路平安! 代王千岁千千岁!

轺车急速前行,刘恒的目光跳过人群往四处张望,田野里已呈现出一片收割后的景象,那齐刷刷的麦茬似乎还残留着麦粒的清香。

刘恒不由兴起,索性将车窗推开,他喃喃自语:要走了,还真舍不得,舍不得……

不知何时,刘恒的轺车已来到长安城外渭水桥畔。

九月末的长安已是仲秋时节,晚霞染红了桥头,桥畔的柳条一片黛绿,潇洒庄严地飘拂着,伴着桥畔朝服严整的文武大臣恭迎新帝驾临。

275

　　辌车缓缓驶近。

　　薄昭惊喜地喊道：来了！来了！新帝来了！着诸侯王服、戴九旒冠的刘恒走下辌车。

　　陈平率百官跪倒在地，陛下万岁！万岁！万万岁！

　　话音刚落，周勃即起身抢先一步将玉玺奉上。

　　刘恒急忙扶起周勃，面对众人说：诸位等了寡人一天，都累了，先返回歇息吧！之后，他又面对周勃，极亲切地说：周太尉也歇息吧，要说的话明日再说。说着，他顺势将玉玺推回周勃手里，返身上车，车帘垂了下来。

　　张武喊道：车至代邸——

　　辌车缓缓驶过渭水桥，朝长安城奔去。

　　陈平、周勃、随同刘恒返京的灌婴和所有大臣都惊呆了，他怎么也没料到，刘恒竟是这样不卑不亢地"接受"了迎立。薄昭始而惊讶，继而面露得意、神秘之色。

　　大臣们议论起来。陈平有些焦躁。周勃更变得六神无主。一大臣说：不接玉玺，新帝是不是有什么不满意的地方？另一大臣插话道：不像，新帝可是笑得很温和的！周勃走向灌婴：灌大将军，你是怎么说的？灌婴也莫名其妙：这，老夫说得清清楚楚啊。刘章道：这代王真是深藏不露、捉摸不透哇！一大臣冲薄昭喊道：国舅爷，你最了解代王，你说说这是为什么？

　　薄昭右手食指在空中悠然画了一条弧线，卖关子似地说道：大家想一想，你们匆忙中还有些什么大事没做到家？周勃迷惘地自问：还有什么没做呀？薄昭道：你想啊，少帝和皇太后还住在宫里，新帝能入住未央宫吗？对、对、对！大臣们一片附和：一宫岂容二主？刘章刷地抽出佩剑：那好办，这事交给我这个郎中令办就是了。说罢，他转身上马，朝长安城疾驰而去。薄昭道：这是大事一，还有大事二……众人道：大事二？是什么？薄昭看了看陈平与周勃：大事二吗，就是陈老丞相跟周太尉的事了……周勃：我们俩的事？陈平恍然大悟：是是是，是我们俩的事，大家都先散了吧。众人不解地议论着散去。

　　渭河水跳着浪花轻轻流淌，陈平揪下一枝柳条掷入河中。

　　周勃焦急地说：丞相你真是心路宽，肚子里能跑马啊！还没事人似的，你倒想想还有什么事没办好啊？

　　陈平悠然一笑：尚未办好的大事有二。

　　周勃说：刚才才说不是一件吗，怎么又冒出个二？

　　陈平道：这皇帝是好当的吗？我们把新帝从代国接来就让他匆匆就位，他还不知谁是谁，这皇帝怎么当？这政令如何施？

　　周勃一拍脑袋：咳，你看这脑袋，对对对，你接着说。

　　陈平道：这件事倒还好办，我们排个名单，呈报新帝认可也就完了。最难办的是第二件事。

周勃道:第二件难事是什么?

陈平道:这难事中最难的是两个人难安排。

周勃略一思索:你是说薄昭和刘章?

陈平道:周太尉真是每遇大事不糊涂哇,薄昭是自少年时起就辅佐新帝的国舅,位不能不高,权不能不显;刘章在诛吕中家破人亡,立了大功,他又早就跃跃欲试,不予重权,怕是……

周勃道:薄昭自应任左丞相,与你陈老丞相做左右手;刘章吗,既为刘氏皇族,只能由新帝安排了。

陈平窘急:你忘了,为了诛吕成功,我们曾许诺他,事成之后,给他个赵国,让他当赵王。

周勃也焦急地踱起步来:这事可就不好办了,刘襄的齐国已经是国中最大的封地,若再给刘章一个赵国,他们兄弟俩就统辖了大汉的半壁江山,这不是给新帝出难题吗!其他刘姓王也不服哇!

陈平道:可君子一言,驷马难追呀,当年,我们是这样跟刘章说的,我们现在不认账,岂不成了小人?

周勃点头不语。

天已经黑了,少帝刘弘的"晚餐"还在继续着,从酉时开始,已经到了亥时时分。猩红的地毯上留下一片片牛乳的痕迹,一只耳杯打翻在几案旁边。四岁的刘弘手持一把漆勺在铜鼎里胡乱挖着,嘴里喊着:不要牛乳,不要菜羹,要吃周天子的捣……捣珍!要吃捣珍!

一个年轻的黄门忙不迭地打扫着地毯。脸上光滑平展得不见一丝皱纹的邓通抢又不敢去抢少帝的漆勺,急得在一旁直跺脚:少帝呀,快别闹了,吃什么不好,非要吃捣珍!

少帝一边用勺子搅合鼎内泛着油光的菜羹,一边大叫着:就要吃捣珍,就要……

旁边另一个青年黄门捂嘴偷笑着。

邓通急道:中行说呀中行说,都怪你瞎讲什么周天子爱吃捣珍,他那为的是壮阳健体,你跟一个小孩子说这干什么,弄得这小祖宗连牛乳也不肯再喝了。

中行说道:你补够了,就不管他了?你们都要补,就是我,他有些悲哀地咕哝着:命贱,没你们那玩艺儿……

邓通道:又来了,你委屈也跟我说不上啊。他又转向刘弘:小祖宗哇,那捣珍是大人们吃的,小孩子不可以吃,因为火气太大,鼻子会流血的。邓通边讲边比画,趁刘弘不备,抢下他手中的漆勺,那捣珍是用羊、牛、鹿、麋的这个,他指指少帝的小鸡鸡:放置一起剁碎,用小火慢慢炖上七天七夜才能做成的。

刘弘早已听得不耐烦了,大哭着:就是要吃捣珍!

此时,寝宫门突然打开,刘章持剑闯了进来。邓通猛然回头说:郎中令,为什么私自闯入少帝寝宫?为什么……邓通话未说完,只见寒光一闪,四岁的少帝倏然倒在血泊中。啊?! 邓通与中行说吓得跌坐地上。刘章擦擦剑说:将这小杂种抬出去,快快收拾干净了,新帝已经登基,就住这里! 邓通爬起来,头如捣蒜:一定收拾干净,收拾干净……此时,刘章一行已匆匆离去。邓通余惊未消地对中行说说:换新帝了? 该不会比少帝更小吧?!

与此同时,袁盎带领着侍卫正将疯癫的张嫣送出寝宫。张嫣傻笑着:去哪里呀? 袁盎答道:皇太后,咱们去一个比这儿还好玩的地方,那里叫北宫。张嫣边上车边问:是少帝找到老猫的地方吗? 黑夜里,薪烛照路,一行人护送张嫣出未央宫,朝偏僻的北宫走去,除了杂沓的脚步声外,只有蛐蛐断断续续的微鸣。

一朵从未开放过的花蕾被不知是谁揉碎,叶瓣丢在地上。

夜已深,刘恒脱下侯王衣帽,早已换了便服便鞋。他毫无睡意,仍在代邸书房内临窗沉思。听到仆役来报,他便服便鞋随侍卫疾步走出门外:不知丞相、太尉深夜来访,快快请进,请! 刘恒一手搀一老臣,扶二人至房内,手指正坐说:请上座! 请上座! 不等陈平、周勃推辞,刘恒即率先坐于下座。陈、周二人你看看我、我看看你,不知如何是好,只是口中喃喃着:这……刘恒极恭敬地说:这什么呀,两位老臣跟随父皇多年,都是寡人的叔父,理应尊为上宾。两人这才除去惶悚。

看到陈平、周勃深夜来访,宋昌走进一间侧房,他一进门,就指着客厅对薄昭说:丞相和太尉都来了,在客厅呢。薄昭笑笑说:宋大人有什么想法呀? 宋昌道:国舅爷比我有见识,您说说您的想法。薄昭道:我看他们是谈三公九卿如何排位来了。宋昌道:再怎么排位,国舅爷的位子也低不了。薄昭得意地嘿嘿一笑:放平常心吧,放平常心吧。

客厅的谈话也已转入正题。

刘恒问道:深夜来此,定有要事相议吧? 寡人也正好有事请教,二老请先讲。

陈、周二人起身下跪说:代王仁爱忠厚,我等顺应民意,迎您登基,请不要再推辞、再犹豫了。

刘恒急忙起身扶起二人:日后两老臣千万别再施此大礼了,寡人消受不起!

周勃再次捧玉玺于头顶:请代王别再推辞了。

刘恒再次轻轻推开玉玺:我们议完大事再说吧。

陈平呈上一份奏折:这是我等草拟的御史大夫以下众文武大臣名册,请陛下钦定。

刘恒接过看着,厅内极静,只有沙漏微细的滴沙声有节律地响着,沙漏的刻末标出已是夜半子时。

278

咚咚——咚咚——长安街上巡夜的北军卫士敲着警器从门前走过,咚咚咚咚的声音由远而近,又自近而远……

陈平、周勃热切地盯着他们推出的这位只有二十三岁的新帝,等待着他就这一重大组阁名位颁布圣谕。

终于,刘恒看完了,笑着说:寡人以为大体很好,只是内阁名单中为何不见周太尉的名字?

周勃趋前一拜说:老臣以为,国舅薄昭自陛下少年时起即辅佐陛下,理当出任左丞相,灌老将军劳苦功高,自当任太尉职,老臣就告老还乡了。

刘恒笑笑说:安刘者勃也,这是先帝遗诏,寡人怎能离开周大人!

陈平道:臣以为,论功劳,论资望,周大人都应任右丞相。

刘恒笑笑说:就依陈大人之见,周大人为右丞相,陈大人为左丞相,灌老将军任太尉,将张苍从淮南国调回京城任御史大夫。

最关键的人事安排他们已经不谋而合。

周勃这才长舒了一口气,他又递上玉玺。

刘恒这才接过玉玺,他肃穆地端在胸前说:既然宗室、将相及各诸侯王决意推立寡人为大汉皇帝,寡人就不敢违众了,勉承大统吧。

周勃急切地说道:陛下是否现在就随老臣进未央宫安寝?刘章已率人去清除皇宫,此刻想那不知来历的少帝已做刀下鬼。皇太后也该迁出未央宫了。

刘恒面露悲悯:唉!毕竟是个孩子,太可怜了。他稍停了停,又缓缓说道:张太后真是太不幸了,待寡人将朝中大事安排妥当,定抽暇去探望她。之后,他抬头望望两位老臣说:还是明天再去未央宫吧,寡人还要拟份诏书。接着他又问道:刘章还做郎中令吗?

深夜,繁星满天。刘章走出门来,擦擦佩剑上的鲜血,插入剑鞘,他望望满天星斗,大步朝宫外走去。远处,悠悠传来报时的刁斗声。

刘章踏着暗夜,一路疾行,直奔周勃的太尉府。到了周勃门前,他踌躇满志地对门前侍卫说:请传话周太尉,说郎中令刘章求见。侍卫恭敬地回说:大人,周太尉还没回府呢。刘章未回一言,掉头朝西走去。

在代邸,刘恒与陈平、周勃的谈话仍在继续着。陈平咳嗽了一下说:还有一件大事未向陛下禀报。刘恒道:左丞相请讲。陈平道:为了诛吕成功,我们曾对刘章许诺,事成之后,任他为赵王……周勃立即附和了几句:是啊,陛下,宁肯我不做这个右丞相,也要兑现这个许诺,不然,怕要后患不止啊!

刘恒沉吟良久:还是让刘章返齐国,将吕产的吕国赐予他做封地吧,这是个有功之人,不能不赏哇!哦,另外,被吕氏割去的齐国另三个郡就赐予齐王的儿子做封地吧!

陈平问:那济南四郡原本就是齐国之地,不归还齐王却给齐王的弟弟和儿子,

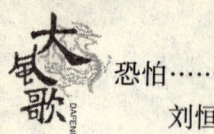
恐怕……

刘恒道:恐怕不妥?不,寡人认为挺妥当。齐王与他二弟刘章历来感情深厚,手足之间还分什么你我?几个儿子更是骨肉之亲了,齐王应该不会有什么想法。

陈平苦笑:是啊,刘襄他敢有什么想法?这是朝廷议定的!只是要这么做,其他各诸侯国也有想法呀。

刘恒点头:那就依陈丞相之见,将被割封的齐国之地尽皆还给齐王,至于刘章吗,寡人另加封赏就是了。

夜已很深,刘章一路朝西地走着,除远处偶尔传来几声巡夜士兵的脚步声外,几乎没一个路人。他心朝激越地朝陈平府走来。

大门侍卫一见正朝门前走来的人影,喊话道:什么人?这么晚还跑到丞相府来?刘章十分不快:爷爷是郎中令刘章!快报丞相大人,就说我有要事求见,你如有半点差错,小心爷爷的宝剑!侍卫道:大人,丞相到现在还没回府呢。刘章抬头望向夜空,天空的星星正朝他眨着诡秘的眼睛。

代邸的谈话已近尾声。

周勃欠欠身子问道:陛下,南北军统领由谁来担任呢?

刘恒似乎早已成竹在胸,北军由宋昌统领,南军由张武统领,侍卫郎中令吗,就由当年护送寡人去代国的袁盎担任。

陈平道:好好,时辰太晚了,老臣该告退了。他转身对周勃说:走吧!

刘恒又一手牵起一位老臣送至邸外。

周勃感动地说:陛下,不送了,回去吧。

刘恒一直站在门口挥手,直到两乘肩舆不见了,才转身回府。

夜色中,两驾肩舆并肩而行,突然,陈平的肩舆停了下来,他招呼将要转到另条路上的周勃下来。

周勃道:又有什么事啊?

陈平道:老夫以为,日后新天子与刘姓王之间的戏还短不了啊!

周勃道:有咱们在,他们还能反到哪儿去!

陈平笑着摇了摇头。

周勃道:儒生啊,就是爱瞎琢磨,回府睡觉去吧!

夜更深了,远处传来苍凉的报时声:丑时了,丑时了——

陈平话别了周勃,就坐着颤悠悠的肩舆朝自己的府门走来,肩舆刚要能弯,刘章蹭地蹿到舆前。

陈平揭开舆帘怒问:什么人?

刘章舒了一口气说:丞相大人,我已清宫完毕。

陈平语带褒奖:我就知道,郎中令会做得非常利索,你又立了一大功啊。

刘章急切地:丞相,我的事,跟陛下说了吗?

陈平十分平静地回答道：说了，当然要说。

刘章急问：陛下怎么说？

陈平打了个哈欠：天都到丑时了，一会儿上朝不就知道了？先回去睡觉吧。说罢，他摆摆手，肩舆朝前走去。

刘章站立良久，喃喃着：这只老狐狸！

晨光初现，庞大、庄严的仪仗队来到代邸，恭迎刘恒赴未央宫。

他十分平静地走上辇车，未久，威仪赫赫的仪仗队已经将刘恒送入未央宫太极殿。

太极殿中，文武百官立于两厢，头戴十二旒皇冠、身着帝王袍的刘恒坐于龙榻，众人跪地高呼：陛下万岁！万岁！万万岁！

此时，正是公元前179年秋末的一天早晨。汉高祖刘邦的第四个儿子刘恒正式登基，成为大汉帝国继汉惠帝之后的第三任皇帝，即汉文帝。汉文帝登基后，着宣大赦天下，赐百姓每百户一头牛，十石酒。

庄严肃穆的未央宫正殿，偈者诵读诏书的声音显得格外洪亮：诸吕用事擅权，谋为大逆，幸得将相宗室列侯诛之，今任右丞相陈平为左丞相，赐金千斤，任太尉周勃为右丞相，赐金千斤，任大将军灌婴为太尉，赐金千斤。朱虚侯刘章食邑二万户，金五百……再封车骑将军薄昭为轵侯，封淮南王舅父为周阳侯，齐王舅父为清郭侯……

一长串的册封读完后，满朝文武跪拜高呼：吾皇万岁！万岁！万万岁！

汉文帝扶送八十多岁的灌婴、陈平走在最后，至殿外时，他又对周勃笑了笑：周丞相慢走！

陈平出了未央宫，正欲坐进肩舆，身着郎中令官服的刘章匆匆赶来，陈大人，当今您又是一人之下、万人之上的大汉丞相了，还记得您曾对我许下的诺言吗？

陈平眼珠一转：怎能不记得？大丈夫一言既出，驷马难追嘛！

刘章指着郎中令的官服：我现在还是个郎官，职权只不过是护卫天子啊……

陈平笑看着他说：不是赏赐给你朱虚侯食邑二万户、金五百了吗？

刘章激动地说道：我刘章为汉室江山立下的功劳就值这点赏赐？当年陈丞相可是许过愿，一旦铲除诸吕，丞相可是要向天子举荐我去做赵王的呀！

陈平故作坦荡：没错，老夫是说过这话，而且这话也跟陛下说了，可陛下要封你什么，老夫就做不得主了。

陈平说完，上了肩舆，扬长而去。

刘章对着陈平背影狠狠吐了一口唾沫：呸！老滑头，过河拆桥！

第十七章

　　天刚蒙蒙亮,刘章就还像往常一样的一身郎官装束——身佩长剑,足登圆头高筒皮靴,头戴插着两根赤黑色鹖羽的武弁大冠,匆匆踏上未央宫承明殿的台阶。

　　装束与刘章一模一样的张武拦住了他的路:朱虚侯,陛下有旨,承明殿的警戒由我来担任,请朱虚侯止步。

　　刘章先是一愣,继而气愤,他提高声调,止步?!我堂堂一个郎中令,护卫陛下,是我的职责。

　　张武将中指放在嘴唇上:嘘!小声点!陛下昨夜批了一夜奏折,刚睡下,请朱虚侯回府吧。张武手指宫墙之外。

　　刘章看着张武和自己一模一样的装束,无奈地点点头说:一朝天子一朝臣哪!我回府,回府!刘章转头一阶阶的往下走,他突然气愤地高声骂起来:还说向新帝举荐我去赵国了,全是他妈的谎言、欺骗!汉文帝的声音突然响起:朱虚侯是想离开长安吗?不知何时,汉文帝已经站到了承明殿的门外。

　　刘章闻声慌忙下跪:陛下,微臣刘章惊了圣驾……汉文帝招招手,来来来,进殿吧,朕早就想跟你聊聊了。刘章呆呆地跟着汉文帝进了承明殿。

　　汉文帝笑容可掬:来,坐坐,咱们叔侄该谈谈家事了,文帝将刘章拉到身边坐下。刘章有些手足无措:陛下,这……文帝:就咱叔侄俩,就别叫陛下,叫四叔父吧。刘章顺从地:是!四……四叔父。文帝:章儿今年多大了?刘章:二十一岁。

　　文帝笑道:哦,比四叔小两岁,是成大业的年纪了!文帝拍拍刘章的肩,襄儿近来还咳血吗?

　　刘章面露焦虑之色:大哥咳血的毛病已经多年,现在越来越重了。

　　文帝道:宫中陈太医能制一种专治咳血的药膏,明天让他熬些给你送去。

　　刘章吃惊地问:不去送给大哥,给我干什么?

　　文帝用极亲切的口吻答道:章儿呀,咱们大汉,无论是高帝的哪个后人做了皇帝都姓刘,天下刘姓本是同宗同祖一家人啊!齐国是咱大汉的第一大封国,最富也疆土最大,所以四叔想,让你返回齐国,留在齐王身边,襄儿身体不好,万一他……那齐国就仰仗你了。

刘章终于回过味儿来,原来汉文帝是让他出京城,回原籍!刘章终于忍不住了,问道:陈老丞相没跟陛下讲,他……我……汉文帝:别吞吞吐吐的,什么他,我的?刘章不好意思:陈丞相曾许过诺言,说是除诸吕后,他要向新帝举荐我去赵国当赵……赵王!汉文帝:陈丞相倒是与朕提过此事!汉文帝又哀痛地说:听说为除诸吕,你大义灭亲,你的前妻和腹中胎儿也死于乱军之中……四叔听了真是既钦佩,又伤痛啊……刘章涌出泪水,感动地:四叔……

文帝抚慰地拍拍刘章的肩:唉,这就是皇家的悲哀呀,可朝廷是不会忘记的,四叔也不会忘。本来朕是想留你在身边的,但看样子你是想离开长安啊。

刘章急忙表白:不!陛下,四叔,侄儿要是能……也不是非得离开长安。

汉文帝道:朝廷已经安稳了,回齐国吧,那里需要你,又是你从小生活之地,找个临淄女子或济南女子,安安稳稳地过日子吧,比远离手足、孤零零一人留在京城好得多。四叔把济南郡给你做封地……

刘章这才感到上了当:四叔,济南郡本应归还给大哥,那本来就是齐国的封地,是被吕台给强占了。

文帝笑笑:那四叔父就听你的,把济南郡归还给你大哥,另外在齐国边上划一块朝廷的土地给你做封地,对!就划城阳给你,封你做城阳王!

在汉文帝那貌似公正大度的皇威下,刘章不得不答应:那……好吧!

纷纷扬扬的大雪,大地一片雪白,在通往齐国的大路两旁,棵棵落尽树叶的柳枝都变成了晶莹的冰凌。一匹骏马伫立在茫茫大雪的高地上,近旁,他的主人仰面躺于雪地,任雪花飘落在他的身上、头上、脸上,此人正是刘章。刘章似乎冻僵了,他一动不动,就这么躺着,渐渐地,他的身体凹陷成一个"大"字,心头的块垒就像这漫山遍野的冰凌,难以融化。

突然,他一跃而起,盯着地上的"大"字凶狠狠地喊道:老子用一腔热血去温你,焐你,倒焐出个笑脸藏刀!刘章发疯似地扬雪,然后在"大"字上打滚、翻腾,他望着雪地的"大"字,边笑边哭边喊叫:哈……还大,还大呢!我看你连个小都不如,不如……我叫你大!叫你大!

"大"字被刘章弄得什么也不是了的时候,刘章面对旷野发出狼一样的嗥叫:刘章,你是天底下一个头号大傻瓜,为诛吕,你抛妻舍子,到头来,却像个雪球一样被人捏来捏去,玩够了,又让人家一胳膊扔出长安……你,你不过是个雪片,你还大!

当刘章再次仰面朝天躺倒雪地时,突然看见白眉毛下的一双眼睛正惊讶地望着他。刘章一个激灵站起来,拖起长戟便扑过去:你是什么?是人还是鬼?那个满脸、满身长满白毛的怪物怪叫一声,拔腿就往高处跑去,刘章猛追不舍,一阵厮打……

刘章持戟直刺,白毛人手挥一杆木棒左挡右推、前劈后砍,几个回合后,白毛

人拨起一团雪雾,眯住刘章双眼。刘章稍一迟疑,被白毛人一棍掼倒在地,长戟也被击落在雪地上。

刘章直瞪白毛人:杀呀,你倒是杀呀!白毛人将木棍扔向远处:我与你往日无冤、近日无仇,杀你做甚!刘章手扶长戟站起来后,两眼诧异地盯住白毛人:那你到底是……白毛人发出一声怪异的笑声:别怕,我是人,不是鬼。刘章奇道:既然是人,你为什么这般模样?又为什么住在深山之中?白毛人只道:说来话长……我看你一腔怨愤,又一身贵族打扮,一定是来自皇室?

刘章拿起腰间的酒葫芦,猛喝一口酒,奇人,奇人哪!你一眼就看出我来自皇室,又一眼就看出我的满腔怨愤……刘章递过酒葫芦给白毛人:来,喝一口。白毛人咕噜噜猛喝几口:好酒,好酒,好多年没喝过了……他将酒葫芦还给刘章:可你到底有什么怨愤?刘章叹道:咳,空有大志,遭遇小人,只能回小小城阳,当个小国之君了……白毛人又发出一声怪笑:咳,志向是什么?公平是什么?能忍则淡,淡则无怨。刘章赞:奇人,奇人哪,武艺奇,行事奇,相貌更奇……刘章突然长揖一揖,接着递上酒葫芦:今日只能以此相谢。待我稍做料理,再报不杀之恩!白毛人接过酒葫芦又饮一口:我本来就不要杀人,不必言谢。刘章道:此地不是谈话之处,说个日子,说个地点吧。白毛人说:七日之后,就在此时此刻此地。

飘飘洒洒的雪花漫天飞舞,未央宫一片皆白。

汉文帝看着晶莹世界,不由兴奋地高叫:好雪啊!好雪!来年要有好收成了,这真是上天对朕的恩泽呀!汉文帝拔腿冲进庭院。张武忙抓起一件裘皮披风追出宫去:陛下!陛下!别冻着!

汉文帝被一株挺拔多姿的翠柏吸引了,那翠柏的树冠落满白雪,恰似一柄撑开的巨伞。汉文帝走近那张巨伞,抓下一把雪揉搓着,脸上挂满喜悦。"咔嚓"一声,汉文帝闻声转过身去,看到一棵弱小的柳树不胜雪的重压,竟从齐腰的地方断裂了,露出惨白的肉茬。

汉文帝不由打个寒战。张武恰在这时将披风披到了汉文帝身上,汉文帝裹紧了披风。张武说:我给这棵小树捆上草绳,救救它,不然,这小树就冻死了!汉文帝被触动了,不由自语道:是啊,不救救这弱小的生命,它是过不了这冬天的!

汉文帝由这棵小树,突然想到前些日子颁布的赐老令来,他问道:张武,朕命少府为东陵侯修的赐老屋完工了吗?张武道:禀报陛下,已全部完成。汉文帝急转身,好。去备驾马车,咱们去看看东陵侯。

汉文帝急冲冲往宫中走去,张武随后一路小跑,庭院内留下的汉文帝脚印是那么深、那么直!

大雪纷飞,往日绿油油的瓜田已成一片雪原。刘恒在张武跟随下踏雪而行,拉满粮酒的辕车"咯吱咯吱"地跟在后头。

还是那间瓜庵,鬓发皆白的东陵侯正大敞柴门,饮酒赏雪。刘恒跺了跺靴上的白雪,笑吟吟走进柴门:东陵侯。好雅兴啊。东陵侯上下打量,又歙目辨识着刘恒:踏雪探访,当是贵客,敢问君侯怎识我这乡野老叟？刘恒展颜一笑,君侯？东陵侯怎就断定晚辈为君侯？

东陵侯哈哈大笑:老叟经天地更迭,寒暑轮回,匆匆已八十余载,若观人论事无一辨识,岂不白吃了五谷,白饮了老酒！他顺手斟了一樽水酒递与刘恒:请,干了这樽！刘恒一饮而尽:这老酒真酽,真有味道。东陵侯又饮一樽,哈哈笑道:君侯此来是想与老叟论论天,论论地,论论今日。刘恒举樽称谢:承教,承教。

东陵侯看看门外那纷纷扬扬的大雪:今日的雪是瑞雪是喜雪呀！它不光为明年的庄禾盖了被送了水,还提醒当今陛下颁了"赐老令",陛下的亲民之举英明啊！仁者治人,仁者治天下,这才是明君之魂、智者之慧,天下万民有喜了,请,干了这樽！

刘恒放下酒樽:东陵侯,何者为智,何者为慧呢？东陵侯略加思索说:慧者未必有智,智者必先有慧。刘恒道:这就有些玄妙了吧？东陵侯说:再细说,老朽就要妄言妄语了。刘恒:雪中饮酒,酒中谈天,谁管得着？东陵侯但说无妨。东陵侯说道:智即学识,学识渊博,方能有术用术,有术用术加之仁德,自可治天下;慧即心性,心性悲悯灵性达,即可仰天俯地体恤众生,长治久安。刘恒感佩敬酒:东陵侯,仙人也！多谢多谢。

东陵侯突然恭谨一揖:陛下,适才不过一片野语村言而已,多承陛下不怪,老朽有礼了。刘恒说:东陵侯,你何以断定朕……东陵侯道:从陛下走进柴门,老朽就看出来了。刘恒对外喊道:张武,抬进来吧！张武满身白雪地抬进粮米,酒肉和絮被。

东陵侯道:噢,多谢陛下的"赐老令"！陛下对民间老者赐粮赐酒,敢问对朝中老臣赐些什么？

刘恒大笑,环顾左右而言他:难怪萧丞相喜欢吃你的东陵瓜,今日朕也吃到了,甜啊！刘恒看看东陵侯的茅屋说:你这茅屋太旧了,离此不远,正盖一些赐老屋,待雪停了,还是搬过去吧。

东陵侯高朗一笑:我这茅庵虽小,天地却大呀！刘恒以为奇:此话怎讲？东陵侯说:我这叫"观雪庵","听雨乡","望月阁",哪里有这样的天地呢？哪里都不去了,哪里都不去了。刘恒微微点头起身要离去。

东陵侯道:陛下留步,等老朽片刻。

东陵侯起身从地窖里取出一筐东陵瓜,放在刘恒面前:陛下踏雪来访,老朽就回送陛下这一筐东陵瓜。微微薄礼,不成敬意。在这三九寒冬,整个长安之地也就在老朽这里才能吃到啦。个中滋味,请陛下回去慢慢品尝吧。

雪仍在飘,张武驾马,刘恒的辕车沿雪路吱吱呀呀地行驶在回长安的路上。一岔路上,突然传来女人哭,孩子叫的声音。刘恒在车内喊着:停下,看看谁在哭叫。张武闻声下马,刘恒挑车帘外望。

　　随着哭叫声,一衙役扛木杖在前,一少妇长发披拂,一身白雪,和一孩子被粗绳绑成一串,趔趔趄趄被牵到路口。后面的衙役一面用木杖敲打哭闹的妇人,一面训斥说:别再哭了,再哭,一杖打死你!前面的衙役叱道:你藏到乡里去也没用,不管你跑多远藏到哪,我们廷尉府都能找到你!妇人一滑,跪在地上,声嘶力竭:我犯了什么王法?你们要举家收捕,连五岁的孩子都不容……孩子欲跑向母亲,肢蹦着:母亲,我要母亲……一衙役按住孩子:还说你不犯法?连坐罪知道不?你家是樊伉家的亲戚,也就是吕家的亲戚,又是他家的邻居,不该抄斩吗?

　　张武上前:请问官爷,她家是吕家什么亲戚?衙役不耐烦:我就知道他们是樊伉的亲戚,靠边靠边,少打听!妇人喊着:我是樊伉长夫人表姑的远方外甥女……人家在朝的时候,连认都不认识我这亲戚,我跟吕家更没亲,就是住得近了点。冤哪……衙役呵斥道:快走,有话到廷尉府说去!眼见这一行人跌跌撞撞朝远方走去,汉文帝紧拧双眉。

　　"连坐"罪,最早的推行大概算是春秋时的梁国,将五户编制为"伍",一家犯法,其余四家连坐;商鞅在秦国推行的是"令民为什伍",以十户为一编制。一人犯罪株连众人,连坐罪在秦始皇时期和刘邦时期一直被沿用着。虽说连坐法的实施,在遍地诸侯混战的昔日,是为统治者加强对臣民的控制起了一定的积极作用,可到了汉室江山稳定人心凝聚力已空前增强的汉文帝时期,这项制度显然不再适用。汉文帝目睹了雪地里那一妇人的遭遇后,一个重大的决定在他心头产生了。汉文帝催促驾车的张武加快速度,他要马上上朝议定废除一项先人的酷律,实施一个重大的举措,那就是废除连坐法。

　　汉文帝高坐龙榻,众大臣站立两厢,上朝的气氛煞是严肃。

　　汉文帝道:刚才朕重说了一遍雪地里看见那一妇人的情景,众爱卿,你们是怎么想的都说出来,这连坐法合不合理?

　　左丞相陈平道:陛下陈述确属凄惨,且株连日众……长安城里夜夜都有哭声。

　　右丞相周勃道:臣对连坐早有看法,再这么抓下去,哪还有一点新帝登基的喜庆。

　　申屠嘉叹了口气:难哪,廷尉府都快关不下了,可这是自古至今的朝律,微臣……

　　刘恒笑笑:朕明白,朕只问众卿一件事,若遵古来朝律,按这样严行连坐法,恐怕也要株连到朕了!

　　众臣鸦雀无声。

　　刘恒激动地说:朕与吕家是近亲!不光朕一人,刘氏各王都是吕家近亲,还有众卿,不少都是丰沛人,是吕家的近邻,牵连起来哪个都比樊伉长夫人表姑的远亲近得多,我们岂不都该入狱!

　　人人眼前一亮,众目齐聚刘恒。

刘恒道:朕的肩头担负着两副担子,一副是祖先基业,一副是天下黎庶,朕即要对得起先帝祖业,也要对得起黎民百姓,当情势变化,朝律已经不能适用这两副担子的时候,朕就要变法,不光今日废除连坐法,日后在时机成熟之际,不适用的朝律还将会废除。

恰此时,一声惊雷传来,殿外雪片纷飞。

众大臣齐刷刷地皆伏地跪拜:陛下万岁万岁万万岁!

刘恒大袖一挥:左丞相,拟诏!

正值黄梅雨季,地处南楚的陈县笼罩在绵绵的阴湿冷雨中,陈县瘸腿吴县令及县丞、县尉、衙役们正忙着分米、分猪肉、帛布和粗丝绵做成的絮。县衙外大雨滂沱。

通往云水亭云水村的泥泞小路上,已经年迈瘸腿的吴县令打把雨伞,一步一脚泥地往村里一间茅草搭建的农舍走去。吴县令身后跟着挑满肉、酒、米,头戴竹斗笠的两个衙役。

一农舍门前,吴县令边敲门边喊:陈三,陈三,朝廷让我给你们送赐礼来了,快开门!开门!脸蒙黑布的陈三已满头斑白,闻声将门打开,吴县令等三人将脚上的泥浆在门槛上蹭干净后走进屋去。陈三急忙跪拜:陈三参见县令大人。吴县令搀起陈三:起来,起来吧。陈三,你搬出咱县城住到这云水村,已经……他突然瞥见嘀嗒接水的陶盆,仰头一望道:啊,屋漏雨了……陈三愁眉又锁:来云水村十三年了,唉,大人看这老屋,一下雨就漏水,我那儿子又不在家……吴县令对两衙役挥挥手:去村里找些碎麻、茅草,把这老屋补一补。两衙役应声而去。

陈三边咳边指着满箩筐的肉、酒问:吴大人,这……吴县令道:是朝廷让我送来的。陈三惊住,大人说什么?朝廷让你给我送礼?我这不是做梦吧?吴县令拿出一盒印泥递给陈三:不是梦,是真的。给你送礼,请你在此——吴县令递上一帛布,上面已歪歪斜斜地按上了一些大拇指印——按上指印,以示收到。陈三不解地问道:这是怎么回事?吴县令笑道:陛下颁了赐老法,令各郡国各县的县令要亲自将这些东西送到每个亭每个村八十岁以上老人手中——吴县令指指地下的东西。陈三纳闷:可我离八十还差几年呢……吴县令拍拍自己的瘸腿:你不是跟我一样,残疾吗……

陈三下意识地掀掀鼻子上的黑布,一副恍然大悟的样子:哦,原来是这样!我说县太爷怎么拿县里的东西给我这小民送礼呢!吴县令笑了。陈三感慨:朝廷真是疼百姓啊,可朝廷要多少粮、多少肉才够分的呀,听说陛下自己很节俭,平时只穿粗麻布衣。这日子好哇,我得多活几年。陈三顿了一下后,突然问吴县令:吴县令今年怕有近七十岁了吧?吴县令道:快了,差几岁吧,我也快辞朝了。

陈三赞赏:现在这日子好哇……那年高祖皇帝来咱县上,为献上点礼,我守着自家的两只老母鸡,等着从鸡屁眼往外抠贡品,那时我……唉,对了!陈三突然一

拍大腿:吴县令,我儿子到云梦泽打猎捕到一只白孔雀,这可是少见哪,您要秋季到长安述职,就替我献给皇帝,就说什么时候陛下能来陈县,也让我陈三看一眼先帝的四皇子,看看他的眼睛是不是也一样亮……

吴县令道:我要是有幸朝拜天子,一定把你这话转告陛下。得走了,要查查还有哪些老人屋漏雨。

刘章站在大哥刘襄身旁,像做错了事似地盯着刘襄。刘襄则如一头困兽愤懑地走来走去,他终于站在刘章面前:早就跟你说过,咬人的狗不叫,可还是让他耍了,耍得惨哪!闹来闹去,反倒成了我们自家分自己的国土……刘襄一气之下,将放在几案上刘恒赐与他的治咳的药一股脑拂到地上。

刘章再也抑制不住满腔怨愤,抄起一只陶瓶向墙上砸去:我老婆孩子都搭进去了,在他那儿挨完耍,回来还……我窝囊不窝囊!说着,即以头撞墙。

刘襄拦住他说:消消气,气也没用。之后,他换了口气:你回来了,南、北军首领由谁当?刘章答:张武、宋昌。刘襄沉吟着:高,高哇……他从代国带来的两个贴身侍卫掌管了南军、北军,背靠握有实权的军功老臣,军权操在自己手里……刘恒,算你高!刘章道:大哥,那我们……刘襄叹:……是啊,谁当了皇帝也要先抓军权哪……我们只有从长计议,忍,忍……刘章说:我们这口窝囊气真是窝心哪,还要忍到什么时候?

刘襄又踱步:这群刘姓王是靠不住的……刘恒登基后,匈奴人一直不哼不哈,我看,冒顿是在憋什么主意呢,等到匈奴动了,我们就忍到头了……刘章想起什么:大哥,你总说忍,我遇到过一个人,他也劝我忍。刘襄问:噢,这是个什么人?刘章把雪地里偶遇白毛人的事跟刘襄重述了一遍。

刘襄听得极其入神,他预感到白毛人对他们抗拒刘恒会有大用,不由频频点头:嗯,此人一定有大来历……刘恒为强,我们为弱,出奇招儿,用奇人,才能以弱抵强,雪此大恨。

在淮南国宫中,张苍步履蹒跚地走到正摆弄六博棋盘的刘长跟前:大王,老臣这就……

刘长眼一瞪,将六博棋盘一摔,六黑六白的棋子弹起老高:走吧,还啰唆什么,丞相不早就想回他身边吗……刘长挥手,张苍跟跟跄跄地疾步出门。

张苍边走边摇头:唉!这淮南王的脾气可真是大得不得了,动不动就发怒,真是伴君如伴虎啊!

屋内的刘长正把掉在地下的白棋子往博具内捡,边捡边说道:老四,算你行,算你真行!淮南王刘长打小就跟刘恒憋劲,他仗着吕后的宠爱,干什么从来都是要领先刘恒一筹,尽管他是老七,刘恒是他四哥。这种从小养成的事事要强过刘恒的定势,决定了刘长绝不情愿对今日已经当上皇帝的刘恒俯首称臣,两兄弟的君臣地位埋下了势不两立,争锋相对的隐患。

今天的刘恒格外高兴,他的母亲就要到长安了。当张武向他禀报太后已到未央宫前的消息时,他一溜小跑地来到北阙门。只见隆重的仪仗队簇拥着返来的薄太后,身着大将军服的薄昭骑着一匹高头大马,一脸春风。薄昭旁边的一匹马上坐着一装扮奇异的东胡国的使臣。汉文帝微笑着用眼神跟母亲打招呼,母亲也微笑着用眼神跟儿子打招呼,汉文帝又将微笑转向他的舅舅,他感到舅舅的眼神碰到自己那双微笑的眼睛时,突然暗淡了下来,那里面似乎包含着说不尽的委屈。汉文帝意识到了什么,可此刻不容他想别的。

已经两鬓添霜的母亲,一脸安详地走下车来。

刘恒快步上前,轻轻唤道:母亲!

薄太后望着这万人仰慕的九五之尊——这是她含辛茹苦哺育大的儿子呀!她眼里含满欣慰的泪水,但她很快控制住了感情,微微颔首以示应答。

文武大臣跪拜:恭迎太后!千岁!千岁!千千岁!

薄太后满面慈祥:诸位快快请起。

说罢,他拉住周勃的手,上下打量:老丞相还是那么结实,你那胳膊上的剑伤阴天下雨的还疼吗?

周勃道:谢太后惦记,人老了,病也老了,怎么能不疼呢!

薄太后说:唉,我们都老了。她又转向陈平,上下看了看:陈老丞相也不似当年了,背都……

陈平笑道:太后还是那么细心,哈哈,驼了就是驼了……

薄太后道:我说呀,陈丞相就要少熬点夜,天下这么多事,哪有干完的时候……

在未央宫正殿里,那个随薄昭一起前来装束怪异的东胡使臣跪拜:大汉皇帝,快救救我东胡的臣民吧,冒顿欺人太甚!东胡使臣声带哭腔:冒顿为了霸占临近我东胡的一千余里空地,诓我国王到茫城迎亲……东胡使臣满脸泪水地述说完一切后,咬紧下唇,血从唇边一滴滴渗出:冒顿设计不光杀了我国王,还用我国王的头颅做成酒器盛酒喝。这国耻深仇我东胡人一定要报!但现在我东胡国破家亡,壮志难酬。大汉皇帝刚继天子位就向四方派出使者,晓谕大汉的善意,大汉四方的藩国都知道,大汉皇帝是一位圣明有德之明主,所以东胡人前来归顺。

文帝大度地说道:海纳百川,历来是我大汉的主张。人心归汉,更是我大汉的荣耀,欢迎,欢迎。东胡刚经战乱,百姓涂炭,我们将派人在代国、燕国的朔方郡、北地郡一带加紧建造东胡村、朔方乡,就请他们迁来过太平日子吧。

东胡使臣叩谢道:谢汉皇圣主隆恩。

送走东胡使者,天色已经暗淡下来,到了掌灯时分。烛光幽幽里微风吹来,光焰突突跳了几下,光更亮了。刘恒想起了舅舅那双充满委屈的眼睛,他来到母亲

的寝宫。

薄太后正跟窦皇后和几个宫女们摆弄着屋内的陈设,忙的不亦乐乎。见到陛下,众人忙施跪拜大礼。刘恒摆摆手示意她们都起来,急急地把母亲拉进里屋:母亲,从中都到长安,一路上舅舅都对你说了些什么?

薄太后道:这一路啊,他老是喝酒,有时是高兴地喝,有时是闷闷的喝。一会儿太后长太后短地叫,一会儿又脸憋得红红的,噘着嘴不理我……

刘恒笑了笑:舅舅是心里有气发不出来啊。

薄太后望向儿子:那陛下……

刘恒苦笑:朕何尝不愿舅舅高兴?朕何尝不记得舅舅的恩德和苦心?

薄太后道:母亲知道,长安不比代国,功臣多、老臣多、能臣多,偏离谁忘了谁都不行,何况有诛吕的教训!何况谁都知道舅舅与陛下形同父子。

刘恒点头:朕想,既为皇帝,就该社稷第一,顾念在后。吕氏教训虽然深重,但舅舅若真是朝廷上下公认的能臣,朕可以举贤不避亲!

薄太后欣慰地看着一身帝王气的儿子笑了笑。

刘恒道:朕曾暗访过萧何老友东陵侯,他已是淹没乡间的八十老叟,提醒朕要善待功臣、老臣。母亲想想,无论论军功、论资历,舅舅是否能与之相比?再说舅舅的能为高低,在代国,母亲都是经过看过的,朕不顾一切地高封高赏,大臣们会怎么看?舅舅又能否胜任得了?

薄太后频频点头:母亲明白了,母亲去跟舅舅说。

刘恒轻轻叹了口气,惋惜地说道:可惜再也吃不到东陵瓜了,前几日少府来报,东陵侯老人家已经仙逝了。

轵侯薄昭府的奴婢正往樽中续酒,一仆人禀报:大人,太后驾到!薄太后边往府内走,边问喝闷酒的薄昭:轵侯在跟谁喝酒哇?怎么满嘴酒气?薄昭闷声道:没谁!一个人喝。薄太后盯了薄昭一眼:姐姐就猜到你会不高兴,有什么话,好好跟姐姐说说。薄昭点头:是啊,这世上最疼昭弟的就是太后姐姐了!他们走进房来,薄太后指着一桌狼藉的盘盏,笑着说:这哪像一个人喝闷酒,胃口不差嘛!薄昭说:守着个当皇帝的外甥,还跟在代国那小地方一样省吃省喝呀!转身对奴婢:快,给太后上点心!

薄太后在绣花坐垫上坐稳后,缓缓却有力地说道:昭弟,你的外甥是当了皇帝,可他是坐到了干柴堆上被人烤哇!居功自傲者,阳奉阴违者,刘姓王不服的大有人在。薄昭愤愤道:正因为如此,他才更应该有自己的人当重臣,掌重权。薄太后道:姐姐就知道,你不痛快的就是陛下对周勃、陈平他们委以重任,却仅仅给你封了个侯。薄昭摇首:姐姐,难道您也不明白我的心吗?昭弟不是为自己不痛快,而是为恒儿权势太弱而忧虑啊。薄太后道:昭弟,你想想,就你的军功资历,能跟同高祖出生入死打天下的周勃、灌婴、陈平他们比吗?薄昭说:这我明白!但退一步说,即使不能封薄姓人为王,封个万户侯总可以吧,可如今我跟淮南王、齐王的舅父一个等级！我，我这心里能舒服吗？薄太后俯身道：嫌封地小，食邑户少对不？

薄昭道：从周天子到高祖、到高太后，封自家人、母家人为王，无不是为让这些王为帝王做个遮风挡雨的屏障，恒儿被立为新帝，是军功老臣与吕氏、刘氏封王各派争斗的结果，他要不想成个木偶皇帝，更要树立自己的屏障，恒儿他怎么就不想这些呢！薄太后道：昭弟，你要是真为恒儿着想，就别再闹了。从他的角度想想，他这皇帝好当吗？那些刘姓王们哪个真的服气，哪个不在明争暗斗哇！皇帝他们当不成了，谁又不想职位更高些，封地更大些？他就是把大汉都给分了，也难得人人高兴……薄昭面色一沉：那就该委屈我？就该让我吃亏？你让我怎么见人？薄太后笑了：怎么不能见人！谁不知道，你这个舅舅就如同父亲，恒儿从八岁起，就一步步把他带到今天！我看这比当多大官、有多少封地都有脸见人！薄昭一愣：我，我就是……薄太后把薄昭的酒樽一顿：还口口声声什么平常心呢……薄昭低头不语。

陈平、周勃、灌婴三人正在偏殿等待上朝。灌婴冲陈平问道：现在，东胡五万多人已涌进我代国、燕国和上郡。该如何安置他们？周勃附和着：是啊，怎么安置呢？陈大人，你倒出个招儿，等陛下上朝问起来，我们俩也好有个面子。陈平笑指周、灌二人调侃两位大人是战阵中冲杀出来的老将，你们就说愿领雄兵百万去攻打屠掳东胡人的匈奴不就结了？周勃道：又拿我们俩开玩笑。那些蛮夷之间争争斗斗，已经是家常便饭，我们管得过来吗！灌婴好不容易止住咳嗽，接话说：可不是嘛，像闽越王与东海王打打和和，和和打打，谁败了就跑到海上的小岛躲起来生儿育女，过小日子。陈平似乎谈兴大发，滔滔不绝起来：两位大人知道不，从先人留下的史籍看，东海、闽越可都是越王勾践的后裔呢！周勃：哦！那还跟我们同宗同脉呢！陈平颇有些掉书袋的意味：据史籍记载，就连匈奴人一千多年前也都是夏桀的后代。当时夏桀被商汤灭了之后，他和宠妃被流放到荒凉的大漠，此后，他们的后代就逐水草而居，形成部落，天长日久，就壮大成了今天的匈奴国。而东胡人千年来与匈奴人杂居通婚者甚多……周勃笑：待会儿上朝，我有话说了。灌婴也在不停地点头。

文武百官涌进了未央宫太极殿的正殿。又一日朝议开始了。施完君臣之礼，汉文帝刚在龙榻坐下，周勃就急忙上前一步秉奏：陛下，北方边境东胡人大量涌入，老臣以为应该妥善安置，因为这正是我大汉施惠天下，融洽四夷的好时机。汉文帝道：右丞相说得非常好，着速拟诏，令上郡、代国和燕国，划出几个县，专为归顺的东胡人和匈奴人居住，抓紧为他们修建房屋，教他们耕地种田。周勃得意地捋捋胡须。汉文帝赞许地笑道：谁说右丞相不善言谈，这不是出口惊人吗？陈平狡黠地扬了扬眉毛。跟灌婴交换了一个会心的眼神。周勃更得意地捋捋胡须。

此时，邓通前来通报：陛下，朝鲜国、波斯国的使臣到长安了，他们带着贺礼正

等待朝贺哪。还有闽越、夜郎的使臣也到了。还有……汉文帝制止:只报没到的。谒者说:匈奴的冒顿至今没派使臣,南越赵佗也没消息。汉文帝挥挥手,示意谒者打住。他转向陈平、周勃:两位爱卿,当年出使南越的陆太傅今在何处?周勃回道:那老儒生,辞官后就驾着一驾马车,带着几个艺仆浪迹天涯去了。汉文帝道:已经二十年没见了……快快召陆贾回京,请他二赴南越。至于北部边境嘛,要严加警戒,防止匈奴人入侵抢掠。陈、周忙称遵旨。退朝了,众大臣纷纷走出殿门。走在最后面的灌婴、陈平和周勃要跨殿门了,汉文帝急步上前,挽住步履蹒跚的灌婴及陈平,送至殿门外,并嘱咐周勃,周丞相走好!殿外一棵粗大的梧桐树上一片乌鸦黑压压地栖息在上面,不时发出聒噪声。三位白发苍苍的老臣似乎充耳不闻。汉文帝抬头望望,不无烦躁地说:这些鸟叫得太响,太聒躁了!灌婴道:看看那些乌鸦自先帝时它们就绕树栖息,近二十年了。陈平也说:叫得响吗?老臣都习惯了。周勃:这鸟,就由着它们叫呗,管它做甚!汉文帝笑笑:好,好,朕听你们的!待三老人走远,文帝望望那些鸟,无奈地耸耸肩。

  高山上、密林中,一座树枝树皮搭成的简陋木屋。屋内,堆满大桶的酒、大块的肉、几袋米、面……刘章与白毛人正围着一盆炭火对饮。刘章将酒樽高举过顶:奇人,这樽酒是刘章的谢恩之酒,干!刘章与白毛人一饮而尽。白毛人说:大王,何必如此客气,还送来这么多的酒、肉、米面……说着,他指指屋内堆满的礼物。刘章道:你我既然有缘相识,寡人就再不能让你过那些没吃没喝的日子了。他为白毛人切了一大块狗肉:来,吃吃,看看味道如何?白毛人大口吞咽道:几十年没吃到这种味道了,香,香……刘章说:所以呀,寡人才想请奇人下山,跟我去我的城阳国。白毛人挥挥那长满白毛的手:此话就不再说了,山上的日子过惯了,一旦离开,怕还要想这山上的飞禽、野果呢!刘章又饮下一樽酒:奇人满身皆白,又对大山久恋不忘,定是有些来历的。

  白毛人也将一樽酒倾樽而尽:说来已是前世的事了:家父原是一名齐国大将。楚汉相争时,汉王刘邦——嗯,就是大王的祖父了,本已派高阳酒徒郦食其说服齐王献出齐国城池,可同时又派韩信率兵攻打本已准备反楚投汉的齐国。韩信破齐后,又向东追杀齐王和跟随齐王的兵将。慌乱中,家父带着十五岁的我来到这大山中。

  刘章道:这么说,你与寡人倒是真正的世仇冤家了。白毛人浅酌慢饮,发出一阵怪笑:我一住大山几十年,人影都见不着一个,还谈什么冤家?刘章道:难道你就不恨寡人的祖父?白毛人笑道:我本是伴着仇恨生,伴着仇恨长,可久了,也就明白了,天有天道,地有地道,如今怕是令祖父和韩信都该归西了吧?可我,还活着,还同我的世仇之孙喝着这齐国老酒,哈……又是一声怪笑。刘章不解又激愤:奇人,怪人,空有一身好武艺,却原来……白毛人接过话来:是个没人味的人?刘章点头,两眼瞪向他。

白毛人笑笑:你不用看我,我不会生气的。刘章鄙夷道:寡人倒是更佩服令尊大人,一个人活着,连气都不生了,还……白毛人道:怎么生气?难道你想让我杀死你?还是披着一身白毛只身杀往长安?刘章嗫嚅:这……白毛人说:都已经是隔世之人了,现在的人和事我理不清也不想理了……刘章奇道:隔世?你今年高寿?白毛人摇头,久住大山,不知日夜,说不清,也无需说它了。刘章掐指计算,汉灭齐是汉四年,至今已有三十年,奇人的年纪应该是四十五岁了。请问奇人尊姓大名?白毛人又怪笑一声。姓名?忘了,早忘了,你就叫我白籍人吧。刘章又举起酒樽:白籍人,好,好……人哪,真是各有各的活法,我是有仇必报,决不能忍,你呢……算了,本王只想借你一件东西。白毛人笑了:本人一无所有,还有什么可借给大王?刘章说:你的一身武艺。

白毛人道:武艺只为防身,再不打打杀杀、做什么报仇雪恨的事。大王既是一国之王,就该富国强民,为百姓谋福,对此,我倒想帮帮大王。刘章兴奋:你能帮我富国强民?白毛人微笑点头。

陆贾坐在马车内,与身边的两名艺仆饮酒调笑。车后八个仆人抬着一只巨大的棺椁,另几人手持笙、瑟、筑等乐器,一行人直奔南越番禺城下。临近城门时,陆贾从车内走下,大声吆喝:都换衣服。吹鼓手们,准备——奏乐!霎时,陆贾已脱去常服,换上一身孝衣。仆人们打开棺椁,一块硕大的灵牌竖了起来,上书——赵氏两字。纸钱漫天纷飞。笙瑟齐鸣,一行人缓缓进入番禺城。

赵佗正坐于王座展读家书:大哥,新帝继位后,即下令整修咱赵氏祖坟,且特设人员,专事洒扫祭祀。弟也被召入宫,赐重赏,颁荣耀,且封为真定县令……赵佗边读信边自语:这大汉新帝还真是仁义,仁义……外面传来阵阵丧乐声。赵佗始而疑惑,继而大怒,宫廷之内,怎么传出这么大的丧葬声?去查查,是谁如此大胆?一侍卫领命跑出,见陆贾正一身孝服,前拥棺材,后随吹吹打打的吹鼓手走入宫门。侍卫拦截,陆贾置若罔闻,只顾前行。侍卫回头来报:大王,大王……赵佗喝道:慌什么?快说,是谁如此大胆?黄门忙称:是,是……正说间,陆贾等已抬棺奏乐来到殿内。赵佗噌地站起,陆贾,你这酸儒,你疯了,竟敢咒本王不死……陆贾放声大哭。哭毕说:老夫前次来时,曾答应大王回汉后即为赵王再修祖坟,今墓已修好,特送图卷一张,并带来汉皇对大王祖先的嘉奖。丧乐顿然变奏出喜乐。随着乐声,陆贾着人抬出悬于赵氏灵牌上的赵氏祖墓图。看着庞大肃穆的祖墓图,赵佗离开王位,跪地大哭,祖宗哎,不孝子孙赵佗这么多年未回故里,没烧一次纸钱,我有罪呀……

陆贾一旁劝慰:南越王,别哭了,你的祖墓不是修好了吗?赵佗不理,又磕头,是天子派陆大夫护送祖宗尊位到了南越,又派人在家乡修筑宗祠。当今,当今汉皇真是以孝为先,执礼天下。我赵佗再不效忠大汉,还有什么脸面面对你们啊……陆贾道:南越王,别再伤心,你的话我都听见了,我们本是同宗同种,你又来

自中原,若再自立为帝,那不是背叛祖先吗?先人们怎么会饶恕你呢?赵佗面对陆贾叩头谢罪,请陆大夫转告陛下放心,我南越从此世世代代做大汉的藩臣,春秋两季派人赴京城朝拜天子,若再有狂妄之举,天下共诛之。赵佗向祖墓图跪地三拜。陆贾等也随之跪拜。

冒顿绕着他面前的铜鼎欣赏着:你们看那上面的祥云、飞龙、野鹤……真是跟真的一样,这是怎么画出来、又怎么雕上去的呢?左贤王道:看来大王对大汉的东西真是喜爱到心里去了。冒顿问道:左贤王是有智有识的人,你说说,是因为他们的东西真的是好,还是朕的心有了,有了毛病?左贤王说:依臣看来,都是,又都不是。冒顿凝神盯着他:噢?说说看。

左贤王说道:只怕是因为我们匈奴人跟中原人早就有血缘之故。冒顿点头:有道理,几千年的通婚杂居,咱们跟中原人怕早就打断骨头连着筋了!特别是朕娶了汉家公主之后,这心……右贤王又道:特别是咱们灭了东胡之后,地盘越来越大,日子越来越好,跟着也就越来越想像汉人一样,享享他们的福。可我们没有他们那样的能工巧匠,做不出那样的好东西呀。左贤王说:自和亲之后,从前缺的铁器和丝绸不是都能在汉人商栈和边界集市买到吗?汉人的手艺嘛,派些聪明细心的人去学就是了。

冒顿看着他们不语。右贤王道:左贤王还就想这么过下去了?我看不如趁汉人新帝登基,去抢些手艺人回来,那有多痛快!左贤王回道:那汉皇原是代国国君,你不是曾在长城边见过他巡查边塞,还赞他治国有一套吗!冒顿不服输:他有一套又怎么样?他有我们匈奴这个个能骑善战的武士吗?右贤王大声道:大单于圣明,他能治国,未必能打仗,我愿率一千人马越过长城,试探试探他的动静。冒顿点头:哦!这么多年了,该给他们提个醒了,他们安定富足,我们也没睡大觉。

云中城门洞开,牵马挂兽皮的匈奴商人一拥而进。右贤王混在其中。守城军士喊:不要挤,不要挤,时辰还早,天黑才关门哪!匈奴人涌进云中郡街肆,忙着铺摊做生意。

来自中原齐、吴、淮南国、南越国、长沙国和代国商人,插着"齐"、"吴"、"长沙"、"淮南"等标志,摊铺里货物丰富,品种繁多——丝绸、竹器、陶器、盐、糖、枣、核桃还有调味品豆豉、茱萸……人们讨价还价,一派繁荣。几个匈奴商贩挤在馄饨、羊肉汤饼摊边,用兽皮、兽骨之类换中原小吃,大嚼大咽。集市上,汉军军卒们披铠挂甲武装巡视。李郡守带几名郡官朝集市走来。

李郡守道:仲将军,朝中有旨,冒顿对我新帝登基,没有丝毫回应,匈奴人打的什么主意谁也说不清。告诉你的军士们,要严密监视匈奴人的举动。仲将军点头:明白了。大人,今天集市中又来了不少生面孔,而且多是身强力壮的年青人。李郡守一惊:哦?!那更要细心些。仲将军同李郡守一行走入集市内。扮成卖马人的右贤王高呼:卖马了,卖马了,快来看哪,这可是匹千里马呀!仲将军同李郡守驻足那匹马前观看。李郡守说:的确是匹少见的好马,浑身雪白,找不出一丝杂毛,高大健美,两只眼睛放着亮光。李郡守走上前去,蹲下去摸摸马肚子,并蹶起屁股往马肚子下看看,然后,站起身来。李郡守道:不错,马肚子上有两个旋儿,是匹千里马。这马我买了。

右贤王打量着李郡守:这位大人,你出什么价呀?李郡守竖起食指。右贤王说:一千钱?李郡守点头。右贤王笑着摇头:这是匹匈奴名马,至少要这个价——右贤王也竖起食指。李郡守:什么?一万钱?李郡守围着马转悠一圈,这马是你从冒顿老单于宫中偷出来的吧?它不是一匹普通马!右贤王道:大人别问来历,要买就拿钱来。李郡守突然脸色大变:来人,将这盗马贼拿下!仲将军及随从军士抽刀上前,没料到这右贤王出手更快,他从身上抽出一把短剑,对李郡守当胸一捅,李郡守倒于血泊之中。随之,右贤王一声呼哨,那些匈奴商人全都抽出武器,开始了一场混战,这是匈奴人有预谋的挑衅之战,集市上顿时血肉飞溅……

山路上,众凶奴兵押着掳去的汉人,其中有各行匠人:"铁匠郑"、"医师黄"、"狗肉李"、"卜卦陈"……他们被绳子捆着连成一串,似蚱蜢般黑压压地前行。大人哭、孩子叫,乱成一片。右贤王率骑兵走在队伍前面。他马鞭一扬,笑对身旁人说:就是要多掳点手艺人,咱们才能过上有滋有味的日子。众骑兵大笑。右贤王一甩马鞭:走快点,走快点!这么磨磨蹭蹭的,什么时候才能出长城口?话毕,右贤王纵马飞奔起来。

众骑兵跟着他疾驰,突然前面一队骑兵拦住了他们的去路。一汉军武将大喝:军马场巡官在此,匈奴人休得放肆,冲啊!武将一声怒吼,代国的骑兵们挥舞大刀冲了过来。这时随着一声呼哨,身穿黑粗布衣的农户们手挥长矛如黑云般从四周围了过来。右贤王慌忙指挥身旁骑兵突围,冲在最前面的几骑骑兵突然全部摔下马来。右贤王道:不好,汉人用了绊马索!在一场激烈的短兵相接后,右贤王左突右杀,好不容易冲出重围,率残部狼狈逃出长城,向着漠漠荒野深处狂奔。代国骑兵穷追猛打。右贤王一脸狼狈地站在冒顿面前,神情恼怒。右贤王叹:这代国可不是以前了,那么多好马那么多兵,不知从哪儿冒出来的!手艺人没抢到几个,还丢了几十个兄弟。冒顿气急败坏,说了是让你给他们提个醒嘛!你竟把人家的郡守杀了,尽给我惹祸!看来,日后小打小闹是不行了,要打就打大的!

长安,未央宫中。张武将一奏牍递给刘恒,刘恒看着点头:这次云中郡可立了大功,依靠军马场和屯田的百姓就大败右贤王的袭扰!平时务农,闲时练兵,屯田戍边,这将是我大汉强固边防的一种新战法。张武叹道:可惜那个马迷,李郡守,死于右贤王刀下了,听说是他没认出右贤王,却相中了右贤王的马,选马时,遭了右贤王毒手。刘恒一脸沉重:可惜了李郡守这位贤臣哪!他不光是个为朝廷选好马的马迷,还忠实地执行大建马场屯田戍边之策,这才有了这次军民联合的云中大捷。唉,朕还没来得及嘉奖,他就……

张武道:有陛下这番话,他也死得安然了。

刘恒说:李郡守去了,云中郡刚在稳固兴起,你从儿时起就跟着朕,朕知道你忠心勇武,朕要把云中郡交给你,你可要替朕守好大汉的北大门啊!刘恒举起一樽酒:朕以此酒为你壮行!张武激动地咬破中指,将血滴入樽中:陛下,张武若不能守住这扇门,把匈奴人打怕,若不能让云中百姓安居乐业,甘愿像这樽血酒,血洒边关!张武向地上泼了一半,另一半一饮而尽。

张武道:陛下,有件事臣不知该不该讲?刘恒手一挥:但讲无妨。张武:留在茏城的密探来信,听说闵仲驹因拒绝为匈奴培育良马而惨遭杀害,闵女倒是骑马逃走了,但说法不一,有人说她跌下了山崖,有人说她又被匈奴人抓了回去。可那几处悬崖下都寻找过,没找到什么踪迹。刘恒默默听着,初时略有兴奋,慢慢又转为黯淡。张武道:臣这次返回代国,一定再全力搜寻,只要闵女还在人世,微臣一定会找到她,把她送到陛下面前。刘恒叹了口气,挥挥手:不说这些了。

第十八章

高山深处的一处山坳,光秃驳杂的树下仍是冻结的白雪。白籍人与刘章沿山走来。白籍人道:我送城阳王两样能富国的东西。刘章不解地四处张望:富国?还两样?白籍人领刘章绕过一座山峰,下到一处山坳,他拣起一根粗实的木棍,拨开积雪,挖了一会儿,里面露出深埋的铜矛、铜戈、铜剑……刘章瞪视着这越挖越多的赤铜兵器,不禁叫出声来:赤铜兵器?这……白籍人举起木棍画了一个大圈:这片山坳下面埋满了,我粗算过,按分量,起码不下上万斤!要是化成铜水,铸成铜器,城阳国岂不……刘章贪婪地瞪大眼睛:奇呀,奇,荒山野岭间,谁埋的呢?刘章突然悟到什么似的:哦!知道了,你父亲埋的。白籍人填平挖开的土,对刘章说:来,来,我们去那边。

白籍人领刘章来到山丘的西面,他从凹洞里掏出一块石头:请看,这石头什么颜色?刘章仔细看着:带有红色。白籍人道:这就是了。家父去世前曾对我说过:山有赭石者,其下有铜。刘章大喜,啊,想我齐国、城阳国,背山面海,多盐田铁山,如今竟又有了铜矿,我城阳、齐国要富过吴国了!刘章长揖一拜,恩人,大恩人哪,请受寡人一拜!白籍人急忙搀起刘章,城阳王,物为人生,铜矿既在城阳国,理应为城阳百姓造福,请起,请起。刘章道:寡人还是想请你随我下山,任我城阳国的监铸官。白籍人笑笑:多谢城阳王盛意。白籍人已了了心愿,山就不下了,我已经离不开这大山了。

刘章跟白籍人告别后,匆匆地赶往齐国国都临淄,将这些一五一十跟刘襄细细诉说一遍。

刘襄听得十分兴奋,不由高声道:真是一份厚礼,厚礼呀,何止是礼物、财富?还是一件报仇的厉器!

刘章不以为然:厉器?那些赤铜兵器已经长满了锈。

刘襄盯着刘章的眼睛,凑近刘章:这些日子我就一直想,怎么报刘恒这暗箭之仇,这回有了,他放暗箭,咱们就刺他一个黑刀,把那些铜兵器都拉回来,化成铜水,制成假币,弄得他假币满天飞,我让他做皇帝,让他那龙榻上到处长刺,坐上去

就扎屁股!

刘章此时也顿开茅塞,听得两眼放光,他不住地点头:好,那我就即刻派人开矿拉铜。

刘襄一阵剧烈的咳嗽后,阴毒地说道:开矿拉铜哪那么容易呀!不忙,先要派兵严守那山丘、山坳,严格保密,不能走漏一点风声。接着刘襄捋了一下长髯:铸造铜币也用不了多少铜,把那些赤铜兵器化成铜水足够了,眼下最难的是没有上等的铸币师啊,要想办法去……刘襄做了一个掳的动作。

刘章道:大哥好好休养身子,我会办好这一切的!说罢他起身欲走。

刘襄制止住他:等等,那白毛人的确是个奇人,大有用场。你再上一次山,不管他说什么做什么,你都要耐住性子,把他请回来。

刘章又一次走进密林深处,找到那间山野木屋,他嘱咐侍卫站立山冈,一人走进小屋。柴门洞开,木屋依旧。那酒肉米面仍堆于地上,屋中却无一人。刘章走到外面,朝山上大喊:白籍人,白籍人——山中回音阵阵,却仍不见人影!只有野鸟在叫,野兔在窜,周围一片寂静……刘章又踅回木屋到处翻找,终于在酒坛夹缝找到一块树皮,上面写着:白籍人别处游山去了,请来者别再寻找。刘章呆看着那歪歪斜斜的留言,良久,喃喃说:奇人,怪人……刘章没有耐着性子去寻找那个已经完全不食人间烟火、无欲无求的奇人超人,请他下山。刘章此刻已经完全被一种复仇的心理所驱使。他要赶快下山去,不仅要将他领地的所有青年臣民们组织起来做他复仇的炮灰;还要不惜代价地采用罪恶手段在整个朝廷境内寻找复仇的炮灰。奇遇白籍人带来的意外,没有成为刘章富国强民的财富,却滋生了刘章谋反颠覆刘恒政权的野心。

虎虎生威的城阳军队正在列队操练。头戴九旒王冠的刘章一脸威严,检阅着这些被烈日烤得浑身冒汗却士气十足的将士们,他不时满意地大声叫好。突然,他盯住一个腿肚子打弯的士兵。走近后,他从另一士兵手中拿过长枪,猛地敲在那弯曲的腿上,那士兵猝不及防,通地一声扑在地上。刘章厉声指令道:给寡人再练三个时辰,我们城阳兵无论何时何地,都要英气冲天!刘章摆出一个架势,你们这一排都上,来!一群兵士持长矛扑向刘章,刘章左刺右挡,那些兵士们招架不住,纷纷倒地。一侍卫官急急跑来:大王,齐国派使臣来报,齐王病危,请大王速去临淄。刘章闻声震惊:快,备车!刘章尽管知道大哥刘襄不久于人世,可真当噩耗传来,他的心还是一下沉到了底。刘章匆忙跳上辕车,朝临淄飞奔……一路上,刘章不停地念叨着:哥啊哥,你可要挺住了,不要这么快就离开,章弟我已经找到了报仇的机会了!确实,此刻的刘章已经在实施他的复仇计划了——

在吴国境内的一片野陌坟茔中,立着两座坟冢。坟冢前,燃着香烛,摆着果品,香烟已被秋风吹得缭绕无痕。一阵冷风吹来,卷起野陌四周的片片枯草。吴国铸币工门深跪在坟前,正为他们的父母双亲上坟。突然,从一辆马车上跳下几个蒙面人,将门家兄弟塞进马车。劫持门家兄弟的马车朝城阳国方向跑去。

邓通不知是他的名字里含有登天必通之意取悦了天子,还是他服侍人的机警精细被天子赏识,总之,他由单纯照护少帝衣食起居的黄头郎官一跃而成了汉文帝贴身的红人弄臣。这天,他溜出未央宫,来到车骑将军薄昭府前。下了肩舆,邓通快步走上台阶,笑眯眯地对薄府奴婢道:请通告车骑将军,说少府主管邓通求见。话音未落,邓通从宽大的衣袖中掏出几枚钱币塞到奴婢手里。

邓通人还未进屋,话音已拖了老长:啊哈——国舅大人——邓通给您道平安了!闻声,薄昭满面春风地迎上前去,也打着哈哈:啊哈——少府邓大人,快请吧,请上座!邓通变戏法似的又从宽大的袖子中掏出一匹双蹄腾空的玉马递上:一个小意艺儿,不成敬意,国舅大人别笑话。薄昭故做推辞状:哎——邓大人这是……邓通道:要不是国舅大人详细告知陛下的饮食起居习惯,邓通怎能让陛下不加怪罪?邓通的感恩之心,真是用这张笨嘴说不清。这的确是由衷之言。邓通虽然深谙为奴之术,可有今天的风光,也有薄昭的提示之功。薄昭一副受之无愧的模样,他笑着问邓通:是不是又遇到难处了?邓通用白皙的手指抠抠鬓角:国舅大人真是料事如神哪!薄昭道:说吧,什么事?邓通说:这几天小臣观陛下进食的情形有些怪异,为让陛下多吃点,每当进食,都让宫女们都之奏乐,可陛下很少动筷子,却望着弹琴的宫女频频皱眉,昨日晚饭陛下的眉毛就皱了两回,小臣日思夜想也想不出个究竟,特来请教国舅大人。薄昭手捋胡须哈哈大笑:你自然不知何故了。

邓通躬身道:请大人赐教。薄昭道:陛下自幼爱读书,是个才子,除了喜爱乐曲民谣,还有许多儒生的雅好。邓通说:我这俗人自然不懂这些。薄昭又道:另外,告诉你个秘密,窦皇后自生下小皇子武儿之后,就一味宠爱,甚至将公主嫖儿及太子启儿抛至脑后,不管不问……薄昭突然打住,跟你说得太多了吧?邓通一副顿悟的样子,小人明白了。窦皇后当年就是善弹之人呀。

天已大亮,汉文帝和衣伏在承明殿的几案上,左肘旁,长乐宫灯中的油膏已熬干了大半,灯光却仍是亮闪闪的,几案上的奏折已摞成一摞,凌乱地摆着。邓通轻手轻脚走进,将灯吹灭后,伏下身子,轻唤:陛下,陛下!汉文帝被叫醒了,一看天已大亮,站起来伸展一下胳膊:时辰过得真快。邓通道:陛下已经一连三夜伏案批折子了,就是铁打的身子也……文帝挥挥手,邓通立即打住,他将文帝略微不整的常服拉平了,递上一杯漱口水。文帝接过来漱漱口,邓通忙用一块丝巾将文帝唇边水渍拭去,将丝巾用水打湿后,开始仔细为文帝擦脸。

汉文帝道:今早上朕想吃些汤羹,另外加几个胡饼。邓通说:好嘞。邓通忙对旁侧宫女做一个下去的手势,宫女匆匆离去。邓通又连拍两下巴掌,六个衣着鲜艳的宫女匆匆走来。文帝皱眉:朕不想听曲儿!邓通道:今儿个不给陛下听曲儿,瞧她们什么乐器也没拿,今儿个哪,她们和小人一起来给陛下说些稀奇古怪、让人

不猜又想猜、猜又猜不透的事儿,让陛下乐乐。文帝咬口胡饼又喝口羹:好啊,朕听听乐得起来还是乐不起来。

邓通喊道:美姬们,你们给我解一件事:说有件事,你不能说它,说它就被说破了,那是什么事? 六个宫女齐声回答:是安静! 汉文帝笑了起来。邓通见主子被他的绝招逗得乐了,就更加起劲:再问一个,有个商贾来一家客栈过夜,他把钱袋放在地上,让店主的小妾给他准备晚饭。小妾在做饭的时候对丈夫说:我们要是能得到这商贾那一袋子钱该多好啊! 丈夫答道:好办,你把一样东西放到他的晚饭里,他明天离开时就会把钱袋忘带了。美姬们,你们说,店主说的那东西是什么? 她们又齐声回答:忘性草。文帝先自笑了。

邓通更起劲了,接着说:答得对,店主的小妾高高兴兴地把忘性草掺进饭里,商贾吃了以后就回客房睡觉了。第二天一大早,商贾就离开了客栈。那店主的小妾一觉醒来,忙跑进商贾房里一看,里面空空的,什么也没留下。她骂丈夫,傻瓜,你还跟我说什么忘性草呢,那商贾根本没忘掉自己的钱袋。店主说:那总该忘掉点什么东西吧? 小妾喊道:什么也没忘! 突然,她一拍手,一跺脚,是忘了,忘了! 美姬们,你们说说,那商贾忘了什么? 众宫女说:忘了付店钱!

汉文帝哈哈大笑起来,好! 朕也给你们出个题,你们每人用笔画个圆圈儿,每个人都不得走出自己的圆圈而又能取到自己想要的东西,怎么才能取到? 众宫女你看我,我看你,谁也答不上来。邓通急得满脑门子汗。他见这些宫女真的答不上来了,只得说:陛下,我来答吧。汉文帝正在兴头上:行! 你答也行! 邓通道:把圆圈画到自己的腰间,就像这腰带一样系在身上,不就可以拿到你想要的任何东西了! 文帝哈哈大笑:不错! 看不出来,你除了会安排朕的饮食,还挺机灵的。这——文帝指指邓通的脑门子,文帝像对邓通又像自语:你这头脑行,做人、做事都懂得变通,画地为牢是得不到任何东西的。邓通赔笑:谢陛下夸奖! 话音一落,他立即转身,把手挥得跟摇拨浪鼓似的,六个宫女纷纷退去。邓通走到殿外,抹一把汗水,对她们呵斥道:你们这些蠢货,不教就什么都不会,简直就是一群木俑。陆贾身穿大花绸衫,一身南越人装束,走进殿来,后面跟着陈平和周勃。文帝一见陆贾,兴奋地站了起来,陆爱卿,你回来了! 快说说南越之行! 陆贾跪拜:陛下,那赵佗面对祖墓图号啕大哭,发誓日后再不自立为帝,永做大汉的藩臣……文帝点头:陆爱卿仅凭三寸之舌就替朝廷稳住了南疆,劳苦功高啊! 说吧,朕是重封你为中大夫呢,还是封你为……陆贾跪地:谢陛下隆恩。老朽已六十有四,到了黄昏年纪,不宜再做朝廷命官了,还是多赐些黄金吧! 说罢嘿嘿一笑。陈平与周勃尴尬互望。文帝又尊崇又感慨:……朕的老太傅啊,朕……既然爱卿已淡泊仕途,那就遂你的意,赐锦缎三十匹,黄金一百斤。陆贾高兴道:谢陛下! 遂欢颠退下。

文帝这才转向陈、周两位丞相,两位丞相,你们有何事禀报? 周勃道:陛下,齐王咳血不止,于昨夜夜半时辰去了。陈平接着说:少府已经派人替陛下送去金缕玉衣,此刻正在通往临淄的路上。文帝面露悲情,哎! 襄儿生来体弱,还不到三十岁,短寿哇!朕早就想过,一旦齐王不在了,齐国就分封给他的几个儿子。陈平:这样,齐国就一分为四了。

周勃、陈平走下承明殿台阶。两人边走边议论——陈平道:这么一来,刘章与朝廷的怨就越结越深了。周勃说:还不是你陈丞相!陈平道:老夫怎么了?周勃说:当年许的好愿啊!

果然刘章跟刘恒的怨越结越深了,尽管刘襄穿着汉文帝派员送来的金缕玉衣入了殓,葬礼办得极尽隆重排场——

在城阳国宫殿里。一卫士大喊:大王,山里王将军来了!刘章急道:快请!一武将上,行跪拜礼后,掏出两包四铢钱:大王,请看哪是真哪是假?刘章端详良久竟无法辨识:从吴国掳来的铸币师还真行!王将军阴笑:还是大王的主意高!刘章也阴笑:太好了!王将军,你叫的人都来了吗?几十个青壮年武士每人背着一袋铜币,涌进殿来:时刻等待大王指派!刘章示意他们将麻袋放下,几十袋铜币亮晃晃的显露在众人面前。

刘章面对几十个青壮年武士来回走动,发着命令:这些钱都给你们,你们的差事就是都给寡人花光。这排人目瞪口呆,你看看我,我看看你……一年轻武士问:大王,您叫我们怎么花?都买什么?刘章道:你们想怎么花就怎么花,想买什么就买什么。在外面,你们过痛快些,可以大吃大喝,也可以去赌去嫖,本王只有一条旨令,就是必须把钱花光!另一武士说:那得要多少马、多少车往回拉呀?刘章道:有用的拉,没用的扔,可以扔到河里、山上……明白了?武士们肃立答道:明白了。刘章从头按序数起:你们俩去长安,你去吴国,你去蜀郡……三十六个郡国和各村各县,你们都要按本王的指令,带钱去花!对了,长安,要花得最多,记住了!

石渠阁外,一棵歪脖子柳树几近树梢处,十多岁的刘启双脚紧盘树干,边从鸟窝中掏出鸟蛋,边冲下喊道:武弟:揖弟,接住了。两个六七岁左右的男孩高仰脖颈,手忙脚乱地接着从高空降落的一个个鸟蛋。刘武没接住,啪的一声,蛋黄流了一地。

晁错手舞教鞭跑了过来,下湖摸鱼上树掏鸟,是皇子干的事吗!刘揖机灵,赶快往书馆跑:太傅别打我,我去读书。刘启三步两出溜到了地面,和刘武乖乖伸出了右手——晁错照两人手心各打一下,又啪地打了刘启手心第二下,这是你带两个弟弟胡闹该罚的!刘启不服地白了晁错一眼。晁错道:怎么?不服?他扬扬教鞭:这可是你父皇亲赐的教鞭,就是用来管教你的!石渠阁内,刘武边写边念:道可道,非常道。名可名,非常名。……突然困意袭来,打起瞌睡,手中的笔轻轻落在案上。刘揖始而捂嘴偷笑,继而大声地吟道:无名天地之始。有名万物之母……刘启轻轻推刘武:武弟,快写吧。你就不怕太傅的教鞭……刘武惊了一下,睁大了眼,亮了亮手心被打的红印说:我都被他打惯了……正坐在案边看书的晁

错斜视了一眼这三位皇子兄弟……

又是一年的盛春时节,未央宫内百花斗艳,绿草茵茵。窦皇后手牵五六岁的小儿子刘武,正怒气冲冲地训斥刘启:启儿,你太不像话了!刘启手里拿着折断的芨芨草,眼里含着委屈。窦皇后道:你是哥哥,应该让着点儿弟弟。刘启不服气地回嘴:启儿怎么没让着武弟了?可他抢过我的一根,就断掉一根,自己斗草老输,能怪我吗?窦皇后道:反正你是哥哥,他是弟弟,弟弟哭了,就是哥哥的过错,到现在你也没哄他。刘启委屈道:给他好几根草王了,他一斗就断,能怪我?自己没本事,就会哭!窦皇后道:你身为大哥,弟弟没本事你不会教他?

此时,薄太后朝这边走来。薄太后问道:你们母子三人说什么呢?刘启见到祖母,顿感委屈,他扑入薄太后怀中,哽咽着:奶奶!窦皇后忙施礼:拜见太后!薄太后慈爱地抚着刘启的头:玩儿嘛,哥哥总该让着弟弟,但做父母的对待孩子也要公平。窦皇后道:是,太后!

长安博士院门前一群头戴博士冠、身穿博士袍的博士走出博士院,洛阳人贾谊走在最前面。这位被苏轼称为"王佐之才"的博士,才学俱优,深得老师张苍的喜爱。

此时,恰巧皇子们的太傅晁错从未央宫走出来。晁错见贾谊正走下台阶,紧走几步,赶到贾谊面前:啊,贾谊兄,是放假了吧?贾谊道:真是巧得很,弟正想向晁错兄告别,我们就不期而遇了。怎么,今天没给皇子们授课?晁错道:也是刚刚下课。说着,晁错望望阴阴的天空,伸出手接了几点雨滴:啊,要下雨。贾谊道:春雨贵如油啊,就怕这雨下不起来。晁错道:微雨天更静,我们找间酒肆,稍饮几樽如何?贾谊迟疑:我想趁假期回趟洛阳,行前买些东西。晁错道:应该,应该,那,弟就陪贾兄去趟西市,那里的东西全。贾谊笑笑,那就有劳错兄了。两人朝西市走去。贾谊与晁错虽然师从不同的学派,可两人都欣赏对方的博学多才,视对方为知己。晁错问:你这又是一年多没回家了,璠儿该有两岁了吧?贾谊心中一股父爱油然升起:快三岁了,贱内有信说,我那璠儿啊,最爱吃甜品……

庞大的西市内按商品类别,分成粮豆区、丝绸区、木器区、珠宝区、食品区……物品丰富,一派繁荣。贾谊、晁错边走边谈,翩翩来至食品区,他们看着那水果、点心、蜜饯……掌柜边称边说:这位大人是往外地带吧?这柿饼可是长安的一大名产啊,您看,它上面粘满白霜,吃到嘴里甜而不腻,外地客来到长安,没有不买的。贾谊道:这么好,就称上三斤。掌柜一一包好后,算了算账:一共三十钱。

贾谊掏出钱来数了数,放下三十枚四铢钱后,提起食品欲走。掌柜急呼:两位大人请稍候,待我看看这钱是真是假再走。贾谊感到深受侮辱:我一个读书人,能给你假币!你这不是侮辱人吗!他将食物一掼,不买了,不买了!晁错一把抓住掌柜衣领,无端侮辱人是要受罚的!走,去廷尉府!掌柜从晁错手中挣扎出来,边验钱边央求:大人,不是小的无礼,是如今的市场啊,假币满天飞!说着,他从钱柜中拣出两枚,您看看,这两枚就是假的。他又拿出真币比较说:您看这印章……晁错、贾谊瞪目细辨。

晁错讶道:嗯,真是不同,不仔细看还真分辨不出来!这印章虽然都用阴文,可真币的笔道密而不滞,假的这两枚笔道却显得粗浮又紊乱……贾谊说:这还了得,得写奏折。晁错道:是得写奏折制止,但不能不咸不淡,要重典查办!贾谊说:错兄,你说要用什么样的重典?难道把凡有假币的国王都一一追究?你是想天下大乱?晁错道:不用重典天下就太平了?两人边争边欲离去。掌柜听得高兴,这就仰仗大人了,再这么下去,生意就难做了……唉,大人,他提一包包食品,这柿饼?贾谊忙道:买,买……

刘章造的假币已经像瘟疫样悄悄地在蔓延——

长沙国一市场。吴国丝绸商人周掌柜:孙掌柜,就这么定了,我这二十匹丝绸换你这三十件漆器。孙掌柜:周掌柜,你想让我一家老小喝西北风去呀,我这三十件漆器进货也得二十六匹丝绸的价儿。周掌柜:再低点。孙掌柜:最低也得再加十匹丝绸!周掌柜边点数丝绸:你看看,我这兜底了,就剩二十二匹了。要么这样,我再加点钱,周掌柜说着就掏出一袋子钱。孙掌柜急忙摆手:不行,钱我可不要。周掌柜感慨:这长沙国怎么了?钱都没用了?还必须以物易物?孙掌柜笑笑:还说呢,以物易物是从你们吴国开的头!周掌柜:唉,这样下去,还不乱套了?

上郡某集市。一壮年男子扛着一根扁担和一沉甸甸的麻袋,目光空空地来到摊前。食摊前坐着的那位大肚子孕妇吃力地起身:猪卖了?粮食呢?盐呢?男子呆呆地望着她,半晌才说:卖了这一袋子钱,可我买什么人家都不卖,说这袋子钱不少是假币……孕妇急问:这可怎么办?俩孩子都饿得起不来炕了,她又拍拍肚子:这个又要出生,我们可怎么活呀……她大哭起来。男子见状,突然一跺脚,我找他去!男子紧握扁担、挽着钱袋、怒目直视地大步前行;孕妇挺着大肚子,趔趔趄趄地艰难跟随。男子来到卖猪的摊位,却已人去摊空,地上只留了一摊猪屎。男子狂喊:人呢?那收猪的人呢?他四处逡巡。紧邻摊贩说:走了,收完你的猪就走了。男子一下惊呆在那里,他目光痴滞、六神无主。突然传来一声惊呼,不好了,绸缎庄赵主公上吊了——人们闻声纷纷跑向对面的绸缎庄。有人咂舌叹息,有人义愤斥骂:妈的,都是假币闹的,听说赵主公的房都空了,只剩一大摊没用的假币……男子一听,突然抡圆扁担,朝自己头上打去。男子血浆迸流,孕妇趴在他身上大哭……

终于,这瘟疫蔓延到了未央宫内——

一大早,丞相府内。两个府役正在拆一堆木匣上的封泥。周勃与陈平边说边笑地跨进丞相府的大门。

周勃揭开木匣盖子,拿出一捆用红丝绳扎好的竹简,边解丝绳边对陈平说:

哎！今天这加急邸报怎么这么多！

陈平没接周勃的话茬,展开一册竹简念道:上郡市面出现了难以辨认真伪的假币,致使十一人丧生。

陈平又展开一册竹简,代国商贾上交的税收中掺入了大量假币。

周勃脸色顿时严峻起来,他也展开一册竹简,凑近了,看不清,他两手伸直,盱目细看,还是看不清,他递给陈平,你眼睛还没太花,看看这份邸报。

陈平道:我除了眼睛还不太花,身子骨哪儿都没你硬朗。

陈平一脸严肃地接过去:长沙国因假币太多,又难以辨认,不得不以物易物……

周勃又急忙递上一册,陈平念:豫章郡……

周勃又递,陈平接念:河南郡……长安!

两人不约而同地惊叫:什么？京城也有了假币？！

陈平匆匆浏览一堆加急邸报:老周勃,不好！这么多假币铺天盖地而来,是要压垮大汉的天哪！

周勃焦急地说:再这么下去,还会死人的！走！找陛下去！说罢欲转身进宫。

陈平拉住周勃:慢！先传主管铸币的钟官来辨辨这些假币再说。来,咱俩把各郡国附上的假币汇拢。

周勃拿起一块假币翻来覆去地辨识:我怎么看也看不出这些钱是假的,成色挺足的嘛！你看得出来吗？

陈平道:不细心看,真是看不出。

宫内主管铸币的孟钟官匆匆走进丞相府,双手作揖:两位丞相大人有何吩咐？

陈平道:呃,你来看看,这些是不是假币,假在哪里？

孟钟官把一大堆假币逐个仔细看了后,朝陈、周二人道:丞相大人,微臣敢说,这些假币出自同一间铸币场。这个铸币场不一般,它的铸工是有相当高辨铜、雕刻技艺的人。

陈平问:民间那些逐利之徒做不出来吗？

孟钟官道:做不出来,他们无法弄到这么多足成色的铜。

孟钟官掏出一枚真币来,大人,您们请看,咱们朝廷铸的四铢钱上"半两"二字,平正方直,这假币上的"半两"二字也真是大体相仿,没在大铸币场做过多年铸工的人,是刻不出来的！只是……

孟钟官咽了口唾沫:只是由于造这假币的模子不够坚固,加上多次翻印,笔画有些残损,印边也稍稍变了形。瞧这"半"字的两点,落笔稍短而尖,"两"字的中间笔画内心并裂。

周勃道:钟官,你甭说太多的行话,听得人晕晕乎乎的,你是说,这造假币的人是干过多年铸币的铸工？

孟钟官答:是！

304

周勃道：能造这大量假币的人有一座铜矿山？

孟钟官道：是这样。

周勃挥手，好，你退下吧！

陈平在一旁说：走！找陛下去！

未央宫正殿——太极殿内。两位老丞相神情严峻，他们向汉文帝详细述说了各地的假币之灾。周勃声音略带沙哑地说道：陛下，从假币的成色看，这已经不是贪财逐利之徒所为了，制假币者定有大图谋！陈平道：这是在抽我大汉釜底之薪！这，这是一场不见刀剑的大战啊！汉文帝激动地说：两位丞相所言极是，拟旨：陈平秉笔待书——汉文帝道：着大汉三十六郡及各封国：严查境内假币，但凡出现，悉数收缴，且要追根溯源，查至假币出处。陈平写完交邓通，邓通接过后匆匆走出正殿。

汉文帝道：两位老丞相。陈平、周勃趋前跪拜：臣在。汉文帝道：着少府、廷尉府速速派员分赴三十六郡和各封国监察假币，并将各地出现假币的日期、数量一一入册！

第十九章

贾谊跟妻儿短暂团聚几日,又踏上了回长安之路。他高冠博带,一身儒生打扮,骑着一匹小红马,行至洛阳城门前翻身下马后,正要朝城门外走去。突然,一位守城的军卒上前作揖,贾博士,不在家多住几天?

贾谊打量一下这位"军爷",忙回礼:假期已满,该返长安了!你是……

军卒笑着:我是博士你夫人的远房表弟,你们成亲那天我还去喝过喜酒呢。

贾谊又一次作揖:哦!哦!想起来了!

另一守门军卒走来:是有名的大才子贾谊吧!会读书好哇,可以进京城、进朝廷做大官,哪像我们,守两年城门就得回家种地。

贾谊正要抬步出城,突然一匹快马驶近,马上人跳下马高声喝令:都闪开!闪开!

贾谊急忙退到路边。

瞬间,哀乐由远而近。帛剪的圆形冥钱漫天飞舞着,长长的披麻戴孝送葬队伍缓缓走来。

走在队首的人手执彩锦招魂幡,紧随其后的是四人抬的一黑底锦饰的华丽棺椁,这棺椁的盖板及四壁粘贴了一层羽毛贴花绢布,绢布的图案棱角分明,羽毛是光亮的黑色羽毛,空余之地贴的是金黄色的细绒毛。

军卒伸伸舌头:乖乖,这棺材得花多少钱哪!该是什么人睡在里边?

紧接着,车拉的陪葬品缓缓走来:一车花花绿绿的木俑,有戴冠的男俑、有歌舞俑、奏乐俑、杂役俑……男的身着罗袍,女的盘髻、施粉,双唇红润,身着纹绵镶边的绣花长袍,个个纤腰长袖,姣美艳丽。

又一马车驶近城门。满车装的都是衣服、绫罗绸缎,花色变化多样,金黄、桃红、瓦蓝……色彩斑斓。

又一车载着漆绘屏风、龙纹漆盒、双层漆箱、漆盘、漆碗、勺等女主人生前用品。那些漆盒、漆箱打开着,人们可以清楚地看到内装假发、梳、篦、丝粉扑、油彩、白粉、胭脂、铜镜、刀、镊、木花、琉璃笄等。

接着的车上装的是这位夫人生前爱吃的食物:梨、杨梅、荔枝……青菜、芹菜、藕……面制的点心、糖等。

军卒咂着嘴:真是富得流油哇,有些东西咱们平常人见都没见过。

贾谊的"表亲"道:唉,人各有命啊!

开道人卖弄道:没见过吧!没见过的多着呢!你们瞧见那几车没敞开的吗?那全是金、玉、珠宝!光太夫人嘴里叼的那块玉蝉儿,就够你吃三十年的!

送葬的队伍里,开章披麻戴孝走在最前面。

贾谊一眼瞥见开章,急忙上前施礼:上将军,这是……

开章一脸悲伤:是家母……

贾谊恭敬地一跪,为开母行大礼,上将军节哀,贾谊恭送太夫人升天!

开章道:谢贾博士。早就知道我们是同乡,没想到是在家母出殡的日子相遇……

贾谊道:上将军的大名,特别是在长沙国大败南越的功绩,谁人不知……

开章淡淡地一摆手:武人嘛,小事一桩!

哀乐又起,开章随灵车渐渐远去。

贾谊跟在送葬的队伍后面终于出了洛阳城门。他牵着马缓缓而行,看着前面长长的送葬队伍,不由皱起眉头,喃喃自语道:上将军,大功臣!可这又太奢侈了吧!不少地方在闹灾,百姓连饭都吃不上,这么多财宝却埋到地下……得写奏疏,要奏报朝廷……

在吴国宫殿里,刘濞正大光其火,他朝下来查处假币的孟钟官挥着手,大吼:你要是为查假币而来,寡人就请你立刻离开吴国!

孟钟官道:敢问吴王,为什么?

刘濞道:为什么?你孟大人是朝廷少府钟官,你理应知道,我吴国铸币工场是皇帝御批的。御批铸币场能铸假币?这岂不是一犯欺君之罪、二自毁声誉吗!本王再宽厚,也是不允此事出在我鼻子尖底下的。

孟钟官道:吴王,下官也是实在没办法。如今,假币满天飞,百姓以物换物,不仅贸易周流不通,也已危及朝廷税收。此事震动了朝廷,震怒了陛下。下官看到吴国集市上已出现假币,要不查个水落石出,下官这头可就……

刘濞咄咄逼人地说道:那吴国就该受此冤枉?吴国就该第一个被查被问?

孟钟官道:吴王,并不是只查吴国,各封国和三十六个郡,朝廷都已派人去查了。

刘濞想了想,口气明显缓和下来:嗯,是也该查查,不然,钱币一乱,这天下还不大乱了……前几天,我铸币工场一个最懂辨铜的铸币工,休务返乡,至今未归,后来听说他在给父母上坟时被一群蒙面人掳走了。嗯,说不定,就跟铸假币事有牵连。

孟钟官道:敢问吴王,这铸工叫什么?

刘濞道：姓门名深。

孟钟官道：门深，下官记下了。那，我是否能看看吴王铸币工场的铸模？

刘濞指着案几上的模子：这不是吗，铸币场刚刚送来的。

孟大人拿起模子一枚枚地端详、摩挲，点头：吴王，下官都看过了，非常规整，下官会如实禀报的。

刘濞捋着胡须笑着：哼哼，其他什么就不必说了。

手提鸟笼的邓通走进车骑大将军的府邸，"啾啾"的鸟啼声牵住了正在做养生功的薄昭的视线。邓通把鸟笼放在案上，一脸灿烂：邓通给国舅大人逗乐子来了！鸟笼里的红冠鹦鹉劲头十足地叫道：拜见国舅大人！拜见国舅大人！薄昭被逗得乐不可支，把手伸进笼内，伸出食指拨弄着鹦鹉的红冠：好鸟！好鸟啊！

薄昭转向一脸灿烂的邓通，打个请坐的手势：黄头郎官，怎么？又遇到烦心事了？邓通一屁股坐进椅中：陛下现在不光听曲子皱眉，就连听讲乐子也皱眉，小人是没招了！薄昭神秘地笑着：你不知道陛下心里有块病？邓通问：陛下有什么病？怎么不找太医？薄昭道：你看见陛下龙案上可有根猎兔棒？邓通道：是啊，是有根猎兔棒。那陛下的心病……薄昭愈加卖关子地挥挥手：跟你说了你也不知道！邓通虔诚又不无忧虑地问：那陛下的病会好吗？薄昭道：心病，知道吗！心病，谁也治不好。

又是一个风和日暖的清晨，丞相府两个府役正在拆一堆木匣的封泥，周勃与陈平边说边笑地跨进门来。

周勃指着一堆竹简：老丞相，今天的邸报没有加急的吧？陈平粗粗浏览一番，没有倒是没有，可查找铸假币案也没有重大进展。嗯?！瞧这儿，吴国查假币时，竟发现他们的一个铸工失踪。周勃急迫地问：那个铸工被谁掳去了？陈平摇头：不知道，廷尉府正在查。周勃道：一案没查实，一案又起。

陈平拿起一份折子，开章母亲丧事，陪葬品竟有金银财宝几十车。又拿起一份折子，豫章郡丞相过五十岁生日，酒席竟摆了五十桌。周勃抢过奏疏：开章？贾谊奏开章……这可不太好办。陈平道：不好办也要办。上将军开章这才叫撞到陛下的刀刃上了呢！周勃无奈：那就呈报陛下吧！他一阵烦躁：厚葬，大吃大喝，假币，抢人，杀人，轰不完的苍蝇，真烦人！

陈平拍着羊皮邸报：周丞相，快瞧瞧，河南郡治理私铸钱币有个绝招，他们一旦发现使用成色不足四铢钱的钱币，不仅没收钱币，还罚使用者为洛阳修筑三个月的城墙，一下子刹住了假币风。

周勃烦躁地来回踱步：老夫一听这些曲里拐弯的事就坐不住，他指指堆积半墙高的竹简：瞧瞧、瞧瞧，老夫整日听读这些奏折，头都疼了。真不如跟老灌婴换换，带兵去打仗，那多过瘾！多简单！

308

陈平兴趣正浓：嘿！长沙国的邸报好看。说是在九嶷山上发现一家六口白毛人。

周勃略略惊讶：什么？白毛人？

陈平解释道：就是长期吃不到盐，身上的毛发都变白了的人。他们是为躲避秦末战乱逃进山里去的，现在天下太平了，下山来了，长沙国给他们分了田和房子。这条，该好看吧？

周勃没接话茬，而是转至陈平身旁，拍拍陈平的肩膀：你说实话，老夫是不是天生的武人，做不了这丞相的位？

陈平笑着正待答话，一少府仆役提一竹篮，内装墨丸、毛笔、竹简等公务用品与邓通进府。

邓通满脸堆笑：两位丞相，我又来送公务用品了，这墨丸和毛笔还是都给陈丞相吗？周勃忙说：都给陈丞相，都给陈丞相。邓通将双份用品放置在陈平案上。陈平道：将周丞相的这份儿给御史大夫张苍送去，他那边文案多，用量大。邓通忙将五枚墨丸及一支毛笔收进篮中：打扰了！打扰了！邓通刚要举步，又转过身来：陛下请两位丞相去趟承明殿，说是匈奴使臣待会儿就要到了。

陈平、周勃匆匆地走进汉文帝的书房。汉文帝正读冒顿来信，见应诏前来的两老臣欲施礼，急忙起身扶周勃、陈平至书案前坐下。

汉文帝道：两位爱卿快坐快坐，冒顿来信了。文帝展信念道：匈奴大单于恭祝大汉皇帝平安。

周勃插话：真是个无赖，打不赢，就软蛋一个了。

陈平道：别打岔，听陛下念下去！

汉文帝道：前时，右贤王听信奸人挑拨，滋扰大汉边塞百姓，离间我兄弟情谊，致使皇帝两次修书，责我背信。实乃我单于训斥部下不严之过也。今献上骆驼百匹，坐骑二百，祈汉皇笑纳，并再归还汉人四十五名……

周勃道：这冒顿是被打怕了，求饶来了。

陈平道：被打疼了，就乖几年。等伤疤好了，疼就忘了，他就又打马而来。

周勃道：干脆，现在就从根儿上灭了他的种！先乘胜派军踏平他冒顿的茏城，到那时，碾死他还不是如碾一个蚂蚁！

陈平道：当年高祖在平城……

周勃道：当年，当年，老皇历了。当年高祖刚跟项羽打完仗，元气大伤。今天就不同了，我大汉经过近三十年的治理，可以说已经国力雄厚，兵强马壮，不用多，让老夫带八万人马就可以杀到他冒顿的茏城。

正说时，一只苍蝇"嗡嗡"飞过。

陈平道：周丞相你拳头硬，打打这只苍蝇如何？

周勃明白陈平的意思，憨憨地笑着捏捏拳，这打仗就得过瘾，几十万大军摆出战阵，对峙着，拼杀着……那才是真的打仗！

陈平道:着哇,可咱们打匈奴就像拳头打苍蝇,你拳头硬,可这苍蝇长了翅膀,飞得快,匈奴人虽少,可强悍善战,又跑得快,再加上匈奴人居住的是大片草原,你打过去,他们不知又跑到哪里去了。你怎么打?

周勃憋红了脸,又笑,你这张嘴呀……

汉文帝也笑,两位爱卿说得太精彩了。一个种族千百年来能延续至今,要灭绝他,是不可能的,何况攻人易,攻心难。

周勃道:是啊,每个人的心都长在他的肚子里,那怎么办?

汉文帝道:那就不能用你周丞相的拳头和大刀,而只能用文明礼仪。

周勃不解:文明礼仪?

陈平道:陛下圣明!想我中原的丝绸、食物和先人传下的礼仪都是四方部落所喜爱的,经常给他们一些,几十年、几百年,长此以往,这些四方邻国,就会喜我所喜,爱我所爱,其心不就归为一体!

汉文帝道:中原,中原,没有四邻何为中。

陈平道:天下归附,大势所趋!

汉文帝道:也不那么简单,要完成天下大一统,是需要几代人、几百代人的努力呀。现在当务之急,是让百姓先过上好日子。他拿起案几上一份奏折:朕看了几份查办假币的折子,看来,这是场持久之战哪。

陈平点头道:是的,铸假币者隐藏很深,要查出来,得花时间。

汉文帝问:右丞相,这几年每年各郡触律违法之人有多少?每年各郡能收多少粮食?

周勃没想到汉文帝会突然将话题转到这上面,被问住了,这——这——

周勃抓耳挠腮,有些冒汗,坐不住了。

汉文帝见状,又转向陈平:左丞相知道吗?

陈平道:这好办,要知犯罪人数,问廷尉张释之就行了,问每年的收成嘛,自然要问治粟大夫。

汉文帝道:那陈丞相您干什么呢?

陈平道:老夫管他们哪。

汉文帝大笑,难怪天下人都说,除张良外,陈丞相是当今最聪明的人了,聪明,还加机巧。

出了承明殿,走出未央宫的东阙门,周勃对正待上肩舆的陈平道:玩这些花花道子,老夫真不行。你这老家伙,怎么不事先教教我?尽让老夫在陛下面前出丑。

陈平大笑,就像你指挥千军万马,你一时能教会我吗?

周勃道:也是,可以后……

陈平:以后?以后可不能这样!丞相是什么?丞相是君王之下、群臣之首、总揽政务第一人。天子问起事来,推三阻四,愧对天下人哪!今天是天子高兴,才没怪罪,这种事只能有一,不能有二啊……说着,他脚底一滑摔倒在地,只听"嘎巴"

一声,好像什么折断了。

周勃急得大叫:来人! 速召太医!

匈奴境内的一个大型采石场,四周遍布着手执兵器看守的匈奴士兵。男装打扮的闵女正同一群被俘的汉人在料峭的寒风中砸石头、搬石头,尽管脸上带着疤痕,加上数年的劳累和疲惫,仍然遮不住她那天生的清雅秀丽。

一匈奴头目走过来:都别干了,听我说。大单于开恩,你们中可以有八个人回家。众人一阵惊喜,七嘴八舌地哀求着:大人,我家还有七十老母,放我走吧……我都来了五年了……闵女也"咿咿呀呀"地喊着。

匈奴头目挥手道:别喊了,能干活的留下,不能干吃闲饭的走! 说着匈奴头目扯过几个年老体弱者:你,你,你……最后他扯过闵女:你也走吧,一个哑巴,来好几年了,干活没劲儿,还老想跑……

春日的朝阳从大漠深处探出头来,一群身着汉服的人们被带到右贤王大帐外,他们手执"铁匠李"、"扁食王"、"神医张"、"卜卦赵"等窄长帛幡,肩背包袱,争先恐后地挤动着,闵女也夹杂其中。

几个匈奴兵卒边拦挡边吼叫:急什么,右贤王已经答应了,会送你们回家的。有几个汉人已经按捺不住,三步两步往南边跑去。匈奴骑兵如老鹰抓小鸡似的抓住他们,厉声训斥着:这么多年都等了,怎么再等一会都受不了了! 放心,这是说好的,等你们的人点了数,右贤王亲自把你们交给汉使,你们才能回家! 几个汉人低声议论着:神气什么,还不是让我们大汉打败了! 要不,他们能放我们走?

大漠尽头出现了蠕动的黑点。不多时,一群人马排列整齐的队列从大漠边缘疾驰而来。有人欢叫:咱们的人来了,来接咱们来了! 有人狂呼:大汉万岁,万万岁!

右贤王一脸铁青,手握马缰,勒着马嚼子在原地转悠几圈,待他将所有人粗略巡视一番后,跳下马,开始按送回的汉人人名边点边审查面貌。

轮到闵女,她"咿咿呀呀"地叫着。右贤王望着她疑窦顿起,他用马缰挑开闵女的帽子,闵女一头长发披拂而出,右贤王认出了闵女,对接人的大汉卫尉说道:她不是汉人,是匈奴逃犯,站后面去! 话音刚落,两匈奴兵架起闵女的胳膊。闵女孤注一掷地开口喊道:我是汉人,是常山马场的,我姓闵……两匈奴兵捂住她的嘴,用力拖出人群。

汉军卫尉道:我看她就是汉人,你要按承诺办事。右贤王道:她说的是假话。闵女被强押着走远了……

帐篷内,右贤王叮嘱马场头:记住,让她吃好喝好,只要你们能做到的,她要什么给什么,一定伺候好……马场头目不禁嬉笑:右贤王是怎么了? 一个汉人丫头,还要伺候好? 帐篷内其他人也哄堂大笑。右贤王怒道:你们懂个屁! 她可是个培育良种马的能手,是块宝! 只要你们能哄得她为我匈奴育出良种马,本王就重赏

311

你们!马场头目道:那还不容易!哄不好,我就——马场头目挥了一下马鞭。

右贤王夺过他的马鞭:白痴!本王有言在先:第一、必须得哄,让她为我们育出良种马;第二、严加看守,绝不能让她跑了;第三、谁也别想打她的主意,谁要违犯,小心本王的这把刀!话音未落,右贤王恶狠狠地从腰间抽出一把泛着寒光的短刀。

自从闵女被右贤王认出来,被迫到了一个养马场后,她就恢复了女儿妆,长发披拂着,一身匈奴女服。一连两天了,闵女神情忧伤地坐在那儿沉默不语,不吃也不喝。眼看就要回到家乡,回到常山那个生她养她的地方,可飞来的横祸让她刚出虎口又落狼窝,她为自己的命运痛不欲生,悲痛之极,她想到了死,真的想到了死!她要就这样不吃不喝地死去!

一匈奴兵进来给闵女递上一只羊腿:你已经两天没吃饭了,看着多香的羊腿,赶快吃点。

闵女不理会。

匈奴兵又恭敬地为她倒了一碗酒:饲马师,请喝酒。

闵女"啪"地打翻酒碗。

匈奴兵讨好地凑近闵女:你这么年轻,又被我们右贤王看成宝贝似的,怎么不爱惜自己的性命啊!

闵女突然被电击似的一震!怎么不爱惜自己的性命!是!自己能虎口脱险,就一定能逃出狼窝!

闵女大声呵斥道:谁说我不吃不喝!拿来!

匈奴兵慌忙递上羊腿,倒酒……

在云中郡郡守府,那个前往匈奴迎领汉人的卫尉跟张武说了遇见闵女一事。张武颇感意外地追问:她真的是常山军马场的?卫尉道:真真切切,她说她是常山军马场的,姓闵……张武问:长什么样?卫尉道:一头长发,脸上有两道疤,脸没看清……对了,眼睛又亮又大,深深的,人很清秀……张武踱步思考片刻,断然地说:是她,肯定是她……可怎么救她回来呢?卫尉道:张郡守,末将只要一百军马,杀入匈奴,把她抢回来……张武忙摆手制止。张武道:且不说你能不能找到她、抢回她,就是能,也动静太大,匈奴给我们送回了那么多人,汉匈刚刚和好,弄不好,岂不又要引起一场战争,人不扰我,我不出击,疆土固守,侵者必歼!陛下的圣书没忘吧?卫尉为难,那……

张武刷地铺开一张地图:这是我们在茏城的人画的一张地图。张武边说边指着地图上的红圈:既是右贤王带走了闵女,她肯定在右贤王地界的某军马场……你看,这是右贤王最隐秘的一处军马场,她应该被送到这里为匈奴培育良种马。卫尉点头。张武道:你派个身手好,动作敏捷的人速去寻访,只要确认她身在何处,就速来报我。另外你去买一个这样的猎兔棒交我。张武比画着。将校不解:买猎兔棒干什么用?张武狡黠地一笑:救闵女不可强攻,只能智取。

312

自从陈平病倒后,周勃每日应付着一摞摞高可比肩的竹简,这天他走进丞相府,又见案前一摞摞高可比肩的竹简,不由皱起了眉头,自言自语道:天哪,又是这么多奏折,本来就不识几个字,眼又花,看不了,只得听别人给念,真烦!话音刚落,两个儒生打扮的文吏走来。

　　周勃指着其中一人:你先念。又指另一人:你就好之乎者也,待会儿再念。

　　文吏甲拿起一片竹简:长沙国去年粮食谷堆如山,仓廪不足,只好又建新仓五百……

　　周勃道:等等,什么叫仓廪不足?

　　文吏甲答曰:就是粮仓不够用。

　　周勃高兴地笑笑:又瞎拽,直说不就结了!好!放这边。

　　文吏甲将手中竹简放置右边。

　　文吏乙念道:蜀郡邸报说蜀郡人丁兴旺,至上月底又新增人丁五万。

　　周勃又喊:这个也好,放右边,等上朝时禀告陛下。

　　文吏甲道:济南郡盗贼猖獗,竟将几百年前齐悼王的墓穴挖掘一空后逃之夭夭。山东郡守上奏朝廷,宜速下旨,着各郡国刹住盗墓之风。

　　文吏乙道:长江郡漪化县江水决堤,致使全县一半人口离乡别井,出门乞讨……

　　周勃有些焦急:全县一半人出门乞讨?刚才的好心情一下退去,随之涌出一股无名火:又拽了不是?要饭就要饭,还什么乞,什么讨!

　　文吏乙道:长江郡守已派人前往赈济,灾民已陆续返乡……

　　周勃道:哦,这郡守不错,明日奏报陛下,予以嘉奖……哎哎,把这两条放在左边。

　　一上午过去了,那一摞摞竹简有放左边,有放右边的,读奏折的二人口干舌燥,拼命地喝水,周勃也精神不济,打起盹来。

　　夕阳西下。周勃站起身伸个懒腰:当文官比打仗累多了。这,每天都这么多奏折,什么时候有个完?唉!没个完!走,休务了,休务了。

　　文吏甲突然高叫:周丞相,关东星官奏报,瞧,就这条。文吏甲手指竹简。

　　周勃不耐烦:指什么指,老夫老眼昏花,指也看不清。

　　文吏甲念:关东星官奏报朝廷,原秦国境内的瓢口郡多处出现大片大片蝗虫卵,估计八月内正东方向将大闹蝗灾。

　　文吏乙道:正东向者,河南郡也!

　　周勃瞟一眼文吏乙,文吏乙一耸肩,一伸舌头,做个怪样。

　　周勃道:这条最重要,放在右边,明早上朝禀告陛下。

　　可第二天周勃到了太极殿上朝时,却因为事情太杂太多,把闹蝗虫的事给忘了!直到早朝将退,众大臣纷纷转身离去时,周勃才突然想起来。他大步跨近正欲起身退朝的文帝:陛下,陛下,老臣忘了说一件大事。汉文帝止步:什么事?周

勃道:关东出现大片大片蝗虫卵,当地星官奏报,说这些长成的蝗虫有可能飞往河南郡。汉文帝一惊:河南郡?多灾多难之地呀!汉文帝顿一下:这么大的事,周丞相……周勃已愧不自禁:老朽这脑袋,嗐……他急得以拳捶头,陛下,快喊回治粟内史大夫吧。这可不能耽误了。汉文帝对邓通说道:速召治粟内史返朝晋见。邓通退下。

周勃诚恳地说道:陛下,自陈丞相重病辞朝后,老夫感到越干越吃力。不识几个字,奏折全是文绉绉的,听也听不懂,多了,记住这个,忘了那个,假币案、抢人案,虫灾加上各级官吏贪图享受,老夫真怕误了朝廷大事呀!难怪当年樊哙只想干大将军,不喜欢叫他左丞相……

汉文帝笑着说:丞相莫急,谁都会老嘛,何况……

周勃又十分诚恳地说道:陛下不是已经诏告天下,着举贤良之人吗?老夫就辞朝吧!

汉文帝道:昨天太医说,陈丞相跌倒后一直昏迷不醒,怕是无力回天了。陈丞相刚走,周丞相就要辞朝,朕这心里真是……

周勃道:那老夫就……就再支应一段。

汉文帝道:岁月不饶人哪,周丞相也要多多保重!

周勃道:谢陛下!

治粟内史匆忙而上:微臣即刻带司农部治虫官奔赴河南郡,治蝗之策待实地验证后再奏报陛下。

汉文帝挥挥手:那就快去准备吧!

周勃跟治粟内史刚走,张苍手执竹简走了进来。

汉文帝快意相迎:朕的老丞相,朕的御史大夫,这是从何处来呀?

张苍道:今天是博士们最后一次策论,老臣特意来请陛下莅临博士院。

汉文帝兴趣盎然:噢,策论,题目呢?

张苍道:治国之策。

汉文帝道:这题目不错,朕听听去。说着,搀起张苍即走。

博士院大厅。刘恒高坐正位,张苍陪侍在旁,众博士席地坐于两侧。张苍道:这是博士院最后一次策论。诸位的文章博士院都已读完,可以说篇篇文采飞扬,论出有据,大汉人才不乏啊!现在选出三位阐述他们文章的主旨。

张苍手一指,请周博士先讲。

周博士倜傥而立:晚生文题为《诗文探幽》。晚生自幼尊崇诗文,看那《诗经》、《楚辞》、《诸子文论》,真是华章丽句,意蕴高远。其中尤以《离骚》为最,真可说是蝉蜕秽浊之中,浮游尘埃之外,可与日月争辉。自秦焚书坑儒以来,以吏为师,诗文凋敝,晚生愿举毕生之力,为开熏熏文明之风,创汤汤诗文之气,以《离骚》之魂,造大汉新诗之作。

张苍微笑摆手,示意论者落座。

张苍手指一面目严整之人:陈博士,请!

陈博士起而说道。

陈博士道:晚生文章的题目是《制律需重民》。去年冬天,我到齐国察访,那天正是大雪初晴,道路湿滑,一路走着,见路上行人不少都是歪歪扭扭,用脚后跟走路。陈博士学着那种走路的样子。众人见状大笑。陈博士道:他们走不了几步就摔倒一个,我走了二三里地,就见有十几人摔到地上。一学士问:何以如此呢?

陈博士道:我后来察访时才知道,当地风俗,每年八月十五之夜都要走街拜月。可秦朝律法规定。天黑不得出门,凡出门者一律剁掉脚趾。结果,那个县被剁脚趾者竟达数百人之众。

众人咂舌叹息。

陈博士道:故陈显以为,要制定律法,必先体恤民情,尊重风习,以爱民之心布天下。

刘恒久久地注视着这位年轻人,徐徐问道:如果你是一位县令,本县遇灾,县令该如何体现爱民之心。

陈博士道:百姓遇灾,县令当义不容辞,身先士卒。

汉文帝道:好,继续讲。

陈博士道:能扶天下之危者,必据天下之安;能除天下之忧者,必享天下之乐。老子言:欲上民,必以言下之;欲先民,必以身后之。学生闻陛下治理代国,便是楷模。

汉文帝道:朕看博士身体瘦弱,能吃苦吗?

陈博士道:君子不为苟存,不为苟亡,生而为英,死而为灵,安能雌伏。

汉文帝面露欣赏有加之态,展开随身带来的一卷绢帛:陈博士,请过来。

陈博士走到汉文帝跟前,只见绢帛上是一幅地图。汉文帝指着地图:河南郡灵石县是个穷县,近月又可能闹蝗灾,朕欲派陈博士当此县令如何?

陈博士朗声道:学生陈显愿受命于危难之中。

汉文帝道:好,朕即下诏,博士明晨起程赴命。

张苍率着众博士报以热烈的掌声。

张苍道:好好,最后请贾博士讲。

贾谊十分自信地站起:贾谊以为,策论策论,即为治国之论。要治国,就要以大视野眼观天下,以大胸襟思辨国策。国策出自何处,先要找准源头,如同一株大树,先要治土治根,方能主干壮硕。主干既壮,何愁枝叶不繁……

在未央宫承明殿,张苍递上《过秦论》,陛下,这就是贾谊的《过秦论》。陛下听了那三博士的策论以为如何? 汉文帝接过竹简后兴奋地说:三位博士可说是人人有卓见,个个有才学。第一位,才情横溢,诗文之学根底深厚,可安排去博士院为国治学;第二位做事扎实,见解缜密,是个做实事的人,马上让他到最苦最穷的县郡去历练历练,寻机会擢拔;至于贾博士,待朕看过这《过秦论》再说。张苍悄

悄退下。

汉文帝捧读《过秦论》，不禁双目放光，贪读如饴——

当是时也，商君佐之，内立法度，务耕织，修守占之具，外连衡而斗诸侯……

受文章感染，汉文帝不由地站起来：好！妙！治国有道，难怪秦孝公在商鞅辅佐下战胜群雄、独统天下。汉文帝的思绪被贾谊之文带入七国争霸、狼烟四起的战国时代：秦，为什么只辉煌了十五年就二世而亡？为什么一个旷古未有的王朝竟由极盛到速亡，为什么一个出身贫贱的陈胜竟揭竿而起，且倏忽间犹如熊熊大火，直烧得煌煌大秦遍地灰烬……

汉文帝猛然转身，龙袍的下摆由于身子的扭动而绊住了他的靴子，文帝索性褪下龙袍，立于窗前，他翻看竹简，大声读道：仁义不施，攻守之势异也……是啊是啊，秦不施行仁义之政，不得民心，失去拥戴，攻取和固守的形势就发生了变化……好文章！文笔酣畅，论理严谨，好文章啊，好文章！贾谊在哪里？在哪里？朕要见他！

汉文帝欣喜若狂，他身穿浅蓝色紧身便服，扑向殿门，大声喊道：快召贾谊，朕要见他！

一位同汉文帝年龄相仿、身材颀长、两道剑眉直插额际的儒生兴冲冲走进承明殿，扑地欲跪：洛阳贾谊参见陛下！

话未落音，文帝抢前一步拉住他的手，走向龙案前的坐席：坐！坐！快快请坐！贾生！贾谊受宠若惊：贾谊一介儒生，在陛下面前实不敢承受这般厚爱！汉文帝笑着摆摆手：一跪一坐岂能说话？朕历来都将有学问有见地者视为同道，朕平生所好，就是与智者贤者畅快淋漓地一吐心曲。贾生，你还不坐下吗？贾谊道：贾谊能遇如此明主，真是三生有幸，不知陛下有何赐教？汉文帝道：不是朕赐教，而是要就教。朕刚看了你的《过秦论》，依你之见，天下兴亡皆系民心？贾谊瞪大眼睛凝视文帝良久，之后缓缓说道：荀子云，民如水，君如舟，水可载舟，亦可覆舟。汉文帝道：你的《过秦论》妙就妙在你不用圣哲名言水与舟的比喻，却说出了水与舟的道理。贾谊道：陛下过奖了！汉文帝道：昔日高祖打天下，陆贾献《新论》十二篇，人称他是打天下的谋臣；今日贾生给朕献《过秦论》，这正是朕治天下之急需呀！文帝笑吟吟地拉住贾谊的手。

贾谊被至高无上的皇帝赞赏得莫知所以，他面部的肌肉因紧张激动而微微抽搐起来：陛下，贾生自幼穷读诸子百家，深知作为一介儒生，最高的使命就是为国为君奉献所有的智识，能若此，虽九死而不悔。汉文帝点头，朕看出来了！文帝停顿了一下，接着又说道：贾生今年多少岁了？贾谊道：二十四。汉文帝兴奋地站起来：哦？！与朕同年啊！贾谊不好意思地笑笑。汉文帝道：朕敢说，贾生的这篇《过秦论》，朕之后的历代有为君王都当是必修之作啊。贾谊的面部肌肉又开始抽搐起来，他满眼泪花，大有臣贤遇明主之感，声音发颤地说道：陛下，贾生定为国家兴盛多出谋献策。汉文帝道：贾生，知其情，方能献其策。从明天起，朕准你上朝，旁听议政。

突然,邓通匆匆忙忙跑进。邓通道:陛下,不好了,陈老丞相病危……刘恒大惊,什么！猛地起身……

淮南国宫殿。奉圣命查寻假币的孟钟官刚说明了来意,淮南国王刘长就大笑不止,哈哈……孟钟官不解:淮南王为何如此大笑？刘长抑住了笑声:假币,还满天飞？这还叫什么朝廷！孟钟官道:所以才震动了朝廷,震怒了陛下呀,淮南王可得……刘长道:秦始皇焚书坑儒、杀人如麻,厉害是够厉害,可他就用这厉害统一了币制！软乎乎的就能当好皇帝?！孟钟官道:那淮南国……刘长道:淮南国,淮南国绝不允许有假币！孟钟官道:淮南王,可我在淮南市场上已经看到了假币。刘长对孟钟官怒目相向:你……孟钟官直视着他,掏出一捧假币,这是在集市上的丝绸店和豆腐店里发现的。刘长接过假币翻看着,突然掷于地上,大叫:反了,反了！我淮南国也到处是假币！

手执长戟的军卒们三步一岗、五步一哨地把守着邛崃山下一座座装满钱币的钱库。两位腰佩宝剑的校尉在十分警惕地巡察。一校尉在走过一钱库时,发现狭长的铁锁大头朝上,他指着锁训斥守门军卒说:这是怎么回事？

军卒近前细看:啊,刚才钱府库跟朝廷来的人进库查完数后,门没锁好。

校尉把锁扳正了:这可是朝廷的钱库,稍有闪失,你就别想再要你的脑袋！

蜀郡的邛崃山下,当时大汉最大的制币场就设在这里。在公务处,孟钟官一脸严峻:钱府库,虽说府库里没有假币,可这账上的数字跟我们在库里查验的数儿,却是大不相符哇！钱府库钱寅讶道:不相符？请,请大人明示。孟钟官道:我算了一下,库里的钱比帐上的至少要少五百箱！钱寅更加慌乱:少五百箱？啊,啊——下官想起来了,那五百箱在山那边一处库房。孟钟官道:山那边？去年本官来的时候还没有啊……而且,为什么还要在山那边设库？费心费力的……钱寅道:这,还不是为了安全吗,万一这边出了事,还,还有那边……孟钟官道:再设府库,这么大的事,总该奏报朝廷吧？钱寅嗫嚅:这……孟钟官道:好了,我们先去那边看看。钱寅道:大人,那边的钥匙不在我这儿,在孙府库手里。孟钟官道:孙府库？那就请孙府库来。钱寅道:他去长安公差去了,是不是等他回来再说？孟钟官道:等？那要等多久！走吧,说着,孟钟官拔腿就走。钱寅道:可,我没钥匙……孟钟官道:没钥匙？我自有办法。库房门被砸开,里面堆满钱箱。揭开箱盖,上面一层浅浅的是铜币,往下翻去全是稻草。孟钟官惊疑地望向钱寅。钱寅扑地跪倒在地:大人,饶命,我说,我全说！孟钟官道:现在不必说了,到了长安跟廷尉府去说罢！钱寅痛哭流涕:能不能让我给家人写几句话。

汉文帝在陈平的病榻前坐下,他注视着这位大汉的开国元勋,眼中噙着泪水。此时的陈平已经面显油尽灯枯之色,他颤抖的手费力地举起。

　　陈平道：陛下,臣怕是不久于人世啦,有几句话要跟陛下交代……汉文帝忙握住他的手：老丞相,你说,朕听着呢。陈平道：想我陈平已是古稀之年,从丰沛就跟随高祖打天下。受高祖抬爱,陈平从一个在祭礼上分肉的儒生,到今天这一人之下万人之上的丞相,是大汉成全了陈平许下的治天下如均分肉的诺言,陈平这一辈子,够了……现在平还有两个遗愿未了,不知陛下能否成全？汉文帝道：老丞相请讲！陈平道：这第一,是要陛下早些考虑立太子之事。汉文帝道：老丞相,朕现在尚还年轻,大汉也是百废待举,这立太子之事……陈平道：陛下所说确实句句中的,可是陛下想没想过早立太子可使社稷更加稳固啊？这继位的人选稳定下来,早点让众臣乃至天下去习惯,去认可,而皇室也少了一些不必要的纷争,陛下也可全力以赴去治国平天下啊……汉文帝道：老丞相的话,朕记住了,容朕再想想……老丞相另一个……陈平仿佛已经很累了,他微微合上双目,嘴唇无力地一张一合,薄……葬……

　　汉文帝的双眼模糊了,两行清泪顺着脸颊缓缓流下……

　　又一个上朝之日。众大臣按文武分站两厢,贾谊站在文臣之列的最后。

　　周勃一脸悲伤：启奏陛下,昨日左丞相陈平病重不治,于子时过世了。老臣夏侯婴前往吊唁,因悲伤过度昏厥于地,回府之后也过世了。

　　汉文帝一惊,继而面现悲伤：前几天朕去看望左丞相时,他还……还有夏侯叔叔,跟随高祖征战多年,功劳卓著啊,竟也突然离朕而去了,唉！右丞相,两位老臣的丧事不要铺张,但要庄严,这也是陈老丞相的遗愿……朕要亲往吊唁。

　　周勃道：微臣遵命。陛下,陈老丞相临死前一再叮嘱微臣,一定要再次提醒陛下早立太子……

　　汉文帝点点头：朕深知陈老丞相之心。可时下……缓缓吧。

　　少顷,汉文帝扫视了一下众大臣：就是在朝众臣中,有些事朕也不能不管了！在你们之中,有人为了给母亲办丧事,挥金如土,光其母口中含的那只玉蝉就价值连城,够百姓吃几十年的口粮！不错,你是有功劳、封赏厚,可这样夸富比富,铺金盖银,你们知道百姓们在怎么讲、怎么议吗？你们的功劳,你们对于社稷尽的心力,比陈老丞相又如何？

　　在汉文帝说话间,众大臣面面相觑,不少人将目光投向开章,开章怒视贾谊,贾谊则聚精会神地眼望着刘恒……

　　退朝了,众臣走出大殿,拾级而下。

　　人们大多一脸严肃,唯开章紧走几步靠近周勃。

　　开章问：那儒生贾谊是个什么身份？居然能来参加朝会。

　　周勃道：贾谊旁听议政,是陛下钦准的。

　　开章道：准是那小子奏我一本,得到了圣上欢心！那黄毛小儿阴哪,还是我的同乡,我老母出殡时还跪拜过……

　　周勃看了看他：你也是太过分了,你不知陛下最不能容忍的就是奢侈夸富！

318

开章道:这么说,就是他参的我了?小人,为自己升官就乱写奏疏,我最恨这种小人!

河南郡灵石县。县令陈显端坐于大堂之上,县衙内挤满了人,大都是亭长、啬夫和乡中三老等在县、乡里有威望的人。

陈显道:本县令受陛下之命,星夜兼程赶至本县,就是为了对付蝗虫。今请来诸位乡亲父老商议,请大家畅所欲言。

一男子道:那蝗虫没法对付啊,铺天盖地就来了,打都打不及。

另一男道:我们这灵石县被蝗虫祸害不是一两次了,每次不都是眼睁睁地看着庄稼被吃光。

众人交头接耳,议论纷纷,但都是一片悲观绝望之声。只有一位须发皆白的老农默然不语,陈显注意到他。

陈显道:这位老人家,我看你一直不做声,可是有什么想法?

老农站起身,缓缓说道:这蝗虫也不是就没法对付,不过难哪。

陈显道:老人家尽管讲。本官此次前来赴任,早已抱定誓灭蝗虫之心,再大的难处我们也能跨过去。

众人也都安静了下来,期待老农的办法。

老农道:还是我小的时候,那年也是蝗虫泛滥,当时到处都还在打仗,诸侯军来收军粮,为了保住青苗,那打粮将军召来一支军队沿着蝗虫来的方向挖了一条长达千余丈的深沟,再搬来成山的柴火,连烧了两天两夜,保住了五成的庄稼。可从那之后,再没人能聚齐那么多的人和东西来对付蝗虫了。

陈显听着频频点头,待老农话音一落,陈显立即起身。

陈显:既然已有成功的先例,那我们就一定能战胜蝗虫。请大家回去后立即召集当地百姓,由这位老人家带着前往田野挖掘深沟,召集帮手和凑柴火的事由本县令来操持。各位,这就行动起来吧。

原本还半信半疑的众人被陈显的情绪感染,纷纷带着兴奋和期盼的神情离开。

灵石县的驻军大营里一帮兵士正在吆五喝六,饮酒作乐。

陈显身着官服撩开帐门走了进来。

一位军官装扮的人站起身来,打量着陈显:你是何人,胆敢擅闯我驻军大营?

陈显亮出官印:本官是新任灵石县令陈显,哪位是临时驻扎灵石的领军?

那军官装扮的人答道:我就是,县令来此有什么事?

陈显上下打量一番他,这明显是一个从伍多年的老兵痞。

陈显道:大片蝗虫正朝我灵石县飞来,本县令特来请领军率兵助百姓灭除蝗虫。

那领军像是在听一件闻所未闻的奇事,之后哈哈大笑。正在饮酒作乐的兵士

们也都停下来望向这边。

领军道：我等驻防在此只为对付大股流寇盗贼，灵石县发生蝗灾关我何事？

陈显道：如若大片蝗虫来袭，灵石县的庄稼恐怕就保不住了，到时将会民不聊生啊。

领军道：我们吃的是皇粮，灵石县能收几成庄稼与我们何干？

陈显勃然大怒，欲发作又强忍住气：平寇将军何出此言，我等同为大汉子民，怎能如此见死不救？还请将军速伸援手。

那平寇将军仍是一脸骄横，不为所动。旁边一兵士凑过来：大人，我也是这灵石县人，要不我们就帮帮县令大人吧。

灵石尉回身一掌打在兵士脸上：滚，哪轮得到你来教训老子？

他又转过来冷冷对着陈显：县令大人，这夏日炎炎的，我们要留存体力以防流寇盗贼啊。那蝗虫我们可真是无能为力，县令请回吧。

陈显终于忍不住怒气：本官命你立即召集全部士兵，随我前往田野挖沟治蝗。

平寇将军一脸不屑地冷笑：你可知我驻军是临时驻扎，我们由北军直接统辖，并不受你这县令调动。

陈显从袖中抽出皇帝亲颁的任命诏书：本县令受圣上任命，此来专为防治蝗虫。你若再不听命，我就启奏圣上，撤你官职，捕你入狱。

陈显义正词严，凛然生威。那平寇将军不由一惊，他低头思量片刻，忙对诏书行军礼，小人实在不知大人有钦差身份，请大人海涵。

接着他踢了一脚还在地上揉脸的士卒：快，快集合弟兄们，出发，灭蝗虫！没听大人说的！晚了庄稼就保不住了！快！快！

士兵领命而出。领军回身又对陈显一揖，陈显一脸冷笑。

灵石县的田野里，八月末的毒太阳热辣辣地烤炙着泛青的禾苗。

田野上聚集着大量的百姓，他们在那位老农的带领下，干得热火朝天，对付蝗虫的深沟已粗有规模。平寇将军率领这一队士兵也在挥舞着铁器掘沟，他们为百姓的干劲鼓舞，也都在用心地刨着土，掘沟的进度明显加快。

陈显带着衙役们推着几车柴火来到沟边，那里已堆了不少的柴火。

陈显将一车柴火倒在沟边，用袖子擦了擦汗，看着正在奋力挖沟的百姓与士兵，一脸的高兴。

陈显大声道：大家加把劲，我们就快完成了，这次一定要让蝗虫有来无回。

众人欢呼。

天色暗了下来，深沟已经挖好，柴火也都准备好了，人们都严阵以待。

陈显与几个衙役手执刁斗跑了过来，边敲边高叫：父老乡亲们，蝗虫来了！蝗虫来了！远处漫天的蝗虫黑压压地往这边飞了过来。沟边燃起一堆堆火，火光冲天，在田野中筑起一道火墙。老的、少的、男的、女的，每人手上都拿着锹、锸、长扫帚等扑打工具，人们在沟边排列成长长队伍，奋力地扑打着。

大批的蝗虫或被火墙所阻,或被打死,纷纷跌落在深沟里。县令陈显脸上流着脏污的汗水,不停地跑来跑去指挥着人群:这边!那边!

天微微亮。

地沟里布满无数被烧成黑灰的蝗虫。陈显眼里布满血丝,仍在沿着火墙察看着。百姓们热情呼喊:陈县令!陈显挥手致答。

陈显走近那位老农:老人家,你看这庄稼能保住几成?老农道:照这样齐心治虫,我看怎么也能保七八成。一老大娘道:县令大人,可得感谢你哪,你召来那么多人,挖沟,又用火烧,还用人打。过去,一家管一家,等治下来庄稼也被蝗虫啃得差不多了。老农道:长翅膀的烧死了,会爬的怕就要过来了!

一衙役跑过来:陈大人,陈大人,小崽子们来了,黑压压的一大片,来了!

顿时,密密麻麻排成阵势的小蚂蚱蠕动着进入人们的眼帘。人们涌过去守在火墙旁边,这堵火的屏障阻止了这些小东西。

天色大亮,已经看不到什么活着的蝗虫,地沟几乎被蝗虫的尸体填满。有几处火光未尽,仍在冒着黑烟。

百姓们挥舞着手中扑打蝗虫的工具,欢呼声声。

陈显疲惫不已,看着胜利战果,眼中泛着欣慰的泪花。

平寇将军走过来,他也是一身的污脏,走到陈显面前便跪地欲拜:大人,下官先前多有不敬,还望大人见谅。

陈显一把扶住他:大人言重了,要是没有大人率部相助,这灵石的乡亲们又要受苦了,本官替百姓们谢谢你啦。

陈显对平寇将军深深一揖,那平寇将军愈发不自在:陈大人,你真是个名副其实的父母官啊,只要我们没开拔,以后大人有什么难处,尽管来找我,咱们别的没有,一膀子力气还是不缺的!

陈显和平寇将军相视而笑。

众乡亲相扶来到陈显面前,众人一起跪地便拜。

众乡亲道:陈大人!灵石县的百姓给你磕头啦!

陈显忙扶起离他最近的那个治蝗老人:老人家,你们这是……陈显担待不起啊,快让大家起来吧。

老人道:陈大人,自有灵石县以来,你是第一个为了我们乡亲们挺身而出,为了我们百姓自己的收成而奔忙劳苦的好官啊,你是我们的大恩人啊!

众人又拜,微风拂过田间,青苗浮荡。

闵女一头长发,手甩树枝走到马厩旁,几个匈奴士兵稍隔几步跟随着她。凡遇到的匈奴兵卒都对闵女恭而敬之,闵女对他们则满不在乎。

闵女看见一匹匹槽前马,恢复了往日对马的温情,她抱着一匹白马的头,抚摸着、亲昵着,对马喃喃低语:我知道你腿长,体壮,跑得快,可你的心好吗?白头马

看看她,喷喷鼻,又低头吃草。

闵女的脑海中闪出她与"刘恒"在一起的画面:一白一红两匹马腾起的烟尘把他们包裹在一起……他们目光交织……她送他猎兔棒……两人相吻……闵女不由再次喃喃低语:你能送我回家吗? 真想他呀,他也会想我么……

马场头目轻轻走来,见闵女正一脸温情,他凑向闵女:饲马师。闵女吓了一跳,即刻换了一种冷冷的神态。马场头目道:这马不错吧? 什么时候你把培育的绝招传给我们呀? 闵女道:等着吧……

夕阳西下,暮色临近时,马场来了两位汉商。张武一副汉商打扮,腰系铁头猎兔棒,跳下高头大马,就扯开嗓子喊道:玛瑙项链、银丝耳坠、绸裙丝巾……同样打扮的卫尉拨浪鼓摇得如稠密的鼓点,引来马场不少人围观、挑选。闵女也被吸引了过来,当她的目光与张武碰撞那一刹那,张武冲她喊道:玛瑙项链。张武撩开衣襟露出了一猎兔棒。闵女先是猛地一惊,随即心神领会急忙转身离去。

张武看着闵女离去,凑近马场头目:看样子大人是这里管事的,我这里还有好货,大人要吗? 马场头目好奇道:什么好货? 张武道:金子! 大人,你看这天都黑了,咱们能不能屋里谈! 马场头目挥手:进来,进来! 一桌丰盛的佳肴摆了上来。

张武端起酒杯一饮而尽:多谢大人的盛情款待。为表示谢意,请大人笑纳……卫尉递上一大堆花花绿绿的金银首饰,马场头目贪婪地盯着。张武拿起一造型精美的项链递过去:大人,这是长安女人最喜欢的镏金项链。趁头目聚精会神端详之际,校尉手指轻轻一弹,将蒙汗药弹进了他的酒杯。张武道:来,大人,小民敬你一杯。马场头目毫无防备端起酒杯饮下。张武道:大人,咱们可以谈金子的价钱了! 马场头目头晕目眩,刚要起身又昏倒,张武忙扶住他,轻轻放在几案上。

张武道:赶快去找闵女。张武和卫尉走出帐来,门口的匈奴卫兵正要发问。张武做了个"嗻声"的手势。张武道:大人刚饮了点酒,这会正休息呢,吩咐不准让人打扰。

闵女收拾好一个小布包,将它塞进衣襟,看了看门口毫无察觉的匈奴兵,警觉地听着屋外的动静。

屋外传来一阵轻轻的脚步声,匈奴兵回过身来正欲出门查看,闵女已抢先出手,她操起案上盛放羊肉的大铁盘,飞身上前重重击在匈奴兵头上,匈奴兵立时倒地。

张武和卫尉冲进屋来,张武从腰间掏出那根铁头猎兔棒。

张武道:闵女,还记得那位公子吗? 他找了你六年了!

闵女急切地冲上前来:是那位公子派你来的? 他现在在哪里啊?

张武道:这里不是说话的地方。等你见到那位公子,让他跟你详细说。你赶快换上吴将军的衣服,咱们这就走。

卫尉已三两下脱下身上的汉商衣服给闵女罩上。

张武看着卫尉神情肃穆:吴将军,我带闵女混出去后,你相机行事,尽量趁乱逃出,我一定再派人来接应你。

卫尉跪地相拜:张大人不用再说了,我此来已抱定必死之心,无论如何也要助你和闵姑娘顺利脱围。

张武搀起卫尉,已是热泪盈眶:吴将军……

卫尉推开张武:张大人快走。

张武转身抓住闵女的手要拉她离开,不料闵女决然地推开他的手:你们走吧,我在这里尚可苟活,怎能为我一小女子牺牲吴将军?

张武不由分说强行拉住闵女:事已至此,别再犹豫了,我一定要把你带到那位公子面前,赶快跟我走。

张武和已换上汉商衣服的闵女走到军马场门口,守门的匈奴士兵头目看看两人。匈奴头目问:这就走了啊?货都卖完了?张武从怀中摸出一串玛瑙项链递给匈奴头目:卖完了,卖完了,特意留了这个孝敬大人。匈奴头目接过玛瑙项链,并未起疑,示意手下推开军马场大门。张武和闵女走出军马场,翻身上马,疾驰而去。

此时,吴卫尉乘着渐暗的天色悄悄潜入马厩,选中一匹强壮的健马,藏于马下,伺机而动。

一彪人马来到军马场门口,领头的正是右贤王。守门士兵忙打开大门迎接右贤王进来。

右贤王一边往里走一边问匈奴头目:那闵女还不肯帮我们培育战马吗?

匈奴头目道:那女的是个硬骨头,软磨硬泡都不听话。

右贤王皱了皱眉,你们大人呢?

匈奴头目道:大人刚和两个汉商谈完事,这会儿应该在帐中歇息吧。

右贤王听到"汉商"两字,又皱了下眉头,加快脚步往大帐走去。

右贤王冲进帐来,看见马场头目歪倒在案几上不由勃然大怒,跟进来的匈奴头目也大惊失色。

右贤王操起桌上一皮囊的水就泼在马场头目脸上,马场头目一个激灵醒过来,四处张望,惊慌失色。

右贤王问:这怎么回事?

马场头目道:那两个汉人……唉呀,不好……

右贤王早已大步向帐外走去。

右贤王站在那个匈奴卫兵的尸体前,重重地给了马场头目一记耳光。

右贤王道:他们肯定还没逃远,所有士兵立刻上马,给我追!

成群的匈奴士兵向马厩跑去。

马厩内还在等待时机的卫尉听到外面的声响,重重地击了下地:这么快就被发现了……

匈奴士兵已跑到马厩前,卫尉一跃而起,冲至马厩门前拦住匈奴士兵。

马场头目道:这就是那个汉人,快给我拿下。

匈奴士兵挥刀扑上,卫尉踢翻一个士兵,夺过刀来,与匈奴士兵战在一起,又接连砍翻了好几个。

右贤王骑在马上冷眼旁观,见卫尉越杀越勇,翻手拔出长刀,策马向卫尉冲去,一刀斩落。

卫尉颈部中刀,鲜血涌出,他勉力支撑着转身向南轰然倒下。

天色已亮,草原上张武和闵女正在纵马疾驰。

远处几十骑匈奴兵打马急追而来,他们每人都还带着一匹空马,坐骑刚一乏力,就旋即换马。眼看已越追越近了。

匈奴士兵一边狂追,一边弯弓射箭。

匈奴兵喊道:快追,别让他们跑喽!

一支飞箭正正射中张武的坐骑,健马倒地,张武也被甩出。

闵女勒住马,翻身下来扶起张武,掏出那个小包塞给张武:这些给你,一张是我绘出的地图,那里有一条从匈奴到我大汉最近的路;另一张是我家祖传的育马秘方。你快自己走吧!

张武道:我要把你和这两件宝贝亲自交给陛下!

闵女一愣,张武抱起闵女上马,张武在前,闵女在后,又策马狂奔。

闵女问:你刚刚说什么?陛下?

张武道:对,你还不知道,陛下就是你叫的那位公子!

闵女道:陛下?那位公子已成了当今陛下?

又是一阵箭飞来,张武耍动猎兔棒将其击落至地下。

张武道:搂紧我的腰,俯下身,别怕,就快到边界了。

张武与闵女的坐骑跑过长城,后面追赶的匈奴兵勒住马不敢再追。

张武欣然道:这下好了,我们已经进入大汉疆土,你就可以见陛下了……

贴在张武背上的闵女默然无声。

张武感觉不对,猛然回头:你怎么不说话?

只见闵女两眼圆睁,嘴角上的血轻轻淌下……

张武大惊,翻身下马,抱住闵女。闵女的后背上深深扎着一支箭矢。

张武"扑通"一声跪在地上,满脸泪水,以头撞地,狼嚎般地痛哭。

未央宫内。刘恒正在往未央宫大殿走去,一阶一阶,脚步声声,凝重有力。

张武策马直冲进宫门,张释之在后面猛追。

张释之急喊:张武,快下马!私闯未央宫是要犯死罪的,你知不知道!

张武道:顾不了那么多了!

刘恒还在往上走着,一阵嘈杂的人声和马蹄声自远而近地传来。

张武策马奔至阶下:陛下,陛下,闵女找到了,找到了!

324

刘恒闻声猛地转身,一路跑下台阶,闵女?她不是跌落山崖了吗?她在哪里?

张武掏出那个扎得很紧的小包,颤抖着递上,边泣边说:陛下,都怪微臣,都怪微臣……

刘恒道:闵女人呢!她现在哪里?

张武道:是微臣害死了她啊……陛下,杀了张武吧!

刘恒厉声:说,到底是怎么回事?

……

张武述说完一切后,痛哭着跪在刘恒面前:我不该去找她,不找她,她还能活在这世上……陛下,杀了张武吧,这一切都怪张武……

此刻的刘恒却显得异常平静:张武,拿酒来,要倒满些。

张武急忙起身倒了一大碗椒伯酒呈给刘恒。

刘恒举起酒碗:朕谁都不怪,这本来就是场梦……刘恒一口气喝下半碗,将剩下的半碗徐徐洒在地上:闵女,你也喝,我们一起喝……

一缕斜阳照在刘恒的脸上。

张武已经退了下去,刘恒依然神情痴痴地坐在案前。

布包已经打开,刘恒用手摩挲着那张地图。

薄昭心情复杂地走进来,他想宽慰刘恒却欲言又止,看了一眼地图。

薄昭问:这是……

刘恒道:闵女留给朕的一张图。

薄昭仔细地看了看:这是条去右贤王部最近的路。

刘恒道:这,可是一个民间女子用她的血、她的命绘成的……

薄昭道:陛下,别太伤情了。

刘恒惨然一笑:这,或许就是命吧?

贾谊手捧竹简朝未央宫承明殿门口走来,他边走边盯着手中竹简,口里还念念有词。

此时,正逢开章手持一册奏简走到这里,他一见贾谊,不由气愤又起,他强压怒火,换了一种腔调,贾博士,又在作文章啊?

贾谊见是开章,笑笑:上将军……

开章阴阳怪气地说道:老夫原来只知道刀能杀人,今天才知道贾博士的文章也能杀人哪!

贾谊急忙解释:上将军误会了,贾生不过是……

开章眉头一皱:老夫的肠子长不出你这儒生的那么多弯!说罢,悻悻而去。

贾谊叹了口气,又捧起书简朝前走着。他走到承明殿门口,邓通满脸堆笑地趋前搭讪:贾博士真是用功,难怪文才政论非同一般,陛下很赏识大人哪!

贾谊沉浸于手中文章,没听见邓通的话。

邓通见贾谊不睬,脸马上沉了下来,遂高声叫道:贾博士!贾生!

贾谊听到邓通叫喊,停下脚步,忙作揖施礼:噢,噢,贾谊失礼了!

邓通道:晁太傅要测试皇子们的功课,陛下要听听,让博士稍候。

贾谊忙称:好,好。

贾谊立于门外,翻开他的《论积储疏》,看起来。

邓通故作神秘地凑到贾谊耳边:告诉你个秘密,要不了多久,你贾博士就要高升了。

贾谊道:大人玩笑了。说罢,又低头看他的文章。

邓通道:咦?贾博士今年多大了?

贾谊硬邦邦地回应一句:上次你不是问过了吗?怎么又问!

邓通被呛得直翻白眼,半天才怏怏地说道:我们这些人都是猪脑子,哪有你们这些一肚子诗书的人那么好的记性!

邓通见贾谊不再理他,眼睛一转,生出一条捉弄之计:我看这么着吧,陛下要听背书,也不是一时半会儿就能回殿的,不如让我给贾博士找个房子休息一会儿,陛下来了,我即刻去叫你,如何?

贾谊正想找个地方改文章,高兴地说道:那就有劳邓大人了。

邓通边领路边奸笑着:现在就免了,待会儿你谢我也不迟!

邓通七拐八绕将贾谊带入一宫内。

此时,黄门令中行说正路过。邓通朝中行说招招手:中行说,中行说,把冰宫的门打开。

中行说拿过钥匙打开冰宫大门,不解地问:邓大人这是……

邓通诡秘一笑:请贾博士去改文章啊。

中行说眼珠一转:邓大人,别玩火烧了自己啊……说完得意离去。邓通狠狠瞪着中行说的背影,然后赔着笑把贾谊让进屋:贾博士,你就安心在此改你的什么疏吧!

邓通将宫门关紧,阴笑着离去。

贾谊走进冰宫,坐下来低头改文章。不一会儿,他感到一股寒气徐徐扑来,不由地紧紧衣领,好奇地四处张望……

宫殿龙榻上方赫然贴着一张斑驳的巨蟒皮,龙榻两边各摆放着八柄孔雀毛编织的孔羽扇,灿烂耀眼。大殿中央卧着的那只紫玉雕成的神龟更衬出殿内的庄严华贵。他盯着那蟒皮看上一会儿,似乎有阵阵寒气从皮下冒出,他顿时感到浑身发冷。

贾谊倒吸一口冷气:啊!这是陛下避暑之殿啊!

贾谊将竹简放至龙榻前几案上,他禁不住阴冷,不停地踱步搓手。

盛夏的长乐宫却是另种幽雅。汉文帝端坐在宣德殿中央,窦皇后和太傅晁错分坐两侧。刘启与刘揖、刘武站在父母亲及老师面前等待着测试学业。

326

汉文帝道:启儿背得不错,太傅最近教的《国策》三十三篇,你背得都很熟,要多理解文中道理,不能只会背不会动头脑去想啊!刘启点头:父皇,孩儿记住了。

汉文帝道:揖儿更是不简单啊!汉文帝笑吟吟地搂住刘揖:这么小小年纪不光能背还能跟父皇讲道德经!刘揖的母亲陶姬眼里露出一丝得意。

晁错站起来,大皇子聪明过人,书读得极好。窦皇后道:晁太傅欣赏启儿,启儿也尊重他的太傅,他直把太傅称为他的"智囊"呢!文帝看看晁错,哦?!是不是晁太傅对大皇子过于宽厚了?刘启高叫:不,他是个酷师!他有一根打手板的藤条,背不出来,就打我的手!

众人笑了起来。

汉文帝道:那藤条是父皇赐给太傅的,谁不好好读书,太傅就替朕打谁的手板!

窦皇后道:好了!现在该我们武儿背书了。

只有五六岁的刘武挺直了腰板,奶声奶气地说道:我背一首远古的神话《夸父逐日》,刘武咽了下口水,夸父与日逐走,入日……入日……刘武想不起来了,突然,翻白眼,喉咙里发出一声很难受的响声,大口吐了起来。窦皇后忙上前,宫女们七手八脚地为刘武揩擦着。

汉文帝面带不悦之色,上次朕来听背书,武儿就吐过一次,这次怎么又吐了?窦皇后道:臣妾没能带好武儿,陛下恕罪!刘武开始哇哇大哭起来,由宫女领下去。汉文帝挥挥手,晁错领着刘启、刘揖也退下。

汉文帝道:看来这武儿将来是习武的,不比揖儿和启儿啊!窦皇后道:武儿生来体弱多病,其实……汉文帝注意地盯着窦氏,皇后想说什么?窦皇后道:其实,武儿也是一样的聪明呢!汉文帝道:哦?!

一宫女进来报:陛下,少府邓大人禀告,说有一位贾博士正等着陛下召见呢。

汉文帝没跟窦皇后再说什么,就跨出宣德殿的大门,朝未央宫走去。

待文帝走远,窦皇后见身边无人,发泄道:什么都是揖儿好!启儿好!我的武儿,你怎么就是不争气呢?!

冰宫内,贾谊冷得来回踱步,不停地打喷嚏……这时宫门打开了,邓通满脸堆笑:陛下让人传谕,说是稍候片刻就到,请贾博士随我过去吧。贾谊夹上奏疏,哆哆嗦嗦地随邓通出门。承明殿内,汉文帝接过贾谊呈上的奏疏,笑问道:贾生怎么浑身哆嗦,病了吗?贾谊声音发抖:没……没病,就是有些冷……谢陛下关爱。汉文帝大笑:正值炎炎夏日,怎么会冷呢?站在旁边的邓通接过话茬:禀陛下,贾生在门外等您,想抽空修改一下奏疏,小的想,总得找个合适的地方啊,就领他去了冰宫,那里凉快安静又有地方坐。邓通说着脸上浮起得意的诡秘笑容。

汉文帝急问:邓通,贾博士在冰宫待了多久?邓通道:足足待了一个时辰。汉文帝震怒,重重击了一下案几。邓通还在幸灾乐祸地坏笑,立时被吓得伏地跪拜。

汉文帝斥道:你现在马上去冰宫呆上两个时辰。邓通跪在地上连连叩头。汉文帝

道:以后再敢如此对待贾博士,朕绝不轻饶! 邓通头如捣蒜:小人记下了! 记下了!

文帝大概浏览了一下奏疏:贾生,朕的智囊,这次你又有什么好主意啊?

贾谊开始滔滔不绝起来:陛下,近日,贾谊将各郡国呈上的统计奏简仔细查看了一遍,发现各地粮仓的蓄积量,有减无增,长此下去,百姓堪忧,朝廷堪忧啊! 因此,贾谊写了这篇奏疏,建议朝廷重视农耕,注重储粮,应把蓄积粮食当成天下最重要的事情来做,诸事粮为本,百业农为先。汉文帝微微点头。

贾谊边说还在边打哆嗦,不小心又是一个喷嚏。汉文帝将自己身下一只丝垫递过去,笑着说:抱一会儿吧,暖和暖和。贾谊将坐垫笨拙地搂在怀里。汉文帝说:今天朕召你是想传你吃道野味。贾谊懵懂着:吃野味? 文帝拉他走向后殿,后殿中央架着一口大锅,锅下木柴烧得正红。文帝道:先少炒些。一小黄门扯起袋倒入锅中几只蝗虫,蝗虫禁不住热锅的烘烫,有的跳出锅外,有的挣扎几个回合即被烧死锅中。文帝道:将烧煳了的铲出扔了,拣些好的给我们尝尝。握铲的黄门铲出几只焦黄流油的蝗虫递与文帝和贾谊。

文帝品尝着:贾生,味道如何? 贾谊道:香,很有味道。文帝道:自然,它们肚子里都很有油水吗。文帝命小黄门,将锅铲干净了,把口袋里的蝗虫都倒进去。小黄门遵旨而行,入锅的蝗虫们翻滚蹦跳,握铲的黄门快速抢铲,刹那间,锅下锅沿蹦满了大个蝗虫,锅内蝗虫已经焦黄的与黑糊的混杂一锅。

文帝道:贾生,你细细看看,蹦出逃生的都是个儿大的,腿长的,烧死锅里的都是个儿小的,缺胳膊少腿的。贾谊陷入深思。文帝问:贾生,想什么呢? 贾谊道:难怪民间治理蝗灾都是在蝗虫要来的前方掘起壕沟,燃起大火,待蝗虫飞来就成阵地燃为灰烬,可蝗虫还偏偏逐火而飞,于是来一批,死一批,直至烧尽……文帝道:贾生,这野味可不能白吃啊,你,有何想法? 贾谊道:由这爆炒蝗虫,臣倒想起如今的奢靡攀比之风……文帝快意点头,嗯,说下去。贾谊道:陛下这野味倒是为贾谊开了条极好的路,贾谊就沿着治蝗之路说下去。汉文帝笑笑,你接着说。贾谊道:蝗虫成了灾,就要大火聚歼;没成灾前,就要悉心堵住蝗源。汉文帝问:今日长安的奢靡风呢? 怎么才能杀住? 贾谊道:一是近治,二是远治。汉文帝道:何谓近治? 贾谊道:近治,就是朝廷制定廉洁自律的条律,无论婚丧寿诞不许大吃大喝大操大办,如有违律,轻者罚金,重者用典。汉文帝道:远治呢? 贾谊道:远治嘛,就是让年纪已大、辞官赋闲的老臣们离开长安,回到封地! 汉文帝蓦地站起来,耳边犹如响起一道炸雷。贾谊又一次瞪大眼睛盯视文帝,那眼神清亮透彻,露出一股年轻气盛的执著!

贾谊起身走至文帝面前:陛下! 这的确要伤筋动骨啊! 那些权倾朝野的军功老臣们年轻时,都为大汉的建立立下过汗马功劳,如今他们老了,朝廷给他们适当的犒赏、俸禄、仆役……这是应该的,可久了,他们有了太多的钱财、门客,就很难不吃喝玩乐,比排场,比阔气。若是一人一户,也未尝不可;若要成风成势,就与蝗灾无异了!

汉文帝深深点头。

贾谊道:臣知道,动一人两人容易,要触动一层人,特别是那些有权有势有功的一层人,弄不好,就会招来杀身大祸。

汉文帝问:要是让你去办,你怕吗?

贾谊道:陛下,臣自生为人,就记着忠孝二字,比起江山社稷,个人生死,何足挂齿!臣不怕!

一声炸雷响过整个未央宫承明殿。

汉文帝在屋内沉默地踱步,紧抿的嘴角舒展开来,他慢悠悠,却是一字一顿地说道:今日的朝政治理比战乱年代靠军事实力的统一更为艰难啊,大开大合的厮杀容易,打过去就是了;痼疾缠身,就要层层剥离,还要不伤经脉,这需要耐心,细致,温和,渐变……

贾谊有些按耐不住,冲动地说道:陛下若不能近治与远治同时施行,那也就像治病的治表不治里!

汉文帝盯着贾谊,目光中流露出复杂的,既爱护又责怪的神情。他不由地笑了起来,哈哈哈哈,朕的贾博士啊,你可真是个一点不掺杂的博士!

在车骑大将军府内,薄昭与张释之正举樽对饮。

薄昭道:请,张大人,我们干了这一樽。张释之一饮而尽,谢国舅大人,干!薄昭:廷尉府,廷尉府,上为朝廷,下为子民,其实是个至尊至善的差事啊!张释之:有几人能有国舅大人的通达啊,效忠朝廷,就要维护汉律;保护子民,就得对恶人罪犯用刑判刑,可恶人钦犯也有亲人友人,于是求到下官这里,为此,下官不知为了多少难,伤了多少人,难哪……薄昭:也就为此,老夫每向陛下提及张大人,陛下都面露嘉许之色啊!张释之举樽敬酒:下官借国舅之酒,就此谢大人提携之恩了!说罢一饮而尽。薄昭也一樽饮尽:既是老友,就不要客气了。他沉吟少许,说:张大人,老夫……张释之:大人有什么话要说,就请直言。薄昭:张大人,老夫有一魏国时的老友,犯了些事,可真叫我为难啊……不管吧,几十年的老友,他家人已求到门下;管吧,他的确犯了朝律,现已押到你廷尉府……张释之:国舅说的可是……薄昭:就是蜀郡府库钱寅。张释之一惊,国舅怎么会与他是老友?继而咂咂嘴说:这可是桩大案啊!他挪用库币给他儿子做买卖,太多,情节极其恶劣,又与假币横行搅在一起……要求情,只能,只能找陛下了……薄昭也为之一震,这么严重?张大人也知道陛下的为政之风,老夫是不敢找的,只请张大人斟酌着办,看能否免他一死?

丞相府内,周勃站起来伸个懒腰,对两个读奏折的年轻人说:先歇一会儿,老夫去方便方便。

　　周勃推开案几上如山的竹简，走出门外。他走到太尉府，听见里面人声喧哗，不由停下脚步，站在门口。

　　屋内，几个武将正在大发议论，有人脱去靴子，将脚横踏在案几上。

　　周继对其中一个坐态欠佳的人喊道：喂，开章，你说说看，贾谊那小子到朝中才三个月，就由博士升为中大夫，老子他妈的跟着高祖从丰沛起义，在死人堆里冲呀杀呀的三年才升了个伍长，到今天快三十年了才混了个将军，怎么打天下的人熬个官那么不易，念了几年酸书的人进朝就能当大官！这能让人服气吗？

　　开章更怒，他将脚放下来：服？老子管太尉府的内务管得好好的，怎么调老子协助贾谊到各郡县去查禁大造宫殿、大修祖坟的事？我一堂堂千石俸禄的上将军，年纪都可以做那洛阳狂生的父亲了，却去听命于他，你们说，我这老脸……

　　一武将道：哎！老子这辈子一不爱女色，二不爱钱财，唯独喜欢的就是这口——说着，端起杯子喝了口酒，可这贾生却上奏陛下说喝酒浪费粮食，让陛下禁酒。你们说说，这不是跟老子过不去吗！

　　开章在一旁煽风点火地说道：昨天我路过冰宫，贾谊那小子又手拿一沓书简准备上疏呢，你猜他跟我说什么？

　　周继问：说什么？

　　开章道：他说，你们这些老臣哪，是人人都有功劳，可你们老了，又个个都是老虎尾巴摸不得，我不上疏进言怎么办？陛下如今治国，只能靠我们这些儒生了，特别是我贾谊……

　　周勃听着这些牢骚，制止不是，听之任之也不是，他拧紧眉毛，悄悄离去。

第二十章

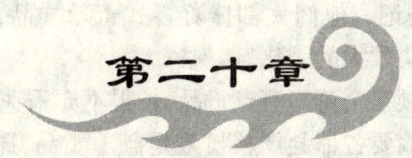

治粟内史匆匆走进承明殿,邓通正在整理龙案。
治粟内史左顾右盼:邓大人,陛下要见微臣,陛下呢?
邓通道:去籍田好一阵子了,该回来了。
治粟内史道:陛下对那籍田真是上心,非要亲耕不可,其实交给我们治粟司,保管年年大丰收。
汉文帝不知何时已站到他身后:朕虽坐天下,也就只有这一亩三分地,怎么?治粟内史还要给朕充公吗?
治粟内史忙跪:微臣不敢!
汉文帝大笑,挥挥手:平身吧!你这趟赴河南郡,蝗灾治得如何?
治粟内史禀道:河南郡治蝗很有成效,尤其是灵石县,只用了七天七夜就把虫灾控制住了,估计明年粮食能收五成,赈济粮可以不拨了。
汉文帝道:噢!真是了不起!秋天各郡县官员来京时,朕要见见那个灵石县的县令。

查询假币的孟钟官一行来到了城阳国宫殿。当孟钟官说完来由,刘章故作惊讶地问道:你是说,吴国和淮南国都出了假币?
孟钟官道:何止这两个封国,大汉三十六个郡,包括长安,都出现了假币……
刘章心中暗笑,脸上却一副庄严:我城阳国派人每天到集市查两次,绝对禁止假币!
孟钟官道:这倒是,下官曾在城阳市场访察,没看到一枚假币,城阳王真是治国有方啊!
刘章假意道:钱币就如同血脉对于人,血脉不流,人就要死;钱币不真不畅,那国还不瘫痪……这铸假币的人真是可恶,可恶!等过几日去长安朝拜天子,定要禀报我城阳国国情。

一年一度的秋季述职是各封国各郡县向朝廷展示政绩的时机,也是邀功请赏

攀升的时机。每到进京述职的时候,不少地方官员们力争献上当地独有的或最奇特的物产做敲门砖,以最直接的方式吸引皇帝的注意,继而达到提升的目的。

今年也不例外,在未央宫德阳殿殿外的台阶下,各郡县要员们身着宽袖长袍,手捧贡品在排队等待登记。他们大都捧着各式奇珍异品,只有少数几人拿着农具,还有一官员牵着一头硕大的肥猪。

殿内,贾谊和开章领几个黄门清点贡品,忙得不亦乐乎。

某官员道:陛下圣谕要各郡县严格按规定献上贡品,还最好是农具或当地丰收之物。这以往可未曾有过,各位如何看待？一官员接话道:诏书上虽然是那么说的,可真要献上了奇珍异宝,陛下也不会不喜欢。另一官员道:我就顾不上那么多了,我这颗夜明珠可是花了大价钱才买的,一定要献给陛下。牵猪官员听着这几官员的议论,悻悻地说:我可是谨遵陛下诏书,本县今年养出了这头特大肥猪,我就给牵来了,陛下该不会怪罪吧？一官员道:陛下怎么会怪罪你呢？可能还会赏你一大筐猪草呢,让你回去再养个十头八头的。

几名官员看着肥猪哄笑。

已近七旬的陈县县令吴瘸腿也在其中,他手中捧着一只白孔雀。

宫内传出开章的高声叫喊:上党郡献玉璧一双……蜀郡献紫玉龙、紫玉凤各一枚。

吴县令道:我们靠近云梦泽,可没有什么珍贵的玉石金器。

吴县令举举手上的白孔雀:这种稀罕的鸟,不知陛下会不会喜欢？

一排队的官员道:我看陛下没准会喜欢,高后六年,我们河南郡曾献过一对儿紫鸳鸯,高后见了,真是喜欢得不得了,当场就赏我两大碗椒伯酒,一碗天鹅肉!

吴县令道:我也不求陛下能赏我什么,陛下能喜欢就好,这样我回去告诉乡亲们,他们肯定也高兴。

灵石县令陈显排在队末,手中提着两个口袋,肃容默立。

一阵喧哗声将众人目光吸引住了。张武牵着一匹劲健的白马走进队列。那马浑身雪白没一根杂毛。

众人开始议论。

某官员道:这马可真少见,少说也要三万金哪!

张武道:这是匹宝马,它日行千里,汗是红色的,所以叫汗血马。

众人道:汗血马？只听说西域人才有这种宝马啊!从大月氏人还是东胡人手里弄来的？

张武道:是我们云中郡自己养出来的!

陈显从人群中挤出脑袋看,不由自言自语:我们那里穷山恶水,哪里献得起这么贵重的贡品。

陈显退回后排,拉着两个硕大的麻袋,随人群向殿门走去。

张武和吴县令牵马捧雀走进殿门。

宫中艺人们吹奏的笙管丝竹声丝丝缕缕,回荡在德阳殿内外。

贾谊走过来看看白马、白孔雀:这么贵重的礼品,只怕陛下不肯收啊。

张武不悦:你怎么这么大口气?!我九岁就跟着陛下,不比你清楚!陛下别的不好,最好好剑快马!

贾谊笑着说:张大人误会了,我是说陛下有明文交代,说是贡品只按规定收,尤其欢迎各郡县能献上最好的农具和当地丰收之物。

吴瘸腿道:贾大人,这只孔雀,是我们陈县百姓的一点心意,特意托我献给陛下的,不是贡品,是心!是爱戴之心!

又有一些官员捧着奇珍异品进了殿内。

贾谊索性高声说道:诸位大人,你们来之前应该接到陛下的圣谕了,说是严格按规定收贡品,可你们相互攀比,竞送贵重礼品,这不好哇!

有人高兴,有人不满:这小子是谁呀?这么大口气?他是不是就是,就是那个常给陛下上奏疏、文章写得酸里吧叽的中大夫贾谊呀?

张武不耐烦起来:贾大夫,你别在这儿打官腔了,我问你,陛下现在何处?回赏的酒又在何处?

众人议论:是啊,往年献了贡品就赏酒喝,今天怎么什么也没有哇!就剩几个吹曲的?

邓通满头大汗跑进来:张大人,快!陛下有请,请你们统统都去晋见。

渭水河畔,大片农田刚刚收割完毕,田里只剩下黄澄澄的麦茬。

汉文帝率刘氏各封王正在扶犁耕地,虽已耕了很长时间,有些地方还是露出些不干净的谷茬。

吴王刘濞、城阳王刘章、淮南王刘长都在跟着耕地,个个灰头土脸⋯⋯

刘长凑近汉文帝,大兄,那些假币是谁铸的,查出来了吗?

汉文帝道:线索倒是有几个,终会查个水落石出的。

刘章道:谁铸的,谁也没那能耐铸那么多假币,除非是拥有大铜矿的人。

刘濞有些恼怒地说道:拥有大铜矿怎么了?有大铜矿就造假?我吴国朝廷是查过的,我还丢了一个铸工⋯⋯

邓通率各郡国官员赶到,他们呼啦啦跪倒一片:陛下长乐未央!

汉文帝走向众官员:你们看朕干这么久了,还不快来帮忙?

众人慌忙站起,抢犁的、拣谷茬的,干得格外卖力。

汉文帝笑着,脸上的汗在阳光下晶莹透亮。

汉文帝大声道:众爱卿,朕今天第一次与你们见面,就将你们召来干农活,这不是耍花架子,这就是上朝议事。朕让你们读读贾谊的《论积储疏》,不知你们是否看过了?这篇文章写得好啊!当今天下吃闲粮的人太多了,是国之大伤,淫侈风气,日复一日,将是国之大害,此文对朕触动很大。如果我们现在就不再讲究勤俭耐劳,而是一味追求享受,我们大汉的基石就要被蛀空了!

众官员停下手中的活路,扑啦啦跪倒一地。

汉文帝笑着做手势:都起来,起来吧,又不是在朝廷。

众官员站起,谢主隆恩。

汉文帝道:我们还没到高枕无忧的时候,北边的匈奴虎视眈眈,时常进犯。以我们国贫民乏的情形,何时才能对其大施挞伐,真正做到靖边安民!?朕已下诏,今年一定按规定收受贡品,朕尤其想看到各郡县送来丰收成果。

说到这里,刘恒顿了一下:恐怕很多人还未曾明白朕的深意,但是从明年开始,任何人秋季前来述职都不准再带贡品,谁带了,朕就罚他干一天农活,不准吃饭!朕也不再回送赐物。来了是要禀报国事民情的,朕最喜欢的贡品是你们奏报下情的奏牍!朕再重复一次:咱们大汉还不富裕,当官的要尽职守,讲勤俭。今天,朕也按规定每人赏赐酒肉一碗,咱们就在这田间地头幕天席地君臣同饮。

邓通早已率众黄门在田间铺就了数十张大席,刘恒在正中坐下,各郡县官员也纷纷就座。黄门给每人端上一碗酒一块大肉。

汉文帝举起酒碗:同饮此酒,愿天下康乐。

众人纷纷举起酒碗:愿天下康乐。

刘恒问:灵石县县令来了吗?

陈显趋前跪拜,手中仍然提着那两个大麻袋。

陈显道:陛下,陈显在!

刘恒道:哈哈,爱卿,听说你在灵石县干得不错啊,你给朕献来何物啊?

陈显打开两个麻袋。左手边的是一袋黑糊糊的东西,细辨才能看清原来都是烧焦烧干的蝗虫尸体;右手边的是一袋谷粒。

陈显道:这是我灵石全县百姓和驻灵石的官兵齐心协力所烧灭的蝗虫和保住的庄稼。

刘恒仔细地端详着那两个口袋,微微点头表示赞许:这贡品好啊,朕收了!你临危受命,率灵石百姓治蝗赈灾,朕先记你一功!在最穷的县做父母官,不容易啊!你要再接再厉,造福一方,做全国郡县的表率。

陈显跪拜:微臣谨遵圣命。

刘恒问:贾谊在吗?

贾谊急忙上前:微臣在。

刘恒道:拿贡品登记簿来。

贾谊急忙递上贡品簿。

刘恒略微过了一下目,眉头微皱:张武,云中郡守张武?

张武急跪:陛下,臣在。

刘恒道:你大胆,竟违抗朕的旨谕,送给朕一匹千里汗血马!这汗血马真是天下稀有的好马!可朕骑上这匹马远远地跑在千里之外,谁来护驾?你想让朕做孤家寡人吗?

张武欲辩词穷:陛下……

汉文帝问:这汗血宝马从何而来?花费了几万金?

张武道:陛下,这马不是花钱买来的,是咱们常山军马场自己培育的。陛下在代国之时,一直重视军马培育,当年的苦心今日已大见成效,这汗血宝马就是啊。臣献宝马仅是此意,陛下……

汉文帝忙扶起张武:朕错怪你了。这宝马就送往宫中驿站做驿使的坐骑。你培育良马之功,朕另行嘉奖。咱大汉有此宝马,何惧匈奴。

刘恒道:朕看那贡品簿上,不少官员都挖空心思到民间搜寻奇珍异品,你们对朕的这份心意朕领了,可你们想过没有,如果朕借天子之威,不为黎民百姓造福,而是大捞天下财富,那朕还配做天下人的君主吗?同样,你们身为一方百姓的父母官,就要亲民、爱民、恤民、利民,决不能从百姓身上巧取豪夺!像陈县令,张郡守这样或全心爱民恤民,或十数年如一日投身马场田间,以农牧之兴带我大汉之兴的栋梁,方是你们各郡县该效仿学习的楷模啊。

众人齐道:谨记陛下教诲。

贾谊问道:陛下,那今年的贡品如何处置?

刘恒道:凡是送天下珍贵鸟兽的送上林苑,送古玩美玉金石的入钱库收目。至于淮南国送的豆腐嘛,送少府作为宴请百官的佳肴。

天蓝如洗,晨光璀璨。刘启在前,薄太后在后,祖孙二人一步一步在登铜雀台。刘启越登越快,薄太后稳步攀登,登到一半时,刘启已将薄太后落下一大截。

刘启回头下望:奶奶,快点啊!薄太后笑吟吟抬头嘱咐:别急,登高要把劲儿用匀,越往上越费劲……刘启回过头说:启儿知道。他刚说完就噔噔地向上跑起来。薄太后边登台阶边喊:启儿,别崴了脚……刘启仍往上跑,可脚步却已越来越无力,他喘息着一下子坐在台阶上。薄太后仍是稳健上攀,登到刘启身边,拉起他的手说:没劲了吧?来,跟奶奶一起上。祖孙俩手牵着手向顶端攀去……

铜雀台顶,薄太后与刘启临高下望。未央宫、长乐宫尽收眼底。刘启欢呼:铜雀台真好!祖母早就说带启儿登台,可直到今天才登……薄太后笑着:今天登也不晚哪,早了,你这嫩胳膊嫩腿的更爬不上了。刘启不好意思:不是爬不上,是……薄太后道:是想早点攀到顶,把奶奶甩得老远,对吧?她沉吟少顷,登台跟登山一样,越想快越快不了,因为登山费力,心急也费力,力费尽了就爬不动了,所以奶奶让你把劲用匀。

刘启点头:父皇小时候,奶奶也带他登过铜雀台吗?薄太后道:没有,可在代国,你父皇登过山,白登山,常山都登过,每次登山回来,都跟奶奶说,他见到了什么。父皇的事以后再跟你说。刘启兴奋地道:往下走好走,启儿一口气就能跑下去!薄太后语重心长:不行,上山难下山更难,必须脚踏实地地走下去,你要是心急一跑,绊个跟头,这么硬的铜雀台,非得摔得你鼻青脸肿不可!刘启看着薄太

后,崇仰不已:奶奶怎么说什么话怎么都那样有嚼头啊!

四十五岁的吴王刘濞牵着六岁的小儿子跨进了薄府。

刘濞长揖一揖:刘濞拜见车骑大将军。

薄昭急忙双手抱拳回礼:吴王快快请上座。薄昭拉起吴王子的小手问刘濞,这是那年从我老家领去的那个辛美人生的吧?

刘濞道:托国舅大人的福,小儿正是辛美人所生。

薄昭大笑:我们吴越女子闻名天下,辛美人更是国中奇艳,吴王还……后宫各个赛天仙?

刘濞一边笑着一边掏出一对屏风刺绣,所以我才上门致谢呀!他打开那精致的绣屏,这是咱家乡十个绣工用了整整半年工夫才绣成的。

薄昭爱不释手:咱家乡人真是心灵手巧。

刘濞道:那是自然!要不,我们怎能成为闻名天下的富庶之地?

薄昭道:吴王,怎么不把这精致的屏绣献给陛下?

刘濞挥手:寡人敢吗?陛下三令五申不许越级献贡品,我这才不得不让人到西市买只绵羊献上了事。

薄昭道:哎!我们这个皇帝啊!从小在代国那个荒僻之地养成的习惯,他从来不喜欢铺排。

刘濞道:当着薄大人的面,寡人就禁不住想发几句牢骚:唉,还是打住吧!

薄昭道:哎,吴王这就见外了,说,说。

刘濞道:自古至今,这人连钱都不要了,连享受都不求了,那还活着干什么?武人攻城陷阵是为重金之赏,儒生拼命读书是为做官拿俸禄,农、工、商不分昼夜地奔忙,不也是为了挣钱吗!

薄昭道:吴王说得极是,人为财死,鸟为食亡嘛!

刘濞道:要让有钱的人不享受,不逸乐,还要装一副穷相,不吃不喝,能行吗?能管得住吗?

薄昭道:让年轻气盛的青年人去杀风,去查办,兴许……薄昭煞住话头,吴王!咱们不说这些了,薄昭指着正玩线扯小木俑的吴王子,你们难得来京城一趟,明天让小王子进未央宫去跟皇子他们玩玩吧。

小王子问:宫里有六博棋吗?

刘濞道:这孩子就爱六博,从小就爱赌。

薄昭道:玩玩棋是无妨的。

刘濞道:说了半天了,我差点忘了件大事。刘濞说着,从怀里掏出一张绢帛画的图来:这是燕王刘泽的燕王陵,瞧,多气派!上次薄大人返乡想为双亲大人重修墓地之事,寡人一直记在心上。这刘泽的陵墓算是天下最气派的,不过,这又是陛下所反对的事!

薄昭道:吴王不用担心,再怎么说,陛下是以孝为先的,为祖上修建坟墓,陛下总不会过多怪罪吧?

吴王刘濞道:石料可以在吴国买,可那大楠木,就得到蜀郡去运。

薄昭道:蜀郡那边我派人去疏通就是了,要不是我的一个老友……咳,不说了……薄昭所指的老友就是那个因挪用国库钱币被廷尉府打进死牢的钱寅,他此时脑子里突然涌出那天在张释之面前为钱寅说情的一幕,不知道张释之能不能看在我薄昭的面子上从轻发落?

薄昭没曾想这件事却为自己带来了麻烦——

第二天刚退朝,汉文帝就把薄昭唤进了承明殿。汉文帝异常激动地冲他高声道:舅舅,你不说,朕也知道,这些年你总在心里说,恒儿当了皇帝心就变了。你说说,是朕变了,还是你变了?你怎么竟向张释之为钱寅求情?薄昭苦笑:早年在魏国,他是主管财计的侍中令,我是管马圈的太仆令,多年老友,他如今犯了事,我成了车骑大将军,人总得讲情讲义、不忘旧情吧?他家人求到我,我能坐视不管吗?汉文帝:人要讲情重义,可到底国事大还是朋友的事大?是朝律重还是舅舅的情义重?这还用朕说吗!何况他动用国库钱币的数目巨大,对此,舅舅的心里就没个衡量?薄昭被问得瞠目结舌。汉文帝:朕至今不明白,像钱寅这样贪心不足的人是怎么当上的府库总管?他这个官到底是谁举荐谁任用的?薄昭:那可不是我,我不知道。汉文帝:像这种人,舅父怎么跟他交上的朋友,还是几十年的至交?薄昭的头垂得更低了。

在窦皇后寝宫,窦皇后正在听小儿子刘武吹箫,边听边笑着说:我的武儿箫吹得不错,气稳,韵足,下次母后弹琴,武儿吹箫,让你父皇唱上一段高祖爷爷的《大风歌》,那该多有意思啊。

汉文帝满面微笑,走进寝宫。他进宫就喊:皇后,快拿围棋来,朕跟你杀上一局。见无人,又听见后面屋内传来悠扬的箫声,汉文帝不由驻足细听。听了一阵,大声赞叹说:是谁的箫吹得这么好?

听到赞美声,窦皇后及手握箫管的刘武一同出屋,见是文帝,窦氏忙跪:不知陛下驾到,请恕罪!刘武跑上去拉住文帝的手:父皇,武儿好久不见父皇了,好想父皇哇!文帝笑着亲亲小儿子的脸:朕这小儿子箫吹得这么好,父皇还从来不知道呢!跟谁学的?刘武指窦皇后:母后!窦皇后得意地笑道:这还不是陛下传给武儿的禀赋?文帝欣慰:皇后真会说话,太子呢?窦皇后道:太子在昆明湖畔跟吴王子玩六博棋呢!刘武道:父皇,武儿想去看看哥哥怎么下棋。文帝道:去吧。刘武一溜烟跑了出去。窦皇后道:武儿,慢点儿跑,别摔着。

文帝道:来,皇后,咱们好长时间没下棋了,杀上一局如何?窦皇后边摆棋边笑着说:难得陛下有此雅兴。文帝执黑子:皇后娘娘先走。窦皇后先着一白子落入棋盘中,笑道:陛下,武儿很聪明的,臣妾只教了他三次,他的箫就吹得像模像样

337

的了。文帝道：他现在背书还吐吗？窦皇后道：还有点。文帝道：听说昨天晁错让启儿、揖儿、武儿背书，武儿又吐了？窦皇后道：武儿会吹箫，启儿揖儿都不会。文帝道：吹箫固然不错，可那毕竟不是帝王必备之长啊！

窦皇后面有不悦，默默地将一白子置于棋盘中。文帝感觉出窦皇后的不悦，你怎么了？怎么不说话？窦皇后道：臣妾在听陛下说。文帝道：皇后，孩子是咱们两个人的，朕想听听你这做母亲的对启儿、武儿两个孩子的看法。窦皇后道：陛下的看法就是臣妾的看法。文帝微怒：你！文帝将语气缓和了一点，你以为朕对你如何？窦皇后道：谁不知道，陛下对臣妾恩爱有加！别人当皇帝，都是后宫佳丽几百上千，陛下身边不过二三人。文帝道：你当初不是这样的，你是一个很有见解、很有智慧的人，怎么现在倒没有见解了？窦皇后略有一些赌气和委屈，武儿从小体弱多病，脑子不够灵活，臣妾这才偏爱他些。文帝温和地笑笑：这，朕能理解，做母亲的总是多疼爱一些弱小的孩子。窦皇后有些激动：可……可武儿好，也说他不好，什么都是揖儿好启儿好……文帝道：朕什么时候都说揖儿好启儿好了？那吹箫本不是帝王必备之长吗！窦皇后嘟囔着：臣妾早就说过，陛下的意思就是臣妾的意思吗！文帝没听清：你大声点，嘀咕什么？窦皇后赌气道：陛下今儿不是来下棋，来过夜吗？来，把朝服脱了吧！汉文帝突然火气冲上脑门，他将窦氏的手一推，从棋边站起来，往外走去，看来，皇太后没看错你，真是一个相当固执己见的女人！窦皇后满含泪水依门而泣。

汉文帝急匆匆地跨进承明殿，他为刚才跟窦皇后发生的口角闷闷不乐。他一脸不快，随手在堆积如山的竹简中翻出一本《吕氏春秋》，看上几页，心烦意乱地将竹简置于一边。

烛光摇曳中，玉石案几上映出墙壁上悬挂的射猎弓箭的弓影，弯弯曲曲，影影绰绰。

文帝侧首看着那弓影，不由喃喃自语：真像一条无角的小青龙啊！可爱的小青龙。

窦皇后正在寝宫内心情复杂地走来走去时，儿子刘武与刘启一脸疲惫地走进寝宫。

窦皇后没好气地：启儿，瞧你带着弟弟瞎跑，弄得这么脏啊！

刘武道：吴王子划船摔到太液池里，那才叫脏哪！

刘启道：那样子啊，就像只落汤鸡。

窦皇后道：明天别带吴王子乱跑了，在宫中玩玩棋吧。

刘启道：启儿已经跟吴王子说好了，明天一早他来宫里跟我下六博棋。

窦皇后道：来人，快带两个王子去沐浴。

阴沉的天空下着小雨，贾谊手执一沓花花绿绿的帖子朝廷尉府走来，在门口遇蒯成侯周继。贾谊作揖施礼：周大将军，来廷尉府办公务啊？蒯成侯周继将脸一扭,拂袖而去。贾谊遭此冷遇,颇觉难堪。他略略放慢了脚步,恰遇年轻的廷尉张释之从后面赶来,贾兄,快进府里,我们好好聊聊。贾谊道:我们同时进朝为官,是要好好聊聊的。

两人寒暄着走进廷尉府。

张释之问:怎么? 贾兄……贾谊埋头看几案上的状子,没有做声。张释之笑着:大博士,做官比读书难吧?贾谊笑笑还是没说话。

张释之道:在朝处事要慢慢来,何况今天的一些弊病已像沉疴缠身,积重难返,要治好可不是一朝一夕的事。

贾谊道:释之兄,我贾谊一心要按汉律条文办事,为什么一些身居高位的老臣们反倒给我冷眼? 我究竟做错了哪一条?

张释之翻看着贾谊搁置在桌上的一摞摞请柬,念:何大人八十寿诞,曹大人喜添贵子,成大人大公子婚宴,武大人乔迁之喜,艾大人老母丧葬……还说给你白眼? 瞧这帖子下的,让你吃都吃不过来了!

贾谊摇头苦笑:释之兄,愚弟就是为这个前来请教,既然朝廷三令五申,达官显贵有事一律不许大操大办,怎么就是刹不住这吃喝之风! 你瞧,如今这股风已经刮到我这查风源的人头上了。这……我倒是去还是统统不去呀?

张释之也搬出一摞来:我这廷尉府内也有跟你一样多的帖子。

贾谊问:释之兄,你去还是不去?

张释之道:不去不妥,礼尚往来,人间礼仪是不得不讲的。要去,当然就得带些礼品,只要不过于铺张,朝律还是允许的吗!

贾谊道:那送些什么礼品呢? 贾生最伤脑筋的就是这种应酬之事。

张释之道:你学问比我大,文章写得比我好,你还不知道?

贾谊苦笑:兄长别再难为我了,这些事我真毫无所知。

张释之道:是寿诞就送龟,千年龟寓意长寿嘛! 但绝不是金的,是铜龟。喜添贵子送些鸡蛋呀,小孩子穿的衣服什么的……哎?! 这些事都是女人操办的,我都是从贱内那儿学来的。

贾谊道:我一人吃饱,全家不饿,贱内与孩子在洛阳老家,哪有什么女人可商量的。不过,经兄长这么一提醒,我开窍了,知道该送什么了。

殿内阳光和煦。文帝手握书简,临窗把读。

门口的响动惊动了文帝,他垂下握简的手,静观一袭黑袍弓腿屈膝地站在门口。

汉文帝爽然而笑说:舅父,在朕的承明殿里,你是永远可以大步走进的。说着,文帝将手中竹简潇洒地扔向龙案。顿时,大殿里尴尬凝固的空气飘动起来。

薄昭颤抖着双唇走近文帝:陛……

汉文帝道:不,还是叫恒儿吧。

薄昭两眼涌泪:恒儿陛下……

汉文帝道：舅父，朕请你来，还真有朝廷大事要听听你的想法呢。

薄昭双眼发亮地望着文帝：什么事啊？

汉文帝道：老臣们病的病，走的走，还留在朝廷的也都老了，朕不得不起用年轻有为之士啊，舅父听说贾谊了吧？

薄昭道：闻名天下的才子，谁人不知啊！

汉文帝道：舅父看此人如何？

薄昭道：陛下，贾谊处事认真，为人又正直热情，确实是朝廷难得的人才啊！

汉文帝点头。

薄昭又道：可他优点不少，弱点也很明显。他过于傲岸清高，心浮气躁，已得罪了不少人。

汉文帝道：年轻嘛！过激些也在所难免。

薄昭道：年轻就过激，就可以让别人宽恕某些弱点，有些说不过去吧？陛下不也很年轻吗？陛下与贾谊是同龄人啊！

汉文帝道：朕不比平常百姓人家的孩子，朕二十五岁就好像是年近四十的人了，未老先衰啊！

薄昭也与汉文帝一样陷入遥远的回忆：年少的陛下也真是好可怜啊！小小年纪就承受了成年人方可承受的国事、学业。唉！帝王之子，不易呀！

汉文帝也颇激动：小时候朕若没有母后和舅父的教诲，也就没有今天。舅父的养育、教导之恩，朕铭刻在心，永生难忘啊！

薄昭更为感动：有陛下这话，臣就是为陛下而死也无憾了。

汉文帝笑了：舅父，咱们俩人好像就要生离死别了，这，这是为什么呢？

薄昭也笑了：唉，话赶话，不说了，不说了。

薄昭站起来翻翻竹简说道：陛下也太辛苦了，其实有邓通这样机灵、会侍候人的弄臣在身边逗个乐子什么的也未尝不可。贾谊建议陛下远小人、近君子固然不错，可作为一国之君，除了国家大事，有些怡乐，包括女色的调剂，都是情理之中的事。

汉文帝点头：舅父疼爱朕，朕是知道的。

淮南王刘长推门而入，他双目圆睁，直立而不跪。

薄昭道：淮南王见陛下为何不施君臣之礼？

汉文帝忙招手：是朕叫他来的。啊，七弟，快来坐，我们有些年不在一起了！

刘长不睬薄昭，径直走到文帝面前，拍拍文帝肩膀：四哥，七弟对你不高兴！

薄昭大怒：淮南王，你放肆！

汉文帝虽有不快，还是很快控制住了自己，舅父，一家人又不是在朝廷上，朕不怪七弟，舅父，您去休息吧！

薄昭拂了一下袖子：哼，只要兄长爱护，从不敬重兄长，尽过悌道！薄昭离去。

汉文帝拉过刘长：七弟，什么事不高兴？说吧，你从来都是直来直去的。

340

刘长道:那是,母后生前,我对她都直来直去。

汉文帝道:是不是对朝廷派给你的丞相不满意?不会又是来要张苍吧?

刘长道:不要张苍,他的心永远跟四哥在一起。七弟只想大兄允许我在淮南国中任命自己的丞相。

汉文帝道:七弟,你不是不知道,自父皇建汉开始,治吏权和治军权都由朝廷统一委派。

刘长打断文帝的话:那是对异姓王制定的,如今的封王都是咱们刘姓的了,难道大兄不认为天下刘姓是一家吗?大兄委派和七弟自己任命有何不一样呢?难道大兄以为七弟……

汉文帝打断刘长的话:不是朕以为某人怎样,这是朝律。

刘长笑,朝律?也就是皇帝律,便于有人唯亲任人!

汉文帝严肃起来:唯亲任人?你所指何人?是朕,还是另有其人?朕历来主张用能人、用贤人,不避亲,也不唯亲。朕的亲戚无非是薄昭,朕怎么做的,七弟不是不知道吧!

刘长一时无语。

汉文帝又道:朝廷定下的事情,绝不能因为我们的手足之谊就破了规矩。汉文帝语气缓和下来:七弟,本想跟你好好聊聊家常的,没想到一开口又与国事分不开。来,说说看,你的力气比小时候又长了吧?哎,豆腐真好吃,这东西是怎么做出的?你们淮南国可以向各郡国推广嘛。

刘长的骄横在文帝情理并重面前软了下来:大兄,作为臣子,七弟只有谨遵君命了。

刘濞小儿子跑进窦皇后寝宫,刘启迎上去:吴王子,来,快来,咱们今天玩六博棋。

吴王子左顾右盼,露出不屑的目光:这就是皇后寝宫?怎么这么旧?还不如我们吴国的宫殿……他神秘地炫耀说:哎,告诉你吧,我父王刚建了一座摘星楼,那个高哇,真是天下第一!全是从深山老林里运来的大楠木盖的,一点砖头瓦片都没有。

刘启问:那要是失火了,怎么办哪?

吴王子上前打刘启:还皇子呢,净说不吉利的话,打你!打你!

刘启也笑了:好!我认罚!咱俩下六博,让你先掷骰子行了吧?

吴王子掷骰子先下子,俩小孩玩得起劲,欢叫声引来小刘揖和刘武也跑来观战。

刘长乘着三匹马驾的车长驱直入高太后陵园,守园人拦车,刘长气鼓鼓走下车来:站远点,寡人是淮南王,为高太后上香的。

守园人躬身让路。

刘长走进这片花木葱茏、肃穆幽冥的陵园。

刘长驻足高太后墓前。墓前有人先他一步放置了花、果,余烟袅袅,有烧过的纸钱。

刘长扑地大哭:高太后,母亲,你要是还在,长儿也不会受这种窝囊气啊!母后……长儿心里憋屈呀……的确,要是吕雉还活着,要是让她在刘恒和刘长之间选择谁更重要的话,结果是毋庸再说的。

窦皇后寝宫内,玩六博的孩子们闹成了一团,吴王子连输三盘后开始不按规矩走棋了,刘启站起来大声地喊道:你赖皮,你掷骰子是一,为什么走五步?你赖皮!

刘揖也跟着喊:是,你掷点儿是一,走了五步!

刘武也喊:赖皮!赖皮!

吴王子也站起来,你们三兄弟联起来欺负我一人,不跟你们玩了!

刘启道:输了就不玩了,真不是个男人!

吴王子把棋子一擢你才不是个男人!不料这棋子甩到了刘启的鼻子上,刘启的鼻子顿时血流如注。

刘启怒气冲顶,提起笨重的六博棋盘就朝吴王子头上狠狠砸去,吴王子血流满面,扑倒在地。

刘武见状吓得大叫:母后,快来呀,哥哥把吴王子给砸出血来了!

刘启也吓得呆若木鸡。

窦皇后及几个宫女听到喊声,慌忙跑来,她们七手八脚地为吴王子擦血、呵护,窦皇后以手拂吴王子的嘴,脸色大变:吴王子……他,他断气了!

窦皇后一脸慌乱,还不快请太医!快,报陛下……

宫女们闻声急去。

刘启、刘揖相拥,刘武吓得大哭起来。

窦皇后将刘启刘揖俩人分开,把刘启狠狠地推到地上:看你怎么跟你父皇交代!吴王本来就……尽给你父皇找麻烦……

刘启哭:……启儿不是故意的,不是故意的。

窦皇后:你说,要是为这事,父皇不立你这个长子为太子,让谁来当太子?

刘启只顾哭:不知道,不知道……

窦皇后:你就跟父皇说立你武弟,听到没有?

刘启:我……我不……我听到了。

高太后墓前,手捧一捧野菊花的审食其,蹒跚前来,他没看到跪在远处的刘长。

审食其将花摆放墓前,喘着气说:娥姁啊,这些日子我浑身就像散了架,以后怕是不能多来了……他将野菊花摆得更正些:娥姁,你就多闻闻,多看看吧……

跪在远处的刘长听到响动,扭头一看是审食其,顿时怒从心头升,他起身一脚把审食其放在高太后墓前的野菊花踢得四处纷飞:滚远点,老匹夫!你不配给我母后献花。

审食其老眼昏花,当他认清是刘长时,也气得声音发颤:你……你是七皇子,你也太霸道了!

刘长一把将审推了个趔趄:我就是不许你来祭奠!

审食其刚刚站稳:高太后是天下人的母后,是我审食其的娥姆,我为何不能祭她?

刘长正好找到宣泄处:母后生前遭你亵渎,死后你还不让她安静,滚开,你个老淫棍!

审食其将野菊花放置墓前,把刘长插的香掷于地上,口中喃喃不休:笑骂任人笑骂,我的心,只有她知……

刘长见状,一时性起,提起老迈的审食其朝高太后墓石掷去……

刘长道:我让你知……我让你知……

审食其头击墓石,顿时倒地而亡。

守园人见状跑来,不好了,不好了……淮南王摔死辟阳侯……淮南王摔死辟阳侯了……

薄太后、汉文帝、薄昭都站在寝宫内,刘启哭喊着:奶奶、父皇,启儿砸死了吴王子……启儿不是成心的,不是成心的!

黄门和宫女七手八脚地清理宫内残留的血迹。

薄昭哄道:就是!我们启儿又不是成心的!启儿别哭了……

薄太后道:陛下,国君对待家事和天下的事情要一样以道义为大,陛下若能正己不偏私,普天下还有谁能不听从陛下的教诲而不行正道的呢?

汉文帝道:母亲放心,恒儿知道该如何处理这件事情。

邓通神情紧张地跑进来:陛下,不好了,淮南王在长陵,将正为高太后上香的审食其大人摔死了。

薄昭讶道:啊?!

薄夫人叹口气说:审食其是前朝重臣,他纵有千不该、万不该,也不该被随便打死呀。

汉文帝问:淮南王人在何处?

刘长赤裸上身,背一捆荆条悻悻走进:人在这里。

薄昭道:刘长,皇太后在此,你还不快快跪下?

刘长跪:薄娘娘!陛下!

薄夫人道:长儿,你真不该这么做呀,你,你让我怎么说……

刘长道:不该?!我的亲生母亲是因为审食其当年不帮忙向父皇、母后求情,才被迫自杀的。对高后他又……这么多年来,这口怨气我始终闷在心里,审食其是杀我母亲的凶手,我杀死他是为报仇雪恨。

343

薄夫人道:长儿打小就好勇斗狠,这脾气到现在也没改呀!

刘长道:薄娘娘这么说长儿,是怪罪长儿啊,要是吕后娘娘在,她老人家一定不会这么说的!

薄昭道:未必吧?刘长,你刚才还说到审食其与高太后的什么什么,她要在世啊,只怕即刻就砍了你的头呢!

刘长转对文帝:陛下,七弟与大皇子都杀了人,陛下说该怎么办吧!

汉文帝道:邓通,立即着周丞相及文武百官上朝!

文武百官神情严肃,文帝端坐龙榻。

汉文帝道:圣贤说,国政的政,就是正道的正。一个是朕的儿子,一个是朕的手足,各封国国君和众爱卿不能为此就枉顾大汉朝纲律令,要铁面无私公正来议。廷尉府张释之廷尉主管刑案,你先说吧。

张释之道:汉律规定杀人者偿命,不错。可杀人者分为误杀和故意杀人两种,要区分是误杀还是故意杀人,就要看当事人与被杀者是否结有仇怨。俩小孩斗棋,显然没有起杀心的旧怨,微臣认为这应属误杀。大皇子不属偿命之列。

众大臣点头议论:对!大皇子是误杀了吴王子。

吴王刘濞怒气冲冲地环视众大臣,不语。

周勃道:接着往下说。

张释之道:淮南王刘长对审食其积怨已久,但也是因两人冲突,一时性起,杀了审典客。

张苍道:淮南王历来跋扈,颐指气使,稍不如意就刀剑相见,这是致审典客而死之主要。

一老臣道:陛下,依臣之见,若不重判淮南王,日后凡与人结过怨的前朝老臣,稍不留意就有被别人随意杀死的危险,宽赦之例不可开呀!

另一老臣道:审典客就是再让人耻笑,早年在丰沛他照顾过高祖家人,被楚霸王掠为人质后,还同太上皇与高太后一起冒死受辱,就这样随便被摔死,不惩处杀人凶手,人心难服哇!

众人议论纷纷。

刘濞愤愤地:你们不要尽说淮南王,也该说说大皇子了!

汉文帝道:吴王,你说呢?

吴王刘濞道:就算大皇子误杀了寡人之子,不治他偿命之罪,也该去服牢狱。

不少大臣叫道:陛下,皇子就是皇子!万万不可!

贾谊道:此案无典可循,可孩子玩耍,失手夺命,就下大狱,史无前例……

刘濞横眼睛:黄口小儿,妄议朝政,一边待着去!

吴王你?!贾谊转身对文帝,陛下,贾谊以为事已至此,应速将吴王子送返吴国入葬。吴王也应心胸放宽些,以大汉社稷为重。

刘濞道:难怪老臣们不喜欢你,真是一个多嘴多舌、令人讨厌的酸儒!

344

一大臣道:那吴王你说,淮南王杀死审典客该如何处置呢?

刘濞道:我自家的事还没了呢,哪有心管别人的事!

一大臣道:王子犯法与庶民同罪,杀人者偿命,天经地义!

刘长大怒:什么?杀老子?大皇子什么罪都可以不担,我也是误杀了那老匹夫就杀我的头?这天下还有公理可言吗?

大厅内顿时乱成一片。

灌婴对刘章道:城阳王也说说你的想法吧!

刘章一副坐山观虎斗的样子:陛下和右丞相都还没说话,我有何话可说?

周勃站起来:那,老夫就说,张廷尉的话句句在理在律,太子误杀了吴王子,丧葬费统由皇后私房钱中筹措,不能动用国库一分一毫;淮南王虽因与审食其争斗而杀死对方,但他一贯骄横霸道,故应牢禁一年,罚三年不乘坐三匹马拉的车,另罚割一县为朝廷所有。

众人点首赞同。

刘濞不向文帝施礼即拂袖而去。

周勃唤住已行至大殿门口的刘濞:吴王,这裁决是朝廷百官认可的,望吴王以大汉社稷为重,节哀顺变,随王子棺枢一同返回吴国!

刘濞无奈:右丞相一言九鼎,谁敢不从呢!

刘章、刘长道:安刘者勃也——也字被拖得老长。

刘濞道:只是小儿在哪里出的事,就葬在哪里,寡人不想将王子送回吴国,免得日后看到他的坟冢伤心。刘濞抹一把眼泪:陛下,老夫腿脚有疾,站立久了发抖,恕老夫提前退朝了。

灌婴道:吴王且慢,小王子是你的儿子,树还讲个落叶归根,这小孩子不葬回吴国,却葬在长安,你就那么狠心吗?

众人议论:是啊,为父者总该疼疼儿子啊。

汉文帝道:众爱卿,朕对这两件命案,深感痛心,可既已发生了,怨恨也好,痛心也罢,都于事无补。

汉文帝将朝服褪去,露出只有大灾之年或大殇之年才穿的孝服:子不教,父之过,朕尊重吴王的心意,将吴王子以皇子身份葬入祖陵之中,朕将与大皇子亲自送吴王子灵枢出长安,着大皇子为吴王子守灵一日。

此时,薄太后一身麻衣,领一样麻衣麻鞋的刘启突然出现。全场顿时鸦雀无声。

薄太后平静地:吴王子不幸殒命,罪责全在启儿。启儿是哀家长孙,陛下有过,哀家更有过,待启儿守灵之后,哀家将陪启儿一起去吴国服刑。

汉文帝惊讶地:母后……

众大臣皆伏地:太后,万万使不得呀!

薄太后淡定地:杀人服刑,这是天理,众臣快快请起。

345

刘濞也跪地：太后，刘濞着实不敢。

薄太后扶起刘濞，吴王请起，无论如何，哀家和启儿也不敢违拗天理。

众大臣道：陛下仁德，这么厚葬吴王子，吴王该满意了吧？

吴王不得已：陛下如此厚待小儿，臣在此谢恩了。刘濞跪拜。

刘长道：陛下，那我呢？

汉文帝：对淮南王，朕还是那番话，命案已经发生了，就是以命抵命，审典客也活不过来了。淮南国的百姓都翘首等待他们的国君领着他们去过好日子呢！

刘长没想到汉文帝会这么说，不由感动得流下了眼泪：陛下，七弟错了……七弟真的认错了。

汉文帝道：虽说咱们大汉已经建立近三十年，可战争留下的创伤仍待弥合，百姓仍不富裕，朝廷与各封国、各郡县的官吏仍需勤勉励治，律令一体，淮南王，你能做到吗？

刘长道：陛下放心，七弟一定与朝廷派来的丞相都尉，一心一德，造福百姓。

退朝后，薄昭尾随汉文帝进了承明殿，大发感慨：陛下，现在一些大臣议论，说到底还是应了古人的一句话：刑不上大夫！

文帝道：朕早就料到这一点了，可吴王、城阳王他们除了议论一下外，还能有什么举动？若是判了淮南王的牢禁，那骚乱保不准就会从那里冒出来，罚体不如罚心啊！这样，朝廷派的丞相和都尉不就都顺利去各封国就职了吗？别忘了，有他们在，朝廷就有掌控各封国的股肱啊。

薄昭道：那倒也是！陛下若判了淮南王服刑，又会有人说陛下偏私。唉！做人难，做人君更难啊！

几日后，薄太后携刘启赴吴国服刑。他们日出而作，日落而归，以身服律，以心正心，一代贤后为她的孙儿——未来的汉景帝上了永世难忘的一课。

薄太后和刘启身着近似于囚服的粗麻布套头衣袍。薄太后提着盛满猪食的木桶，刘启手执木勺，他们走向猪圈木栏。薄太后让刘启用木勺舀着猪食倒进猪槽里。齐胸高的木栏使刘启倒猪食显得格外费力，他一勺又一勺地倒着，猪食不时洒在刘启的衣袍上。

天刚蒙蒙亮，草坡晨雾弥漫。薄太后和小刘启一人一只背筐，已经在这里打猪草，薄太后在教刘启识别猪草。刘启的小铁铲一下一下地挖着猪草，挖得十分认真，小背筐的草一点点在增加。刘启的手磨破了，薄太后鼓励他用左手，刘启又用左手挖了起来。背筐的猪草满了，刘启想要背起，没想到猪草太沉，刘启被压得倒在地上，猪草也倒了出来。一卫兵见此情形，急忙跑过来要替刘启背筐，被薄太后拦住。刘启自己把猪草一点点又装进筐里，背起了背筐，薄太后欣慰地笑着，薄太后和刘启将满背筐的猪草倒入猪圈里。薄太后抓住刘启的两只手，两只小手掌都磨破了。

这是一间简陋的寝室,除了卧榻、食几,最为醒目的便是书案上高高堆起的竹简。薄太后在给刘启磨破的小手上药。薄太后道:背一遍《孟子·告子下》给奶奶听。刘启道:天将降大任于斯人也,必先苦其心志,劳其筋骨,饿其体肤,空乏其身,行拂乱其所为。薄太后道:每天早起、晚睡都要背一遍。已是午夜时分,刘启还在聚精会神地读书,薄太后就着昏黄的光亮补着小刘启磨破的衣袍。

长安。天下第一食楼内张灯结彩,丝竹管弦不绝于耳。蒯成侯周继八十寿诞在这里举行。门前,有人接待宾客下车,有人在登记来客姓名收受礼品。蒯成侯满面春风,不住地与来客寒暄。

贾谊与几位老臣来到门前。

开章捧出一盆陶瓷做的寿桃献上:不成敬意,望蒯成侯笑纳!蒯成侯:哪里,哪里,让上将军破费了!老臣甲献上一红包:老臣愚钝,不知献何礼品才能表达一点心意,就献上这个吧!蒯成侯:哦?哦,老夫愧领了,请!厅内请!贾谊深揖一揖,十分恭敬地:贾谊来前思之再三,还是拿不出合适的贺礼,因为蒯成侯什么都有,晚生只能以心相贺了!晚生祝蒯成侯身强体健,寿比南山!本已众目睽睽的贾谊一下子成了众人的焦点,有人小声:还是贾博士聪明,一个子儿不拿,就来了个以心相贺!还有人交头接耳:这贾谊太过分!也太不懂人情世故了。蒯成侯强压怒火:来者即是客,坐吧,坐吧,别扫了诸位的兴,吃,吃……

众人举樽着箸、饮酒吃菜。贾谊看着满桌佳肴,议论说:红焖象鼻,红烧驼峰,捣珍……这么大一盆捣珍,得需多少头牛、羊、鹿、麋?就这一盆菜,也够寻常百姓家吃两年了……坐在近旁的开章闻声叫道:贾谊太没良心了吧?蒯成侯八十大寿,你是来祝寿啊还是来挑刺儿?什么一盆捣珍要养多少百姓?嫌贵你别吃啊!众老臣大叫:晦气,真不知天下还有这样的浑人!蒯成侯已气得浑身发抖,颤声说道:贾谊你,你别仗着陛下的宠信,就,就如此欺负老夫……一个子儿不拿,老夫让你白吃白喝,你还……说着,他脚一滑,朝前扑去,双目紧闭,倒地不起。众人大乱:蒯成侯,蒯成侯!蒯成侯让贾谊气晕过去了!贾谊这小子把蒯成侯给气晕倒了!家眷哭,孩子闹,寿宴变成一团乱。

第二天,丞相府大门刚开,一群老臣们就蜂拥而进,围着周勃大发怨气。开章道:右丞相,你最清楚了,我们当年跟你随先帝打天下,没少流血流汗吧,如今这贾谊就根本没把我们放在眼里,他……周勃打断开章的牢骚:那蒯成侯吃了几剂药,不是好多了嘛!开章道:好?至少也得十天半月才能来太尉府办公务。周勃道:身体没事就好,没事就好。

老臣甲:右丞相,这贾谊怎么欺负我们你都看见了,你可得为我们做主哇!老臣乙:写奏折参他!参到陛下那儿去!众人道:对!参他!杀杀那小子的威风!开章从宽袖中抽出竹简:老夫已经写好了,你们签名吧!众老人争先恐后签名。

周勃拿着众老臣签名的"状子"走出丞相府,他本想直接送往文帝的承明殿,

　　可人到了承明殿门口,脚步却移向张苍和贾谊同在的御史大夫公务府。周勃这人憨厚正直,虽说他对贾谊在周继寿诞上的做法不赞同也不理解,但他不喜落井下石看人遭难,他想去提醒一下贾谊。

　　当贾谊看到这张众人联名的"状子"后一脸困惑。周勃:贾大夫,你志向高,想成大业,可也不能眼里没有别人哪!贾谊分辩道:右丞相,御史大人,我贾谊能得到朝廷任用,实在是受宠若惊,我,我怎么会眼里没有别人呢!这,这实在是……周勃:没有就好!贾谊:贾生以为,老臣们因鄘成侯生日之事朝我发气,也是借题发挥。周勃:贾大夫说说看,他们借的什么题,发的什么挥?贾谊:当然是为我递上的奏疏之事。其实,贾谊上奏疏说的治世之道,决不是朝谁发难,老臣们的功劳朝廷不会忘,贾谊不会忘,我们的后人也不会忘。张苍笑笑说:朝廷不比书斋,在朝为官也不像你跟我学算学,贾博士,这朝中有的事啊说要迈五步,可开始也许只能走三步,走四步或许就是陷阱。贾谊冲动了:老师,此论学生难以苟同,既然朝廷定下的要走五步,我贾谊粉身碎骨也要迈足五步,三步不走,四步也不走!张苍:你……你怎么不知变通呢?推行一项新的国策,可不是一加一等于二那么简单的事!周勃:贾谊!你还说丝毫没有瞧不起别人的想法,你看,你连你的老师都敢顶撞,你还……贾谊:右丞相,我……周勃不由气从心头生,他一挥手:我本来嘴拙,你别跟我辩什么理,还是跟陛下说去吧!周勃拍拍手中的"状子"。

　　第二天早朝后,汉文帝把周勃、灌婴和张苍三人留下,他展开众老臣告贾谊的"状子",哈哈大笑:贾谊这样为鄘成侯祝寿真是不合情理,可也不至于联名告他吧,这鄘成侯不是已经到太尉府办公务了嘛!周勃与张苍相视一眼,无语。汉文帝:众爱卿,今日召你们来是为举荐贤人一事。历来,都是你们向朕举荐能人,今天朕想向你们举荐个贤人,进入三公九卿之列。三大臣一愣,你看看我,我看看你。汉文帝:怎么,让你们吃惊了?更让你们吃惊的是,朕举荐的人就是被告贾谊。他虽然棱角过重,可依朕观察,他是个胸有大志,学问扎实,一心效命朝廷的人。三人屏息不语。

　　汉文帝道:御史大夫张苍,贾谊是你的学生,又是你向朕举荐的,提他进入三公九卿之列,你有何想法?张苍略做思索:陛下,这贾谊嘛,书读得多,文章写得好,观事论策也能入木三分,可……可……张苍可了半天也没说出什么。汉文帝:可……可……可什么呀?不好说是吗?周勃清清喉咙:陛下,卿相起于州郡,将帅出自行伍,要贾谊进三公九卿之列,臣看还是过几年吧。灌婴忙接茬:右丞相说得对,先让贾谊到哪个州郡历练历练。三人纷纷点头:这办法好!真若是能人、贤人,历练历练更能成大器。

　　汉文帝苦笑一下:看来朕对贾谊,或许是操之过急了?!举荐人才是学问,更要有一片忠心。举荐对了,人才就是朝廷栋梁;举荐错了,就成了朝廷的蛀虫,蛀虫成了群,再强固的大厦也挺不住啊!比如钱寅,到底是谁举荐,谁任用的?三人面面相觑。张苍低声地:举荐是微臣,任用是谁,臣就不知道了……汉文帝:一定

348

要以此为鉴。

　　吴国。薄太后那间简陋的寝宫内,刘启坐在一只大木桶里洗澡,薄太后为他擦背。薄太后微笑着问孙子:启儿苦不苦?刘启略带委屈地答道:苦。薄太后拉过刘启的右手,伤已经好了,长出了薄薄的一层茧子。薄太后轻轻摸着那薄薄的茧子,一字一板地却语调柔和:这就是历练,启儿将来是要做太子的,还要继承大统,奶奶希望启儿做得比你父皇还好。刘启:启儿知道,父皇幼时也吃了很多苦。薄太后:要做一个好国君,从小就要内正其心,外正其容。

　　而此刻,在窦皇后的长乐宫里,汉文帝和窦皇后两人正在读薄太后写来的帛书。汉文帝道:母后信上说启儿进步很快,朕明白母后之所以带启儿赴吴国服刑意在历练启儿,朕在他这个年纪已经到了代国,幼年的磨炼对人的一生都有好处。窦皇后道:母后走前也一再教导臣妾,她这么做是要让启儿从小就接触劳作,接触百姓。汉文帝道:有母后才有今日的朕;有母后朕不再为启儿发愁了,母后,铁中铮铮,庸中佼佼,巾帼中非常人也。

　　窦皇后取出一大包袱:臣妾为母后和启儿备了些衣物,明天交给黄门带去吧。汉文帝点了点头,皇后,你瘦了。窦皇后道:陛下也瘦了。窦皇后终于抑制不住地拥住文帝,失声痛哭起来。文帝也眼角带泪双手捧起窦皇后的脸。

　　两个人越是不愿意走同一条路,却越是躲不开,就像俗语所说的不是冤家不碰头,这种事生活中经常会发生。但贾谊和开章同往各封国去巡视,却是文帝的精心安排。

　　开章道:陛下召臣有何吩咐?刘恒道:朕虽已三令五申严禁大操大办、铺张浪费,可各郡国大造宫殿、大修祖坟之事仍屡禁不止,朕想请上将军前往各郡国探查详情,严加查办!开章道:臣领旨!刘恒道:朕还选派了另一人与你同行,上将军与此人有些误会,朕希望上将军能不计前嫌,与此人通力合作。开章道:陛下指的是贾谊?刘恒道:正是!开章道:臣不愿与那狂生同行,陛下恕罪!刘恒道:朕就说上将军与贾生有些误会吗?你们两人同行,正可增进了解,尽释前嫌。贾生虽然有些年轻气盛,但也是赤心为国。上将军饱经风霜,战功卓著,难道非要和一儒生计较吗?开章道:臣蒙陛下错爱,万死不辞。臣这就准备一下,即刻与贾大夫上路。开章出去后,文帝又将贾谊招进承明殿。

　　贾谊道:臣贾谊参见陛下。刘恒道:贾博士免礼。朕想派你前往各郡国查禁大造宫殿、大修祖坟之事。贾谊道:臣正有此意,铺张浪费屡禁不止,这与各郡国上下欺瞒、有令不遵大有干系。臣此次定将查个清清楚楚,严惩不贷。刘恒道:朕还另派了一人与你同行,上将军开章,贾生可有想法?贾生道:上将军与贾生本是同乡,贾生并无其他想法。刘恒听完贾谊的回答,宽慰地笑了,他接着说道:贾生多年来一直在博士院,怀有满腔济世之念,唯独缺乏一些经世务实的经验。朕这

次派你下去,就是对你的磨砺。贾谊道:多谢陛下厚爱。刘恒拿出一张图指点贾谊细看:这是钟官在各郡县追查假币案报回的奏牍,上面有各郡县发现假币的时间、数量,可唯独城阳国发现的假币极少,朕觉得此事颇为蹊跷,你们到城阳国时一定要多加留意。

河南郡内,"钦差大臣"贾谊、开章行至一十字路口。车马堵塞成四条长龙。前面传来阵阵叫骂声。甲阵头领大吼:你们都瞎眼了!还不给老子让开,城阳王的工期你们担待得起吗?甲阵的人拍着石料及大楠木一同叫道:这是从蜀郡运来的木料,谁误了城阳王的玉石宫谁掉脑袋!乙阵头领也不示弱:别拿城阳王吓唬人!我们是从灌老太尉封ге送粮的。乙阵的人起哄:灌老太尉的官不比你们城阳王大?谁不知道,当年西楚霸王就是让灌老太尉的铁骑给逼死乌江的!

车挤马嘶,人声鼎沸,一片混乱。

贾谊看着这场面不住摇头。开章:看到了吧,人人都是咱的爷,到了城阳国,你那张利嘴还是少开为妙!贾谊看看开章,又苦笑着摇摇头。

贾谊、开章一行绕道又行至另一驰道上。

路上时有插草标、自卖为奴的人,他们衣衫褴褛,蓬头垢面。一乞丐伸出肮脏的手,用微弱的声音向贾谊讨要:大人!大人……行行好,给点吃的吧。贾谊下马正欲说什么,后面一阵马蹄声传来,随即响起粗暴的声音:让开,快让开!贾谊急忙牵马闪向一边。只见车轮辚辚,一队士卒押送着大包大包的粮食从大路上走过。饥民欲扑抢粮食,被士卒的长戟镇住。那个粗暴的声音再度响起:这都是朝廷给你们河南郡运来的赈灾粮,快回家吧,到你们乡里、亭里去等着分粮吧!

贾谊一行继续前行。迎面又跑来一队押送粮食的车马。

贾谊问与自己擦肩而过的运粮人:你们是给河南郡运灾粮的吗?运粮人抹把汗:我们是从荆棘侯的封地来的,是往长安送粮。贾谊指指长长的车队:这么多粮食啊!运粮人道:后面的是从另一封地来的。贾谊道:运到长安要走几天哪?运粮人道:那说不准,要是路不堵的话,要不了四、五天,要是一堵,十天、八天的也到不了。贾谊道:主要是什么堵住你们了呀?运粮人道:这位大人,你不知道哇?运粮都是在秋天,那么多运粮队碰到一块儿能不挤吗?到了长安城那才叫挤哪!

贾谊略有所思地点点头。

贾谊与开章策马来至城阳国都城门下。开章跳下马伸个懒腰:陛下叫咱们走马观花,这趟差事真不容易,老子脚板儿都磨出了老茧!贾谊笑着说:开章将军,这就叫苦哇?要是派你去长沙国或闽越,那路还要远呢!

城门大开,刘章率城阳国官员夹道迎接朝廷的"钦差大臣"。

刘章道:欢迎,欢迎,两位大人一路辛苦了。

贾谊上前作揖行礼:中大夫贾谊拜见城阳王!

刘章打着哈哈:啊,上将军,贾大人,快请!快请!

丝竹还在吹奏,宫女还在舞蹈,宴饮显然已进行了一段时间。

开章开怀畅饮,贾谊极优雅地抿了一口酒。

刘章见贾谊一派斯文,打趣道:贾大夫实在是一副才子相,斯文儒雅,一表人才,还未娶妻吧?

贾谊笑而欲答,开章拦住了他。

开章揩揩流油的嘴角:贾大夫寒窗苦读,终成大业,可还是黄口小儿一个呢!城阳王是要帮忙,选一位佳人配才子?

刘章哈哈大笑:本王正有此意。来人!刘章拍掌,上来一个打扮花俏的宫女。

刘章指着贾谊:去,陪陪这位朝廷来的中大夫。

那女子坐在贾谊身边,贾谊拘谨地缩了缩身子。刘章又拍掌,又一个花俏宫女走了上来。

刘章指指大吃大饮的开章:快去陪陪这位豪饮的将军。

宫女扭动腰肢走到开章身边,开章眉开眼笑地将一樽酒灌进宫女嘴里,宫女呛得咳嗽不止。众人大笑。贾谊不由皱了皱眉。

贾谊道:城阳王,陛下此次叫我们来郡国巡视,主要是为各郡国大兴土木,修祖墓、修宫殿、奢侈浪费一事,城阳国内是否……

刘章道:哦!要说这事,本王倒要奉劝贾大夫一声,如今朝廷减免了赋税,各封国粮食充足,这证明大汉富足了,穷则节俭,富则排场,官员们讲究一下,在所难免!哈哈哈哈!

贾谊道:可是城阳王,你的玉石楼可是过于奢华了,和未央宫都不相上下啊!我们从长安一路过来,路过河南郡,那里还有不少灾民在沿途乞讨呢!

刘章挥挥手,极不耐烦地:河南历来是穷山恶水,不是旱就是涝,那个鬼地方哪能和我们城阳国比!上天顾念我们,难道也是我们的错吗?

贾谊道:贾生不是说城阳富足是城阳国的错,但财富这种东西是生之有时,用之有节,用之过度,则物必屈也!

开章道:看看,贾大夫又拽文了不是?来的路上我不是给你提醒了吗?爷!个个都是爷!

贾谊摇摇手制止住开章:城阳王,来的路上,我们就看到你城阳王派往蜀郡拉大楠木和整块玉石的车队,这大兴土木之事,可是朝廷三令五申严禁的……城阳国这么做……

刘章打断贾谊的话:贾大夫这话太不近人情了吧?贾大夫去吴国了吗?

贾谊摇头:还没去!

刘章道:淮南国呢?

贾谊道:也没去过!

刘章道:是啊,你仅仅到了我这城阳国,就拿朝廷来压我们。你再去别的封国看看,他们可比我们奢侈多了,他们的宫殿那才是个个赛朝廷。吴国大修祖坟更是排场得狠呢!

贾谊道：他们那么做，迟早是要遭禁的。

刘章笑：拉倒吧！陛下决不会禁止吴王这么做！

贾谊道：城阳王此话怎讲？

刘章道：吴国的吴县是什么地方？是车骑大将军和皇太后的家乡，是咱们大汉陛下的外祖父、外祖母的家乡！陛下是天下闻名的大孝子，你说陛下能违背母亲和舅父的意愿而落下不孝的名声吗？所以大楠木、玉石运往吴县给薄大人修墓，陛下是不会不知道的！

贾谊无语：这……

刘章道：其实，寡人是最守朝廷律令的。前些时，天下假币四处飞，朝廷派人到各郡国去查，结果只有城阳国假币最少，为什么？不就是因为寡人最规矩吗！

开章道：哎！贾大夫，较什么真儿啊！喝吧，瞧瞧这酒、这肉、这美姬……开章摸摸那个宫女的脸颊，发出一阵荡笑。

第二十一章

　　太阳刚刚升起,上百只山羊争先恐后地奔出羊圈。驱赶羊群的是带着小斗笠,已经被晒得黝黑的刘启。羊群在溪边的草地上散开去尽情地撒着欢,小刘启趴在溪边捧起一掬清澈的溪水,送到正在溪边的一堆炭火上烤芋头的薄太后嘴边:奶奶,这水多清亮啊!

　　薄太后笑着喝干了那双小手里的溪水,她从炭火里扒拉出一个煨烤熟透的芋头剥去皮,递给刘启,刘启接过芋头又送到奶奶嘴里。一只雪白的羊羔兴许是闻到了芋头散发的香气,咩咩地叫着依偎到小刘启脚下,小刘启抱起羊羔,脸上荡漾着抑制不住的喜悦,他把小脸贴近羊羔的耳朵,恋恋不舍地说道:你有妈妈陪着,我也要去找我的妈妈了。等太阳升到山半腰,我就要走了。羊羔好像听懂了刘启的话不停地咩咩叫着。

　　今天是他们祖孙二人结束服役将要离开吴国的日子,可一大早薄太后还是坚持让刘启去放羊,这位智慧的女性深知自己的孙儿此次离开吴国,就再不可能与土地与民间与芸芸众生有如此的贴近,她要让这种贴近变成记忆的眷恋,像烙印一样嵌刻在这位未来的储君心上。

　　不知不觉,太阳升到了半山腰,一架简陋的篷车驶近,穿一身粗麻褐衣的吴王刘濞,拄着镶金的龙头拐杖,从篷车上下来,这位拥有天下最大钱币制造权的汉初首富的穿着在衣着朴素的皇太后面前不得不竭尽简陋。薄太后携刘启在篷车上与刘濞招手告别。刘濞心情复杂地恭送他们乘车远去。望着辕车留下的尘烟,刘濞不由地感叹:这位薄太后真是太厉害了……

　　七天后的早上,文帝刘恒、窦皇后及刘武刘揖早早立于未央宫的石阶下向远处眺望。一辆简陋的篷车款款而来。刘恒和窦皇后急忙奔了过去。篷车停稳,刘恒和窦皇后扶着薄太后下车。刘恒深揖一揖:拜谢母后为儿所受劳役之苦。大步跨下篷车的刘启跪地大叩:罪儿刘启拜见父皇、母后。刘恒扶起刘启,爱怜地端详着,只见刘启稚嫩的脸上已褪去了童真,添了几分成熟。刘启奔向窦皇后,母子相拥而泣……刘恒欣慰地:启儿黑了,瘦了。知困,尔后自强。好!武儿、揖儿将来

353

都要去历练、历练。薄太后朗朗地笑道：以后不管谁去，奶奶都陪着。一家人久别重逢，悲喜交加，相扶相搀地拾级而上，走向未央宫。

承明殿的偏殿内，坐着等待皇帝召见的薄昭和周勃。两人各怀心事，尤其是薄昭，有些坐立不宁。

在正殿，汉文帝对着贾谊不住点头：好！讲得好！贾生不枉此行啊！朝廷的官员要经常去各郡国走走看看，这才能了解下情。朕看，贾大夫明天到丞相府向众大臣讲一讲你的所见所闻，但是有些事情虽是十分，也只可讲上八分。要兜住点火，不要太长，不要太过，太长则让人烦，太过则欲速不达。文帝递过一樽酒：来，喝酒！

贾谊接过酒樽：谢陛下！他喝了一口酒：对了，陛下，城阳王讲他是最守朝廷律令的。说假币，在他城阳国几乎没有。

汉文帝道：谁最守朝廷律令，谁还是说一套做一套，证实这点，尚需时日。

文帝满脸严肃地对着从偏殿走近身旁的薄昭猛击龙案。薄昭一惊，继而满心酸楚地长叹一声：唉！做皇帝了！汉文帝自觉失态，沉默了一会儿遂改用轻缓的语气说道：朕从来就没有忘记过舅父的教导，"民为贵，君王次之"，正因为朕做了君王，朕对舅父就不能不做更高的要求。薄昭：舅父哪点过了？汉文帝：还哪点过了？前些时，舅父为大贪官钱寅说情，此事刚了，又大举修墓……薄昭：是修墓了，那也是为陛下的外祖父、外祖母修墓啊！汉文帝：可那是个什么样的墓呀！薄昭：什么样的墓也没超过老刘泽墓的豪华！况且，我也是代陛下去做的这件事。陛下"以孝为先"，天下人谁不知晓？如果当今陛下祖宗的墓都不比一个诸侯王的墓像样，那陛下的孝字是不是当之有愧呀！天下百姓怎么看陛下的"孝"呢？汉文帝：如今，有的郡还有那么多饥民，我们将修祖墓的钱用来救济饥民，那才是大孝。大孝是孝天下，小孝才是孝祖宗。要是把财富埋在地下让它去腐烂，去买什么个人的孝名，那朕宁愿不要这个孝字！薄昭：陛下是天子，是皇帝，如果陛下连孝字都不要了，当舅父的能有什么办法？！

走进正殿的周勃看看匆匆而下的薄昭，又看看文帝的脸色：陛下有什么不高兴吗？汉文帝沉默片刻，叹口气：唉！贾谊从齐国和城阳回来奏报，他在路上竟走了近两个月。周勃：不是有马车吗？怎么走一个月也绰绰有余，怎么竟走了两个月？汉文帝：朕也奇怪！可贾大夫说走到哪里，哪里都是路途拥塞。周勃：那到长安的官道不是又加宽了吗？从惠帝、高太后时起，朝廷就不断修官道，怎么还那么挤呢？汉文帝：官道？有各封地往长安运粮的，有各郡国修王宫修祖坟运料的，再加上你丞相府派往各灾区赈济的粮车，东南西北交叉阻塞。周勃哈哈大笑：那不正说明我们大汉元气大增吗！汉文帝：元气是增了，贫富悬殊也越拉越大了。富的忙着敛财,忙着生前死后的荣华享受;穷的自卖为奴,连饭都吃不上!周勃也叹气:唉!陛下这么一说,老臣也感到可怕!

汉文帝:是到了该整治的时候了!就说我们长安周围的车马吧,已经是日日挤,夜夜挤,现在又出现了以车马豪华斗富、显富的风气,长此下去,长安城就要变成马场车场了!周勃掐指算着:从先帝封的167个诸侯,到现在,在长安有封地的侯王们已不下三百人。每年秋收后光这三百支运粮队就够长安的路受的!汉文帝:这些人都是屡建战功的老臣们!年纪最大的……周勃接着说:最大的数祁侯,今年都九十一岁了。汉文帝:最小的呢?周勃:最小的,也跟我差不多,七八十岁是有的了!

汉文帝:这些军功老臣应该安享晚年,可是都聚在长安,又不在朝廷任职,弄得房子不够住,路不够走,还要坐在一起比富贵,比奢华,比谁的小妾最年轻,比谁的坟墓修得最讲究,比谁的孩子官最大,这可怎么得了哇!唉!朕想起先帝的《大风歌》了,随之哼唱,大风起兮云飞扬……周勃坐不住了,站起来来回走动,突然道:学樊哙!不当官回封地去,我们都归四方!汉文帝稍顿:三百来个老臣,一下都走,回封地,能做到吗?周勃:能干事的留下,不能干事的跟我走,我第一个!汉文帝:老丞相可不能走!周勃:老夫走。老夫走了有灌婴呢!他文武都不比我差!汉文帝激动地拉住周勃的手:安刘者,勃也!

皇太后寝宫。薄太后给长乐宫灯里添加膏油后,又坐下翻看《荀子》。

汉文帝缓缓走进:这么晚了,母后还在看书啊!

薄太后合上书:这么晚了,你怎么还跑这里来?

汉文帝道:不知为什么,今晚特别想母后!

薄太后笑:陛下有什么心事吧?

母子俩心照不宣。白天在承明殿薄昭因大修祖坟被自己斥责,汉文帝知道薄昭一定会找母亲说他的委屈,寻找同情。他没正面回答母亲的话,而是展开竹简看书名,见是《荀子》,笑着说:是有心事了。母后看《荀子》,是责怪恒儿没尽君王之道哪!荀况曰:生,人之始也,死,人之终也。君子敬始而慎终,终始如一,是君子之道,礼仪之文也。

薄太后也笑:我这个皇帝儿子,真是通读经史,天纵聪明!

汉文帝道:母后历来忌讳当面夸儿子,今儿,是怎么了?

薄太后道:怎么了,陛下还能不知道?

汉文帝指着《荀子》:先圣贤人之言是有道理的,但不能把它用死了。如果一家人,活着的人都没有饭吃,却把钱财埋到地下让它腐烂、让它侍奉死去的人,这家人是否有些迂腐?如果君王的治国原则是"民为贵"却……

薄太后打断文帝的话:那是啊!陛下如今是比圣贤更圣贤哪!

母子的交谈陷于从未有过的龃龉。话说到这里,绕不下去了,汉文帝决意挑

明主题,他上前拉住母亲的手:母后都知道了吧,舅父他……

薄太后道:母亲不知恒儿关心过没有,这些年你舅父的胡子都有不少白的了,背也有些驼了。

汉文帝道:他一天到晚地想管事、乱操心。怎能不老?可舅父对有些事情是越来越偏执,越来越无顾忌,像他为之说情的那个魏国老友,是个多大的贪官啊!

薄太后道:钱寅这人,我也认识,他在魏国的时候,原也挺本分的,人哪,官儿做大了,做久了,就变了!母亲知道你舅父有他的毛病,可他这一切还不是为了你!你外祖父母的坟,他若不去修,是你这当皇帝的去修,还是我去修?

汉文帝道:这,恒儿感激舅父,不怨他。可是,以他在朝廷的权位,做事总要讲些分寸,收敛一些才好。攀比奢华之风,已经成了当今的大病重症。皇亲国戚再不做表率,上梁不正下梁歪,那大汉江山的根基就要动摇啊!

薄太后道:这些话我也对你舅父说过,他也不是个不明事理的人。我跟你说件事吧,你就知道你舅父有多维护你了。

汉文帝道:什么事啊?

薄太后道:你舅父在老家曾经喜欢一个女子叫辛女,可他为了笼络住吴王,把这辛美人都送给了刘濞。

汉文帝感叹:舅父到底是舅父啊!

薄太后道:陛下日后对你舅父的脸面也要顾惜一些,他那么一大把年纪了,在朝中出出进进,总是要脸面的嘛!再说,他对没能封王、没一点实职一直是心存委屈的。

汉文帝道:别人不知道,母后能不知道,恒儿历来是把舅父当成父亲看的。越是这样,朕越不能授他实权、封他为王,给天下人留下话柄。

薄太后道:咳,谁让他姓薄呢,薄命啊!不说了。那老家的祖坟已经建了一半了,用做祭祀的祠堂还没盖,陛下说该怎么办?

汉文帝道:祖坟还是要修起来的,至于祠堂就别盖了。祭祀祖宗,上对青天,下对黄土,气势岂不更大?

刘启牵一骏马立于长乐宫操练场上。马在喷鼻子,刘启已满脸汗水。还是那个宽阔的宫内广场,那棵千年古槐千梦树下横卧的巨大木架上,摆放着刀、枪、剑、戟、锤、矛、盾、弓弩等诸般武器。

一武士站在刘启身旁,边比画边讲:大皇子,两腿要用力夹紧马肚子,缰绳要放松,你要他跑多快就跑多快。钻马肚子的时候,动作要快,劲要用得巧……

刘启点头,再一次蹿上马背,纵马如风,跑了几圈后,他时而钻下马肚子,身子与马平行而驰,之后又蹿上马背。

此时,窦皇后在侍女的陪同下匆匆走来,她极目远眺,认出刘启,不禁手捂前胸,喊道:启儿,小心,小心啊!

刘启瞥见母亲,得意一笑,又重复一次蹿上钻下的危险动作,正得意间,不慎坠地,那马尚未察觉,拖着地上的刘启仍然飞跑,直到那武士拼力拦截,马才喷着鼻息停下,它看看地上的刘启,温存地以嘴相慰。

窦皇后急忙跑来,抚着满脸尘土的刘启,惊慌地问:启儿,伤着没有?之后她又训斥那武士:还傻站着干什么?快请太医!

刘启拍拍身上的尘土,笑笑说:母后,启儿没事的,不信……

刘启重新拉马欲上。

窦皇后急忙制止:不行,跟母亲回宫。

刘启:母后,启儿长大了,已经不再那么娇嫩了。

窦后:母亲看得出,启儿从吴国回来后像是一下子就长大了许多,而且,越来越像你父皇了。这得多谢太后啊,母亲怎么就没有太后那样的……

刘启为母爱感动,他看了看窦后的眼睛,急切地问道:母后,你眼睛怎么这么红?人也越来越瘦了。

窦后:怎么能不呢?

刘启:为什么?

窦后:你和太后去吴国这些日子,母亲夜夜睡不着觉,夜夜望着吴国的方向发呆啊。

刘启扎入窦皇后怀里:母亲……

离别让亲情更浓。在儿子去吴国,母子分离的这段日子里,窦皇后对刘启的思念牵挂比任何时候都强烈,这种情感在母子重聚后转变成为温暖的关爱,使母子俩的心贴得更近了。

清晨,窦皇后正在侍女侍候下梳头晨妆。刘启端一小篮带露桑叶走进:拜见母亲。窦后闻声转身:启儿?这么早来看母亲……刘启:母后,启儿给母后治眼来了。刘启拣起一片带露的桑叶举到母后面前。窦后惊喜又欣慰地看看刘启手中的带露桑叶,启儿还会给母亲治眼病?刘启:是奶奶在从吴国时得了个秘方,教启儿的。刘启的脑子里闪回了一幕记忆——

薄太后拿着一片带露的桑叶,边往自己眼睛上擦抹,边说:要这样给你母亲治眼……她的眼病已经多年了,启儿可要知道孝顺啊……

听完儿子的追述,窦皇后感叹道:母亲知道太后的心,你也要知道,她从来都这样惦记我们……说着说着,窦皇后红肿的眼睛里又浮出一抹闪亮的泪光。

刘启先用丝巾为窦后擦干泪水,之后又用露珠为她洗眼。窦后道:你父皇小时候天天为病中的奶奶喂药,还要先尝好凉热,如今,启儿又为母亲洗眼,真是越来越像你父皇了……忍不住,窦皇后眼睛里又汪出几滴泪。刘启道:母后,你怎么又流泪了?得眼病的人是不能总哭的。窦后道:母亲知道,可母亲的眼好不了了。

刘启道:为什么?这病到底是怎么得的?窦后道:还是你九岁那年,你父皇从代国回长安登基的前一天夜里,已经快近子时了,你父皇为我绪驼绒,母亲针针线线地

357

缝坐垫……刘启道:啊,启儿知道了,就是为奶奶缝坐垫,一夜不睡就得了眼病?窦后道:太医说眼睛里飞进了驼绒。刘启道:那,母亲恨奶奶和父皇吗?窦后道:怎么会恨呢?奶奶是个最慈祥的奶奶,父皇是个最孝顺的儿子,母亲最恨的是自己,恨自己的眼睛不争气……

丞相府内,周勃端坐丞相位上,两侧众大臣们在敛神静听贾谊侃侃而谈——

贾谊此次奉旨前往城阳国,走到雒水与颍水交界的码头,河中的船桅密如林木,雒水上的船舶排成长龙要往颍水走,而颍水上的长龙又要往雒水中行,双方争执不下,竟动了刀枪,当场就有几十人负伤落水。

有一老臣插嘴:嘿!那场面够热闹的吧?也有人议论:这还了得!他们为什么争抢水道呀?周勃道:肃静!听贾大夫继续往下说!

贾谊道:在回长安的一个交叉路口,那么宽的官道上竟又堵得水泄不通。我问一位车夫,他说他们已经堵了三天三夜。贾谊站立起来:这车有从巴郡来长安的,有从长江郡往赵国去的,还有从长安往天水郡的。至于他们是干什么的吗,文章就多了,他们有从封地运粮到长安的,有从巴郡往赵国运木料的,有从长江郡往外运石料的,运这些东西干什么?主要是修王宫、建墓地、缴俸粮……

白发苍苍的周继说:这是好事呀,说明我们已经不是当年关中大旱、人吃人的时日了嘛!

贾谊道:可是有人欢乐有人愁!在河南郡,自插草标卖身为奴者有,成群结队外出乞讨者有,携家带口露宿荒野者有……

气氛陡转,人们沉默了。

周继颇为不悦:老夫听了半天,又想了半天,照这么说,我们大汉倒一天不如一天啦!开章,你们不是一起去巡查的吗?是这样吗?开章道:我只看到大汉天下一天比一天好,我没……贾谊笑了笑:贾谊不是这个意思!治国如同治病,要防患于未然。圣贤有云:民为贵。作为朝廷官员,我们应该让天下的黎民百姓有饭吃,有衣穿,万不能被封为王侯的整天比奢华、比阔气,却麻木不仁地看着子民们沿街乞讨。有人说:你是什么意思呀?贾谊道:我的意思是大汉是众大臣们打下来的,打江山不易,保江山更难。现在有的封国已经对朝廷的旨令阳奉阴违。如果朝廷的大臣们再不率先垂范,那,我想,大家都懂得"皮之不存,毛将焉附"的道理吧?

众人无语。

少顷,又有人问:那贾大夫你说,怎么个率先垂范法?贾谊道:要说率先垂范,樊老将军早已做出了榜样。早年,先帝封他为左丞相,他却递上辞呈,说:我樊哙是打天下的功臣,可不配做治天下的重臣,要求回封地颐养天年。如果不是吕媭百般阻挠,老将军早就回封地了。

贾谊这番话引炸了老臣们的满腹牢骚。

开章道:我跟你一起走了那些封国,我怎么就一点没想到你说的这些事情?敢情说来说去,你是变着法子轰我们回封地呀!

周继怒气冲冲指着贾谊:让我们这些打天下的功臣滚蛋,让你这种只会舞文弄墨的没齿小儿留在朝廷做重臣;是不是?

大臣们闹起来,有人说:这就是命!就是我们这些武人的命啊!

周勃站起来:诸位肃静!肃静!贾大夫的这些话,陛下也都跟我说过。我们这些大臣在京城有府邸,在京城外有封地。走走,转转,养养花,种种草,这不正是享受吗?我已经跟陛下说了,回封地我第一个走!

众人大惊。众人又议论纷纷。有人大喊:周老丞相不能走!不能走!!

老灌婴道:你走,丞相谁当?!

周勃对灌婴笑笑:我走,丞相由你来当啊!你能带兵打仗,字也比我认得多,头脑也不糊涂。

开章道:周老丞相,封地那么远,又那么偏僻,你……

周勃笑:这长安我也有宅子嘛。你们谁又没有呢?去封地可以来回走走嘛,那里多清静!

有人说:那,我们走,贾谊也得走!

周勃道:今天我们不过是先议议,至于谁走谁留还得陛下来定!

蒯成侯倏然站起:你们谁愿走谁走,老夫就是死也不离开长安!他刷地扒开衣襟,露出伤疤遍布的前胸:看看老夫这身上,三十一处刀伤!你贾谊有寸功吗?我们提着脑袋,死人堆里爬来爬去的时候,你还吃奶呢!就凭几篇文章你已经跟我们平起平坐了,还想骑到我们头上指手画脚,还想撵我们回封地,由你坐长安,没门儿……说到气愤处,一口气没上来,周继竟倒地身亡。

众人大乱:蒯成侯被贾谊气死了!蒯成侯被贾谊气死了!

一人喊着:把他下大狱!……

上天将无尽的泪水倾注到灞河中,灞河沸腾着。灞河柳树下,贾谊浑身湿漉漉地呆望着河水。他耳边一直在响着汉文帝的声音:众怒不可犯,众意不可违!贾博士,朕虽为天子,也不能独断专行啊!稍停顿后,文帝话外音又缓慢有力地响起:去长沙国吧,南越赵佗虽称真心归附朝廷,可他还是常对长沙国挑衅、滋事,向朝廷示威。而长沙王吴著尚在幼年,爱卿,你去做长沙王的太傅,协助长沙王治理一方,朕的心也就放下一大半了!爱卿,偏远之地未尝不可伸大志、做大事啊……

翌日晨,雨停了,天还阴着。晁错送南行的贾谊至灞桥边,两人止住脚步。

贾谊:错弟,别再送了回去吧!只是此一别,贾谊就难与释之兄辞行了。晁错:人在官场,身不由己……等他从会稽回来,我会代为辞行的。贾谊:有劳错弟了。晁错看看天:贾兄,雨是停了,可天还阴得很,依我之见,天晴再动身吧。贾

谊:天晴?你看这云!晁错:是,云气太重,一天两天的难于大晴,那就上路吧。贾谊与晁错揖别,转身上灞桥。

晁错望着贾谊背影,突然叫道:贾兄留步!话短情长,要走了,我倒说不出什么了。昨夜写了一首《别君行》,聊当送别吧!贾谊匆匆而返,展读写在绢上的《别君行》:

　　风雨灞桥,独送贾生。
　　长沙一去,何日归程?
　　山高水长,常相记取。
　　经天纬地,张弛在胸。

看完之后,贾谊非常珍重地叠起,揣于袖中。少顷,他眼中涌出泪滴:为兄昨夜也写了一首《别长安》,就留给错弟吧!说罢,长施一揖,转身远去。晁错直到贾谊渐渐模糊的背影完全看不见了,才打开那首《别长安》:

　　长安一别兮独飘零,
　　与君戚戚兮慰平生。
　　蝼蚁钻行兮欲遮日,
　　皇恩不弃兮振鲲鹏。
　　此翼不折兮南天高远,
　　泣血竭躯兮尽付苍穹。

晁错长立灞桥旁……

长安。廷尉府门前,衣衫褴褛、蓬头垢面的门深在廷尉府前停下来,他望着"廷尉府"三个威严的大字,眼中盈满泪水,口中喃喃自语:终于找到申冤的地方了。

门深冲到廷尉府门口:军爷,小的是从城阳国逃出来的,有要事向廷尉府大人禀报。

在城阳,刘章冲山里来的王将军大光其火:什么?那个吴国的铸工跑了?你这将军是怎么当的?

王将军忙跪下:大王,末将该死!

刘章道:你该死?你就是死了,也抵不了这铸假币事的泄露啊!滚!给寡人多铸兵器,要是再出差错,你可就死定了!

待浑身抖索的王将军退去后,刘章冲天长啸:哥,章弟到了该举反旗的时候了,不举也不行了!

汨罗江与湘水交汇处,湍急的江水卷着旋涡分流两江。

大雾弥漫,大雾将江岸的山峰和临江一线的峭壁笼罩得如梦如幻。影影绰绰中,随着江面传来的橹桨声,一条木船渐渐划近。白髯飘拂的船夫头戴斗笠、身披褐色蓑衣,边摇橹边眯眼向船头望去。这正是南楚夏末秋初时节。

贾谊头顶高冠,稍有纹饰的宽袍裙裾已被大雾濡湿,他一脸凝思地伫立船头远望。

老船夫道:大人,清晨江面雾大,风也大,进舱去吧!

贾谊似乎没听见老翁的话语,仍木雕一般一动不动。

老船夫提高声音:大人,还在想着汨罗江上的三闾大夫?

贾谊回过身来:是啊,谁能忘掉忧国忧民的屈大夫呢?路漫漫其修远兮,吾将上下而求索!

老船夫道:唉!大人,我们楚地的故事多着呢,哪能几天几夜就说完看完呢!

贾谊问:老人家,我们现在还在汨罗江上吗?

老船夫手指临江一线峭壁:呶!过了这峭壁,船就进入湘水了。

贾谊:湘水?!

老船夫道:对呀!湘水。大人是从京城来的,又是读书人,总知道舜帝的两个妃子吧?这水是湘……

贾谊抢着说:湘君,湘夫人,湘水之神。

老船夫道:相传舜帝北去巡视天下,他的两个妃子从九嶷山来到洞庭湖寻找丈夫,可走到这里,却听到舜帝已经仙逝的消息,她们面对湘水哭得死去活来,之后就投入湘水殉夫了……人死了,她们流下的眼泪还斑斑点点留在竹子上。此后,这竹子就叫斑竹,瞧,老夫这根撑船的竹篙,就是用斑竹做成的。

老船夫递过滴水的竹篙,贾谊握在手上不停地抚摸着。

不知何时,江面的雾已经散去,只在远处,还薄薄地缠着山峦飘绕。透过薄雾,云霞已经染红东方天际。

江面上,船只渐渐多起来,南上北下,披满霞光的小船穿梭江中。

一艘船上传来粗犷的歌声,一位壮汉边撑船边唱道:

咳,乃朗噢!
湘水清清向北流唔噢,
江里的鱼儿任我抓噢——
咳,乃朗噢!
想煞鱼儿不到手呵,兮噢,
手刚入水它钻岩噢!

贾谊听呆了。良久,他激动地喃喃自语道:长沙,长沙,真是一个巫风楚韵之地啊!

天上,一行大雁伴着贾谊船行方向朝南飞去;飞流江水向北向后退去。

贾谊仍在喃喃自语:南飞雁,北流水!南飞雁,北流水……

江水开始旋起蜗状的浪花。小船开始旋转起来,旋转中手执桂花枝兰草的女英、娥皇迎着太阳在天边翩翩起舞,在美女的长舞中,屈原一步步朝着贾谊走来……屈原面带忧愁与惊喜的多重神情,向贾谊伸出了那双修长白皙的手——

贾谊定定神,跑进舱内,少顷,右手执笔,左手执绢奔至船头,畅快淋漓地疾书:侧闻屈原兮,自沉汨罗。造托湘济兮,敬吊先生。遭世罔极兮,乃殒厥身。呜呼哀哉!……国其莫我知,独壹郁兮其谁语?凤飘飘其高逝兮,夫固自缩而远去。贾谊涕泪横流,振笔狂书……尔后,贾谊将长绢掷入湘水,湘水打着旋,吞没了这篇《吊屈原赋》。

贾谊的《吊屈原赋》,开中国"赋体"文学的先河,在中国文学史上留下了永恒的一页;也给贾谊这位两千多年前的大政治家、大思想家、大文学家铸造了一座历史丰碑。

船驶进了临湘即今日长沙市的码头,贾谊揖别老船夫,谢老人家一路辛苦,拿些钱去沽酒喝吧!贾谊随从将一些四铢钱塞到老船夫手中。老船夫恭敬地一揖,谢大人,盼能有一天,再坐老夫的船。

码头上人头攒动,楚乐声声夹杂着欢快的鼓点。长沙国轪侯利豨大步奔向正走上岸的贾谊,满面笑容:来者可是贾太傅?贾谊:正是贾谊。利豨:欢迎!欢迎贾太傅莅临长沙,轪侯利豨奉国王之命前来恭迎!贾谊躬身:谢长沙王,谢轪侯大人。此时,太阳已经西沉,湘江水面上只留一抹残红。

利豨把贾谊带进了一座灰瓦白墙的院落,院内散栽着几簇新竹。利豨推开宅院大门,请贾谊先行入内,嘴里不住说着:我们得到贾太傅要来的信儿太晚了,这座宅子是近两月才抢盖的,太小了,简陋狭窄,真是委屈贾太傅了!贾谊用手挥挥头顶上团团飞舞的蚊子:哪里话,贾谊区区一读书人,有间读书的房子就够了。没想到竟是这么大的一座院落!利豨道:不过这里也有个好处,就是离藏书阁近——喏,就在隔壁。贾谊笑着点头:这就好,这就好,离藏书阁近最好。利豨帮着挥赶蚊子:贾太傅是陛下亲自派来指导国务的,太傅满意就好。贾谊笑了:轪侯可真是个快言快语之人。利豨道:今天国王宴请贾太傅,没时间去舍下,明天下午我来接贾太傅,为贾太傅接风。贾谊道:贾谊先谢过轪侯。利豨道:这儿离湘水近,蚊子太多,说着对门外大声喊道:来人,快点烟驱蚊!贾谊道:驱蚊,骆驼粪最好。利豨道:我们长沙国可没骆驼,点的都是狗粪!

说话间走入一书童,他麻利地点粪驱蚊,房内腾起一片烟雾。

362

云中郡郡守张武的公务府内,一大早就涌进了几个匈奴人,为首的是右贤王,他一脸铁青,一看就来者不善。待双方刚礼貌性地行过见面礼,右贤王劈头就甩出一串硬邦邦的话来:按我大单于与你们汉皇的约定,我们已经将掳去的汉人送回一百多人,可我们在你们云中郡和北地郡的匈奴人却一个也没交还,本王来这里就是要人的。

依张武过去的脾气秉性,冲右贤王那副脸色,他早就会把刀架在右贤王脖子上,可现在这位郡守颇有涵养地笑笑,一字一板地说道:我尊敬的右贤王,你们送还的汉人是被你们强掳去的,可来我大汉的匈奴人是他们自愿投奔的。再说了,来我大汉的匈奴人都已安居乐业,且不说一时找不到他们,就是找得到,要强行要他们去匈奴,岂不是违背了他们的愿望!即使回去了,他们还是要跑过来。

右贤王道:郡守大人,本王最不喜欢的就是绕弯了。我再说一遍,本王此来就是要人,你们要是不给,就是对我匈奴的蔑视,它换来的后果你应该想得到!右贤王说罢,气呼呼地欲率随从离去。

张武突然站起来,高声叫道:你们随便!不送!待匈奴人走远,张武马上吩咐手下:快奏疏陛下,匈奴人只怕是要来打我大汉了!

匈奴茏城冒顿大帐,冒顿大吼:右贤王,你个混账!怎么让骨朵亲王的遗部逃跑了?右贤王道:末将知罪,骨朵亲王被我们斩首了,末将以为……冒顿道:你以为怎么样!谁敢背叛我,我就要赶尽杀绝!这茫茫草原无遮无拦,他们能跑到哪里去?右贤王道:他们……他们跑去投奔汉人了……一部分跑到云中郡,一部分现就在北地郡……冒顿道:跑到汉人那里又能怎么样!以为我就不能杀了他们吗?右贤王道:可是……大单于……咱们和汉人和亲这么多年了,没有打过大仗,这一打恐怕……冒顿道:恐怕什么?打!

匈奴,左贤王大帐。身着丝绸长袍的左贤王正在津津有味地吃着馄饨。一位头戴高冠,儒生装扮的人在摇头晃脑的吟唱着《诗经》:蒹葭苍苍,白露为霜,所谓伊人,在水一方。左贤王陶醉在诗文的韵律中……突然,他问道:浑褆居,蒹葭是什么啊?浑褆居:回左贤王,汉人说蒹葭是芦苇。左贤王:芦苇?此时,冒顿突然挑帐而入。左贤王忙不迭地穿上一件翻毛皮坎肩儿,用帽子将馄饨罩住。浑褆居下。

左贤王面露尴尬:不知大单于驾到,臣罪该万死!冒顿盯着左贤王嘴角的馄饨残渣阴笑:左贤王向来喜爱汉人的美文美服,就连老祖宗……冒顿揭开盖在馄饨碗上的皮帽子——连老祖宗都吃进肚里去了。左贤王更尴尬地强笑着:臣喜欢的不过是些汉人的俗物,不比大单于专好宝剑,铜鼎的高雅啊!冒顿点头:是,是!我们都喜爱汉人的物件,那也不能连老祖宗都忘了啊。左贤王变得严肃起来,急促地说:大单于,臣吃的是水煮扁食,不是馄饨。冒顿阴着脸:那你就等着变成个

大扁食,让汉人给包着吃了吧。左贤王更是一脸严肃地对冒顿说:臣早就想跟大单于说几句掏心窝子的话了。咱们一开始藐视汉人的文明和民俗,到今日上上下下的都离不开了。这种变化咱们不能不承认,也是咱们谁都无力改变的事了。冒顿:他们改变我们?我还要改变他们呢,变他们个底朝天。

漫漫草原。近百骑人马簇拥着冒顿在草原上扬鞭狂奔。冒顿已须发灰白,横七竖八的皱纹刀刻般布满前额,他明显老了,可彪悍威风仍是不减当年。

冒顿的儿子从后面加鞭赶来,与冒顿并驾齐驱。

冒顿子道:父王,前马来报,过了前面峡谷就是营地了。孩儿已吩咐下去,就地休息。瞧,先到的士卒们此刻正把肥羊烤得香脆焦黄,等着父王去饱餐呢!

冒顿道:有好几年没吃过沾野草味的肥羊了。

冒顿子道:父王,要过峡谷了,小心!

峡谷已成为远处的背景。在一棵华盖似的大榆树下,冒顿与儿子坐在一张华丽的地毯上。士卒们忙碌地端上冒着热气、嗞嗞流油的肥羊。

冒顿子贪婪地望着烤羊,用刀割下一块塞进嘴里大嚼起来。

冒顿子道:好吃!好吃!父王,快动刀哇!

冒顿道:这趟到各部落走了一遭,儿子,你有什么想法啊?

冒顿子咽了一口肉。

冒顿子道:孩儿随父王到各部落巡视一圈,觉得咱们虽说变化不少,可比起汉人还是太慢!

冒顿突然哎哟一声,随即吐出一颗牙来。冒顿子用一丝绢包住冒顿的大牙。

冒顿子道:回茏城去吧,父王您经不住折腾了,岁月不饶人……

众大臣见状皆跪地呜咽恳求:单于回宫吧!

冒顿道:都起来,起来!哭什么!来人!

一名精壮武将走近冒顿:大单于,末将在!

冒顿道:去!把朕的这颗大牙快马放到咱们最高的塔蓬博克多山峰上去!让它离天神更近些,让它长成千千万万个冒顿一样的草原雄鹰。

冒顿兴致陡起,翻身上马,朝远方奔驰而去,草原上腾起一柱绿色旋风。

篝火燃烧着,篝火上的铁鼎中,羊肉已炖得烂熟。地上摆放着盛满酒的陶碗。

一阵马蹄声由远而近。

冒顿翻身下马,坐下就喊:拿酒来!

冒顿先是一碗碗喝,后来索性抱起酒坛子咕噜咕噜狂饮起来。众人静静地望着他。冒顿喝够了,把酒坛一摔:都别傻坐着,跳舞!跳舞!

众人站起来,开始还很拘束地小心跳着。跳着跳着,草原人的血液开始升温,随即开始了狂舞。

冒顿哈哈狂笑:匈奴人的骨头是铁打的,不像汉人的骨头那么经不起敲打,那么嫩。你们的单于不会老,也不会死,看那满天的星星都在看着我们,给我们喝彩呢！今天你们都喝足了，跳够了，明天我们就出征，挥师中原。你们的单于带你们不抢汉人的绫罗绸缎，也不抢美人少女，朕带你们要抢回的是大片的土地，抢回一片江山！

众人一阵狂呼乱舞。篝火愈旺……

驿站，驰道。背插"突报——十万火急"小蓝旗的信使朝长安方向快马疾驰……与此同时，白髯飘拂的老周勃也纵马朝长安急驰。马上的周勃紧抿嘴角，两侧的树林疾速后退，像是给这位叱咤风云的老将军行着庄重的大礼。

长安，未央宫。刘恒身体前倾，目光随一张皮制地图上密密麻麻的红线绿线移动着。他面肌紧绷，表情严肃。灌婴、张苍匆匆上殿。灌婴道：陛下，北疆告急。冒顿亲任中军，率领十万人马扑向我北地郡方向。刘恒道：自高祖和匈奴和亲以来，这些年间虽偶有争端，但大体都还能和平相处。此次冒顿为何亲率大军来犯？灌婴道：匈奴骨朵亲王因争夺单于之位失败被杀，他的余部逃往我云中郡和朝那城寻求庇护，云中和北地郡郡守接纳了他们。刘恒道：冒顿单于正是弑父杀弟才得以继承单于之位，此事戳了他的心病啊。张苍道：云中和北地郡守处理此事是遵照陛下广纳四方的旨意。而匈奴人惯会借机寻衅，就算没有此事，他们迟早也会来捣乱哪！刘恒道：当年右贤王骚扰互市，杀我云中郡守，朕以和平为念，未予深究。可如今他冒顿一遇事端就径自发兵开战，毫不顾惜苦心造就的安定局面，和亲已成虚谈。朕虽不喜战争，但也绝不允许他匈奴如此反复侵扰。此次一定要重兵出击，把他打趴下，让他一趴就是若干年！灌婴道：陛下，臣愿率大军前往北疆。刘恒道：不！此次朕要亲自率兵去北地郡高奴……两大臣不约而同惊叫道：啊？御驾亲征？！不可！不可！万万不可！！陛下！两大臣跪倒在地。

张苍道：陛下不会忘记在整个天下弄得沸沸扬扬的假币案吧？至今还没查出来，也就是说这个隐藏很深的大敌是在伺机出巢。万一他趁陛下出征之机……刘恒道：老丞相说得好！朕正要同三位爱卿说的就是此事。刘恒手持地图挂在壁上：这是朕据各地派员报来的折子绘制的假币流散图，你们从中看出了什么？灌婴、张苍同时凑近，详细看了会儿，几乎同时叫出：假币出自城阳国！刘恒道：何以见得？张苍手指一条红线：离城阳国最近的郡县，假币出现得最早，是三月初；之后，假币流散随距城阳国之距而延，距越远，出现得越晚。张苍用手在城阳国周围画了个大圈：陛下看，这里假币出现已是七月中旬了！张苍指着距城阳国最远的一县说着。灌婴手指一条绿线：数目多少，也是离得越近的越多，越远的越少，可齐国和城阳国却没有多少……

此时，张释之匆匆走进书房：陛下！两位大人！请看。张释之展示一张按有红手印的笔录。张释之道：这是从大山里逃出来的那个吴国铸币工门深的口供，他已经供出，那座山里的铜矿就在城阳国境内。张苍道：刘章得知事败后，肯定要举反旗。灌婴道：这刘章真够歹毒！陛下，臣只要十万人马，非生擒他来见陛下不

可!刘恒笑望灌婴。刘恒道:一会儿要带大军打冒顿,一会儿要领大军擒刘章,灌老太尉难道有了分身术?张苍:陛下所言极是,刘章素有楚霸王第二之称,要起兵,朝廷大军如何打?切不可轻率,更不能陷入首尾难顾之中。灌婴也尴尬一笑:唉,要是周勃这老家伙在就好了!

灌婴不知道周勃这时已经进了他的太尉府在等他一起去晋见刘恒。当灌婴顾虑重重地回到太尉府,戴盔穿甲的周勃高叫:老灌婴,老灌婴!

灌婴喜出望外:你这老家伙可把我急死了!

周勃朗声大笑:老夫早说过的嘛,日后朝中有事老夫还是要管的!

灌婴:说得对,是要管!快!快见陛下去!

周勃与灌婴两人进承明殿踉跄而跪:陛下!陛下!!

刘恒急忙上前搀扶:两位爱卿。两位爱卿快快请起。

周勃、灌婴:谢陛下!

刘恒:周老丞相怎么也跑来了?

周勃:听说陛下决意御驾亲征,这么大的事,老夫怎能不来?……御驾亲征,万万不可!陛下,那老冒顿已经不是当年的冒顿了,他要的是我大汉的疆土,已经不是美女和丝绸了。可他也不好好想想,我们老了,他也老了,我和老灌婴携手带上几十万军马,还怕轰不跑那老冒顿。何必陛下御驾亲征!

灌婴:是呀。

刘恒:周老丞相别激动。朕知道,两位爱卿最忧虑的就是再来个白登山之围。

周勃、灌婴先是一愣,继而点头。

周勃:是呀,陛下。若真如此,我等有何颜面去见先帝啊?

刘恒边说边展开地图:战争要拼武力,更要拼国力。今日的大汉已不再是高帝初年的大汉了,如今人丁兴旺,粮食充足,这是一;二,正如周老丞相所言,冒顿已经老迈,朕正当盛年,论人气、魄力他都不能与朕相比;三,为帝者没有战功是不足以服天下的!先帝敢赴项羽的鸿门宴,敢在兵败白登山中只身见冒顿,朕还不敢亲率大军战他冒顿不成!

周勃灌婴再说不出话来。

刘恒走向地图,两人围拢:你们看,南越的赵佗已真心归汉,现已不足忧虑。吴国、淮南国虽说有怨气,时不时暗地里对抗朝廷律令,但还不至于到剑拔弩张的地步。

灌婴:那城阳国的刘章呢?

此时,刘启披甲着盔走入殿内,他向文帝一揖:禀父皇,儿臣愿代父与灌老太尉北击匈奴,父皇只运筹指挥全局,剿灭内乱就是!

两老臣的目光钦敬地投向这位英俊威武的少年。

刘恒以手势叫刘启静候:只要南越稳定,中原各郡国与我朝廷同心,即使刘章趁北伐谋反,只要派大将守住荥阳就出不了大事。两位老丞相,固守荥阳需要多少人马?

周勃:十万兵马够了。

灌婴:对,足够了!

刘恒:好,朕已下诏张武和北地郡守,命他们坚守北疆,并随时奏报冒顿动向。灌老太尉的兵马可伺机出击。荥阳交车骑将军薄昭严控,城阳就由周老丞相围而不击,造成泰山压顶之势!

周勃:怪不得陛下要御驾亲征,原来是早已成竹在胸了!哈哈。

汉文帝欣慰一笑:启儿慨然请战,朕甚慰之!那就跟着灌老太尉北进吧。还有——汉文帝从龙案深处取出一锦带,展开闵女画的图——这是条冒顿到我边境最近的路,灌老太尉和大皇子你们就伏兵在这条路上,阻截他们。

刘恒要北上亲征匈奴,消息刚传进薄昭的耳朵,他就直奔薄太后的通光殿。殿堂里,刘恒在逗着薄太后笼子里的鹦鹉。薄太后在一边站着神态安然自如。薄昭一进殿门就高声大喉咙地:别的事我管不了,亲征一事一定要听舅舅一句话,陛下不能去。要是刘章趁机谋反,内外夹击我朝廷,可怎么是好?薄太后打断薄昭的话:刘章,难道就非打不可吗? 只从诛吕的前前后后就可以看出,他还是刘家人,他绝不愿刘氏天下落入别人手中,何况冒顿已经大兵压境,刘章毕竟就在城阳……刘恒啪地关上鹦鹉鸟笼。刘恒:对,鸟,它还关在我大汉的笼子里。薄太后:既是笼中鸟,就不要妄杀,而要养要喂,养好了,它就会报效你……刘恒凝然思索,继而果断地:对!朕亲自去喂养那只笼中鸟!他拈起一粒带皮的谷子送到鹦鹉嘴边,鹦鹉张开嘴吞进肚里。

城阳国都城城门。城墙远处,"周"、"薄"两面大旗迎风招展,大旗下,周勃、薄昭的大军一字排开,待命而发。城墙上,城阳国大军严密坚守;城墙内,城阳国的骑兵绕城巡逻,整装待发。在城阳宫正殿,刘章一袭战袍,仗剑而立。一武将:大王,周勃和薄昭把我城阳通往齐国和荥阳的要道全卡死了。刘章:传本王令,要坚守城门,严查城中行人。传令西大营鲁将军,一旦天黑下来,以寡人的火把为号……

城阳宫外,刘恒身着皇袍头戴皇冠一路疾行。宋昌、袁盎和几员武士威风凛凛,有的持刀枪护驾,有的身背鼓囊囊的麻袋。他们走向城阳宫门,守宫门的侍卫刚要阻止。

宋昌厉声呵斥:陛下在此,还不退下!

守宫门的侍卫趔趔趄趄退后,伏跪在地,刘恒一行直入刘章王宫。

城阳宫正殿,刘章背对大门,边看墙上军事地图,边以笔勾画。

刘恒带宋昌、袁盎等跨进宫来。刘章闻声转身,面对的却是刘恒一双如剑双目。

刘章下意识地刚要摸腰中佩剑,手一颤又缩了回来,瞬时间,那佩剑已被宋昌攥入手中。

刘章镇静下来:陛下神速啊,下诏吧,要刘章怎么死?

刘恒做了个手势,几条麻袋竖起,"啪啦啦"倒出一地假币……

刘章看着,不觉惊愕在那里。

刘恒:就凭这,杀你十次也不为多!

刘章低下了头。

刘恒平静一下,又换了一种口气:朱虚侯,亏了你那一身盖世武功啊!朕就不明白,就为嫌封地小没满足你的欲望,你就乱造假币,搅得天下大乱,还要起兵谋反?你知道吗?你这些假币弄得光老百姓就死了一千多口!要是这些冤魂知道是你害死了他们,他们的唾沫也会把你淹死!

刘章:臣气的是陛下不公,对臣不诚……

刘恒:朕知道你为诛吕立了大功;你的爱妻和腹中胎儿都没逃过那场杀戮,世上男儿有几个能有这等胸怀这等气魄,可这一切还不就是为了保住汉室江山?!汉室江山属谁家?刘氏的,你祖父打下的,这江山处处都有你的份……

刘章:还处处呢,连赵国都不愿意封给我……

刘恒:朱虚侯啊,你大哥和你是高祖的长孙和次长孙,连你们的名字都是祖父亲赐的,为什么你大哥叫襄、你又叫章?襄者助也,章者大材也,祖父赐此大名,是希望你大哥能助汉室、希望你成大业,为了个赵国,为了跟朕赌气,你就想闹翻汉室的天甚至起兵翻这个天,你对得起祖父、对得起死去的父亲吗?

刘章头更低,眼汪泪花……

刘恒:至于你说四叔不公、不诚,四叔真是有苦难言了。大汉就那么多土地,各郡国还贫富不等,襄儿有了齐国,地大而富,再将赵国分给你,又是地宽而富,那别的王呢?诛吕个个有功,贪心人人都有,他们服吗?换个位子想想,若是你坐四叔的龙榻,你肯吗?如果答应你的要求,别人会不会像你一样闹,甚至闹得更大?

刘章已无地自容,他忽地抬起头来:陛下杀了章儿吧!

刘恒望着他:朕不杀你,可朕也再难信你。

刘恒转身出宫。

刘章猛地夺过自己的佩剑,一剑刺入自己的心脏,我刘章,还是刘氏……子孙……

云中郡,张府内烛光闪动。一张大案上散放着不少装束不同神态各异的女人帛画像。张武一张张仔细端详……张武妻凑过来,见张武那专注的神态:看中哪个美人了?张武:怎么,怕我纳妾?张妻笑:你郡守大人要纳小妾,我怕,管用吗?张武颇得意地大笑:那倒也是!张妻劝慰道:明天你就要去北地郡带兵打仗了,早点歇息吧。纳小妾挑美人的事,就……张武打断:你知道什么!他挥挥手:你先下去吧！张妻摇摇头。张武把帛画像一推：没谁超过我看中的那个，没谁比那个更像了……

汉军战旗猎猎，将士们个个精神抖擞。太子刘启、太尉灌婴和张武检阅着列队汉军。

军鼓阵阵，军乐齐鸣。大地好似一张棋盘，大队人马犹如枚枚棋子，随着老灌婴的令旗摆出各种战阵……

张武：灌老太尉的连环戟之术可是无人可挡啊，这一招就非得让那个右贤王屁滚尿流不可。灌婴：打你几岁起，宋昌就教你连环戟，想你也能战得右贤王屁滚尿流吧？张武哈哈大笑。灌婴：老夫已经八十六岁，力不从心了，不过，有你们这些精兵强将在，老夫就放心了。张武：太尉大人，末将想，咱们这次要打就打出个狠劲，要把冒顿打怕，打到他老巢去！让他再不敢轻易进犯我大汉！灌婴深深颔首。灌婴：这一仗气势要大，兵将要多，要打出我大汉的威势！张武：末将记下了。太子刘启：陛下说了，我们绝不先进攻。

冒顿率大军，高举大旗，气势汹汹朝南杀来。一匹枣红马迎冒顿驰来，马上人高喊：父王，父王！停下！停下！太子（即后来的老上单于）翻身下马，气喘吁吁：探马来报，开往汉地的右贤王部遭遇汉军阻截。冒顿：汉军谁任督帅？太子：灌婴。一武将：灌婴极善用兵。冒顿点头。匈奴太子：父王，还有更重要的事呢！冒顿：什么事？太子：汉人皇帝也来了。众武将吃惊地：啊？！汉皇御驾亲征？冒顿也十分惊奇：是吗？！这个斯文的皇帝，还真敢阵战厮杀啊！

报——一名骑兵从远处疾驰而来，翻身下马：左贤王急报，大月氏和东胡人联手从北面和东面攻打左贤王部，茏城告急。众武将议论纷纷，阵营大乱。太子：父王，孩儿以为，这场仗不好打啊……冒顿眼珠一瞪：打仗靠的就是精气神儿！还没开战就怯阵，瞧你们那熊包样！冒顿气得还要继续发作，不小心却从马上滚落下来。人群大乱：大单于、大单于怎么了……冒顿挣扎着大叫：你们，快率大军冲！冲……众武将闻言即率大军大喊：冲啊！匈奴战旗猎猎，疯了一般朝南杀去。冒顿刚望了一眼朝南冲去的兵马，即往后一仰，昏了过去。太子尖叫：大单于晕过去了，大单于晕过去了！领头冲锋的那武将扭头率大军往回跑——撤——冒顿被抬上马朝来路疾去。

北地郡关外。茫茫草原。随着急促的战鼓声，汉军闪亮的盔甲和刀枪剑戟相交辉映，大队人马步伐齐整地步出关隘，在阔野里摆下战阵。主帅灌婴一挥大旗，车马辚辚声中，战车两旁，左翼挥弓，右翼持戟，骑兵则挥舞长矛摆成一字长蛇阵。少顷，灌婴大旗又一挥，阵势大变。马上的刘启目不转睛地勒马于灌婴身后。

骑马冲在前面的匈奴军士看傻了，议论着：中原人的阵法变来变去的，从哪里

冲进去呀？一将军对右贤王：哪里是生门，哪里是死门？如何破阵？右贤王大声地：都是些花架子，经不起我们的冲杀，跟我杀——匈奴人乱哄哄地朝战阵冲杀，无奈怎么也杀不进去。

此时，右贤王一阵眩晕，眼前快速闪耀着"汉"字大旗和汉军剑弩刀枪……灌婴大喊：我这里有生门，有死门，右贤王你进哪张门哪？右贤王定定神：灌婴，要打就真刀真枪地打，老子可没心跟你玩这花架子！灌婴一阵大笑：哈哈哈……怕了吧？难道老夫打的不是真刀真枪？

此时，冒顿的儿子老上突然快马赶到右贤王面前：右贤王，立即撤兵回茏城。右贤王：为什么？老上：大单于快不行了。右贤王一挥帅旗：撤，我们可没闲心陪这些汉人瞎玩！

张武率大军打马欲追。猎猎"汉"旗下的统帅大将军灌婴掩不住胜利的微笑。

英姿勃勃的刘启纵马奔向灌婴：灌老太尉，鸣金收兵吧。灌婴战马犹酣地：你看，此时不正是敌兵如退潮之时吗？就让将士们尽兴而战！刘启：你们忘了，父皇在中军帐内怎么说的了？这一仗只要打出威势，打出力量，让匈奴再不敢轻易来犯就够了。此时，将士们振臂齐喊：人不扰我，我不出击；固边强国，人必击之……张武扫兴地叹了口气！灌婴也不是好声地：收兵！

中军帐内汉文帝一身戎装，正聚精会神地看着摊开的地形图。张武气呼呼地进帐跪拜：陛下，冒顿坠马后，匈奴军心大乱，这正是痛打匈奴的好战机，可陛下却……哼，到嘴的黄羊就让它跑了……汉文帝一笑：匈奴兵马是黄羊肉吗？朕早说了，只要你打出威势，打出力量，强边固国，人必歼之。张武：这下，老冒顿该老老实实来求我大汉和亲了。少不了又要送千里马和骆驼。汉文帝欣慰地点点头：冒顿的阳寿怕是不长了！张武问：陛下何日返长安？汉文帝：既来北疆，朕逗留几日再说。张武意味深长地：陛下也该故地重游了！汉文帝望望张武，张武正以渴望的目光望向他。

深夜。满天星斗，一弯弦月下，传来兵将们轻缓的鼾声。远处，几只蛐蛐在幽幽鸣唱……中军帐外，汉文帝兀自独立，竟袭来一股大战已歇的孤独……远方山野间突然闪出闵女的身影：闵女正睁大一双眼睛专注地画着小青，文帝不由喃喃自语：这么多年过去了，不知为什么，这个闵女的影子我就是挥不去，挥不去……

常山脚下。汉文帝、张武两人手握缰绳，一白一黑，两匹高头大马齐头并行在常山脚下。张武：还是山风养人啊，陛下的脸色好多了。汉文帝也兴奋起来，朕有多少年没有跟你一起打黄羊了？今天要痛痛快快玩上半天！话毕，长鞭一甩，纵马飞奔而去。

此刻，张武也猛力挥鞭，清脆的马鞭声在山谷回响。随着那马鞭声，一匹黄骠马驮着位皮帽皮靴的青年急速驰近汉文帝，当那黄骠马贴近迎面而来的白马时，

370

那青年紧夹马肚,那马顿时前蹄腾空一声长嘶,雕塑般耸立定格。随之,那青年的帽子落地,一头黑瀑布般的长发飘散出一张青年野性美的面庞呈现在文帝眼前。

汉文帝脱口而出:闵女!狂喜中,他伸出双臂,风一样迅速地欲将少女托上自己的马背。未等文帝定下神来细细打量,那少女竟闪电般跳下黄骠马:小女子不姓闵,姓慎。

此时,文帝已将这女子的面貌和衣着仔细审视了一番,他用不庸置疑的口吻说道:是闵女!你就是闵女!那女子甩下一串银铃般的笑声:我真是慎女,不姓闵!汉文帝感叹:真是天不负朕哪!他又一把将慎女抱到自己的坐骑上:你再也不能走了,随朕回长安!张武在后面看着这一切,偷偷地笑着。

冒顿茏城宫殿。冒顿正在喝一碗人奶,黑白相杂的胡子上沾满乳液。抬起头,一口残缺不全的牙齿显得格外丑陋:哈哈哈哈,这人奶好,朕喝了觉得身子好多了,朕早说过,咱匈奴人的骨头是铁打的,没那么容易就倒下!

右贤王戎装凌乱焦急入内:大单于……冒顿噌地从榻上坐起,哈哈大笑着露出一嘴豁牙:哈哈哈……你们以为朕就真的那么不禁折腾?朕的阳寿还没过一半哪!右贤王:那大单于为什么要我撤兵?冒顿:刘恒这次是有备而来,朕要不装病叫你撤兵,你这脑袋早成了灌婴的刀下鬼了!右贤王不服气地:没那么容易。大单于不是说要变变,变汉人个底朝天吗?冒顿:要变变也要看时候。另外的嘛,让左贤王跟你说。

左贤王指向壁上地图:就在你出兵当天,东胡人已从这里进犯我五十里,接着,大月氏又从这里起兵,这仗要是再打下去,我们就要腹背受敌。右贤王:咱们跟汉人的这场仗就这么完了,真憋气。冒顿:怎么了,过去咱们不是也打过胜仗吗!这就像挤奶子,硬打不行,就来软的,去朝拜,去和亲。谁也吃不掉谁的时候,就求个和气,和气为邻。冒顿之子:父王真是说得透彻!

冒顿:朕活到现在,跟汉人斗了一辈子,才摸到他们的脾气。记住,这汉人哪,你不打他们的时候,他们里边就争权夺利、狗咬狗地你争我夺;可一旦你要打他,他们就忘掉内仇,一致对外,这就是我们打不进去、打进去也被他们轰出来的缘由。冒顿之子:父王所言极是。只是,我们怎样才能再夺些土地过来?冒顿:从此再不硬打,功夫用在让他们互相倾轧上。来人,把朕珍藏的那张白虎皮拿来。冒顿之子:父王拿虎皮干什么?冒顿:派人送给淮南王。刘章死后,能让汉廷不得安稳的恐怕非刘长不可了。冒顿之子:那我们是要联长伐恒?冒顿:走一步说一步吧,但你们要记住,不能让汉人的气焰再涨了。

淮南宫殿内。匈奴太子老上将一名匈奴女伎推向刘长:淮南王,这是我们单于最宠爱的伎人,那胡笳吹得能让草更绿、羊更肥、人更美,这是第一件礼品。刘长一边拍拍那女伎的脸,一边笑吟吟地,啊,好好……匈奴太子:第二件嘛,话到此

处,一匈奴武士捧上一张纯白虎皮:就是这张纯白虎皮,它冬生暖、夏生凉,治腰疼病最灵验……一宫中仆人接过,将白虎皮铺于刘长的王座。刘长搂着匈奴女伎、抚摸着那茸茸的虎毛:都是稀罕物、都是稀罕之物啊!寡人谢单于了!匈奴太子:我们单于仰慕淮南王已久,他说了,这汉廷最能震慑天下的非大王您莫属。刘长得意,故作谦虚地连连摆手:太子不远千里来我淮南,又带这么贵重的礼物,有何事要议啊?匈奴太子被问住了,他尴尬地笑着:啊,没事,无事要议。匈奴大单于欢迎淮南王派使臣前去匈奴。刘长:本王知道冒顿单于的意思了。请太子先去休息吧!匈奴太子行礼,告退。

刘长踱步:哼!狼跑来跟人交朋友,最终还是要吃人的!刘长舅父:四条腿的狼再狡猾也斗不过两条腿的人!管他什么豺狼虎豹,凡能为我们所用的都可以借力。刘长意味深长地点头:对!借力。

未央宫正殿,刘恒道:这次兵聚北疆,扰民颇甚,抚恤孤寡老人一事,各地都按朝廷谕旨办了吗?

薄昭道:陛下放心,此事已安排妥当。

刘恒道:周丞相离开京城有多少日子了?

突然,周勃穿一袭乡间老者长袍进殿跪拜:陛下,陛下。老臣周勃叩见陛下。

刘恒惊喜交加:老丞相快请起。朕刚提起老丞相,老丞相就到了。自城阳解围后,老丞相便不告而别返回封地了,今日来……

周勃道:老臣早就是辞朝返乡之人,自然是有事则来,无事则返。

刘恒道:老丞相今日来……

周勃道:陛下,老臣是因梦而来。

刘恒道:因梦?

周勃道:老臣回乡后就乱梦不断,特别是那老陈平夜夜来催我,问我立太子之事跟陛下说了没有?陛下是怎么想的?我想我就不能不来了,这可是陈老丞相临终前跟老臣说的最后一句话啊……

周勃一段话说得文帝和众大臣肃穆起来。

张苍道:陛下,假币风波已经平息,匈奴人也被打回草原。立太子事关重大,是该定下来了。

灌婴道:陛下,长皇子刘启已经成年,经过赴吴国服罪历练,尤其是这次亲临北疆督战,更见成熟,按祖制,早该登太子位了。

众臣立即呼应:臣等附议,立长皇子为太子已是顺理成章。

汉文帝思索着,少顷,他缓缓说:朕知众卿之意。可众卿是否想过不立太子?若立,也并非仅从皇子中选,而是从刘氏宗族中选立贤者?

周勃:臣以为不可,太子出自皇子,在皇子中立长不立幼已是历朝祖制,岂可更改?

汉文帝道:今人承袭古人、祖制不可更改,这是常理。可朕自登基之日起就常想,朝中种种不睦、以致杀戮战争、江山变异……往往因立太子而起。周幽王废太子宜臼、改立伯服,致使宜臼联犬戎杀幽王,秦嬴政东巡亡于途中,赵高拟假旨杀扶苏立胡亥……这样的祖训还非要承袭不可吗!天下者刘氏天下,继位者理应由刘氏宗族中遴选贤者!

众臣懵然,惊异地望向文帝。

汉文帝转而一笑:众卿不必如此望着朕,朕非高帝长子,也没立过太子,朕今为帝,还不是众爱卿迎立的吗?这破祖制之举,早已不是朕在先,而是众卿在先了。

众臣相顾而笑。

夜,温馨的灯光,严肃的氛围。在薄太后的通光殿,薄太后、文帝和窦皇后也在议论立太子的事。

薄太后道:陛下不打算立太子?要立,也不遵从立长不立幼的祖制?

汉文帝笑笑:朕正想听听母后的想法,他看了看窦皇后:还有皇后。

薄太后转对窦皇后:事关社稷江山,皇后尽可直言。

窦皇后道:臣妾知道,陛下深谋远虑,总有不凡之思。陛下既有不遵"立长不立幼"的祖制之想,臣妾以为,启儿聪慧过人,又经督战历练;武儿虽读书不如启儿,却也是多才多艺……

汉文帝打断她的话说:朕明白你的意思了,母后如何想呢?

薄太后笑了笑:母亲想,太子还是要立,否则,人人盯着将来的帝位,各个心有所属,终有一天必酿大祸,诛吕之后的乱象危局,陛下还没忘吧?

汉文帝点点头:那么母后以为,立谁为好呢?

薄太后道:陛下不是说要立刘氏子嗣中的贤者吗?这个想法好,孰贤孰庸,孰智孰愚,大臣们自有公论,陛下可问问众大臣的真心话。

汉文帝由衷一笑:母后还是母后啊!

夜深了。走出通光殿,邓通对文帝轻声细语道:陛下,时辰不早了,该歇息了!小人已通报慎夫人……

走在花园回廊里的文帝突然转身:备肩舆,朕要先出宫一趟!

周勃偶回长安,正在府邸自斟自酌。汉文帝突然常衣常服走进。事出意外,周勃慌乱迎驾:陛下?陛下夜来寒舍,臣……汉文帝莞尔一笑:朕知道老丞相独自饮酒,特来陪伴哪!周勃也笑了:啊,啊,陛下请上座。

汉文帝道:不不,俩人饮酒不够热闹,朕已差人以老丞相的名义请了一些老臣,大家共饮岂不更好!

话音未了,灌婴、张苍、申屠嘉等说笑着走来:我说老丞相啊,酒瘾来了,就不

让人睡觉,是什么好酒啊?

众人一见文帝,立即敛容噤声,正要整衣跪拜,文帝立即阻拦说:免礼,免礼,今夜朕邀众卿来老丞相家,就是要君臣席地而坐,免除朝礼,边饮边谈,大家都讲真话,心里的话,这样可好?众大臣道:这……汉文帝洒脱地先自把酒坐于席上:朕不听这呀那的,朕只听真话。他先饮了一樽,劝众臣说:饮酒,饮酒。众臣先还发窘,之后也学样席地而饮。

汉文帝道:前日上朝,朕提出免遵祖制一事,众卿再说说你们的真心话。周勃满饮一樽说:遵从祖制,立长皇子刘启为太子,这就是老臣的真心话。汉文帝道:朕说的前朝种种教训,众臣难道就不怕重演?张苍边饮边说:可陛下想过另一种教训吗?如果大秦始皇帝早立太子扶苏,不给赵高留下可乘之机,大秦是否会二世而亡?所以,趁皇帝盛年之时选贤才为太子,这才是江山永固而不衰的良策。汉文帝道:平心而论,众卿以为,如今刘氏家族子嗣中谁为贤才?灌婴道:臣早看好了,非长皇子刘启莫属。众大臣道:灌老丞相所言极是,臣等也这么看。

第二天一早,未央宫里肃穆喜庆,刘启行授了太子冠礼。此时的刘启已是一位英气蓬勃的青年。

汉文帝曾想改变必由皇帝钦定太子的祖制,实行由众大臣公推皇室中最贤者为太子的新制,以避免皇室内部相互屠戮的悲剧,但终因时代的局限,还是为长子刘启戴上了太子之冠。

第二十二章

身穿将军服的开章走出大门,朝一匹马拉的带篷车走去。开章老妻追着他像嘱咐孩子似地高声说着:你们这些老臣们每个月都忙忙叨叨地聚什么会,还比什么武!还是几十年前呀?早点回家吧!别跟孩子似地玩疯了!开章正要回话,一匹快马驰近:开章将军,到哪里去呀?出远门吗?开章一见来人忙赔笑说:哦!哦!国舅大人,从淮南国来?失迎,失迎!刘长的舅父下马作了个揖:淮南王有件事想请将军帮忙,你可不能驳他面子啊!开章握住来人的手:走走走,家里说。他们手拉着手走进开章客厅。未及再说什么,刘长舅父就边说来意,边往几案上摆出一摞金条和玉石。刘长舅父笑望着开章:开章将军,这事儿不难做,你就爽快点答应了吧!开章看看那金条和玉石,又不禁犹豫起来:这样做倒是挺解我心头之怨气,可……可往周老丞相头上扣屎盆子,我这良心……良心不忍哪!刘长舅父道:咳!你去周老丞相家聚会,本是顺便的事,怎么能说是给他扣屎盆子呢?你要是不答应,那可就得罪淮南王了啊!开章终于下了决心:那……好吧!不过,这事儿,可得保密。刘长舅父许愿:那是自然。万一出什么事儿,你就到淮南国来,两千石的俸禄总比朝廷给的一千石多吧?你不是一直对朝廷裁员裁到你头上不满意吗?那就到淮南国任个都尉干干,我跟淮南王说去,保管行!

周勃封地周府内。一辆辆马车停在院门前,周勃不停地与来客寒暄着。

一位老臣走向他说:今天周老丞相做东,有什么好东西给我们这些老部下吃呀?

周勃笑呵呵地指着他的牙说:有好吃的,只怕你也咬不动喽!

众人一阵起哄:可不是嘛,瞧那牙全掉光了!

此时开章走来,他掏出一织锦护腕套在右手腕上说:周丞相,我这次可是有备而来,再比掰手腕,我一定能赢你!

众人又起哄:开章这小子就是死拧,不服输,掰腕他从来没赢过,戴什么都没用!

开章不服气地拉过一位白眉毛老臣:没用?!咱们试试!说着,两人摆出架势

来,他们两手相握了很久,仍是胜负难分。众人高喊着加油!周勃在一旁开心地笑着。

白眉老臣不服气:我手劲儿没你开章大,可要比射箭,你能赛过我吗?有人起哄道:那是,你有百步穿杨之功吗!又一人不服气地:我就不信,这些日子我天天练箭术,你未必能赢得了我!白眉老臣笑笑说:好啊,先别吹牛,咱们就到外面去比试比试。

众人拿着箭刚要往外走,周勃急喊住他们:那么急于什么呀,在我这儿玩一天呢,吃完东西再去。

开章似有心思地收住笑容:诸位大人,你们说咱们就这样混日子呀?跟一群老孩子似的,整天的傻玩儿傻乐!

白眉老臣借势发泄道:不玩儿不乐干什么去!如今朝廷有那么多治国能人,我们这些武人能干什么?

开章道:我还是觉得高祖在世的时候活得滋润,虽然遍地烽烟,可咱们有用武之地呀!

白眉老臣道:可不,咱凭的是武艺,以在战争中去打去死为光荣,活得简单却滋润。

有人附和起来:那是,整天骑着马从蜀郡杀到代地,又从代地杀到闽越。嘿!那才叫日子!

开章别有所指地:更开心的是不用动心眼!

白眉老臣道:哎哎!听说陛下这次御驾亲征,让老灌婴摆了个阵势,把右贤王给吓懵了,就撤回来了。

开章又加了一把火:趁他吓破胆那会儿就正好追着打啊!可咱们不追!有这样打仗的吗?

众人议论声更大了:是啊!有这么打仗的吗!

周勃闷声闷气地:人不打我我不出击,陛下不早就下这样的旨令了吗!你们有什么好议论的!

有人小声地:当今的陛下是不是太……太软了点?

众人看了一眼周勃,见他没吭声,胆子更大起来。

白眉老臣牢骚满腹地:唉,如今的规矩多得你睁不开眼,高祖的时候没这么多规矩律令,咱们反倒活得自在。

开章见火候已到,凑到众人跟前说:喂,我刚听到一首儿歌。众人好奇地凑了过来:什么儿歌?开章看看众人,竟扯起嗓子唱了起来:

汾河水,弯又弯,
渭河天,蓝又酸。
摆开阵势不追击,

376

旌旗招展返长安。

　　旌旗招展返长安,
　　丝竹笙筑像放屁。
　　呜呜呜,喊喊喊。
　　呜呜呜,喊喊喊……

众人听后哈哈大笑。有人也学着大唱……

儿歌声瞬时到墙外。孩子们学得快,不到一刻钟工夫,墙外众儿童声起,一阵高过一阵地传进周勃府内。

周勃听着这儿歌非常生气,他狠狠盯了一眼开章:开章,这儿歌是你教孩子们的?陛下治理国家是有远见有谋略的,你怎么能这么不尊重陛下!说着,他转向其子周亚夫:亚夫,快去喊住孩子们,不要让他们再唱了。高大英武的周亚夫高声应道:是,父亲,孩儿这就去。

长沙,湘水岸边的驰道上,一架两匹马拉的轺车沿着湘江边缓缓行进,车上,贾谊和利豨并肩而坐。湘江边绿得发黑的柳条在夕阳残照里静静地垂入水中。利豨跃跃欲试:贾太傅,我真想带兵前往北疆,随陛下一同去迎战匈奴。

贾谊拍了一下他的肩:軑侯年轻英壮,一腔忠心,倒真是建功立业的好年华啊!利豨叹了口气:可惜呀,无论如何,打匈奴也轮不到我长沙国啊!贾谊大笑起来。利豨不解地望着他:太傅笑什么?贾谊道:我笑軑侯又堕入刚才那盘棋的思路了。利豨道:刚才那盘棋,依太傅看,我是输在没守住金角银边?

贾谊点点头,棋道如同王道,别看豨弟前段没能去北疆打匈奴,现在你镇守长沙国,也就是在策应陛下,也就是占住了金角银边。利豨道:此话怎讲?贾谊道:长沙国乃我朝廷的南面门户,此时此刻,軑侯稳守长沙,牵制住赵佗,岂不为陛下北御匈奴除去了金角银边之忧!利豨道:听兄一席话,愚弟也就再无遗憾了。贾谊吆喝住道马驭:豨弟,贾谊就此下车了,我想沿湘水走走,你,请回吧。

二人于是揖别,贾谊下车沿江堤缓步走去,他忽见一株江边古柳,古柳上一根弯成板状的枝丫横卧水面,贾谊率性踏上枝丫踱步江上。他眼望碧透的江水,一时兴起,于是蹲下身去掬起一捧泼到脸上……清润的江水唤起他无名的激情,他直起身子,遥望西垂的落日,近看北去的江水,不由高声大叫:陛下,你现在何处?已经兵至塞上,还是征战漠北啊?那里该雪花纷飞了吧?谊却在湿热的南国……陛下!陛下!!放心地进击匈奴吧,谊将竭尽心力为陛下稳住南疆……贾谊情绪更加高涨,他已忘记是在一枝树杈上,竟忘情地大步朝前走去:稳住南疆……稳住南疆……"扑通"一下,贾谊掉进江中。

此时,一叶小舟箭似地自江中窜来,一青年女子跳下水去将贾谊拖出水面,送

377

到舟中,即朝岸边急驶……湿漉漉的贾谊被救上岸,他气喘未定,就不由得连声称谢:多谢,多谢救我……怎么?你是个女的?他这才发现救他的是一位年轻俊俏的姑娘,他甩了一下满身水滴,惊问道:你,你还会游水?那女子朗朗笑着:大人是从京城来的吧?我们湘水边长大的,哪有不会游水的!

未央宫太极殿里的空气都像凝固了,薄昭倒剪双手,气急败坏地来回踱步,坐席上,灌婴、张苍、申屠嘉三位老臣盯着汉文帝,人人脸上一副严峻的神态。汉文帝莫测高深地笑了笑,眼睛盯向来回走动的薄昭。

薄昭突然转身对着坐在龙榻上的汉文帝:退一万步说,就算他们以为陛下对匈奴的做法有些不妥之处,也不能在自己封地里编出歌来让民间小儿四处传唱吧。这个老周勃,他是知道陛下圣心仁厚,才敢这么放肆!灌婴欠了欠身子讷讷地说:陛下,周勃是个心胸开阔、做事磊落的人,依老臣之见,这儿歌绝不是他编的。张苍道:灌丞相所言也正是老臣所见。周老丞相为人正直,况且不善言谈,这类天蓝水绿还押韵的儿歌绝不会出自他之口。申屠嘉道:是啊,编儿歌的一定另有他人。薄昭道:可廷尉府禀报说,周勃家的仆人个个都戴盔披甲,每日全副武装,还有不少辞朝回封地的老臣们,经常携剑带刀地到他那里比武,这纵然不是想谋反,也是以此发泄对朝廷的不满吧?灌婴道:周勃这人一生就爱舞刀弄枪的,回封地了,闷了,才摆弄摆弄呗!张苍道:老惜当年少惜勇,我看他不过是想借此重温昔日之威罢了!灌婴道:这个老东西,还是不服老啊……汉文帝释然而笑:让张释之把老丞相请回朝廷,朕有话要问。薄昭道:请?!汉文帝:对,是请。

湘水边,零零落落的摊贩在沿江叫卖。一盘炭火炉上,几串三寸左右的鱼被烤得嗞嗞冒着热气。贾谊循着香气朝炉边踱来:来一串烤鱼!头戴斗笠、身穿褐麻长裙的卖鱼人闻声递上一串。

贾谊咬了一口烤鱼,边嚼边说:这鱼烤得真鲜,就是淡了点。多加点盐,来,给我多加点盐。说着,他递过那刚咬了一口的烤鱼。卖鱼人似乎充耳不闻,仍埋头忙着加炭,往鱼上穿着竹签。

贾谊有些不快:你这人怎么做生意的?送上门的买卖你都……卖鱼人抬起头来:你还站得稳吗?贾谊眼睛一亮:嘿!是你!你这小湘妹真……哦,不,不,是我的救命恩人……卖鱼女发出一阵清脆的笑声,随即用脚踢过去一个木墩:大人坐吧,别站不稳再掉进江里!贾谊也跟着大笑,有救命恩人在此,我再不怕掉入江里了。

卖鱼女往贾谊手中的烤鱼上抹了点盐面,贾谊接过湘妹子的小土碗一看:难怪这烤鱼不够味,你家里没盐吃吗?湘妹子道:大人是不知道,在这临湘城里已经一个多月买不到盐了。贾谊道:为什么买不到盐?没钱?我真该打!是啊,你每天在江上打鱼卖鱼能有几个钱!快!快!贾谊忙从怀里掏出一捧钱币来。湘妹子推辞:不要！不要！贾谊道:嫌少啊？是啊,救命之恩怎么是这点钱可以报答的！我这是让你买盐的,不是……湘妹子道:十个这么多也没处买盐去！贾谊更加不解:为什么有钱没处买？湘妹子道:我哪知道,你问国王去！湘妹子的确不知道为什么满临湘城都买不到一粒盐。她为吃不到盐发愁,更为她的烤鱼生意发愁。

贾谊也一时不知说什么好,他愈加感觉浑身燥热,于是匆匆别过湘妹子,就返回府去。走进府门,他直奔府内左拐角处几簇翠竹掩映着的那口新掘的水井。他边脱衣边命仆人用轳辘摇上一桶凉水,对着赤裸的上身浇去。一连浇了两桶凉水后,他惬意地边拍打胸脯边高声喊道:痛快,太痛快了！快！多打几桶水让我痛快个够！

此时,利豨走进贾府,他见状大笑说:贾太傅真是得意忘形啊！

贾谊道:哎,豨弟,怎么,这么快就从南越国回来了？

利豨走近他说:这次奉国王和太傅之命,先给赵佗运去了湘莲和一大批竹器,后又向内地各封国运送了一些稻米什么的。相比之下,赵佗对我长沙国热情多了,咱们需要的食糖、海盐,很快就会上市了。哎,这井水比湘水凉许多吧？

贾谊并未听出利豨对他的嘲弄:自然,地下水嘛。我打这口井不光是为方便、图凉快,更重要的是这水干净。

利豨道:贾兄这话就怪了,水嘛,哪有不干净的？

贾谊笑笑:长沙国人淘米洗菜的水就不干净。

利豨道:怎么会呢？

贾谊道:你想啊,江上游的人刚洗完粪桶,下游的人就淘米洗菜,能干净吗？

利豨大笑:是啊,南楚人这种陋习的确不好,可也几千年了,要改,也不是一天两天的事啊！

这时,仆人从门外走进说:大人,门外一位渔家女送来一柄扇子,只说是给贾大人的,说罢,扭头就走了。随即仆人将一短柄竹篾编织的扇子递给贾谊。

利豨见贾谊那木讷的样子,不禁将扇子拿过来欣赏起来:嘿！这扇子的篾条又薄又匀,真是出自一双巧手哇！

利豨说罢便去门口追那渔女,并对贾谊喊道:快让人家进来坐坐,也好谢谢人家姑娘呀！

贾谊边擦身边穿衣,淡淡地说:人早该走了！

利豨从门外返回说:果然空无一人,是不是我在这儿搅了贾兄的好事？

贾谊笑了笑:唉,你呀……

利豨道:都说才子离不开佳人,贾兄,你这没有女人的日子怎么过呢？

贾谊道:我这人哪,不贪杯,不好色,日子也就好过了。

利豨道:也难怪,长沙国内那么多妖艳艺伎,太傅都不正眼看上一眼,更不需说这打渔的湘妹子啦！

贾谊道：豨弟此言差矣！要说女色嘛，长沙国内那些娥眉粉黛还真没有一人能与她相比。

利豨道：这就怪了，嫂夫人和公子远在洛阳，那女子又使贾兄心动，何不留她在府中，也可解解一人独处的寂寞呀！

贾谊一挥手：唉！没那心思啊……

利豨似乎明白了贾谊所想，笑笑说：唉，我差点忘了，小弟这趟去南越，赵佗问我：听说你们长沙国来了一位大才子叫贾谊的？我说：是啊，你怎么知道？赵佗说：是陛下给他的诏书中说的，说陛下已给长沙国派了一个叫贾谊的才子贤臣，由他辅佐年幼的长沙王，会与南越修好，绝不再出吕氏亲信做长沙丞相时，那些互相摩擦、互相仇视的事！看，陛下都称兄为"贤臣"，足见陛下对兄的器重和信任了。

贾谊聚精会神地听着：赵佗真是这样讲的吗？

利豨道：那还有假！哦，对了，不跟你聊了，我母亲要我去为父亲十周年买祭品，告辞了。（今天震惊海内外的马王堆女尸，就是这位两千二百多年前利豨的母亲辛追）两人说着话，贾谊直送利豨到大门口。

长沙仲夏之夜，闷热得如同蒸笼一般。贾谊半卧半倚靠在井边石床的床头，翻看一册《中庸》，不一会儿就满脸满胸流汗，他跳下床来，顿时现出一个湿淋淋的人迹。

贾谊将灯熄掉：这个鬼地方，热死人，什么事都干不成！他用冷水擦了一把身子，又披衣朝外门走去，刚走几步，忽然想起了什么，他返身拿起湘妹子送的竹扇边扇边踱向江边。

满天繁星，湘水仍是那么安静地泛着银光向北流去，橘子洲犹如一艘大船横卧江中。江边睡满赤裸上身的纳凉人。贾谊走向那棵枝丫横卧江面的大树，大树下泊着一只小舟。

江边一块席上，湘妹子正在熟睡。在她身边两个小竹笼里放射着荧荧的绿光。贾谊走近，慢慢认出了她，贾谊俯身端详，见她姣美的脸上不停地冒汗，他轻轻摇动扇子，一阵阵凉风拂过湘妹子全身，湘妹子很惬意地翻过身子，背对着贾谊。

贾谊扇着，湘妹子一动不动地躺着。

湘妹子眯着眼偷偷地笑，嘴角翘成半弯弦月，偶尔睁开的眼睛像那天边的星……

贾谊终于耐不住，自语起来：这觉睡得可真沉……本想告诉你，陛下……陛下没有忘记我贾谊，唉！算了！

他喃喃着刚要起身离去，湘妹子突然转过背来：我就知道，贾大人来找我，肯定是天子又对贾大人有什么说道了，不然，贾大人怎么会有这份闲心呢！

贾谊转过身来，笑笑说：原来你根本就没睡着哇！

湘妹子拍着席子,向贾谊招手:快来坐吧,瞧你高兴的,什么事让你连觉都不想睡了?

贾谊坐于席上,停了停说:怎么跟你说呢?说了你也不懂。只是……贾谊只是想跟你坐坐,看看这夜晚的湘水,心也就踏实了。唉!可天太晚了,明天一大早你还要去打渔呢!说罢又要起身。

湘妹子高叫一声:别动!随即"啪"地一声,将落在贾谊腿上的一只蚊子打死,湘妹子张开手掌,掌心一片黑血。湘妹子看着他,一对水汪汪的大眼睛漾出无限柔情:只要大人高兴,湘妹子我怎么都可以。我就陪着大人看湘水,看星星……湘妹子打开笼口,笼中萤火虫光亮着飞上天去,贾谊也学着将另个笼口打开,,萤火虫也扑朔迷离地朝天飞去,天上的星星眨着眼睛……

贾谊很感动:其实……其实你很可爱,就像这湘水,静静地流着,流着……载着船往前走,养了鱼给人吃……却从不图回报。我……我其实……

湘妹子甜甜地笑着:那么高学问的人,说话还结结巴巴,结结巴巴的话就别说了,我都明白。

贾谊道:你明白?明白什么?

湘妹子道:明白你是一个顶天立地、有大志向的人。只要你能够顶天立地,你高兴,我就够了。

贾谊不自禁地拍拍湘妹子的手:没想到这南国蛮荒之地,竟有我贾谊的一位红粉知己!等等吧,等我忙过这阵子,等我再离开长沙国之前,我一定坐上你的小船去潇水,去九嶷山,好好领略一番南国风光。哎,贾谊手指南边:我们就沿这湘水上行。湘妹子满含期待地问:那要等多久哇?贾谊道:总有那一天,只要等,就有希望!

两人不再说话,过了一会儿,湘妹子依恋地说道:明天一大早我就要去云梦泽了,老家人捎信来,说我父亲和哥哥都已经离开沅水,我们要在云梦泽相见后我再回来,得两个月呢!回来后我去找你。贾谊笑笑说:不,两个月后,我来找你。湘妹子笑得更响:你到哪里去找我呀?贾谊道:就到这棵树下找你。湘妹子苦笑一下:我……我就是这棵树?贾谊又犯了书生气:咦,这是棵什么树?湘妹子不无凄楚地:是棵守望树……

绛侯周勃封地。汾河水在烈日下射出刺眼的光亮,河边树叶都蔫得卷了起来,知了不停地叫着,叫得人心又闷又烦。两个巡逻的家丁热得受不了,将褪下的盔甲拿在手上,家丁乙也解开了战袍的腰带。

家丁甲有些胆怵地看看家丁乙说:绛侯不会突然到这儿来吧?他要是见我们这样,他非揍我们一顿不可!

家丁乙道:我实在热得受不了了,这几十斤重的东西挂到身上,气都喘不上来了!

　　话音未落,一阵急促的马蹄声由远而近。两匹枣红马载着一老一少两位将军打扮的人朝汾河边驰来。那年轻的将军在汾河边驻马,翻身跳下。年老的将军随即也翻身跳下。那年老的就是周勃。他抹一把额上的汗,一阵大笑:好儿子,不愧是我的儿子,父亲是追不上你,也打不过你了。周亚夫道:父亲,要不是您老年岁已高,亚夫这杆戟早就被父亲给劈碎了!

　　两家丁见状急忙戴盔穿甲跑上去,结结巴巴地冲周勃、周亚夫施礼:大……大人、公子好!周勃走上前去帮家丁甲正正斜戴在头上的铁盔,为家丁乙系好战袍腰带:别再出这种事了,记住了,要在我周勃封地做家丁,就是武士!甲乙两人头如捣蒜地答应着:小的记住了,以后再不脱战袍了!

　　待甲乙走远,周亚夫笑对周勃道:父亲就是这点太过死板了,这战袍不脱,睡觉也穿着?周勃也笑了笑:父亲死板是死板了点,可你知道你为什么强过曹参、灌婴、樊哙他们的儿子?就因为父亲打小就对你严格训练、死板要求。我周勃既被先帝誉为安刘者,那么日后保刘者,就应该是我儿亚夫大将军也!周亚夫道:呀,呀!父亲也会之乎者也了?父子俩说罢大笑。

　　此时,一家丁纵马赶来:大人,廷尉府来人了,还带来了陛下旨令,说让大人即刻随他们前往长安。

　　周亚夫大惊:廷尉府?!父亲有何过失,让廷尉府派人带父亲进京?是不是那儿歌……

　　周勃很坦然地:亚夫,不用担心,老夫正要去跟陛下理论理论。

　　周亚夫还是担心:父亲不善言辞,如何理论?难道陛下那么智慧绝顶的人就不想想,父亲如何会编这等押韵的儿歌?父亲连字都不识几个呀!不能!他们不能这样对待父亲!我去找我嫂子,让她去找她父皇……

　　周勃道:亚夫,将父亲绑了吧,你们都不要再说什么了。周勃说罢即将头盔取下并去掉铠甲,双手也反剪于身后。

　　又是一个南国闷热的夜晚。贾谊赤裸上身,举着一桶凉水从头往下一顿猛泼。利豨冲了进来:贾太傅,刚刚传来的消息,回封地的周老丞相,被陛下一张圣令押回长安了!贾谊猛地把水桶往地上一掼:什么?周勃被陛下抓回长安了?为什么?利豨道:据说是因为周勃封地在传唱一首讽刺陛下的儿歌。贾谊顾不上穿鞋,拔腿就往屋里跑:周老丞相写儿歌?笑话!豨兄,你等着,我这就给陛下写信,叫人快马送往长安。贾谊就着烛光,振笔疾书起来。利豨扔给他丢弃在井边的鞋:太傅,穿上鞋吧!

　　书房内,汉文帝轻声读着贾谊的信:坐稳江山就杀功臣,此乃为帝王者之大忌。谊不信吾皇是这样的帝王……

　　汉文帝哈哈大笑起来:贾生啊贾生,你倒胆子不小,竟敢这样对朕说话!而且跃千里之遥,还派快马送来这封信……可惜你个书生,只知其一,不知其二。朕把老周勃押回朝廷,就是要治他的罪,要杀他吗?哈……

薄太后迎着他的笑声进门来。

汉文帝见母亲一脸愠怒,忙迎上去:母后,是什么事让您这般……见皇儿?

薄太后将汉文帝的手推开,冷冷地问道:身为皇帝,你真行啊,连自己的亲家公都抓了!陛下难道对自己的大臣都没个掂量?是谁对大汉最忠心?是谁为了执行陛下的方略,带头离开繁华的京城去封地?薄太后激动的声音微微颤抖起来。

汉文帝又一次伸出手扶住母亲:母后,您说的这一切朕都懂,朕当然知道是谁从内到外最效忠朝廷。

薄太后道:既然知道,为什么还派人去抓他?他谋反?他编儿歌诽谤陛下?笑话!那个一根筋粗到底的武人,他有那么多花花肠子吗?

汉文帝也笑了:朕当然知道,那些罪名对他都不成立。

薄太后不解了:那,为什么还派人抓他?人家是杀鸡给猴看,陛下成了杀猴给鸡看了。陛下这样对待有恩于陛下的老臣、贤臣,天下人会怎么看?人家会说陛下是个忘恩负义的君王!

汉文帝慢悠悠地:有那么严重吗?

薄太后突然冲动起来,她被儿子前所未有的轻慢态度激怒了:真是翅膀长硬了,能飞上九重霄了,原来给你当拐杖的周勃,还有我和你的舅父,都成了碍手碍脚的废物了,对不对?薄太后激动得有些站立不稳,从小母亲是如何教导你的?你知道母亲历来都把名节看得比生命都珍贵,你这样做,让母亲有何脸面面对列祖列宗,有何脸面面对天下人,有何脸面面对周勃和高祖的前朝老臣?!薄太后忍不住心中的恼怒,一气之下将手中丝绢扔到汉文帝脸上!

汉文帝珍重地将丝绢握入手中,贴在脸上,那上面还残留着母亲的体温。他见母亲平静了些,才走上前去将丝绢塞在母亲手里:母后,恒儿长这么大可是第一次见母后发这么大的火啊!

薄太后也自觉有些失态,脸上的愠色稍稍缓和了些。

汉文帝对殿外喊道:邓通,张廷尉他们到了吗?

邓通匆匆跑来,轻声轻气地:陛下,周老太尉和张廷尉正在门外等候召见。

汉文帝道:快请!

邓通立即躬身边答应着边退出门去。

未几,周勃反剪双手、被绳子绑着走进殿来。

薄太后一见,急忙上前松绑,嘴里不住地道歉说:委屈老丞相了!太委屈老丞相了!张廷尉,快,快帮我给老丞相松绑。

周勃急忙躲避:谢太后了,别、别,我周勃不、不委屈,不委屈!

薄太后道:不委屈?怎么……

周勃费力地说:那儿歌是在我封地传开的,这就是我的罪。

张释之道:陛下,我廷尉府已查明,散布那儿歌的是开章,他是对朝廷让他辞朝回封地不满,借此发泄胸中怨恨。

周勃道:一个那么能打仗的武人怎么会变成这样?他定是受了什么人的唆使。

薄太后和汉文帝边扶周勃站起边解开他的绳索:那开章现在何处?

张释之道:已派人前去缉拿。

周勃道:缉拿开章做什么?抓我周勃一人还不行吗?我就不信,就那么一首儿歌,就能唱倒朝廷!

汉文帝亲切地拉着周勃坐于自己身旁:老丞相说得是,一首儿歌唱不倒大汉江山,朕只是想借此杀杀那些躺在昔日功劳簿上的老臣们的嚣张气焰。

薄太后道:老身这就不明白了,绛侯为何要替人受过呢?

周勃道:那开章跟我几十年了,如今他变成这样,我就分担一点吧。这样,老周勃心里也少点愧疚!

薄太后感动地:老丞相胸怀宽如大海,这天下能有几人相比!

汉文帝见周勃一直沉默不语,递过一樽酒去:尝尝吧,这是特制的解暑汤。朕知道,老丞相你们这些辞朝的军功老臣,对朕不追击冒顿是心存不满的。

周勃闷声闷气地:兵书上讲以守为攻,没错!可守,那是为了攻!穷寇不追,落水狗不打⋯⋯

汉文帝大笑:且不说冒顿是不是穷寇,是不是落水狗,就单说这进攻——不知老丞相想过没有,我们这次重兵阻截,几十万人马上阵,光粮草就耗去了千万斤。几十万人马在前线,后方运送给养粮草的人马也要万余乘。攻城陷地容易,可攻下的是空城,占的是不毛之地,漠漠荒沙。老丞相你想想,我们划算吗?

周勃默不作声,一时真不知如何作答了。

汉文帝道:朕这样讲,绝不是畏缩不前。远征、收复秦末的失地是一定要做的!但,不是现在,这或许要到老丞相见不到的那一天,或许要到朕也见不到的那一天。但朕相信,在大汉国力强盛、兵马充足的一天,一定要收复失地,而我们现在要做的,就是为那一天奠基铺路!

此时,邓通悄悄走向汉文帝道:陛下,周丞相的府邸已派人打扫干净了。

周勃闻声站了起来:谢太后、陛下,周勃理论完了,去看看老灌婴,就回封地去。

薄太后面带忧容地对周勃说:灌老太尉受了点风寒,就一病不起了。

汉文帝也忧心忡忡:昨天朕去看他,他已经出不了门了,怕是⋯⋯汉文帝挥了挥手,试图赶走这些忧心与沉重,之后又将一封信递向周勃:老丞相执意要走,朕也不敢深留。瞧瞧,就连南国的贾谊都给朕写信来为老丞相鸣不平了。说着,他歉意地笑笑。

周勃颇感意外地反问：贾谊？

汉文帝道：是啊，是贾谊！他给朕来信，说朕要是治周老丞相的罪，朕就是一个诛杀功臣的君王。

周勃感动地：难怪陛下总说贾谊就是个书生，他没坏心眼。他被我们武人们轰出了长安，还为我求情，唉！我们是太过分了！

汉文帝又拉住周勃的手：贾谊嘛，先不说了！老丞相回封地，可别忘了你答应朕的事儿，朕这里正缺年轻有谋略的武将啊！

张释之道：禀报陛下，周二公子亚夫就是一个活脱脱的少……

周勃挥挥手：亚夫还欠火候，还要再锤炼几年啊。

汉文帝道：好！一言为定！朕就等着这位未来的护国大元帅！

薄太后也发自内心地感佩说：老丞相真是满门忠勇啊！

周勃道：唉，差点忘了，亚夫让我带些兵书回封地去，陛下能否借几册？

汉文帝笑了：这还用问？让人去石渠阁取了，给您运回家去就是了。不过，记住了，这是朝廷史馆的书籍，日后是要归还的！

未央宫内御花园里的花树告诉人们：已经入秋了。一株株绿叶肥硕、虬枝坚硬的梨树上缀满了一个个肥硕的黄绿色的梨子，似一个个球形的灯笼。

慎夫人已经是一派山野村姑的装束，其形貌举止真可与闵女乱真。高大英俊的刘启和慎夫人正跳着脚摘熟透的梨子，刘武、刘揖仰头望着这个活泼的慎娘娘，只要她采下一个，两人就你争我抢地分了去，吃得满脸都是这儿一道、那儿一道的梨汁儿。慎夫人嘴边也抹着一道道梨汁的痕迹。他们甚是开心。毕竟采快于吃，不一会儿，地上的绢巾里就堆放了不少黄澄澄的梨子。四人坐在草地上开始分享这堆"果实"了。

刘启边吃边问慎姬：慎娘娘，您和我母后都是父皇的爱姬，你们俩怎么那么不一样？慎姬道：我的太子哥呀，慎姬怎敢和皇后比呢？她是国母，脑子里装的都是智慧贤德呀！刘武道：慎娘娘怎么不穿拖在地上的长裙，头上也不戴镶着珠宝的金钗呀？他们边吃边说，谁也没察觉此时汉文帝已来到他们身后。

刘启一副心有灵犀的样子：你们别问了，再问慎娘娘也不会说的。慎姬欣慰地望了望刘启。刘揖、刘武急切地：那你知道？刘启道：我当然知道。刘揖、刘武道：那你说，为什么？刘启道：因为，父皇喜欢慎娘娘这么穿……

慎夫人咯咯地笑起来：是，我自己喜欢的……刘启道：那父皇，不公平。慎夫人笑得很得意，不能怪你们父皇，是我自己喜欢这种打扮。刘揖道：这种做法是叫一个什么什么来着，虐待？慎夫人笑得更响了。

汉文帝突然站在这几个乱说乱道的人面前：哈哈！虐待？父皇今天倒要虐待虐待你们几个背后乱饶舌的人！

三个孩子吓得忙跪倒：父皇！孩儿不敢乱说了，再不敢了！

385

汉文帝一挥手,三个孩子作鸟兽散。

汉文帝转向慎夫人:爱姬,朕明白你的心……

在汉文帝与慎夫人互吐心曲的时候,薄昭也正在薄太后的寝宫中说着他们的事。薄昭对薄太后笑着说:陛下重游常山时,还以为真的巧遇一酷似闵女的女子呢!

薄太后也苦笑笑:陛下呀,处理起君国大事来,可说是胸怀天下,俯仰成章,可一旦陷入儿女事中,就变得像个孩子,这也就为自己酿了很多的苦……

薄昭道:这下好了,别看张武平时粗粗拉拉,对这件事他还真用心!这些日子,陛下就像换了个人,连走路都脚下生风。但愿陛下能遂了张武的愿,放下真闵女,认下这个假闵女。

薄太后叹了口气:情感之事,难说呀,不过,哪管时日再短,也是好事。

薄昭道:窦皇后要是对孩子不那么偏心,性情再随和些,陛下能对她如此冷落?陛下也不致如此心无所属……

薄太后又苦笑笑,情感之事有时比君国大事都难解,说不清。只是皇后的眼睛越来越不行了,看看她天天独守空房,夜夜织锦,我这心都……唉!不说了!

说到窦皇后的眼睛,薄太后的心里乱了起来,不知是因为曾经经历的同病相怜的感怀,还是作为母后的慈爱,吃过晚饭后,她就在两个小婢女的搀扶下来到窦皇后的寝宫。窦后寝宫里。宫灯幽幽,坐在织机前的窦后正"呱答答,呱答答"地踩着织机,稍顷,她揉揉眼睛,眼前还是一片昏花。

门响了一下,薄太后走进门来,到了近前,薄太后递给窦后一碗露珠水:再洗洗吧。

窦后闻声忙起身施礼,然后边离开织机洗眼睛边说:本该漪儿孝敬太后的,如今却让太后挂念着漪儿,我这眼睛啊,真不争气……

薄太后坐在织机前笑笑说:你们都是母后的儿女,哪个有病有灾的我能不惦记!别多想了,人有了病啊,一要好好治,二要好好养,三要好心情,这织锦哪,以后就少织些吧……说着,她也"呱答答,呱答答"地织起来。

此时,刁斗传来二更天的更声……

淮南国城墙。一匹瘦马驮着一脸狼狈的开章朝城门急驰着,蓝天下,灰突突的城垛衬出些许阴沉。

薄昭跨进大门。张释之急忙迎上施礼:薄大人,微臣正要去禀告。薄昭急切地:开章人在何处?张释之道:我派人去他封地府内缉拿,可开章已不知去向。薄昭一惊:开章跑了?!看来,这编儿歌的事没么简单,开章本是一个粗人,他想不出这骂陛下的拽文词儿,肯定有人指使！张释之道:微臣想,开章不是逃入吴国,就是逃入淮南国了。薄昭点头:是啊,如今对陛下心怀不满的封王,自然就属他们啦！尤其是刘长,要严密检查淮南国进入长安的所有货物、书信。开章毕竟是前朝老臣,在太尉府干过几十年,南北近卫军中,有不少他的老部下,要防止他重召旧部,里应外合。张释之道:车骑将军放心,微臣记下了。

刘长道:开章将军,一天到晚哭丧个脸,何苦呢！开章沮丧地道:我好歹也是个汉初开国将军吧！现在倒好！让人骂成是不忠不孝、不仁不义的无耻小人,倒像个过街的老鼠,我……我他妈的活得太窝囊啊！刘长道:哎！开章将军在我淮南国不但不窝囊,还可以风风光光。寡人任命你为我淮南国大将军,俸禄二千石,怎样？比朝廷俸禄高吧？开章苦笑一下:可我的夫人,我的孩子……刘长道:这还不容易,在我淮南国找一个夫人不就行了嘛！我这儿就有一个从匈奴来的会吹箫的女人,别具风情,送你做夫人如何！开章苦笑着摇头:那么好的女人还是留给大王享用吧,开章可消受不起。一戴乌黑发亮漆缡纱冠(即乌纱帽)的官吏进来,大王,那些触犯国律的罪人,是判他们死罪,还是按朝律押解进京,让廷尉府去审判裁决？刘长眼睛一鼓,按什么朝律?！只要是违反我淮南国律的,一概由我淮南国自行裁决。将那十个人统统处死！官吏道:遵命！说罢退下。开章一伸舌头,天哪！十条人命！不报朝廷就任意处死！按汉律,逾职擅权判理刑案,这可是"大不敬"之罪啊！刘长道:寡人的封国,只有对寡人的大不敬,没有什么对大汉朝廷的大不敬！

长沙国,贾谊府府内菊花正灿烂地怒放着,五彩缤纷,形态各异,贾谊独自赏菊。

仆人道:大人,这菊花开了两个重阳节了,花瓣越来越大,花也越来越多。贾谊若有所思:我家乡的牡丹每到春天,都灿烂若此,灿烂若此啊……每到那时,夫人都带着璠儿在花丛里追逐、嬉笑……那笑声,那笑声真是有如天籁……仆人道:依小人看,不如把夫人和公子都接到长沙来。

贾谊摇头,俯下身子将一些杂草摘掉:你小小年纪,都喊这南楚之地太潮湿,蚊虫太多,夫人生在洛阳、长在洛阳,连长安都不肯去,怎么肯到这偏僻的南国来！

不知何时利豨已站在贾谊身后:那贾兄就回一趟洛阳嘛！贾谊转背:啊,豨弟,快请屋内坐。上次从君山带回来的云雾茶还一直没开封呢,正好一起品！利豨道:改日吧,改日一定陪贾兄喝个云里雾里,海阔天空！我今天来是为……为明日赴长安朝拜天子述职的事。

贾谊道:贾谊真羡慕豨弟,能经常去长安！今天上朝时不是说好了,你明天就起程吗？利豨笑:刚才家仆来报,说我家祖墓的第三个墓坑塌方了,我必须去看看,估计要后天才能离开长沙。贾谊道:哦,是来告假的。少顷,贾谊问道:你怎么

老往什么祖坟跑啊,第三个墓坑是给谁准备的?利豨笑:是我的阴间住所。

贾谊用一种不屑的语调说道:这满天下的人都嫌弃阳间怎么的,个个年轻轻的就忙死后的事。我说豨弟呀,你才二十出头,也忙活这个?你真的相信人在阴间也跟阳间一样?只要把生前享用的珠宝、食物葬于墓中,就能在阴间继续享用吗?

利豨道:嗨,人人都这样做,随俗呗!贾谊道:那你老实告诉我,你替令尊大人随葬了多少珠宝和食物?利豨笑而不答。贾谊道:放心好了,我又不是盗墓贼!利豨道:珠宝有一千多件,稻米有……贾谊制止:好!别说了,我问你,你葬没葬你父亲生前的家臣和仆人?利豨道:那哪能呢!只有前周恶秦时才有拿活人陪葬的事,那太野蛮,太野蛮了!贾谊道:不光是野蛮吧,说白了,葬一个活人,比如一个主人生前喜爱的歌伎,就要近三万钱。也太贵了!就连真的玉石珠宝恐怕也不是很多吧?还是用假的代替的多!为什么?也是太贵了!利豨笑笑:倒也是!毕竟活人还要过日子,都葬了去,阳间的人喝西北风哇!贾谊道:着哇,这是真信那阴间吗?这是真正的大孝吗?利豨道:你是大学问家,想什么都比别人深,都比别人远,咱们不辩了,我认输。

贾谊道:可你那阴间的宅子还是要建得有模有样,除了活人之外,你还是要随葬许多珍贵物品,明天你还是要去看自己的阴间豪宅?利豨笑:准假了吧?贾谊道:不准成吗?利豨作揖:那小弟告辞了。说着欲转身离去。贾谊道:哎!别忘了把我给陛下的奏疏先呈上去。利豨道:忘不了,贾兄提出的对匈奴人的"五饵"之策嘛,是大事,陛下要是应允了贾兄之请,利豨还等着追随太傅、穿上大将军服,戴上武弁高冠、驰骋北疆沙场、杀敌立功呢!

张苍道:陛下,今年吴王又没进京述职,吴国丞相袁盎奏报,他腿疾日重,已无法走远路。

灌婴道:淮南国丞相送来一只羔羊做贡品,说是淮南王近来闹肚子,也不能前来朝见天子。

张苍道:陛下,淮南国的国务奏疏至今未到。

灌婴道:刘长说了,淮南国的国务就由他国王全权处理了。

张苍道:这不成了国中之国了,还叫大汉朝廷的封国吗?

文帝笑笑说:既然如此,朕就再派人去一次吴国和淮南国。在各郡国上报的国务里,属长沙国最清晰。现在赵佗已能按时纳税、按时来朝见述职,并与长沙国友好相处,这一切是贾谊去长沙后的功劳。

张苍道:陛下,老臣以为,贾谊是一位忠心可鉴的旷世之才。他身处南疆,还念念不忘朝廷的安危、北疆的安危。他提出的"五饵"之策可谓是惊世之策呀!

灌婴大笑:张大人是说那个什么以锦绣华饰坏其目,以厚待匈奴贵族子弟坏其心,以……以……

张苍继续说:以美食坏其口,以音乐舞蹈坏其耳,以财富厚赏坏其腹。多漂亮的文字,多绮丽的羁縻笼络之策啊!

灌婴哈哈大笑:书生啊,书生,要是那样,咱们苊城的"汉人商贸店的人"为什么还要从南军侍卫中挑选呢?匈奴人真能这样就被咱大汉给灭了?笑话!

汉文帝道:两位爱卿,无论贾太傅所献"五饵"之策有多书生气,但有一点是应该肯定的,那就是加紧修建北部边境的匈奴村,以我大汉丰美的物品、丰腴的牧场诱惑匈奴人前来归降。

秋高气爽,一队卫士簇拥着一架装饰华丽的两匹马拉的车停在城楼下。薄昭居高临下、极有风度地走下马车。淮南国守城军官迎上前去:恭迎钦差大人,请——护卫薄昭的军官道:淮南王怎么不来迎接车骑大将军啊?守城军官道:大王因脚上有疾又闹肚子,行走不便,特嘱末将在此恭候。薄昭不悦:陛下圣旨已到,难道你们大王连圣旨都接不了了?护卫薄昭的军官道:不接圣旨就是对天子的大不敬。哪来的那么多大不敬呀!随着略带调侃的声音,刘长一拐一拐地走近众人:车骑大将军见谅,寡人来迟了,哈哈哈哈!刘长双手抱拳做赔礼状。薄昭道:老夫可是陛下派来的!刘长道:知道!知道!!寡人能不知道轵侯大人吗?请,请。一行人朝宫殿走去。守城兵士议论:他就是陛下的舅父薄昭哇!可不!瞧那样子,好像他就是天子。

几案上堆满了大包小包的药物。

刘长道:寡人这病啊真怪,它在我身上到处窜,原来在这儿——刘长拍着自己的后臀部——现在又窜到这儿——他指自己的脚,吃什么药都没用。咳!不管怎么说,还是得感谢四哥,不,是陛下。他让您老跑这么远,送来这么多药。

薄昭坐在席上看着地,不与答话。

刘长清清喉咙:寡人……寡人明年不论身体如何,也要去朝见陛下,将我淮南国的一切都详详细细报告朝廷,哪个县又有多少人结婚生子,哪个村又有谁家打架斗殴,哪天又刮风下雨。

薄昭瞥了他一眼:我说淮南王啊,你是真不明白,还是装不明白?朝廷每年要各封国郡县禀报人口数字,是为了掌握天下有多少子民;要各封国禀报刑案状况,是为防止草菅人命的事情发生;让及时汇报天气状况,是为防范灾情。怎么这些国政要事到你这儿,都成了家长里短啦?

刘长道:请朝廷放心,我淮南国从来没有什么大事,可以说是国泰民安,百姓安居乐业。

薄昭道:我看不尽然吧?现在厚葬之风盛行,许多流民都干上盗墓的行当,为逃避朝廷缉拿,他们纷纷逃往各郡国,而有些封国竟将这些朝廷缉拿的罪犯收留下来,不知是有意对抗朝廷,还是别有他图?

刘长耸耸肩：这是哪里话，真是好大的胆！

薄昭冷笑：要说大胆，我看七皇子比谁的胆都大！

刘长道：此话怎讲？国舅大人是说……

薄昭道：你心里清楚！

刘长道：这倒怪了，听薄大人的口气，好像我淮南国窝藏了什么要犯似的，说话可要有证据呀！否则，栽赃诬陷别人也不是好玩的……

薄昭站起来：栽赃！开章是不是藏在你这儿？不知他受了谁的唆使，竟编出儿歌咒骂陛下，让孩子们到处传唱，反将罪名安到周勃头上。只要朝廷查出来，不仅开章是死罪，窝藏他的人也别想脱离干系！

刘长耸耸肩膀：这倒是，可寡人对此一概不知。

薄昭道：据老夫所知，你淮南王就是对朝廷的匈奴政策不满的主战派之一，那儿歌里的话也正是你想说的话吧？

刘长道：寡人是主张打匈奴，灭匈奴，可有这想法的人也大有人在啊。咦？！寡人听说，吴王已经三年没朝拜天子了……还听说，国舅大人的祖坟就是他在替您修？

薄昭有些尴尬：嗯，老夫先到你这儿，接着就去吴国。陛下还亲赐他一根龙头拐杖呢。

刘长一笑：我这四哥呀，书读得太多了，总爱拐弯抹角，不就是想让吴王按期朝拜吗！

薄昭道：七皇子啊，你对陛下怎么总是冷嘲热讽啊？他对你可是手足情深啊。

年纪与薄昭不相上下、举止颇似薄昭的刘长的舅父走进：拜见薄大人！

刘长道：啊，舅父！

刘长舅父刚要拜薄昭，刘长急忙拉起他转向薄昭说：寡人舅父腿上也有疾，不能久站。

薄昭道：那就请坐吧，陛下很不高兴的是，为什么朝廷派来的丞相、都尉，你淮南王都给轰回长安了！

刘长道：陛下不是常说，任人唯贤不避亲嘛，朝廷派的那两个人，丞相刁钻古怪，太酸；那个都尉除了会练武，木头人似的，哪能带兵打仗？而我这舅父文韬武略样样行。他就是我淮南国最称职的丞相兼都尉。

薄昭极为不快：这天下是统一的大汉天下，你怎么能立国中之国、自成一套！

刘长道：怎么？陛下可以任用舅父，寡人就不可以任用舅父？来淮南国传旨，为什么不是丞相张苍，而是国舅？国舅不过是一个车骑大将军，比我淮南王还……

薄昭大怒：嫌我没有资格是吧？我是陛下委派的钦差！

刘长道：钦差？钦差是皇帝认可的，我这儿可是淮南国！

薄昭道：你胆大包天！淮南国也是大汉的天下。你不行汉令，自行国律，你乘坐六匹马拉的车,自任官吏,却将朝廷派来的丞相、都尉轰走,你目中还有没有朝廷,有没有皇帝!? 老夫回到长安就把丞相和都尉派回来,你要再轰他们,就是对抗朝廷! 薄昭说罢拍案而去。

刘长气得发抖,狗仗人势,当年不就是魏国一个养马的吗?

刘长舅父阴毒地说:长儿,看来咱们是要做些准备了! 去匈奴和闽越买兵器的事要抓紧,还要抓紧联络吴国。

临湘城,落日西斜,一艘木船驶到湘水岸边。

贾谊迫不及待地跳上小船:豨弟,见到陛下啦?! 陛下说什么啦?

利豨忙不迭地作揖:贾兄,小弟本想一上岸就去府上,唉! 你看这,唉,贾兄也是太性急了。

贾谊急忙追问:陛下看了我的奏疏说了些什么?

利豨道:小弟把太傅的奏疏呈递给陛下,陛下看了看题目,就放到书案上了。

贾谊道:陛下一个字也没说?

利豨道:那么多的郡国官员等着呈报,陛下哪能马上就看,也跟你那么性急呀!

贾谊略感失望:我可是专心潜读《孙子兵法》一月有余,苦思冥想半个多月才写出的,应该是正当其时,是有用的,可……可为什么……

利豨道:不过,我回来之前,陛下还是很称道贾兄在长沙国的作为的,说是希望太傅继续努力,协助国王把长沙国治理得更好!

贾谊的脸沉了下来,他顺手揪了一株堤岸上的狗尾巴草扔到地上。

贾谊百无聊赖地走几步揪一株野草,又走几步把野草扔掉,就这样一路揪、一路扔地踟躇江边。夕阳更红,把他的影子拉得很长、很长。贾谊很觉孤单,不知不觉走到了被湘女救起来的那棵大树旁边,他低头前行,浑然未觉湘女正肩背竹篓两手提着沉甸甸的草织袋子,站在树下,等着他走近身旁。

贾谊越走越近……终于,走到湘女身旁,湘女默默望着他。他却擦过湘女身边,径直往前走去。

湘妹子终于喊出:喂! 大人!

贾谊缓缓抬起头望了一眼湘女,像是从未见过面似地对湘女轻声问道:你有什么事吗?

湘女愣住了,委屈地咬了咬下嘴唇。她没想到贾谊竟是这样……她感到意外,但很快明白了:这位心思全在朝廷的大人,一定又遇到了不顺心的事。

湘女道:没……没什么事。大人,您请回吧。湘女肩背手拎地往前跑去。湘妹子拎着东西往前跑去,突然她转身喊道:大人,您记住了,没有游不过的河。

贾谊推开大门走进,院内弥漫着一股怪味浓烟。他用力嗅了几下,辨出是骆

驼粪的味道。举头望天,成团的蚊子消散殆尽。

贾谊走进屋内,桌上摆着热腾腾刚蒸出的馍。

贾谊正莫辨所以,仆人匆匆走来:大人,瞧瞧那个湘妹子,给咱们送来了骆驼粪,还有一袋河南产的面粉。她说,她是用五十斤鱼才换回这些的。贾谊如梦方醒般地四处张望:湘妹子?! 对,是她! 她在哪里?!

仆人道:放下东西就走了,怎么说都不肯等你,说是要去潇水,没准,一年半载不来临湘城呢!

贾谊用手拍自己的头:唉! 我这脑袋……他冲出门外,朝湘水边跑去,他边跑边喊:湘、湘妹子——

他奔到那棵守望树下,怅望水雾迷蒙的江面大喊:湘妹子! 湘妹子——你回来——

江面空荡荡的不见人影,贾谊把脸靠在那棵"守望"树上,再难自抑,泪流满面地:湘妹子! 对不起了! 贾谊对不起你……

可当湘妹子驾一条小船箭似的驶近贾谊,忘情地扑向守望树时,贾谊却木木地盯着湘妹子,嘴里只是不住地说着:对不起! 对不起! 一出精彩的傩戏还没到高潮就戛然落幕。

湘妹子泪花闪烁:大人这样撕心裂肺地把湘妹子叫上岸,就为说句对不起!

贾谊惭愧地笑着:不是……是的! 就为说声对不起!

湘妹子委屈地泪流满面,哽咽抽泣起来。

贾谊不由心头一酸,他低声劝慰湘妹子:你别哭啊! 别哭! 你知道吗,贾谊是被朝廷贬到这南楚之地来的戴罪之人,不知哪天就会离开。贾谊不愿意连累你!

湘妹子又是两眼泪花闪烁:大人怎么样对待我湘妹子,我湘妹子都不会怪罪大人的!

贾谊感动却更加固执:你这样好的一个女子,贾谊就更不能了! 湘妹子你不知道,贾谊一介书生,有些常人不解的怪癖,比如喜爱独自夜寐。因为子丑时分贾谊文思最活跃,抑不住地就要挥笔疾书。还比如爱睡石板床不爱吃米饭……

湘妹子打断他:好了! 大人,你不要再说下去,我这就去云梦泽找我的父亲和哥哥,你多保重!

贾谊双手抱拳一揖;湘妹子一路顺水顺风! 云梦泽巫风楚韵之地,许多稀少的楚地传说,在那里一定有不少的遗存,我有了空闲也要去那里寻找!

湘妹子毅然跳上小船:湘妹子知道,朝廷的事就是大人的命,大人还是先安身立命最要紧! 她竹篙一撑,小船就又像箭似的驶向江心……

刘濞拄着汉文帝亲赐的镶金龙头拐杖送薄昭出宫门。

刘濞道:轵侯,实在抱歉,虽说拄上陛下送的这龙头拐,腿力强了许多,可还是无力陪您老去近在咫尺的故里看看。薄昭:哎,吴王不必客气,老夫这趟来贵国,吃了玩了还……还拿了,吴王政务繁忙,就不劳您大驾了,不过要记住,明年秋天,咱们长安见! 刘濞:长安见! 长安见! 薄昭上车招手告别。刘濞突然补上一句:要是寡人明年实在朝拜不了陛下,还望轵侯多多美言,多多美言啊!

薄昭一行渐渐远去。

刘濞突然用力将拐杖掷出丈把远:哼! 我才不用这三条腿呢,寡人身体好得很! 刘濞跑跑蹲蹲、蹲蹲跑跑,他抬起腿用力踹向一棵梧桐树,一片片黄叶纷纷落地。

当刘濞再一次抬起腿踹向梧桐树时,突然看到袁盎正在不远处望着他。刘濞即刻变得虚弱起来,他有气无力地说道:哎呀,袁丞相,从京城回来了? 袁盎从容地拾起龙头拐杖递到刘濞面前,回来了,下官刚回来,就看到……他突然同情地说:吴王腿力不行,这手怎么也抖起来,连拐杖都拿不稳了? 可要好好调养啊! 刘濞拄着龙头拐,谢丞相,寡人这就回宫休息去! 他一步一拐地边往宫内挪行,边假模假样地用衣袖擦那龙头拐上的草屑。

袁盎望着刘濞的背影,心领神会地笑着、笑着,这笑终于停留在嘴角,凝成了两道深深的忧虑。

东方的天际刚刚泛亮,街道和屋舍都还一片沉寂。丞相府内传出阵阵鼾声。府外喊声由弱到强,此起彼伏。

袁盎正赤裸着上身,四仰八叉地熟睡。一串房梁上的灰网掉在他脸上。他毫无反应。突然,屋顶上传来一阵脚踩瓦片的声响,袁盎一个激灵坐起来,他扑掉脸上的灰网,急忙披衣奔出门去。

他刚拉开大门,一把寒光闪闪的匕首朝他胸前刺来,袁盎惊叫一声,跌坐地上。

门外,十几个吴国武士正在厮杀格斗,不时有刀、箭在他眼前闪过。

放肆! 你们比武怎么比到袁丞相家门口来了! 都给寡人退下! 吴王刘濞拄着龙头拐杖走近袁盎。武士们狼狈退走。

刘濞拉起袁盎:唉! 寡人老了,没多少觉了,袁丞相,惊了你的觉了吧?

袁盎一副惊弓之鸟的样子,用手抹抹脸,那沾满灰尘的脸更花了:吴国的武士把人都快吓死了! 还有什么困意哟!

刘濞嘿嘿地哼笑着:既然袁丞相不想再接着睡了,那请袁丞相看看寡人的宝物怎样?

袁盎忙不迭地答道:那敢情好!

刘濞又是嘿嘿地哼笑了两声,接着就拍了两下巴掌。

一条浑身墨黑、壮硕凶恶的大狗吐着鲜红的舌头冲到袁盎面前,突然全身直立,搅动起红舌——

袁盎又是一声"哎呀",慌乱地坐到地上,双腿连连打战……

"黑獒! 不得无理!"刘濞一边呵斥,那大黑獒瞬间变得温驯顺从,跑到刘濞

身边,围前围后不住地摇着尾巴,嘴里发出"呜呜"地讨好谄媚之声。

刘濞又是皮笑肉不笑地嘿嘿两声:袁丞相快起来,起来!放心好了,我的这条黑獒从来不咬自家人!对不?

刘濞转向正在蹭他腿的黑獒,一边用手摩挲着它,一边从宽袖里变戏法似的变出根肉条来,把它扔给黑獒。黑獒"呜呜"两声致谢着之后,叼起肉条跑开去。

刘濞拍拍双手:寡人这黑獒,可是当今天下犬中的极品哪,寡人一般是不送人的,因为它极通人性,经过驯养,可以办成常人不能办到的大事。

袁盎道:噢,吴王的獒这么神?

刘濞道:敢情!话说快二十年了,一天,陆贾到寡人这儿来,他要用十斤金子,好说歹说,非要买只獒不可。寡人看他是真心想驯养獒,用来给寡人送信,这才挑了一只给他。

袁盎道:哦!就那大獒,敢情是吴王您送的?那可是诛吕的大英雄啊!它被吕须、吕产害死后,陆贾整整哭了一天一夜,之后又葬在自家院子里。

刘濞道:对!对!就是那个英雄大獒。喏,那大獒就是这黑獒的——黑獒!黑獒!过来!

大黑狗又一次摇着尾巴,跑过来温驯地卧在刘濞腿下。

刘濞一边扔肉条给黑獒,一边接着说:那大獒就是这黑獒的爷爷!

袁盎不由对黑獒生出一股亲近之情,他想摸摸黑獒,又怕被咬,伸出的手又缩了回去。

黑獒似乎理会了袁盎的心思,它爬过来,卧到袁盎腿下,边吃肉边发出温顺的"呜呜"声。

袁盎放肆起来,他抬起手,不停地摩挲着黑獒颈部柔软的皮毛,高兴地说:这黑獒对吴王可真是忠诚。

刘濞冷笑:嘿!嘿嘿!你以为它这忠诚是对着主人?袁丞相差矣,它盯着的是主人手上的肉!刘濞指指黑獒正吞食着的肉条:一旦肉没了,它那驯服、忠诚也就……

袁盎道:不,不,大獒的孙子也是壮士!人道是狗不弃主嘛!猫就不行,谁给它吃的,他就跟谁走!

刘濞话中藏话地反问:是吗?这么说,为人可不能学猫,要学狗啊!

袁盎忙不迭地点头:自然,要学狗,要学狗!

此时,一位头戴乌纱帽的官吏走近两人:大王,今天送朝廷的税赋奏单,微臣将马上送往长安,大王还要过目吗?

刘濞道:寡人已审,不需过目了,可袁丞相还没审核呢!按朝廷规矩,这些税赋账目是要交朝廷钦派的丞相审核后方可呈送的!刘濞转向袁盎。

袁盎马上接着说:吴王审就跟下官审一样,下官还审什么?

袁盎对那人道:你马上去长安?我们回丞相府,我即刻签名。

394

袁盎随那官吏转背而去。

刘濞急忙叫道:唉!你这袁盎,也得洗把脸哪!瞧那一身脏的!

"不听话、啄死你!不听话,啄死你!"树上竹笼内,一只鹦鹉恶狠狠地大声叫着。

吴县(即今日苏州市)县城门外。官道两旁排列着欢迎薄昭的文武官员、地方富豪及黎民百姓。在这秀美玲珑的江南水乡,薄昭坐着敞篷马车由远而近。他俨然天子一般缓步走下马车。吴县县令带头高喊:恭迎轵侯荣归故里!人们随之附和着。

在一群鼓乐手簇拥下,薄昭及吴县县令穿过人群,走进府内。

府里一派豪华,宽大敞亮的大厅内摆放着琳琅满目、造型各异的珍奇珠宝,竖着绣功精致的山水鸟兽屏风。

薄昭道:真是难为县令大人了!老夫久未回乡,这祖宅竟被保护得这么好!

吴县县令忙不迭地摆手:谢轵侯夸奖。

薄昭道:你别一口一个轵侯的,这是个空头衔,老夫实际上的官位不过是个车骑将军,俸禄比你高不了多少!

吴县县令道:不敢不敢,轵侯……不……薄大人是国舅,皇亲国戚,当年在代国就是辅佐陛下的丞相,怎么说陛下也该跟萧何、曹参不差伯仲吧!

薄昭道:这你再清楚不过了,老夫的封地就在这里。

此时,传来一片嘈杂声。门外挤满了等着一睹国舅容颜的百姓。吴县县令冲一探头探脑的黑瘦老头招手:阿木,阿木!你过来!阿木畏首畏尾地走近薄昭和县令。县令道:你这个木头,没见着大人时,天天跟人说大人那年去魏国时,还偷了你家两个菜团子。大人回来了,你反倒屁都没一个了!阿木憨憨地笑着:大人……阿……阿昭!薄昭抓住黑瘦老头的手仔细端详:啊!是阿木!是小时候跟我比谁尿得远的阿木!薄昭搂住黑瘦老头:快!快!府里请!阿木指着围观的人群说:阿昭,你看,这是东头的阿水、阿明,那是隔壁的小红……众人高喊:大人!薄大人……薄昭道:众乡亲们,阿昭今天见到家乡父老,真是高兴啊,喏,这里有些薄礼,乡亲们拣着拿吧!一仆人分些散碎银两(四铢钱)给众人。

吴县县令道:薄大人,只怕您老是不准备回老家了吧?薄昭道:说不定啊!老夫想,总会有那么一天,当今陛下……唉!不跟你说这些了,你就为老夫守好祖宅,守好封地,老夫亏不了你!吴县县令道:这点,请大人放心,只是我那犬子,想到京城南北军找个差事,还望大人……薄昭道:嗯,待老夫返回长安,跟统领宋昌讲一声就是了。

承明殿上,薄昭急匆匆进殿,汉文帝正临窗远望。薄昭道:陛下,张丞相为什

么把派往淮南国的丞相和都尉都叫回来,他还说是陛下的旨意!汉文帝转过背来,双目炯炯地盯着薄昭:是朕让丞相府暂不要派人去淮南国的,缓缓再说。薄昭道:缓缓再说?!陛下不知道刘长的气焰有多高,他根本没把朝廷和陛下放在眼里,陛下若不派人,他更以为陛下软弱可欺,气焰会更甚!汉文帝道:你在淮南国是不是把话都说绝了?汉文帝拍拍手中奏疏:老七不但没送来国务奏疏,还派人给朕送来了这个,参了你一本。舅父啊,你凭什么把话说得那么铁板钉钉,咬定开章一定藏在他淮南国?我们没有证据呀,这么说话,岂不反让人家抓住把柄?薄昭道:那开章能躲到哪去?儿歌肯定是刘长编的,让开章到处传唱,然后……汉文帝制止住,就算这推理十分准确,但只要我们拿不出证据,不仅老七不服,天下各封国也都不会服气!再说,你是代表朕去给老七送药,表示问候的,可你非要说十天之内就要把被轰回长安的丞相和都尉再派回去,这不是不留余地吗!薄昭憋着气不再吭声。

汉文帝话犹未尽,你将金拐杖送给吴王就是了,为什么还要说朕的意思是明年让他拄杖到长安来朝拜?难道朕就没有别的意思了吗?薄昭负气道:都怪我自作聪明……汉文帝道:舅父啊舅父,这就是朕交给你的两件军国大事的结果,你让朕说什么好呢!薄昭痛心地叹了口气,陛下饱读圣贤,深谋远虑,看来,老夫真的是老了,越来越跟不上陛下的思路了,老夫还是辞朝回家去吧。汉文帝怒气未消:舅父若真想回吴县,那就随便吧!薄昭沉默着跪在地上对文帝行一大礼,转背离去。

第二十三章

贾谊悬浮的心又跌入谷底。正如湘妹子说的,他从来都把朝廷的事当成自己的命,他的最高理想就是以自己的勤奋、学识、忠诚孝忠皇帝、得到皇帝的赏识,并从而能以自己的观点,方略为汉文帝治国平天下的伟业有所助益,他殚精竭虑写下的"五饵之策"递向汉文帝后,其反应却如此淡漠,他怎能不失望、不悲哀?可他不能消沉,不能无所作为,他要了解民情,以他不竭的忠诚为朝廷继续献策献力。

那一天,他来到断裂的湘水堤岸上,贾谊正听一位主管水利的官员手指地图说着什么。成百上千的人在挖土、挑土、填补残破的江堤。

几天后,贾谊又随利豨等长沙国官吏来到偏僻的湘西山区,与当地县令一起向身着苗夷服装的人们讲授什么,并抬出一些铁犁之类的农具送给当地百姓,当地百姓接到后纷纷把木犁扔掷一旁。

骄阳似火,正值南楚稻谷收割季节。贾谊手执铁镰割稻,汗水沿脸颊流淌,贾谊满脸笑容。

在荷花盛开的池塘里的一叶小舟上,贾谊不停地摘取一个个熟透的莲蓬,他掰开一个莲蓬,将几粒湛绿的莲子送到嘴里。有人敞开喉咙唱道:南楚可采莲,荷叶何田田,鱼戏莲叶间。鱼戏莲叶东,鱼戏莲叶西。小舟伴莲影,鱼戏莲叶北,鱼戏莲叶南。随着歌声,贾谊也情不自禁地和着哼唱了起来。

夜色星空。篝火熊熊。贾谊随着庆丰收的赤足披发南楚人一起翩翩起舞,在篝火的架子上,被翻烤的鱼嗞嗞冒油,散发出阵阵诱人的香气。

时光流逝,转眼间,南楚已进入阴冷的冬季。湘水之畔,阴郁的天空毫无放晴的迹象,湘水江心的长岛被江水漫得犹如一只小船,在湍急的江流中挣扎着。

一顶肩舆在绵绵雨雾中朝贾府走着,抬舆的人双脚泥泞,沾满了红泥。贾谊撩开帘子看着湘水,不住摇头:这鬼天气,一连三个多月了总不见晴!唉!这鬼地方!

肩舆停在贾府门口,贾谊匆匆跳下来,捂着头朝院内走去,贾府门前印下一个

个暗红色的泥脚印。

府内几个仆人挤在书斋门口,大门敞开着,众人在唧唧喳喳地议论:门窗都开着,你快飞呀!快飞呀!

那只黑褐色的大鸟扑棱着翅膀,从屋顶蹿到窗棂,就是不肯飞出去。

贾谊走过去,怎么回事?

一仆人答道:大人,书斋里飞进一只猫头鹰,有半个时辰了,怎么轰也轰不走。

贾谊愣了一下:哦!你们都下去吧!

众人离去。贾谊走进书斋,只见他书案上站着的那猫头鹰冲他半睐着眼,一动不动。

贾谊走近它,它还是不动。贾谊喃喃着:鹏鸟啊!你这不祥之鸟,为什么落在我的书案上久久不肯离去?你是来给我报信,告诉我的吉凶定数?哦!我知道了,我的阳寿不长了,我知道了,你走吧……贾谊给猫头鹰躬身作了个揖,猫头鹰扑扑翅膀飞出屋去,消失在茫茫雨雾中。

贾谊昂首望天,长叹一声:千变万化兮,未始有极!忽然为人兮,何足捏转;化为异物兮,又何足患……

贾谊越吟感触越深,他终于诗情难抑,奔至书案,挥笔疾书起《鹏鸟赋》来。

蒙蒙细雨中,湘妹子头戴斗笠、身背竹篓从远方走来。来到"守望树"下,她甩甩浑身雨水,爬到大树的横丫上,她遥望贾府,喃喃说:贾大人,湘妹子放心不下你,实在放心不下你,湘妹子……又回来了……就让我长在这里,长成一棵守望树吧!此时,贾谊正在藏书阁内聚精会神地翻看着一册册竹简。未过多久书童高叫着跑来:大人,湘妹子来了!湘妹子来了!贾谊一惊,随即惊喜地甩下书册,三步并两步地跑下阁楼,快步走进府内。湘女有些羞涩地望着贾谊,贾谊既高兴又有些意外,他呆傻傻地笑着:没想到,没想到你还能来……嘿嘿!快请坐,屋里坐!他不知道说什么好,不知怎样才能表达自己的心情。

看起来湘女已经成熟了很多,她从竹篓内小心地掏出许多乱糟糟、脏兮兮的帛书和长短不一的竹简,递给贾谊:我在云梦泽给大人找到许多这个,不知道有用没用?

贾谊一下奔过去,睁大眼睛翻看着,他细心地展开,细心地阅读,渐渐入神了,他激动得站了起来:有用,有用……湘妹子,你知道你找到了什么吗?这是从未发现过的制作傩戏面具的记载啊!你从哪里弄来的?

湘妹子似乎得到了难得的奖赏:我走进一个山洞,这些东西都藏在那个山洞里。

贾谊如醉如痴:我早就说过,在这巫风楚韵之地,一定有不少的遗存。我本来还要亲自去寻找,没想到却让你替我做了……还有吗?

湘妹子道:还有就是这些了,她举着摊在地上的散碎竹签、竹片,这上面好像也有字。

贾谊一下抓过那些竹签、竹片,一片片地辨认着:啊,他忘情地拍了一下湘妹子,这上面记载的就是舜帝的两位妃子从九嶷山来到洞庭湖寻夫的故事,太珍贵了……他又拿起一个竹片,唉呀,这,这怎么断了一截?丢了一段,关键的一段……他遗憾地站了起来。

湘妹子被他忽喜忽急的神情弄懵了,也侧脸来看:噢,是我折的,这片太长,竹篓不好装,就折下一节……

贾谊急问急找:那一节呢?你把它放在哪里?

湘妹子道:那一节?她不停地翻看竹篓,终归没能找到。

贾谊急而转气地,你怎么会折断它?这是多珍贵的东西,你为什么折断?

湘妹子吓得连连后退,我……我不懂得……

贾谊平复了一下自己,对对,这不能怪你,你不识字……从明天起,只要你有空就来我这里,我要教你识字。

谁不愿识字?谁不愿有学问?特别是看到贾谊为那折断的竹简急得眼汪泪花的样子,湘妹子巴不得找个地缝钻进去!她心里一急,脱口说:那,现在就学……

她正不知这话是不是说得太过冒失,贾谊却激动地说:好啊,现在就学。

此时天已苍黑,贾谊点起灯烛,幽幽灯光下,贾谊就一字一字地教起湘妹子来。

贾谊用石灰往木板上写了"天"、"地"、"人"、"仁"几字。贾谊手握竹简读着:天——湘妹子立即跟读:天——贾谊最后说:今日就教这四个字,你照我的写,到写会为止。湘妹子趴在灯下一遍一遍地写着。书童送过一樽茶说:大人,天太晚了,睡吧。湘妹子这才抬起头来,大人,湘妹子回船上去了!此后,几乎每晚,湘妹子做完自己的活路都来贾府学识字。

在齐国国都临淄齐王宫殿内,一间挂有引导术的练功房里,齐王(刘襄之子)刘则足踏白色软底平跟鞋,身着黑色宽松便服,随着一代名医淳于意的口令,双手反剪按在肾盂穴上,腿跟一翘一翘地在做保肾功。

齐王擦了把汗:淳于公,你可是在代国就给薄太后看过病、声名远播的一代名医呀,这种方法真能治寡人的病吗?

淳于意笑笑说:大王可一定要坚持每日日升前做这种保肾功啊。还要坚持服用老夫开的药,半年内禁房事。

齐王道:要是真能让寡人生出儿子来,寡人会有重赏;可要是无效,耽误了寡人的好事,那淳于公,就别怪寡人把你跟此前那八个庸医一样,拉出去喂狼!

淳于意道:照老夫此法去做,十有八九是有效的,但人的身体太复杂,太玄妙,

又人各有别，万一……小民也难说。

齐王盯着坦然自若的淳于意嘿嘿一笑：开个玩笑罢了！寡人可不愿让天下人指着脊梁骨说，齐王害死了今日的扁鹊！淳于公，听说陛下在代国时曾想留你做太医，你要是留下了，那今天可就……

黄门道：大王，有一位叫缇萦的女子说有要事要见淳于意医师。

刘则道：叫她进来吧。

淳于意笑了笑：那是老夫的五丫头。当年就是因为这五丫头要出世了，老夫才回齐国来的。

话毕，一位年纪约十五岁，却已发育成熟的美丽少女款款走来，她施礼道：缇萦见过齐王殿下！

齐王道：快快请起，话毕，他转背对淳于意，淳于公好福气呀，有这么一位超凡脱俗的千金，年方几许呀？

淳于意道：十五岁了，还是个孩子，跟老夫学些行医之道。

缇萦道：父亲，吴王派人来接您了，说是让您必须在五日内赶往吴国。

淳于意道：什么事，这么急？

缇萦道：听来人说，是吴王的爱姬肚胀如鼓，浑身焦黄，发病甚急，经吴国太医多方调治，仍不见好转，因久闻父亲医名，特召父亲速往。

齐王道：那，淳于公，你走了，寡人怎么办？

淳于意道：大王，你只要按老夫说的认真去做，按时服药，老夫在与不在没甚大关系。

齐王道：刘濞财大势大，寡人犯不着得罪他，你可要速去速回啊。

淳于意道：老夫本齐国人，大王不提醒，老夫也要速去速回的，何况还有个一味贪玩的五丫头在家等着呢！说着，淳于意与缇萦告别了齐王，就离宫而去。

齐王又追出宫殿来，喊着：别忘了跟吴王说，是寡人让你们去的吴国！寡人都病成这样了，还想着他吴王……

淳于意答应着，他一面与齐王告别，一面嘱咐着缇萦回家要做的事，之后才坐在车内，两名吴国驾车军卒早等急了，淳于意刚刚坐稳，他们就挥起鞭子，驾车朝吴国驰去。两军卒不停打马：驾！驾！

淳于意在车内说：别再快了，老夫被墩得受不了了。

此时，一对衣着破旧的夫妇领着一个肚大如鼓的孩子从路上缓缓走来，当淳于意坐的马车驶近这几人时，才现出男人胳膊上抱着的另一个婴儿，女人生产不久，身体十分虚弱。

就在马车与这家人将要擦身而过的时候，女人突然倒在地上，发出令人发麻发悚的笑声，并且满地打滚。她的笑声惊得驾车的辕马四蹄腾起，将坐于车中打盹儿的淳于意震醒了。他急忙揭开车帘，看到满地打滚的女人和被吓得哇哇哭叫的两个孩子，那怀抱婴儿的男人急得跺脚。

"停车！快停车！"淳于意急忙跳下车去。他走近那女人，从怀里掏出一枚铁针朝女人的右手虎口处扎下去，随着针捻得越深，女人越平静，不多时女人安静了。淳于意对着那愁颜渐消的丈夫说道：你的妻子体虚，应该卧床休养，为什么还走长路？

那男人眼涌热泪，一下子跪于地上，不知如何感谢才好。半晌才叹口气说：唉，一个月前，我与快生孩子的妻子带着两个孩子去岳母家，祭拜突然去世的岳父，不料妻子提前分娩了，可又惦念自家要收割的庄稼，就在生产后第五天急忙返回，没想到就快到自家门口了，却出了这个意外……

淳于意扶他起来后说：我给你开个方子，你回到家马上去抓药。

男人纳头便拜：谢谢好心的医师！我们全家谢谢您了！

两吴国差吏着急地催促：快上路吧，淳于医师。

淳于意没理会他们，两眼却盯着那个面黄肌瘦、发育不良的男孩不放，这孩子肚子里有虫，如不及时治疗，孩子会出大毛病的。

男人又扑跪于地，大人，大人救人就救到底吧，这个孩子天天喊肚子又胀又疼，不想吃饭，老爱抠泥土吃，真急死人哪！

这时女人醒了，她缓缓站起身，叩谢淳于意救命之恩，恩人，您救人救到底吧，前面就是我们村，去歇歇，喝点水再走……我们村里大肚子的人多了，您去看看吧。

淳于意被女人拽着往前面的小村子走去，两个吴国差吏紧跟着大吼：不行！吴王还等着呢！

淳于意回过头来：官爷，我去看一下村里的病人，给他们开些方子就走，耽搁不了赶路的！

男人也乞求着：两位大人，你们也去歇歇脚，喝口水再上路吧，很近，喏，就在前面！

顺着男人手指的方向，一个小村出现在人们眼前。他们走进村来，有的屋顶上已冒出缕缕炊烟，村子里狭窄的路上有狗、鸡在觅食。淳于意被前来讨药方的人们围得水泄不通。见这些人个个面色苍白，连说话都少气无力，淳于意缓缓问道：你们是不是有些人总想吃生米和泥土？

好几个人点起头：是，我就是！

淳于意道：你们这种病，是因为肚子里生了虫引起的。走，我带你们去山上挖药去，把挖来的药熬成汤喝下去，把虫子打下来，病就会好的。

众人兴奋得一拥而出，真是来了救命的活扁鹊了……

吴国差吏急了，那得多久才可上路啊，不能去！不能去！

淳于意与众人置之不理，朝后山走去。

两吴国差吏急得跺脚，真不该到这里来，要是耽误了给吴王爱姬治病，那可怎么得了？

　　头缠白布的女人往碗里倒着煮好的药水,安慰那两人说:大人,既然已经来了,再急也没用,就耐点性子,等等吧!

　　淳于意带着村人爬上村后的矮山,指着一棵苦楝树的枯根:看到没有,这根露在地面上的有毒,不可用,要把土中的母根取出来,用刀刮去红皮,只取里面的白皮熬成汤喝下去。

　　人们听着,立即动手挖树根,这树早死好几年了,没想到,树根还能治病!

　　淳于意就地蹲着掏出笔和帛写着什么,两差吏催促:快上路吧,还写什么?

　　淳于意道:我要把治疗过的病案记下来,留给后人。

　　一差吏不解地道:连扁鹊都没记什么病案,你还……没听说过。

　　另一差吏道:我的大爷!求你快点上路吧,晚了,我们三人谁也别想活命。

　　淳于意将写完的病案揣于怀内才朝马车走去。村人们热情地送着淳于意一行,大人您走好,谢谢您的救命之恩哪……

　　淳于意挥着手,大家请回吧,记住老夫的话啊,叫肚子里生虫的人不要再吃土了。

　　那被治好的女人怀抱婴儿,泪花闪动,恩人!要是从吴国返回,路过这里,请一定来歇歇脚哇!

　　众人附和着:是啊!恩人!请一定再来,一定再来啊!

　　淳于意又一次挥挥手,转身坐于车内,马车过村寨、走阡陌,飞速向吴国驰去。到了吴国宫前,淳于意急忙下车,走进宫殿,来到刘濞面前。他深施一礼说:淳于意拜见吴王!请吴王速带小人去看病人。

　　刘濞一脸怒气,缓缓抬起头来说:寡人五天前就差人去接你,今天都第六天了,你才赶来,还看什么病人,人,前天就入殓了!

　　此时,那两个差吏已被五花大绑推上殿来。两人大喊着:大王,冤枉啊,就是这个淳于意,半路去一个村子给人看病,才耽搁了一天。要罚,大王您应该罚他呀!

　　刘濞腾地站起来,双眼犹如两把利剑,好你个淳于意,你竟敢贻误病人,视病人生命为草芥!一路上游游逛逛!

　　淳于意不动声色地说:大王错了,淳于正是珍惜人命,才在半路上去救一个突然发病的村妇。

　　刘濞道:是一个村妇的命要紧,还是寡人爱妾的命要紧?

　　淳于意道:在我这个当医师的人眼里,只要是人命,都一样的要紧,一样的宝贵!

　　刘濞勃然大怒:大胆淳于意,你竟敢藐视贵族、藐视国王,按我吴国律法,当斩不赦!

　　淳于意神情凝重地:吴王,你无权判我的罪,第一,我是齐国人,如若犯法,只能由齐国来判;第二,今天天下是大汉的一统天下,要判,也要按朝廷律法定罪才

402

是!

刘濞已经气急败坏了:你这个老匹夫,寡人让你嘴硬,来人,把他给我绑了!话犹未了,立即拥来两个武士,架起淳于意便绑。

刘濞喘了口气:将他送回齐国,让齐王去治他的罪。寡人就不信,齐王刘则会为了一个行医的人,敢对不起寡人!

又是一个寒风阴冷、刺骨难耐的冬夜。灯下,贾谊正振笔疾书。识了些字的湘妹子已经少了些懵懂,多了些娴雅。她轻轻送上一樽热茶在贾谊手边。见贾谊垂在下边的双脚在打战,又走到外面,端进一盆炭火放在贾谊脚边。贾谊瑟缩的四肢渐觉温暖,他看看脚下炭盆,又看看湘妹子,不禁笑道:多谢了,湘妹子,亏你想得周到。湘妹子一笑,走向贾谊的石床,翻开被子摸摸说:我们长沙国的冬天啊,下起雨来就不想停,大人,你的被子这么潮,这可怎么睡?

贾谊好像没反应过来似的,只是"哦,哦"地应付着。

湘妹子转身从外面端入一个更大的炭火盆,放在床前为贾谊烘烤被褥。

这时,书童在外面喊着:湘妹子,你老家来人了,在江边上的船里,要你去一趟。

湘妹子一面答应一面嘱咐贾谊:大人,你看着点被子,我一会儿就回来。

贾谊的思维此刻正沉浸在书写中,口中只是"嗯嗯"地应着。谁都没料到,一场大祸就埋藏在此刻的大意中。待湘妹子从湘水边返回的路上,只见贾谊府院的屋顶上已经火光冲天,火苗蔓延,隔壁的藏书阁也已火苗乱蹿。

湘妹子急忙跑进火苗四射的屋内:大人,大人,你……

贾谊长发纷乱,衣袍已被烧着了前襟,正手舞足蹈地扑火……

湘妹子见贾谊衣袍着火,忙拽他来到院内,端起一盆水即朝贾谊的着火处泼去。贾谊身上的火灭了。不禁浑身哆嗦起来。他突然看见藏书阁屋顶的火焰,喊着:不要管这里了,快喊人救藏书阁的火,那里藏的可都是宝啊……说着,他就打开大门,跑向藏书阁……

藏书阁已经火光四射、一片火海,一排排竹简正烧着火苗啪啦啦地落在地上……

不知何时跑来的众救火人有的担水、泼水扑火,有的搬着未被烧着的竹简、书案、书架往外搬运……

披头散发的贾谊跑入火海般的藏书阁,他直奔一个角落的书架,在火光里翻着、搬着:这里可不能烧啊,这都是先秦诸子的文论经典……他边翻边搬,书童和湘妹子紧伴其侧。不慎,他怀里蹿着火苗的竹简燃着他的衣襟、长发……书童、湘妹子见状,急忙为其扑打。待到扑灭大火时,贾谊的长发已被烧得长短不齐,从脖颈到胸脯也烧出大片灼伤,可他怀里的竹简却再没受到什么损伤。

淳于意已被五花大绑押到齐国宫中。齐王打开吴王信函,十分镇静地读完信

后对吴国差吏挥挥手说:你们辛苦了,下去歇息吧,放心,寡人会替吴王出这口恶气的!

两名吴国差吏谢过后走出王宫。

齐王见他们的身影消失后,忙起身为淳于意松绑:唉!淳于公,你这是何苦!先去给刘濞的爱妾看完病,回头再去那小村也不迟,这下倒好,刘濞让寡人判你死罪,寡人还等你治病呢,那怎么行?可刘濞是天下最富、最霸道的啊,寡人得罪得起吗?

淳于意活动了一下身子说:大王有所不知,吴王的辛姬得的是急性肝病,已经病入膏肓,就是淳于意赶得再快也是治不好的。

齐王犹豫了很久,之后长叹一声:唉!怎么办好呢?事到如今,寡人只能把这烫手的热山芋扔给朝廷了。按汉律,你犯了渎职罪,理应斩去右腿,寡人也只能保你的命,就保不住你的腿了。

这个结果并不出淳于意所料,一个王爷怎能为一介草医得罪另一个王爷呢!他将双手交叉在一起:我淳于意只能为别人治病,却救不了自己……来吧,捆上,我任由大王发落。

齐王虽还在假仁假义地说了那么多身不由己的道歉话,可未过多久,淳于意还是被五花大绑地押上去往长安的囚车。北风怒吼着,淳于意的长发被风吹打着,一会儿遮蔽他的颜面,一会儿在头顶上飘拂旋舞……

"父亲——父亲——"当囚车即将驶出齐国国都时,缇萦一路哭喊着向被押解的父亲扑来。

淳于意看着就要别离的孩子:十分伤感,不哭了,不哭了……事已至此,也只好认命了……

缇萦紧紧拽着前行的囚车边哭边说:父亲要是进了京,斩了腿,那——那日后,还怎么给人医病啊?

淳于意道:父亲一生跟病打交道,早已不怕病痛了,你别牵挂……你四个姐姐倒是有丈夫关照,只是缇萦你,让父亲挂心啊……说着,他已经哽咽难言……

缇萦一下扯住淳于意的衣角:父亲,萦儿陪你进京吧,有女儿在父亲身边,总要好些……

淳于意决断地:不行,你一个女儿家,父亲又是去受刑……

此时,驾车的差吏早已不耐烦了:别这么啰里啰唆了,该上路了!说着,他长鞭一甩,囚车跑了起来。

缇萦趔趔趄趄跟着跑了一段,终于跟不上了,她只好趴在路上,迎着朔风尘沙哀哭……

淳于意半是抱怨半是决绝:哭,哭,养了一群女儿也就只会哭,要是有个儿子,紧要关头还能想想办法……

承明殿中,汉文帝与丞相张苍正在谈着什么。他们忽而你唱我和,忽而抚掌大笑,此时正从殿前经过的晁错与刘启见皇帝心情好,就双双进殿跪拜问安。

汉文帝见他们进殿,便打住与张苍的谈笑,问道:太傅携太子进殿,有何事要说啊?就坐下说吧。

刚刚落座的晁错倾倾身子说:太子已读完陛下圈定的必读书二十篇,想请陛下再圈定一些……

汉文帝正要答话,张释之匆匆进殿跪拜:陛下,长沙国急报,长沙藏书阁被焚,阁内藏书几十万册几乎损伤大半!

汉文帝激动地说:偏远的长沙国藏书不易,藏书阁怎么会起火?

张释之道:这且不说,据报引火者已经查获,是一临时侍候贾谊的打渔女子,可贾谊不但阻止惩处,还说要惩处,就惩处他……

汉文帝思索片刻后,转向晁错:晁爱卿,此事不只是学界,也是国之大事,南楚虽地处边远,却是巫风楚韵之地。那里有那么丰富的民歌民谣、古之遗存,更是屈夫子的故乡。朕闻,屈夫子的不少著述都还遗落在那里……长沙藏书阁中的藏书朝廷博士院也没有哇!朕要派你去,到那里,你一要尽力保护藏书、修葺藏书阁;二,贾谊是你好友,你又在教太子必读书,朕就派你携太子去长沙国断断此案,一可看看你那老友案断得是否清明,又可以对太子做一场实地教学。晁错即刻起身伏拜:臣领旨。刘启也随晁错跪地:孩儿遵命。

缇萦听到了老父临行前的感慨,她不想让父亲伤心,更不能让他孤独无助,她不信自己就不如一个男儿!她从地上爬起后,擦干眼泪就跑回家去收拾包袱,之后,锁紧大门朝外走去。那时天已擦黑,身后传出的远远近近的狗吠声送她一路前行。

不知跋过多少山、涉过多少水、走过多少路,这位十五岁的小女子有一天来到了长安街头,她一脸疲惫、一身尘土,随人流在街上游荡着,东张西望着……她的目光被"悦民客舍"吸引住了,她走进客舍。

客舍老板是一位大约四十岁的胖汉子,一见缇萦进来,忙上前问:姑娘,从哪里来呀?是要住店吗?缇萦直简简地说:从齐国来,住一晚要多少钱?老板连声说:不贵不贵,我这店是长安城最好最便宜的店。请问姑娘,你住多久?是来干什么的?缇萦没头没脑地:我也不知住多久,我是来向皇帝告状、救我父亲的!老板大惊:什么、什么?见陛下?!告状?!救父亲?缇萦突然一阵眩晕,栽倒在地。

贾谊府一片火烧后的残状:长发烧得长短不齐的贾谊正在书房整理烧残的书简。满身满脸烧伤的湘妹子和书童在整理房屋衣被。

晁错、刘启携长沙国廷尉府的兵丁与利豨破门而入。晁错一脸办案的庄严,进门后他既不看现场,也不问贾谊在哪里,就直奔湘妹子:她,就是那个纵火犯湘女?

利豨点头。

晁错道:如此重大火灾的纵火犯竟然逍遥法外,荒唐!他一挥袖子,先押入大牢,听候审判!随其话音,几个兵丁立即向前架起湘妹子。

湘妹子一脸惊惧、望向贾谊:大人……

贾谊奔出书房,手中的竹简在打战:哦?是晁错……他心里顿时亮了一下:放开这无辜女子,我跟你们走!

晁错并不理睬贾谊,他只对兵丁摆了摆手,湘妹子已被兵丁押出门去。

贾谊刚要追出阻止,被晁错一把拉住说:贾兄,这是依法办案。

贾谊义愤填膺:依法办案?请问老朋友你依的何法?办的何案?

晁错一笑:贾兄,数十万册的国家藏书阁顷刻间化为灰烬,这案子不谓不大吧?

贾谊道:皆化为灰烬?没那么严重!此事我比你清楚,对此浩劫我比你痛心。

晁错道:既然如此,案犯就在眼前,为何不办?

贾谊道:自然要办,待我收拾好这些残剩的书简就去服刑。

晁错道:这就怪了,火是那湘女纵的,你去服什么刑?

贾谊道:这就是你的武断施法了。你,为何不问问我这长沙官员和当事人就仓促办案?为何不问清案情就捕人入狱?

晁错又是一笑:我素知你往往容易以仁代法,才有意不先问你,至于案情嘛,长沙廷尉府已将案情的来龙去脉说得清清楚楚,我才下令捕人。

贾谊道:清清楚楚?谁是主犯,谁是无辜?那火是蓄意而纵,还是无意而为?

晁错斩钉截铁:依法问罪,只看结果;动因不同,只在量刑轻重,既已犯罪,就要伏法!

贾谊道:火是湘女所燃,但她是出于为我烘烤被褥的善意,中间她因有事离开。我在书房,因写那该死的文章忘记看火,火才烧了起来,以致从我的屋顶直烧到藏书阁……罪责全在贾谊!

晁错道:如果湘女从未点火,会出火灾吗?

贾谊道:如果我看好火,会酿成如此大祸吗?你应该把贾谊投入大狱。否则,贾谊良心安在,湘女冤情何处去伸?

刘启道:按太傅所教,律法只问罪责,不问良心。

贾谊道:那么,这样的法就只能称作讲法治不讲仁德!丢仁丢德,百姓难服,国家何以安定!

灯光忽明忽暗,残破的书房。一壶老酒,几样小菜。

贾谊举樽敬酒:来,太子,错弟,我这里没什么山珍海味,只能以一樽薄酒为你们洗尘了。

刘启、晁错一饮而尽。

晁错为贾谊、刘启和自己又斟一樽:贾兄还说为我们洗尘？小弟一进门,尘土还未拍几下,你就泼出一盆冷水,身上都和泥了,还洗什么尘！

贾谊一樽饮尽:你进门就抓人,就剩挥刀了,还不许我泼盆水！晁错呀晁错,就是霸道。

晁错道:霸道也好,仁慈也罢,皇命在身,案总得要办吧？

刘启端起酒樽,各自敬了一樽之后说:学生此次南来,真是获益匪浅。

晁错看了看他:太子说说,获的什么益？冷眼旁观,看我们如何吵架？

刘启道:这架看似撕破脸皮的争吵,实则是法、礼相争,晚生想弄通的正在于此;其次,两位太傅为各自的治国主张争持不下,却不搀任何一点私欲,更不损君子之谊！喏,这一桌酒席即可为证。

贾、晁二人同时举樽:谢太子台爱。

贾谊道:错弟,就在我们在这里饮酒尽欢的时候,为兄时时也没忘记。此时此刻,大狱里还关着一个代我受过的无辜者啊……

晁错道:贾兄是说那个湘女？

贾谊点头。

晁错道:贾兄,诚如我们日间所说,那湘女既已酿成大祸,总要服法。

贾谊道:错弟打算判何刑罚？

晁错道:既然贾兄一再辩明她的无辜,那么最轻也要剁掉她那只放火的手。

贾谊又激动起来:那就剁掉贾谊这只左手,贾谊若让一个无辜女子为我受刑,还能以何面目面对天下！

晁错又举樽敬酒:贾兄,别冲动,来,干了这樽！

贾谊啪地打掉晁错手中酒樽,你这是陷贾谊于不义,这不仁不义的酒贾谊如何能喝得下！

晁错笑眯眯地捡起酒樽:贾兄,你如此为湘女求情,莫非你跟她已经……

贾谊一脸严肃:晁错！你这是读书人说的话吗？你我相识多年,难道你还不了解贾谊我的为人吗？再说了世上男女之事是很玄妙无常的,外人以为会有的偏偏就没有,只有当事者才知道自己做了些什么！贾谊一摆手,错弟,咱们不说我的私事了！贾谊以为依法办案,无可争议,湘女固然有过失,也应该判刑,但罪不至于剁手啊！如果按你之言追究责任的话,那贾谊当时也在场,是不是也要剁去贾谊这只手？

刘启道:贾太傅忘了？父皇还要读你的治国文章呢。

晁错道:贾兄,我这是依法办案,按律,轻的是剁手,重的那是要腰斩灭三族的。也就是……

贾谊道:既如此,我只请晁太傅罚我俸禄一年,放湘女回家。

晁错决绝道:这绝难做到！法不容情,更不能以罚俸替代！

贾谊道:错弟,贾谊恳求错弟先将此案搁置一旁,由贾谊上奏给陛下再做定

407

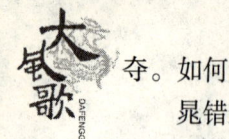

夺。如何？

晁错道：也好，只能这样了。不说了，先喝酒。

贾谊道：请。

悦民客舍一房间。缇萦睁开眼睛，看见自己正躺在一间陌生房子里，她挣扎着欲起身，门开了，胖老板端碗热水进来：姑娘，醒了？喝口水吧。缇萦抿抿开裂的嘴唇，接过水去"咕嘟咕嘟"几口就喝光了。喝完了水，她低下头，嘤嘤地哭了起来。老板道：唉，姑娘，你刚才那些话可把我吓坏了，你知道你说了些什么吗？你说你要到天子那里去告御状，为了你父亲。缇萦坚定地点头：大叔，这是真的。我缇萦来到京城，就是为的这个。老板道：天哪！这可是天底下没听说过的事啊！你人不大胆可真是不小……可你怎么能见到当今的陛下呢？缇萦又哭了起来。

兴许是缇萦那小小年纪说的话感动震动了悦民客舍的老板，第二天，他领着一个郎官装束的年轻人在敲缇萦的门：姑娘，姑娘！出来吃点东西吧，憋在屋子里写状子，都两天了。再不吃点东西，不等你见到天子，你自己都该起不来了！姑娘——姑娘——门开了，露出一张脏兮兮的小脸：大叔，状子写完了，正想请你看看行不行呢？老板送进一碗热汤面，缇萦接过碗，瞬间就狼吞虎咽地喝个精光。

老板和年轻人走进缇萦房间。老板指着年轻人：他是我的妻弟，在宫中做护卫天子出行的开道郎官。缇萦屈膝便拜：大哥哥，求求你了，求求你帮助缇萦将这状子递给天子，缇萦在此替父亲谢您的大恩了。

此时年轻人已看完状子，不住点头：你可真是天下少有的孝女、烈女啊，状子写得让人想哭又服气，瞧瞧这里：民女之父亲是位名扬四海的医师，因为在去吴王府看病途中，被村民们强行拉去看病，误了为吴王爱姬的诊治，被判为"附下罔上"罪，罚以斩断右足。小女痛心的是人死不能复生，父足斩断亦不能复还，他此后还怎么到处行走去救治那些被病魔缠身的人们！念此，小女情愿去官府做奴代父亲赎罪，以使父亲有改过自新的机会，救助天下更多的病人……

年轻人感叹道当今天子是最仁慈的，只要他能看到你的状子，应该会怜惜你的心意，赦免你的父亲。

缇萦高兴地拍手：这位大哥，陛下真的会这样？

青年人道：可——可——小姑娘，你知道你这状纸得怎么递吗？

缇萦摇头：小女子不知道，愿听大哥哥赐教。

年轻人道：这只能在皇帝出行时，预先藏在什么地方，等车驾驶近时，让过前面的护卫郎官和仪仗卤簿，将皇帝的乘舆当头拦住，喊冤递状纸。

缇萦听得兴奋：那只要预先打听到皇帝何时出行，走哪条路，就行了！

年轻人道：可你知道这叫什么罪吗？

缇萦道：什么罪？

年轻人道：叫"犯跸罪"。

缇萦不解：犯跸罪？

老板道：这可犯不得，这是大罪，要受重刑的……

缇萦道：受什么样的重刑？

年轻人道：犯这罪的人先被护驾的武官抓起来，然后剜去眼睛、割掉鼻子，将身上的肉一刀一刀削下来，只剩一个骨架子，一颗心在胸膛里扑扑乱跳都看得清清楚楚，最后用刀尖轻轻一挑，那颗心就蹦了出来，在刽子手的手上还淌着血扑扑直跳呢！

那老板听得直咧嘴：啧啧啧啧！这罪可万万犯不得……

年轻人道：宫中刑法多了，也太惨了，什么火烧、油炸、五马分尸……

缇萦捂住耳朵。

年轻人道：小姑娘，怕了吧？依我看，还是别冒这个险了吧！

老板道：是啊，姑娘，你小小年纪，好日子还没开头，还是回齐国去吧，别告这个天底下从没听说过的御状了！

年轻人站起来：姐夫，宫里还有事，我这就走了。年轻人刚走到门口，缇萦突然扑上来，拽住他的衣角，十分坚定地说：大哥哥，我不怕死，什么样的死法我都不怕，告御状、犯跸，我什么都认了，为了父亲，我一定要去告这个御状！

缇萦又开始哭起来，她将头死死靠住年轻郎官的大腿，哭得十分凄惨。

老板一边叹气一边摇头：唉！唉！真是少见的烈性女子，烈性女子啊！要么，二弟——你就帮帮她？

"帮帮我吧！求求大哥哥帮帮我吧！"缇萦将头"嘭嘭"地磕在地上，顿时，额头沁出一片血印：只要能救父亲，缇萦不管怎么死，也心甘情愿……

年轻人重又返回屋里：姑娘，别磕了，也别哭了，我知道你是个血性女儿，我也豁出去了，走！我带你去一个地方。

长安城东护城河的石桥上。年轻人领着缇萦站在石桥上，他指着城门说：记住，那是东城城门，这是石桥，陛下要出行时必须经过这座石桥。你就藏到这石桥下面——年青人手指桥下——记住了，一定要预先藏好。否则，天子将出，预先清道，你必被驱逐。缇萦道：大哥哥，那我怎么知道天子在哪一天、什么时辰出行呢？年轻人道：到时候，我会去客舍告诉你，你就等着好了。不过，这几天你要练习掌握犯跸的时机，要正是时候。缇萦道：大哥，要不你先教我练一下？年轻人看看四周没人：也好，但千万小心，别让人看见。缇萦点点头，她轻手轻脚躲入桥下。年轻郎官在桥上用脚跺了一下，躲在桥下的缇萦默数：十、九、八……三、二、一，突然像发了疯似地狂奔到桥上，一边跑，一边喊：冤枉——年轻郎官摇头，嘘，小点声！他轻声说：不行，太快了，再来一次。缇萦又跑一次……

贾谊府前。贾谊走下肩舆，发现门前停着一辆装饰得古里古怪的马车，他迟疑一下走进大门。

仆人说:大人,有位远方来的客人已等候您多时了!

此时,从房里冲出一位须眉皆白、头戴儒生高冠的老叟:老弟!还认识老叟否?

贾谊一惊,立即冲上前扶住那老者:啊!陆大人,真是稀客啊!快,快请!

陆贾一扭腰肢:哎!什么大人、小人的,瞧,老叟的名刺,楚人儒生陆贾!

贾谊搂住老陆贾:好!那就恕小弟不恭,直呼兄长大名了。陆贾兄请上座!快请上座!

陆贾也不谦让,坦然坐于正座:长安一别,已近四年了。

贾谊道:是啊,时光如流水啊……小弟刚到这蛮荒之地的时候,真是数着日子过呀,可现在……

陆贾道:已经俨然南楚人了?你,你年轻啊,容易随遇相求!

贾谊道:陆贾兄今年……

陆贾道:已经六十有七啦!

贾谊道:这样的年龄,还周游天下,怎么不带个伴……

贾谊一句话勾起老陆贾的伤心事,他不由地哽咽起来:我有过伴,有过最好的伴,那就是大獒!可它死了,被吕家人杀了!陆贾眼里含满了泪水。

贾谊见自己的话竟让陆贾如此伤心,忙打岔道:恕小弟冒昧,惹陆兄伤心了!陆兄此来还是为游山看水?

陆贾道:其乐无穷啊!读万卷书、行万里路,观万千人观不到的景,悟万千人悟不到的理,岂不乐乎?

贾谊道:陆兄此来长沙都要看些什么?

陆贾故做神秘地说:这可是千年一景啊。

贾谊道:啊?这长沙国还有这么好的景致?我怎么……

陆贾道:此景就是南岳山顶的一株千年龙树,据说,那树还是舜帝栽的,高数丈,每年秋天都开出盆大的紫色花朵,非常奇特!对了,老叟只在你这里借宿一晚,明天一早就起程赴南岳。

贾谊笑:老兄一跑几千里,就为看这一棵树?

陆贾也笑:你不活到我这把年纪是不会明白的,就是明白了也未必做得到。隐士隐士,归隐山水之士也,不到活得差不多的年纪,真正是做不到的。老弟呀,三十而立,七十才能随心所欲,孔老夫子讲得太好了。你正值而立之年,正是一腔热血施展大志、渴慕功名的年纪,怎么会明白我之所寄呢!

贾谊道:可您年事既高,万一路途上有个好歹……

陆贾道:这你就没想透吧,其实,人一生下来就是在路途上行走,若能终死路途,岂不是一个圆满的还原!

贾谊道:弟真是佩服,佩服……如今,不知有多少人,还在忙忙碌碌地修阴宅、建祖坟、备后事,要是人们都明白了这个人生道理,岂不个个飘逸洒脱!

410

陆贾道:老弟,为兄告诉你一句话,这世间本无恒理。绝对有理的只有上天,它要打雷下雨,天下臣民就只能承受;它要施与春风化雨,天下臣民自然更要顶礼膜拜,可上天对臣民的恩惠与责罚是无常规的。有时,忠与奸、善与恶会同沐隆恩;有时,顺天意的与逆天道的,也会两败俱伤,但不管怎么说,上天永远是上天。

贾谊点头:兄长一番话意味深长,谊明白兄长的苦心,谊只以这樽酒拜谢兄长了。贾谊站起来斟满一樽酒递上,陆贾一饮而尽。

贾谊道:此后,无论上天施与春风化雨,还是风刀霜剑,贾谊只会为上天的博大深邃而敬畏它、膜拜它,虽九死而无悔!

陆贾笑着摇头:儒生哪,儒生,这就是咱大汉的儒生啊!!

承明殿。汉文帝挥笔蘸墨,正往一满字竹简上添加什么。晁错进门跪拜:晁错叩拜陛下!汉文帝招招左手,右手仍在写着什么:太傅平身!你从长沙国回来后呈上来的《太子必读新书》二十篇,朕已看过了,这些新篇目选得不错,只是范围还嫌狭促了些,读书自然不能杂而不专,但若涉猎不宽不博,日后太子如何能做到海纳百川、博取众长啊?而这恰是为帝王者所应具备的!晁错道:陛下金玉良言,晁错铭记在心了!

汉文帝又问:皇子们书读得怎样啊?晁错道:太子很认真也很努力,功课不错。二皇子读书仍是不专心,一背书还是要吐。汉文帝道:这武儿的毛病怕是生了根了!那个喜欢往哥哥们跟前儿凑的小揖儿还是一教就会,还那么机灵吗?晁错道:知子者莫若父,何况是陛下呢!陛下最宠爱的果然就是最聪明的。

汉文帝笑着顺顺毛笔,将笔插入笔筒中。

晁错道:这位三皇子日后了不得啊……汉文帝兴致更浓:怎么个了不得?说说看!晁错道:三皇子虽年纪幼小,对许多书中事并不懂,可他从书中却能引发出常人想不到的、幼稚又别致的奇思妙想。臣以为,这是有大智慧在里面呢!这一切连太子都不曾有。汉文帝道:说来听听。晁错道:请陛下赦晁错无罪,因为这都是陛下的家事。汉文帝道:爱卿尽请直言。

晁错道:那天,太后正带着三个皇子在太液池畔玩耍——薄太后问太子:吴王刘濞不来朝拜天子,你说说,你要是皇帝,怎么处理这件事呀?太子躲躲闪闪、避而不答。二皇子说:太后奶奶,依武儿看,此事全怪刘濞,干脆发兵杀掉那刘濞不就行了!小刘揖牵住太后的袖子,太后奶奶,揖儿听哥哥们背书常背什么"木秀于林,风必摧之"。那刘濞不来上朝,不就是像一棵独秀于林的树吗?风一下子就会把他给吹到大海里淹死的,还用得着派兵吗?在场人都被他的话说愣了。太后激动地拉住三皇子,这孩子,有大智慧呢,跟陛下小时候不相上下!

汉文帝听得兴奋地站起来:这小揖儿,能成大业!朕也要像太子一样,专门选派个能人做他的太傅……

邓通此时手提灯笼走进殿内,汉文帝突然想起什么:今天是正月十五,晚上长

安街头要闹花灯——汉文帝走近晁错:爱卿,你下去吧!朕也准备准备,到时去看看热闹!

身着便服的汉文帝在宋昌及几个护卫的簇拥下,也随着人流观看着千姿百态、流光溢彩的花灯。

一条由染成红色的竹节串成鳞甲的巨龙悬在半空中,龙腹内安放着烛火,煞是威严。人群中不时发出赞叹声。在巨龙两边,又纷呈出鱼、莲荷、牡丹……

一阵爆竹响起,炸裂声中,巨龙口中吐出——"太平盛世、欢天喜地"的大字条幅。人群一阵欢呼。汉文帝一脸欣慰。

"么子,么子欢天喜地嘛!"汉文帝一行循声望去——只见一个青年人将身子从一位老者手中挣脱出来,一脸怨气。

老者道:四伢子,别再怨了,大喜的节日,你再怨也没得用,你的胳膊能长出来吗?认命吧,该快活还是要快活点,人,总要活下去吧!

被喊为四伢子的青年人甩甩空荡荡的右袖筒:我就是想不明白,这叫么子太平盛事?就因为我们这些蜀郡运盐的民夫在路上多耽搁了两天,就都被剁掉右臂?那些当官的怎么知道我们一路上草鞋磨破了多少双,衣服穿烂了多少件哪!

老者道:别再说了,让人听见,又得判罪。

四伢子道:判就判,人们还说,当今皇帝是个最疼爱老百姓的明君,现在看来他也没把咱老百姓当人哪!你看我现在这样子,人虽没死却成了残废,往后我还怎么娶妻生子,这一辈子还怎么过嘛!

四伢子说着说着竟哭出声来,呜呜呜、呜呜呜……

老者被四伢子哭得唉声叹气,再无心思观灯看景:唉,唉,本想带你这个大山里挖盐的伢子出来散散心,反倒勾起你一肚子怨气,罢罢罢,走,咱们这就回家,老者说着拉青年慢慢朝前走去。

笑容从汉文帝脸上消失了,他的情绪低落了下来,匆匆朝未央宫方向走去。

宋昌道:陛下,怎么就回去?

汉文帝走得更快,且边走边说:朕要马上召见张释之和晁错。

晁错、张释之急匆匆进殿跪地:陛下!

汉文帝劈头就问:你们说我大汉的律法是不是到了必须改一改的时候了?如今仍是律多刑重,百姓怨声载道!

晁错道:陛下,言重了,怨声载道是耸人听闻之言!对刁民罪犯、贪官污吏不施重刑,何以震慑?

张释之道:陛下仁德,是不是陛下与民同乐观赏花灯时听到了什么……

汉文帝笑笑:张廷尉,挺细心的一个人嘛,竟能看出朕的心思。前些时太子和晁太傅从长沙国回来,带回一份贾谊请求修律减刑的奏折后,朕就一直在想这件事。

晁错道:陛下,那火烧藏书阁的湘女至今还关在大狱里。

412

张释之道：微臣以为，君王以重刑治乱，本都是迫不得已之事，谁不愿仁德？谁不愿融融乐乐？可是在蛮夷未服，兵戈难息的年代，酷刑如何废除得了？

晁错插言：是啊，陛下若真的废除肉刑，那些个贪官、刁民会得寸进尺，你退一步，他们进十步，什么偷铸假币，鱼肉乡里，盗墓，杀人越货的会越来越多。

张释之道：一个爱民的君王施行以仁德待百姓，即使百姓有错，也不是施酷刑而是给他们机会以期改正，那真是人人盼望的事。但只有在真正国泰民安，一切都有秩序的时候，才能放宽刑法呀。

汉文帝若有所思地点头：言之有理……治世的君主应该宽容，但也是要在惩罚中施仁政，在施仁政中伴有惩罚呀，否则，毫无约束，也难施治啊。

晁错木然不语。

汉文帝突然觉得心"突"地一跳，他脸色煞白："哎呀"一声，捂住了胸口。二大臣惊得大叫：陛下，你怎么啦？汉文帝捂住胸口，半响才长长舒了口气，没……没事了！张释之道：找御医来看看吧。汉文帝摆摆手，就一阵，说过去就过去，过去就没事了。晁错道：陛下要多加调养才是。汉文帝道：嗯！明天吧，明天朕去汤泉池泡它一天。两大臣道：臣告退！

等两人退下，汉文帝自言自语：该让他挪挪地方了……

廷尉府前。一位差吏接过缇萦的几串四铢钱揣进兜中：唉，看你也怪可怜，一个小姑娘，来三次了。告诉你吧，淳于意那批犯人十五天之后行刑，怎么样？有你准信了，就别再天天来烦人了啊！缇萦道：谢谢官爷。

悦民客舍。缇萦哭着：大叔，我父亲十五天后就要被斩去右腿了，大哥哥怎么还不来报信呀？老板叹气：唉！姑娘，急也没用，天子哪天出巡是咱们定得了的吗？

老板内弟又是一身郎官装束地匆匆走进客舍，走进缇萦的房间。一脸焦急的缇萦见这年轻人，忙迎上去：大哥哥，是不是天子要……年轻人点头：你两天后就去桥下等着，等到陛下回宫时再冲上去喊冤，千万记住，万万不可在陛下出宫时犯跸，因为陛下要办的事还没办完，弄不好反倒害了你和你父亲。缇萦道：嗯！记住了，今天是二十三——缇萦掰手指头计算：明天二十四，后天二十五，我二十六一大早就去桥下等着，到时候，听你的信号。年轻人道：愿上天保佑你，我得快回去了。年轻人匆匆离去。

贾谊正在府内书房读书，门外人声喧哗。贾谊起身走至门口。只见长安驿站送递信件的郎官手执诏书站立门前：贾太傅接旨！贾谊忙下跪接旨。郎官宣旨：奉天承运，皇帝诏曰：宣贾谊七日内赶赴长安。贾谊愣住了！这是他朝思暮盼、盼

望四年的喜讯,可这时他竟木偶一般跪地不语。送递信件的郎官提醒道:贾太傅,接旨呀!

　　书童在一边狂喜不止地欢叫:大人,大人!终于可以回长安了,咱们又可以天天吃馍,吃长安的羊肉泡馍了!大人!贾谊却不答话,谁能知道,他内心的万千感慨此时却再也说不出来了!四年了,他夜夜依石床北望,望着满天星斗,听着远方的蛙鸣……这一天,这一天终于盼到了!陛下终于记起他贾谊了。陛下要召见他了!他含着泪水喃喃:我心里漾着大河,可滴出来的竟只有两行眼泪……突然,他抹了把泪水,面部神情严峻起来:书童,给我备肩舆!

　　走过长长阴暗的通道,贾谊来到关湘妹子的那间牢房。隔着木栏,贾谊满脸愧疚,湘妹子,最终贾谊还是害了你!如果不是贾谊我把你留下教你认字,如果不是你为贾谊我生炭盆烤被子,你能到坐牢这步?现在我要走了,要回长安天子身边了,可你还在替我受过,关在大狱里。湘妹子,真正的对不起!湘妹子淡然一笑,对不起?湘妹子不敢当!贾谊从湘妹子话里感到她心中的委屈,贾谊郑重地说:湘妹子,你放心!贾谊回到长安就为你再次上疏陛下,一定要救你出狱!不光是救你出狱,而且,而且……等贾谊安顿下来,一定来接,接你去长安!湘妹子一惊:大人说什么?接湘妹子去长安?贾谊认真地点点头:是的,贾谊一定来接你去长安!贾谊在长沙国这段日子里,尽管没给你任何名分,可从心里我早把你当成红粉知己了。因为你从不抱怨,总是默默顺从……湘妹子,你是我贾谊此生遇到的心灵最契合的女人!湘妹子感动得两眼含泪,隔着木栏杆伸手捂住贾谊的嘴:不要许愿!万一,万一命运有变,免得日后,我们天南地北地都为这愿不能兑现而苦而累……贾谊看着湘妹子的眼睛:等我,我一定回来!

　　通往长安的官道上。两匹马拉的车飞跑着。车内的贾谊不住催促驭手:快点,再快点!

　　长安城门口。城门大开,八名手持戈戟、腰悬弓箭的御林军士骑着高头大马,头戴虎贲冠,身着朱衣坚甲,率先开出城门,接着,彩旗飘展下,宋昌威风赫赫地骑着一匹雪白骏马、率大队护卫缓缓驶来,红底黄龙的辇车,在马蹄声、车轮声的烘托中驶来,驶上那座石桥。

　　石桥下。缇萦憋住呼吸,听着这"嗡嗡"的声音从头顶上碾过,慢慢地,声音越来越小,她蹿出石桥,望着汉文帝一行远去的背影,咬着嘴唇伫立在五月艳阳中,阳光把她的脸染成金黄色。

　　长安城外石桥下。缇萦在一遍遍练习着跑上跑下……

第二十四章

缇萦盼望着的那驾皇帝车辇终于要回长安了。远远的,就见彩幛飘拂,在御林军马队的簇拥下,那驾红底黄龙车辇由远而近朝长安城驶来,马队已经踏上了石桥。石桥下,缇萦再一次摸摸藏好的状子,她睁大眼睛,等着那个信号传来——

终于,年轻郎官走上了石桥,在他将要离开石桥的时候,用长戟"通!通!"地戳了几下桥面。

缇萦快速抽出状子,默念着:十、九、八、七……三、二、一——

她发疯一般冲出石桥,发出尖厉的凄叫,冤枉啊——她闪过持戟的马队,冲到了汉文帝的车驾前。

驭辇的马被这突然的喊声和跌跌撞撞闯近的人影惊得腾起四蹄,一阵长嘶。汉文帝在车里被颠得趔趔趄趄。顿时,人马大乱,宋昌纵马前来,护住汉文帝,对跪倒在地的缇萦举刀欲劈——

爱卿且慢!

汉文帝大声喝住宋昌。那把在阳光下泛着刺目光芒的利刃顿时停在半空中。

缇萦手举状纸,朝着汉文帝跪行而来。由于过分紧张且用力过猛,她磨破了双膝,致使血滴透过裤管,在她跪行的地上拖出一条长长的血印……空气像凝固了一般,没人说话,惊恐的马也平息下来,所有的人都静静地望着这个弱小女子跪行天子脚下的身影。

缇萦哽咽着,声音发颤:陛下,冤枉啊——

汉文帝接过缇萦的状子一边看,一边嘱咐宋昌,扶她起来。

宋昌扶起仍在抽泣的缇萦,缇萦的膝盖露在外面,上面结满鲜血黏结着泥沙的脏物。汉文帝盯着缇萦看了片刻,他十分吃惊于这个小姑娘的举动。

汉文帝与宋昌耳语几句后,就回到辇车上,车辇未再停留直朝未央宫驶去。

宋昌将缇萦抱上马后,小声说:小姑娘,我先送你回去洗洗,换身衣服,然后再到宫里来,陛下要见你。

缇萦仍在发抖,她还没从过分的紧张中解脱出来。

宋昌搂住她的胳膊:喂,小姑娘,你在发抖哇!现在知道后怕了?你住在哪里

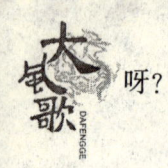

呀?

缇萦仍是浑身打颤,答不出半句宋昌问她的话。

太极殿内,张释之已经禀告完毕淳于意一案的来龙去脉,之后,他呈上一叠竹简说:陛下,这就是廷尉府审理淳于意的所有案卷。汉文帝接过后翻看着:张廷尉,对淳于意一案,你有何想法?张释之道:依臣之见,吴王刘濞是为了泄私愤,强加给淳于意的罪名。就算淳于意没有因为为村民治病耽误了去吴国的时间,以吴王之妾的病情也会照样死去。臣以为不应判淳于意罪,更不应斩去右腿。汉文帝道:吴王的辛姬就是前些年死于宫中的吴王子的生母吗?张释之道:正是。汉文帝道:她得的什么病?张释之道:黄病,全身发黄,不吃不喝,是一种急症。汉文帝道:唉,也怪可怜……那么,齐王为什么……张释之笑了笑:依臣之见,齐王么,本意也不愿判淳于意的罪,只是不愿得罪吴王,才把这个难题推给了朝廷!汉文帝无奈地笑了笑,是啊,王侯间怕伤和气,就治百姓的罪,百姓有何办法?他突然转过背去,气得大声喊了起来:可百姓不也是人啊!为什么他们就该忍气吞声?为什么他们受了屈还无处申诉?是得改改了,而且必须要改!他转换了一种口气问:爱卿,现今,我们汉律定的罪名有多少种?张释之道:汉承秦制,有二百多种。

此时,宋昌已领着换洗过的缇萦来到太极殿。缇萦虽已缓过神来,可来到殿中,她只感到空气中都飘着一股威严堂皇,她不敢抬头乱看,只按宋昌的指点,进殿就跪在了皇帝面前。

汉文帝看看跪地的缇萦,他若有所思:噢!这倒是一个契机,劝善天下,感化黎民……张释之先自站起身来,徐步走向缇萦:你叫什么名字?今年多大?缇萦小声回答:民女淳于缇萦,今年十五岁。张释之道:陛下也知道,齐国有个名医淳于意,他可是你的父亲?缇萦道:正是!民女的父亲仁心济世,是个受人爱戴的良医。张释之道:你可是以为廷尉府定了你父亲附下罔上罪,是一桩冤案?冷静下来的缇萦答得十分妥帖,廷尉府是为朝廷执法的大吏部,民女不敢诬妄!张释之道:那你为何在陛下面前高喊"冤枉"?缇萦道:大人明鉴!要不是这样,民女怎能到得天子的车辇前!

汉文帝玩笑说:小姑娘,你这就冤枉朕了!凡是我大汉臣民,有冤情上书的,朕都不能不看!

缇萦万没想到皇帝是这样平易随和,她说话的胆子也就大了起来:陛下亲民爱民,天下人人皆知,可无奈官禁重重,若民女层层上疏,到达御前,只恐家父已被行刑……

汉文帝笑了:那你知不知道朝律森严,你就不怕死吗?

缇萦被皇帝这一问,不由得愁绪纷纭、抑不住地哽咽起来:民女早已把生死置之度外了,只要能够救出父亲,民女任凭陛下发落!

汉文帝带有几分赏识地:小姑娘,人小胆大,还挺倔犟!他站起来踱了几步,转身问张释之:按律对犯跸者,应如何处置?

张释之道:回禀陛下,凡犯跸者,要审其意,若是刺客,当处极刑。

汉文帝指着缇萦:像这个小姑娘,犯跸只为救父,当如何判罪?

张释之道:应罚金四两。

汉文帝停住脚步说:好!就这么办了。拟诏——淳于缇萦犯跸上罪,罚金四两。

缇萦憋住呼吸,静听着对她生死攸关的"圣旨"……

张释之宣读:淳于意无罪,特赦出狱!着此后精研医术,救万民于病痛……

缇萦被震慑了,随即忍不住大哭起来:天子仁慈,缇萦愿为官奴,侍奉陛下。缇萦一边哭,一边磕头。

汉文帝扶起缇萦:小姑娘,你都会些什么呀?

缇萦道:民女从小随父学过一些医术,学过如何煎煮药膳,缇萦可以调理陛下的膳食……

汉文帝又笑了:瞧瞧,这告御状成了毛遂自荐了,好一个女中豪杰。朕就不收你为奴了,命你回家好好侍奉老父,成全你一片孝心。

廷尉府狱门大开,身着青衣便服的淳于意走出牢门。"父亲!"缇萦一声尖叫扑了过去,紧紧拥住父亲。老泪纵横的淳于意捧住女儿的脸,我的好女儿,你真是好大胆!好大胆呀!你竟敢干出这样的事情!说着,他涕泪横流,大哭起来……"父亲,父亲!"缇萦伏在父亲肩头,也激动得不住地哽咽。父女俩边抹着纵横的喜泪,边向悦民客舍走去。

他们在客舍内尚未坐定,张释之一行三人来到客栈门口,客栈老板一边忙不迭地拱手作揖:大人请!大人请!一边大喊:淳于公,快!快出来,张大人来了!

淳于意与缇萦父女俩不知又出了什么事。他们怀着突突乱跳的心来到客栈大堂。

张释之朗声宣道:淳于意、缇萦接旨——

他们父女二人急忙跪地,他们低头片刻却听不到张释之说话,二人抬起头来。张释之送来的却是两卷帛绢。二人忙各自接过去一卷。

张释之笑望着他们:你们打开看看。

淳于意展开手中帛绢,上书"华夏病案第一人"。

缇萦也慢慢展开她手里的帛绢——"千古孝女"四字赫然映入眼帘!

父女两人激动得泪花直闪,缇萦更是哽咽着说不出话来。

张释之道:淳于先生,带上你的好女儿回家乡去吧,好好地造福百姓,行医治病……

淳于意伏地深深叩了一个头说:请大人转告陛下,小人一定不辜负陛下厚望,尽力造福百姓。说罢,父女俩又跪在地上恭送张释之一行离去。

第二天清晨,淳于意父女刚洗漱毕,客舍老板匆匆跑进来,拖起淳于意就往外拽:先生,快去看,快去看,天子怜惜你父女二人,下诏书废肉刑了,快去看看吧!

客舍外墙围着一群人,老板拨开众人,淳于意走到诏书前念道:盖闻有虞氏之时,画衣冠异章服以为僇,而民不犯。何则?至治也。今法有肉刑三,而奸不止,其咎安在?非乃朕德薄而教不明欤?吾甚自愧。故夫驯道不纯而愚民陷焉。《诗》曰:恺悌君子,民之父母。今人有过,教未施而刑加焉,或欲改行为善而道毋由也。朕甚怜之。夫刑至断肢体,刻肌肤,终生不息,何其楚痛而不德也,岂称为民父母之意哉!其除肉刑。

众人见淳于意看着诏书不住点头,着急地说:这位先生,我们不认字,你能给讲讲吗?

淳于意擦擦已流至眼角的眼泪,快意地说:能,当然能。他提高了声音,兴奋地讲道:皇帝的诏书上说:听说有虞氏时候,只是给犯罪的人穿上画有图形或染有颜色的特殊衣服,作为耻辱的标志,民众就不犯法了。为什么呢? 就因为有虞氏教育得好,治理得好。《诗经》上说:和乐近人的君子才是百姓的父母。现在民众有过,没有进行教化,就施加刑罚,有人想改行从善,也无路可走。人们听到这里,禁不住骚动起来,有人说好,有人不住点头。淳于意接着解释说:朕很怜悯他们。刑法使犯人肢体断裂,肌肤损伤,终生不能复原,这是多么令人痛苦又多么不道德啊,哪里还称得上是民众的父母呢!应当免去肉刑。淳于意讲得涕泪双流:爱民如子,爱民如子的一代贤君啊!人群议论纷纷:我们赶上好年头了!

此时,远处走来几个缺胳膊少腿、没鼻子、脸上刻字的人,他们哭天抢地:都怨我们活得不是时候啊,要是赶上当今皇帝,怎么也不会这样窝窝囊囊地活着啊……

汉文帝废除肉刑的圣旨传出长安、传遍天下,湘妹子也因沐圣皇的恩泽保住了那只手,被释放出狱了。她要报告喜讯的第一人是贾谊,她希望见到的第一人也是贾谊。她依稀记得,贾谊曾去狱中看她、向她辞行、将回长安……可万一他没走呢,万一他又回到长沙呢?她跌跌撞撞跑向贾谊府前,她希望这个万一能出现在她眼前,她推开贾府大门,高叫着:大人,大人,我出狱了!你看看我的手——她高高举起那只完好的手,保住了——可院内仍是空荡荡的,回应她的只有那孤寂的风……

湘女失落地跌坐在贾谊的石床上:天下废了肉刑,让我保住了这只手,我出狱了,可大人,你……你这个读了好多好多书的好人、疼爱百姓的好官却走了……

湘妹子坐了很久很久,伴着满院孤寂惆怅的风……可她得走了,她含泪走出庭院,走近湘水边那棵"守望树",她望着缓缓北去的湘水,水花跳荡着,眼前出现了与贾谊在一起时的一幕幕往事……她忍不住那盈眶的热泪喃喃着:大人,湘妹

418

子知道,你就是渭水河的一尾鱼,从湘水游到了长江,又从长江游回了渭水,从此再不会游回来了……你说你一定会来接湘妹子,有你这句话,湘妹子就知足了,湘妹子不配……大人,这不是气话,一点都不是。湘妹子无怨,湘妹子永远都会记住你这个有学问的好人,永远记着你这孝忠皇帝、疼爱百姓的好官……

沉沉夜色为吴县水乡抹上了一层神秘的深黛色,虽然已是晚秋时节,可水乡的潴热还是惹得池塘边的青蛙不住地嘶喊。三辆马车逐个排列,一辆比一辆载的东西多,沿着驰道沉重地朝前跑去。

坐于第一辆车上的薄昭已经满身便装,头上也已免去高冠,很随意地插着一枚褐色细头木簪。他一会儿闭目沉思,一会儿撩起窗帘,望望他生于斯长于斯的故里,虽说窗外黑黢黢的,他什么也望不见,可他仍是执著地长久地盯着,眉宇间溢满了失落与郁闷。坐于他身旁的孙女薄婵耐不住潴热,不住地用丝绢揩抹额上沁出的汗珠:祖父,还没到啊?真热呀!长安从来没这么热过。薄昭扭过脸,慈爱地摸摸孙女的手:快了,快了,他又撩起窗帘,阿婵,往外看看,这外面的稻田已经是我们家的了。薄婵天真地说:祖父,稻田有什么好看,长安的元宵闹灯才好看哪!

薄昭又拍拍阿婵的手:唉,让阿婵跟着祖父受苦了……说罢他又闭上了眼睛。

马车来到薄府门前,大门洞开,薄府的仆人们提着大大小小的灯笼迎接主人还乡……一名男仆提着灯笼在前面引路,薄昭携阿婵走下马车,进了庭院,又从大厅走入各跨院,之后,来到后花园。他看着烛光闪烁中一簇簇的竹树林木,不禁喃喃自语:家乡好,还是家乡好啊!

阿婵看着薄昭问:祖父,在长安的时候,您说长安好,回到老家,又说家乡好,到底是哪里好啊?

薄昭走向一棵老梧桐,你看这梧桐树,我的父亲,也就是你的曾祖父告诉过我,这还是他的曾祖父四岁时候栽的,已经数百年了,你看它,三个人也抱不过来,可还是枝叶繁茂,苍劲、挺拔。

阿婵抢过男仆的灯举过头顶顺光望向树冠:噢,几百年啊……那么久……

薄昭的心里油然升起一股自豪感:咱们的家乡可久了,可久了,久远且富庶,富庶且威武!吴国曾经是那么鼎盛,吴王夫差一仗竟俘虏了越王勾践!

阿婵好奇地惊叹道:啊,吴王这么厉害!

薄昭道:可惜,他尚武且好色,极有心机的勾践送给他一位越国美女西施,从此,夫差就不光麻痹狂傲,且终日耽于美色,勾践却卧薪尝胆,暗中积蓄国力,经过十年聚积,终于打进吴国,逼死夫差,成为五霸之一。

阿婵感叹着:那,还是越王聪明。

薄昭端详了一下阿婵,笑了笑说:我家阿婵比西施还美,就是不知有没有西施

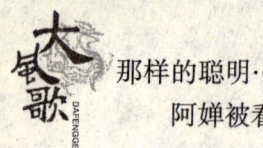

那样的聪明……

阿婵被看得发窘了:祖父,说什么呀!

汉文帝来到薄太后寝宫已经快半个时辰了。薄太后装作没看见他,他也战战兢兢地不敢多说什么,直到一个婢女端碗进来,他才从那婢女手中接过盛汤药的青花瓷碗,送到薄太后面前:这药不凉不热,正好,母后喝了吧!

薄太后做出似乎才发现汉文帝站在面前的样子,极为夸张地接过碗来:岂敢!岂敢!老身岂敢有劳皇帝这九五之尊?老身消受不起!

汉文帝笑了笑:母后,舅父他……

薄太后制止住汉文帝:还提什么舅父?他已经一块朽木了,一心想办好事,却总惹陛下生气的朽木!

汉文帝四处环顾了一下:舅父没在母后这儿?

薄太后轻描淡写地:待得没趣了,回吴县了!

汉文帝惊讶地说道:他真的说走就走了?!

薄太后反倒笑了:他走没走你还不知道!他这个人哪,也怪可怜,挨了你一顿训,临走,还为陛下过于操劳,心疼得流了不少泪,说是陛下六岁多他就在你身边,从来没离开过……

汉文帝感动地说道:舅父就是朕的父亲……朕派人追他回来!

薄太后看了他一眼:追他回来?恒儿,别忘了,你可是一国之君,一言九鼎啊!要拦,母亲早就拦了,可母亲寻思着,我们都老了,就不在你跟前扯扯绊绊的了,就让他去吧。

汉文帝辨不出太后言语后面的真意,于是换了个话题:母后……母后知道不,老灌婴昨晚走了!

薄太后悲哀地点点头,迟疑了一会儿说:知道了,老周勃只怕也快……老臣们除了申屠嘉和张苍身子还勉强能撑住,就再没别人了!陛下身边是要多起用些年轻有为的人啊!

汉文帝默默地点点头,似乎一时已找不出更合适的话。他知道母亲此时的心情,他深怕不知道哪句话又要惹母亲生气。

薄太后倒打破了这难堪的沉寂:你舅父回老家是叶落归根,迟早要有这一天的。此后,母亲在后宫也就养养病,带带孙儿,享受天伦之乐吧……以后,你那未央宫的太极殿母亲也不再去了,就在这长乐宫养老了!

汉文帝听得出,母亲的气还没出尽。人哪,再大的智慧再强的理智,也难敌过亲情。这是长是短?大约总是不同的位置不同的角度做出不同的判断。汉文帝不能说什么,还是让时间去说吧。

又是一个月圆时分。薄太后带着窦皇后、慎夫人,太子刘启、二皇子刘武、三皇子刘揖,一群人来到太液池畔边赏月,边吃着几案上摆着的各种点心、水果和各郡国献来的奇珍贡果。

刘揖跑上前拿起一个大鸭梨,递给薄太后:太后奶奶,这梨太大了,揖儿跟你分着吃可以吗?

窦姬立即上前阻止:揖儿,梨是不能分的,分梨就要分离的呀!

刘揖道:那不跟奶奶分梨,过了中秋,揖儿还是要去梁国,跟奶奶还是要分离呀!

这番话说得大家都伤感起来,慎姬不由揩起了眼角。

刘武走近窦皇后:母后,过了中秋,孩儿也要跟您和太后奶奶分离了!

窦皇后却毫不伤感:武儿,奶奶不是跟你们讲过,你父皇六岁就去了代国的事吗?父皇也常讲他小时候高祖皇帝带他们七兄弟去上林苑看老虎的事对不?你们终是要长大的,不能老是依在母亲身边。

薄太后满意地盯着窦皇后笑了笑,心想,这才是皇家气派,皇后胸怀呀!她不禁想起窦漪初去代国时那悲悲切切思乡思亲的样子,感叹说:你母后说得对,要做皇家人,就得有皇家心啊……

或许是薄太后的夸奖,窦皇后顿时感到自己虽风华即去,不如身边的慎姬能勾住文帝,可她终归是正室,是一国之母,一种自信不由得油然而生。

未央宫宣室殿内,烛光闪烁,青烟袅袅,神龛上摆放着造型古朴、笨重的祭器,器内装满祭祀物:猪头、牛头、羊头,粮食五谷,水果和酒,酒盛于一青铜铸方形口的四羊方樽内。供奉着古人想象的各路神仙,如四足粗壮、背驮擎天柱的铜龟,盘古、女娲、三皇五帝……诸神庄严肃穆,殿内笼罩着神秘而不可解的氛围。

汉文帝跪在宽大的殿内,一动不动地也似一尊雕像般地跪地祈祷着:至高无上的神灵们,三千年来,我泱泱华夏子孙都在虔诚地祭奉你们。我,大汉的第三任皇帝刘恒在此为我的子民们祈福,愿神灵庇护我大汉国泰民安,富足强盛,迎来一个太平盛世。

汉文帝一身赤色礼服,头戴祭祀时的刘氏高冠,足蹬白麻布高统袜,虔诚地跪地三拜后,仍是足蹬白袜静静地坐于低矮几案旁。几案上摆放着祭礼之物:一碟梅子,一碟荔枝和一碟肉脯。他捏起一颗梅子慢慢品尝着。少顷,他走至大殿窗棂前,掀开厚重的棉帘,窗外翘檐下悬荡的风铃已模糊不可见,天黑了。

贾谊应召兴冲冲走进司武门,跑进东阙门,登上未央宫的丹墀,冲入宣室殿。他神情激动地高呼:陛下!贾谊待命驾前!四年来,贾谊对文帝的思念之情在这一刹那间如惊涛狂泻般一倾而出,他趴倒在地,久未抬头。汉文帝也难抑兴奋,踏着一双白布袜奔至贾谊身边,朕的爱卿,朕的贾太傅,平身,快快平身!他亲手扶起贾谊。贾谊激动得双手发颤,眼中溢满泪水:谢陛下!陛下,微臣在南楚四年,这四年来,长沙国……汉文帝打断贾谊:让朕瞧瞧,这南楚的太阳真够毒的,黑了

不少！也瘦了不少哇！贾谊从宽大的袍袖中抽出一册奏疏呈递上去,贾谊临晋见陛下之前,将长沙国几年来所有大事都已写于简上,容贾谊详细禀报陛下。汉文帝并未理会贾谊急于禀报的公务,他将碟中盛满的鸡屁股递给贾谊,太傅,朕刚刚敬过神灵的,吃吧,跟朕一起吃一些！贾谊恭敬地接过：谢陛下恩赏！贾谊端起食碟看了看问道：这是……汉文帝吃了一口：鸡屁股,又名"后福"。贾谊迷惘地叨念着："后福",他突然朝自己的思路想了下去,不禁眼放亮光说：陛下是说臣……汉文帝未做理会。

贾谊不敢冒失,夹起一小块鸡屁股放到嘴里：长沙国已摒弃刀耕水褥的耕作习俗,开始用铁犁深翻耕地……汉文帝又一次打断贾谊：哎哎,太傅,朕问你,这是什么地方？汉文帝手指威严的众神,四周烛光一片摇荡……贾谊看了看众神像和神像前的香火贡品：回陛下,这里是众神聚汇的宣室殿。汉文帝道：着哇！既然是众神安息之地,就不要用凡间俗物来打扰他们了。汉文帝攥起一块鸡屁股嚼着：喏！吃,吃呀！你说说这众神居于何处？天庭之上,还是东岳泰山？汉文帝与贾谊静夜谈神仅仅开了个头,他们还要继续谈下去。

清晨,吴县县令拉着一车宰杀干净的猪羊朝薄府赶来,阿丰率家丁迎在大门口。吴县令见阿丰迎了上来,问道：阿丰啊,国舅大人起床了吗？阿丰躬身回答：早起来了,正在花园里浇花呢。吴县令：快把这宰好的猪羊肉送进厨房,你再禀告国舅大人一声,看能否见我？

薄昭闻声来到大门口,笑呵呵地：老夫从此就长住下去了,县令何必太客气,还送来那么多东西。

吴县令道：下官就是把家全卖了,也难报国舅大人举荐我家阿昌之恩哪,前几天他捎信来说,已经在南军宋昌大人手下当了护卫宫廷的郎官了……

薄昭得意地大笑起来：哈……好啊,好啊……他边说边将县令请进大厅。

此时,门外传来阿木、阿水、阿亮等的嚷嚷声：听说阿昭回来就不走了,让我们进去……

管家阿丰拦挡着：诸位乡亲,国舅大人正接见县令大人呢,请容我禀报一声。

阿木道：禀……禀什么报？你没见阿昭上次回来跟我们多亲热,他,他没忘本啊！

阿水大大咧咧走上门庭：你多管什么闲事！说着,他们拨开管家阿丰,就带领众乡亲闹闹嚷嚷地往里走。

薄昭听到乱糟糟的喧哗声后,朝门外喊道：阿丰,外面在嚷什么？

阿丰匆忙跑进：大人,是阿木他们非要闯进府来见大人……

吴县令发了威：太不像话,国舅大人怎么能说见就见……

此时薄昭已起身步入院中：噢,我去见他们。

阿木、阿水、阿亮等见薄昭免冠便服走来,情绪更加热烈。大家七嘴八舌：阿

422

昭,阿昭……

阿水盯着薄昭喊起来:阿昭啊,听说你这回回来就不走了,跟我们一样了?

阿木喊得更响:那我们又可以一起下河抓鱼,上树掏鸟,哪一天我们再到河边,比比那个玩意儿……

阿水嘻嘻地笑了:阿木,你还以为是五十年前那会儿啊,六十好几的老头子了,还能干孩子玩的那些事,尽瞎说!

阿木也笑起来:不能干,还不兴说说,图个嘴巴子痛快啊,阿昭又不是别人!

薄昭本已失落难消,被他们一说,更感到尊严坠地,他皱起眉峰,刚要说话——县令大喊一声:大胆!国舅大人永远是国舅,是车骑大将军,是陛下亲封的轵侯!以后,只准称大人,不许直呼其名,更不能擅自闯入府内,违令者一律施杖刑!众人一见这阵势,才惜惜懂懂地明白了些,今天的阿昭早已不是往日的阿昭了,他们之间早已筑起一堵不可逾越的高墙,这墙是不易踏倒的。他们面面相觑,刚才那闹哄哄的热烈气氛顿时被冰冻院中。薄昭捋捋胡须,返回大厅。

宣室殿内,汉文帝与贾谊的谈话继续着。贾谊想了想说:按先人所言,有的居住天庭,有的居住泰山。

汉文帝听得入神,不住点头:那么,那些鬼魅居住哪里呀?

贾谊道:鬼魅,先人们也说有的居住地下,有的居住天上。

汉文帝道:哦!是这样!哎,贾太傅,你相信神鬼之说吗?

贾谊略一思索:其实这鬼神,天下人是不曾见过的,信不信鬼神,全凭每人自身的心,信则有,不信则无。

汉文帝道:那么,满天下的人到处为神修建庙宇,为鬼雕刻符咒,信的这样做,不信的也这样做,到底为的什么? 奇怪的是,百姓如此,历代帝王也如此。汉文帝说着,指指面前的众神:就说这宣室殿,就是高祖生前修建的,而从惠帝、高太后到朕,每逢遇到不遂意之事或歉丰之年,都要到这里来祈求神灵保佑,除了到渭水河畔祭天祭地,到高祖庙前祭祀祖宗外,还一定要祭神。这到底是……

贾谊这才理清了汉文帝的思路:陛下向微臣提出了三个问题,一是为什么人们、包括帝王都不例外地要敬神?二是为什么要祭天、祭地、祭祖?三是神与鬼有何不同?

汉文帝将身子朝贾谊处挪了挪,作出"请继续"的手势。

贾谊滔滔不绝、侃侃而谈起来:这人生,不尽意事常八九,无力而为了,只好乞求冥界造出一个心的寓所,这寓所可以存放种种疑难,可以倾诉种种心愿,这寓所的主宰就是神灵。百姓如此,帝王也如此。

汉文帝用心听着不住地点头:有道理。

贾谊望着文帝:陛下,臣想……

汉文帝又将身子向贾谊处挪了挪:那为何要祭祀呢?

贾谊重又集中起精神：祭祀其实是人们敬畏天、地、神的仪式。因为上天的雷电雨雪，地面的地动、洪水、干旱，让众生灵饱尝了天地灾难带来的种种创痛，也饱尝了天地甘露恩赐的种种恩泽。人们无从解惑，这才更感到自己的无能为力，于是以为给他们享用人类最高的美味，天地神灵就会保佑天下人福康无边，可实际上呢？洪水照样泛滥，田地照样干涸，可见上天的反复无常并不取决于人间给他供奉了多少虔诚和苦心。

贾谊的论述开阔了汉文帝的思路，他敞开心扉说：可朕以为，朕是上天的儿子，要是上天发威，降大灾于大汉，是因为朕的德薄功浅触怒了上天，上天才惩罚朕，让朕的臣民受难的，所以朕要处处小心，勤俭为民。

贾谊感慨地望望汉文帝说：陛下虚怀若谷，自戒自律，实为天下人的楷模呀！贾谊已无心谈天说地，他最想知道的是文帝给他什么官职，他试探着：陛下，为臣回到长安后，是想……

汉文帝却仍然沉迷在他们谈论的话题中：那爱卿再说说祭祖。汉文帝一任自己的思路流淌，他移至贾谊身边，双目紧盯着贾谊。

贾谊只好拉回自己的思路：其实，臣想，大概是因为每个人都存有一种追根求源的好奇心吧？比如，我家的先人是什么变的，是一尾鱼，还是一颗星？而变成的人是奴仆，还是做大官的？

汉文帝哈哈大笑：有趣，有趣。

贾谊也跟着笑：祭祖，使人的好奇心得以满足，使人的心灵得以依归。同时，还可以激励自己做一些无愧先人、超过先人的大业，比如微臣就想知道陛下对臣的……

汉文帝听得兴奋，顺手递过一块鸡屁股：吃！吃完这些！

贾谊接过鸡屁股嚼了起来。

汉文帝拍着贾谊的肩：最后一个问题：鬼是什么？是从哪里来的？

贾谊道：这鬼嘛！乃人世间邪恶之人在冥界的化身，也是人们的心造幻影……贾谊不住地说着，汉文帝不住地点头，边点头边递鸡屁股。两人兴致勃勃地吃着肉，谈着心。肉终于吃完了，另外两碟也吃完了。汉文帝站起身来伸了个懒腰：朕本以为朕是饱读天下书的人，没料想朕与贾太傅相比，差多了！朕不如爱卿啊！

贾谊听后急忙扑伏跪地：陛下折煞贾谊！贾谊真真地不敢当啊……

不知何时，邓通领着宫女进到宫中，将厚厚的帘子卷了上去，窗外已一片光明，天大亮了。邓通上前刚要讲什么，汉文帝朝他挥了挥手，邓通带宫女悄然退去。

汉文帝转向贾谊问：爱卿，朕记得你比朕小两岁，今年二十有八吧？贾谊十分感动：谢陛下！微臣今年刚满二十八岁。汉文帝道：年轻，还年轻啊，来日方长！朕的爱卿，你懂朕的意思吗？贾谊被汉文帝的炯炯目光盯得脸上热辣辣的，他不自主地喃喃着:是的,还年轻……

贾谊自己也不知道是什么时候、是怎样回到长沙邸馆客房内的。他躺到在床上很想好好睡个觉,可他辗转反侧怎么也难入梦。

"咚咚!咚咚!"门外传来轻轻的敲门声。

贾谊忙将小竹笼收好,下床开门。门开处,进来的是晁错。贾谊激动地搂住他:晁错老弟!我回到长安,第一个想拜访的就是错弟啊……

晁错道:太子染了风寒,今日无事,听说你下榻于此,我就……瞧!他抖了抖手中的东西:杜康,肉脯,我们总该以酒以肉补补这些日子没说的话了。

贾谊笑着不慎打了个嗝,抱歉着:唉,不雅不雅,瞧这肚子还饱着呢!

晁错同情地看着他说:是四年的南国生活太亏了吧?怎么一回长安就饱成这样?

贾谊略显矜持地:唉,说来惶悚,昨夜在宣室殿,与陛下边吃祭品边说话,竟整整一夜。

晁错惊喜地:噢,真是皇恩浩荡,陛下竟陪你一夜!说说,陛下委派你个什么官职?中大夫?还是公卿之位?

贾谊苦笑着:陛下与贾谊说了一夜神鬼之事。

晁错道:神鬼之事?陛下日理万机,说不定陛下是在考你这个博士的学问呢!哎!该不是让你重任中大夫吧?或是主管博士院,要不就是到丞相府……

贾谊摆了摆手。

晁错不解地:就没有一点点暗示?

贾谊道:唉,君心难测呀!

晁错又探究地问道:那除谈鬼神之外,总得说点别的吧?

贾谊道:陛下说,陛下的学问比不上贾谊。

晁错道:还有吗?

贾谊道:还问我今年是否已经二十八岁,我说是的,满了二十八岁了。陛下说,来日方长,还年轻。还问我懂没懂陛下的意思……

晁错几乎跳了起来,大声地:这就对了!陛下肯定要委你重任!

贾谊道:可是,可是,来日方长又如何解释呢?

晁错也被问住了:嗯!是啊,来日方长怎么解释呢?依鄙人之见,这来日方长无非指你是青年才俊,没什么特殊意思。

贾谊更加疑惑:不对!肯定另有其意!不然,陛下为什么盯着我看了半天,问我懂没懂这里面的意思?

晁错道:你懂了吗?

贾谊道:我一直在琢磨,到现在也没琢磨出个子丑寅卯来!

晁错道:兄没解出皇帝所想,弟可想明白了。

贾谊道:你说,你说。

晁错道:从脾气秉性到治国之道,兄都与天子极为相像,别看弟一直在天子身边,做到底也不过做个太子太傅,因为天子不是特别喜欢我这过激的主张和性格;兄虽外放长沙国四年多,可你的诸多主张正在一步步施行。昨天晚上天子又与你彻夜长谈,不委以重任又做何解!等着吧,有高官做呢!来,喝酒喝酒!

贾谊思虑重重:君恩如潮汐,谁能说得清?

晁错道:这就是贾兄,总是忧心忡忡,瞧你那眼睛红得,待会儿,安安稳稳地睡一觉吧!对了,那长沙湘女已经出狱了,手也完好无损,你……

贾谊尚未答话,屋门突然大开,邓通走进来:贾谊接旨!贾谊忙跪倒在地。邓通宣道:陛下谕旨,贾谊迁任梁怀王太傅!于三日内起程!贾谊呆住了,竟忘记了接旨!晁错也吃了一惊!

邓通重复了一句:贾谊接旨!贾谊这才忙跪地接旨。邓通交旨后就昂首离去。

贾谊颤抖着手指将圣谕放至床上。少顷,他突然将圣谕急促地卷起,握在手中,发疯似的:我这就走!这就走!去梁国!贾谊泪流满面,晁错呆立一侧。

贾谊的家当无非是几件换洗衣服和几箱尚未开箱的竹简笔墨,在晁错和书童的帮助下,不需多时已经整理停当。贾谊只说心急赴任,朝廷很快就派来了两辆马车。晁错劝他歇一夜再走,可贾谊感到他迷迷瞪瞪地就从希望的巅峰跌落下来,他摔得太疼,摔得五内红肿,他只想早离长安,早早离开这堂皇繁华的伤心地……未走多久,他们已经来到渭水河畔。本来还有惨淡的阳光照拂着。不想,就要上路时却飘起了绒绒细雨……雨丝淅淅沥沥地飘着,送行的只有瘦长的晁错,这场面增添了几分离别的凄楚……

晁错道:贾兄,梁王刘揖可是陛下最钟爱的皇子。这孩子相当聪明,是朝廷未来的擎天柱,你现在该懂得陛下的意思了吧?贾谊沉默了许久也说:懂了,可又不完全懂,从一面想陛下是让我帮他培养一位未来的藩王,未来的储君;可从另一面想,贾谊又有些五内发堵……晁错握住贾谊的手:贾兄别说官话了。虽说咱们师从不同,我主张以法治国、你信奉儒教兴邦,可命却一样,同为皇子们的老师,说着,他竟哈哈大笑起来。贾谊苦笑一声:错弟,还是天子那句话,未来长着呢,保重吧。晁错道:是啊,满意的要遵从,不满意的也要遵从,贾兄,小弟还想多问一句,那湘妹子已被赦免,你既那么喜欢她,以至以身相救,何不……贾谊更加无奈地笑笑:谢错弟关心,可你看看,他用手指了一下将行的马车,我自己还沉沉浮浮、居无定所,我怎么让她……唉,请错弟放心,我不会辜负她的……说着,他们互道珍重后就长揖而别。

长乐宫中。晨光熹微,太液池畔一排排梧桐树的叶片上挂满晶莹的露珠。还

426

是山姑装扮的慎夫人正小心翼翼地取下一粒粒露珠,放置于一只带柄的耳杯中。身着短裙衣着、朴素庄重的窦皇后手持装满桑叶的竹篮蹒跚走来。窦皇后两眼红肿一片,她不停地用绢巾揩着眼角。

慎夫人朝渐渐走近的窦皇后行一屈膝礼说:皇后娘娘,又是这么早就来采桑叶,小心别着凉。窦皇后亲热地笑笑:妹妹,你不是也这么早就来采露水了吗?自太子跟他父皇参与国事后,我这眼睛天天被太子和妹妹养护得,虽说还常流泪,可不那么疼了。慎夫人一手捧着盛装露水的耳杯,一手搀扶窦皇后朝宫里走着:皇后娘娘,今天的露水比往日的又重又凉,回去后,您得让奴婢们温温再洗眼睛。

此时,邓通匆匆赶来:皇后娘娘、慎娘娘,小的请安了!窦皇后问道:邓通,是陛下有什么事吗?邓通恭顺地哈起腰说:陛下要去上林苑狩猎,请慎夫人速往东阙门迎候呢。慎夫人道:陛下没说请皇后娘娘一起去吗?邓通尴尬地笑笑,并不答话。窦皇后脸上掠过一丝不易察觉的酸楚,打趣说:姐姐这眼睛看什么都模糊,没准把一只老虎当成一头野猪了呢。妹妹你去吧!慎夫人放心不下,那姐姐的眼睛……窦皇后挥挥手,这眼睛谁不能帮着洗呀!慎夫人道:那,慎姬就……窦夫人笑着摆手说:快去吧,别让陛下等得不高兴了。

说着,邓通与慎夫人匆匆朝东阙门走去,窦皇后又以那种古怪的姿态默默地站了很久,之后才大声喊道:碧儿!碧儿!

碧儿应声跑来:碧儿给皇后请安。

窦皇后剑眉高挑,去,快把晁太傅叫来!

碧儿答一声"是"后匆匆离去。不一会儿,晁错手执一册竹简匆匆赶来,晁错正在给太子授课,皇后娘娘有何吩咐?

窦皇后把无名火一股脑儿发在了这位太子太傅身上:你在陛下那儿都说了些什么?

晁错错愕地望着窦皇后不知说什么是好,他只口中讷讷地:臣……

窦皇后道:陛下这几日不时地对武儿横挑眉毛竖挑眼,一会儿是功课如何如何,一会儿是作为如何如何……你不说,陛下会知道吗?

晁错这才稳下神来:皇后娘娘,晁错是应陛下之问,才,如实禀报皇子们的学业的……

窦皇后更加生气:如实?!你那张儒生的嘴能把活的说死了,能把死的说活了。

晁错道:皇后娘娘,晁错身为人师,常教导学生,要一就是一,二就是二,治学严谨不可掺水分,晁错无能,但为人之师是要身先……

窦皇后打断:得!得!少来什么说教!本娘娘年轻时也没少读诗书!太傅日后不要在陛下那里过多地褒扬太子和揖儿,过分地贬低武儿就是了!

晁错并不改口:晁错一就是一,二就是二,晁错……

窦皇后重重地把竹篮往地上一搁:都说贾谊是个酸儒,我看你不只是酸,还是

个地地道道的辣儒!一个辣儒!

窦皇后倒是借晁错出了一口恶气;可晁错却站在那里久久说不出话。他满腹的道理无法跟这位夫人说,他想起了贾谊的一句话:君思如潮汐。

晚秋时的长安城郊,葱茏的草木散发着最后的浓绿。汉文帝足蹬皮靴、身着对襟镶银丝软缎夹衣,一条合体的裤子塞进皮靴中,纵马疾驰;慎夫人仍是山野村姑装束,只是换了一双轻便的软底皮靴,也正扬鞭催马,紧跟汉文帝朝山峦叠翠、绿树成林的上林苑疾驰而去。

这可吓坏了邓通。他无法劝止皇帝,他只能一面嘱咐那些侍卫要马不离身、身不离皇帝地护卫好陛下和慎娘娘,一面气喘咻咻、满脸汗珠地跑到薄太后跟前奏报说:太后,太后,快派人去上林苑护驾吧!

薄太后不慌不忙地看看邓通问:邓通,什么事这么火燎眉毛似的?

邓通仍是语不成句地:禀告太后,陛下骑着马、带着慎娘娘和几个侍卫直奔上林苑狩猎去了,不管怎么劝,陛下就是不坐车,小的怕万一……

薄太后笑着舒了口气:就为这呀?陛下打小就在代国骑马登雁门关、白登山,哪座山不比这陡,不比这险!上林苑那点小坡小崖的还不是如踏平地?你尽管回去吧!

上林苑宛如人间仙境,一驰入这树木葱郁的山林,汉文帝就活力倍增,他纵马扬鞭,对慎夫人说道:爱姬,随朕来,朕要带你去朕小时候玩耍和练武的地方。说着,他们驰过高大挺拔的白杨树林,眼前出现一派滟潋湖光,湖中彩舫轻摇,鸳鸯和各种水鸟成双成对地嬉戏……汉文帝指着数丈高的彩舫说:那年朕才六岁,高祖皇帝带我们七兄弟来这里游猎,朕一见那亡秦始皇帝留下的大船,问父皇说,那房子是从水底下长出来的吗?父皇哈哈大笑:是从你的小心眼里长出来的啊!

慎夫人边听边笑,笑得前仰后合。

汉文帝扬手朝左前方一指:喏,穿过这片白杨林,再翻过那山坡,有一片柔韧如毯的草地,那是我们小时候练骑射的地方,待会儿朕领你去看看。

慎夫人开心地说:难怪陛下骑术箭术都这么好,敢情是打小练出的啊!

汉文帝尚未作答,就见一只野兔从树林中窜入草地,他猛地甩出腰间的猎兔棒,那野兔应棒身亡。

慎夫人不觉惊呆了:陛下这猎兔棒真是又准又狠!慎夫人用一种赞赏的眼神盯住汉文帝。

汉文帝与慎夫人目光对视的瞬间,眼前忽然出现了闵女的影像——闵女草冠短裙、足蹬一双兽皮长靴,猎兔棒甩得如风似电,之后,她望着他咯咯笑着,飘荡起一头瀑布般长发……汉文帝回过神来后对慎夫人说:你试试。

428

慎夫人看看文帝，努力又笨拙地刚一甩那猎兔棒，她尚未出手就打在自己臂上。

汉文帝怅然喃喃说：慎姬毕竟不是闵女呀……。

慎夫人窘迫地看看汉文帝，又生气地甩甩自己的手，都怪我太笨……

汉文帝叹了口气：不能怪你……他刚才的兴奋顿然消失了。

慎夫人立即意识到汉文帝情绪的跌落，幽幽说：陛下是不是又……都怪我……

汉文帝与慎夫人双双下马，他搂起她的肩，半晌才说：朕看得出，爱姬为慰朕心，行为举止，穿戴言语，都在努力送给朕一个闵女，难为你了……

慎夫人更加惶悚：可贱妾还是做得不好……

汉文帝道：一个人怎么能完全成为另一个人呢？话语中，两人沿坡缓步而行，两侍卫牵马随后。

汉文帝试图从遗憾中走出，他换了个话题：爱姬，其实朕狩猎不是以杀生为乐的，你看——汉文帝指指自己的头发：看见了吧？朕才三十岁，就有不少白发了，再不出来舒舒筋骨，朕四十岁就成了白头翁了！

慎夫人甜甜地望着他：臣妾早看出来了，陛下秉性仁和，今天意会得更深了。

汉文帝仍有些神情落寞。

慎夫人故作兴奋地说道：陛下，快！咱们去兽苑打野物吧，慎姬真想看看陛下的箭法呢！

此话唤起汉文帝的又一阵兴奋，他们来到兽苑。那里处处灌木、野草丛生，几骑猎马踏过之处，惊得隐藏在灌木丛中的一只野兔蹿了出来。汉文帝紧拉弓弦，一箭射去，野兔倒地而亡。

汉文帝满脸得意，慎夫人不住拍手：陛下的箭射得真准！真准！

两人正在兴奋中，一匹枣红马载着一位身着铠甲的武将奔至汉文帝面前，他翻身下马，哽咽跪拜：陛下，陛下，父亲昨日，昨日……

汉文帝立即意识到什么，他捧起年轻武将的脸，声音发颤：你是……周亚夫？！

跪地年青武将答道：陛下，周亚夫正是微臣！

汉文帝泪水夺眶而出：老丞相，老丞相……突然，汉文帝满脸泪痕地甩给周亚夫一记耳光：你这不孝之子，不为老丞相守灵，跑朕这儿来干什么？！

周亚夫并不躲闪，只是哭诉道：父亲临终前手指长安方向，就是不闭眼。微臣穿上铠甲说，小儿这就去长安为陛下护驾，父亲才微笑着闭上眼睛……

汉文帝听着，更是流泪不止，他歉疚地扶起周亚夫说：亚夫！朕要随你一同去绛侯封地，送老丞相最后一程。

对于汉文帝对她的冷漠她不解过、伤心过、自怨自艾过。他们有过幸福甜蜜的岁月——那是在遥远的代国。甜蜜中，他们生了启儿、膘儿、武儿，可这甜蜜岁

429

月就如美艳的春桃,短暂的灿烂后就红销香断、萎地成泥了……桃花尚可安慰的是今年凋落明年还再开,他们的甜蜜却一年复一年,再没回来……她不是不想挽回,不是没努力过,可终归还是徒生悲哀。她明白,文帝不是喜新厌旧、纵欲无度的君王,他不过只爱过两个女人,比之那些后宫成千上万嫔妃美人的君王们,他是十分专一、十分自制的;文帝也不是无情寡义的君王,他们之间再冷漠,他也是封自己为皇后,册启儿为太子……还是怨自己,怨自己那连自己都不喜欢的脾性,她不会谀媚,缺少风情,遇事遇人总喜欢按自己的性子来……唉,认命吧,看到汉文帝带慎夫人去了上林苑,她又妒又气地借晁错发了一番脾气后,还是得自己化解、自己去忍。这一晚,窦后回到寝宫借着宫灯的幽光,坐在织机前"呱答答,呱答答"地踩起织机来,少顷,她揉揉眼睛,眼前还是一片昏花。门响了一下,薄太后走进门来,到了近前,薄太后递给窦后一碗露珠水:再洗洗吧。

窦后立即离开织机施礼,之后,接过碗洗起眼来,就在一股感动的热浪涌上心头的当儿,她突然想到薄太后的命运,从某种角度说,她与婆婆又何其相似!难道这就该是后宫人的命运?……此时,她与薄太后谁也没再说什么,薄太后坐在织机前,又"呱答答,呱答答"地织了起来。

夜极静,刁斗传来二更天的更声……

薄太后蹬了一会儿织机,幽幽地说:明天叫上陛下去看看太皇太后吧!

窦皇后点了点头。

第二天,天阴着,细雨蒙蒙。薄太后、汉文帝及窦皇后三驾肩舆缓缓被抬进了张嫣——这位不幸的前朝皇后住所——偏僻的北宫。

宫门前两奴婢见到这少有的场面,急忙跪地迎候:叩见太后、陛下、皇后娘娘。

三人缓缓走进宫内。

张嫣已是三十岁左右的女人了,她一脸憔悴,手里仍不停地玩弄着那块玉,那是鲁元多年前给她留下的玉。

薄太后上前抚摸着张嫣的肩头:嫣儿,今天是清明,外婆来看你了。嫣儿?嫣儿?你听到了吗?

张嫣缓缓转过脸来,盯着薄太后看着,突然,她很古怪地笑了,眼角布满像菊花瓣似的皱纹:外婆?外婆?她似乎很费力地回想着遥远年代的事,她终于想到什么,站了起来,将衣襟解开,放吧,放枕头吧,外面桃花正红,梨花正白,出去跟外婆走一圈,回来就生个少帝,对不?她走至汉文帝面前。

薄太后提醒她:嫣儿,这是陛下。

汉文帝制止住母亲,悲悯地:嫣儿,朕是你四舅,你的舅舅哇!

张嫣来回看着汉文帝:舅舅?舅舅?你是我夫君吧?说完她又怪笑起来:咯咯咯……别碰我,你碰我,我告诉我母亲去!突然,她看到窦皇后手中的小猫,一把抢过来:这是我的儿子小猫少帝,小猫咪咪,来来,来跟老猫玩儿,玩儿捉迷藏。快!快!老猫躲起来了。张嫣把小猫"啪"地往地下一扔,霎时躲到了屏风后面,大喊着:快找老猫！快找哇……

薄太后摸出丝巾擦拭起眼角的泪水,窦皇后也眼睛红红的。

汉文帝叹道:唉！吕娘娘啊吕娘娘,你是天下最好的外祖母呢,还是最坏的?

三人默默地走出北宫,宫外一片迷蒙……

薄太后刚回寝宫,从吴县回到长安的薄婵喜滋滋地跑来了,见到想念多日的姑奶奶,她施了个礼后就扎入薄太后的怀里,嘴里又娇又喘地说:姑奶奶,婵儿想死姑奶奶了……

薄太后端起薄婵的脸,欣赏着:还是家乡的水好啊,看我的婵儿,在吴县住了些日子,长得越来越水灵了。

阿婵娇嗔道:姑奶奶别再这么说了,祖父要知道了,更不愿送我回长安了。

薄太后道:祖父都忙着干什么呢?

阿婵道:整天都转来转去的,看他那围墙啊,阴宅啊!

薄太后笑:你这爷爷呀……

正说话间,汉文帝轻轻走进来,他一见薄婵,惊喜地说:啊,婵儿回来了！之后转向母亲问:母后唤朕何事啊?

阿婵慌忙拜地:叩见陛下伯伯。

汉文帝扶婵儿起来,端详着:婵儿越长越美,已经是个大姑娘了。

阿婵害羞地低下头。

薄太后道:婵儿,去园子里看看牡丹吧,今年的牡丹开得可真好。阿婵听话地退出宫去。

汉文帝见薄婵离去后,笑笑说:舅父是真急还是假急呀,把太子妃都送进宫了,他人还不露面啊?

薄太后也笑了:他不是怕陛下又数落他吗！

汉文帝认真地说:这婚姻的事,还是应该问问启儿……

薄太后不以为然:自古至今,哪家的婚姻大事不是父母定的?

汉文帝酸楚地:是啊,所以就出现一个又一个王瑞儿。

薄太后道:陛下也别提起瑞儿就抱愧,谁让她没那个命……

汉文帝道:唉,一想起瑞儿,恒儿就觉得对不起她,可朕又真的……

薄太后疑惑地看着汉文帝问道:陛下是不是不愿启儿纳阿婵为太子妃? 是不是对薄家人都……

汉文帝见薄太后不悦,急忙打断说:母后,恒儿毫无此意,恒儿只是担心日后阿婵会重复瑞儿的命运……

将薄婵许为太子妃的事就这样定下来。薄太后和汉文帝虽并未征求刘启的想法,消息还是传到了刘启耳里。刘启噔噔噔跑进窦皇后寝宫,满脸怒气地对母

亲说:你们为什么不问问我怎么想?我的婚姻大事为什么要你们定?不,婵儿永远是我表妹,我只做她的太子哥!

窦皇后宽和地看看他:太后都做主了,你能拗得过吗?刘启道:拗不过我也拗!窦皇后站起来走至几案坐下,婚姻大事历来是父母之命,何况你是太子!刘启道:太子怎么了,既然是太子就更应该自己做主。窦皇后笑了笑,你以为太子就有那么大权力?刘启道:没权力,没权力,那当年父皇为什么那么爱母后而不爱瑞儿王后?

一丝凄楚悄悄爬到窦皇后上,当初那么爱又怎样?还不是……说到这里她立即打住,转换另一种口气说:你呀,就是不如武儿,母后怎么说,他就怎么做。刘启噌地站起,拂袖而去,武弟好,武弟好,你就喜欢他去吧!视力已十分微弱的窦皇后一阵心酸,我喜欢谁?现在,谁又喜欢我?!自言自语间,窦皇后一挥手,碰翻了几案上的水杯,顿时,她宽大的衣袖浸湿了一片。

刘长对汉文帝的治国方略越来越看不惯,他的任性霸道也就越来越无遮无拦,这一天,他对他的舅父大声宣泄道:寡人就是不要那两个人!他们无才无德,除了做他刘恒的耳目,百无一用!寡人就是要抗他刘恒的旨,让普天下的封王、百姓们看看,他刘恒借权势发淫威,任用他舅父,任用一群庸才,就是有人不买账!

此时,一将军匆匆进宫报道:大王,敢死队静候大王阅兵。刘长一听,刷地站起身来,快步来到练兵场。他看到那一个个五大三粗、相貌凶恶、被朝廷追缉的逃犯组成的队伍正执戟握盾地双双搏杀。那将军指指那些士卒:那些是齐国逃来的杀人犯,那些是济北国来的盗墓贼,那些是蜀郡私铸钱币的。刘长点点头。将军一挥手:停止操练!听大王训话。罪犯们高举武器:效命大王!效命淮南国!刘长一脸霸气地站在一处高台上:好!寡人的臣民们,你们虽然是被朝廷判为死罪的逃犯,可在我淮南国里,寡人给你们一个将功补过的机会,那就是时刻准备为我淮南国杀敌立功!当今朝廷任用庸才,昏聩霸道,朝廷若再将被寡人轰走的什么丞相、都尉派回来,你们说该怎么办?众人纷纷举起手中刀剑狂喊着:杀掉他们!杀掉他们!

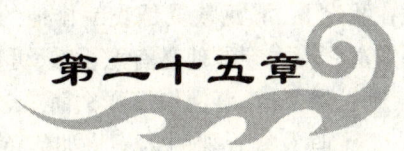

第二十五章

被吕后骄纵惯了的淮南王刘长认定了从小软弱谦让的汉文帝就是不敢惹他,否则,汉文帝就不会对他一味宽容,以致他活活摔死审食其都不治他重罪。于是他更加有恃无恐,甚至就是想以自己的强势要汉文帝屈服,直至赶走朝廷派往淮南国的丞相和都尉!可再想想,这毕竟太过了,这就是明目张胆地对抗朝律!他不安,他的舅父更加不安。他透过窗子,望着宫院中的满树桃花,终于回过头来说:大王,密探来报,朝廷并没有派丞相、都尉人再回来的征兆,而且,薄昭也回老家吴县去了。

正在埋头看奏简的刘长抬起头来想想说:哦?!这刘恒葫芦里到底卖的什么药哇?说着,两个人又从猜测结果到设计对策地计议起来。

与此同时,朝廷廷尉府也正在为一而再、再而三发生在淮南国的怪事忙碌着。宋昌应张释之之请走进廷尉府:张大人叫我来为的何事啊?

张释之道:宋大人,南北军中开章的老部下名册,我这廷尉府应该留一份吧?

宋昌道:陛下不是说过,不要因为和开章共过事,就都列入黑名册吗?

张释之为难起来:可,宋大人,我无处下手,有力也无处使啊!

宋昌道:怎么会呢?我们派人严密守住淮南国进长安的大门,仔细盘查,还能有遗漏吗!

张释之想了想:倒也是。我原本想,那刘长既要与开章一起谋反,开章能不联络他在京城的老朋友、老部下?所以,列出一份开章老部下的名册,由我廷尉府严加控制访查是最便当的办法。

宋昌笑笑说:还是谨遵圣旨吧,也免得牵连过重,人心不安……

张释之感慨:这就是圣上的大度仁心啊……

也是做贼心虚,朝廷越是静如止水,刘长越心生忐忑。这几天,他与他的"智囊"舅舅几乎形影不离,他又禁不住地问道:刘恒还没有动静?刘长舅父摇摇头:是,还是没有任何动静。刘长不解地:怎么会呢?吴国的丞相派了吗?其他各封国的丞相呢?刘长舅父道:都派了,吴国派去的是袁盎。刘长踱起步来,厅内空荡

433

荡的,只有他那重重的脚步声"哐哐"地响着,他突然仰天大笑:哈哈哈哈!

刘长舅父问:大王为何大笑?刘长转至舅父面前:那刘恒是怕我!怕了我了,哈哈哈哈,舅父你不知道,我这四哥,打小就窝囊,连笑声都是扁的,受气包样的。他明明想到了开章是藏在我这儿,那儿歌也是我编排他的,我乘六匹马拉的带顶大舆,远远超过规矩,明知道我不去朝拜他是有意不敬,可他还是得派他的舅父给我送药。这种皇帝,哼!刘长舅父道:事情怕没那么简单……刘长道:不那么简单能怎样?!派往闽越的人走了吗?您看那闽越王将如何待我?刘长舅父道:去闽越的人已经走了,闽越国对刘恒厚待南越王赵佗极不满意,照他们的心气,咱们起兵,他们至少不会帮助朝廷,我们出高价买他们的大船,他们何乐而不为?刘长瞪眼想了一想:要是乘大船航海去闽越东边的小岛有没有危险?刘长舅父道:老夫已经反复问过,那些大船十分坚固。说着,刘长舅父对他浅笑了一下:大王怎么想到问这话?刘长道:什么事都要做最坏的打算,万一有一天举事不成,舅父就随寡人去闽越国那边的海外孤岛称王如何?刘长舅父紧盯他问:大王心还不定?刘长道:我是退一万步说。这样吧,舅父明天去匈奴,本王嘛,要去会会吴王!刘长舅父道:刘濞那个老狐狸是不会辅佐大王的,他早想称帝了。刘长露出一副孩子样的赖相:这我知道!那老家伙够富的,瞧那吴氏钱币满天飞,占他点便宜总可以吧?

刘长舅父一行装扮成卖丝绸、食盐、脂粉的商人来到雁门关前。守关卫卒握了一下刀柄说:出示关传!刘长舅父拿出一张假造的吴国关传恭敬地递上。卫卒看看关传又看看来人,吴国来的商贾,去茏城啊?刘长舅父谦恭地点点头,是,是,换些匈奴的好皮子!卫卒道:你们这些商贾真能钻空子,只要朝廷与匈奴不打仗,你们就忙活起来,赚钱,赚钱。刘长舅父递上一串钱币,卫卒揣起钱后,扬了扬手让他们出了关。出关后的刘长舅父一行立即上了马,朝大漠远处走去。

第二天,乘着六匹马拉的华丽舆车,趾高气扬的刘长也来到吴国。他一见吴王刘濞,先施了个礼,之后就哈哈哈地说:吴王,小弟是个急性子,直话直说,寡人来贵国不为别的,就是向你这天底下的大富户这个来了!说着,他手心向上做了一个乞讨的动作。

刘濞也笑容可掬地踱着步说:老夫就佩服你淮南王的胆量,坐六匹马拉的车,还带卤簿仪仗,天子出巡也只坐四匹马拉的车啊!你就不怕触怒陛下,咔嚓!刘濞做了一个抹脖子的动作。

刘长又是一阵大笑,哈……寡人才不管他什么朝廷律令不律令的,想坐几匹马拉的车,就坐几匹马拉的车,只要寡人有钱置办得起,他管得着吗?

刘濞似纵容似不解,就是嘛!哎,淮南王,寡人还是不明白,淮南国也是有名的富足之国,你怎么还要向寡人伸手呢?

434

刘长道：寡人这次来，不是想向吴王借钱，而是向你借人。

刘濞更是故作不解地：借人？借人干什么？

刘长斜了他一眼：干什么？只怕你是明知故问吧？自代国刘恒在周勃、陈平拥戴下，成为我大汉皇帝后，凡是在诛吕中立下战功的高祖嫡亲和宗室后人，哪个服哇？就说你吴王吧，早在高祖时就是战功赫赫的大将，平英布你可是众人皆知的大功臣哪！可这刘恒阴得很，好话他说绝，便宜他占尽，就是看我们这些刘姓王不顺眼，总是两眼红红地盯着高祖传给我们的封地！

刘濞递过一樽酒：先喝一杯，别见到我就牢骚发不完。寡人有兴致陪你！

刘长一饮而尽：可怜啊，齐王、城阳王死后，他首开先例，借故就将齐国、城阳国化整为零！这且不说了，可他凭什么就要以此为例，规定我们百年之后，也要将国土分封给所有的儿子？让他们那么多人占这么一块可怜的封地！

刘濞佯作委屈地点了点头：是啊，高祖皇帝也没逼我们非要怎么怎么样吧？

刘长道：吴王你有二十七个儿子，难道吴国今后就要一分为二十七份儿？这不是在慢慢蚕食我们的封地吗！

刘濞有意激起他的火气：这是败坏祖制，我们不该不说话。还有向各封国安插眼线，硬派丞相和都尉的做法，先帝都没有这么做嘛。

刘濞的话果然奏效，刘长最易被激，听了他的话，刘长顿然火起：寡人是受不了了，寡人就是要举反旗！

刘濞故作害怕地急忙制止说：长弟啊，牢骚归牢骚，这"反"字可千万不能轻易出口哇……

刘长何尝不知刘濞所想？刘濞越劝，他越豪气冲天，他就是想借此策动反汉文帝的力量：拼死一搏！我不光说，还要干，我淮南王来挑大旗，吴王你干不干？

刘濞毕竟老谋深算：干什么？干这个？不，寡人可不干！

刘长道：你是不是怕落不下头功啊？寡人今天说白了，打下江山，一人半壁如何？

刘濞捋须长叹：老朽老矣，只守着吴国足够了，淮南王迢迢远来看望为兄的，当然要送你些钱币……别的吗，寡人一概没听见，也没说任何话。

冒顿更老了，也就更多了些谋略。他优礼有加地给刘长舅父赐了座，之后哈哈大笑说：国舅大人到我茏城来，是为……他望着来人，不再多说什么。

刘长舅父欠了欠身子：贵王子去我淮南国已经有一段日子了，送来了那么贵重的礼物，带来那么真诚的祝福，淮南王感动得很哪！这才派寡人前来，带来大王喜欢的绸缎、竹器等等专程答谢。说着，他一挥手，随行人即搬上装礼物的大箱小箱。

冒顿抖开那些礼物，一件件欣赏着，之后说：早就听说，大汉诸王中，数淮南王重义气，武功好，我们准对脾气，可惜朕不能去看他，他也不能来见朕，我们只能

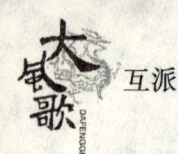

互派使节了。

刘长舅父道:是啊,要是有一天……

冒顿会意,他立即接上说:会有那一天的,国舅大人,你告诉淮南王,他需要朕帮什么忙,派个信使来说一声就是了!

刘长舅父起身致谢:寡人代淮南王谢过大王。

冒顿道:国舅大人去别馆休息吧。

刘长舅父刚离开,冒顿即哈哈大笑说:看来,汉人那边要有热闹了……

右贤王跃跃欲试:那我们可不可以趁乱打过去?

冒顿沉稳地笑笑:不急,现在我们是静观,到火候再——随即,他做了个打过去的手势。

袁盎深知刘濞的狡猾,更知道他包藏祸心又深藏不露,故此,自文帝派他来吴国任丞相,他就处处小心,对吴王表现得毕恭毕敬;可另一面,他知道自己的使命,他不能不时时监视吴王的举止行为。这一天,他从远方视察回来,刚要进宫,就见一箱一箱的黄金装入淮南国的马车上,他若无其事地朝宫内走去,吴王刘濞正好走出宫门点数送给刘长的黄金。他一眼看到袁盎,就故作亲热地迎上去说:袁丞相回来了?

袁盎故作惊讶地:啊,叩见大王!

刘濞道:袁丞相走了十几天,辛苦了。所到郡县可有什么事情?

袁盎谦恭地道:回禀大王,下官所到之处还真没什么大事。百姓家家粮足柴丰,都念大王治得好呢……说着,他看了看那一箱箱已经装上车的黄金一笑。

刘濞似早已会意,他也笑了笑:少不了你的,放心!说完一拍巴掌,一箱黄澄澄的金条,搬至袁盎面前。

袁盎佯作贪婪地抚摸着:谢大王,太谢谢大王了!

刘濞道:别说空话了,这秋天朝拜天子的日子又要到了,每年一到这时候,寡人就心躁不安,今年寡人要是再不去……

袁盎一挥手:从此以后,吴王就别再忧虑了,去年袁盎就已经禀报陛下,吴王确实身体欠安,明年要是不能来,陛下千万别怪罪!一年年上了年纪,这是没办法的事,就是此后年年不去,陛下也会体谅吴王的。

刘濞话外有音:在陛下面前,袁大人是什么人,这寡人知道!

长安城门处,南军士卫沿城墙巡逻,盘查着一个个过往行人;廷尉府的"便衣"装扮成商人、小贩严密监视着每一个进城者。

便衣甲对乙嘀咕着:喂!瞧,右边第三个驾车的,有点像画像里的一个人。便衣乙仔细看了看,嗯,是有点像,拦住他。他边说边走向守城卫卒耳语,卫卒点着头,那便衣甲、乙已避向城墙角落处。

一群群入城人走至城门,各个拿出关传,卫卒们一一验明后又检查他们携带的苹果、梨、铁锅、锅铲、小凳等物品,卫卒一一挥手后,入城人一一走进城去。

　　大批行人入城后,两卫卒又走到那个被便衣乙提醒过的驭手前,他们翻看着车上席子盖的一桶桶乳白豆浆。又拍拍驾车人的衣服,检查他盘起的发髻,没发现任何疑点后,两人终于摇摇头放行驭车人入城。

　　那驭车人刚要扬鞭赶车,便衣甲、乙两人突然冲上来:弟兄们,看看他的马鞭。驾车人本能地将马鞭握紧。两卫卒夺下马鞭刚刚撅断,一叠裹得紧紧的锦帛即从鞭杆中掉落出来。那两卫卒不约而同地抓起锦帛,顺势一抖,上面密密麻麻写满了字,他们未及细看,便大声叫道:密信?是奸细,抓住他!说罢,两人上前快速捆紧驾车人……

　　驾车人被直解廷尉府。廷尉官先还不动声色地审讯,可一直问了两个时辰,驾车人就是闭口不语。那廷尉官只好大喝一声,命衙役们用刑。众衙役闻声后,瞬间就将驾车人吊于高竖地上的木桩上。

　　衙役喊着:说!开章的密信是写给谁的?谁是淮南国安插在南北军的内应?

　　驾车人满身鲜血,瞪目不语。

　　烧红的烙铁又在驾车人胸前"嗞嗞"烙着,顿时冒出一股腥臭的浓烟……

　　驾车人大叫一声昏死过去。衙役们提起一桶冷水朝他从头到脚泼去,不一会儿,他睁开眼睛,摇了摇头,又用牙齿咬紧了嘴唇。衙役甲见状,又狠狠地将竹签插入驾车人指甲缝里。驾车人痛得惨叫不止,终于开口了:我受不了,实在受不了了,我说,我全说……

　　廷尉府虽在秘密审讯驾车人,可此事还是搅动了从长安到淮南国凝结了很久的空气。一匹枣红马窜出长安城,穿树林,过小溪,沿着崎岖不平的山路一路狂奔……不知跑了几天几夜,这匹马终于驰进淮南国的宫门。

　　那报信人连说带比画地说了事情的来龙去脉后,刘长舅父脸色阴沉着不住地点头。他意识到事态有多么严重,他开始领略到汉文帝绝不是怕了刘长。对刘长他一直是绵里藏针、隐而不发,可身为一言九鼎的皇帝,他一旦不再隐忍后,其后果是难于预测的,何况他们已经做了那么多对抗朝廷的事情!他必须提醒刘长,一面要彻底销赃,一面要做好应对最坏后果的准备。

　　就在那天午夜,他们的第一个行动开始了:黑沉沉的暗夜,开章正在帐中酣睡,门悄悄被撬开,两个相貌凶狠的彪形大汉以恶虎扑食之势压住开章,死死卡住他的喉咙,初始,开章的双脚还在踢蹬,不一会儿,就停住不动了。行凶人将开章的尸体装入一个大布袋,拖出门来,驮上马背,消失在茫茫夜色中……

　　淮南国的刘长在行动,朝廷也布下了天罗地网,就在开章被杀的第二天凌晨,宋昌带领着一队骑兵疾驰而进。来到雍城郊外一个三岔路口处,骑士们翻身下马,牵马执戟地悄悄埋伏在路两旁的山坡树林中。

　　少顷,从另一岔道口传来车轮滚动、马蹄杂沓的声音。一列由青壮男人组成、

全部草民打扮的人群走近三岔路口。

一将校挥了下大旗,隐伏的汉军一拥而上,将那些"小民"团团围住。

为首的大汉走近策马而来的宋昌:请问将军,这是官道,为什么不准通行?

高坐马上的宋昌冷冷地说:你们运的是什么东西?到哪里去?

为首的大汉回答说:我们运的是家用漆器、竹器,就到前面的雍城。

宋昌道:出示关传看看,你们的户籍是哪个郡国的?

为首大汉递上关传:就是雍城人。

宋昌边翻看关传,边看着那大汉:你说的可是真话?说着,他将关传一抖:搜!

为首大汉喊起来:我说的自然是真话,你们……

汉军早已不听他说什么,在十几辆车中上下搜查,当掀开漆盒、竹器内的覆盖物后,底下露出的全是寒光闪闪的箭镞和各种兵器!

这群"草民"一见大事不妙,纷纷拔刀执剑,意欲边打边跑,但他们那几个人哪里打得过隐伏在树林中那支有备而来的汉军!未经开战,已经一个个做了汉军的俘虏。

消息传来,刘长舅父气急败坏地冲进宫殿:大王,全完了!全完了!雍城路上运武器的人全被宋昌抓走了!

正在举着一只巨鼎的刘长转了一圈,终于将巨鼎放到地上:舅父,不能说全完了!不到最后不能说这话!

刘长舅父端起一樽酒一饮而尽:那些个亡命徒,有奶便是娘,到了廷尉府,别说上大刑,一见那些刑具就得尿裤子,那还不一五一十地全招了!

刘长道:一五一十的又怎么了,无非是寡人假造雍城关传,偷运武器。寡人谋反了吗?举反旗了吗?没有哇!他刘恒能怎样?

刘长舅父道:能怎样?开章的信可是由淮南国特使带进长安的。

刘长转了个圈,边甩着胳膊边说:大不了他们派人来搜查开章,可开章人在哪里?刘长逼近他舅父:舅父,杀开章那两个人绝对可靠吗?

刘长舅父道:这世上哪有什么绝对可言?我早叫人把那两人给……他做了一个抹脖子的动作。

刘长一听不禁哈哈大笑,哈……舅父,那就一切无妨,该吃的吃,该喝的喝。

汉文帝自然知道他这个同父异母的七弟的脾性,他无非是从小被吕后惯得骄纵、霸道、任性,可他一直以为,七弟是个率直豪强人,为人并不阴险,为此,哪管是他杀死审食其,他也多所袒护,只想以罚代惩、警告他一下就是了,没想到他毫不记取教训,竟视他的仁爱为软弱,反而一而再、再而三地做出这么多无法无天对抗朝廷的事来……这不能不令他伤心,更不能不警觉,他倒剪双手在太极殿内来回踱步:想不到淮南王竟如此大胆,朕……宋昌,你想说什么?宋昌跪倒在地:陛下,淮南王反心毕露、证据确凿,臣只要陛下给我两万大军,杀进城去,活捉淮南王刘长！张释之闻声,刚要跪地启奏,汉文帝挥了挥手:都起来,坐下议事。

宋昌、张释之双双归座后,张释之欠起身子说:臣以为,不到万不得已,还是不要强力攻城,免得淮南国又一次生灵涂炭;其二,刘章谋反事息未久,刘长之事若再一次兵戎相见,这民心……汉文帝道:廷尉所患正是朕之所患。如此,张廷尉!着你带几名护卫,轻装简从,直入淮南宫,宣朕旨意,带刘长回长安。张释之立即跪地领旨:臣,领旨。宋昌倏地站起来说:陛下,刘长从来骄横跋扈,如今又反心已定,他能那么乖顺吗?万一……汉文帝道:朕给你两万大军,只可潜行,不可张扬,一旦遇有意外,你可临机应变。

当夜,张释之即在护卫们保护下向淮南国驰去。为保张释之的安全,更为防止淮南国可能发生的举兵叛国,宋昌也率两万大军静悄悄地开向淮南国。

张释之一行日夜兼程,终于在一天黄昏来到了淮南国都的西门外。他们正要进城,却见城外已吊桥高吊,城门紧闭。张释之命侍卫官说:过去,叫门!那护卫官领命后纵马蹄过护城河,之后猛拍城门:里面听着,朝廷廷尉府张大人到,开门,快开门!门内官员慢声慢语答道:淮南王有令,天快黑了,无论何人,一律不得入城!张释之等只得眼望星空,被困城外。

此时,淮南宫殿内也已暮色低垂,幽暗的光线将偌大的宫殿笼罩在难耐的窒闷和诡异之中。刘长猛地一脚,将练功的大鼎踢得满地乱滚:刘恒派来了张释之?关紧城门,就是要把他困在城外!

刘长舅父捻须踱着步说:看来他已经发觉了我们的蛛丝马迹……之后,他要做什么?怎么做?都难料定啊……不能困张释之,不能……说着,他凑向刘长耳语起来。

时光在一刻刻地流走,大约一个时辰之后,都城南门慢慢打开,护城河上的吊桥也放了下来,一骑快马如箭般地窜出城外。

此时,埋伏在南门外的宋昌突然率众兵从黑暗中冲到大道两旁。他大喝一声:来者下马!

马上武士充耳未闻,仍是出弦之箭般向前飞去。倏忽间,一个绊马索绊倒飞马。

宋昌吩咐道:捆起来,搜他的身!

就在宋昌审讯从南门窜出的武士时,西城门"哐啷"一声打开了,一淮南国武将率领一群士兵提着一串串红灯迎接张释之等入了城。

淮南武将边走边说:廷尉大人辛苦了……

张释之愤然不语,大步前行。

一名护卫官厉声质问:为什么现在才开门?

淮南武将道:这,末将只管行大王令,别的一概不知。

张释之等正往城中走去,宋昌率大军高举火把,从四面八方冲进城来。淮南

兵将不知就里,他们先是一片懵懂,继而就挥刀舞剑涌向宋昌的兵马……

宋昌在马上大喊着:淮南国的弟兄们,你们都是大汉臣民,朝廷只擒淮南王,绝不伤害你们。哪位弟兄帮朝廷捉住犯人,朝廷将予重赏!

淮南兵将一片混乱。

此时,刘长率兵纵马赶来,他抽出宝剑喊道:寡人是你们的国王,谁敢叛我,谁就是这样的结果!他一剑砍向旁边一座店铺的廊柱,廊柱腰断,店塌瓦落……

刘长心腹等人也立时抽剑威迫着士卒迎战。

宋昌挥剑高喊:淮南国的父老们,我们都是一家人,你们不愿一家人血肉相残血流成河吧?那就快快动手,交出刘长。

此时,张释之在众护卫保护下匆匆赶来,高喊道:淮南王刘长听旨——

淮南兵将一见此景,个个愣怔在地。

张释之朗声宣旨:大汉皇帝诏曰,淮南王刘长窝藏朝廷重犯,私购兵器,北与匈奴串通,南以重金收买闽越王,且以巨资购置大兵船,以备南逃之用,证据俱在,反相毕露,已构成谋逆罪。今宣旨:着将叛贼刘长及其亲信押解长安!钦此。

刘长听罢气极,他挥剑拍马:众将官,随本王先杀了这个狗官!此时,宋昌已率众兵将刘长团团围住,淮南兵将则刀不举剑不扬。刘长急忙勒马,那战马却咴咴长叫着,扬起前蹄,一个旋转,就将刘长连人带剑掷落地下。张释之厉声地:拿下!张释之话音未落,宋昌即带人将刘长五花大绑起来。刘长发疯似地大喊着:这冒顿,闽越王,全是他妈狗娘养的!已经没人听刘长喊叫什么,汉军如迅雷般涌上前去,刘长舅父刚欲与之相搏,被突来一刀劈死。

刘长大骂不止:就让天下人看看吧,朝廷不重证据,乱杀无辜……

张释之对周围的军卒:朝廷知道,你们不少人都是淮南国效忠敢死队的,是从各国逃亡来的犯人,我是廷尉府的张释之,我可以保证,只要你们有谁说出开章的下落,既往不咎。他话音未落,一断臂人从远处踉跄跑来:廷尉大人,我带你去找开章!

天快亮的时候,那断臂人带着张释之派出的廷尉府官员和护卫们来到淮南城郊外。在一个荒草漫漫的土丘上,木柄铁头的铲子疾速挖着,不多时,开章尸体暴露出来,那尸体已在腐烂,一条条蛆虫正叮着那黑紫恶臭的尸体狂欢着……人们捂住鼻子看了一会儿,就抬起尸体。

第二天天刚破晓,稍事睡了一会儿的张释之就在淮南宫中审讯刘长。刘长还在瞪着眼睛、骂骂咧咧。张释之看了看刘长,低声说:把开章抬上来!一具腐烂恶臭的尸体横在刘长面前。

张释之盯了一眼刘长:淮南王,证据在此,你还有什么话说?来人!把犯人刘长押往长安!刘长死死抗拒着不肯起身:寡人就是不走!几个军士上前拖他,他用力一撞,好几个人应声倒地。宋昌见状走上来,抡起手掌,"啪啪"左右开弓,顿时,刘长鼻血流了出来:还什么寡人!你这罪大恶极的叛贼,来人,戴上刑具!刘

440

长仰天大笑:哈……真是成者王,败者寇啊,哈……宋昌厉声道:走！刘长被拖着拽出宫殿,押上囚车。

刘长一边在囚车内颠簸,一边高吼:寡人不服！寡人就是不服！他一阵狂笑后,接着就声嘶力竭地大唱起来:

　　一斗米,尚可舂,
　　一尺布,尚可缝,
　　兄弟二人不相容！
　　一斗米,尚可舂,
　　一尺布,尚可缝,
　　兄弟二人不相容！

哈哈哈哈,哈哈哈哈！
一路上,所经之处,人们指指点点。有头扎髻角的小童学唱:

　　一斗米,尚可舂,
　　一尺布,尚可缝,
　　兄弟二人不相容！

刘长的声音越来越弱,越来越嘶哑,他的鼻子、嘴角全是血,还在不停地唱着……唱着……

被押解到太极殿上的刘长已经松绑,邓通正小心翼翼地替他擦拭鼻子和嘴角上的血。刘长仍然高昂着头、一副桀骜不驯的样子。

汉文帝走近他:骂够了吧？老七,朕不知道你还真有才,骂朕的儿歌编得挺在行嘛。

邓通两边讨好地说:要不是陛下降旨,淮南王,你的舌头早给割了……

刘长瞪了他一眼吼道:滚一边儿去,这儿有你说话的份儿吗?！邓通立刻吓得端起一盆凉水撅起屁股匆匆跑出殿门。

汉文帝递过一樽水:喝点水吧,你这一路上没吃什么吧？他指着几案上冒着热气的饭菜:喏,吃点……

刘长一屁股坐在席子上,双脚仰面,他以这种丑陋的坐态表示着他的愤恨。

汉文帝不禁笑笑:不管怎么说,咱们八兄弟现在就只剩咱们俩人了。老七,四哥是真心希望你过得好,能长寿啊……

刘长说:你的心我明白,好话你都说了,便宜你也都占了！

汉文帝道:这么说,你还是对朕当皇帝不服哇。

刘长又来了气:那还用说!你对诛吕毫无寸功,凭什么我们打的江山由你来坐?

汉文帝稍事沉吟后说:这话你不说朕也能想到,朕自己也时时问自己:这皇位应该由你来坐吗?可是老七,此事你比我清楚,这皇位不是朕争来的,朕也从来没想过要去争,它是满朝文武拥戴的。想到众意不可违,社稷大事不可推,朕才接受了这个大位,要是换了你,你又能怎么做?

刘长憋了半天,终于没说出话来。

汉文帝语重心长地接着说下去:朕真不明白,当这个皇帝就真的那么好?朕自登基以来,每天只睡一两个时辰,终日诚惶诚恐,唯恐一点点疏忽带来天下人的怨怪和不满……文帝更加推心置腹:不瞒你说,就连朕喜欢的一个乡间女子,也只能放在心里苦苦思念六年多,在朕终于找到她时,她却不在人世了,这就是皇帝的日子,皇帝也不是什么都能如愿的……

刘长冷笑了一声:哼,犯得着吗?一个至高无上的皇帝!

汉文帝道:是啊,对七弟来说,这本不是一件大事。可朕是满朝文武天天都盯着的皇帝,是祖宗社稷和父皇的期望,四哥我怎么敢放纵私欲而不自律?

刘长听到这里,不禁嘲讽他道:这么说,这皇帝大位倒是委屈了你?

汉文帝叹了口气,还是想以真情打动刘长:不在其位,不谋其政啊。大田有水,小田满,朕却常想,小田有水,大田才不干啊。这也是父皇的施政之风。你是知道的,从来国君收税都是十税一,可为了让百姓过上好日子,父皇却改成十五税一,朕继位后又改成三十税一。税收么,朕日后还将改动,不过要等到一定的时机。在后宫,皇后每日要织布,朕每年春播秋收时要去耕地,朕的爱姬朕都不许她穿拖地长裙。未央宫、长乐宫多年不曾添加任何物件。许多大臣建议修一座露天宫宇,可这需要上万黄金,几乎是一个县百姓一年的口粮!朕也并未准奏……

刘长不耐烦地:就你勤俭,落了个天下好名声!

汉文帝道:名声自然重要,作为治世之君,为民表率就更重要啊。

刘长道:其实,七弟我跟你争来争去并不是看中了你的皇位。七弟只不过是不赞同大兄的治国方略,因此才想做主朝廷,按自己的想法行事。

汉文帝鼓励刘长说:哦?朕倒要听听,七弟有何高见?

刘长似乎已经忘了自己的处境,他一身雄霸地滔滔不绝起来:对外,我要振我大国雄威,把失去的疆土夺回来,把长城筑到冒顿的茏城下,那冒顿要再不老实,我就绝了他的种,灭了他的国,把他的头当酒器。

汉文帝哈哈大笑:灭了匈奴的种?这种将黎民百姓送到战火中去拼杀、造成千百万人尸骨成山、血流成河的惨剧难道还要再重复吗?

刘长道:那也比年年给匈奴送珠宝、送美女的日子好过得多!

汉文帝严正地说道:七弟!与匈奴的和亲之策可是父皇定下的,在当时,或许是权宜之计,可从长远看,正与先人提出的以我华夏大地为中央,以四方夷人兄弟

442

为边陲的天下大一统设想不谋而合,朕近来翻阅古籍,感到我泱泱华夏,自从有人类起至今三千年来,大约三分有二的时间是在刀光剑影中度过的,杀!杀!杀!国与国之争就不能少靠武力征服,更多地靠友好往来,就像兄弟之争要少靠威力,更多地靠亲情靠魅力……

刘长越听越觉得汉文帝是在装腔作势地掩饰自己的伪善,他不禁仰天大笑:亲情?魅力?就是你对我这套?哈……

汉文帝也收敛起笑脸,一脸威严地说:残暴偏狭,不可理喻!难道你就为了施行这样的暴政谋反吗?

刘长噌地站了起来:谋反?谁说我谋反了?

汉文帝拿出一方白绢:看看吧,上面是不是你的字,都写了什么?

刘长看罢:是我写的,怎么了,我请吴王围猎也犯法?

文帝道:围猎?围什么猎?既然光明正大,这信为什么早不送晚不送,偏偏在张释之宣朕圣旨的深夜派人偷偷去送?而且,你明知钦差大臣去宣旨,为什么要把他关在城外三个多时辰才放他进城?

刘长被问住了:我,我……

汉文帝更加威严:不仅如此,你假造雍城关传、偷运兵器、窝藏叛臣开章,被朝廷追查后又将他杀死掩埋,这难道不是串通开章谋反、因怕阴谋败露又杀人灭口?

刘长道:开、开章?谁知是谁杀了他,又偷偷埋进我淮南国的?

他的话尚未说完,张释之即率廷尉府的官吏押一五花大绑的断臂人进殿跪拜说:陛下。

汉文帝不明就里,他面对张释之说:平身吧。之后,他又看看被押的人问道:这是怎么回事?

张释之走近文帝耳语:他就是杀死开章,并将开章掩埋的人。说着,他递上一块写满黑字、盖有玺章的白绢:陛下看看就明白了。

汉文帝展绢看后又叠起来放于案上。

断臂人以头叩地,叩得地板嘣嘣响:陛下,小民冤枉啊,小民愿意作证。

汉文帝道:你作什么证?

断臂人道:陛下,就是他,他右手指着刘长说,命我和程二杀死叛贼开章、又让我们掩埋的。

刘长不屑地说:哪儿来的这么一个市井无赖!你是谁?程二又是谁?我淮南王见过你们吗?

断臂人道:没,没见过……

刘长仰首大笑:哈……我见都没见过你们,你说什么疯话!

断臂人道:陛下,那天晚上……于是,这个叫尤达的断臂人就跑在殿前描述了刘长试图谋反又杀死开章的来龙去脉——

那天深夜,由一批流氓无赖、杀人犯、盗墓贼和淮南军中一些不怕死的年轻士

卒组成的刘长准备叛变的"敢死队",已经在兵营里呼呼大睡,突然,一军营校尉悄悄喊醒了尤达和程二。

尤达、程二迷迷瞪瞪地跟在校尉后面走出兵营,左拐右转,来到一兵营公务房。房中,刘长舅父坐于灯下。他见这两个亡命之徒模样的人进来,对校尉挥挥手说:你下去吧。校尉去后,刘长舅父端详他们片刻说:嗯,像成大事的人……你们想立功吗?

尤达、程二立即跪地拜道:当然,大人。

刘长舅父压低声音说:有件事你们若能干成,就升你们为校尉,每人黄金八百两;要是干不成嘛,你们会知道我将如何发落你们……

尤达、程二瞪着贪婪的眼睛:我们干!大人你就吩咐吧,干什么?

刘长舅父向他们低语了一阵,之后说:一定要找到国王给他的手书,是一块白绢,上有国王玺章,你们要将它和尸体一起埋掉……

汉文帝听着尤达的叙述,看了看刘长。

刘长气急败坏地:你满口胡言!我就从来不知开章曾躲在我淮南国!

汉文帝道:可他的尸体就是在你淮南国挖出的。

刘长道:他要真在我淮南国,也不知会藏在什么地方,你能轻易找到?即使找到了,凭他的武功,你能把他杀了?笑话!

刚刚直起身子的尤达又俯下身去,接着说:开章就住在淮南国都一座大将军府内,而且有兵卒把守……我和程二领了淮南国国舅之命后,趁着月黑风高,来到开章府前。守门的兵卒刚问我们是什么人,我就一刀捅死了他。接着,我们就直上开章卧室,那时,开章已宽衣上床。轻轻潜进屋去,开章听到了声音,惊问是谁?我俩一个箭步窜近开章,程二掐住开章脖子,之后,我们挥起匕首,刺入开章心脏……尤达开箱倒柜,找到一只精致的盒子,打开一看:就是它,它那里面就装着印有国王玺章的白绢!我们将盒子装入怀里,背起开章的尸体,跑出他的府邸,直奔郊外。在郊外的一片树林里,我们挥锹抡镐,刚刚掩埋好开章的尸体,两个蒙面人从树上飞下来,之后,他们一人举刀削下程二的头颅,一人砍断我这条臂膀……尤达说着竟大哭起来,他边哭边指着刘长说:我捡了这条命,也捡回了你淮南王写给开章的手书……

此时,刘长气焰已灭,他也指了指尤达:你……之后却再说不出什么。

汉文帝展绢读道:若大事告成,寡人登基,寡人将封你为太尉……汉文帝走近刘长,抖了抖那白绢问:七弟,是你的字吧?上面还有你的玺印……

刘长咳了一声,顿足大骂起来:这个老没用的,真是死有余辜……

汉文帝道:你也别骂这骂那了,要是你做皇帝,你说这件事该怎么办?

刘长道:我说了,你能照我说的办吗?

汉文帝道:你说说看。

刘长道:要么把我一刀杀了,要么还放我回淮南国做国王。

444

汉文帝仍是温和又威严地:杀你,朕心不忍;放你再当淮南王,朕不放心,朕还是朕的宗旨:靠亲情、靠魅力,去蜀郡吧,锦衣玉食是会有的……

刘长又跳起来:你杀了我吧,我不去蜀郡!

不管他如何又叫又跳,此时,汉文帝已转身离去。这就是汉文帝的性格,这就是汉文帝的皇威。眼见汉文帝的身影已经移出太极殿,张释之、宋昌等人一拥而上,刹那间就给刘长上了刑具。

宋昌厉声地:老实点吧,刘长,依你的罪死上十次也不够!让你去蜀郡是陛下念手足之情,你别不知好歹!

刘长脖子一扭,哼!接着他又开始唱:一斗米,尚可舂,一尺布……

宋昌刷地撕下刘长一角衣襟堵住他的嘴:闭上你的臭嘴!

众人议论着:真是不知天高地厚,捅死他算啦!说着,人们七推八搡把刘长塞入一辆囚车中。

囚车驶出宫阙大门的时候,天际只剩下一抹如血的残阳。

刘长被押往蜀郡后的几天,太极殿里一下子沉寂起来。那天散朝后,邓通打开装墨丸的篮子数了起来:一、二、三……八枚。哼!不错,还剩八枚墨丸。

汉文帝的心里并不平静,他边想着朝中事、心中事,边漫不经心地走了进来。他一见邓通的样子,问道:邓通,叨叨什么呢?什么还剩八枚墨丸?

邓通立即跪地回禀:陛下,今天小的去发公务用品,太尉府、少常府有几个人去了郡国,没发完,哎,还剩八枚。

汉文帝看了一会儿邓通,笑笑说:你是个精细之人哪!起来吧。

邓通慌忙爬起来笑了笑,谢陛下夸奖,能省就替朝廷省一点吧!

汉文帝赞赏:嗯,不错!

邓通听到这样的夸奖,笑眯眯地走出殿来。此时,申屠嘉走进殿来。他们相互打了个招呼后,申屠嘉呈一把吴国铸的四铢钱直奔汉文帝说:叩见陛下。

汉文帝一面扶他起身,一面看着那钱币问道:这是吴王最新铸的四铢钱?

申屠嘉十分激动:刘濞之所以富得流油,全仗着他占有豫章郡的铜矿山,长此以往,那吴国就将垄断天下钱币的铸造权,朝廷岂不要受制于他?

汉文帝胸有成竹:爱卿莫急,朕明白,朕会物色一个善管钱财的人去掌管朝廷铜矿的。

虽然已到了秋季,可蜀道上还是一片闷热,万仞高山将天和地都挤成一道道窄缝,更让人感到透不过气来。囚车颠簸着,刘长长发散乱,浑身淌汗,声音嘶哑地仍在边喘气、边大声嘶吼:一斗米,尚可舂,一尺布,尚可缝,兄弟二人不相容……刘长一阵狂笑:哈……不相容,不相容……押送刘长的校尉汗流满面、举步艰难,看看他说:你倒挺美,有车拉着,不用爬山……妈的,别喊了,爷爷烦!刘长

置若未闻,更起劲地唱着,可声音显然逐渐微弱起来……

　　就这样唱着喊着,他们来到一棵大树下。校尉望望那如盖的树荫:实在太累了,歇歇,吃点饭,喝点水……几个押解刘长的兵卒立刻凑了过来,有的从囚车上拿出大块熟牛肉、大白馍,有人搬下一罐水,校尉摸出一坛酒。他们坐在树下扇着风,边吃边喝。校尉吩咐说:给他个馍,给他碗水,让他别唱了!刘长望着一线天,还在竭尽全力地唱着。兵卒甲端着馍和水走过去:哎,你烦不烦!保命要紧,喏,吃点,喝点,缓过劲来再唱。刘长仍然仰头望天唱着,见那兵卒送来了吃喝,他抬脚一踢,将水踢翻,白馍落地。兵卒甲忙拣起落地白馍,边扑土边骂:真是个不要命的倔棒头,难怪陛下要发配你……校尉更是阴阳怪气:他有种,好哇,把他拉到太阳地儿去,让他唱,咱们吃!兵卒们果然将囚车赶到暴晒的日光下。刘长仍在唱,唱……躲在树下的校尉兵卒吃着,喝着,扇着凉风……刘长的歌声越来越微弱,终于没了声音。校尉幸灾乐祸地笑笑:他这个国王也知道累,看,不唱了吧?兵卒们也笑:倔棒头也倔不到底了……校尉想了想:不对,他怎么不唱了呢?看看去,他干什么呢?兵卒们忙跑向囚车,哎,怎么不唱了?刘长不语。兵卒凑近细看,只见他的头已垂下,披散的长发盖满了脸,身子也软软地靠在木栏上。哎,你说话呀!刘长毫无反应。兵卒大喊起来:他死了,死了……

　　长长的丹墀有两位身着斜襟皮袄、足蹬羊皮靴、满脸胡须的匈奴使者迈着微带傲慢的步子,一步步朝未央宫走去,他们的身影被日光拖得很长很长。

　　两个匈奴使者被准进了正殿后跪地拜道:匈奴老上单于使臣拜见汉皇陛下!

　　此时,邓通走下台阶,接过一叠硕大木简,呈给汉文帝。汉文帝览罢木简,置于龙案:你们起来吧。

　　两匈奴使臣应声而起。

　　汉文帝和善又不失威仪地说道:你们的新单于可有话转告?

　　匈奴使臣道:只送书简,无话转奏。

　　汉文帝沉吟有许,说:得悉冒顿大单于驾崩,朕深表悼念!这里有书信一封,烦请带给新单于。

　　随着汉文帝的话语,周亚夫威风凛凛走向二使臣,以一种居高临下的姿态递过一只信袋。

　　二人接过装饰华美的信袋,辞谢说:谢汉皇陛下!之后,两人转身走出太极殿。

　　周亚夫指着那硕大的木简,十分气恼:陛下,这老上单于又是挑衅哪!

　　邓通也阴阳怪气地指指那木简说:陛下瞧瞧,往日,匈奴使者带的冒顿书信总比咱们小一寸左右,开头也总是:匈奴大单于恭请大汉皇帝平安,奴才都背熟了。可瞧瞧,瞧瞧这封信——

周亚夫倏地抢过去念道:天地所生、日月所照的匈奴大单于……呸!这印章、封泥都加宽、加长了许多!这个老上单于玩的都是小女人的把戏,无聊!

站在正殿中的文武大臣人人不屑、议论纷纷。

汉文帝雕塑似的坐在那里,面无表情,任凭正殿中的大臣们交头接耳。

众人见皇帝端坐不语,不约而同地噤了声。

大殿静极。

汉文帝这才站起身,眼中似乎有团火苗在蹿动,他用足丹田之气,发出的声音浑厚低沉:不过是小国之君的小把戏!嫩哪!比他老子嫩多了!抓紧练兵,备战!退朝!

御旨一下,大汉上下立即热火朝天,秣马厉兵。张武自然最解圣意,他每天都亲临兵营,指挥操练。他抓得最紧的是针对匈奴兵的特点,用滚石和绊马索施行山地伏击。汉文帝也亲自出马,视察养马场,从饲草饲料的配制到幼马的养育、成马的操练都一一询问;看兵器制造场,从用料到性能也都一一指导过问……匈奴既露杀机,大汉立即掀起备战热潮。

那一天刚上早朝,申屠嘉急急走向前来:陛下,雍县县令来报,淮南王已饿死在去蜀郡的路上。

汉文帝顿时脸色大变:什么?七弟他,饿死了?汉文帝不由悲泪双流:朕只是想杀杀他的骄气,七弟,七弟,虽说你性情暴躁,对朕心存不满,以致蓄意谋反,可你毕竟不像有些人那么阴险。你的脾气呀……怎么就一点不知变通呢?说着,汉文帝走下龙案,凭窗南望,痴痴魔魔地:都是从小被吕娘娘宠的,宠的……

众大臣见状,不由得一个个跪在地上:陛下,陛下节哀,龙体要紧,龙体要紧啊……

汉文帝已是五内俱焚,他知道,此时说什么都来不及了,他腾地转过身来:用葬列侯的礼仪安葬淮南王于雍县,配置三十户人家看守墓冢。少顷,他稳了稳自己的精神说:如今民间已经都知道了那首兄弟二人不相容的歌了,难道朕真的是放逐骨肉亲人来贪图淮南王的封地吗?拟旨,将淮南王的封地一分为四,封给淮南王的四个儿子!

第二十六章

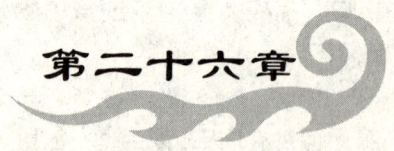

已经是晚秋时节,灵石县令陈显经过多方查访,弄清了灵石县贫困歉收的原因就是缺水。故此,秋收之后,他就与乡亲父老走上田野,大修水渠,以图从根本上解决灵石县十年九旱的难题。这一天,秋阳灿烂,众人在修水渠的工地上干得热火朝天。几个年轻人用木棒撬起一块大石头,旁边一位老人声音洪亮、节奏铿锵地喊着:抬起来啊——众人和道:嘿呦——齐用力啊——嘿呦——加把劲啊——嘿呦——水就来啊——嘿呦——大石头在众人的努力下,终于被挪开了。

在这片热火朝天的原野上人人脸上淌着汗水,个个豪气冲天。身穿黑麻粗布短衫短裙、头扎布巾的陈显深为这火热的劳动场面所感动,他擦了擦满头汗水,直起腰来喊道:父老乡亲们,歇会儿,喝口水吧。

众人闻声一个个蹲到田头喝起水来。那喊号的老人刚喝了几口水,又把碗举得老高,仰头等待碗中残留的水滴滴进嘴里。

陈显见状走到他面前说:老大爷,你可真金贵这水啊!

老大爷憨憨一笑:习惯了,咱们这儿就是太缺水了!

随着他的话音,一群人围过来议论着:是啊,大人,能打出水来就太好了!

陈显冲着众人大声地说道:乡亲们,咱们县已经召集各乡三老商量过,说乡亲们谁也不愿离开灵石这块贫瘠缺水的地方,因为它不光是咱们祖祖辈辈生长之地,还因为咱们这里虽缺水,却还不是滴水全无之地。老大爷道:谁让咱们摊上先人这块穷地方呢?隔几年蝗灾,隔几年旱灾,听县令大人说咱大汉有的地方,每亩能打十石粮食了呢!众人边议论边咋舌:十石!天啊!每亩十石,那可真是天天睡在粮食垛上了。老大爷道:咱们这儿好年景才收个二三石,唉,都是缺水闹的。陈显高声鼓劲说:等把水渠修好了,咱们这里每亩也打上他十石粮食!

众人一听欢呼起来。

陈显放缓了声音说:已经三年没闹灾了,一般来说,六年一干旱,咱们要跟老天爷争日子,赶在大旱之前把渠修好!众人也都鼓起劲来,高呼着:跟老天爷争日子——老大爷高喊:抬起来啊——众人跑向工地齐喊:嘿呦——嘿呦——

陈显抹把汗水,脸上露出欣慰的笑容。

448

一条蜿蜒的渠水由近而远,田野里桑茂麻直,灌浆的稻穗长势极好。

一位衣着华丽的人骑着马在田间小路上巡视,他望着这一片丰收在望的景象,脸上露出一丝得意的笑容。

一个扛着长杖的高大家仆紧跟在骑马人身后,他边走边讨好,瞧这渠,瞧这庄稼,这可都是您老人家的功劳啊!

骑马人听后一阵大笑,当年,我那高祖叔叔封了我这个侯,刮羹,刮羹,我怎么着,也要把这羹刮得更香,更甜吧!

家仆道:那是!那是!大人可是受一方百姓爱戴的好侯爷呀!难怪陛下要在重阳节召见大人。没准还要封大人个什么官呢!

刮羹侯道:我刮羹侯要想做官,还等到这时候?高祖三叔那阵就早做了!咱就爱摆弄这地里的……

突然,刮羹侯从马上翻身下来,用马鞭指着一块地:这是谁种的!这稻怎么长得稀稀拉拉的?他跑到地里,熟练的捻着一只稻穗:都什么季节了,人家地里的稻都灌满浆了,可这家人家的稻浆还没灌到一半,瞎了,到收稻的时候,肯定歉收。他又捏起一块土揉揉,这地力太差,怎么不上肥?这块地明年非抛荒不可!

刮羹侯拍拍手上的土,直起腰,把稻田的主人给我叫来,我要罚他!那高大家仆刚要去叫稻田主人,刮羹侯又叫住了他,慢!把旁边那块长势好的稻田主人也给我叫来,我要赏他。不多时,两农夫随家仆匆匆来到刮羹侯面前。

两个农夫一见刮羹侯,立即跪在地上,拜见大人!

刮羹侯道:去年朝廷的司农不是专门派人来,给你们讲了对那些地力薄的地怎么施肥的吗?

两农夫道:是的,讲了!

刮羹侯道:那你这地怎么弄成这样!来人,杖打二十!说罢,高大的家仆即拖走那农夫,在麦田边抡杖痛打。

那农夫不停求饶:施肥,施肥,小的记住了,小的记住了。

此时,刮羹侯已来到旁边那块好稻田里,他从马背上拖下两条肉脯递给另一农夫:这肉脯奖给你,以后要更好地种田,当今陛下都亲自下地种籍田,皇后眼睛都看不见了,还要去采桑喂蚕,咱们做臣民的能不更勤劳吗?

被打得呲牙咧嘴的农夫跪在刮羹侯面前:侯爷,小的知罪了,小的以后一定改,努力效劳朝廷!哦……这屁股疼死了……

此时,一阵马蹄声自远而近地传来,不多时,马到田头,一信使翻身落拜道:大人可是刮羹侯?刮羹侯愣怔地点点头,你是?信使道:陛下宣诏,着刮羹侯速往长安见驾!刮羹侯呆愣良久,不是重阳节才……

贾谊携刘揖一身便装走在梁国国都睢阳街上,他们刚走到一繁华闹市处,趋

趔趔趄趄迎面走来一个醉汉，他摇摇晃晃地一头撞在正与刘揖说话的贾谊身上。醉汉瞪着血红的眼睛看了看：输你的钱都给你了……你怎么还找我？啊？贾谊对惊疑的刘揖说道：啊，是个醉汉，我们绕开走。可他们越躲，醉汉却越追。

醉汉紧追不放：谁，谁是醉汉？我……没喝多，多……你，你不就是怕我输……输不起吗？老子的丝绸店就……就在蜀街，等老子卖完丝绸再……再捞我的本……说着，醉汉朝远方走去，之后又回过头说：不，不许赖，到时候，你必须陪老子下六博棋。刘揖不解：太傅，这是怎么回事？贾谊笑笑说：睢阳富人多，喜欢以六博消遣，渐渐地，富人赌，穷人也赌，赌输了心情不好，就酗酒；输的没钱了，就去偷去抢，这可是太平世界中一大隐患哪！刘揖点点头。

正说话间，两位满身绫罗、大腹便便的富商迎面走来。一富商边剔牙边走向贾谊说：一看两位就是从外地来的贵人，我们睢阳可是远近闻名的美食城啊，来睢阳不吃美食就算白来一趟。贾谊友善地看看他：噢？富商更加热情：我们刚吃完，就在那边，鸿宾楼，南越的大象，匈奴的黄牛，现宰现吃，讲究些的吃红焖象鼻；便宜又大补的，吃清炖牛鞭，不可不吃，不可不吃啊！贾谊举手一揖：多谢。两富商打着饱嗝离去了。

刘揖兴趣盎然，没想到，睢阳城竟有这么多怪人怪事！贾谊：说怪也不怪。咱们梁国国都睢阳，不光交通便利，丝织业、冶铁业发达，还讲吃喝，讲淫乐，以赌消遣，以淫为乐。但不管怎么说，梁国以此为都，是天赐之福，因为它富足繁华。刘揖兴奋起来：太傅，冶铁可造剑可造铁犁，剑可杀敌，铁犁可深犁土地，小王想去冶铁场看看。

刮羹侯一身崭新的朝服，局促惶恐地走进承明殿，他双腿发颤，匍匐跪地，刮羹侯叩见陛下！

汉文帝立即趋前搀扶，笑着说：唉！大哥，朕提前叫你来，就是想问问庄稼的事，不必行此大礼！快起来，起来，坐朕的身边。

刮羹侯站起来，小心翼翼地挨着汉文帝坐下，他突然觉得后脖梗子奇痒，便用小手指头快速地抠抠，之后，忙又把手放在下面。

汉文帝笑笑，拿起刮羹侯的手看着：大哥，瞧这双手，筋骨粗壮，还裂满了口子，真是一双种庄稼、管庄稼的好手哇！

刮羹侯不好意思：陛下有所不知，我打小在咱们丰沛老家跟泥巴一块长大，只知道摆弄庄稼，不会别的。

汉文帝笑得更加可亲：看来，父皇是真有眼力，当年就封你为刮羹侯，真是人善其用啊！

刮羹侯道：真要感谢三叔的皇恩浩荡啊。我就常常跟陛下的侄子们说，刮羹刮羹，就是要让百姓不再刮羹也能吃饱，我记着高祖三叔的圣言呢……

汉文帝拍拍他的肩，大哥有志气！其实，无论皇亲国戚，还是庶民百姓，首要者就是要扬其所长,避其所短,不要怀太多的贪欲,不能做的不要做,不该得的不想。就说大哥你,近三十年来,你带着人修渠道、开荒地,硬是把那土地荒芜、桑麻稀疏、六畜瘦弱的舒县建成今日家家有余粮、遇到灾荒也没饥荒的富裕之地,说说,你都是怎么干的?

刮羹侯一时不知从何说起:怎么干的?还真不知怎么说……

汉文帝笑笑,就说些有趣的事。

刮羹侯想了想:有趣的事,嗯,就是前些日子,我到稻田里看到一块稻田长得非常不好,我掐了个稻穗一捻,那稻粒还没灌一半浆,心想这块稻地肯定瞎了,再看看那地,原来没上过肥。我一气叫来了那地的主人,让人打了二十杖。

汉文帝笑出了声:刑法不轻嘛。

刮羹侯道:我又去邻地一看,那家稻子长得好,浆足粒满,肯定来个大丰收。我一高兴,奖给那田主人两条干肉脯。

汉文帝大笑:好,好,奖勤罚懒,这才让百姓干活有劲。

刮羹侯这才放松了自己,不瞒陛下说,其实,更让百姓有劲的,还是朝廷的做法。从高祖的十五税一到陛下的三十税一,那百姓的劲不知高了多少!

汉文帝道:真是这样吗?

刮羹侯道:这还能有假?税收得越少,百姓得的越多,百姓怎能不有劲!

汉文帝道:大哥,跟匈奴的仗刚打完,可以安定几年了。可咱们虽然地大,收成却不多。多打粮食,就成了天下最大的事。从明天开始,你就留在长安司农府,朕就为你配一个读书人,将你如何开渠、如何修造七门三堰灌溉田亩、如何保庄稼丰收的录记下来,写成书,让天下郡国都学你、效仿你……

刮羹侯受宠若惊,他紧张地咽了一口唾沫:陛下,不,不行,大哥不懂做官。

汉文帝笑着说:大哥别小看自己,咱大汉是个多灾之国,不是旱就是涝,大哥你要帮朕多走些地方,帮朕把农事做好。

刮羹侯庄重地点点头:大哥有高祖赐的马鞭,谁不好好种庄稼,大哥就抽他!

一辆马车正在梁国的驰道上向西跑去。马车内,贾谊与十一岁的刘揖随着车轮的颠簸摇晃着。刘揖兴奋地:太傅,到了冶铁场,我要亲自打一把干将样的宝剑。贾谊笑了:好哇,梁王用干将剑,太傅我就让那位四代祖传的老铸工给打把莫邪剑,雌雄二剑可是名扬天下呦!

马车疾行,午后时分已到了梁国冶铁场。冶铁场内摆了两排已造好的铁犁。刘揖拿起一只端详着:这犁真锋利呀!贾谊也兴奋起来:用这铁犁比木犁翻地深多了!深翻地才能多打粮啊!刘揖那晶亮的眼睛望着贾谊说:太傅,要是咱们梁国的农夫都能用上铁犁耕地,起码也可以有一半土地亩产六石了吧?照这样下去,咱们梁国百姓很快就能过上小安的日子了。贾谊却不无忧心,梁国是每六年一次丰收,每六年一次大旱,每十二年一次大灾,不易呀!听着太傅的话,刘揖有

些失望。此时,人们正往一辆车上装兵器:刘揖走向那辆车,指着已经装上车的一箱箱兵器,监铸官,这是运往何处的呀?监铸官立即趋前禀报:梁王,这是按最新六金配比方锻造的箭矢,杀伤力前所未有,按朝廷旨令,是运往北疆的。刘揖道:匈奴新单于不断来挑衅我大汉,我父皇就不能不去北疆巡视。他们要是再不老实,我们就不能不还击。到那时,这一颗颗铁丸子要是穿进匈奴人嘴里,那才叫嘎嘣脆呢!听着这小梁王的议论,贾谊与监铸官大笑起来。笑声中他们三人来到正往一槽里添粉末的老人面前,监铸官指着老人介绍着:这位老铸工打出的剑锋利无比,他是我大汉一宝哇!刘揖跃跃欲试,让我跟他比试比试。说着,他跑过去对老人说:可以吗,老人家?老人对他笑着点点头。

刘揖拿起一把刚浇出的剑放到水池中淬火,然后又放到砧板上敲打着。老人家笑笑,也从炉中拿出一红色铁条转至一黄浊的小水池里淬了火,锤打一阵后,老人家说:梁王来比比吧。小刘揖十分兴奋,挥起自己打好的剑就朝老人的剑砍去,可不管怎么砍,老人家的那把剑都丝毫无损,再看刘揖那把剑,早已是犬牙交错了。刘揖不服,大叫着:他用了什么汤淬的火?我不服!

监铸官笑着:不服?那就让老铸工给小梁王演示一下绝活,他那绝活啊,陛下来看了都赞不绝口啊!说着,监铸官往自己鼻尖上抹了点泥浆,老铸工利剑一挥,只见白光闪过,鼻子上的泥浆踪影不见,可鼻子却毫无损伤。贾谊不由地伸出拇指说:这就是真本领!那什么汤是老人家经历多少年才摸索出来的,刚才往槽里添多少粉末也是极有讲究的,那配比绝不是一天两天就能学到的,和读书一样,要慢慢积累,性急不得。刘揖把剑往地下一扔:太傅训导小王一套一套的,什么慢慢的,性急不得,可太傅对自己,怎么就不知道这个理了呢?

贾谊被深深触动了,他只能无奈而笑。几天后,他们又来到梁国有名的干旱区。走下车时还是阳光灿烂,在田埂里走了不远,本来湛蓝的天突然灰蒙蒙黄昏昏起来,接着,大风自北向南,越刮越大,不一会儿,即天地相接,混沌一片,稀稀落落的幼树早已弯腰驼背地匍匐在地……

刘揖、贾谊在几名侍卫护卫下几乎站立不稳,他们蹲下身来看着田里的庄稼,田垄已变沙窝,他们用手扒着,渐渐露出几株蔫黄的禾苗……

刘揖泄气地:完了,此地的农夫们明年吃什么?贾谊沉稳地:我早说过,梁国还有大片贫瘠之地呢!不过,梁王别担心,明年我们一可以从国库里拨粮救济,二可以让富庶之地扶助这贫瘠之乡。刘揖急切地:那以后呢?这大片土地难道就眼巴巴让它变成沙漠?贾谊道:梁王别急,我和治粟官已听不少有经验的农夫谈过,说是"要想富,植桐树",树可改良土壤,大片树林还可防沙,桐树长得快,还耐活,是治沙一宝。刘揖道:那咱们就快些植桐树吧!说着,他一阵眩晕,似有些站立不稳。贾谊见状摸摸他的前额:啊,这么烫,又累又急,是受寒了,立即回宫!

吴国宫中,满桌佳肴,一坛老酒,吴王和刮羹侯面前的酒樽中已斟得满满。吴王抬了抬手,侍从婢女们纷纷退下。刮羹侯笑呵呵地:吴王啊,我一个种地的,来到你吴国已经叨扰了,怎么还弄这么多的菜?刘濞举樽敬酒说:大哥,这话就不对了,当今陛下最讲孝悌,你到了朝廷,陛下都尊你为兄长,濞弟怎敢怠慢?来,喝,喝。一口饮下后,刘濞又说:我还得提醒大哥一句:以后别总吴王长吴王短的,生分,你就直呼濞弟。刮羹侯一口老酒下肚,笑说:好好,濞弟。刘濞也饮了一口酒说:大哥,你能来吴国,濞弟做梦也没想到,我想啊,大哥既来了,就别走了,就在我这里养老。刮羹侯道:不行啊,我来是遵陛下之命,到处走走的。刘濞道:到我吴国到处走走?刮羹侯道:我想看看吴国农夫是怎么种田的。刘濞哈哈大笑,为刮羹侯又斟一樽:大哥,你都多大了?近七十岁的古稀之人了,还种田?再说,你又不是官吏,朝廷的事你管他干什么?刮羹侯道:种田种惯了,离开田,我还真不知道怎么活……两人大笑着,又碰了一樽。刮羹侯的确只为学习了解吴国这鱼米之乡的种田经验,刘濞则想了很多很多,他们这顿酒到底喝到什么时候,谁也说不清。

第二天清晨,刘濞一身晨衣来到刮羹侯住的宫中客房,他边走边喊:大哥,起来了吧?寡人带你……他进屋一看,被褥早已整齐叠好,刮羹侯却已不见踪影。一侍从报到:大王,天不亮刮羹侯就出门了,他说要去田里看看。刘濞鄙夷道:这个土里刨食的农夫,命就是贱!

田野里,绿草顶着晨露,晶莹嫩绿,一群膘肥体壮的马在贪婪地吃着嫩草。

刮羹侯走向牧马老人:老兄,这马是什么时候放的?牧马老人看看他说:鸡叫头遍,我就赶马出来了。刮羹侯道:这么早?牧马老人笑了笑:没听说过"马无夜草不肥"这句话吗?马最爱吃带露珠的夜草,这种草吃了最长膘。

刮羹侯又走向绿油油的稻田,望着河网交错的河沟渠坝:多好的水,多好的渠呀,请问这么多的河网渠坝是怎么来的?牧马老人:稻禾离不开水,要保水就得引水修渠,你问这是怎么来的吗?是一代代祖宗留下的,还有一代代后人修建的。

第二天早晨,来到一片稻禾飘香的稻田里,见一青年农夫正往稻田里施肥,他礼貌地凑过去向那青年请教水稻施肥的方法,那青年愣愣地看了他一会儿只摇摇头,干脆一言不发;他只好又朝一位蹲在田头的老农夫奔去,可说了半天的话,那老农也是吱吱呜呜,就是不说种稻的事。他先是不解,后就有些急躁,他见人就追,见人就问,那些被追问的人竟像避瘟神一样,一个个见他就跑……本来一个十分美好的早晨,弄得刮羹侯沮丧又失望。他只得怏怏地往回走。他刚走入吴王的花园,正在练武的袁盎朝他走来。

袁盎问:刮羹侯,怎么一脸不高兴啊?

刮羹侯道:怪,昨天还好好的,今天怎么农夫们都躲着我,问什么也不答呢?

袁盎诡秘一笑,是有人下令不准答刮羹侯的问话嘛。

刮羹侯不解:有人下令,谁?

袁盎道:刮羹侯就别问了,你早晚会知道的。他话题一转,刮羹侯要想问农田

的事啊,从这里往东三十里,有一个叫崔氏滨的村,那里收成最好,水渠也修得最好……

刮羹侯快意地点点头,袁盎的话又燃起他新的希望,他无心欣赏吴王花园,又往自己临时入住的客房走去。

在梁国宫中刘揖的寝宫内,贾谊心急如焚。他一会儿摸摸满脸通红、呻吟不止的刘揖的头,一会儿又踱起步来。突然,他腿一软,身体摇晃了一下,差点摔倒。刘揖被惊醒了:太傅,想喝水……贾谊给刘揖盖严了被子,急忙喊:来人!几个奴婢闻声迅疾端来了一碗温开水。端水的宫女刚要喂刘揖,刘揖却连连摇头:不,让太傅喂……贾谊忙接过水碗,小心地送往刘揖嘴边:梁王,不烫吧?

两宫女轻轻走至走廊,宫女甲说:瞧梁王,敢情把贾太傅当成母亲了,谁都不让扶,就只让太傅扶着。宫女乙叹了口气:贾太傅也怪可怜的,从那么远的盼水乡回来后,怕是有三天没好好睡觉了吧?宫女甲说:我母亲就说过,孩子啊,最亲谁,就最累谁……她们边说边往女房走去,只有贾谊仍陪在刘揖的寝宫。

贾谊给刘揖喂完水,看看他渐渐退去赤红色的脸说:梁王,这趟从乡下回来你可病得不轻啊,这几天功课就先不做了,等病好了,再补上。梁王有气无力地说:太傅,小王都病成这样了,你还提功课?你跟晁太傅也差不多,酷吏一个!听着他的话贾谊不禁笑出声来。刘揖又孩子气十足地指指说:到那儿去。刘揖指着另一间房子。贾谊搀扶起刘揖,撩起帏幛,走进另一间房子。

房子里摆着一架木头做成的土天平,在它的木盘中一边盛着黄土,另一边盛着黑色的木炭。天平倾向盛黄土的一边。

刘揖衰弱又焦急地:太傅,你看这装木炭的一边又轻了许多,天太干啊,一天比一天干。贾谊也焦虑着:梁国啊,要闹灾了。听到贾谊的话后,刘揖从贾谊手上挣脱着一下坐在地上:快备马,小王要去田里看看百姓的庄稼。贾谊道:梁王,你病还没好……刘揖道:不!就要去!小王我心里急呀!贾谊:我不是刚从盼水乡回来吗。刘揖急迫地问:那,快说说,那里的庄稼怎么样?

面对这样一位纯真仁德、心系百姓的小梁王,贾谊只得将自己去盼水乡的所见所闻如实说出——

几天前,贾谊来到盼水乡的田野里,只见一条弯弯曲曲的河流几尽干涸断流,只剩不足两尺宽的黄浊的泥浆水尚在缓慢地流淌。田野里禾苗尽枯,有百姓跪在田头,眼望长天,放声大哭:天哪,天哪,我们年年杀猪宰羊敬着你,你怎么还罚我们没饭吃啊!

看着这幅景象,贾谊五内俱焚,他说不出一句话,只好悄悄地退回马前,怀着一颗紧缩的心骑马从晒得龟裂的土路上缓缓走过,他望着田里的百姓,痛惜得不住叹息:梁国的百姓啊……

他走进一个村子,推开一家虚掩的门,见土屋檐下放着一个盛满浑水的土盆,却不见一个人影。他退出院门,连推几家大门观看,见家家都在窗前放一土盆,每只盆内都存有或多或少的浑水。

在一间土屋前,贾谊正仔细分辨着那盆中装的浑水。门开了,一个脸上刻满皱纹的老太婆警觉地走出,她睃了他一眼,端起土盆就往门里走。

贾谊上前施礼道:打扰了,请问老人家,这盆里到底是什么水呀?

老人家道:刷锅水。

贾谊道:什么,刷锅水?你们留刷锅水做什么?

老太婆看看贾谊的打扮:大人,你们是不会留这刷锅水的,不像我们,昨天的刷锅水还要留着今天和面吃。

贾谊冲动地上前去抢老人的盆:用刷锅水和面吃!顿时,因吃脏水得病,甚至全村传染病祸百姓的画面一幅幅映在他的眼前……他抓住那只水盆乞求着:老人家,把这个盆卖给我吧。

老太婆不解地望着他:大人,你,你要这土盆有什么用?

贾谊又愧又急:我,我要将这盆带回宫去,让大臣们都看看,我们,我们没治理好梁国,梁国百姓还过着这样的日子啊……

贾谊的泪水夺眶而出。

贾谊的见闻和泪水引得刘揖眼泪纵流。他捧着那个土盆,看着已经干得结了一层嘎巴儿的碗底,咬住了嘴唇。

汉文帝沿着石砌台阶三步并作两步地登上灵台最高处。这里是朝廷星官观天象的处所,它高耸云天,四周空阔,仿佛离天很近。

这里东西南北四个方向均装有乌鸦形状的头小尾大的风向标,里面装有圭表、日晷仪、计时的漏刻等,那风向标随着风力转动着。汉文帝走向一个巨大天平,天平一头装木炭,一头装黄土。汉文帝看着这些最能代表当时科技水平的天文仪器,静静地倾听星官禀报。星官禀报说:陛下,微臣一连十日观望云象和风向,今冒死禀报,汉文帝凝重地挥挥手:说。星官道:一连十日,从子时到辰时,一连七八个时辰,东方都不曾起风,而太岁星一直悬在南方,从未改变,这是东方大旱的饥荒征兆……汉文帝面无表情地听着。

听完星官禀报、回到太极殿时,已是夜幕低垂时分,太极殿内的大臣们有的屏息思索,有的窃窃私语,汉文帝则在殿内来回踱步。

张苍读着奏折:蜀郡丰收,每石谷三十钱,长江郡丰收,每石谷三十钱,长沙国、吴国、济北国丰收,每石谷……

汉文帝打断他说:歉收的呢?报歉收的吧。

张苍道:梁国大旱,旱区三县,重灾区受旱田亩超过一半。河南郡旱灾最甚,万泉县三村九十三家饿死三十人,奇石县三百家饿死七十人,乞老村七十家,饿死九十三人……

汉文帝眼睛湿润了,急问道:那个最易遭灾的灵石县呢?

张苍道:灵石县?灵石县无法勘实灾情。

汉文帝道:为什么?

张苍道:据朝廷派去巡查赈灾的官吏禀报,灵石县令陈显及县衙所有官吏均不知去向。

汉文帝道:找!马上派人去找!

张苍道:另外,河南郡守来报,他们那里现今瘟疫盛行,灾情加疫情,祸不单行,致使几乎十人九病。

汉文帝道:打开国库,赈济灾民!令河南郡打开所有粮仓,向灾民发放粮食。在发粮的同时,将药饵一并发给灾民,还要令邻近郡国伸出援救之手,收留灾民。

圣心如炬,汉文帝圣命一发,立即给灾区的暗夜送来一炷炷温暖的火光。一队朝廷信使背插"突报——十万火急"的小蓝旗,斜挎锦绣信袋,跨着快马冲出驿站,向东西南北四路疾驰而去……

重兵把守的国库打开了,一袋袋粮食运上车,排成不见头尾的运粮队朝东方驰去。

入夜,运粮车上插着松明火烛,马蹄声、车轮声传到远方空旷的田野里……

在汉文帝书房内,文帝不停地走动着,他焦虑的身影被灯光放大成巨大的剪影,映在宫殿窗棂上。

汉文帝突然大喊:邓通——

邓通匆匆进殿:陛下,臣在。

汉文帝道:速将朕的粗麻布衣和斗笠送来!对,再找一支拐杖!

邓通不明白圣上有什么心思,只得讷讷地退去,找出他要的东西。

灵石县内,太阳放肆地炙烤着这片贫瘠的土地,干焦的土地龟裂成条条深痕,田里的禾苗焦黄一片。

县令陈显已经满眼血丝,瘦削的面部肌肉抖动着,他对聚集在县衙门前的人群高声叫道:父老乡亲们,老天爷赶在我们前面了,这是百年不遇的天下大旱啊!那年我去长安晋见陛下时,陛下曾语重心长地对我说,记住了,你这个父母官儿,不管到什么时候,都要挺得住,不能让你的百姓饿死一个……

陈显激动得声音嘶哑了,人群中不少女人开始哭泣,老人们也在擦泪……

陈显道:如今,咱们大汉的许多地方都在遭灾,朝廷的粮食一下子运不来那么多,与其都坐在家里等三天才喝到一碗稀面汤的赈灾粮,不如将它省下来,留给老人、孩子,年轻力壮的,能走路的,跟上我,去丰收的吴国讨饭去!

一位老人走出人群:不行,大人,你是朝廷命官,堂堂县令,怎么能让你跟我们丢人去!

陈显走向老人:老人家,要说丢人我早把人丢尽了!做为你们的父母官,我让

456

我的子民挨饿受苦,岂不是最大的丢人!说着,他已涌出泪水……

老人也擦擦干涸的双眼:这不怨你,是天,天啊……

陈显道:不争了,我这县令要带你们去外乡,就是为让人家不笑咱们穷地方的人贱,给朝廷丢脸,到了灾年无头苍蝇样地乱跑。咱们去富裕地方不是张着手讨要,是卖苦力,是靠我们的力气挣饭吃!

众人发出一阵认同的吼声:走!我们跟陈县令走,走出灵石卖苦力,挣饭吃!

古老的县城大门重重打开,这个十年九灾的贫困县百姓在县令陈显带领下走出了城门。队伍中有陆陆续续的灾民夹进来,这群破破烂烂的乞讨大军在土路上蠕动着,颇有几分悲壮。

炽烈的阳光。干涩的热风。烈日晒蔫了树枝。嘶哑无力的蝉鸣。

汉文帝身穿粗麻布衣、头戴草帽、拄杖而行。他不时走入田野,看看那旱死的禾苗,用手杖挖挖干硬的土地,他攥起一块硬土坷垃,他倾尽全力地攥那土坷垃,沿着指缝漏出几缕土粉,手心里的坷垃还是如坚硬的石块。汉文帝的麻衣湿透了,脸上流下一滴滴汗水……

大司农手遮前额,见远方一片黑糊糊的人影在蠕动。大司农道:陛下,看那边。汉文帝看看说:紧走几步,看看他们是……汉文帝携大司农和几个朝中侍卫朝人群疾行。

黑幢幢的人群朝汉文帝缓缓蠕动……那群赤身赤足、瘦骨嶙峋的难民步步走近。汉文帝盱目观识,他认出领头的陈显。汉文帝道:……你,你可是灵石县令陈显?陈显惊愕地仔细辨认:……陛下?陈显,陈显有罪呀!随着话音,他大哭跪地,后面的灵石灾民也刷刷跪了一地。汉文帝声音打颤地奔向陈显:灵石县的百年旱情,朕知道了,这不怪你,是老天和我们过不去呀。陈显仍跪地哭诉:这百年旱灾弄得灵石县颗粒难收,饿死的百姓已经近千哪,陛下!汉文帝突然高声大喊:陈显,起来!朕命你挺起胸脯,顶天立地地站起来!陈显一惊,之后,他挺胸抬头地站在汉文帝面前。

汉文帝拍拍他的肩膀,铿锵有声地:这才是我大汉的朝廷命官。之后,他扶起跪在最前面的难民:朕的子民们,都起来吧。朕知道,你们吃了很多苦,你们的亲人有的已被饿死,有的还在死亡线上挣扎……天灾难测、天灾难防啊,朝廷正在日夜运粮给灾区,朝廷绝不再让灾区饿死一个子民……

众人激动得低语:我的老父有救了。

"我的老母能活了。"

"我那儿女有望了……"

汉文帝道:怎么,你们的父母儿女没跟你们在一起?

陈显道:陛下,因担心朝廷救济粮一时运不到灵石,又不能眼看人多粮少饿死更多的人,臣与灵石父老商量,将妇孺孩童留在家乡,将所剩粮食供他们充饥,臣

带青壮劳力去富庶丰收之地卖苦力干活挣饭吃。

汉文帝欣慰地:……不靠别人,靠自己,靠自己的手和心,好办法……陈爱卿,你打算带他们去哪里?

陈显道:臣想去吴国。

汉文帝道:吴国?他略加思索说:好,那里丰收……就去吴国吧,如遇麻烦,你就说是朕恩准的。

陈显跪拜在地:谢陛下。

江南水乡,田野里,沉甸甸的稻穗随风摇动着,又一个丰收好年景。

薄昭坐在一架撑着凉棚的肩舆上,一边沿垄间小路走着,一边问跟在他肩舆外步行的黑瘦老翁:阿丰,这稻子还有几天就该收了?阿丰毕恭毕敬地答道:大人,再过五六天吧,今年又是个丰年啊!薄昭哈哈大笑,指着前方正在修建围墙的轵侯府:等收完稻子,这围墙也该合拢了,到那时候,轵侯就请你们这些……这些……什么人呢?抬舆的和那个阿丰老老实实回答道:臣民哪。砌起围墙就是一个国了,我们就都是大人的臣民了。薄昭满意地笑笑:臣民?好……不不,不能这么说,你们心里有数就行了,但千万不能这么说,记住了?阿丰木木地答:记住了,不能这么说……

贾谊书房内,灯光柔和,桌案上摊着的《治安策》一文正在书写中,贾谊一会儿支颐思考,一会儿振笔疾书。

此时,刘揖匆匆走入,他递过一张帛卷:七叔淮南王自行绝食,已饿死赴蜀途中,父皇不胜悲痛,除命厚葬,还将淮南国分封给七叔的四个儿子……贾谊边听边摊开帛卷来看:淮南王完全是死于他的脾性。手足之情,陛下岂能不哀!他又看看通报说:将淮南国一分为四,陛下圣明,圣明!这样,一可令其四子子承父业父位,二可保住现有的皇权皇田不再分封,朝廷权力集中,地方诸侯人数越来越多,权力却越来越小……好,如此,朝廷就可减少诸侯扯肘,全力施行陛下的治国之策了……刘揖目不转睛地听着,他突然拿起那张摊开的帛卷,在手里一折二,二折四,四折八,之后亮给贾谊说:太傅所说是不是这个意思?贾谊激动地:对,梁王真是聪明至极!他重新坐回桌案:得写入《治安策》,他换了一张帛卷,大笔一挥,写上"众建诸侯少其力"几个大字。贾谊那传诸至今的名篇《治安策》就是这样从实践中来又用于实践地写出的,此为后话。

那一晚,神思愈加清晰,论理愈加卓拔,贾谊笔走龙蛇,直到第二天清晨才躺到书房的床上,案上,那已经脱稿的《治安策》还余墨未干地摊在那里。

小刘揖风风火火地走进来,他见贾谊还在睡着,又看看摊在案上的《治安策》手稿,知道太傅一定是因为昨晚写得太晚,至今还没歇息过来,他灵机一动,正好不惊动他,也省得他的牵牵绊绊,干脆自己去盼水乡看看百姓到底缺水缺到什么样子?想到这里,刘揖整整衣服走出宫殿,朝士卒喊道:备马,本王要去盼水乡。一名侍卫走上前来:梁王,叫上贾太傅,坐车去吧?刘揖道:不坐车,也不要叫贾太傅,他一直在写《治安策》,已经好几天没睡好觉了,我们走。

几名侍卫跟着刘揖走出王宫,各自上马,沿小路疾驰。刘揖望望地里干枯的庄稼,心急地高喊:杜中尉,快点,本王要快点到盼水乡,去接那老大妈到国都吃顿肉夹馍,喝杯椒伯酒!快!快!侍卫们挥鞭打马,抽得各自坐骑四蹄生风。梁王的马也昂首奋蹄,小梁王英姿勃勃,全神贯注地向前飞奔,突然,刘揖眼前一阵天旋地转,手一松,坠下马来,一只脚仍吊在马肚子上,他被拖着跑了很长的路,才重重地摔于地上。梁王的枣红马发出一声撕心裂肺的嘶叫,然后放慢马蹄,围着他打转转,接着,它低下头,用鼻子嗅梁王的脸……跑在后面的侍卫大惊:梁王——梁王——刘揖的脸被蹭得鲜血淋漓,已不省人事……

书房内,贾谊仍然熟睡着,他只觉得一片空白的眼前现出一幅画面:刘揖英姿勃勃,骑在一匹枣红马上……他突然一蹬马背,腾空而起……天上,云淡天高,刘揖飞旋而上……他笑着朝贾谊招手:太傅,追呀,追呀,你追不上我,哈……贾谊急着招手:梁王,下来,危险呀……

贾谊惊出一身冷汗。他翻身而起,刘揖踪影全无。他大喊:来人——一宫女匆匆赶来:大人。贾谊急问:梁王呢?宫女回道:梁王刚才喊着说,要去盼水乡……贾谊急忙跑向门外:备马!贾谊轻装来到备好的马前,他蹿到马上即挥鞭疾驰,他跑出宫门,跑出大门,直向盼水乡的方向奔去。

空旷的乡道上,策马疾驰的贾谊忽见迎面跑来几匹骏马,他头脑嗡的一下就朝来者跑去!跑在前面的是急着回宫报信的一名侍卫。贾谊勒马急问:梁王呢?杜中尉抱着梁王驱马近前:梁王他……贾谊跳下马来:我看看,我看看……刘揖满身血迹,仍未苏醒。贾谊:快回宫,招太医。话毕,一匹匹快马朝王宫跑去……

梁王寝宫中,刘揖已躺于床上,身上的血还在流……贾谊哭喊着:梁王!梁王!刘揖睁开眼睛,指着身边土盆,对贾谊断断续续地:给……给……饭吃!说着,他闭上了眼,手也垂了下来。贾谊大叫:太医!快!叫太医!太医急忙走来,先按梁王脉搏,后将手放于他的鼻前,终于站起来,摇摇头。贾谊泗泪横流,他轻轻为梁王擦干脸上的血迹,任泪水顺着自己的脸颊流淌,流淌……人们悄悄离去了,贾谊手抱梁王,呆呆地坐在那里……

天,渐渐暗了,贾谊仍抱着梁王,呆呆地跪于地上……

天纵聪明、心系百姓的小梁王为了百姓的安危惨死了,太傅贾谊悲不能抑,只是抱着刘揖的尸体流泪,这是梁国的大丧、梁国的大难。梁国丞相急派信使向朝廷报丧,那信使跨上一匹黑马,背插"十万火急"的旗幡,沿驰道朝长安急驰……

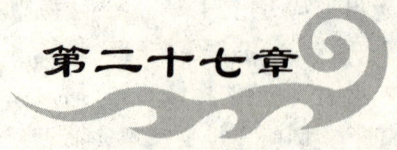

梁国宫殿外,太阳照常升起了,贾谊却仍跪在梁王尸体前,口中喃喃着:我愧对你啊,梁王!愧对你……小书童跪在地上劝着:人死不能再生啊,贾太傅,您就吃点东西吧!贾谊泪已干枯,胡子已慢慢变白,他苍老了许多。

夜色降临,贾谊一动不动,仍叨念着:……我愧对梁王!愧对陛下!愧对梁国苍生……

又是一个清晨。各郡县的粮仓一个个打开,人们将一袋袋粮食装上车……

不见首尾的运粮车上插着:梁国三百石,河南郡万泉县一千石,分头朝南北驰去……

另一粮仓前,领头的车上插着"河南郡奇石县一千石"的牌子朝东走去。

又一处正在路上行驶的车马运粮队,领头的车上写着:赈——河南郡灵石县一千石。

梁国宫中已为梁王设了一个肃穆悲沉的灵堂。夜影幢幢,香烟缭绕,在一群浑身皆白的守灵大臣中,贾谊跪在最前面,他已经须发皆白。

深夜。漆黑的路,车轮声声,松烛明亮。梁国盼水村老太婆家。老太婆搂着一袋子粮食:梁王给的粮食,救了我们一家人哪,贾太傅是好人,好人哪!

夜更深了,梁王灵堂里已经空空落落只有贾谊仍是一身素白跪在灵前,他终于支撑不住了,他口中吃力地喃喃:梁王……看,我,追你来了……就要追……上你了……他终于倒在梁王身边,停止了呼吸……

驰道上,进京报丧的马匹驰过干枯的小河,沿驰道狂奔……

断壁残垣,村里的树都光秃秃地没了树皮和树叶,汉文帝一行走向一棵大树下。树下躺着一位奄奄一息的老人。一妇人从陶碗里拿出半个黑褐色团子举向老人:父亲,吃点吧。老人吃力地挥挥手:我快……不行了,留给……他们吧,他指指妇人身边的两个孩子。两孩子正望着黑团子咽口水。

汉文帝示意侍卫,侍卫从袋子里掏出两个馒头:大嫂,快喂老人吃几口吧。

妇人感激地望望眼前这群陌生人,她接过馒头送入老人嘴边:父亲,来了送馒头的贵人,吃吧,吃了就活命了……

老人颤巍巍接过馒头,咬了两口,又推给眼馋的孩子:给他们吃,父亲……饱了……

妇人不舍将馒头给孩子吃,却将那半个黑团子掰开,分给两个孩子。

大男孩狼吞虎咽,几口就将团子吃了个光。

汉文帝难过地皱了皱眉毛问:大嫂,这团子是……

妇人叹了口气说:唉,已经断粮三个多月了,开初,全村人都上树撸树叶,能有多少树叶供人吃啊?树叶吃光了,就剥树皮做团子,这团子难咽啊。

正说着,小女孩被哽得哭起来:母亲,我……

妇人立即给女孩喂了口水,女孩咳嗽着无力地抽泣起来……

汉文帝两眼含泪,抱起女孩说:孩子,不哭,这是天灾,会好的,会过去的……

女孩的眼泪尚未抹干,妇人大哭起来:父亲,父亲,你怎么不等等啊,啬夫说了,朝廷的赈济粮就要到了……

正慌乱悲哭中,一骑黑马疾驰而来,宋昌翻身下马,朝汉文帝跪拜道:陛下,梁王巡视灾区时落马身亡,太傅贾谊也抑郁而死了……

汉文帝闻言轻轻地放下女孩,正要站起,突然一阵晕眩,摇身欲倒时,袁盎箭步趋前,抱住文帝。

长长一列破衣烂衫的灾民,在陈显带领下往吴国方向行进着,有人报到:大人,又有人饿昏了。陈显看了看这长长的艰难行进的队伍,果断地说:停下!支大锅煮粥,一人一碗,煮熟就发。现在先坐下歇息。随之,灾民们或坐或躺地倒地一片。远处,人们支锅搭灶煮起粥来。半个时辰过去,粥熟了,有人提着大桶分粥。陈显也和灾民一样,坐在灾民中捧着粥碗喝粥,刚喝了一口,见一灾民噗的倒在地上,他端着粥碗奔去,蹲下身来就将自己刚喝了一口的粥碗喂向那倒地灾民的嘴里。那位灾民醒了,陈显扶着他,又加入那趔趔趄趄上路的队伍……

他们日行夜息,十几天后,终于来到吴国境内。

大量饥民涌来,又有县令陈显带队,弄得吴国守城将领不知道如何处置,他只好一面稳住饥民,一面策马来报吴王刘濞。

刘濞正在宫中下棋,他一听禀报,立即停下下棋的手,望着那守边将领说:什么?灵石县令带着全县灾民来我吴国讨饭吃?他噌地离开棋盘,急得来回踱步……他终于止住脚步,对那将领说:你就对他们说,没有吴国关传的人,一律不许进入吴国境内!还要告诉他们的县令,吴国不要临时劳力,想来,就全都加入吴国国籍。

　　那将领领命回到吴国城外灵石灾民驻扎的旷野里。他先对陈显施礼,后就转述吴王的回答。

　　吴王的回答的确将陈显打懵了,他万没想到,作为大汉的侯王,竟会如此罔顾百姓生命,竟会见死不救!事关千万饥民性命,他不能自作主张,他只得对灾民大声喊道:乡亲们,吴王不准我们进吴国,说是要进吴国卖苦力讨饭吃,就要做吴国人。你们说该怎么办?

　　灾民中有人喊道:金窝银窝,不如我们的烂狗窝,我们不做吴国人。

　　陈显转身看着众人,他希望大家都说出自己的想法。

　　众人喊的声音更大了:他说得对,我们永远都是灵石人,永远跟着陈大人……

　　陈显感动地擦擦双眼,转身对拦阻他们的士卒说:你们也有父母,也有兄弟姐妹,同是大汉子民,你们眼睁睁看着这些人都快要饿死了,难道就没有一点同情心吗?

　　"扑通""扑通",灾民群中一阵骚动——有人喊着:陈大人,又有两人倒下了。

　　几名手执长戟的士卒走到陈显面前:请陈大人体谅小的难处,要是小的放你们进入吴国,小的们的头可就要搬家了。此时,两位吴国武将走近前来:陈大人,让你的灾民们喝些去暑的汤就走吧,我们也是没办法啊。话毕,吴国士卒们抬来大桶去暑汤。

　　灾民中有人哭了:天哪,反正到哪儿都是死,还不如死在自己家里好啊……灾民们又在骚动。陈显无可奈何,只好对两武将说:两位将军,我带灵石百姓来吴国做临时劳力,是得陛下恩准的。武将立即肃然起来:果真?陈显道:陈显胆子再大,也不敢假传圣旨啊!武将道:请陈大人在此再等一日,末将这就去禀报吴王。

　　既有皇帝恩准,谁敢稍息?那武将立即报告将领,将领又火速策马赶入王宫。

　　刘濞听了那将领的禀报,着实踌躇起来:陈显真是这么说的?这就怪了,陛下何时给他的旨意?既然给了他这个旨意,为何不告寡人……陈显会不会……这样吧……刘濞对那将领耳语一番后,将领随即领命出宫。

　　第二天凌晨,天还未亮,城门大开,城内突然跑出几骑人马,他们边跑边回头,神情十分狼狈。

　　那与陈显对过话的武将率一彪人马边追边喊:快追,这是一群盗贼,他们刚杀了人,还抢走不少珠宝……他刚发完指令,又拨转马头,对守城护卫说:要紧把城门,无关传者一律不得入城!

　　灵石逃荒者面面相觑,现出一阵惊慌……

　　武将走向陈显恭敬地:陈大人,你都看到了,城里闯入了强盗,案情尚不明了,没有关传的人一时确实不好入城啊……面对眼前发生的事情,陈显也为难起来:可……那武将故作关切道:这么多的难民的确再不能让他们挨饿了,依本将看,大人不如带他们去找国舅大人,吴县离此不远,他好像正在封地砌围墙、修阴宅,正等人用呢!陈显无奈,别过那武将,带着更加饥饿、更加疲弱、破破烂烂的难民队

462

伍朝一片绿野走去。那武将望着他们的背影，现出一抹复杂的微笑。

陈显虽仍是一副县令装束，可他那蓬头垢面的面容、布满尘土的袍子，不细看，只当是一个地地道道的乞丐，他就是这样走进了"轵侯府"。

薄昭正在客厅饮酒，听说陈县令求见，只说了句"让他进来吧"，之后，他继续端起了酒樽。

陈显匆匆走向薄昭施礼道：参见国舅大人。

薄昭上下打量了一下陈显说：我已经听说了你的来意……前所未闻哪，堂堂县令带领全县百姓出来讨饭，朝廷的颜面都让你给丢尽了！随着这样的斥责，他将酒樽蹾在桌上。

陈显不以为然：轵侯大人，我丢脸事小，保住灾民的命才是大事。听说大人的封地内正需人工，就让灵石百姓给您干活挣口饭吃吧。

薄昭听着陈显的话，眼睛先是亮一下，接着又甩甩手说：一下子来了上千人，我哪用得了？那得吃多少米！

陈显想，薄昭毕竟是国舅，即使他不念苍生，也得顾念朝廷的困难、皇帝的苦心，于是，求助道：国舅大人，下官求您了，哪怕少吃点，也不能看着他们饿死吧！

薄昭却根本没想到朝廷的事、皇帝的心，只是鄙夷地：你这个县令就是这样治理一方的？凭的就是说软话？记得那年治蝗灾，你在陛下面前还是很风光了一阵子嘛！

陈显仍是谦谦地：那也是闹灾呀，谁让老天爷不顾念灵石呢！

对陈显的乞求谦恭薄昭视若未见，他哼了一声说：天下都是一个老天爷，让你这么说，是老天爷偏心了？

陈显实在难忍，辩驳说：国舅大人，您占的是富庶之地，得天时，得地利，若换个个儿，未必……

薄昭眼睛一瞪：嘿！那好，你就带你的叫花子走哇，离开我这吴县。

此时，外面的哭喊声传进来：陈大人，又有人栽倒了，陈大人……

陈显听着饥民的求叫，再也顾不得理论是非和颜面，扑通一下跪倒在地：国舅大人，陈显以朝廷命官的身份求您了，求您施舍灵石县民一口饭吃吧！

薄昭挥挥手：好好，谁让我也是朝廷命官呢……

薄昭终于收留了灵石饥民。他的尊口一开，陈显立即招呼灵石众饥民来到薄昭的指定地点，那里支起的一口口大铁锅炉火通红，熬煮的米汤刚一开锅，灾民们就端碗喝了起来。

阿丰吆喝着：快点喝，喝完了，你们这边的人去挑砖，这边的去砌墙，这边的去扛木头。

太阳毒辣辣地烤着大地，烤着灾民的背，许多人背上印着一道道白色的盐渍，艰难地劳作着。

　　承明殿书斋里，幽幽的灯光下，汉文帝显然已经苍老了许多，脸上的皱纹更深了，鬓边胡须已白了大半，他坐在书案前翻看着一册册书简，《过秦论》、《论积储书》、《吊屈原赋》、《鹏鸟赋》、《治安策》……他眼睛红红的，目光突然停在了《治安策》上，当他看到"众建诸侯少其力！"这句话时，他忘记了自己的满腹悲痛，不禁赞叹说：精辟！这正是朕心中所有、口中所无的削藩之策……贾谊呀贾谊，朕多么想再与你彻夜长谈啊……随着他的感叹，神思又回到宣室殿与贾谊彻夜长谈的情景中……他闭了闭眼，举手挥去了那过往的片段，喃喃道：贾谊，朕的爱臣，揖儿坠马而亡，你有何罪？你何必绝食而死？朕本……唉，一切都来不及了……他的泪滴在书简上。

　　此时，已经消瘦了一圈的窦皇后满脸悲伤地走来。汉文帝听到响动，抬起头来：噢，是皇后来了……窦皇后抖抖索索递上一套一岁孩童穿的衣服和一册帛卷：陛下不是让臣妾……这是揖儿小时候穿的一套衣服，还有梁国送来的……揖儿的遗物……汉文帝抓过那册帛卷展开阅读着，突然，刘揖书写的几行稚嫩的笔迹映在眼前：治理要纪：一、沙地植桐；二、旱地引水修渠；三、睢阳需禁赌抑奢……汉文帝抱紧帛卷、童衣，通地瘫倒在龙榻上，揖儿，你小小年纪……真，真的是剜朕的心啊……要是你能活着，对梁国，对我大汉该是多么……他腾地站起来，抓过衣服贴在胸口，又反反正正地看着、闻着，眼中涌出大颗泪水。窦皇后再也忍不住那满眼泪水，她哭着：陛下……汉文帝一任泪水滴落，一把将窦后连同刘揖的小衣服一起拥入怀里。窦皇后仰头望着汉文帝：丧子、亡臣，都是陛下最宠爱的人，臣妾知道陛下的心，可陛下的龙体……汉文帝噌地直起身子：都是粮食闹的！粮食，粮食！朕一定要想出办法救万民！

　　从薄昭修建的祖墓到城墙，又从修建的城墙到施工的祖墓，陈显边走边看灾民的脸色，他关切地叮嘱着：吴县比咱们那儿天气热许多，小心别闭了痧。

　　人群开始分流，烈日下人们劳作着，人们挥汗如雨。有人停下来喘气，有人仰望一下天空……阿木边巡视边呵斥：吃饭没见停，干活就这么偷懒！被呵斥的人急忙挑起青砖，朝正在砌围墙的工地走去。他刚要上坡，一个趔趄栽倒在地，他口吐白沫，脸色煞白。有人急喊：闭痧了！闭痧了！一群人围了上来，有人为闭痧人揪背，有人喂他水……顿时，被揪的背现出两条深红色的血印。那闭痧的人哼了两声又睁开了眼……

　　陈显被叫到薄昭的客厅里。薄昭并不让座，只是像吃了一肚子亏似的埋怨着陈显：你们灵石的灾民真是，能吃不能干，今天这个病倒了，明天那个闭了痧，我这不是官粮，是自己地里种的，吃掉我多少白米了！不行，得给陛下上奏折，总不能让我自己出粮为朝廷赈灾吧……陈显已经明白，对这位国舅大人他是再也难论出理来，为了灵石灾民，他只有自己忍气吞声。

太极殿内,汉文帝看完刘濞的奏折不禁拍案而起:真是恶人先告状,刘濞倒先发制人了,什么执行汉律,什么没有关传不准入境,嘿,敢情他吴王成了执行汉律的楷模了!关传是为了保一方平安的,如今倒成了他阻碍灾民入境的杀手锏了!他气得踱起步来:大汉是一个国家,在一国之内,理应可以自由出入各个郡国!张丞相,朕看,废除关传已是势在必行了。张苍并不接话,他看了看汉文帝说:臣这里还有一份奏折,是轵侯上的。汉文帝一阵兴奋:噢,轵侯?张苍道:是,他状告灵石县令陈显弃县不顾,领全县灾民乞讨至他封地,说他已经难以承受,要求朝廷拨赈款五十斤黄金,稻谷十万石。汉文帝一把抢过那奏折,他看着,拿奏折的手不禁颤抖起来:这个薄昭,身为朝廷重臣,执行朝廷赈济灾民律令,理应是本分之事,他却想趁此大发国灾之财,向朝廷伸手?不准!丞相,速告张廷尉,着人去把灵石县令陈显带来,朕要当面问清实情。张苍正欲退出,汉文帝复又停下脚步:着太子进殿。张苍道:老臣这就去办。

薄昭客厅中的气氛已经凝滞,显然,这不愉快的谈话,不,准确地说应该是训话,已经进行了很久。

薄昭气哼哼地:陈县令,你看看,你带来的都是些什么人?怎么没干几天,就病倒一片!

陈显又急又气:吴地又湿又热,我们灵石人不习惯,国舅大人,就不能减少点做工时间?等最热的午时、未时过完,再上工不行吗?

薄昭冷笑:笑话,那要吃我到什么时候?!

陈显道:总不能把人当牲畜使唤吧!

薄昭正要施威,阿丰急于星火地跑来:国王大人。

薄昭瞪了他一眼:你胡说什么?这里哪有国王大人!

阿丰道:臣民阿丰前来报告,朝廷来人了。

话音未落,廷尉府官吏已经大步走进:轵侯大人,朝廷有令,着灵石县令陈显进京。

薄昭幸灾乐祸地:瞧瞧,陈县令,陛下都知道你在我这儿了,你未接圣旨,就如此"专擅",可知该处何罪?

陈显抻了一下自己的袍服,神情愈显平静:自从将灵石灾民带出来,陈显就没想着自己活着回去。国舅大人,陈显只有一事相托,请你一定收留这些灵石灾民。

说罢,陈显随廷尉府官吏走出薄昭府大门,纵马朝长安方向驰去。

薄昭见他们离去,他神情轻快地走出府邸,来到交头接耳的灵石县"工奴"面前,他先咳嗽一声,之后高声说:在轵侯这儿好好干吧,有你们的饭吃,瞧你们那县令干的好事,哼,把你们扔到我这儿,他就走了。

"工奴"们你看看我,我看看你,一个个陷入困惑和忧虑当中。

星夜驰奔,陈显和廷尉府的官吏终于到了长安。第二天朝会时,朝服上沾满灰垢、邋里邋遢的陈显迈着沉重的步子走上大殿。满朝大臣都盯着这个"专擅"的官员。陈显扑地跪拜:罪臣陈显参见陛下。汉文帝跑下龙榻扶起陈显,看着他:谁说你有罪?你能将仅有的粮食留给老弱妇孺,亲自带着壮劳工去卖工挣饭吃,这是赈济灾民的良策,你为朝廷立了大功啊!陈显泪流满面,扑地又拜:陛下圣明!

满朝大臣都以敬慕的目光望向文帝。

汉文帝道:在朝为官者最高的责任,就是爱民、亲民,珍惜百姓性命!此后,满朝文武都应效仿陈显!陈显已经掩不住纵流的泪水,他哽咽说:臣受之有愧……汉文帝道:怎么?何愧之有?

陈显道:臣带灵石灾民离乡背井到吴国,因无关传未准入内,后又辗转到吴县国舅大人封地,织侯倒是收留了我们,叫灾民修筑城墙,上山砍树修建阴宅。臣未事先奏请,是犯了"专擅"罪啊!汉文帝:"专擅"是指恃势弄权、违逆朝廷,你是为赈灾济民,两回事!他想了想又说:修城墙?!织侯已告老还乡,还修什么城墙?那城墙高吗?陈显道:很高,很大。汉文帝道:修那么大的城墙干什么?建独立王国?陈显,你说,那围墙方圆多少里?陈显道:说不好,大概……大概……汉文帝一挥手:朕再派人去查!陈显,你又没筑城墙,你有什么愧疚哇?

陈显道:吴县天气又湿又热,罪臣没保护好百姓,中暑死去的已有二十五人,病倒近百人……

听到死伤这么多人,大臣们不禁议论起来……

陈显道:臣还有话,不知当讲不当讲?汉文帝一脸铁青:讲!陈显道:织侯封地的食邑户都自称为臣民,称织侯大人为……汉文帝道:为什么?陈显道:为国王!

大臣们交头接耳,议论声又起。

汉文帝猛一甩袖子,坐至龙榻挥笔疾书,之后将笔掷于龙案,大叫:张释之!张释之上前一步:臣在!汉文帝道:你带上朕的御批,与陈县令一道速往吴县!

刘濞奏折在前,薄昭奏折在后,两人不约而同,都是上告陈显带领灵石灾民去吴国自卖劳力讨饭的事。他们万没想到,他们对陈显的状告,对爱民如子、正为百年大旱而苦心焦虑的汉文帝来说,不啻是对陈显心系苍生的褒奖、是对自己贪婪罔民的暴露,故此,接刘濞奏折后,汉文帝即派太子刘启协同亚夫赶赴吴国,一为安抚问候,二为探探刘濞与朝廷对抗到底走了多远,这自然既是对刘濞的婉转震慑,又是对太子的历练。

刘濞见太子到来,格外热情又亲切地上下打量着说:几年不见,太子已是一位英壮男子了,大汉有望,大汉有望啊。

见他这番过分的热情和亲热,站在一旁的周亚夫恭敬地笑笑。

刘启也恭敬有加地:伯父的气色也相当好,腿疾可好些?

刘濞叹了口气说:唉,人越来越老,患了什么病也难再好了。

刘启拿出一支新的龙头拐杖说:父皇惦记伯父的腿疾,担心旧拐杖已不堪再用,特意命启儿再送上一支。

刘濞两眼直直地盯着那支龙头拐杖,倏然跪地接杖说:刘濞谢陛下隆恩。之后,他拄双拐站起说:陛下圣心仁爱,老夫一区区腿疾总还挂在心上!他拍拍那条腿说:就为这条腿,微臣已经好多年没能进京朝见陛下了……太子此行是……

刘启笑笑说:噢,一为看视伯父,为伯父请安,二听说灵石灾民上千人一下子涌入吴国,吴国是否不胜其重?

刘濞即刻接话说:咳,这灵石灾民来得也巧,老夫正愁那么多人没有关传如何入境,我吴国又闹起贼盗,他们杀人越货,又一时难以抓捕,混乱中,县令陈显就带他们去了吴县国舅大人那里。也好,国舅大人仁慈,又正需人修筑城墙,会让他们吃饱的。

刘启突然问道:袁盎袁丞相可好?

刘濞哈哈一笑,显得十分快慰:这可是陛下派来的好官啊!为治理好吴国,袁丞相已经跑遍各郡县。这不,他又去湖区察看水情去了,太子若想见丞相,我这就差人去请。

刘启挥了挥手:不不,启儿不过随便问问,不必专人去请了。

刘濞看了看周亚夫:这位是……

刘启说道:噢,周勃周老丞相之子周亚夫。

刘濞夸张地说道:真是将门出虎子啊,英武精壮,大有乃父之风!

周亚夫趋前一躬:谢吴王夸奖。

自陈显被带往长安后,薄昭分外高兴,一是没有陈显整天在他面前绕来绕去求这要那了,二是灵石灾民没有了他们县令的撑腰后,一个个十分老实,整天一言不发,只是闷头干活,偶有几个死倒累倒的也不再闹腾了,两处工程进度越来越快,他怎能不心生惬意!这一天,薄昭正与几个花枝招展的美姬饮酒。

见薄昭透着近来少有的高兴,美姬说:大人,等秋天围墙合拢了,臣妾要大人请楚地艺人来演滩锣戏。

另一美姬立即拍手说:请河间艺人来演杂耍,走绳索,吞刀吐火,那才好看呢!

第三位美姬端起酒樽走过来,她娇滴滴趴在薄昭肩上,先喂了他一口酒,之后才嗲声嗲气地说:我想看赵国艺人的长袖折腰舞,听说从前宫里的戚夫人舞得最好呢!

薄昭看着这一个个美艳风情的美女,眼睛已笑出了朵朵花瓣:好好好!等城墙竣工,大功告成,围起来就像一个国了。那时候,请臣民们快快乐乐地玩上三天三夜,唱它半个月的大戏。

三位美姬同声献媚:那封地臣民可都要山呼:国王万万岁了哈……

薄昭先是朗声大笑,后又点了一下靠近自己那个美姬的鼻尖,瞪瞪眼说:可不敢这么闹着玩,要砍头的!

他们正笑得开心,阿木匆匆来报:大人,朝廷的人带着那个县令又回来了!

话音未落,张释之与陈显已经走进薄昭大厅。薄昭莫名其妙地盯着他们,他尚未开口,张释之展开圣旨叫道:轵侯接旨!薄昭闻声忙跪于地。

张释之庄严宣旨:轵侯薄昭听旨:着薄昭立即停止修筑城墙,赈济灵石县灾民稻谷二百石,黄金五十斤,灵石县灾民由县令陈显带领速返故里。令廷尉府押解薄昭进京。钦此——

薄昭腾地一下站起来,指着陈显大骂:你这忘恩负义的小人,本侯爷救你和你的灾民于水火,你倒上京城告御状去了!吃我的粮,还要运我的粮,你究竟说了些什么,致使陛下龙颜大怒?!

陈显冷静而镇定:我……没说什么,只是如实禀报。

薄昭道:你如的什么实?!

陈显道:灵石人替你修筑城墙啊!

薄昭道:你把这件事说了?你……你这个陈显!薄昭怒恨交加:陛下最忌讳的就是这……你是安心置本侯爷于死地呀!他急得跺脚:你这是告御状,告御状……陈显,你既不仁,就别怪我不义!薄昭又怒又恨,气得转来转去,转至张释之身边,突然拔出张释之腰间宝剑朝陈显刺去。

那一剑正中陈显心脏,他未及提防,瞬时倒在血泊中。

张释之和随从们都被这猝不及防的事情弄得措手不及。少顷,人们才缓过神来。

张释之大喊:来人,绑了,将薄昭押赴长安!

薄昭一挥手:绑什么,一个六十老翁还能跑了不成!

廷尉府的侍从们还是麻利地绑起薄昭,薄昭也毫无惧色,头昂得高高的被众人押上囚车。

待到张释之等廷尉府的人押走薄昭,人们才猛然意识到,躺在地上的陈显已经被刺死了,他们大喊道:陈大人,陈大人被轵侯杀死了!

灾民们顿时哭声一片:陈大人!你丢下我们就这样走了,我们,我们可怎么办哪……

人群中有一位气极的年轻灾民大喊:咱们不干了,回老家去!

众人闻声大乱起来:不干了,推,推倒这城墙!

灵石灾民的心已如沸腾的油锅,此时,只需一个火星,就能点起冲天大火!随着众人的喊声,人们冲近正在施工的城墙,只听哗啦啦一阵轰响,那已经成形的城墙顿时砖倒尘飞,已成一片砖土……

又有人怒吼起来:去砸,砸了他的谷仓,为陈大人报仇!

468

就像一声号角,此人话音未落,灾民们已涌向薄昭的粮仓,此时,轵侯府的兵丁们与灾民们开始了一场大混战,有人被打倒在地,有人被踩在脚下,空气中弥漫起一片片嘶喊和呻吟。

陈显仍躺在地上,鲜血涌流,将本已脏污的朝服染出一片片血光……

刘濞知道,太子刘启的突然到来必然是来意不善。越是来意不善,刘濞越要热情谨慎。那晚,刘濞以华贵的晚宴请完刘启和周亚夫后,就亲自陪他们来到处最高贵的王宫别馆,之后才告辞回宫。

送走刘濞、回到别馆大厅后,刘启看看周亚夫说:袁大人早不看水情,晚不看水情,为什么偏偏我们来了,他就去看水情?亚夫,你以为吴王说的可是真话?周亚夫想了想说:蹊跷,不光袁大人走得蹊跷,灵石灾民也走得蹊跷……刘启道:这……袁大人处必有隐情。周亚夫道:太子勿扰,末将去弄个清楚。

刘濞回到书房后也在琢磨着应付刘启的对策,他必须粉饰出与朝廷别无二心、一心一意的气象,他必须干净利索地掩盖起该掩盖的一切。柔和的灯光中,他心事重重地翻着一册书简,此时,门深匆匆走进书房。刘濞抬起头望着他,一对鹞眼咄咄逼人:让你深夜再来,你急什么?有人见到你吗?门深道:没,没人,宫里的人就是见到,也没人在意小人。刘濞道:带来了吗?门深递上一册账簿:这是这些年从钱库支出钱两的全部账簿。刘濞挥了挥手:你退下吧,不要见任何人!门深匆匆退出,刚进回廊,迎面走来了袁盎。袁盎盯了他两眼:是门深?门深低头而过:袁丞相。说罢,两人分别朝两个方向走去。

秋夜已深,墙角下传出蛐蛐鸣叫声更给神秘的夜色平添出一缕岑寂。幽暗的廊道中,一武士正带剑巡逻。周亚夫一个箭步跨向他面前:知道我是谁吗?武士道:知道,朝廷周大将军。周亚夫塞给武士一钱袋。那武士惶惑地看着周亚夫:大人,这……周亚夫道:实话告诉我,袁盎袁丞相在宫里吗?武士犹豫着:这,吴王有令……周亚夫蓦地拔出一柄短刀:说真话你拿了钱就走;你要不说……他晃了晃短刀。武士道:我说,袁丞相就住在对面亮灯的殿里。

周亚夫进入别馆,报告刘启说:袁丞相就在宫里。刘启道:住在何处?周亚夫指指对面灯光:喏,对面亮灯的地方就是他的寝宫,可四处警戒森严,我们如何接头呢?刘启一笑:好办。说着,他在一张帛卷上匆匆写了两行字,团成一团后,掏出弹弓,朝对面灯光处射去。之后,他对周亚夫说:这是我少时练就的功夫,准保万无一失。

袁盎刚推门走进,一团帛团飞进窗来。他展读后,铺帛疾书:明晚子时,去找府库总管门深,大案可破。袁盎将帛书团成一团,轻声喊道:来人。一武士匆匆走入:大人。袁盎将帛团塞入武士手中:即刻交与太子。

薄昭与张释之一脸肃杀地跨入太极殿。一见正在批阅奏折的汉文帝,两人同

时跪拜说:叩见陛下!

汉文帝面肌紧绷,对薄昭视若未见,只问张释之道:城墙还在砌吗?

张释之道:陛下,已经停工。

汉文帝又问:那陈显带着他的灾民扛上粮食回灵石县了?

张释之望着薄昭:这……

汉文帝一脸肃穆:什么这呀,那的!怎么回事?

张释之道:陛下,还是请轵侯说吧!

汉文帝瞟了一眼薄昭:轵侯!你说,你给了灵石灾民多少粮食?那个陈显现在在哪里?

薄昭慌忙向前跪爬了几步:陛下,陈显是个小人,他忘恩负义……他……

汉文帝打断薄昭的话:直说,朕要知道陈显人在哪里?!是不是已回灵石?

薄昭头已垂地:陛下,舅父,不,臣真的不是故意的!

汉文帝道:什么故意不故意的,朕问的是陈显今在何处?

薄昭道:……陈显带几千人到我那儿,吃、喝、住的不说,还告我的黑状,我是觉得委屈,才一气之下失手把他给……给杀了!

张释之接续说:陛下,陈显的被杀,激怒了灵石灾民,他们抢粮食、推城墙,与轵侯府的兵丁厮杀起来,已死伤上百人。幸好当地官吏及时赶到,制止了骚乱,现灾民已扛上粮食返回故乡了。

汉文帝勃然大怒,霍地站起来:好哇!你个轵侯,你竟敢妄杀朝廷命官,何况那是一个爱民如子的好官啊……说着,汉文帝竟浑身颤抖起来。

薄昭道:我,我是一时失手……

汉文帝厉声说:不是失手,是致气,致朕的气……多年来,你因对朕的封赏不满,告老还乡后就自称国王,让封民自称臣民,真是胆大包天!

薄昭道:臣没有,这是陈显栽赃诬陷……

汉文帝更加怒火上升:陈显人都死了,你还反诬他?更不能容忍的是,因为你的恃权霸道,激怒了灾民,酿成了暴乱。张廷尉!

张释之立即应道:臣在。

汉文帝道:传旨——削去薄昭爵位,打入死牢!接着,他平服了片刻:下诏河南郡守,着赐陈显家人粮食三百石,金八十斤。

干旱的灵石土地已一片潮湿,新任郑县令正在田里与农夫们耕种补苗。

刮羹侯肩背包袱,手拄拐杖,朝人群走来,他走至郑县令面前:大人可是新来的郑县令?

郑县令端详一下刮羹侯:老人家是远道而来吧?灵石可是个穷县,自己还吃不饱,讨不到什么的。

刮羹侯看看自己,不禁失笑:嘿嘿,是像个讨饭的……不过老夫不是来讨要

470

的,老夫知道,灵石大旱,饿死不少人,县令陈显也为百姓而被杀吴县,好官哪……老夫来这里就是为给灵石百姓出出种田的主意。

郑县令不能不刮目相看了:老人家可是……

刮羹侯笑笑说:听说过刮羹侯吗? 是陛下让老夫来的。

郑县令闻言立即一拜:噢? 下官,下官拜见刮羹侯,请刮羹侯宽恕适才的不敬。

刮羹侯扶起郑县令:起来,起来,不说这些了,我们还是说种田。

众农夫说:对,说种田,说种田。

他们边说话边走向铁犁刚翻出的土地,刮羹侯抓起一把土说:看看,这里刚下过雨,上面的土是湿的,可下面的土还是这么干,这么硬,这就是种了庄稼也长不好。这是不会保存地里的水啊!

众农夫一见,也都跟了过来:是啊,可老天爷就是不给我们水呀……

刮羹侯看了看大家:老夫到过吴国,人家那里呀,大渠套小渠,到处是围堰、沟渠,有用不完的水! 我问这么多的水和渠是从哪儿来的? 人家说是老祖宗一代代留下的,是后人们一代代修下的。种田不能怕苦,种田就要动这个,他拍了拍脑袋接着说,灵石最缺的是水,我们就应该撒开人马开渠围堰,引水,保存水……

一老农插话说:大人说得对,可我们灵石就是赶上有雨水的年份,水也不够用啊……

刮羹侯看看老人:这位老哥说得对呀,灵石地大田多又缺水,那就不能处处撒种处处浇水。处处都用,当然不够,那就集中用水,将水浇到最好的田里,精耕细作,一亩地收出十亩的粮……

众农夫笑望着刮羹侯频频点头:大人说得对,集中用水,精耕细作。

汉文帝派遣刘启、周亚夫来吴国本为弄清刘濞不接纳灵石灾民的来龙去脉,没想到,刘启与袁盎的帛团一传一迎倒引出了吴国制印场大量流失钱币的破绽。按袁盎的指点,这天深夜,刘启和周亚夫潜入吴国府库公事房,那里只有门深一人正坐在屋里发呆。也是为做贼心虚,自从太子刘启来到吴国,吴王对他看得越来越紧,那天深夜吴王又叫他交出铸币的账簿,他就更感到太子或许就是为铸币场的漏洞而来。这几天,他越想越怕、寝食难安……正当心里七上八下的时候,刘启和周亚夫已轻轻地推门而进。

说也奇怪,见到他们走进屋来。门深反而异常冷静地说:门深知道早晚会有这一天。

刘启盯着他问:此话怎讲?

门深叹了口气:当年小人被城阳王掳去,造了那么多假币,搅得举国混乱,已经是罪孽深重了。

刘启反倒放缓了语气:朝廷知道你是被迫而为,又举报有功,也就宽宥了你,

放你回了原籍。

门深愧悔交加:门深回乡后,发誓再不沾钱,只想耕耘度日,平平安安地过完一生。没想到没过几天,吴王就招我进宫,不但逃不脱府库,还封我为铸币官和府库总管。也怪小人贪心,小人虽知道失就是得、得就是失的道理,可吴王一封小人为官,小人就为他尽力,没想到,吴王竟没完没了地从制币场拿钱,而且数目吓人的大!从此,小人就落下一种病,他一拿钱,小人就心里颤抖,因为小人知道,他多拿一两钱,就为小人加了一两罪,将来不是朝廷杀了小人,就是吴王杀了小人……

周亚夫问道:吴王拿了那么多钱,你就没留个底账?

门深良久不语:这底账……

刘启道:你若交出底账,仍可免你一死。

门深领他们来到一处墙角,从地底挖出一叠潮湿湿的账册:全在上面,这是小人偷偷留下的副本,正本已被吴王要走了。

周亚夫翻了翻,倏地揣入怀里。

刘启道:门深,别和任何人说我们来过这里,你要不露声色地照常过日子。

门深道:殿下没找到小人,小人还可以苟且,找到了小人,小人……他凄然一笑,决绝地说:门深不想犯罪,不想愧对朝廷,今日能将底账交给太子,门深心安了,心安了……说着,他猛力朝墙角撞去,鲜血溅满墙壁……

第二天上午,袁盎就告诉了刘濞门深撞墙死去的消息,刘濞一听,不禁气急败坏地问道:什么?门深死了?撞墙而亡?

袁盎紧盯着他说:对,我刚去看过。

刘濞道:这几天谁去过他那里?

袁盎淡淡地:府库的人说,他从来都独来独往,不跟任何人交谈。

刘濞佯作严厉地:追查,此案要一查到底!这些年府库和制币场一直亏空,他不是畏罪自杀就是被他的同党强逼自杀!

袁盎道:下官原以为不过是一起自杀案。经吴王这一点拨,才知是桩大案。对,一定追查到底,下官这就去办。

刘濞又换了一副面孔:吴国有多少大事要丞相管哪,此案就交廷尉去办吧。

汉文帝仍在愤怒中。他走来走去,仍觉难以宣泄,他突然抓起一把墨丸朝地下扔去。墨丸咕噜噜滚到薄太后脚下。见母亲走来,汉文帝忙走上前:母后。薄太后冷冷地说:母亲发过誓,此后再不登你这朝议的太极大殿,可今天还得破个例。汉文帝几乎倾诉般地:母后,您说是什么让舅父他贪婪、跋扈到这种地步?!他趁国之大灾,大发国灾之财,百姓们已经饿死成千上万,他却大修比周天子还阔绰的城墙,带着几千灾民为他修城墙的朝廷命官向朕说了些实情,他就拔出宝剑,一剑将这官员刺死,致使灾民骚乱……这,不杀他,百姓能服,人心能服吗?!薄太后一言不发,眼睛定定地看着文帝。汉文帝更加激动:明明知道自己权贵位显,是朕的舅父,可怎么还要自招天下人嫉恨呢?薄太后看了看他,一时不知说什么是好:他这也是,那你……汉文帝道:……恒儿也是没办法,不抓他,不杀他,这天下还能治理吗?汉文帝义愤填膺,慷慨陈词,薄太后欲说无词,只能默默听着,一语不发。汉文帝见母亲一直不说话,眼睛直定定地盯着母亲再不说话。薄太后终于开口了:陛下说得对,薄昭该杀,该……杀!说着,一阵眩晕,扑通一声栽倒在地。汉文帝惊恐地扑向母亲,喊着:邓通!邓通!快叫太医!

夜深了,薄太后寝宫中宫灯摇曳,几案上堆满汤药、丸药。两个宫女跪于床边,为昏倒在床的薄太后捏手、捶腿。汉文帝焦急地踱来踱去。

薄太后动了动身子,长长地舒了口气。一个宫女轻声道:醒了,太后醒过来了。汉文帝急忙扑到母亲身旁:母后,母后……薄太后睁开眼痴望着屋顶,对文帝视而不见。汉文帝焦急地说道:母亲,您,好些了吧?薄太后挥挥手:你们,都下去吧。两宫女闻声轻轻走出门外。

汉文帝坐于薄太后床边,拉起母亲的手:母亲,您有什么话,就说出来吧,可别憋在心里……薄太后置若罔闻,又闭上了眼。汉文帝更加焦急:母亲,母亲……您,您说话呀!薄太后从儿子手中抽出自己的手:天太晚了,陛下也回宫休息吧!汉文帝更急了:母亲不说话,恒儿就不走。薄太后有些尖刻地:恒儿?你早已不是恒儿了,是一言九鼎的陛下!汉文帝道:母亲,您要骂要打都可以,可千万别说这样的话。薄太后终于睁开眼睛:那陛下要我说什么样的话?呼你万岁?谢主隆恩?汉文帝道:母亲,恒儿要听您的心里话。汉文帝摇着薄太后的胳膊,眼里有泪光闪烁。薄太后意识到眼前这个皇帝也十分痛苦,她的心软了,口气也缓和了许多:唉——如今,我还能说什么心里话!最亲的是你,最近的是你舅舅,我最亲的人要杀我最近的人……苦,苦啊,口苦,心更苦……说着,薄太后呜咽起来……

汉文帝也忍不住簌簌落泪,他跪于母亲床前:……恒儿也是有苦无处诉啊,母亲,从去代国起,舅父就是恒儿的父亲,是舅父带着孩儿一步一步长大,一步一步治国,恒儿也是从心底爱他敬他……孩儿知道,进长安后,本应封他官职更高些,权位更重些……薄太后道:那你……汉文帝道:母后是知道的,前有吕氏的教训,后有诸王的虎视觊觎,孩儿若是……我以为舅父应该知道这些,可就因为他的欲望没有得到满足,他就跟我赌气,以至屡不听劝,无度地张扬跋扈,如今竟自称国王,杀了朝廷命官,一而再、再而三地对抗朝律,恒儿能怎样?汉文帝落下泪来。

薄太后看着他,冷冻的心又吹来一股暖意。

汉文帝道:母亲从小就教导恒儿,要仁爱,要孝悌,恒儿多想遵从母亲的教导,做个任人传颂的大孝子啊,恒儿一想到做个杀戮舅父的不孝子孙就出一身冷汗……可为人者,家事就是家事;为君者,家事就成了国事……母亲,恒儿这心里……文帝已泣不成声。薄太后动了动身子:恒儿,扶母亲起来。汉文帝忙扶薄太后起身:母亲,您……薄太后:把药递给我。汉文帝道:母亲,这药已经凉了,怕

是更苦了……薄太后道:苦就苦吧,母亲要同当皇帝的恒儿一起把这世间的苦都喝下去。

汉文帝道:母亲,真是恒儿,不,是天下最好的母亲……薄太后道:既然只能如此,恒儿——汉文帝道:母亲,您说。薄太后道:就让舅舅善终吧。汉文帝五味杂陈地点头。

薄太后道:还有,在他上路之前,就让启儿和婵儿成了亲,舅舅九泉之下也好……薄太后又哽咽着说不下去了。汉文帝道:母亲放心,儿已拟诏,让舅舅出狱,此时,他怕是早已回府邸了。

人世间啊,有情的是人心,无情的是时光。不管这场母子的谈话如何撕心裂肺,时光还是照常向前流淌……不知何时,窗外,树上的鸟儿已经啾啾鸣叫,天大亮了。

薄太后轻轻叫了一声:杏儿——宫女杏儿急急跑进:太后。薄太后站起身来:帮我梳洗更衣。杏儿道:是。汉文帝诧异地望向母亲:母亲,您……薄太后道:母亲送送你的舅父。

第二十八章

步出牢门的薄昭朝前走去,他突然停步,回头看看廷尉府的大牢,先还因刚从黑牢里走出,适应不了阳光的刺激而眯着双眼,后就眼睛大睁,释然而笑,走向停在不远处接他回长安府邸的马车。

经过几天几夜的黑牢关闭,他更体会到在自己家里自由自在生活的珍贵。回到府邸,他第一件事是沐浴,第二件事是梳理,之后,就着一袭宽松的软袍踱向廊前喂笼里的鸟。他轻轻投进一把米,鸟儿跳得更欢,也叫得更欢。薄昭冲笼里的鸟说道:我就知道,恒儿不是一个忘恩负义的人……说着,他又向笼里投了一把米,逗着鸟说:别急别急,我不会亏待你,还要带着你回故乡呢……

此时,管家来报:大人,太后来了。

薄昭闻声,放下喂鸟的笸箩,急忙跑向大门口:姐姐,你怎么这么早就……

薄太后疲弱地笑笑:听说你回家了,姐姐能不来看你吗?

薄昭道:还是姐姐最惦记我。说着怨恨又起:恒儿,他竟……

薄太后道:走,进去说吧,进去说。

薄昭尚不知死期在即、还一味地为自己坐牢负气,薄太后却为即将与弟弟的死别肝肠已断,他们一路走进大厅,看着跪坐于地的薄昭长发已大半变白,薄太后又是一阵悲咽。可她不能显露出来,她只能用自己的强力置换回弟弟最后的平静;相比之下,薄昭的心情却单纯得多,一朝遭难已过,见到姐姐,他只想抱怨发气。他铁青着脸看着薄太后说:他皇帝位坐稳了,竟要先拿我这个舅舅开刀!我……寒心哪……

薄太后按住自己纷纭撕裂的情感,温婉又怜惜地看了看弟弟说:在代国的时候,你无名无分,张丞相被淮南王强抢派去淮南,你也不要封地不争权位,说只要恒儿坐得稳,你什么都不要……薄太后擦擦眼泪:那时候,我看看你们这一大一小情同父子,这心哪真舒坦……

薄昭的情绪也回到从前:那时候我年轻力盛,恒儿还是个孩子,现在他做了大汉天子,我都已经老了,他不看重我,我还不能自己看重自己!

薄太后道:大汉天子?大汉天子就能想干什么就干什么吗?你也不是没看

见,那几个封王哪个不是乌眼鸡似的,从来没服过,谋反的谋反,拆台的拆台!

薄昭激动起来:他怕刘姓王谋反就该亏待我?不用说从在代国起我就一步一步把他带大,你看看,从古至今,哪个国舅爷不是地封得最多、权给得最大!就为赌这口气,我才告老还乡,他不封我,我自己还不能做个王!

薄太后也冲动起来:糊涂哇!你自封个王有什么用!超规矩建围墙,破汉律造阴宅,还任着性子杀死那么好的一个县令,你不是引火烧身吗!这朝廷的火啊,说多大就多大,不是烧死你,就是烧死他……真是老小老小,越老越……

薄昭被一腔委屈呛得老泪噙于眼眶:我,我这心还不是……

薄太后缓和了一下口气:还不是为咱薄家?!唉!事已至此,说也没用了……她摸摸索索掏出一把用得老旧又光亮的木梳,对正在暗暗擦泪的薄昭:来,让姐姐给你梳梳头,说着,两行热泪也沿着薄太后的面颊汩汩流下。

薄昭警觉道:姐姐,你刚才说,事已至此,是什么意思?是不是恒儿还要……

薄太后爱怜地看着他:姐姐好久没给你梳头了,来,坐这儿。

薄昭在姐姐神态的感染下,心定了下来,他柔顺地坐于薄太后膝前,他忽然注意到姐姐手里的梳子:这梳子,这梳子好眼熟……

薄太后停住手,看看那梳子:这梳子是母亲留下的,四十多年了,从南到北,从北到南,我一直带在身边,唉!时光无情啊!薄太后抚摸着薄昭的满头白发:也就这几年,昭弟的头发全白了……

薄昭也百感交集:姐姐,你记得不,小时候,母亲每教我读书,都说我舌头大、读字不清;每给我梳头,都夸我头发又黑又亮……

薄太后道:怎么能忘呢?太快了,时光流得太快了……薄太后边为弟弟梳头,久远的回忆边一幕幕展映在她的面前——

薄家书房里,美丽雍容的母亲教一对小儿女读《劝学》:君子曰:学不可以已。

母亲一遍遍纠正儿子薄昭的读音:不——可——以——已——

小薄姬在一旁抿嘴偷笑……

清晨,母亲为女儿梳完头,又为儿子梳。母亲抚着小薄昭的头说:瞧这头发多黑多亮!小薄昭得意地直晃头。母亲笑着说:别得意了,晃得头发都没法再梳了。

……

回忆中,薄太后已为薄昭梳完头,她手颤颤地摸着薄昭的满头白发:……昭弟,你想什么吃,你这里没有的,就跟姐姐说……

薄昭直视着薄太后说:姐姐,昭弟只要能常见到姐姐,就比吃什么都好。

薄太后手一颤,梳子掉落在地。

薄昭急忙拾起梳子,吹吹上面的尘土:姐,你怎么了?怎么有点神不守舍?

薄太后搪塞着:或许因为你刚出大牢,姐姐这心总是嘭嘭的……

薄昭笑了:放心,姐姐,我想明白了,以后啊,什么名分、封位,都不想了,恒儿他总不会再把我投进大牢吧!我就安安闲闲地回咱老家,养养鸟,种种树,享受晚年了。

薄太后听着他这最后的、再也不可能实现的愿望,难过得转过脸去拭泪。

薄昭递过那梳子:这梳子,这梳子可不能坏呀,他摩挲着梳子:姐,这把梳子将来能不能传给婵儿?

薄太后悲沉地:是……是要传给她,传给你的爱孙婵儿……她咽下冲到喉咙的悲泪,竭力换了一下情绪说,昭弟,告诉你个喜事。

薄昭道:现在我还能有什么喜事啊!能够回到家乡,老死故里,也就足矣,足矣了……

薄太后暗暗擦干眼泪:陛下答应将婵儿立为太子妃了。

薄昭满面笑容:他答应了?这可真是喜事,是大喜事啊——

薄太后也透过泪影笑了:那你就高高兴兴的吧……昭弟,我该走了。

薄昭十分不舍:那,姐姐,你就回宫吧,瞧你那眼圈都是黑的,该歇息歇息了。

薄太后起身,两个婢女扶她朝大门走去。

薄太后一步三回首,一遍遍地回望送在后面的薄昭。

薄昭显然因婵儿的喜事轻松了许多:姐姐,上车吧,过两天我去宫里看你。

薄太后心事重重地点头。上得车辇,她泪如雨下,手把着车帘久久看着"轵侯府"的大门。

宋昌、袁盎等朝廷大臣提着食篮、酒瓶走进薄昭长安府邸庭院,以一声声被夸张了的热情喊着:国舅大人——车骑大将军——

薄昭闻声乐呵呵地迎出:哈哈哈,诸位大人快请——快屋里请——

宋昌道:国舅大人,久别重逢,总该畅饮几樽吧?

薄昭拍拍宋昌的肩膀:还是我的这些老友啊,谁说人间没有真情在?请,请。

薄昭又恢复了往日风仪,不失尊严地迎众大臣走进大厅。

袁盎边从食盒中拿酒端菜边说:轵侯大人,今天我们是各自带酒,各自备菜,借轵侯一块宝地,喝个痛快。

薄昭更感到一种受尊重的满足,他两眼发光:客气了,客气了,各位大人肯屈尊舍下,本该由老夫备酒备菜呀。

袁盎道:我们带的都是山珍海味,怕你是一时备不出来的。

薄昭道:噢?那,我们就摆宴,来人。

管家立即将众人带入大厅,大臣们一个个将自己的餐盒和酒瓶放在几案上。薄昭满面笑容坐在上首观望着。

袁盎打开食盒:我这是红焖象鼻。

薄昭面露惊诧之色:咦?!这是只有国宴上才有的,这么稀罕的菜肴……

宋昌语有悲情:国舅大人走了这么久,接着又要……可得多吃些呀!说着揭开食盒。

薄昭只顾高兴,并未听出话外之音:看看宋大人做的是什么美味?他凑近一看:啊!清蒸熊掌!太贵重了,太贵重了!薄昭脸上的惊诧之态更加强烈。

宋昌又递上一瓶酒:喏,我提了一瓶杜康酒。

薄昭道:杜康?好,好,能解忧,能舒心,我们今天就喝这酒。

众人刚举起酒樽,一双大手按住了薄昭的手——张释之一脸灿烂地笑着——慢,我为国舅大人送来了更好的酒。

薄昭即刻冷起了脸:张大人?大人屈尊舍下,是准备再次将老夫收监?还是前来审问?

张释之一脸尴尬:国舅大人误会了,下官是为送酒。

薄昭道:张大人送酒?老夫可担待不起呀!

张释之咽下隐衷:不是下官送酒,是陛下命下官送酒。说着,他倒满一樽:陛下请国舅大人尽饮此酒,这可是秦始皇饮的椒伯酒啊!

薄昭恍然大悟:难怪!老夫知道了……薄昭瞅瞅默不出语的众人,少顿片刻,又怕又气地:不!我只喝杜康,不喝椒伯酒!只喝杜康,不喝椒伯!说着,他将杜康酒一饮而尽,故做洒脱地:吃菜!吃菜!

张释之的出现,使得即将开始的宴饮一下子变味了。他们只饮酒,不吃菜,哪管是那么珍贵的红焖象鼻和清蒸熊掌。原本,袁盎等众大臣本想为即将离世的薄昭送来些短暂的快乐和安慰,没想到,张释之的点明一下子断送了他们的种种苦心和隐衷。这宴饮越来越沉闷、越来越诡谲,最后,每个人都半醉半不醉地告别了薄昭的庭院。

刚才热热闹闹的庭院沉寂了,人们都走了,只剩下薄昭一人,他站在庭院,仰望高天,之后缓缓吐出一口胸中闷气。

他把眼睛转向椒伯酒。他拿起那坛酒,露出下面的一匹白绫,他抖开白绫,喃喃着:椒伯酒……一匹白绫……明白了,明白了,他是真的让我死啊,哈……恒儿啊,你既已决定让我死,又何必这么煞费苦心,这么折磨我,让我临死临死,还在世人面前出了这么多的丑啊……

薄昭抱起白绫朝室内走去:……伴君如伴虎啊……恒儿,你曾经多么乖顺,多么温文儒雅、宽厚仁德,可是,即使绵羊做了皇帝,也可以变成一只猛兽……

此时,远处隐隐传来一阵琴瑟笙乐之声,这乐声越来越响……薄昭倾耳细听:这是什么声音?也是为我送葬吗?

墙外一片欢闹声:太子迎娶太子妃了……

薄昭一阵大笑:哈哈哈哈……妙啊,妙!我的外甥编了一出多好的戏,多好的戏啊!你这苦心编排将赢得多少人的喝彩啊!好戏……好戏……

薄昭将白绫系上屋梁,他登上几案,将头钻入系好的套中。

薄昭悬在空中,几案翻倒在地,恰好砸在那只鸟的笼子上,笼子砸扁了,那鸟的尸体血淋淋地躺在笼子里……

478

薄昭走了,刘濞的案子被刘启找出了线索。汉文帝反复翻着刘启交上的账簿:难怪他出手一向大方,原来他已将在吴国的朝廷制币场当成自己的钱库了,你们看看,他抖抖账簿说:开头他还有所约束,只是五箱……后来胆子就越来越大,他竟十箱、二十箱地往他府库里拉钱!

张苍气愤地说:盗用国库,罪莫大焉,不重罚不足以振朝纲!

汉文帝看了一下朝中众臣,冷冷地说:由于他拒受灵石灾民,灾民们已病死二十五人,重病百人,尽管有朕的旨令,他仍是阳奉阴违!今太子又破了他盗用国库的案子,且数额惊人,预谋在先,岂能不重判!朝廷若仍置之不管,他吴王可就要……

众臣异口同声:陛下,如此大盗,不重判不足以振朝纲啊!

退朝之后,汉文帝在御花园中走了很久。刘濞心怀二心,不服朝廷,他早已了如指掌,没想到,他竟如此肆无忌惮,拒收灵石灾民、大盗国库钱币、视朝廷朝律如草芥……可想想刘章的自禁、刘长的自行了断、自己对薄昭的赐死……再想想大汉今日之大局,他不能不吞下一口气,着张释之亲往吴国,对刘濞从轻处治、从重警示,让刘濞知道朝廷的清醒和威慑也就是了。

不几日,张释之秉旨来到吴国,他进了吴王宫即宣召刘濞:刘濞接旨。刘濞闻声立即匍匐跪地。张释之朗声宣读:尔多年来贪欲无度,盗用国库钱两竟高达两百一十二箱之巨,前此,灵石灾民领旨投靠,尔竟抗旨拒受,以致百人重病、二十五人亡,罪上加罪,实属难以宽赦!朕念尔治理吴国有功,着削去领地两县,罚金三百箱,就地服役一年。钦此——刘濞叩头谢恩:刘濞谢陛下隆恩。张释之宣旨后即退出王宫。刘濞抖了抖王服,咬牙切齿说:这就叫君子复仇,十年不晚哪!太子来去匆匆,就抓到了寡人的把柄;陛下抓住把柄就重剑挥来,一下子斩去寡人的两个县!哈哈!……袁盎佯作体贴:吴王别太伤情,贵体要紧哪!刘濞不禁全身颤抖:罪臣还有什么贵体?他突然神情一转,两眼直视袁盎:内奸,定有内奸!否则,太子不会找到门深,也就不会察觉寡人那些事!袁盎也精神一抖:下官早就怀疑是有内奸,此事就交下官,一定查他个水落石出!刘濞声色俱厉、弦外有音地:寡人要是查出来绝饶不了他,寡人要将他碎尸万断!

就在薄昭领旨悬梁的同时,太子刘启和薄婵正举行婚礼。这是个独特的婚礼,它繁华又诡谲、热闹又悲沉,浮面是假造的喜庆,人们的心底却埋着难言的悲哀……就这样,时间在尴尬中流去,转眼已到夜深。洞房外,仍是人声鼎沸,一片喜庆。透过人声,远处,隐隐传来深夜的刁斗声:当当——

报时军士喊声悠远:子时了——洞房内,红烛摇曳,婵儿披红戴红,一人独坐床上。她头上盖头尚未揭下,那红衣红烛衬出满堂的孤凄。在王美人的寝宫中,半裸的刘启却仍趴在床上。粉臂红颜、一身娇媚,只穿了件红绫兜肚的王美人正

　　为他按摩肩背。刘启醉迷迷地长舒了一口气:真好,我的王美人不光人美,手更巧,把我从吴国带回来的劳累和这几天的郁闷都捏走了……王美人不无酸楚地叹了口气:美也无用,巧也无用,什么也拗不过贱妾的薄命……唉,殿下,时候不早了,今夜可是您的洞房之夜呀……刘启翻过身子,抱紧王美人,一下子将她压在身下:什么薄命不薄命的,我爱的是你,只有你……说着,他又解开她的衣带:今晚我就住在这里,看能怎样……

　　窦皇后仍未入寝。她身披一件白色长披风,站在帏帐旁,幽幽道:想当初,国舅大人可真是八面威风,权倾朝野呀……可如今,在他孙女成婚的前一步,他就这么走了……唉!

　　婵儿仍是独自一人披红戴红坐于床上,烛光闪烁的蜡烛已烧至最后一截。刁斗声更加清晰——当,当,当——报时声渗出一股苍凉:辰时了——婵儿终于自己揭掉盖头,两行清泪顺腮流下,她摸出薄太后送她的那把木梳,摩挲着,端详着,终于递到唇边亲吻起来,口中喃喃着:祖父看到了吧? 这就是你朝朝暮暮为婵儿盼望着的大婚! 爱情与婚姻是不能恩赐的……祖父你明白吗? 此时,她已是泪痕斑斑……

　　太子大婚历来是朝中大事,已封梁王的刘武得讯后专程赶回长安贺喜。久别重逢,刘启见弟弟远道赶来致贺,十分高兴,第二天即约弟弟去上林苑打猎。到了围猎场,他们紧襟长裤,挽弓搭箭——嗖的一声,一只野兔应声倒地。刘启大叫:射中了! 射中了! 怎么样?! 武弟,大哥的箭法不错吧? 刘武举举手中的弓说:有百步穿杨之功! 小弟佩服! 佩服! 咦?! 大哥,你新婚燕尔,为什么不陪陪婵儿表姐,白天老是跟我在一起,晚上嘛,还是去找王美人吧? 刘启道:武弟特意为我的大婚赶来京城,我能不陪陪你? 打猎! 打猎! 别扯别的! 此时一群大鸟飞来,兄弟二人举箭齐射,箭发鸟落,兄弟大喜。刘启兴冲冲地:看来,我们兄弟真是旗鼓相当啊! 刘武毕竟已经长大,知道了说话的分寸,急忙说:不敢,不敢。刘启推了刘武一把:玩嘛,什么敢不敢的……我还记得武弟从小就手脚利索。刘武一笑说:就是不能读书。兄弟大笑。刘武道:该回宫了,晚了,婵儿姐姐和王美人都要倚门怅望了。刘启捶了他一拳:你这张嘴呀,还跟小时候一样!

　　不知不觉,天已黄昏。两人着侍卫拖着猎物朝回宫的路上飞奔,马蹄踏起一阵黄尘。当载猎车到了未央宫东阙门前时,刘启说:咱们下车吧。

　　刘武道:为什么? 驾车正在兴头上,就坐车进宫吧。

　　刘启道:宫里规矩,除父皇的车外,谁到东阙门都得下车走进去。

　　刘武道:哎哟! 我的殿下哥哥,你也太墨守成规了,我梁王就非坐车进去不可,驾! 刘武不仅不下车,反倒用马鞭抽了马屁股一下,辕马猛地加速闯进了东阙门。

突然,一个人影冲来,死死勒住马缰,"吁——"马车停了下来。

正走到这里的张释之黑起了脸:车上人下来!下来!

梁王朝张释之看了看:车上人?!车上是什么人,你难道不认识吗?!

张释之毫不通融:下官只认朝廷律令,不认人!来人,把他们关进门楼里!

刘启笑着:张大人,你是不是认真过头了点?

张释之道:太子殿下,为官的若都不认真履行自己的职责,那律令岂不是一纸空文?殿下,抱歉,请在门楼等陛下来接你罢!

刘武大叫:放肆,张释之,你太放肆了!走着瞧,有你的好看!

张释之置若未闻,一路朝宫内走去。

刘启、刘武二人被反锁进小掖门内的门楼里。

御花园中,文帝与窦皇后、慎夫人正在吃水果、聊天,旁边放着琵琶和瑟。汉文帝看看两位夫人,长舒了一口气说:两位爱姬弹奏的小曲让朕心情轻松了许多。窦皇后揉揉自己的眼睛:陛下是为宽臣妾的心吧?如今弹琴,臣妾只能用手摸着弹了……汉文帝安慰她说:朕知道皇后为自己的失明苦恼,可琴是用心弹的,不是用眼睛看的,只要琴心聪慧,琴声一样动听。慎夫人顺着文帝的话说:那,陛下就多来后宫听我们姐妹弹琴吧。

一股秋风中,张释之匆匆叩拜:叩见陛下,叩见皇后。汉文帝道:什么事?张释之望向慎夫人,慎夫人毫无反应。张释之不得不对慎夫人作揖说:多有得罪,请慎夫人回避一下!慎夫人脸色一下子红了:你?!她求救似地望向文帝,文帝视若未见。慎夫人只得捂起流泪的脸匆匆跑向后宫。张释之凑近文帝耳语……汉文帝怒问道:什么?!梁王还没走?!窦皇后触电一般,震动了一下。汉文帝挥挥手:你下去吧,朕知道了!张释之退下。

汉文帝十分生气:梁王还不回封国,你怎么不告诉朕?窦皇后慌忙下跪:臣妾……臣妾眼瞎之后十分孤独,就想让武儿在身边多留几日……汉文帝站起身来:真是妇人之心!国岂能多日无主!窦皇后道:陛下息怒,臣妾知错了!汉文帝余怒未消:从小你就溺爱武儿,对他偏心偏爱,这么多年的宫中历练,你还看不出来,皇室内兄弟们的彼此争斗,往往是因为父为母者偏爱某一个酿成的,当年若不是父皇过分偏爱戚娘娘和三哥,吕娘娘也不至于对他们那么凶残,还有刘长,不也是……窦皇后嘤嘤地哭了起来,却一句话也不说。汉文帝等着这个骨子里十分固执的女人说点什么,可等了很久,她还是嘤嘤地哭,却再没说出一句认错的话……汉文帝皱起了眉头:现在,启儿、武儿两人都被张廷尉扣在东阙门边的掖门里,你带上四两罚金去赎他们吧,要检讨自己管教孩子不严,听见没有?你怎么不说话?朕最讨厌的就是你这种犟劲儿!汉文帝甩袖离开已经暗下来的御花园,窦皇后还在那儿抽泣不止。

当天晚上,薄太后读书读得已双眼模糊,正准备入睡,汉文帝一脸愁绪地走进

母亲寝宫。薄太后抬头看看他:恒儿?这么晚了,怎么还不歇息?汉文帝苦笑一下:恒儿无处可去,只有来母亲这里。薄太后道:那慎姬不是……汉文帝道:唉,这慎姬,距闵女是越来越远了。薄太后道:一个人怎能那么像另一个人呢?人性,情态,直到气息……不过,依母亲看,也够难为慎姬了。汉文帝叹了口气:恒儿也是不忍哪,可越不忍越不想见她……薄太后语重心长地道:情感之事,母亲也替你出不了主意……其实,皇后也够苦了。本来知书达理,聪慧过人,可你就是……汉文帝道:恒儿也是掂量来掂量去,从心里说,倒是皇后更解我心,她除了脾气犟些,倒还是个智妻呀……薄太后释然一笑:那就依自己的心去做吧,人哪,这颗心是不能没有居所的。

　　刘启毕竟成熟了,自从吴国与奶奶服刑归来,每天清晨都来到母亲寝宫,亲自为眼疾越来越重的母亲洗眼,这天清晨,刘启又端着一盏晨露来到窦后寝宫。听到他的脚步声,窦后从心底里升出一股安慰,她感触良多地说:我这双眼哪,太后惦记着,慎姬惦记着,我的启儿更惦记着……说到动情处,一汪泪水竟涌出眼眶。

　　刘启边为母亲擦泪边安慰着:母亲又流泪了,这让启儿怎么洗?你自己都用泪洗净了……

　　窦后被启儿说得扑哧一声笑了出来:我儿这张嘴啊!

　　刘启转换一种口气说:为什么那么多人都惦记母后?就因为母后待人好,不像那张释之张廷尉。母后看见了吧,那天张廷尉真够凶的!说着,他又笑了起来。

　　窦后道:廷尉就要执法如山嘛!你还笑人家!

　　刘启深情地说:那天要不是母后替启儿和武弟交了罚金,我们在东掖门还不知被关多久呢!启儿越来越感觉到,最亲的还是母亲。

　　窦后也笑了:还说呢,要不是你父皇那么凶地训斥,母亲还想不出该怎么做呢!唉,都怪母亲啊,从小娇惯武儿,对你又管得不得法,就说你对婵儿吧,既然已成夫妻,为什么对她那么冷淡?为什么就不在一起睡?母亲怎么也想不明白,婵儿不美吗?多秀丽的一个江南女子。不贤惠吗?我看她是处处顺着你,你要给她个笑脸,她走路都轻快得多……

　　启儿道:母后,你说的都不是……启儿也想对她好,可就是,唉,人与人的感情啊,有时候不是你想怎么做就能做到的……

　　窦后似有同感地点点头:母亲是过来人,母亲明白。可你想想,婵儿够可怜了,最爱她的、你的舅爷爷就那么走了。舅爷爷对你父皇的感情你知道,舅爷爷怎么死的你也知道,可你父皇是不得已呀!为了这个不得已,你父皇和你奶奶都老了许多……看着这些你不心疼吗?你就不能替你父皇补补愧疚,补补对舅爷爷的亏欠吗?说到激动处,她不觉又双手相绞,做出了那个怪动作。

　　刘启一见此动作,不由条件反射般地向后退去,一不小心,后面一只陶罐打在他头上,又滚落地上。

刘启不禁笑出声:母后。他指着窦后的动作说:从小惯了,我一见你这样就害怕。

这话逗得窦后立即放下那个动作,也愧疚地笑了。

刘启收住笑声:舅爷爷已经不在世上了,母后让启儿怎么补?

窦后道:对婵儿好。只要你对婵儿好,舅爷爷在地下也心安了。

刘启勉强地道:启儿努力吧!

和往常一样,那晚,窦后寝宫中灯光幽幽,窦后正坐在织机前"呱答答,呱答答——"地织锦。薄太后轻轻走进。侍女忙跪地相迎:拜见太后。薄太后示意她们起来。窦后闻声,也离开织机跪拜:拜见皇太后。薄太后立即扶起窦后,看着她的眼睛问道:眼睛好一些吗?窦后感激地道:谢太后。漪儿知道,为了漪儿这双眼睛太后费了多少心,就是启儿天天来为我洗眼也是太后教他这样做的。薄太后道:也不全是。你意会到了吗?启儿这几年就像变了个人,小时候的顽皮少多了,却是越来越仁义,就连对婵儿也知道些体贴了……薄太后感动地拉起窦后的手:母后知道,是皇后没少教训他。窦后不禁悲从中来,她咽下满心的话,只是说:漪儿知道母后心里的苦,也知道女人的苦……说罢,她又走向织机,"呱答答——"地织起锦来。薄太后跟到织机旁,抚着窦后的背说:很久没弹琴了吧?多弹弹吧,母后很久没听到你的《嫦娥幽梦》了。

自薄太后与她深谈后,窦皇后的心情好多了,她要拾回渐渐荒疏了的琴技,这一天,视力已经十分微弱的窦皇后又轻捻慢拨,全神贯注地弹奏起《嫦娥幽梦》:

云天外,雾浓星稀痛断肠,
望穿秋水故乡在谁边?
几多寞寞天宇宫檐冷,
问人间,杨柳缘,是否岁岁年年?
红尘中,多少世人想飞天,
谁知我心夜夜盼回还。
怎奈迢迢万里关山阻,
只落得,幽梦断,心碎苦思凡。
寻好梦,睡无眠,
独抚琴弦,冷月无人伴。
谁解我乡愁缕缕,
待怎样,去重结,此生情缘。

随着乐曲的漫延,远处,一缕一样旋律的箫声悠远伴和。

刘启随着这如梦的乐声轻轻走进母亲的寝宫,母亲弹唱完毕很久后,他仍在

陶醉着:母后,你怎么总喜欢弹奏这曲《嫦娥幽梦》啊?窦后深情地说:因为你父皇喜欢,还是在代国的时候就喜欢。刘启问:那母后为什么不多给父皇弹弹?窦后幽幽地说道:你父皇国事太忙,没空听了……此刻,汉文帝已循声走过御花园,站在窦后寝宫外静静地听着他们母子的谈话……

  正是八九月间,草原上草长羊肥。在夕阳映照下,红色的马群、白色的羊群,如红的潮、白的浪,在无边无垠的草原上闪电般涌来荡去……

  草原上,有牧民在挥鞭牧羊,有骑在马上甩动套马竿的人在训马。

  草原深处,老上单于带着一彪人马朝南跑来,他驻马巡视了一会儿:哈……我们的羊更肥、马更壮了!嗯,我们就是要养草,护草,扩展草原,然后,我们还要攻进长城,攻入长安,有肉有粮有美女,还有汉人的珠宝丝绸……

  众匈奴兵将喊着:大单于,我们就等着这一天了!

  与此同时,在云中郡边界地带,几百名内地移民散落田中,他们半兵半农,有的在丘陵地栽树,有的在开垦荒地,大片平整的黄土地,平平展展,向四处延伸……走近细看,才看清这些移民有缺胳膊没腿的,有独眼没鼻子的,有一脸恶煞、脸上刺字的……他们多是罪犯恶人,也有无家无业的游民。

  一匹哨马从远方奔来,他吹起牛角号,边跑边吹……

  随着号声,田野里、丘陵上的农夫立即放下农具,拿起刀枪,在一个个伍长、校尉样人物的口令下站成队列。刹那间,从丘陵后面杀出一彪骑兵,他们挥刀挺枪,直冲大片平原奔来……

  平原上的农夫已变为步兵,他们成队成阵地隐在沟沟坎坎下,早已布好重重绊马索、滚石雷……待远处骑兵奔来,一队步兵边喊边打边退……那边骑兵如风般冲杀,这边绊马索、滚石雷有条不紊地配合施威,一匹匹战马咚咚倒地……

  沟坎中步兵冲出,一阵厮杀捆绑,俘获了大批进犯骑兵,可独臂独腿者也经常一用力就摔倒。

  张武纵马驰来,大声训话:好,好,以后就要天天这么训练,半日耕田,半日练兵。他走到绊马索前:这绊马索不错,滚石雷嘛,没用上。大家还得多想想,看还有什么打匈奴的好招,不能光靠武艺,还得用这,他指指脑袋……还有你们这些有残疾的人,也得练练这样……他作了个平衡动作。

  有人窃窃发笑。

  有人说:要是多来些移民,可得是全胳膊全腿的,我们准保可以挡住小股匈奴人,来了大队人马,再劳朝廷出兵。

  张武深深点头:是啊,是啊……

  多年来,大汉与匈奴就是这样,停停打打,打打停停,匈奴为了生存得更好,就不断地袭扰、抢掠、扩展疆界甚至要打到长安;汉文帝为了大汉的强盛、黎民百姓的安定富足,就不能不发动大臣想出各种办法强民固边,这半农半兵、移民戍边的策略就是张武从实地出发想出的一个办法。但不管怎么说,为了各自的目的,双方都在部兵备战,看来,一场大战是避免不了了。

汉文帝走进太极殿。周亚夫和已近八十岁的申屠嘉正在殿内等待召见。两人见文帝进来,急忙起身欲跪,文帝见状急忙招呼道:二位爱卿,来来来,坐下说,坐下说。

申、周二人上前一揖:谢陛下。之后,周亚夫坐于文帝左侧,申屠嘉动作迟缓地挪动着脚步,终于坐于文帝的右侧。

汉文帝扶着他笑道:申老御史慢点。

申屠嘉笑了笑:老臣前些日子还笑张老丞相动作慢,没想到,才几天老臣我就腿脚不灵便了。

汉文帝道:张丞相怎样?现在还能吃东西吗?

申屠嘉道:一嘴牙都掉光了,听说只能喝人乳。唉,日子过得真快!一转眼,老的走了,小的就老了!

申屠嘉呈上一封信:云中郡信使快马来报,近日,小股匈奴人又来骚扰,他们的草原也在向长城扩张,不过,张武也有他的对策。

汉文帝看完信:噢!这张武还行,他把晁错的"守边劝农"之策用活了,将内地移民组织起来分批训练,平时耕田,战时作战,噢!不错!

申屠嘉道:张武的办法是个好办法——屯垦戍边,可惜人太少,又多是受过刑的缺胳膊缺腿的罪犯,这些人打起仗来倒是不怕死,可就是行动不利索呀……

周亚夫道:陛下,西北边疆恐要战事又起啊!

汉文帝拉住周亚夫的手:亚夫,知道朕为何召你来吗?

周亚夫提高了嗓音:微臣猜到几分,陛下是不是让微臣横枪立马去边疆?

汉文帝笑了起来:亚夫哇,跟你父亲一个样,说起打仗就精神了!哈哈哈哈,你说对了一半儿,朕是要调你去领兵,但不是去边疆,而是去离长安不远的细柳营。

周亚夫道:守卫长安?!难道有大仗要打?

汉文帝点头:冒顿的儿子年轻气盛,朕观察他继位后的行为举止,断定他要是发兵犯境,绝不止是贪图一点牛马、农具,他是要冲我长安而来,冒顿儿子的胃口可要比他老子大得多!

周亚夫腾地站了起来:陛下,那就让他来试试我这将门之后的长枪有多快,试试我周亚夫的兵有多狠!

汉文帝听后与老御史笑得十分开怀,可他的笑声尚未止住,忽然觉得心脏突地一跳,他脸色煞白,"哎呀"了一声就捂住了胸口。

两大臣惊得大叫:陛下,你怎么啦?

汉文帝捂住胸口,半晌才长长舒了口气:没……没事了!

申屠嘉忧心地看着汉文帝:陛下,还是叫御医来看看吧。

汉文帝摆摆手:就一阵,以前也有过一次,去汤泉池泡一天就没事了。

骊山像一匹深黛色的骆驼卧于长安城外,九月的骊山之麓花树葱茏。

坐在车里的汉文帝抚抚慎夫人的手:爱姬这一路上怎么都不说话?

慎夫人不好意思地说:臣妾在想,还真得谢张廷尉那天的提醒,臣妾早该知道自己有多重。汉文帝笑着搂住慎夫人:皇帝的嫔妃,是应该知道自己摆在哪里的。不然,就会生出一个又一个吕后,一个又一个戚娘娘。慎夫人嫣然一笑:陛下说点别的吧,臣妾把后宫这些事儿琢磨得差不多了。陛下,此刻臣妾的精气神非常好,就想与陛下同骑一匹马。

汉文帝突然高喊一声:宋昌!

宋昌驱马赶至辇前:陛下,末将在。

汉文帝道:朕要骑你这匹快马,与慎姬骑马去骊山汤泉。

宋昌翻身下马,扶文帝与慎姬坐于马上。

慎夫人望望文帝渐趋苍老的脸:臣妾已经知足了,陛下,毕竟……

汉文帝的情绪也有所低落:毕竟……这好像不是那个闵女说的话!

慎夫人诧异地望着汉文帝:闵女?!陛下……是!是闵女……两人都想忘掉各自意识到的隔膜与失落,自欺欺人地活在自己心造的世界,也将身边人当作真真实实自己心里的意中人。

汉文帝一手搂紧慎夫人,一手轻抖马缰,霎时间,如箭出弦般穿过彩幛彩旗马队,朝骊山离宫驰去。

那一刻,风是那么轻,草是那么绿。他们的心也如风般地飘飞、草样地荡漾……不多时,他们来到骊山汤池。那沉实莹润的四根石柱高不擎顶,石柱上雕工精美,那柱上雕出的飞龙、舞凤,似腾游海上、似翱翔苍空……池中泉水"咕嘟"涌流,泉上,水面雾气蒸腾,令人辨不清是人在云端,还是划入梦境……温泉冲出一环环旋涡,将一身赤裸的汉文帝和慎夫人浸洗得忘了烦恼忘了欲念,一时间,双双返归为一对戏水的孩童……

汉文帝捧起一捧泉水:这泉水真清真滑呀……

慎夫人也撩起一捧泉水扬到文帝的胸前:陛下想说什么?

汉文帝陶醉地说:假如让朕重活一次,朕就做个山野村夫,洗清泉,赏明月,看星辰……

慎夫人眯起双眼:臣妾被陛下说得都醉了……可陛下不是常人哪!就是真有下世,陛下也还是陛下,是皇室贵人!

汉文帝叹口气:是啊,朕不是常人,是皇帝。皇帝就要保江山,顾社稷,治天下……朕累得很啊……

慎夫人道:陛下累了,臣妾为陛下解解乏吧。说着,慎夫人按摩起汉文帝的肩膀来。

汉文帝微阖双目,任慎夫人按摩着。突然,他哎呀一声,捂住胸口,朕——朕的胸口好闷啊……

慎夫人急忙掐脉:呀,这脉怎么这么急?……怎么又停了一下?!

慎夫人慌忙抱住汉文帝:陛下,叫御医看看吧?

汉文帝闭目摇手,示意她别慌。他挣扎着走出汤泉。

慎夫人轻轻将汉文帝扶上汤池外间皇帝别宫的床上,汉文帝闭目颦眉,似十分痛苦。

慎夫人的泪水滴在汉文帝脸上:陛下,你可别……她突然意识到什么,大声地唤道:萍儿,快叫御医!

汉文帝长舒一口气:这是在哪里?不必叫谁了,好了,好了。

慎夫人擦擦眼泪,从床头一只小匣子里拿出三丸丹,她走近文帝:陛下,这三粒仙丹,大的是南越王送的,中号的是闽越王送的,这最小的一粒,是咱们宫里炼的,陛下,你看要吃哪粒好啊?

汉文帝摆摆手:朕哪粒都不想吃。

慎夫人劝说着:陛下不想吃仙丹,会老得快的……

汉文帝笑得有些无奈:可朕天天吃仙丹、吃长生草,瞧这一头白发,瞧这一脸皱纹……不照样老吗!

慎夫人愣了一会儿,长叹一声:唉! 这世间没有无所不能的人,哪怕是天子……

汉文帝拿起她的手:爱姬,明天咱们顺道去朕的地下寝宫看看吧……

慎夫人惊了一下:去灞陵?! 陛下你……

第二天清晨彩幛飘拂,在马队仪仗的簇拥下,那驾红底黄龙车辇朝渭水南岸白鹿原上的灞陵驰来。远远地,文帝携慎夫人走下车辇,宋昌率侍卫站在一箭地之外。

汉文帝往花木葱茏的逶迤矮山走去,问慎夫人道:爱姬,从未央宫到甘泉宫、再到昨夜的骊山汤泉宫,你以为哪里更好些?

慎夫人道:汤泉宫比未央宫少了些豪华,多了些舒适,甘泉宫比汤泉宫少了些舒适,多了些野趣。

汉文帝道:那么,你更喜欢哪里?

慎夫人想了想:甘泉宫。

汉文帝笑说:是啊。朕的爱姬还是最喜欢野趣,既如此,朕以后还带你去往。爱姬,你看朕的这座宫呢?

慎夫人环顾四周青翠的山峦,又顺文帝手指方向,看到修好的汉文帝陵墓,见到五字的耸立着的白玉石碑时,慎夫人忍不住扑上去,抱住汉文帝的腰。她泪如雨下:陛下——陛下——这……这里的宫殿……

汉文帝笑看着她:怎样?

慎夫人道:虽不如那几座宫殿堂皇,但也舒适恬静……陛下……说着,她不禁眼涌热泪。

汉文帝笑着将慎夫人脸上的泪擦干:别太爱落泪了,人嘛,总有这一天的。

慎夫人道:那是,千百年来,谁也逃不脱这一天,只是,只是,臣妾没福分,只有皇后才有这福分和陛下永远住在这宫里……说着她低下了头。少顷,她缓缓地:有件事,臣妾一直没跟陛下说,陛下在常山见到臣妾,不是巧遇……

汉文帝淡淡一笑:朕早就感觉到了,是张武……

慎夫人点头,然后她惨淡地笑笑:陛下,臣妾太累,做别人,臣妾再努力,最终还是做不像!

汉文帝见慎夫人又是眼汪清泪,他有意转移话题:爱姬,你说,人死后,还会有神灵在吗?

慎夫人道:臣妾说不好,陛下以为呢?

汉文帝道:朕信,又不信。人死后若真有亡灵在,那么,天上、地下、树冠、花园……岂不到处挤满人的灵魂!可,若是没有,为什么自古至今,先哲帝后们又都在祈祷亡灵呢?

慎夫人道:可臣妾还是愿意它有。要是真有,臣妾那时还活着,就为陛下守孝三年,之后化做一股清风飞到常山上去,终日与那些鸟儿、树儿为伴……

汉文帝指着一条大路说:瞧,沿着这条路就能走到你的家乡常山。爱姬,朕若真的到了那一天,朕不仅不让你为朕守孝,还要下遗诏给天下所有臣民,都不要为朕守孝,朕要你沿着这条路回到生你养你的故乡。

慎夫人又是一阵辛酸,止不住泪如雨下:陛下——陛下——臣妾记住了……

御花园内,深秋的月色给园中百花都罩上了一层银光,银光使它们华贵,银光使它们朦胧,银光也给它们披上了一层莫名的寂寞……不知看不清花月的窦皇后是不是耐不住这样的感觉,凉亭内,她正轻轻弹奏着《嫦娥幽梦》。那旋律比往日更悠缓,那琴声比往日更哀怨……

汉文帝循声步入凉亭,默默地站在窦皇后的身后,那如泣如诉的旋律似乎把他拉回到了从前。是怜惜?是愧疚?百种情愫厮搅得汉文帝敛声闭息。窦皇后似乎感觉到了汉文帝的气息,她蓦地停止弹奏,抱琴欲跪:是陛下来了吗? 汉文帝急忙扶住窦皇后:是,是朕。窦皇后凄凉一笑:陛下怎么今天有空? 汉文帝急忙打断她的话:今天是八月十六,你快看,天上的月亮有多圆! 窦皇后抬头望着天空,赞美着:啊! 可不是吗,看那云走得有多快……此刻,汉文帝突然意识到窦皇后看到的是月亮的反面,她的眼睛完全瞎了! 正在此时,窦皇后脚下一绊,将琴架打翻地下,她俯下身在地上摸索着。汉文帝的眼泪顿时夺眶而出,他弯腰攥住了窦皇后的手:窦漪,朕来晚了,来晚了。窦皇后极敏锐地感觉到汉文帝的手在颤抖,她双手攥着他的双手说:臣妾,臣妾明白陛下的心……

新盖的灰砖瓦房,宽大的院落,靠东墙的竹插栅栏里几十只鸡在抢食地上的米;靠西墙的猪圈里,十几头猪在猪食槽里香甜地吃着猪食。

陈三正忙着往槽里倒猪食,他已鬓发全白,鼻子上却仍盖着一块黑布。他身后一对孩子扑上来,搂住他的后腰,欢快地叫着:爷爷,爷爷! 你累不累啊? 陈三笑着说:不累,不累,听着猪儿们的嚼食声,只觉着心里高兴,还有什么累! 你们呀,谁喂鸡去啊? 孙女抢着说:我喂,我喂……陈三笑着:好,让我的孙女去喂……这好日子,来得快啊! 当年高祖皇帝来咱们陈县……小孙子一下蹦到他面前,学着他的口气说:……我家只有两只鸡,我是现从鸡屁股里抠出两个蛋才给高祖上的贡品……爷爷,你说了多少遍了,我都背下来了……陈三大笑着敲了一下他的屁股:小崽子,快去地里给你父亲送饭去! 后院传来一阵马叫声。陈三一边喂猪一边叨念:马也该喂了。

此时,门外传来一阵刁斗的敲击声,一位收粮的啬夫高声喊着:朝廷告示——连续三年,天下丰收,国库粮满……

汉文帝的身体已经一日不如一日,可他的仁心治国、以农为本、减税为民的国策已经大见成效,从那位秦时被割掉鼻子的农夫陈三一家的变化就可见一斑。百姓是有良心的,谁对他好,他就世世代代永远铭刻在心。其实,民富了,国家自然强盛;反之,国家越强盛,为帝者就越要爱护百姓。汉文帝悟出了这个道理,此后的一切有德有智的帝王也悟出了这个道理。

不知是褊狭还是贪欲,吴王刘濞对汉文帝却大不以为然。这年秋天,正逢刘濞六十大寿,他要趁此时机收罗党羽、巧施安排,为自己的前仇后怨舒一口闷气,也为自己未来的权势布下一个长远的阵势。这一天,他着意夸张着六十大寿的喜庆,渲染着他人望的高昂,吴王宫外面欢声笑语,人声鼎沸;后花园里丝竹演奏声不绝于耳。

厅堂内,刘濞端坐上位,齐王刘则,楚王刘戊,淮南王刘安频频举杯为刘濞祝寿。年方十六七岁,儒雅风流的淮南王刘安(刘长的长子)举樽说:伯父这六十大寿过得热闹哇。我淮南王刘安祝吴国民安国泰,祝吴王福寿安康! 齐王刘则(刘襄的长子)、楚王刘戊也举樽相随:齐王刘则、楚王刘戊祝吴国民安国泰,祝吴王福寿安康! 刘濞一干而尽:众贤侄千里赶来为寡人祝寿,伯父就以酒致谢了……他捋捋长髯:要论场面,论热闹,还是要属朝廷啊!

齐王刘则突然瞥见刘濞右手侧的龙头拐杖说:伯父,这就是陛下赐您的龙头拐杖吗? 刘濞看看他说:贤侄也听说了?

刘则道:这,天下谁人不知,谁人不晓哇? 他摸摸那龙头拐,赞赏着:真是大气,精美,实乃世上稀罕之物啊。众人都凑过去:嗯,的确,的确呀……

刘濞感从中来,他喝了口酒,拿起拐杖把玩着:世事无常啊,就在前次,国舅大人代陛下送寡人这龙头拐杖的时候,他还颐指气使,俨然是君临吴国,可曾几何时,他竟做了……唉!刀下客了……

淮南王刘安道:他也该闹到头了,再不死,不光伯父的吴国搁不下他,我们淮南国搁不下他,恐怕连你们的封国——刘安指着刘则和刘戊——也都快搁不下他了。

刘则、刘戊连连点头:是啊,是啊!

齐王刘则道:寡人弄不懂,陛下不是一向以仁义孝悌著称天下的吗?对他情同父亲的舅父他怎么下得了手?他就不怕天下人……

刘濞长叹一口气:哎!看起来,你、你们还太年轻啊!这就是他的高明处,他一面大义灭亲,用以维护朝纲汉律;一面又大刀阔斧撕碎祖制,另立朝律,这不就挡住众人耳目,让人说不敢说,议不敢议了吗?

淮南王道:此话怎讲?请伯父明示。

刘濞又悲又气:不说了,喝酒、喝酒,老夫不过酒后胡说,别当真……

楚王道:伯父,您还信不过我们不成?伯父德高望重,我们千里赶来,是为祝寿,更是为聆听教诲啊!

齐王、淮南王也齐声应和:是啊,伯父,要说,您就把话说透。

刘濞浅斟慢饮:伯父老了,明天就走也足矣了,可你们都还这么年轻,日子长着呢,你们可要明明白白地过日子啊。

三国王齐声说:谢伯父教诲,您说。

刘濞指淮南王刘安:就说淮南王你父亲吧,是他的七弟,可就在流放途中被活活饿死了……惨哪,堂堂一国之君,想吃什么没有?竟落得这般下场!

刘安忍不住哭起来:父王他,唉……刘安猛干樽中酒,又擦起眼泪来。

刘濞又指指齐王:齐王你的父亲和叔叔呢,为铲除吕氏篡权,为咱们刘姓人的天下,立了多大的功劳哇,可一个被活活气死,一个被玩够了,扔回齐国,又借口谋反逼其自尽。

刘则也倾樽而倒,饮尽樽中酒:是啊,今日的齐国已成弹丸之地,寡人想起来就伤心!

刘濞又指楚王:还有楚王你父亲,一辈子老实巴交地研读《诗经》,窝窝囊囊地生怕惹事,可他刚一走,就把你们楚国的地盘给削减了一半!

刘戊咬牙切齿:哼!总有一天,寡人也要让人见识见识,我刘戊是不是一个被人拿捏的软柿子!

刘濞注意地盯了刘戊一眼:嘿!想不到书生的后代竟是个硬骨头!

吴王又端起一樽酒,向座中诸王举了举说:不说这些伤心事了,喝酒,喝酒!

众王干酒后,情绪更加兴奋。

刘安泪迹未干,又饮一樽:我们的父亲都不在了,您是我们唯一的伯父,我们就得靠您了……

刘濞假意擦擦眼睛说:你们的父亲都冤死了,如今他要欺负的就只有伯父了……

刘则道:他怎么敢?他不是还送您龙头拐杖吗?

刘濞冷笑一声:这拐杖外面是笑脸,里面包着的可是剑啊!

刘戊道:不会吧?

刘濞道:怎么不会?前几年,太子活活打死我的儿子,他不予治罪,虚虚假假地送了回葬,又让皇太后带着太子服了段刑就算了事;不久前,那个庸医淳于意误了我辛姬的病,以致命丧黄泉,对那庸医,按律理应跺足,可他不但不动刑,反而无罪释放,并题字曰"华夏病案第一人",封他拦驾喊冤、犯跸罪的小丫头为"千古孝女",并且借此废除肉刑!这……不是明明把矛头对准寡人,要寡人好看吗?

刘戊道:旷古未闻,旷古未闻!他这么干,以后对奸匪刁民还怎么管?岂不要天下大乱?

刘安道:还有那个废关传,寡人最不满意的就是这条!

刘则道:是啊,满天下通行无阻,要是再闹饥荒,灾民们就都涌到我们富庶之地讨吃要饭,边境有了战乱,那些蛮夷边民也要到处乱跑了……

刘安道:最阴毒的就是他采纳了贾谊《治安策》里的损招,让我们的儿孙都来瓜分我们那点封地。用不了多久,我们的国王封号也就空有其名了。

刘则、刘戊急切地说道:伯父,得想想办法啊!

刘濞见诸王的情绪已被煽起,于是亮出了自己的真面目:他化大为小,我们不会积小为大吗!只要大家齐心,天下的事就不是他想怎么办,就可以怎么办的。

齐王道:各封国离得这么远,我们可怎么……

此时,吴国一礼仪官快步走来,趴在刘濞耳根说:大王,礼品都准备好了。

刘濞故意大声地:好,不说这些堵心的事了。诸位贤侄,走,看看去。

诸王莫知所以,只好你看我,我看你地起身。

刘濞带领他们来到礼品库,他一一检视着:噢,不错,是三十六份吗?

礼官恭敬答道:不多不少,整整三十六份。

刘濞道:噢!三十六个郡的礼物要大体相当,数量不在多,但要珍贵、稀罕。

齐王刘则激动地:吴王者,胸怀博大也。伯父恰逢六十大寿,接受些别人的贺礼本该受之无愧,如今却不管送不送贺礼者,一概厚礼回赠。

楚王也佩服得五体投地:论仁厚,伯父才是当之无愧的仁厚长者!仁者面前,谁人不服!

淮南王道:瞧伯父那气色,多好,哪像六十岁的人嘛!

楚王道:哎,哎,诸位大王听说没有?当今陛下四十出头,就满头白发,经常喘不上气来,恐怕……

淮南王道:恐怕什么?恐怕活不到伯父这般年纪?!

刘濞愈加得意:众贤侄,不敢妄加评说啊!不敢妄加评说!刘濞一一翻看礼品,当翻到竹简上写着云中郡守张武几个大字时,他停了下来,指着张武两字说:给这个人的礼要格外重些,他也是个出名的孝子,加一只玉蝉。

楚王刘戊诡秘地笑笑:妙,妙,坚固的城池就从这里攻破它。这个人可是陛下从小带大、最忠心最得意的一名爱将!

淮南王刘安道:明白了,明白了,伯父真乃深谋远虑之人啊!

楚王刘戊道:这才叫打铁要淬到火候上,楚国要是有吴国这么富,也……

刘濞道:记住,会赚钱的人顶多可称智者,会花钱的,才可称为慧者,有钱攥在手里不会花,钱就是一堆废铜烂铁!

楚王感佩地:伯父,成大事者也。嗣后有事只管吩咐,楚国没钱可有的是人!

淮南王、齐王一齐附和:那是,我们有的是人!

刘濞更加得意:哈……好啊,好。有贤侄们的这份心,老夫就踏实了。

任何阴谋都有一个从孕育到实施的过程,刘濞的六十大寿庆典就给汉文帝驾崩一年后,由他率先发动的七国之乱打下了根基,那时,楚王刘戊与吴国曾组成吴楚联军向汉景帝刘启展开过凌厉的进攻。自然,此为后话。

重阳节。长安的秋色已是浓得化不开了,菊花正艳,树木葱茏。身着朝服的刮羹侯走进未央宫,眼睛都不够用了,他不时对身边的"优秀官吏"和"种田能手"发出啧啧的赞叹:气派,这宫殿真气派!

一位操长沙口音的官吏道:大人是陛下的堂哥,以前就没进过未央宫?

刮羹侯矜持地道:进也进过,可就从来没这么细看过。说着,他看了看陈三:你怎么一直都不说话啊?

陈三拘谨地道:我一个农夫,进皇宫都是做梦也不敢想的事,哪还敢胡言乱语!

刮羹侯道:你是天下的种田高手,陛下都召你进宫了,还讲什么农不农的?我不也是个农夫吗?

陈三道:小民可不敢跟刮羹侯大人比,大人是侯爷!

刮羹侯打量着陈三的打扮:你这绸衣丝履的,不也有了爵位吗?你可是"公士"啊!

陈三不好意思地笑笑,感慨地:天下就没见过这样的皇帝,种地种得好还能封爵,还赐房子赐地!

众人也都有同感地笑了起来。

他们正往前走着,却被邓通拦住了去路:朝廷有令,凡上朝官员须五天沐浴一次,现在请诸位前往浴室。沐浴后,赏每人朝服一套,权做此次进京的赏赐。

众人闻言,都听话地朝邓通指给他们的浴室方向走去。不多时,他们来到一座宽大的房子。进了大门,沿走廊,走向一扇蒸腾出大股热气的门首。门首处,有差人指引他们去那边更衣,来这边领皂豆、布巾,领齐的人鱼贯走进浴室。

一间庞大的浴室内,注满热水的池子错落排开。水汽蒸腾中,一个个赤裸的官员有的已泡入水中,有的刚一伸腿就烫得缩了回来……

一位操齐国口音的官员喊道:痛快,解了一身的劳乏。

那位长沙官员说:讲洗得痛快,还是在我们长沙。站在院子里,一桶冷水一浇,哪里像这么烫……

走廊里,刮羹侯和陈三并肩走来。他们在差人的指引下,更好衣,害羞地捂着胯裆走近冒热气的大门。差人发给他们几个皂豆。刮羹侯摩挲着,问道:这是什么?陈三看了半晌说:不知道。差人在那边搭话说:皂豆。刮羹侯避开差人,边端详边自语:沐浴还要吃皂豆?……他吞下一个:呀,不好吃,还不如我种的黄豆呢……之后,他提醒陈三:你尝尝。陈三吞下一个,嚼嚼后咧起嘴,开门走进浴室。

齐国官员见他们进来,十分热情地喊着:哎,刮羹侯,这边,这边,来,我给你搓搓背……刮羹侯与齐国官员并排坐在浴池里:这朝廷啊,哪儿都好,就是这汤池,咂……让官员们个个脱得精光,这么你看看我,我看看你……说着,他以眼示意那几个刚走进来的赤条条的人:不好,不好,哪如我们家乡,在一个没人的地方,置上一个大木桶,一个人自由自在地泡在里面,喝着小酒,也不用吃皂豆,想泡多久泡多久,那才叫舒坦……齐国官员望着他问:怎么,你吃了那皂豆?刮羹侯道:可不是嘛!他指指陈三:他也吃了。齐国官员大笑:唉呀,我的刮羹侯哇,那是洗澡用的,哈……

一场淋浴后,每个人都红光满面、一身舒泰,他们个个穿上一身的朝服,说笑着来到未央宫。未央宫台阶高耸,一踏石阶,他们立即肃穆得带出几分惶恐。

汉文帝已等在龙榻上。看着这些来自各郡县的优秀官员,他一脸微笑。

众人扑跪一片,喊着:参见陛下,陛下万岁,万万岁!

汉文帝挥挥手:众位平身吧。这几天,你们逛了长安,游了朝廷林苑,休息过来了吧?

众官员道:臣等遍体通泰,谢陛下。

汉文帝道:今年是我大汉少有的丰收年,来之不易呀!这里有天下百姓的辛苦,也有你们的功劳!朕这次召你们来,就是要同你们见见面,听你们说说你们的想法,朕也说说朕的想法。说着,他环顾四周,见到的个个是笑脸。

刮羹侯一脸微笑地先开了腔:陛下,现在的农户家家有余粮,人人吃得饱,各郡国的粮仓也都满了。

陈三一见与皇上说话这么随意,也早就憋不住了:是啊,是啊,村里的啬夫都不愿意收粮了,说是没处放。

汉文帝笑出了声:从前年起,国库粮仓就一再奏报,库满粮多,要求再建仓廪;如今你们来到长安,朕更知道了我们大汉的富足!有句话你们都听说过吧,叫小河有水大河满,储粮于民,储富于民,就是同样的道理。

众人议论起来:那是,那是!百姓家家都有三年的余粮,朝廷还愁没粮用吗?

汉文帝看着这满堂热烈振奋的场面,也欣慰地一挥右手说:那么,朕就颁诏天下:大汉天下,全免田租!

这是公元前167年的重阳节,汉文帝全免田租的诏告一颁,大汉天下举国欢呼,从京城到郡县,真是处处沸腾,日日传颂。他是历代封建王朝中第一位在全国全免田租的皇帝,百姓怎能不拥戴!

诏书发到代国成武县,县吏敲着刁斗,大声喊着:朝廷颁布谕旨,免除全部税收,所种庄稼,皆归自己享用。人群呼拉拉围了上来:什么?什么?朝廷一分钱的税也不收了?这可是稀罕事……是啊!是啊,几百年来天底下哪有不向种地人收租的君王呀!那边,一阵鼓点,一阵笙竽之声,吹吹打打地朝县衙奔来。欢呼着这一亘古未有的大喜事……

昔日的陈县县衙已是今非昔比,气派的衙门前挤满了人。陈三骑着高头大马由远而近地走来。他见衙门前人头攒动,刚要下马挤进去看墙上的诏令……少顷,有人挤出来冲他大喊着:陈三大叔,朝廷全免田租了,以后咱们就不用交税了。陈三先是哈哈大笑,接着就炫耀说:你们知道什么,这是我进宫见皇帝,亲口向陛下提出的。这皇帝呀,还真听咱小民的。一青年惊诧地说:陈三大爷,你真见到皇帝了?皇帝啥样?陈三抖抖精神:那还有假?我们这皇帝呀,眼睛真亮,跟高祖的一样亮!人群中有人叫:这三十多年变得真快呀……另一人喊着:哪儿都变了,就是陈三爷鼻子上的黑布还没变。陈三凑趣地:等着吧,等下一世我还到大汉来,那时候,黑布没了,还会长出个好看的鼻子呢!人们像过年一样地欢天喜地。

申屠嘉一步一喘地走进太极殿,他的鬓发胡须已经一片皆白。

汉文帝上前一步搀住他说:御史大夫,天气转凉,又喘不上气了?

申屠嘉感激道:老臣也就这样子了,陛下可要多保重才是啊!

汉文帝道:御史大夫,全免田租的御诏已经下了吧?

申屠嘉点点头:这些日子,普天下的百姓都在庆贺这件事呢!

汉文帝道:是件大好事啊。可田租免了,税收也少了,下一步就应按朝议定的,裁减冗员,我看就先从后宫开始。

申屠嘉感佩道:陛下真是率先垂范啊……

汉文帝不想听那些奉承之词,转换话题问:袁盎从吴国带信来了?

申屠嘉道:是的,陛下,吴王刘濞趁六十大寿之机,将淮南王刘安、楚王刘戊、齐王刘则召至吴国大摆酒宴,还给全国三十六郡太守每人送了一份厚礼。臣以为,吴王是在用钱财拉拢朝廷官员,其用心……

汉文帝道:嗯,现在,各郡县使用的还是吴国钱吗?

申屠嘉道:是的,陛下,吴国铜钱分量最足,那刘濞不就是仗着有一座铜山嘛!

汉文帝话外有音地：看来，朝廷抓紧铸币一事也到了迫在眉睫的地步了。说着，他走至壁前，指着一幅地图，用手在蜀郡境内的邛山画了一个大大的圈。

申屠嘉即刻意识到什么：陛下，朝廷的这座铜山可比吴国的大多了，一定要派个精明细密又谨慎行事的人去管才行啊！

汉文帝点头：老御史说得对呀！是得派个精明细致的人去掌管朝廷的钱库才行啊！

汉文帝颁诏全免田租、大汉百姓越来越富足的消息也传到了匈奴，那些早年被掳去的汉人本来就思乡心切，如今听到故乡的日子越过越好，就更是归心似箭。那天黄昏，朔风横吹，在草原上卷起了铺天盖地的沙尘，趁此昏暗，几个被掳多年的汉人往长城方向奔去。未跑多远，就被白羊王部落的校尉发觉，他们纵马急追，一匈奴人瞄准其中一人，一箭射去，那人应声落地。一离他不远的年轻人勒紧马缰喊道：父亲，父亲！另一马上老者也勒住飞奔的马：李兄弟！李兄弟！中箭人呼道：你们别管我！快跑！领着刘五快跑！记住，咱们老家在云中郡清水县清水亭，快！快跑吧！几匹载着逃亡者的马疯狂奔跑……中箭人欣慰地笑着，闭上了眼睛。

这不断有人投奔汉土的消息也震动了匈奴大单于，那天，已经年迈的左贤王对老上单于说：大单于，白羊王派人来报，白羊地又有上千人逃往汉地了。

老上单于从铺着白虎皮的龙榻上站起来，用一种稍显暴躁的声调说道：汉皇全免了田租，这招儿够狠的，这么一来，不光会诱惑四周小国的人去投奔，他们的民心会更旺，国力也会更强啊……

年迈的右贤王道：大单于，咱们也准备得差不多了吧？是不是早点打过去？

老上单于点点头，匈奴的百官们交头接耳议论着——

"打过去！"

"抢个肥的……"

平民皇帝刘恒真是视百姓为父母，视自己为仆人，为了民富国强，他审时度势，破天荒第一个在全国全免了田租。两千一百年前的中国还是个地道的农耕社会，商业微有雏形，工业无从谈起，靠赋税支撑的国家机器一旦免了农业税，其朝廷的开支用度岂不捉襟见肘？可他宁愿苦了自己和朝廷，也不改初衷。为了国家的运转，为了支撑全免田租的国策，他接着又颁布了节约用度、裁减冗员的措施。这个措施还是从后宫做起、从自己做起。于是，此诏一发，后宫的黄门、宫女们就裁掉一批又一批，他们有的闻之大喜、只想早回故里，有的则哭哭啼啼，不知奔向何处……

这一天，又有一批背包提行李的黄门、宫女陆续涌出宫门，他们有人脸上一派喜气，不停地聊着笑着，有人则一脸茫然。

　　一宫女对一个光头小黄门说：咱们回吴国老家，这一路上饭钱可得归你出哇！光头小黄门道：美人姐姐，行，不过这一路上的衣服你可得帮我洗。另一宫女倚立宫门还是一脸凄然：我去哪儿呢？爹妈死了，老家没人了，怎么办？要么，去北疆代国……一老黄门道：好，去那儿好哇！人一到，朝廷就给分房子、给铁犁、分地。可你这细皮嫩肉的会干农活吗？又一宫女倒十分豁达：学呗！哪有生下来就会干事的呀！我弹琵琶，不也是学的嘛！此时，从后面跑来的宫女打趣道：我看你呀，要么找个好人嫁了，要么还是去怡红楼弹曲待客好了！说着，两人笑呵呵地追打起来。

　　路两旁，长安百姓看着这些不同常人、行为古怪的宫中美人、阉人，议论着：宫里为什么一下子跑出这么多美人、阉人？一人回答：陛下免了天下田租，为减轻宫中负担，就让他们回老家或者去戍边了。当今陛下可不像亡秦嬴政，也不像高祖皇帝呀！

　　云中郡府大堂内，一大月氏装束的部落酋长蓝川跪拜张武说：张大人，我们大月氏人国弱兵衰，匈奴人要抢就抢，要杀就杀，我们实在过不下去了，这才来投奔大汉。

　　张武满腔热情地提高声调：请起，请起！蓝川酋长，你们愿意投奔我大汉，我们拱手欢迎啊！一共来了多少人？

　　蓝川道：我们整个部落老弱妇孺加在一起也就二百二十一人了。

　　张武想了想，在竹简上批了几个字：喏，拿着这个去司农部找王大人，让他派人带你们去山格楞，那里有一千多亩地，够你们种的了。

　　蓝川为难地望向张武：山格楞？净山地吧？大人，我们本来就不会种地，换些平原地，离水近些的吧。

　　张武笑笑：山格楞也大多是平地，可种粮，还有草地可以放牧，放心，种地嘛，我们司农部会派人教你们的。

　　蓝川感激地递上一块和田玉：大人，这是我们大月氏的特产，请收下吧。

　　张武拿起和田玉摩挲着：这玉真是好东西，不过还是你自己留着，万一有个急用也可以换点钱花。

　　蓝川道：收下吧，郡守大人，也算一点心意，日后，麻烦大人的事儿还多着呢！

　　张武边推边着说：还是你拿着，我心领了，快去安顿你的人吧。

　　蓝川千恩万谢地退出。他刚刚退出，一个匈奴人打扮的人进得门来扑地便跪拜说：郡守大人，小人高三小拜见大人。

　　张武看了看他的一身穿扮：高三小？你这匈奴人怎么取了个汉人名字，而且汉话还讲得这么好？

　　高三小啪地扔掉匈奴帽：大人，我们原本是上郡人，被匈奴人掳去十几年了，日夜都想归汉啊！

此时,一张武家仆匆匆跑来。他凑近张武轻轻说:大人,大人,太夫人的病突然又重了。

张武一阵坐卧不宁:我办完这事就走。

家仆边应边退出说:是。

张武走上前去拍拍高小三的肩头:别难过,能回来就好,能回来就好。

高小三递上一张狼皮:大人,这是小的们一点心意,铺在太夫人身子底下,身子一暖病就会好多了。

张武忙接过来摩挲着狼皮:噢!这漠北的狼皮是比我们这里的狼皮好。

高小三笑眯眯地望着张武:是不是……

张武边批字边说:你们本来就是上郡人,现在来到我们云中郡安家,岂有不厚待之理?去找司农王大人,你们去河滩地吧,有六七百亩呢,是块旱涝保收的好地。之后,他急急走出郡府大门,走上候在那里的肩舆,催促着:快!快!肩舆来到张武府门前,他匆匆跳出肩舆,夹着那张棕色闪光的狼皮朝大门跑去。

第二十九章

张武噔地跑进母亲的卧房:母亲,母亲……

张母闻声咳嗽着睁开双眼:武儿,别慌,母亲无大事,只是刚才一阵有些头晕,忙,忙你的去吧……

大武道:母亲啊,总是撑,撑,要是真有一天……

张武松了一口气:母亲没事,孩儿就放心了。

说着,他拿出一张狼皮褥子:来,母亲,铺上这狼皮褥子。

大武扶起母亲,妥妥帖帖地铺垫好那张狼皮褥子,之后又扶她躺下。之后,他用手摸摸这狼皮,面露惊喜之色:嗯,这狼皮好,匈奴王都铺这样的褥子!

张武笑着凑向母亲:暖和吗?

张母舒适地眯眯眼睛:暖多了,也舒服多了。

大武看看母亲:瞧母亲脸上都有血色了,母亲的病就是从风寒引起的,我早就说狗皮比羊皮暖,狼皮比狗皮暖,上等的狼皮更暖,早换换铺盖,病就不会这么重了,这下可好了!

张母道:好是好,可这么贵重的狼皮……

大武笑着:又怕来路不正是吧？武儿都做了郡守了,太夫人还不该铺张狼皮褥子！就说再说吧,二弟那年还献给陛下一匹血汗宝马呢,到现在连个奖赏都没得到,母亲铺张狼皮褥子又怎么了？

张武看了大武一眼:大哥,可不能有这种想法,你看陛下有多节俭,连宫里的美人、黄门都裁出宫去回原籍了。要怨,都怨武儿不孝……

大武道:还有,昨天医师说高丽参大补,母亲这病吃高丽参最好。

张武点着头。

张母拉住张武的手,拍拍说:武儿,你别听了风就是雨的……

就在张武回家看望母亲的时候,一群群外来移民又蹲在门两旁等候安排了。

一匈奴人愤愤地说:大月氏人的部落安排到山格楞,跑回来的汉民却一下子就安排到河滩地了！这就是汉人说的"人不亲土亲"吧？

一高丽人也搭讪着:听说,那河滩地挖一道渠就可以引水灌田,那山格楞的地呀，砂石比土地都多，还高低不平，不一样啊！

另一匈奴人的话就尖酸起来：大汉有句俗话说，好狗都不咬送礼的人，这话你们懂吗？

众人你看看我，我看看你：这谁不懂啊！噢，是得想点办法呀。

为了抓紧安排投奔大汉的各方番民，张武看看母亲的病并无大碍，在家里停留一会儿就又赶回郡府。他刚在案前坐定，一匈奴人头领就走进来向他行跪拜大礼说：大人，这几年我们匈奴不打大汉了，可又不停地攻打大月氏和高丽，像这样总是打打杀杀，不知哪天就掉脑袋，我们实在不想在那儿过了，小的就带了一个部落投奔大汉来了。

张武端详着他问道：你们是哪个部落的？

匈奴头领道：锡林东部落，起自长白山下。

张武道：噢！听说，长白山那边并不穷啊，靠山吃山嘛，你们……

张武的问话就有些风马牛不相及了，匈奴头领说的投奔大汉的理由并不是因为穷困，而是躲避战乱。不过，聪明的匈奴首领一下子摸到了张武的思路，他笑了笑说：大人说得对，我们那儿还出高丽参呢，说着，他递上一捆赭红色高丽参：无甚可带，长白山的特产，就用这捆高丽参孝敬大人吧！

张武如获至宝：呃，好，好哇。带着你的人去找司农王大人，就说我说的，你们去头道桥安家吧。

匈奴头领道：谢大人！说罢转身离去。

匈奴头领刚退出，东胡人头领又匆匆走进。他进门便跪拜说：东胡戈尔木部落牙莫罕拜见大人。

张武摆摆手：起来吧，你们来了多少人？

牙莫罕站起来说：我们部落共五百多人，被匈奴人又杀又掠，如今只剩了一百多人，实在过不下去了，才投奔大汉，求郡守大人收留我们吧。

张武故作为难地：我收是收下了，可把你们安排在哪里好呢？张武拈起胡须。

牙莫罕忙递上一个包裹：这里有几块蓝田玉，是孝敬大人的。

张武顿时变了表情，笑吟吟地：你们去二道桥吧，那儿地力肥，可灌溉，够你们种的。

牙莫罕叩拜后也匆匆走出郡府。

这些日子张武实在太忙，但也体会到此生从没有过的做官的惬意。原来做了官就可以有那么多的权力，而有了权力就可以主宰那么多来自四面八方的人的命运。这权力简直像个魔杖，魔杖在手，你想做什么就做什么，众人还要尊敬你、跪拜你、求告你，笑眯眯地送上你想不到的珍贵的礼物和钱财……那天，他正安排着投奔来的番民，侍卫报吴王特使又专诚来访，张武先还疑惑了一下，接着就笑容可掬地坐于案前。

偏座上,吴王特使右手食指不停地在那份红绢包裹的礼品上轻轻地、有节奏地敲击着:吴王最佩服的就是张郡守。张将军从小就陪伴在陛下左右,深得陛下宠爱。如今戍守北疆重地,不光北疆繁荣安定,还引来四方邻国大批移民,真是威名扬天下呀!

张武得意地挥挥手:谢吴王谬奖。云中能有今天,也是上仰皇恩浩荡,下靠兵民发奋哪。

吴王特使谦恭一笑:郡守大人过谦了。正是出于这份敬佩,吴王特命下官带来些薄礼,拜会一下将军。说着,他一招手,几名兵士抬进几箱礼品。吴王特使接着说:彩缎二十匹,织锦三十匹,绣屏十八幅,漆器两箱,都是吴国特产啊。

张武笑着点点头。

接着,吴王特使将右手按着的小红包裹一层又一层地揭开,里面露出一只造型逼真的玉蝉。他神秘地将头伸向张武说:吴王再三嘱咐下官,这玉蝉要亲自交给张大人。之后,又小心翼翼地将玉蝉递到张武手上。

张武把玩再三:好玉,好玉,晶莹剔透,瞧那小嘴儿微微张着,好像还在唱歌呢:知了——知了——张武学着蝉叫。

两人大笑,少顷,张武用红丝绸重又包好,揣进内衣。

吴王特使看着他说:吴王说,大人忠君有嘉,孝道闻名天下,又是一个仗义之人,此蝉只配张大人有哇!

张武得意地敷衍着:哪里,哪里。

吴王特使道:此玉能通灵,能养身,能防腐……

张武关切地:吴王已年过六旬了吧?

吴王特使道:刚过了六十大寿。

张武道:哦!吴王可真是有心哪!六十寿诞,张武未送半点礼物,他却还惦记着张武,请问贵特使此来是——

吴国特使道:首要是拜会将军,与云中通好;其次嘛,想请大人高抬贵手,为吴国的物产开一处仓储。关传废止了,吴氏铸币满天下,吴国出的那么多物产,他指指地下的绫罗绸缎:不光中原人喜欢,匈奴人更是垂涎三尺啊!

张武痛快地:请转告吴王,我心里有数了。

太极殿内,早朝已到尾声。汉文帝对满朝文武挥了挥手:退朝!

待众大臣走出大殿后,汉文帝用手捂住右臂,十分艰难地站了起来,他望望众大臣退去后的空阔大殿,又坐了下来,脱去龙袍,摘下冠冕,将右臂的衣袖捋至肩头——他右肘处隆起的大脓包正在往外流着脓水,他用左手摸摸,疼得吸了一口气。此时,一双细嫩柔软的手轻轻按在文帝的右肘处:陛下,那痈疮又流脓了?邓通一脸的谄媚。

汉文帝叹口气:朕才四十出头,怎么就这么不经折腾呀?不是这儿疼就是那儿不舒服。

邓通道:唉!陛下,您是太操劳,太累了,这为天下……说着,邓通埋低了头,欲以嘴去吮脓包。

汉文帝惊得一叫:爱卿!还是用手吧……

邓通道:用嘴吸比用手挤要柔软得多,也赶劲得多,陛下,您也就不会太疼了。

汉文帝道:不,还是用手吧,轻点就是了。

邓通用手轻轻挤着,一只碗里滴着夹有血丝的脓水。

邓通轻轻地问:陛下,是不是舒服了些?

汉文帝微微眯着眼睛,用鼻子哼出个"嗯"来。

邓通边挤着脓水边说:自从张老丞相辞世,丞相位一直空着,小的看那申老御史怕也要不了多久了……陛下不如……

汉文帝突然睁开眼睛,厉声地:黄头郎邓通!你的嘴就不能歇一会儿吗?!

邓通慌忙下跪:陛下,陛下,小人该死,小人该死,小人忘了自己姓什么了。邓通开始用手擦汗。

看着他害怕的样子,汉文帝反倒笑了:爱卿,快起来,你能记起自己姓什么就行了。

邓通更加专注地为汉文帝挤脓水,再不说话。

汉文帝倒滔滔不绝起来:邓通啊!你跟朕不少年头了吧?

邓通道:是,陛下,打陛下进宫起,有二十年了吧。

汉文帝道:噢!二十年了!这日子过得真快!人挪活,树挪死,这话你听说过吧?

邓通警觉地抬起头:陛下是……

汉文帝道:朕看你是个机灵精细又谨慎的人,也该……

汉文帝突然推开邓通,走至墙壁前的地图,用手在蜀郡邛县画了个圈:爱卿啊,朕想委任你为中大夫,去掌管一座铜矿,帮朕铸钱,喏!就在这里!

邓通像被这突然飞来的官帽子砸晕了一般,呆傻地:什么?陛下,邓通天生就是为伺候陛下的,怎能去做朝中的大官?!

汉文帝道:怎么不能?你不仅是一个服服帖帖会侍候朕的人,还有许多人所不曾有的长处!

邓通呵呵地笑了,突然,他又跪倒在地,大哭起来:陛下,邓通不去,不离开陛下,邓通走了,让别人照顾陛下,邓通不放心啊——

汉文帝道:爱卿,你离开朕,去帮朕铸钱币,这可比给朕研墨掸尘、挤脓包用处大得多呀……你可要记住,你要是干不好,朕可要你的脑袋。

午后时分,汉文帝来到窦皇后寝宫。听到他的脚步声,窦皇后忙要下跪:陛下!

汉文帝忙扶住她,笑笑说:皇后可真是心灵耳灵啊,光凭脚步就知道朕来了!

眼都看不见了,还跪什么,说过多少回了,你怎么就不记着?

窦皇后笑:跟陛下几十年,养成的习惯要改还真难。她一不小心碰到了汉文帝的右臂。

汉文帝"哎哟"一声。

窦皇后忙问:那个脓痈还没好哇?她掳起汉文帝的袖子,露出那个又在流脓水的痈包。

此时,正好太子刘启来看母亲,他见父皇也在,正欲跪地参拜,汉文帝挥挥左手:免礼吧,来来来,启儿,邓通要去蜀郡了,日后,没人给朕挤脓了,你就来给父皇做这件事吧!

刘启略显为难,稍一迟疑,立即上前将手靠近那脓包,闭眼挤了一下,他一阵恶心,不由呕吐起来。

汉文帝不高兴地放下衣袖:算了!算了!朕的儿子还不如一个黄头郎侍候朕侍候得舒心哪!说着,他甩手走出窦皇后寝宫。

刘启望着父皇的背影不停地吐着唾沫:呸!呸!邓通这小子,就会用这种恶心的招数讨好父皇,为什么不上药嘛!隔三差五地去挤脓,亏他那黄头郎想得出!可父皇竟偏偏服了他!怪!

窦皇后道:启儿啊!别发牢骚了,这世上什么样的人没有?

刘启道:等我有一天……我这个朕,会让那个没脊梁骨的人守着一堆金子活活饿死!

窦皇后笑了笑:母亲知道,启儿最相信的还是太傅晁错那样的人。

君无戏言,皇帝的话就是法律就是圣旨。邓通想着汉文帝刚才对他说的话,真是恍如梦境。做中大夫,做主管朝廷钱币的中大夫?这是他做梦也没想到的。难道他没有梦?当然有,他所以对皇帝那样逢迎拍马、阿谀迎合、唯恐做奴才而不到……就是为了那梦,那个飞黄腾达又捕捉不到模糊不清的梦……如今这梦降临了,他心潮鼓荡地来到了未央宫,可一进门,那几十个宫女、黄门就吵吵闹闹、哭哭啼啼地围住了他。

一老黄门乞求着:邓大人,当年,咱们可是同时进宫、一起服侍少帝的,可现在,竟让我回原籍了,邓大人,你就不能高抬贵手,让我老死宫里吗?我不能服侍陛下,还不能扫个地、擦个几案什么的?

一位老宫女也边哭边求告:自打十四岁入宫,那还是秦时候呢,我就没离开过宫廷一步,可五十年后的今天,又让我回老家,我老家在哪儿呢?我都不知道。邓大人,我不走!我死也要死在宫里……

听他俩这么一说,在场的黄门、宫女们都诉说求告起来,话语中还夹着哭声怨声……

邓通皱着眉头:你们这又闹又哭的,像什么话!当年你们从哪里来的,少府都有记录,还愁找不到家吗!至于你们日后的日子,少府早安排好了,饿不着。

"我们是有家不敢回呀,都这么老了,怎么见人哪!"还是有人想不开。

邓通道:正因为你们是宫中的老黄门,老美人,才最后轮到你们哪!你们也不替陛下想想,全免田租后,朝廷少收多少税钱,陛下吃穿都尽量节俭,你们还闹什么!不裁宫中的人,哪来那么多钱养你们?

有人说:邓大人,别怪我说话不好听。你这才叫饱汉不知饿汉饥、站着说话不腰疼呢!反正你心里有底,再怎么裁也裁不到你头上!

此人一挑头,许多人又跟着叫嚷起来。

邓通提高嗓音说:你们瞎嚷嚷什么!邓大人我明天也得走!

此话一发,周围一下静了下来:什么?你也走?邓大人也被裁了?

又有人问:那,你去哪里呀?

邓通将手向南一指:我去蜀郡邛山,开铜矿去!

什么?邓大人也要走了?!我们谁还能留下呢?人群议论着散去。

邓通仰起头,讪笑着:一群行尸走肉!你们知道什么叫大丈夫志在四方吗?哼!我中大夫邓通一定要让天下人知道,黄头郎也不一定就只会伺候人!

邓通正得意间,太子刘启从那边走来。

邓通立即矮下了腰,拱手说:拜见太子……

刘启置若未见,拂袖而去。

邓通望着刘启的背影,愣在那里。

时光一年年地流走,世间不知有多少变化,唯独不变的是张嫣居住的此宫。无论它的宫檐、宫顶、光线、气味始终是那样暗暗的、带有一丝霉味的暗。物器不变,人却变了,连那个一直侍候张嫣、曾经议论少帝不是张嫣生的宫女也已近四十岁了,她又在给形容枯槁、已经年近五十的张嫣喂饭,两个老女人默默地,一个机械地张嘴,一个机械地抽递饭勺子。从饭勺的进退间可以看出,其实勺子里并无多少饭菜汤水……突然,张嫣咬住勺子不动了。

这惊醒了那老宫女,她大声地:你吃还是不吃?你咬勺子干什么?我看你是非把我熬死不可……

张嫣无力地低头不语,却剧烈地咳嗽起来,宫女毫无表情地为她捶背,张嫣越咳越厉害,竟将吃进去的饭食全吐了出来。至此,张嫣才停止了咳嗽,宫女把她扶到床上,她摸摸索索地从枕边掏出伴她近四十年的那块玉,贴在皱纹满布的老脸上,她不住地喃喃自语,她笑了,喃喃地:母亲,嫣儿想您,好想您啊,嫣儿要跟您在一起,嫣儿来了……嫣儿还要让您为嫣儿梳头……

张嫣手一松,玉跌到地上,碎了……

老宫女还是毫无表情,终于熬到头了……

毕竟是一条生命,而且是一条曾经贵为皇后、太后的生命,一条被薄太后和汉

文帝怜惜又牵挂的生命,她生时无奈,死后的丧事却还办得体面。北宫里设了灵堂。灵堂里,白幡飘拂。远远的,有悲乐传来;灵堂里,没有人声,只有几炷灯火寂寂地跳动。

白发苍苍的薄太后在汉文帝搀扶下缓缓走来,薄太后掀开覆盖张嫣的白绫,看着她的遗容,不禁老泪纵横,……嫣儿,外婆送你来了……

汉文帝轻声劝慰:母后节哀吧。

薄太后打开张嫣身边的一个绢包,露出几块碎玉,她又不禁悲从中来:这块玉还是鲁元公主嫁给赵王张敖,临去赵国时我送给她的。唉!可怜的鲁元,可怜的嫣儿……

汉文帝似有愧疚地,母后,朕这个舅父能替嫣儿做的,也就只能是将这块玉和她葬在一起了。

汉文帝果然命人修了一块像样的墓地,埋葬了这个曾经来到世上的可怜的生命。

为了驱除张嫣的死给薄太后带来的悲哀和郁闷,汉文帝和太子刘启将薄太后拉到铜雀台下,说要再登铜雀台。薄太后自然知道他们的良苦用心,可自己却登不动了,她坐在铜雀台的第一阶石阶上,看着从铜雀台跑下来的满头冒汗、气喘吁吁的文帝。太子却脸不红,气不喘,在奶奶身边还来个倒立,薄太后露出一股阳光般的微笑。

薄太后深有所感:年岁不饶人,这话一点不假。如今的我是怎么也爬不到顶了,老了,不中用了。

汉文帝抹把汗说:母亲,快别这么说。谁还没有老的一天。

刘启也凑近说:是啊,奶奶。那年奶奶带启儿登铜雀台,走得多快呀!

薄太后笑:让我这老太太欣慰的是,你们都成了擎天之柱,就算这辈子再登不上铜雀台,我也心满意足了。

汉文帝由衷地:母亲是天下少有的母亲,母亲养育了两代君王啊!今天天下晏然,百姓乐业,母亲功不可没啊!

薄太后挥挥手:陛下别再跟母亲谈什么天下,我多年前就说过,那些军国大事,陛下跟太子说,母亲再不过问了。

刘启道:不管孙儿长多大,位有多高,权有多显,奶奶永远是孙儿的依赖。

汉文帝拍了一下刘启的肩:启儿这话一点没错,在朕的心里,母亲这里永远是朕的避风避雨之地。

薄太后道:恒儿,你小时候,因为咱们所处的地位,母亲不能带你登铜雀台,等到你做了皇帝,母亲有资格带你登铜雀台了,你却再没空了。她笑了笑:到了今日,想登也有空登了,母亲却登不上了。说着,又是一阵欣然和怅然。到底何者为重、何者为轻?她自己也说不清。

张武正大步流星地朝太极殿殿前的丹墀跨去,恰遇宋昌走来,他一见张武的身影,立即兴奋地喊道:张大人,张大人!怎么,你是进长安来见陛下?

张武转身见是老朋友宋昌,格外高兴地:啊!宋大人!你知道不,陛下要调我去北地郡了。

宋昌祝贺他说:行啊!到底是陛下的爱将!调防前,陛下还要面授圣意?

张武一阵哈哈大笑:待见过陛下后,我请你喝酒!

说罢,他一脸喜色地奔入殿内。

张武进了大殿,见汉文帝正坐于龙案后,他纳头便拜:陛下,卑职参拜陛下!他等待片刻不见汉文帝发话,就不解其意地抬头向上望去。他不解的双眼正遇汉文帝一双利剑般大怒的双眼,他不由吓得眨了眨眼,心也发起颤来。

汉文帝道:看朕干什么?膝盖软了吗?

张武忙低下头。

汉文帝换了一种口气:张武,我问你,你现在家产多少,珍宝几何?

张武闻声,一个哆嗦,张开嘴刚要回答——

汉文帝噌地站起来,走到他跟前,厉声地:你不就喜欢玉吗?汉文帝退下右手食指上的玉指伸到张武眼前:朕把朕的玉指也给你,够不够啊?!

张武急忙拼力磕头,额上已流出血来:陛下,张武受了贿,张武知罪了,陛下杀掉我吧,杀了我吧……

汉文帝停下脚步:杀你?!那还不容易!

张武声泪俱下:陛下,为杜绝贪靡,振慑朝纲,张武请求一死,以警天下……

汉文帝怒气未消:这么说,你不是不知朕之所想,也不是不知你的罪有多重?

张武道:是,张武罪该万死……

汉文帝刷地掷去一把佩剑:那么,朕就了了你这心愿。

张武一见,猛地用力磕了几个响头,之后拔剑欲刎。

汉文帝一个箭步,趋前夺过佩剑,他踱了几个圈,扶起张武,用一丝绢擦了擦他额上的血:张武,从在白登山上遇到打野兔的你起,快四十年了,你一直跟着朕……

张武呜呜地哭了起来:陛下,张武负了陛下,张武错了……

汉文帝道:一个帝王与一个臣子快四十年的交情,不易呀!说着,汉文帝那气恼的心软化了:朕杀了你,朕去哪里再交往一个快四十年的张武兄弟呀!

张武哭声更响了:陛下……他又要下跪,汉文帝扶住他并拍了拍他的肩头。

张武更忍不住了,大哭道:臣知道陛下为了朝廷清正,杀住奢靡受贿之风,操了多少心,费了多大力……为了这个,陛下连国舅大人都……呜呜呜呜……

汉文帝也两眼濡湿:想起国舅,朕这心就像被千刀绞割……朕幼年丧父,国舅真如父亲一样,教朕读书,教朕骑射,带朕做人,带朕治国平天下……可他触犯朝

律,又屡教不改,朕不杀他又怎么面对天下?

张武由衷地:那陛下怎么不杀我呀,杀我吧,杀我十回也抵不上一个国舅大人的命金贵……

汉文帝擦了擦眼睛:你跟国舅不同,他代表的是一层人,天下所有的封王公卿大臣都眼巴巴地瞪着他,不杀他就难镇天下,难杀奢靡之风;你就不同,不杀你,还可以清除这股风。让天下的官吏们都知道廉耻二字,从而自律。

张武发誓般地:张武明白了,从今以后,卑职的两千石俸禄,自愿减为两百石,够吃就行,其余的全部充公,臣还请求戴罪立功!

汉文帝笑着拍拍张武的肩:好啊,朕准了,朕就派你去北地郡!你要明白北地郡的险要,它可是匈奴进攻长安最近的地方啊,你可要给朕守好了!另外,吴王其人你该知道吧?

张武始而羞愧,终而坚定地:噢,卑职要在离开云中郡前,把给他留的仓储改为和各封国的一样大,绝不给他什么特权,陛下废除关传,是为了天下货物交易畅通,怎能为他吴国一家独创方便!

汉文帝看了看他:那你收的人家的礼……

张武道:陛下,张武会一丝不留地赎罪的。

已经到了冬季,匈奴国都苍城已经是冰雪世界。那一年格外的冷,街头巷尾不断有人拖出冻死的马、牛、羊……寒风呼叫,大雪压倒了不少帐篷和茅草屋,街上的人缩成一团,瑟瑟发抖地朝前赶路,不走不动的是冻死街头的尸体……

苍城宫内,炭火正红。身穿厚重的兽皮衣、头戴高顶兽皮帽的匈奴官员鱼贯走进宫中,按序坐于自己的座位上,顷刻间,老上单于的虎皮椅四周围满了各部落的首领。

老上单于望望窗外说:今年的雪下得太大太长,我们的大片草原已经无法放牧,原来打算准备得充足些,再打大仗,打进长安,可灾害逼得我们不得不提前打了。不打,连人带牲畜就都快没吃的了。

楼烦王上前一躬说:大王圣明,要打就打它个天翻地覆!别像以往那样,总是小打小闹的。

众头领立即附和起来:对!要打就打到长安去!

老上单于道:楼烦王,看样子,你是准备好了,你说说,这仗该怎么打?

楼烦王眨眨眼:反正我们不怕死,快马利剑,单于说怎么打就怎么打!

老上单于哈哈大笑:哈……你说了半天,等于没说。他转向一位汉人模样的人说:中行说,你曾在汉廷做过事,你说说,我们从什么地方烧起这战火最合适?

中行说先干咳了一声,之后说:我匈奴与大汉和亲已近五十年,五十年来,虽说边境上常有小摩擦,也打过几次不大不小的仗,可从来没有真正进攻过长安。刚才,诸位大王都说了,这次要打,就打汉人个心惊肉跳,直捣长安!可要打进长安,我看,就得——中行说指着摊在几案上的地图:大单于您看,这里,汉人的北地郡离长安最近,这一带地广人稀,与我们交界处更是几百里杳无人迹的荒凉大漠。过了这片大漠,不用两天,就可攻入长安。自然,这漠南平川直至长安,他们肯定设重兵把守……

楼烦王质问道:你既知道漠南平川有重兵把守,为什么还要让我们走这条路?

众王道:是啊,中行说,你到底安的什么心?

中行说有口难言地看看凶神恶煞的众匈奴王。

老上单于不置可否地:中行说,说,你接着说。

中行说清清嗓子:我是说,这北地郡到处是沙漠,对视沙漠为陷阱的汉军说,是只难啃的蛋……

右贤王刷地站起:那对我们匈奴兵就不难啃?我是越听越糊涂了,他看了看众头领:别忘了,他可是汉人……

楼烦王候地站起身来:我早就怀疑他了,听说他连那玩意儿都被割了。

众王爷轰地向他围过来:对,先验验他是不是长着那玩意儿,就知道他说的是不是假话,他是不是汉人的奸细!

中行说感到受了极大的侮辱,他以乞求的目光望向老上单于。

老上单于笑了笑:那就别怀疑了,他拍拍中行说刚坐的座位:中行说,来,坐下,接着说。

中行说忍下屈辱,咽了口唾沫说:……我刚才说,北地郡对汉军是只难啃的蛋,可对我匈奴骑兵来说,却是只有缝的蛋,只要我们昼伏夜行,闪电进击……

老上单于道:你中行说很快就可以打回老家去了!哈……

中行说:老家?

说着,那早已远去了的往事又映在他的眼前:年轻的中行说正一身病痛地躺在汉宫中黄门所居的床上。

邓通匆匆走进来说:中行说,你都躺了三天了,怎么,病还没好?

中行说匆匆爬起:回禀邓大人,这几天倒是好了些。

邓通道:那就快爬起来。陛下有旨,命你三日后,陪长卿公主赴匈奴和亲!

中行说乞求着:求求大人,小的病还没好,能不能换个别人?

邓通冷笑:嘿……中行说,这是圣旨,谁敢违抗啊?去还可活命,要是不去,这命就……话完,他甩手而去。

中行说不敢违抗圣旨,他骑在马上,日夜兼程,跟在长卿公主的车辇后艰难北去……

迢迢几千里,过大漠,走草原,总算到了匈奴的苍城。可此时的中行说已病容憔悴、骨瘦如柴……他命该不死,少年老上偏偏喜欢上他,老上天天陪匈奴佣人为他喂药、喂羊奶,而且边喝边说:中行说,你要快点好啊,小王还等着跟你赛马呢!

中行说总是艰难地笑笑。

老上一遍遍将羊奶递到他嘴边:这奶子养人,快喝下去。

……

中行说挥走了回忆说:恩人,大单于。

老上单于道:没关系,你随便叫,说。

中行说道:可长安四周,都由汉廷大将周亚夫把守,是很难攻破的,而且渭河北岸,汉廷至少也屯积了十万精兵。

白羊王道:那又怎样?我们的十四万铁骑还打不垮他十万人?

楼烦王道:本王就先挑破这只有缝的蛋,让它蛋黄蛋清淌一地!

众人狂放地大笑起来。

白羊王站起来一拍胸脯:我白羊王愿做你楼烦王的侧应,踏过北地郡,直捣长安!打长安由我白羊部打头阵。

众人又哄哄地议论起来。

老上单于铺开一张羊皮地图:静一静,你们别想得那么容易,中原汉人地盘大得很,要捣长安还需过许多关卡,哪儿那么容易!瞧——老上单于指指地图——打进北地郡后,我们要兵分两路,休屠王部、浑邪王部走朝那,拿下汉皇的行宫回中宫,直取雍城;另一支走彭阳,攻占汉皇的甘泉宫,之后,两路人马朝长安进逼。

休屠、浑邪两王道:听大单于的。

众王齐声地:听大单于的。

老上单于道:好!众爱卿!

有人偷笑着:还爱卿!

老上单于也笑了起来:怎么?笑本单于也学汉人皇帝,跩起来了?对,大单于也要成为皇帝,我们茹毛饮血的匈奴人,你——你——你们从此以后都要跩起来,成为大臣,成为统治汉人郡国的王君。

众人高喊:效命大单于皇帝陛下,效命大单于皇帝陛下!大单于陛下万岁!万万岁!

老上单于提高了声调:这次咱们要倾匈奴全力打,以十四万人马踏破中原。去!召集你们的臣民准备开拔吧!

中行说更是跃跃欲试:诸位大王,我中行说再补充几句,汉人的兵书上讲:兵不厌诈。我匈奴人要学会汉人的诈术,那就是派小股人马去云中、五原、上郡进行骚扰,麻痹汉人,让他们以为我们又是在小打小闹,此时真正的大部队就踏过范夫人城,直捣北地郡。

众王闹哄哄地:那小打小闹是你们汉人的事,中行说你就安排吧。

在这场廷议开始,右贤王还偶有插话,后来他就冷眼旁观,听着中行说出的主意,观察着他的行为举止,他越想越心生疑窦,越看越觉中行说不可靠。廷议之后,他匆匆走进苍城宫,他右手搭胸、深鞠一躬:拜见大单于。

老上单于挥挥手:呵,右贤王,坐吧。

右贤王思虑重重地:明日,我们就全军开拔了,这可是场大仗啊! 看刚才的情形,我是越来越看不清中行说的面目了。

老上单于也有同感地点了点头:连故土都不要的人是什么事都做得出的。可中行说是汉人,懂得汉人的战术和谋略,何况从年轻到如今,我和他相处时间最多,并没看出什么破绽,想来想去,他的主意虽有些冒险,可也的确是出奇不意呀……走着瞧吧,中行说由你派人监视。

天黑了,夜幕下的苍城星光闪烁。今夜的中行说真的是踌躇满志、要大显神威了。他早早地就走进自己的帐篷,手举灯烛,在那幅羊皮地图前细细思谋着进攻大汉的路线和战法。他只能万无一失、不能有半点疏漏,这样,他才没在匈奴白住了这么多年,才能一报前仇,也才对得起老上、赢得众首领的信任。可在帐篷外的一箭之地,右贤王派出的人已在密切地监视着他。

帐篷另一面,一个着匈奴皮袍的人飞身一闪,跳到帐篷前,他头戴长毛皮帽,脸罩黑布,只一双犀利的大眼睛露在外面,射出两道寒光。

帐篷内,中行说的身影在走动,他"呀——"地一声推开木门,走出帐外。正要前行,"嗖"的一箭朝他射来。

中行说身子一闪,躲过箭矢,他大喊:有刺客!

随着他的喊声,几个匈奴兵窜入黑夜中四处搜寻,但那刺客早已不见了踪影。

事发片刻,右贤王匆匆跑入单于宫:大单于,中行说果然身份诡秘,监视他的人刚才来报,他刚一出门就有刺客射来一箭。

老上单于急问:他人呢?

右贤王道:这狡猾的家伙,他身子一闪,那箭射空了。

老上单于哈哈哈一阵大笑:哈……这箭射得好,中行说也躲得好。

右贤王不解地望着老上:大单于,这……

老上单于道:那箭肯定是汉人射的,这就说明中行说不是奸细,右贤王!

右贤王道:臣在。

老上单于道:对中行说,你就别再疑神疑鬼的了,他是个有用的人! 对苍城的汉人,包括那些汉人商店和跟随公主来匈奴的人,都要派人严加监视!

苍城城内的一条商业街上,在挂满了"铁匠铺"、"肉铺"等招牌的小铺子中间,有一间"汉人商货"的铺面十分排场,里面摆满丝绸和各类首饰、漆器等贵重用品,琳琅满目花花绿绿。坐于柜台前的商贾,一身绸缎,年纪不过三十岁,身材高大,眉宇间透着一股英气,那眼睛似曾见过。

店前,一群汉人商贾打扮的马帮正在往侧面的库房卸货,大包小包的,你进我出,好不热闹。

门前积聚不少看热闹的匈奴人,也有夹在其间的诡秘人物。人们在议论着:整条街上就属这家的汉货最多也最好,听说阏氏买东西,非这家的不买呢!

一匈奴贵族装束的男人走入店门。坐于堂前的店铺老板康掌柜急忙起身相迎:哟,千户长大人,您里面请。

千户长直奔康掌柜的太师椅:康掌柜,我要的金手镯来了吗?

被称为康掌柜的青年汉子忙站起来:哦!我说这趟准来就准来,瞧瞧,地道的长安货!说着,他小心翼翼地亮出那金光闪闪的金手镯,买货的、看热闹的众人啧啧赞叹,那匈奴贵族得意地把玩着手镯,眼睛却不时打量着每一个进出的人。

一位衣着华丽的女子挤上前来:掌柜的,我们公主要的玉坠儿和香粉来了吗?

康掌柜走上前:哟,萍姐姐来了,这次我们进了上等的玉坠儿、香粉,还有新款的戒指,全在后堂,萍姐姐,我陪你去挑挑。他回过头对一个伙计:吩咐着盛二水,千户长大人这儿,你照应着点,我去去就回。他又转向匈奴千户长:大人,您慢慢选。说罢,朝内屋走去。

店内有人朝走进内屋的萍姐姐议论:这是和亲来的汉人公主的贴身女仆,又来要最新款的首饰了。

另一人附和着:大单于的阏氏嘛,吃香喝辣的,还不穿最好的,戴最贵的?

两个小伙计应酬着越来越多的顾客。

康掌柜刚陪萍姐在后堂入座,萍姐警觉地看看四周,之后就凑近"康掌柜":大人,老上单于召集左、右贤王和各部首领朝议之后,昨天夜里就统率十四万兵马离开茏城了。

康掌柜道:难怪,这些日子我就感觉气氛不对。

萍姐姐道:公主说这次匈奴人要有大举动,全匈奴兵马都开走了,中行说做军师,十有八九是冲长安去的。

康掌柜道:这个民族败类!他一拍大腿:都怪我前天夜里没射中他!

萍姐姐道:公主说了,越是前边打仗,我们越要小心,连我和公主都有人盯着,你千万别再冒失!只把他们派出所有兵马要打长安的消息报告陛下就行了。

康掌柜塞过一包首饰给萍姐说:我替咱大汉谢谢公主,谢谢萍姐了,请转告公主放心,我即刻派人去长安。

萍姐走出店门,上了马车。她乘坐的马车刚到一个拐弯处,后面突然跑来两匹战马,马上人一个拦住马车,一个掀开车帘劫萍姐上马,之后,两骑战马挟萍姐远去……

张武告别长安,快马奔向云中郡。秉承汉文帝的圣意,他要尽快做好调往北地郡的准备。

在云中郡张府内,张武夫人正蹲在地上,正指挥着使女们忙将堆放的金银首饰、精美陶器、漆器及高丽参、绸缎等一一打包。张武也翻箱倒柜地:还有呢?张夫人道:什么?张武道:那只玉蝉!张夫人站起身来:夫君,依我看,就算了吧!你调防去北地郡,带那么多家当做什么?张武道:做什么?交府库,充军饷。张夫人道:那我们以后?张武道:以后?以后该怎么过还怎么过!以前没有这些东西,那么多年不是过得很好吗?张夫人不明就里地站起身来,不知如何是好。张武盯了她一眼:还愣着干什么?去拿呀!张夫人道:在母亲房里,要拿,你去。

张武话也不说就直蹬蹬地跑入母亲卧室,直截了当地问母亲玉蝉放在哪里?正在伺候母亲喝水的大武直起腰来看着张武说:玉蝉?母亲身体越来越不行了,你不是说,等母亲到了那一天,给她含在嘴里,人可以千年百年的不烂吗?张母咳嗽着:哎!人都这么说,你见过千年百年不烂的尸体吗?张武感动地握住母亲的手:母亲,要不,武儿就……张母早已从枕头旁翻出那只玉蝉递给张武:拿去,武儿,母亲不信这个!尸首不烂,不烂有什么好,任千人踩万人踏的!张武拿上玉蝉就地跪在母亲面前:武儿的好母亲啊!武儿到了北地郡,一定为您争光!大武道:这,这不是人家送你的吗?少交一样给府库谁会知道!张武道:大哥,这你就别管了。大哥失落地:不管,我也是没资格管……

张武料理好家里的事,即跨马朝郡府走去。走在街上,行人们唧唧叽喳喳的议论声不断朝他传来:匈奴人又要来捣乱了。瞧,那烽火台上,旗帜又飘起来了……随着这些议论,就有人手执木扦木棍朝长城脚下跑去……身为一郡之首,安定民心,让百姓过上和平安定的日子是他的首要职责,如今这样人心惶惶、风声鹤唳,他怎能不着急!他朝长城上一个个制高点望去,果然依稀见到烽火台上的篷杆上,挑着一面面用红色缯布制成的红布烽火在猎猎飘舞。

张武纵马朝长城关隘驰去。

不多时,张武踏上长城垛墙,走入一方形砖墙筑成的房内。这种长城脚下的小屋即是守卫长城的武将都尉的驻所。这小屋西、北两面开门,门内有马道可登上城墙。

张武哐地推门进帐,一将军装束的人刷地从案前站起:太守大人,就知道这红布烽会即刻把您招来。

张武急冲冲地:陈都尉,快说,来了多少匈奴人?

陈都尉道:不足一百人马,正在长城下鬼鬼祟祟地东张西望,还不时有人画着什么。

张武道:走,上瞭望楼看看去。说着,两人沿屋内马道拾阶登入一制高台,了望长城外的大片空旷地。

张武的视线停在距长城约三米远的一处地方——在那里,一匹枣红马正卧在地上不停地挣扎着,地面露出一排排尖木桩。周围不见人影,但留下一簇簇凌乱的马蹄印迹。

张武发令道:去!把那匹马抬进来,再把那"虎落"尖桩恢复原样。

几个兵卒领命开了城门迅疾跑去,不多时,他们将马抬进城内,另几人又用细沙土将一排排尖木桩重新插埋好。

张武道:陈都尉,降下旗幡吧。别草木皆兵了。这帮强盗,又想偷偷摸摸地进来弄些吃的、穿的,小打小闹,没什么出息。日后,不是特大军情,不要随意升布烽,免得百姓人心惶惶。

陈都尉道:张大人,末将不过是严格执行朝廷的"烽火品约",如实禀报敌情。您看,布烽不是已经降下来了吗?

果然,系于绳索上端的表帜已被一名军士用轱辘扯了下来。

张武不耐烦地:好了,好了!我就要离开云中郡,调往北地郡了,日后,我也管不了你这云中郡的事了,我是想到陛下历来教导我们这些属下要少扰民,少滋民,才不愿多惊扰百姓的。

浩瀚大漠上,风雪弥漫,一辆装满皮货的三匹马拉的大车冒雪而行。赶车的盛二水和押车的康大田(即茏城"汉人商货"店里的伙计和老板)各人严严裹着一身翻毛皮袍,还是不断地搓手哈气……

康大田满嘴雾色哈气地说:二水兄弟,不管遇到什么事,咱俩总得有一个活着进长安,要不……我们大汉就可能遭大难……

盛二水甩了一鞭:大人,我知道……一阵风雪哽住了他后面的话。

康大田道:……以后别再叫大人……我就是你……大哥。记住,我这帽沿里缝的那条白绢……一定要送到陛下手里……

盛二水道:大,大哥,别想……那么糟,咱们要一起……见陛下……

说着,盛二水又扬鞭一甩,马车朝大漠南端跑去。

匈奴雪灾严重、大批人丁牛马死亡的消息不断报到汉廷。虽无战报,可汉文帝和众大臣都意识到,老上单于越是寂无声息,越可能孕育着一场大战。否则,老上就无法度过雪灾,也喂不饱那些牛马和匈奴百姓……匈奴遇灾,必然侵扰掠夺大汉已成常规。于是,汉文帝紧急备战,他一面命张武把好北疆,一面命周亚夫加紧练兵。

为鼓舞士气,这一天,他带领宋昌等将领来视察周亚夫部驻地——长安远郊的细柳营。

宽阔平坦的关中平原上,蜿蜒流淌的渭河已经结出厚厚的冰层。河水在这个称为"细柳营"的地方被沿岸密集的柳树"挤压"收缩成为一道狭长的河湾。就在这狭长的河湾旁,密密麻麻地搭建起一座毡帐的城堡——这就是守卫长安的周亚夫部的驻营地。

那一天,顶着阵阵寒风,宋昌与郎官们组成的卫队拥着一驾辇车由远而近。不多时,来到了大营门外。

守营的兵卒见辇车驶近,竟无人下跪,一兵卒上前向宋昌行一礼:大人,周将军正在指挥操练,一时无法前来接驾,请大人陪陛下先进中军帐内歇息。话毕,这兵卒又回到自己原来的位置上,手执长戟,目视前方,似一尊泥塑的雕像。

宋昌正欲发怒,汉文帝走下车来:宋都尉,来到军营,就按军规行事,朕也不能破例。说话间,文帝率宋昌一行徒步走进军营,只见军营内井然有序,道路整洁,一口水井旁有井栏护围以保持井水的洁净。一名军卒正用辘轳绞上一担清水担进厨房,厨房中传出一阵阵锅、碗、刀、铲乒乒乓乓的声音。

汉文帝一行人走进中军帐,帐内的戈、矛、刀、枪等各种兵器一字排放,墙上挂有一副盔甲,几案上摊有一幅地形图。墙上挂着驻军图及城防图。

汉文帝环视着帐中的一切,又翻翻几案上的地形图,之后,他冲宋昌一行说:走,随朕去看看周亚夫的操练!

不多时,他们来到操练场。只见周亚夫头戴红缨铁盔,身着战袍,腰佩铜柄铁剑,威风凛凛地骑在一匹高大俊美的黑马上,他左右的军士们也一律着盔披甲,一律骑着矫健的战马,弓上弦、刀出鞘,呈扇形队列排开。

突然,几声气贯长空的螺号响起,号声刚落,周亚夫发出威严的号令:左右两军!鱼丽之阵!此令一发,两名手执三角形彩旗的军卒"哗哗"地彩旗上下左右翻舞三次,军卒们紧盯旗语,刹那间,扇形队伍变成了左右两个方阵,此时,一直静静地卧在后方的战车隆隆驶来,战车上一律六人一车,每人手执长戟;此车与其他战车间,由手执大刀的步卒们并成了车、人混合的密集队形,而周亚夫做为中军主帅,却被这左右两个方阵围护着处于靠后的位置。

士兵们喊着节奏铿锵的口号,迈着整齐的步伐,伴着隆隆的战车声大步行进……

突然,周亚夫又发出命令:鸟阵雁行——

两名持旗军卒遵令,立即"哗哗"地变换了旗语。旗语指挥下,阵形顿时变成了"人"字形,俯瞰而视,就像一只大鸟正展开翅膀向前飞行。此时,中军主帅周亚夫倏然到了队列前方,而战车竟刹那间消失般地隐卧于后面,此时,周亚夫抽剑,高喊:冲啊——声音未落,这支铁骑即腾起阵阵烟尘,溃堤洪水般一泻千里,滚滚冲向远方……

汉文帝看着这一切脸上不由得漾出一股欣慰的微笑。周亚夫这才回过头来,满脸汗水地跳下黑马,站在汉文帝面前拱手施礼:陛下,微臣盔甲在身,不能跪拜,恕臣按军中礼节觐见陛下。

宋昌及其一行听了周亚夫的话颇不以为然,由之脸上也就表露出极大的不满,汉文帝却手扶车前的横木欠身答礼:将军治兵严谨,演练有方,如有敌兵来袭,定会有来无回,朝廷谢将军了。

周亚夫憨憨地揩着脸上汗水,笑着说:陛下,正值午餐时分,随臣去帐中吃一顿军营的饭吧。

汉文帝高兴地跳下车来:好啊！朕正要尝尝你周亚夫的饭菜有没有刀枪弓箭之味！记住,这刀箭之味一刻也不能减淡。

军情吃紧,张武改任北地郡守后,第二天就来到了萧关。萧关所在的金佛峡地势险要,峡长近二十里,四周峭壁耸峙,峡道迂回。

萧关两侧山坡上建有石墩,设有密集的兵力和防御设施。关楼上一个个箭窗、垛口露出的眼睛盯着西北方向,关隘的城墙上三步一岗,五步一哨,在陇山(六盘山)山势林木的衬托下,更显出几分肃杀之气。

随着碗、勺的撞击声,几声吆喝传来:开饭了——

随着叫喊声,兵卒们立即涌往那简陋庞大的饭堂。扎着黑围裙的伙夫边舀菜边喊着:新任郡守张大人犒劳大家,今天吃煮羊肉了——

兵卒们嘻嘻哈哈地开着玩笑:嘿！这张大人真不赖,每天猪肉、牛肉、羊肉地换着吃,这是第四天给咱们吃大碗肉,明天该吃什么肉了？

"吃你的肉!""吃你的肉!"两个兵卒互相打闹着。

"明天该吃匈奴人的肉了!"一个嗡声嗡气的声音传来,人们的视线不约而同地转向声音来处——一个年约十七八岁、身材高大、两臂过膝的青年武士正手执弓箭站在十几米外,朝他身前那个匈奴人的草靶子人形射箭。草靶子的心脏处开了一个洞,年轻人搭起弓,拉开弦,一连十支箭全从那个洞内穿过。周围观看的士兵们已经忘了吃饭,那壮伟青年每射中一箭,他们就敲着碗欢呼一阵:好——,真是神箭哪——

"李广,吃饭了,仗有你打的!"一个军官模样的人冲那年青人喊着。

李广将箭斜背身后,缓缓走过来:我真是等得牙根痒痒,昨天,来关前叫阵的那个匈奴人他不敢走近,要是他胆子再大点,我就叫他跟那靶子一样！

众人议论着:别看匈奴人没事咋咋呼呼的,他们也只会小打小闹,来真格的就熊包一个了。

"你们说说,为啥这些匈奴人每天来瞎喊一通就走呢？是挑衅滋事,还是真要破关？"张武一身大将军打扮,与几位戍边的将军一起走到众士兵面前:我看还是刚才那位弟兄说得好！匈奴人只会小打小闹,动真格的全是熊包。

"张大将军,张郡守——"众士卒一齐高声喊着。

张武频频挥着手致意:怎么样?!弟兄们,大碗肉吃着过瘾吧？要想天天吃大碗的肉过瘾,就得紧盯匈奴的马蹄,严防他们过界骚扰,让百姓过上好日子,记住了？

众人高喊:记住了。

张武道:弟兄们,咱们这个萧关可是朝廷北面的门户啊,从这里骑马去长安,只有七百里,轻骑一日一夜就可到达,咱们西面的白羊、楼烦两个匈奴王虽说没大出息,可也时常来小打小闹,让人闹心……等你们吃饱了,喝足了,养足了精神,本

514

郡守要带领你们去出击,把那些讨厌的匈奴人赶出五百里以外,打就把他们打怕!

众士卒高呼着:效忠朝廷,赶走匈奴人!效忠朝廷,赶走匈奴人!

张武一阵大笑后,近旁的将军凑近他耳根悄声地:郡守大人,陛下不是下旨让我们静守萧关嘛,万一我们带兵追击小股敌军期间,老上单于的大军来到这里,突破萧关,攻打长安,我们可就……

张武不以为然地挥挥手:等会儿在回朝那城的路上,我再跟你细说。他四处巡视了一遍问道:孙都尉,你说的那个神射手李广是哪位?

孙都尉指指那个身材高大的青年人:喏,就是他。

张武走到正在啃大饼的李广面前,上下打量着:嗯!熊腰虎背的,不错,就他了,做我的贴身护卫!

待李广吃完饭,张武和孙都尉就带着李广视察陇山。山道上,李广走在张武和孙都尉后面,两只眼睛警惕地搜寻着两边干枯的密林。

张武边走边说:孙都尉,这路真是崎岖难行啊!我看,老上单于的大军要是真的进攻,也要走云中、燕门一线……

孙都尉欲争辩,张武一挥手:别插嘴,听我细说。因为云中、燕门直接面对的是单于庭,从那里进军,比到这北地郡破萧关便于集中调集兵力。北地郡固然离长安近,但北邻大漠,这边的陇山又道路崎岖,他们是不会啃这硬骨头的。

孙都尉道:张郡守,两国交兵,历来变幻莫测,奇兵突袭,攻其不备,往往是取胜的关键。

张武有些不高兴:这都是兵书上的条条,我说他们不可能攻萧关是有依据的。十三年前,右贤王就是走的这条路,他率几万人马准备大打一场,可陛下一个御驾亲征——那时候你还是个武长吧?这群龟孙子们,一下就逃出千里之外!北地郡,是他们的兵败之路,再打,还走这路,可能吗?

孙都尉毫不示弱:张大人可别忘了,我们陇山的萧关看似险峻,其实是易攻不易守哇:西坡平缓,适于大军进攻;而我们这东面呢,地形陡峻,不易聚集太多兵力,一旦老上单于号称的三十万弓弦之士从这里攻墙破关,只怕就凶多吉少了……

张武突然停住脚步,怒目圆睁:照你这么说,朝廷就该把上百万的军队调防到我们这里是吗?大汉北面疆界上万里,陛下就应该只顾你这一个北地郡,一个萧关,一个朝那城吗?!告诉你,要是老上单于真的从这里打长安,我张武就是死,也要守住这北面的门户!

孙都尉也不示弱:军人的使命就是效命沙场,谁怕死?!要是能以死来换取我大汉的太平天下,哪个军人都不含糊!可一人死了有什么用?最要紧的是准确判断军情,不轻敌,不上当,把尽量准确的军情及时禀告陛下。

张武怒问:你这是说我轻敌?我是草包,我判断失误,我会上当?!

孙都尉道:张大人,我只是说不能轻敌,并没说你……

张武更怒:什么没说,你的意思分明就是……
孙都尉申辩:我什么意思也没有,只是提醒……
刹那间,两人都不说话了,两人都憋得成了一张大红脸。
突然,前方树丛中传来一声老虎的长啸声——
李广闻声细辨,嗖地一声朝虎叫的方向射出一箭。
霎时间,箭落的地方,树丛抖动起来,慢慢的,抖动得越来越小。李广大步上前,从树丛中拖出一只胸口淌血的老虎。
张武凑上前去,边看边喊:嘿!好箭法!好箭法!
李广笑了笑,照样拖着死虎前行。
孙都尉夸李广说:真不愧是将门之后啊!
张武惊讶地:什么,将门之后?
李广不好意思地:我祖上是秦时的大将军,跟西戎人打仗时曾降服了他们。
张武道:这么说,你这是世代家传的射箭之术了?
李广点头:是的,大人。
张武又前后打量了李广一番:是块好料啊,跟着我当护卫屈才了。他拍拍李广的肩:李广,跟我出击一场,等仗打完了,我送你去一个更好的地方。
李广笑笑:张大人,我哪里也不去,最好的地方,就是能多拿匈奴人的首级之地。
张武笑着点头:嗯!要是生在高祖年代,你一定会是一个指挥千军万马的大将军,一定是会封万户侯的。

第三十章

大漠尽头,风雪渐小,从西北方跑来几彪匈奴兵马。

兵卒甲快马加鞭,奔向盛二水的马车前,他甩了一下马鞭,厉声说:站住,你们是不是又要投奔汉廷?

盛二水走下车笑了笑,拿出汉、匈通商的关传:大人,我们是中原商人。

此时,匈奴部落长驱马赶来,他看了看关传:中原商人?是什么店号?卖的什么货?

康大田也下了车:大人说不准还知道我们的店号,敝号就是芘城街里那个"汉人商货"店。

部落长一脸贪婪地笑了:知道知道,我的女人去了芘城,就爱逛你们的店。

康大田掏出一块玉石:既然夫人喜欢我们的货,那就把这点小礼物送夫人吧。大人还想要什么,等我们从长安回来,一定送到府上。

部落长笑呵呵地接过礼物:你还算乖巧,我什么也不想要了,就要你这个人!

康大田:大人,这,芘城的贵人们还等着我们进货呢,要是不快点进货,他们可要……

部落长:这也是单于有旨啊,让你的兄弟去进货,你嘛,受不了罪!

盛二水为了保护康掌柜,自己走上前来:大人,货得我大哥选,我留下吧……

部落长早已看出这俩人谁重谁轻:不,我要的就是你大哥!

康大田倒十分镇静:兄弟,大人要我,就我去吧,记住,要把货办齐!说着,他趁迎面刮来的一股大风,使劲摇了一下脑袋,头上的皮帽顺势掉到地上,盛二水边捂住地上翻滚的帽子边快速取出那条白绢,之后递上帽子说:大哥,风这么大,快戴上。

康大田接过帽子,会意地戴在头上。

夜深人静,张武借着扑扑闪动的灯光,伏案写着什么。他刚写了几个字,又被想不出的词语卡住了,此时,一股夜风刮来,那本已微弱的灯光忽闪了几下,竟挂灭了。他冲里间喊道:夫人,松油又快点完了。

　　张夫人应声走出里间:来了,来了。你说你,吭吭哧哧地写了大半夜了,都写些什么呀?

　　张武抬头看看站在面前的夫人:我想给陛下写封信,举荐一个当年的宋昌。

　　张夫人拿起竹简边看边读出声来:在长安,陛下曾嘱咐臣在军士中找寻将才,张武今举荐……就这几个字呀?她再看看旁边堆积的写残的竹简:你这写封信得毁掉多少竹简啊!

　　张武赌气将竹简扔到地上:去去,你又不是不知道,我最头疼的就是这舞文弄墨。

　　张夫人浅浅一笑:别拽了,拽文的你拽不过人家儒生,可你和陛下是最有情分的,那不光是臣子对人主的敬畏,还有一份兄弟样的深情吧……

　　张武茅塞顿开:对对!我知道该怎么写了。说着,他找出一块帛,铺平后挥笔疾书……顷刻间,那帛上已写满歪歪斜斜的字迹……

　　清晨,峡谷中寒风劲吹,到处结满冰雪。张武、孙都尉沿阶而上,登上了萧关。

　　守卫萧关的李广道:启禀将军,昨夜我执哨,听到那里——他手指右前方说:有响动,还隐隐地有人影晃动,我们连发数箭后,响动停止了,天亮后,发现匈奴人是来拔我们埋下的尖木桩的。

　　孙都尉思索了片刻:这匈奴人来拔木桩,怕是有什么大阴谋藏在后面吧?

　　张武却颇不以为然:什么大阴谋?难道你还要上烽火台点狼烟不成?我调防之前,云中郡也出现过这种拔我虎落桩的事,为此,云中郡都尉升起了布烽,只差没点烽火了,弄得百姓人心惶惶,结果是什么事也没有。张武转用一种教训人的口吻:来几个狗贼怕什么?今夜要是再来,我们就——张武双手做个掐的手势——让他们有来无回!

　　康长柜被匈奴人中途劫走后,盛二水更感到自己的担子有多重,大汉的胜负、朝廷的安危说不定就在他怀里的白绢上!他只能披风戴雪、日夜兼程,他只能不停地甩动马鞭,飞车南行。真是苍天有眼,那一天,日未当午时,他的马车已经进了朝那城,进了那所客栈大院。他跳下马车,飞奔进屋,客栈老板刚要提壶倒水,盛二水一把攥住他的手:不忙喝水,快,快把这绢条星夜送往长安!

　　片刻工夫,客栈冲出一匹雪白快马,一武士紧挥马鞭,快马朝南面奔去……

　　星光满天,那半轮明月也冻得打颤。夜色笼罩的大漠中静无声息,只有匈奴大军的马蹄声轻轻传来,给大漠之夜更带来几分险恶。

　　中行说看看静静大漠说:这守萧关的张武怕是按捺不住了,他一定会对我们的小股滋扰有所举动。

　　老上单于道:有道理,张武是刘恒的爱将,他才调任北地郡,一定立功心切,我

518

们就抓住他的这种立功心,出其不意地重拳出击。

楼烦王对老上单于道:大单于,楼烦王请求引诱张武带兵出萧关。

老上单于盯住他看了半响:记住,只准你逃,不准你打!

楼烦王道:记住了,大单于陛下。

老上单于举目遥望一阵后:白羊王!

白羊王应声纵马单于马前:在。

老上单于道:你们率五万人马,埋伏于萧关两侧,待张武兵出萧关,你们就攻破萧关,杀入彭城,朕将随后带兵直取汉人的雍州。

白羊王不可一世地应答着:大单于就等着去汉皇的甘泉宫泡澡吧!

老上单于兜转马头:众爱卿,随朕拨转马头,朝萧关进发——

传令兵大喊:拨转马头,朝萧关进发!

听着这一道道布阵,中行说阴险地笑着:刘恒,你还以为我会让匈奴人去打燕门关吧?今天,我中行说也给你使使声东击西之计!

中行说说完拨转马头,马鞭一扬,发疯似的朝大漠腹地驰去。

萧关外的大漠一片沉寂,在太阳刚刚升起的时候,无垠的大漠深处突然腾起阵阵沙尘,随着震天的冲杀声,一列列挥舞大刀的匈奴骑兵朝萧关急奔而来。

关望楼上的汉兵见状急忙发出信号,刹那间,萧关之上布满拉弓持戟、严阵以待的大汉士兵。

刹那间,张武纵马驰来:没想到,这匈奴人还来了个夜行军,弟兄们,立功的时候到了,跟我冲出去。

孙都尉急忙劝阻:张将军,不可妄动啊……

张武置若罔闻,挥起长戟即冲向关外:冲啊——

孙都尉也无奈地随后一同冲去……关隘打开一个缺口,张武率先,李广随后,冲出峡谷。

两军已离得越来越近。

张武大喊着:放箭——

李广闻令,"嗖嗖"数箭射出,只见箭无虚发,弦响人倒,匈奴人在汉军密如雨点般的箭弩射击下,还是凶悍无比地挥刀前进,楼烦王更是横刀纵马冲在最前面。

张武快马长戟,直击楼烦,瞬间,两个人的大刀与长戟在空中撞击出阵阵火花。

刚才还肃穆辽阔的大漠刹那间黄尘滚滚,杀声遍野。

张武越战越勇,楼烦王虚晃一枪,掉头就逃,他边逃边把手指塞进嘴里,发出一声尖厉的呼哨。哨声未断,匈奴兵马就哗啦啦地掉头跑去。

杀红了眼的汉军乘胜追击,追啊——张武率先往大漠深处追去。

孙都尉也欲罢不能地尾随张武快马奔去。

张武大军追至一片胡杨林下,楼烦王部突然消失,除了风吹胡杨林的响声外,四周一片寂静。

张武顿觉不妙,命令说:即速返回萧关——

他话语未断,一声炸雷般的汉话迎风刮来:只怕你是回不去了!随之,匈奴人像从地下钻出来的一般,将张武部围得水泄不通。

张武寻声望去:猎猎旌旗下,老上单于与中行说脸上挂着阴险的狂笑,正纵马朝他逼来。

张武一见,怒从心起:中行说,你这个背叛祖宗的败类,竟帮匈奴人攻打自己的兄弟!

中行说冷笑一声:张武,张大人,我那祖宗什么时候把我当过人,把我当过男人?我早发过毒誓,谁把我当成男人看,我就效忠谁!

张武气愤已极:你活活是一条狗!李广,搭箭射死他!

李广倏然张箭——

晚已矣!匈奴人的进攻已经开始——

早已埋伏在萧关两侧的左、右贤王部开始了凌厉的攻城——在密集的匈奴箭弩掩护下,匈奴人疾速在汉兵埋藏的尖木桩上铺设木板,与此同时,大队骑兵驶近了萧关,前一群搭云梯、爬关隘的匈奴兵被汉军赶下去,越来越多的匈奴兵又蜂拥着爬上来……

张武此时又急又悔,一面拼力厮杀着往萧关退却,一面对跟随他左右的孙都尉和李广喊道:快杀回去,保朝那城!我们决不能让老上单于破了朝那城啊!

孙都尉却异常镇静:张大将军,你快杀回去,我掩护!说完,他拼力杀出一条血路,激溅的血光腌得孙都尉已睁不开眼。

张武还在迟疑,孙都尉大怒:张武,还不快走!朝那城一破,长安就有被攻打的危险!你不想把匈奴主力攻北地郡的消息快点告诉陛下吗?

张武又愧又痛地,孙都尉,你,保重啊!

说罢,他策马冲出包围圈,李广急随其后。

"龟孙子们,来吧,大汉军人是不怕死的。"这一声大吼,震得张武、李广回头望去,那满身箭矢的孙都尉已没有往日的轮廓,整个是一个血红的人形在左右厮杀,几十个匈奴人围着他,退下又进攻。终于,他又连砍五个匈奴人之后,寡不敌众,被乱刀砍死,跌落马下。

张武泪水夺眶而出。他悲愤地大喊着:孙都尉——

李广提醒着:张大将军,快撤吧!朝那城要紧哪!

话未毕,一支飞箭从背后射中了张武,接着,数百名匈奴骑兵又围拢过来。

李广从容地搭箭连发,又是弦响人倒,百发百中。李广趁匈奴人惊诧之际,一双如猿的长臂搂住负伤的张武坐于他的身前,朝陇山疾驰而去……

险峻高拔、山路曲折的陇山中,一条蜿蜒的小道上,李广拖着昏迷的张武疾

520

驰。

莽莽苍苍的林海中,李广牵着马,拨开树枝艰难地行走,伏在马背上的张武背插箭矢,鲜血从箭口处滴滴流出,洒在霜雪覆盖的大地上……

萧关不远处,李广挥刀将那个已掏空心脏的匈奴草人的头砍了下来,头滚动着,滚到了一群伤残累累的将士面前。一将校模样的人冲上来:大将军回来了!大将军……负伤了!

众人将张武抬下马,轻轻放在地上,箭被拔掉了,众人为他包扎着箭伤。

那将军打扮的人给张武喂些水,张武睁开了眼睛。

将校哭诉:大将军,神出鬼没的匈奴人黑压压攻上萧关,一副势在必得的阵势!我们拼死打退了匈奴人的三次进攻,现在已不到三千人了……

张武示意要人们搀起他。人们费力又忧虑地将他扶起,他望着暂时沉寂的、千疮百孔的萧关,关前横尸遍野,汉军正在加紧搬石头修补坍塌的关墙。

李广道:我看,这匈奴人马至少也有十四五万,萧关历来易攻不易守。倘若匈奴人再发强攻,只怕是……

那将校焦躁地:我也是这么想啊,大将军,萧关怕是守不住了,与其在此死守,不如保存兵力,退到朝那城内守住城池,等待朝廷援军。

张武看看四周的残垣断壁,再看看血染满身、伤残无数的士兵极不情愿却又无可奈何地说:撤退!速点烽烟三篷——给朝廷报警——

长城上五里一燧台、十里一候亭,从朝那城开始燃起冲天而起的狼烟……

背插火红小幡旗的军卒从朝那城出发,流星般划向远方,他一路向南——甘泉宫——雍城——长安——未央宫太极殿……

太极殿内,汉文帝将公主情报和一摞摞战报摊在龙案上。他重新翻了一遍后站起身来:……这老上,快呀,前天,公主的线人刚报来匈奴有异动的迹象,今天他们就已经攻到萧关了……汉文帝快步走向地图,以手指着地图,又画了一条线说:他除非走的这条线——穿大漠,过陇山,直攻萧关……嗯,他们是奔长安来了……

晁错也来到地图前:从这条路来长安,的确是条近路,但也是条险路,出这主意的肯定是熟悉大汉、熟悉长安的汉人……嗯,说不定就是中行说!

申屠嘉道:对,不会是别人。

晁错道:这就得格外小心了……

汉文帝沉思着:北地郡的张武只有三万人马,要拖住老上单于的十四万人马,难哪……他突然提高了声调:难也得让他拖住,只要能拖两天,我们的援军就能赶到朝那!

晁错忧郁地摇摇头:怕是也难,朝那城经不住十几万人马的轮番强攻啊……

此时,汉文帝的思绪如大潮翻涌,一幕幕涌向眼前:在代国,他为了平息王都尉制造的汉匈边境摩擦,亲往冒顿王宫,一番话语,几度交涉,就以他真诚的举止

坦荡的胸怀化干戈为玉帛,赢来了多年的和平……几年后,冒顿又举匈奴全力,兵临大漠欲踏长城,他力排朝野众议,坐镇太原,挥兵北上,倏然间,灌婴的几十万大军如风卷落叶,将匈奴北追上千里,从此,多少年来他们蜗居漠北,再少骚扰……如今,老上单于十四万大军来了,他们是为解除匈奴内灾内困而来,是要决一死战的……想到这里,他啪的一拍龙案:朕去亲征!十三年了,朕已经十三年没听到刀剑之声了,朕要与老上单于决一死战!

申屠嘉颤巍巍地:不可!陛下千万不可御驾前往!

晁错却双目生光:陛下此次出征只会大长我军士气,有何不可!

申屠嘉指着龙案上的奏折,吴国袁盎刚来的密奏说,刘濞刚听到朝廷要集中兵力与匈奴一战的消息,他就动手将吴国十五岁至六十岁的男子统统列入军卒之编,准备操练。接着,楚国、齐国、淮南国也在效仿吴国。万一陛下带大军西征,出现"多国之乱",后果将不堪设想啊。

汉文帝咬着下唇,久久不语。

申屠嘉道:何况细柳营的周亚夫将军部、灞上的刘礼将军部、棘门的徐历将军部,已经把长安守护得滴水不漏,就算张武因兵少力不足,萧关失守,那老上单于打到长安近郊,我们也可以三路大军夹击,他两手在地图上一握,关起门来打这只狼狗!

汉文帝沉思片刻,豁然开朗,他从龙案深处拿出那个珍藏多年的锦袋,展开闵女献的地图,指着一条红线说:命周亚夫部从正面出击,陇西的张相如部和上郡的栾布部速往支援张武部,并派出精锐沿这条近路抄老上的后路,形成一个围堵的半圆口袋。说到这里,他加重了语气:张武啊,你可要给朕挺住!

朝那城下,匈奴人又一次发起强攻,数十名军卒抬着粗大的木桩从多处撞击城门和城墙,有人搭上云梯向上攀爬,有人中箭倒下,马上又有人替补上去。城墙震动着。

站在城墙上指挥的张武双眼通红,他用尽全力地下令说:瞄准了!射!……

一军官装束的人高喊着:大将军!大将军!此人自远而近跑向张武,西边城墙被撞了一个大窟窿,匈奴兵正三番五次地往里冲,西门快守不住了……

张武指着身边十几名军卒及李广:走,随我上西门!

朝那城西门,处处鏖战激烈进行着……张武等驱马赶到后,命城墙上的兵将用石块砸、用箭矢射……一番激战,暂时打退了疯狂的进攻。

张武刚喘息一会儿,一胳膊缠布的军官气呼呼跑来:大将军,东门的城墙快要被匈奴人的滚木捣塌了!

张武闻报又带人冲往东门——

东门外,一匈奴将领声嘶力竭地催促匈奴兵卒往里冲:弟兄们,谁攻下朝那城,抢下汉人的金银财宝,都归他——冲啊——

匈奴人怪叫着涌上来,顿时,城上一阵密集的排箭将他们压了下去……

城外,楼烦王急躁地挥起马鞭一鞭抽下,近旁的一棵枯树顿时枝干飞落:朝那城已经到处是窟窿了,我就不信攻不下它,听着,天黑前一定要拿下来,否则,汉军援兵一到,我们就只能啃得一嘴鸡毛了!

城墙上,张武面对黑压压再次攻来的敌兵,喃喃自语:朝那一定要守住……说着,他一阵抖瑟,背上的箭伤又滴下一摊血……张武霍地掏出一封信来,递给李广:李广,要是我……你一定要冲出朝那,把这封信交给陛下。李广的双眼已一片血红,不,大将军,信交别人去送吧,我上前去顶着!张武未待说话,匈奴人的吼声已越来越近,张武拔出佩剑,嘶喊着:军令如山,贻误者斩!话毕,张武猛地冲向从城墙坍塌处爬进来的匈奴人,他抡起大刀一阵猛砍,鲜血溅满张武那张胡子拉茬的黑脸。

此时,朝那城东门、西门、南门、北门,在匈奴浑邪、休屠、楼烦等众部猛攻下,已不断有围墙坍塌,一处处战场都是短刃相接,血肉横飞……

厮杀中,张武左劈右砍,所到之地,处处是匈奴兵将的血肉尸体。他杀得正酣,突然飞来的一支箭矢正中他的眉心,鲜血顿时汩汩地淌下来……紧接着,数只箭矢又射向他的前胸,张武就这么站着,身上扎满箭矢,像一只巍然挺立的大刺猬。

已经遵令冲向城墙下的李广见状嚎叫着:张大将军——李广一定为你报仇——他边喊边策马冲向城外……

这时,烟尘滚滚、火光冲天的朝那城已摇摇欲坠……

据司马迁的《史记》记载:公元前166年,老上单于十四万轻骑攻破萧关及朝那城,屠杀抢掠百姓及大批牲畜,随后又兵分两路,一路攻入彭城并将回中宫烧毁,另一路到达雍州的甘泉宫,并派先遣兵深入长安——

匈奴兵攻破了朝那城,一阵野蛮的屠戮掠夺后,白羊王部迅猛南进,一直杀到回中宫。看着那辉煌的宫殿,慌乱的人群,白羊王挥了一下佩剑下令说:弟兄们,烧啊!烧掉这汉皇的行宫。让他们花大钱,再建一个回中宫吧!哈哈哈哈——

大火中的回中宫内,宫女们尖叫着乱窜,有人刚想跑出宫去,却被乱箭射死。大火中,房梁塌了,一些宫女被燃烧坠落的大梁压死在熊熊烈火中……

白羊王抽出剑来,朝长安进军——去烧掉未央宫——冲啊——

在他的命令声中,匈奴兵马又如潮水般向东南涌去……

与此同时,老上单于已率兵杀入甘泉宫。到了甘泉宫前,他一下子被这从没见过的精美建筑、威严气派震慑住了。愣了很久,方才回过神来,于是大步跨进,见了那金光四射的龙榻,他一面想象着汉皇躺在上面的姿态,一面四仰八叉地也就躺在上面。突然,一哨马来报说,白羊王已烧毁回中宫,大队兵马正朝长安进

发,老上一面挥手让哨马退去,接着就腾地坐起来骂道:白羊王这头蠢猪!做事也不能太绝!他把汉皇行宫烧了,明年,大单于我要跟汉皇和亲的时候,要价岂不要低好多吗?!

中行说不解地说:我匈奴大军正在向长安挺进,大单于怎么……

老上单于道:你说实话,我们打得过汉人吗?我们真能打进长安吗?

中行说两眼直直地望着老上:出征时大单于不就说要直捣长安吗?

老上单于哈哈大笑起来,他审视着中行说:中行说,其实你不是不知道,长安四周那如林的刀枪、如墙的战车早已把长安守护得水泄不通了,就是真正两军对垒,我们也不是对手!你就是想借朕的兵力,报你个人的仇!你那些报仇心计,朕从小就知道。行了,不说这个了,你说说,明年一开春,我大单于就得给汉皇献上一封书信,他会怎样?

中行说摇摇头:那我可说不好……咦?!大单于,我不明白,既然打不赢,我们为什么还要发兵来打呢?

老上单于用轻蔑的目光打量着中行说,缓缓地说道:我说中行说呀中行说,我看你有时候比猴还精,可有时候又比猪还蠢!

中行说埋下眼帘:是,大单于。

老上单于:你说,狼凶,还是老虎凶?

中行说:自然是老虎凶了。

老上单于一笑说:你说对了,可虎有虎的活法,狼有狼的活法。要打大的,硬拼拼不过,就时常打点小的,让他们知道知道我们的狠!何况,打了这场大仗,我们就可以度过灾荒平复士兵百姓的怨气了……

中行说一副恍然大悟的样子:明白了,为保住我们的地界,我们就必须接长不短地打。

正说着,一匈奴兵匆忙跑入,凑近老上单于说了些什么。

顿时,老上单于脸色骤变。

中行说慌了起来:大单于,怎么?汉军追兵来了?

老上单于环顾一下舒适的皇宫,恋恋不舍地:不是自己的,终不是自己的呀,走,撤回茏城!

就在老上单于率兵北撤的时候,朝那城东南方向,旌旗飘展,战旗猎猎,皇盖之下,汉文帝威仪英姿驾战车杀来。他巡视一下遍地的烽烟、丢盔卸甲的匈奴兵马,大声发令说:该收口袋了!命周亚夫部从正面,张相如部、栾布部左右包抄,重兵强击!——话音未落,汉军在周字、张字和栾字大旗下,以排山倒海之势从四面八方由远而近包抄过来;匈奴楼烦王部和白羊王部不断收拢,败退……匈奴兵开始有的还拉牛扛物,在汉军强大的攻势下只好弃物抵抗。

此时,周亚夫纵马如箭,率兵疾追老上单于。

老上单于、白羊、楼烦等匈奴王终被且战且追的汉军赶入刀戟如林的"口

524

袋"。

老上单于已如热锅上的蚂蚁,他抡圆大刀,忽东忽西、忽左忽右,他瞪圆双眼,呼喊着,叫骂着,终于在众王的拼力保护下撕破"口袋",向大漠落荒逃去。周亚夫、李广策马追击。周亚夫挥刀策马、冲在最前面,李广紧随其后,他迸发出全身力气、大吼着:杀啊!在李广的喊叫声中,白羊王一行慌忙调转马头,拼命逃窜,李广搭箭射去,一片片匈奴兵马随箭倒地。

片刻间,天地仿佛凝固了。嘶鸣的战马、震天的杀声,全消失了。这片土地似乎从来都是这般空旷,这般沉寂。

有军卒议论着:这些匈奴人,跑得无影无踪了,有种,就真刀实枪地再干上一仗啊!

李广看着这烽烟未散的战场,他搭上了最后一箭射向长空,看着这箭矢的飞射,他"啊——"地大叫一声,像是要借此箭发泄满腔的怨愤!

周亚夫拨转马头,幡旗飘动下,一队队人马朝萧关、朝那城内开去。

朝那城中已是处处断壁残垣、一片瓦砾,有的被烧的屋梁还火苗未熄,一堆堆被杀百姓的尸体已经变黑,城中上空弥漫的焦煳血腥气久久不散……

劫后余存的百姓围住大军,哭声一片,朝廷大军哪,可把你们盼来了……

你们可要给我们报仇啊!为我们报仇啊……

军卒们奔向各处,有替百姓抬房梁的,有搭瓦砌砖的……更多的是去重修朝那城残破的城门和城墙。

巍峨的萧关更是萧条残破,陇山已是一片冰雪,军卒们顶着寒风、迎着纷纷扬扬的雪花,在一片冻土、焦土上忙碌着……

一身泥血的李广跑进汉皇的指挥营帐,朝着汉文帝边拜边哭,他颤抖着双手接着就举起张武写给汉文帝的信函。

汉文帝抖开沾着张武血迹的羊皮信,几行歪歪斜斜的字迹映入眼帘——他似乎已经听到了张武的话语:

……陛下,臣近日常想,臣与宋昌都老了,再难如当年一样,护卫陛下于左右。于是日夜留心,为陛下物色一个武艺高强、反应机敏的贴身侍卫,今天找到了,他叫李广,就是这个送信人……

汉文帝望望跪在地下、不停哭泣的李广。

……三十二年前,我给代王宫的小代王送去过一只小白兔,小代王喜欢得不得了。今天我给陛下送上一只猛虎,陛下也一定会高兴吧?

汉文帝的手在颤抖,一滴滴泪水滴滴答答滴到信上……

几日后,秉持汉文帝的圣谕,张武的尸体葬于陇山之巅。张武的坟头披满素白的雪花,一片雪白的天地都像是为他戴的孝,默默地送他远去。

此时,张夫人也罩着一身素白雪花站在坟前,她不停地用手抹去落在"张武之

墓"四个大字上的白雪。

　　一阵马蹄声敲碎了陇山的寂静。周亚夫、李广翻身下马。李广跪在张武墓前大声痛哭:张大将军……

　　周亚夫行过大礼后,肃立在张夫人身旁。他拂去张夫人肩上的雪花,将自己的披风披在她身上,之后肃穆地说:……张将军是我们大汉的英雄,大汉会记住他,北地郡的百姓会记住他,朝廷也会记住他!

　　之后,周亚夫掏出一包金子送到张夫人面前:这是陛下让我带给张夫人的。周亚夫又拿出一个玉指,这是陛下从手上取下来,让我请你交给太夫人的。

　　张夫人恭敬地接过玉指:请将军替我和太夫人谢过陛下,陛下的御赐,我一定交给太夫人……之后,她将那包金子推还周亚夫:这金子,我是万万不敢承受的。

　　周、李二人愣在那里:夫人,这……

　　张夫人道:这是张将军离开云中郡时立的家规,我若收了,他在九泉之下,也会生气的……

　　听着她的话,周亚夫和李广都不由得流出满眼热泪,是敬佩,是怀念,是伤悼?一时谁也理不清。

　　经过这场惨烈的拼杀与追击,大汉的胜利之师在汉文帝的亲领下凯旋。长安百姓倾城出动,人们聚集在渭水桥畔欢迎凯旋归来的大军。欢快的鼓乐声在上空萦绕,官道两旁摆满酒坛,巨大的铁鼎中煮着整头的猪和羊。

　　凯旋之师在雄浑的大风歌的旋律中从远方奔涌而来,欢呼声浪此起彼伏,一阵高过一阵。汉文帝向一抖马驰来、冠顶红缨飘洒的周亚夫低语几句。

　　周亚夫快马来到张苍面前:张大人,陛下有旨,待欢呼声过后改奏哀乐。

　　张苍一怔:哀乐?!他随即明白了圣上的心情,大声地:乐官,奏哀乐!顿时,悲怆的古曲将渭水桥畔的气氛变得沉重起来。随着这悲怆之声,旌旗飘展下,汉文帝走至桥头接过张苍递上的牛角大樽,他庄严又沉痛地上祭天、下祭地、然后将酒洒入渭水河中。

　　欢庆人群的情绪一下子从欢腾跌入懵懂,人们面面相觑,看着天子的举动和龙颜的变化。

　　汉文帝深沉地说:从古至今,天下你争我夺、厮厮杀杀打过多少仗啊! 无论胜仗败仗都是为了捍卫这片华夏圣土、为了百姓的安定和平……为了这个神圣的使命,我大汉不知死了多少人,死了多少令人敬重的生命! 天底下哪个生命没有父母,哪个人没有妻儿?! 朕一想到他们就心中悲痛,朕要祭奠他们,祭奠在战争中死去的亡灵。接着,汉文帝又将一樽酒洒入大地。哀乐再次奏起,撞击着每个人的心。

　　不知何时,天又下起雪来,那雪从小至大,不一会儿,那条静静的沉默的渭河已经白茫茫地伸向远方。

汉文帝与百姓们站在雪中,分不清脸上是雪水还是泪水。

经过这场战乱的汉文帝更加苍老消瘦了。大约三个月后,太极殿的早朝刚要散去,一位黄门大主管匆匆跑入禀报:启奏陛下,匈奴特使当户且居雕渠难和郎中韩辽求见。

汉文帝朝两大臣们会意一笑。

晁错讪笑了一下:真快呀,这老上单于刚刚暴病猝死,军臣单于就派使臣来了!

汉文帝摆摆手:让他们进来吧。

黄门大主管应声退下片刻。少顷,臂戴白布条的两位匈奴戴孝使臣进殿跪拜:匈奴特使当户且居雕渠难、郎中韩辽晋见大汉皇帝,祈陛下圣体安康!说着,他们双手高举,递上一个大羊皮信函。

汉文帝将信放至龙案,笑笑说:好啊,你们下去歇息吧。

两匈奴使臣下殿后申屠嘉也笑呵呵地说:又是老一套,骚扰,打仗,和亲,骚扰,打仗……

汉文帝:是啊,他们没办法,我们暂时也没办法。你追百里,他跑百里;你追千里,他跑千里。即使踏平茏城,他还可以往北跑……何况大军远征,粮草先行,万一粮草不济,前功尽弃;就算是攻下茏城,这些吃中原粮食长大的汉人怎么站得住脚?难道让刚有些余粮的百姓又重新勒紧肚皮,而把大量的粮食运往北疆,去守住一座空城?唉!这些话说过多少次了,我们也就只能以我们的老一套对付他们的老一套,还是多迁移些百姓去北疆,开荒地,守边疆。

汉文帝移民戍边的指令迅疾昭告天下,旨令到处,郡县、村庄直到监狱处处是一片忙碌。富庶之地自然没人愿意离开家乡,十年九灾地区的百姓也以"金窝银窝不如自己的狗窝"之心,不愿离开故土。郡县衙役和村庄里的啬夫们到处动员宣示:……那里地多的是,去了就有地种,有不花钱的耕具、种子、房子……朝廷还有令,凡自愿移民去边塞者,赐爵位一级……

听到这样优渥的待遇,一些冒险心强的人和无业者跃跃欲试起来:一辈子当个草民,活得太贱了,去北边,朝廷给房子,给地,给牛给耕具,还赐给一级爵位,我试试……

一座残破的村庄内,一位亭长也正在动员:去北地郡吧,那里不光能种黄澄澄的糜子,还可以种土豆、种白菜呢!不少人都动了心:行,有饭吃就行,我们去!

那些日子直至一两年后,北去的大路上,经常有来自四面八方的人流北去,北地田禾逐渐绿了起来,边境防护坚固了许多。可从景帝到武帝,绵延百十年,这里仍是和和打打,直至武帝对匈奴给以毁灭性重创后,这个民族才分为两支:南匈奴流徙多年,终于融入汉人中;北匈奴征战欧洲并曾雄霸多年,直至公元453年,盛极而衰。从此,这个古老的马背民族彻底融于历史的长河中。

"布谷,布谷——"清亮的布谷鸟叫声从空中飘来,地绿了,水蓝了,一年一度的春耕大忙季节到了。

在籍田里,汉文帝正手扶铁犁,手握牛鞭,那姿态把式俨然是一位熟练的老农。在他身边,太子刘启、晁错、张释之等朝廷大臣们也在耕地,刘启歪歪斜斜地犁着,晁错在一旁帮他扶犁。汉文帝刚刚犁完一垄地,一农官接过铁犁。汉文帝用湿丝巾揩净双手,问道:大司农,跟朕讲讲仓储的情形。大司农躬身道:陛下,各郡国司农来报,大多数粮仓的粮食都满得装不下了。汉文帝指着远处正在耕地播种的百姓,朕问的是他们那一个个小粮仓。大司农道:好几年了,家家都不用交田租,据各郡县报,各地农家差不多都有三年的存粮了。汉文帝笑得非常开心:好哇,好!朕早就说过,小河有水大河才不会干嘛,只要百姓家中有余粮,朝廷就有希望了。

这时,马蹄声声,阡陌间有马群奔来……汉文帝又问道:太仆令在吗?一官员急忙上前,陛下,臣在。汉文帝道:你说说马场的情形。太仆令答道:启禀陛下,现在,朝廷的六个大马场中,已约有良马三十万匹。汉文帝摇手:你跟大司农犯的一样的错。朕问的是民间百姓家,是不是家家都养得起马匹?太仆令道:养马匹的百姓是不少,但,不一定家家都养马,有养牛的,有养羊的,有养鸡和猪的,反正家家都有活物养了。汉文帝笑得咳嗽起来,虽然都是活物,那马和羊和鸡,可就不一样了。太仆令,你是在哄朕吧?太仆令惶然跪地,微臣,微臣不敢……汉文帝挥挥手,起来吧……从代国到长安,已有二十二年了,朕每日都在惶恐中过日子,直到今日才感到心里轻松了些……可要完全改变地广人稀的局面,只怕是还要很多年啊!

"布谷,布谷——"天空中又飘来布谷鸟阵阵清亮的鸣唱。汉文帝抬头望天,天很蓝,很蓝,突然那蓝变成"黑",他眼前一阵昏旋,跌倒在地——四周一片混乱……

经过一个多月的医治疗养,汉文帝那已经耗尽的身体还是忽好忽坏,终于在春末夏初的一天下午,他又昏厥过去,刘启、刘武带着太子妃薄婵和大肚子的王美人匆匆跨进承明殿,王美人还一手牵着一个男孩儿(这就是后来的汉武帝)。

父皇——刘启哭喊着扑向床榻。

刘武也颤颤地攥住汉文帝苍白枯瘦的手,一脸悲戚。

爷爷——两个小男孩也抽泣着。

汉文帝缓缓睁开眼睛:启儿,武儿,你们都来了?父皇——父皇看见你们,真高兴……

白发苍苍的薄太后、已经完全失明的窦皇后,在慎夫人搀扶下也慢慢走近床榻。

汉文帝示意刘启扶他坐起来,之后,他看了看大家,惨淡一笑:咱们这一家老小都在这儿了,怎么？跟朕告别来啦？

刘启一下子失去控制抽泣出声,众人也都跟着哭了起来……

汉文帝笑了:朕才四十六岁,死不了……还有多少事等着朕去做呀,朕怎么能就这样扔下大汉不管,扔下你们不管呢？汉文帝提高声音,不会——不会的！汉文帝突然直起身子,情绪高昂,朕的好嗓子好久没亮过了,待朕唱上一曲。汉文帝果然焕发起精神,深沉厚重的声音飘然而起——

　　登苍天而高举兮,历众山而日远。
　　观江河之纡曲兮,临四海之沾濡。
　　念我长生而久仙兮,不如反余之故乡……

汉文帝的歌声从高亢婉转到低缓悠长,这是心灵的倾诉,是生命的吟唱……不知何时,也不知是怎样的,歌声隐没了,凄美而苍凉的隐没……

众人在入神而感动地听着,等着……等待他新的歌的接续……然而,汉文帝又是一阵突然的眩晕,他昏了过去。众人又是一片混乱……

薄太后终于止不住了,忍了很久的泪水,簌簌地流了下来……一家人紧紧地围拢来,呼喊着,哭叫着,此时,大臣们也来到汉文帝身边……

汉文帝又一次缓缓睁开眼睛,他虚弱地摇摇头,叹口气:朕只有四十六岁,朕不甘心,真是不甘心啊……他略微抬抬身子:启儿！

太子刘启流着泪走近前来:启儿在,父皇。

汉文帝费力地喘口气:好多事情,父皇是来不及做了……只能留给你了。可有些事,如,灭匈奴……你也,未必,做得完……就只能,留给他,他们了——汉文帝颤巍巍地指着王美人手牵的孩子和王美人的肚子——

刘启早已泣不成声:父皇,孩儿都记下了……

汉文帝舔舔干涩的唇:这,朝中事,百姓事,天下事……太多了,可,刘濞……你一定要防啊……

刘启擦擦满脸的泪:父皇,歇歇吧,别再说了,哪些是该做的,哪些是不该做的,哪些是该做又暂时无力去做的,启儿都记熟了。

汉文帝长叹一声:这,朕就放心了……母亲,母亲,您在哪里呀？

薄太后颤巍巍地走近床榻:恒儿,母亲在你身边,母亲永远会在你身边的,哪怕是到了灞陵……

汉文帝拉住母亲的手,几乎像他儿时偎在母亲怀里的神态,他费力地急促地小声说着什么,薄太后将耳朵贴近去听着。

突然,薄太后把身子直了起来:不行！天底下就没听说过有这样的帝王,把三天守孝当三年用！

汉文帝边喘息边说:其实……其实守孝三年是虚……虚假的,母亲当年为父

皇真守了三年孝吗？天下百姓真的都为高皇帝、高太后、孝惠帝……守了三年孝吗？要是……真让百姓这样做，那也……太残酷了……

薄太后默然不语。许久，她倾出全身悲哀，饮泣地嘶喊着：那，就按陛下的遗诏办吧，拟诏！

此时正是汉孝文帝后元七年，即公元前157年6月的一个黄昏。那时，残月初上，稀稀落落的星光眨着眼睛，不知它们是在迎接一代圣灵的归去，还是在与天下同笑，滴着悲沉的看不见的泪水？

那几天，长安城一片白幡、白衣、白纸钱……百姓们倾城哀痛，长安城坠入一片悲云惨雾中……

汉文帝的遗诏撞击着每个人的心：天下万物，没有永寿不死的。死是天地间的常理，本不必过分哀痛。然而，世人还是喜欢生而厌恶死，死了又要花钱厚葬，要活着的人长久服丧，以至伤害身体，负债破产。朕很不赞成这种做法。朕死了，不准用金、银、铜、锡等贵重金属作装饰，只用瓦器替代，坟墓也不要修得太大……朕最后一次诏令天下，将为君主守孝三年改为三天，一天算一年。臣民们哭祭三天就去掉丧服，不要禁止娶妻、嫁女、饮酒、吃肉，孝带不要超过三寸宽，送葬时不要陈列车驾与兵器，不要发动民众到宫中哭泣……

百姓们哭声大作，他们哭着扑出门外，加入恸哭的人潮，涌向未央宫，长安城一片白幡。

各郡县各村落也一片白幡，人们沉浸在悲痛之中。

一连三日，日升日落，或在街边祭奠，或在阡陌中撒着纸钱，三日后，遵照汉文帝的遗诏，祭奠已毕，灵车西出长安。汉文帝那简朴厚重的棺椁埋入灞陵一座很低矮的墓中。百姓们还是不进家门，守在灞陵前哀悼这位爱民、勤俭的皇帝。

一阵清风，吹落几枝松枝、花瓣，它们飘洒着，飘过寂寂汉墓群，几片松枝恋恋地不肯离去，它们卷伏着，回旋着，终于躺在墓群中汉文帝那座最低最矮的墓碑旁……

这一年是公元前157年，执政二十三年的汉文帝就这样离开了人世。三年后，吴王刘濞发动了七国之乱。继位不久的汉景帝刘启一面平息暴乱，一面继续执行其父定下的鼓励农耕、发展人口马匹、强国固边的国策，成就大一统后第一个盛世。这个盛世为随后继位的汉武帝刘彻走向鼎盛奠定了雄厚的基础。

一支天外之音似真似幻地从云空飘来：

　　昨夜星辰昨夜风，
　　吹不尽开疆拓土鼓乐鸣。
　　今朝明月今日歌，
　　唱不尽江山碧野盛世情。

长安明月塞外清，
谁能忘雪夜送衣念苍生？
生命有尽花有老，
难割舍诗心惠雨入灞陵……

雕弓羽箭江天辽阔，
江天辽阔堪英雄。
沧海滔滔都是水，
巫山云外舞霓虹。
文治有道世事昌明，
世事昌明唱永恒。
情到深处花常妍，
雨过天晴日月隆。